中国宗教文学史

吴光正 主编

第一卷 上册

先秦两汉宗教文学史

刘湘兰 著

北方文艺出版社

哈尔滨

图书在版编目（CIP）数据

先秦两汉宗教文学史／刘湘兰著 . —— 哈尔滨: 北
方文艺出版社，2023.8
　（中国宗教文学史／吴光正主编）
　ISBN 978-7-5317-4430-6

　Ⅰ. ①先… Ⅱ. ①刘… Ⅲ. ①宗教文学 – 文学史 – 中
国 – 先秦时代②宗教文学 – 文学史 – 中国 – 汉代 Ⅳ.
①I207. 99

中国版本图书馆 CIP 数据核字 (2023) 第 072957 号

先秦两汉宗教文学史

XIANQIN LIANGHAN ZONGJIAO WENXUE SHI

作　者／刘湘兰　　　　　　　　　主　编／吴光正
责任编辑／张贺然　常　青　　　　封面设计／琥珀视觉

出版发行／北方文艺出版社　　　　邮　编／150080
发行电话／(0451) 86825533　　　经　销／新华书店
地　址／哈尔滨市南岗区宣庆小区1号楼　　网　址／www. bfwy. com

印　刷／哈尔滨久利印刷有限公司　　开　本／787mm×1092mm　1/16
字　数／430 千　　　　　　　　　　印　张／34. 5
版　次／2023 年 8 月第 1 版　　　　印　次／2023 年 8 月第 1 次印刷

书　号／ISBN 978-7-5317-4430-6　　定　价／98. 00 元

项目来源：国家社科基金重大项目《中国宗教文学史》（15ZDB069）

学术顾问：宇文所安　孙昌武　李丰楙

陈允吉　　郑阿财　项　楚

高田时雄

丛书主编：吴光正

本册作者：刘湘兰

《中国宗教文学史》 导论

吴光正

  《中国宗教文学史》包括中国道教文学史、中国佛教文学史、中国基督教文学史、中国伊斯兰教文学史四大板块，是一部涵盖汉语、藏语、蒙古语等语种的大中华宗教文学史。经过多次会议①，无数次探讨②，我们以为，编撰这样一部大中华宗教文学史，编撰者需要探索如下理论问题。

---

①　《中国宗教文学史》编撰学术研讨会（2012年8月28—30日，黄梅）、宗教实践与文学创作暨《中国宗教文学史》编撰国际学术研讨会（2014年1月10—14日，高雄）、宗教实践与星云法师文学创作学术研讨会（2014年9月12—16日，宜兴）、第三届佛教文献与佛教文学国际学术研讨会（2014年10月17—21日，武汉、黄梅）、宗教生命关怀国际学术研讨会（2015年12月18—19日，高雄）、第三届宗教实践与文学创作暨《中国宗教文学史》编撰国际学术研讨会（2016年12月16—18日，武汉）、从文学到理论——星云法师文学创作学术研讨会（2017年11月18—19日，武汉）、《中国宗教文学史》审稿会（2018年1月10—11日，武汉）、古代中国的族群、文化、文学与图像国际学术研讨会（2019年6月22—23日，武汉）、中国文学史编撰研讨暨国家社会科学基金重大项目"中国宗教文学史"结项鉴定会（2021年12月4日，武汉）。参见李松《〈中国宗教文学史〉编撰研讨会召开》，《长江学术》2013年第2期；张海翔《宗教和文学联袂携手，弘法与创作结伴同行——宗教实践与文学创作暨〈中国宗教文学史〉编撰国际学术研讨会综述》，《哈尔滨工业大学学报》2014年第3期；《第三届宗教实践与文学创作暨〈中国宗教文学史〉编撰国际学术研讨会成功举办》，《长江学术》2017年第2期；《〈中国宗教文学史〉审稿会成功举行》，《长江学术》2018年第2期；孙文歌《"古代中国的族群、文化、文学与图像国际学术研讨会"召开》，《文学遗产》2019年第5期；《中国文学史编撰研讨会在武汉大学召开，"中国宗教文学史"结项鉴定会同期举办》，《长江学术》2022年第2期。

②　吴光正、何坤翁：《坚守民族本位 走向宗教诗学》，《武汉大学学报》2009年

· 001 ·

一、宗教文学的定义

宗教文学即宗教实践（修持、弘传、济世）中产生的文学。它包含三个层面的内涵。

第 3 期；吴光正：《"宗教文学与宗教文献"开栏辞》，《江西师范大学学报》2010 年 2 期；吴光正：《中国宗教文学史研究（专题讨论）》，《哈尔滨工业大学》2012 年第 3 期；吴光正：《宗教文学史：宗教徒创作的文学的历史》，《武汉大学学报》2012 年第 2 期；吴光正：《扩大中国文学地图，建构中国佛教诗学——〈中国佛教文学史〉刍议》，《哈尔滨工业大学学报》2012 年第 3 期；吴光正：《"宗教实践与文学创作"开栏弁言》，《贵州社会科学》2013 年第 6 期；吴光正：《佛教实践、佛教语言与佛教文学创作》，《学术交流》2013 年第 2 期；吴光正：《宗教文学研究主持人语》，《学术交流》2014 年第 8 期；吴光正：《民族本位、宗教本位、文体本位与历史本位——〈中国道教文学史〉导论》，《贵州社会科学》2014 年第 5 期；吴光正：《宗教实践与近现代中国宗教文学研究（笔谈）》，《哈尔滨工业大学学报》2015 年第 5 期；吴光正：《〈中国宗教文学史〉导论》，《学术交流》2015 年第 9 期；刘湘兰：《先秦两汉宗教文学论略》，《哈尔滨工业大学学报》2012 年第 3 期；李小荣：《论中国佛教文学史编撰的原则》，《学术交流》2014 年第 8 期；李小荣：《汉译佛典文学研究的回顾与展望》，《武汉大学学报》2012 年第 2 期；李小荣：《疑伪经与中国古代文学关系之检讨》，《哈尔滨工业大学学报》2012 年第 6 期；赵益：《宗教文学·中国宗教文学史·魏晋南北朝道教文学史》，《哈尔滨工业大学学报》2012 年第 3 期；高文强：《魏晋南北朝佛教文学之差异性》，《武汉大学学报》2012 年第 2 期；王一帆：《21 世纪中国宗教文学研究动向之一——新世纪中国宗教文学史研究综述》，《文艺评论》2015 年第 10 期；罗争鸣：《宋代道教文学概况及若干思考》，《哈尔滨工业大学学报》2012 年第 3 期；张培锋：《宋代佛教文学的基本情况和若干思考》，《武汉大学学报》2012 年第 2 期；张培锋：《论宋代文艺思想与佛教》，《哈尔滨工业大学学报》2014 年第 3 期；李舜臣：《中国佛教文学：研究对象·内在理路·评价标准》，《学术交流》2014 年第 8 期；李舜臣：《〈明代佛教文学史〉编撰刍议》，《学术交流》2012 年第 5 期；李舜臣：《〈辽金元佛教文学史〉研究刍论》，《武汉大学学报》2012 年第 2 期；余来明：《明代道教文学研究的几个问题》，《云南大学学报》2013 年第 4 期；鲁小俊：《清代佛教文学的文献情况与文学史编写的体例问题——〈清代佛教文学史〉编撰笔谈》，《哈尔滨工业大学学报》2015 年第 5 期；贾国宝：《中国现代佛教文学研究的回顾与展望》，《贵州社会科学》2016 年第 8 期；索南才让、张安礼：《藏传佛教文学论略》，《江西师范大学学报》2013 年第 5 期；树林：《蒙古族佛教文学研究回顾与前瞻》，《蒙古学研究年鉴（2017 年卷）》，2019 年 5 月；宋莉华：《基督教汉文文学的发展轨迹》，《武汉大学学报》2012 年第 2 期；荣光启：《现当代汉语基督教文学史漫谈》，《武汉大学学报》2012 年第 2 期；马梅萍：《中国汉语伊斯兰教文学史的时空脉络与精神流变》，《武汉大学学报》2013 年 6 期；马梅萍：《中国汉语伊斯兰教文学述略》，《中国宗教文学史编撰研讨会论文集》，哈尔滨：北方文艺出版社，2015 年。我们的讨论也获得了学术界的支持和呼应：张子开、李慧：《隋唐五代佛教文学研究之回顾与思考》，《哈尔滨工业大学学报》2012 年第 3 期；吴真：《唐代道教文学史刍议》，《哈尔滨工业大学学报》2012 年第 3 期；李松：《中国现当代道教文学史研究的回顾与省思》，《学术交流》2013 年第 2 期；郑阿财：《论敦煌文献对中国佛教文学研究的拓展与面向》，《长江学术》2014 年第 4 期。

一是宗教徒创作的文学。宗教徒身份的确定，应依据春秋名从主人之义（自我认定）、时间之长短等原则来处理。据此，还俗的贾岛、临死前出家的刘勰、遁迹禅林却批判佛教之遗民屈大均等不得列为宗教作家；政权鼎革之际投身方外者，其与世俗之关系，当以宗教身份来要求，不当以政治身份来要求；早期宗教史上的一些作家可以适当放宽界线。

宗教徒文学具有神圣品格与世俗品格。前者关注的是人与神、此岸与彼岸的超越关系，彰显的是宗教家的神秘体验和内在超越；后者关注的是宗教家与民众及现实的内在关联，无论其内容如何世俗乃至绮语连篇，当从宗教作家的宗教身份意识来加以考察，无常观想也罢，在欲行禅也罢，弘法济世也罢，要做出符合宗教维度的界说。那些违背宗教精神的作品，不列入《中国宗教文学史》的研究范围。

二是虽非宗教徒创作，但出于宗教目的、用于宗教场合的文学。这类作品包括如下两个层面：

宗教神话、宗教圣传、宗教灵验记等神圣叙事类作品。其著作权性质可以分为编辑、记录、整理和创作。编辑、记录、整理的作品，其特征是口头叙事、神圣叙事的案头化；创作的作品，则融进了创作者个人的宗教理念和信仰诉求。

用于仪式场合，展示人神互动、表达宗教信仰、激发宗教情感的仪式性作品。这类作品有不少是文人创作的，具有演艺性、程式性、音乐性等特征。许多作品在宗教实践中传承演变，至今依然是宗教仪式中的经典，有的作品甚至保留了几百年、上千年前的原貌，称得上是名符其实的活化石。

三是文人参与宗教实践、因有所感触而创作的表达宗教信仰、宗教体验的作品。在这个层面上，"宗教实践"可作为弹性概念，"宗教信仰"和"宗教体验"应该作为刚性概念。文人创作与宗教有关的作品，有的当作一种信仰，有的当作一种生活方式，有的当作一种文化资源，有的当作一种文化批判，其宗教性差异非常大，要做仔细辨别。只有与宗教信仰和宗教体验有关的作品才可以纳入宗教文学的范畴。因此，充斥于历代文学总集、选集、别集中的，与宗教信仰和宗教体验关系不大的唱和诗、游寺诗这类作品不纳入宗教文学的范畴。

本部分仅仅包括文人创作的"文"类作品，不包括文人创作的碑记、序跋等"笔"类作品。文人创作的"笔"类作品可以作为宗教徒创作的背景材料和阐述材料。

尽管教内的认可度宽延尺度不一，文人创作的宗教性仍要参考教内的认可度。有的文人被纳入宗教派别的法嗣，有的文人被写入教内创作的宗教传记如《居士传》等。这是很好的参考标准。

梳理这部分作品时，应从现象入手，将有关文人的作品纳入相关章节，并进行理论概括。理由如下：几乎所有古代文人都会写有关宗教的作品，其宗教性程度不等，甚至有大量反宗教的作品，所以需要从上述层面进行严格限定；几乎所有古代文人所写的与宗教相关的作品都只是其创作中的一个小景观，《中国宗教文学史》不宜设过多章节来介绍某一世俗作家及其作品，否则，中国宗教文学史就成了一般文学史。

这三部分之间的关系，应该遵循如下原则：宗教徒创作的文学是中国宗教文学史的"主体"，用于宗教场合的非宗教徒创作的作品是中国宗教文学史的"补充"，文人参与宗教实践而创作的表达宗教信仰、宗教体验的作品是中国宗教文学史的"延伸"。编撰

《中国宗教文学史》时，要用清理"主体"和"补充"部分所确立起来的理论视野对"延伸"部分进行界定和阐释，"延伸"部分所占比例要比其他部分小。这样，就可避免宗教文学内涵与外延的无限扩大。

我们对宗教文学的界说，是在总结百年中国宗教文学研究、中国宗教研究经验和教训的基础上展开的。

百年中国宗教文学研究关注的主要是"宗教与文学"这个领域，① 事实层面、文献层面的清理成就斐然，但阐释层面存在不少隔靴搔痒的现象，其关键在于对宗教实践和宗教徒文学的研究相对匮乏。我们甚至可以认为，不了解宗教实践与宗教徒的文学创作，我们就无法对"宗教与文学"做出比较到位的阐释。纵观百年中国宗教文学研究史，在"宗教与文学"层面做出卓越贡献的学者对宗教实践、宗教思维的体会往往很深刻，因此对宗教文学文献的释读也很到位。从宗教徒的角度来说，宗教实践是触发其文学创作的唯一途径。宗教徒创作的文学作品，有的是出于宣教的功利目的，有的是出于感悟与体验的审美目的，有的是出于个人的宗教情怀，有的是出于教派的宗教使命，但无一不与其宗教实践的方式和特性密切相关，无一不与其所属宗教或教派的宗教理念和思维方式密切相关。从"宗教实践"的角度来界说宗教文学，目的在于切除关系论、影响论下的文学作品，纯化论述对象，

---

① 参见吴光正：《二十世纪大陆地区"道教与古代文学"研究述评》，台湾《文与哲》第 9 期，2006 年；吴光正：《二十世纪"道教与文学"研究的历史进程》，《文学评论丛刊》第 9 卷第 2 辑，2007 年；何坤翁、吴光正：《二十世纪"佛教与古代文学"研究述评》，《世界宗教研究》2013 年 3 期；吴光正：《域外中国道教文学研究述评》，《中国文哲研究通讯》（台湾）第 31 卷第 2 期，2021 年。

把握宗教文学的本质。任何界说，作为一种设定，都具有其合理性和局限性。本设定作为《中国宗教文学史》论述对象的理论界定，需要贯彻到具体的章节设计之中。

百年中国宗教研究，从业人员以哲学界人士占主导地位，哲学模式的宗教研究成果无比丰硕，从业人员不多的史学界在这个领域也留下了经典论著。国内近几十年的宗教研究一直是哲学模式一统天下，有力地推进了中国宗教研究的历史进程。但是，宗教是一个复杂的精神现象和社会现象，需要多维度、多学科加以观照。在目前的研究态势下，更需要强化史学、社会学、政治学、民族学、人类学、文学、心理学等学科的观照，辨析复杂、多元的宗教史实，还原宗教实践场景。有学者指出，目前出版的所有《中国道教史》居然没有一本介绍过道教实践中最为关键的一环——受箓，因此，倡导多元的研究维度还是必要的。在阅读中国宗教研究著作时，学者们常常会反思：唐代以后，大规模的宗教经典创作和翻译工作已经结束，不再产生新宗教教派或新宗教教派不以理论建构见长，哲学模式主导的宗教研究遂视唐以后的宗教彻底走向衰败，结果导致宋元明清宗教史一直被学术界忽视，连基本事实的清理都未能完成，宗教实践的具体情形更是无从谈起。近些年来，宗教学界已经注意到这个问题，并陆续出版了不少精彩的论著。笔者在这里想强调的是，如果能从宗教实践的立场来研究这段历史，结论一定会很精彩。近一百年来，中国宗教史研究所使用的材料主要是经典、经论、史籍和碑刻，对反映宗教实践的宗教徒文学创作关注不够，导致许多研究无法深入。比如，王重阳用两年六个月的时间在山东半岛收了七大弟子后即羽化，他创建的全真教因何能够发展壮大，最后占了道教的半壁江山？史籍和碑刻资料很难回答这个问题，王重阳和全真七子的文学创作却能够回答这个问题。① 明末清初的佛教其实非常繁荣，但是通过史籍和经论很难说清楚，不过，中国台湾学者廖肇亨的研究却很好地解决了这个问题，② 原因就在于他能够读僧诗、解僧诗。从宗教实践的角度来看，就是被哲学模式研究得非常深入的唐宋禅学，也有重新审视的必要。哲学擅长的是思辨，强调概念和推理，而禅学偏偏否定概念和推理，甚至否定经典和文字，讲究的是"悟"，参禅、教禅强调的是不立文字、不离文字，即绕路说禅，具有很强的诗学意味。因此，从宗教实践的角度来看，唐宋禅学研究应该是语言学界和文学研究界擅长的领域。③

可见，无论是从宗教史还是从文学史的立场，宗教实践都是一个最为关键的切入点。

二、宗教文学经典与宗教文学文献

从宗教实践的角度将宗教徒的文学创作确立为宗教文学的主体，需要解决的问题是如何认定宗教文学经典、如何收集宗教文学文献。在课题组组织的会议上，我们都面临着这样的问题：宗教徒的文学创作有经典吗？对此，我们的回答是：宗教文学从来不缺经典，缺的是经典的发现和经典的阐释。

关于宗教文学经典的认定，我们觉得应该从如下层面加以展

① 吴光正：《金代全真教掌教马丹阳的诗词创作及其文学史意义》，《世界宗教研究》2019 年第 1 期；吴光正：《试论马丹阳的诗词创作及其宗教史意义》，《宗教学研究》2021 年第 1 期。

② 廖肇亨：《中边·诗禅·梦戏：明末清初佛教文化论述的呈现与开展》，台北：允晨文化实业股份有限公司，2008 年版。

③ 周裕锴：《禅宗语言》，复旦大学出版社，2017 年版；周裕锴：《法眼与诗心：宋代佛禅语境下的诗学话语建构》，中国社会科学出版社，2014 年版。

开。一是要从宗教实践的立场审视宗教文学作品的功能，对宗教文学的"文"类、"笔"类作品之优劣加以评估，确立其经典性。二是要强调宗教性和审美性的统一。具备召唤能力和点化能力的作品才是好作品，能激发宗教情感的作品才是好作品，美感和了悟兼具的作品才是好作品。三是要凸显杰出宗教徒在文学创作中的核心地位。俗话说："诗僧未必皆高，凡高僧必有诗。""诗僧"产出区域与"高僧"产出区域往往并不重叠。因此，各宗教创始人、各教派创始人、各教派发展史上的杰出人物的创作比一般的宗教徒创作更具经典性。因此，《真诰》《祖堂集》中的诗歌比一般的宗教徒如齐己的别集更具有经典性。四是要从宗教传播中确立经典。很多作品在教内广泛流传，甚至被奉为学习、参悟之典范，甚至被固定到相关的仪式中而千年流转。流行丛林之《牧牛图颂》《拨棹歌》《十二时歌》《渔父词》一类作品应该作为丛林之经典；在宗教仪式中永恒之赞美诗、仙歌道曲应该是教内之经典；被丛林奉为典范之《寒山诗》《石门文字禅》应该是教内之经典。最后需要指出的是，在终极关怀和生命意识的呈现上，一个优秀的宗教作家完全等同于具有诗人情怀的世俗作家。高僧与诗人，高道与诗人，曹雪芹和空空道人，贾宝玉和文妙真人，本质上是同一的，具备这种同一性的作家和作品，可谓达到了宗教文学的极致！总之，宗教文学经典的确立应从教内出发而不应从世俗出发，而最为经典的宗教文学作品和最为经典的世俗文学作品，其精神世界是相通的。

有了这样的认识，我们才能从浩瀚无边的文献中清理宗教文学作品并筛选宗教文学经典。清理宗教文学文献时，我们拟采取如下步骤和措施。

各大宗教内部编撰的大型经书和丛书应该是《中国宗教文学史》首先关注的文献。《道藏》、《藏外道书》、《道藏辑要》、《大藏经》（包括藏文、蒙古文大藏经《甘珠尔》《丹珠尔》）、汉译《圣经》、汉译《古兰经》中的文献，需要全面排查。经典应该首先从这些文献中确立。《大藏经》中的佛经文学以及《圣经》《古兰经》的历次汉译本要视为各大宗教文学的首要经典和翻译文学的典范加以论述，《道藏》中的道经文学要奉为道教文学的首要经典加以阐释。《道藏》文献很杂，一些不符合宗教文学定义的文献需要剔除，一些文学作品夹杂在有关集子中，需要析出。《大藏经》不收外学著作，其内学著作尤其是本土著述，有的全本是宗教文学著作，有的只有一部分，有的只存在于具体篇章中，需要通读全书加以清理。

各大宗教家文学别集的编撰、著录、存佚、典藏情况需要进行全面清理，要在目录学著作、志书、丛书、传记、序跋、碑刻和评论文章中进行爬梳。

宗教文学选集与总集的编著、著录、传播、典藏情况要从文献学和选本学的角度加以清理，归入相关选本、总集出现的时代。因此，元明清各段的文学史要设置相关的章节。这是从宗教实践、宗教传播视野确立经典的一个维度。

《中国佛寺志丛刊》《中国道观志丛刊》和地方志等文献中存在大量著述信息，需要加以考量。

方内文人编撰的断代、通代选集和总集中的"方外"部分也需要从选本学、文献学的立场进行清理，归入相关选本、总集出现的时代。这类文献提供了方外创作的面貌，保留了大量文献，但其选择依据是方内的，和方外选本有差距。这类选集和总集数量非常庞大，如果不能穷尽，则需要选择典范选本加以介绍。需要特别指出的是，近百年来编撰的各类文学总集往往以"全集"命名，但由于文学观念和资料的限制，"全集"并不全。比如，《全元诗》秉持纯文学观念，对大量宗教说理诗视而不见，甚至整本诗集如《西斋净土诗》也完全弃之不顾。在佛教界内部，《西斋净土诗》被奉为净土文学的典范。中国台湾的星云法师是当代非常擅长文学弘法的高僧，他在宜兰念佛会上举办各种活动时就不断从《西斋净土诗》中抽取相关诗句来吸引信徒。因此，收集宗教文学文献时，我们一定要秉持宗教文学观，不要轻易相信世俗总集之"全"，而要上穷碧落下黄泉式地搜寻资料。

藏族佛教文学、蒙古族佛教文学、南传佛教文学、中国基督教文学和中国伊斯兰教文学的基本文献均未得到有效整理，基本上尘封于全国乃至全世界的图书馆、宗教场所中，尘封于报刊中，需要研究者花时间和精力去探寻。近些年来，一些大型史料性丛书得以出版。如钟鸣旦、杜鼎克、黄一农、祝平一主编《徐家汇藏书楼明清天主教文献》，钟鸣旦等主编《耶稣会罗马档案馆明清天主教文献》，王秀美、任延黎主编《东传福音》，曾庆豹主编《汉语基督教经典文库集成》，周振鹤主编《明清之际西方传教士汉籍丛刊》《徐家汇藏书楼明清天主教文献续编》，张美兰所著《美国哈佛大学哈佛燕京图书馆藏晚清民国间新教传教士中文译著目录提要》，周燮藩主编《清真大典》，王建平主编《中国伊斯兰教典籍选》，吴海鹰主编《回族典藏全书》等。从这些文献中爬梳宗教文学作品，也是一份艰辛的工作。

总之，《中国宗教文学史》各段要设专章对本段宗教文学文献进行全面清理，为后来的研究提供文献指南。不少专著和专文已经做了初步的研究，可以全面参考。这是最见功力、最耗时间的一章，也是最好写的一章，更是造福士林、造福教界的一章。

三、宗教文学文体与宗教诗学

近百年来，西方的纯文学观念彰显的是符合西方观念的作品，一定程度上遮蔽了中国自身的文学传统，并且制造了不少伪命题。作为一种学术反思，学术界的本土化理论建构已经在探究"传统文学"的"民族传统"。在这种学术潮流中，诸多学者的研究已经产生重大反响，比如，罗宗强的文学思想研究，刘敬圻的还原批评，张锦池的文献文本文化研究，陈洪、蒋述卓、孙逊、尚永亮的文学与文化研究，吴承学倡导的文体研究，陈文新秉持的辨体研究，等等，均深获学界赞许。这一研究路径应该引起宗教文学研究者的重视，《中国宗教文学史》应该继承和发扬这一研究范式，因为，宗教文学是最具民族特色的文学，而文体作为一种把握世界的方式，是最具民族特性的。

对中国宗教文学展开辨体研究，就意味着要抛弃西方纯文学观念，不再纠缠"文学"之纯与杂，而是从宗教实践的立场对历史上的各大"文"类、"笔"类作品进行清理，对其经典作品进行理论阐述。因此，我们特别注重如下三个方面的论述：第一，我们强调，研究最具民族性的传统文学——宗教文学时，要奉行宗教本位、民族本位、历史本位、文体本位，清理各个时期宗教实践中产生的各类文体，对文体进行界说，对文体的功能、题材、程式、风格、使用场合进行辨析，也即对各大文体、文类下定义，简洁、明晰、到位之定义，足以垂范后学之定义。如，魏晋南北朝时期的经表之文、仙真之传、神仙之说、仙灵之诗，其文体在道教文学史上具有典范意义，我们在撰述过程中应该对其文体进行准确界说。第二，我们强调，各文体中出现的各大类别也要进行界说，并揭示其宗教本质和文学特质。如佛教山居诗，要对山居诗下定义，并揭示山居诗的关注中心并非山水，而是山水中的僧人——俯视众生、超越世俗、自由自在、法喜无边的僧人。第三，我们强调，宗教文学文体是应宗教实践而产生的，有教内自身的特定文体，也有借自世俗之文体，其使用频率彰显了宗教实践的特色和宗教发展之轨迹。

在分析各体文学的具体作品时，我们不仅要尊重"文各有体，得体为佳"的创作规律，而且要建立起一套阐释宗教文学的话语体系和诗学理论。

用抒情言志这类传统的文人诗学话语和西方纯文学的诗学话语解读中国宗教文学作品时，往往无法准确揭示中国宗教文学的本质，甚至过分否定其价值。比如，关于僧诗，唐代还能以"清丽"加以正面评价，从宋人开始就完全以"蔬笋气"、"酸馅味"加以一概否定了。中国古代宗教文学作品，无论是道教文学还是佛教文学，能得到肯定的只是那部分"情景交融"的作品，这类作品在研究者眼里已经"文人化"，因而备受关注和肯定。这是一种完全不考虑宗教实践的外在切入视野。如学术界一直否定王重阳和丘处机的实用主义文学创作，却认定丘处机的山居诗情景交融，是"文人化"的体现，是难得一见的好作品。殊不知，丘处机的山居诗是其苦修——斗闲思维的产物。为了斗闲，丘处机在磻溪和龙门山居十三年，长期的苦修导致他一生文学创作的焦点均是山居风物，呈现的是一种放旷、悠闲、自由的境界。西方纯文学观念引进中国后，宗教徒文学在相当长的一段时间内基本上淡出学者的学术视野，在百年中国文学史书写中销声匿迹。大陆晚近三十来年的宗教文学研究主要在文献和事实清理层面上成绩突出，理论层面虽有所建树，但需要探索、解决的问题依然很多。因此，需要从宗教实践的立场探索一套解读、阐释宗教文学的话语系统和诗学理论。

因此，我们强调，宗教观念决定了宗教的传播方式和语言观，也就决定了宗教文学的创作特性。不同的宗教有不同的传播策略、不同的语言观，从而影响了佛教、道教、基督教和伊斯兰教的经典撰述和翻译，也影响了宗教家对待文学创作的态度，更影响了宗教家的作品风貌。佛典汉译遵循了通俗易懂原则、随机应变原则，这是受佛经语言观影响形成的翻译原则，导致汉译经典介于文白和雅俗之间，对佛教文学创作产生了重要影响。[①] 葛兆光甚至认为，佛教"不立文字"和道教"神授天书"的语言观和传播方式决定了佛教文学和道教文学的风格特征。[②] 基督教和伊斯兰教的语言观和传播方式不仅决定了经典的翻译特色，而且决定了基督教文学和伊斯兰教文学的创作风貌。伊斯兰教强调《古兰经》是圣典，不可翻译，因此，中国伊斯兰教徒一直用波斯语和阿拉伯语诵读《古兰经》，大量伊斯兰教徒的汉语文学创作难觅伊斯兰教踪影，直到明王朝强迫伊斯兰教徒汉化才形成回族，才有汉语教育，才有《古兰经》的汉语译本，才有伊斯兰教汉语文学。巴别塔神话实际上就是基督教的语言观和传播方式的一个象征，这一象征决定了中国基督教文学的特色。为了宣传教义，传教士翻译了大量西方世俗文学作品和基督教文学作品，李奭学的《译述：

---

① 李小荣：《汉译佛典文学研究的回顾与展望》，《武汉大学学报》2012 年第 2 期。

② 葛兆光：《"神授天书"与"不立文字"——佛教与道教语言传统及其对中国古典诗歌的影响》，《文学遗产》1998 年第 1 期。

明末耶稣会翻译文学论》《中国晚明与欧洲文学——明末耶稣会古典证道故事考诠》①已经成功地论证了晚明传教士在这方面的努力。与此同时，传教士不仅不断翻译、改写《圣经》来传播福音，而且利用方言和白话创作了大量文学作品，并借助现代传媒——报纸、杂志、电台进行传播，其目的就是为了适应中国国情而进行宗教宣传，其通俗化、艺文化和现代化策略极为高超，客观上对中国现代文学产生了重要影响。

因此，我们强调，中国宗教文学自身具有一些和传统士大夫文学、传统民间文学截然不同的表达传统。中国史传文学发达，神话和史诗不发达，这是一般文学史的看法。如果考察宗教文学就会发现，这样的表述是不准确的。民族史诗、佛教和道教的神话、传记在这方面有很显著的表现，形成了一种独特的叙事诗学，并对中国小说、戏剧产生了重要的影响。②中国抒情诗发达，叙事诗和说理诗不发达，这是一般文学史的定论。但是，宗教文学的目的在于劝信说理，宗教文学最为注重的就是说理和叙事，并追求说理、叙事、抒情兼善的表达风格，其叙事目的在于说理劝信，其抒情除了在人与人、人与自然之间展开外，更多在人与神、宗师与信众之间展开。这是一种迥异于世俗文学的表达传统，传统诗学和西方诗学或视而不见，或做出不公的评价，因此，需要确立新的阐释话语。

《中国宗教文学史》的目的在于通过宗教文学史史实、宗教文

---

① 李奭学：《译述：明末耶稣会翻译文学论》，香港：香港中文大学出版社，2012 年版；李奭学：《中国晚明与欧洲文学——明末耶稣会古典证道故事考诠》，台北："中央研究院"及联经出版公司联合出版，2005 年版。

② 参见吴光正：《神道设教——明清章回小说叙事的民族传统》，武汉：武汉大学出版社，2012 年版。

学经典、宗教文学批评史实的清理，建构中国宗教诗学。本领域需要发凡起例，垂范后学。即使论述暂时无法深入，但一定要说到，写到，要周全，要周延。这是一种挑战，更是一种诱惑。编撰者学术个性应该在这个层面凸显。宗教诗学的建构任重而道远，虽不能一蹴而就，而心向往焉。

四、中国宗教文学史与民族认同、文化认同

《中国宗教文学史》将拓展中国文学史的疆域和诗学范畴，一个长期被忽视的疆域，一个崇尚说理、叙事的疆域，一个面对神灵抒情的疆域，一个迥异文人创作、民间创作的表达传统和美学风貌。《中国宗教文学史》魅力无限，宗教徒文学魅力无限，只有在宗教徒文学的历史进程、表达方式、内在思想、生命意识得到清理之后，我们才能更好地把握纯文学视野无法放下的苏轼和白居易们。

《中国宗教文学史》需要跨学科的视野，其影响力不仅仅在文学领域，更可能在宗教和文化领域，也即《中国宗教文学史》不仅仅是文学史，而且还应该是宗教史和文化史。

宗教文学史是宗教实践演变史的一个层面，教派的创建与分合、教派经典的创立与诵读、教派信仰体系和关怀体系的差异、教派修持方式和宗教仪式上的特点、教派神灵谱系和教徒师承风貌、宗教之间的冲突与融汇均对宗教文学创作产生了重要的影响，有时甚至就是这些特性的文学呈现。在这个层面上，我们特别强调教派史和文学史的内在关联。并不是所有的作品均呈现出教派归宿，不少宗教徒作家出入各大教派之间，有的甚至教派不明，但教派史乃至宗门史视野一定能够发现太多的宗教文学现象，并加深研究者对作品的阅读和阐释，深化研究者对宗教史的认识。

《中国宗教文学史》的编撰一定能催生一种新的宗教史研究模式，并对学术史上的一些观点进行补说。宗教信仰是一种神圣性、神秘性、体验性、个人性的心灵活动，其宗教实践和概念、体系关系不大。可是，以往的中国宗教史研究对这一点重视不够。宋前的概念史是否真的就反映了历史的真实？宋后没有新教派、新体系、新概念就真的衰弱了吗？《中国宗教文学史》需要反思这一研究模式，对宗教文学史、宗教史做出新的描述和阐释。宗教文学最能反映宗教信仰的神圣性、神秘性、体验性、个人性，清理这些特性一定能别开生面。《中国宗教文学史》的断代和分期应该与宗教发展史相关，和朝代更替关系不大，和世俗文学史的分期更不相关。目前采取朝代分期，是权宜之计。如何分期，需要各段完成写作之后才能知道。因为，目前的研究还不足以展开分期讨论。我们坚信，对中国宗教文学史的深入研究足以引发学界对宗教发展史分期和特点的探讨。其实，先秦宗教重在实践，理论表述不多；汉唐宗教实践也没有西方、日本式的发展形态和理论形态；道教符箓派本质上是一个实践性的宗教，理论表述并不是其关注焦点；中国宗教在唐代以后高度社会化，其宗教实践渗透到民众生活的各个层面。目前关于明末清初佛教文学的研究已经表明，明清佛教并不像学术界所说的那样"彻底衰败"。通过对清代三百余种僧人别集的解读，我们相信，这种"彻底衰败说"需要修正。我们梳埋清代道教文学创作后发现，清代道教徒的文化素养、艺文素养其实并不低，清代道教其实在向社会化和现代化转变。

　　宗教实践的演变和一定时代的文化氛围密切相关，冲突也罢，借鉴也罢，融合也罢，总会呈现出各个时代的风貌。玄佛合流、三教争衡、三教合一、以儒释耶、以儒释经（伊斯兰教经典）、政教互动、圣俗互动、族群互动、对外文化交流、宗教本土化等文化现象，僧官制度、道官制度、系账制度、试经制度、度牒制度、道举制度等文化制度均对宗教文学的创作产生了重要影响。例如，金元道教出现了迥异于以往的发展面貌，从而形成了一些颇具特色的文学创作现象：苦行、试炼与全真教的文学创作；弘法、济世与玄教领袖的文学创作；远游、代祀与道教文学家的创作视野；遗民情怀与江南道教文学创作；雅集、宴游、艺术品鉴与江南道教文学创作；宗教认同与金元道教传记创作；道人居室题咏；文人游仙诗创作；道教实践、道教风物之同题集咏；道士游方与送序、行卷；北方全真教的"头陀"印记与南方符箓派的"玄儒""儒仙"印记，国家祭祀与族群文化认同。这些文学现象，是金元道教发展史上的独特现象，也是金元王朝二元政治环境下的产物，更是元王朝辽阔疆域在道教文学中的折射。这些文学现象，不仅是文学史、宗教史上的经典个案，更是文化史上的经典个案，值得我们深入探究。

文学史和宗教史向文化史靠拢，就意味着文化交流，就意味着族群互动与文化认同。中国历史上的两次南北朝时期，就是通过文化认同和民族认同熔铸了中华民族的精神谱系。其中，道教，尤其是佛教所起的作用颇为重要，可惜这一贡献在百年来的文化建设和学术研究中得不到足够的重视。其实，只要我们认真清理这两个时期留下的宗教文学作品，我们就能体会到宗教认同与文化认同、民族认同之间的密切联系。近现代以来，西方文明在列强的枪炮声中席卷全中国，包括宗教在内的传统文化被强烈批判乃至抛弃，给今天的文化建设带来了巨大的困扰。但太虚法师倡导的人间佛教在台湾取得丰硕成果，不仅成为台湾精神生活的奇迹，而且以中华文明的形式在全球开花结果。以佛光山、法鼓山、中台禅寺、慈济功德会为代表的台湾人间佛教，如今借助慈善、禅修、文化、教育和文学，不仅在中国台湾，而且在全球弘扬中国传统文化，提升中国文化软实力。星云法师、圣严法师的文学创作，不仅建构了自身的人间佛教理念，而且强化了自身的教派认同，不仅在台湾岛内培育了强大的僧团和信众组织，而且在全球吸纳徒众和信众，其文学创作所取得的宗教认同、文化认同和民族认同，非同凡响，值得我们深思。这也提醒我们，编撰《中国宗教文学史》不仅是在编撰文学史、宗教史、文化史，而且是在进行一种国家文化战略的思考。

目　　录

第一章 绪 论

本书名为《先秦两汉宗教文学史》，是道教文学史的渊源篇。道教为中国唯一在本土历史文化背景下发展起来的宗教。先秦时期形态各异、纷繁复杂的原始宗教是其成长的渊薮。在先秦典籍中，这些原始宗教通过多种文体记载得以流传，既有主于抒情的诗歌、楚辞，也有重在叙事的史书、小说；既有对自然现象、社会现象进行解释的神话，也有对哲理进行思辨的诸子学说。可以说，在现存的先秦文献中，原始宗教的痕迹与影响无所不在。然而，由于先民的认知及思辨水平有限，他们对宗教的记载重在宗教实践与仪轨，而缺少理论的归纳与总结。由于年代遥远，这些文献所存也只是一鳞半爪，难窥全豹，遑论系统性。更何况先秦时期文史哲融通不分。那么该如何定义先秦两汉的宗教文学？这是一个见仁见智的问题。

在中国古代文学史上，先秦文学包含的文体形式最为宽广。不唯上古歌谣、《诗经》《楚辞》《左传》等是先秦文学之代表，另外如甲骨卜辞、《尚书》《周易》、"三礼"等，凡一切用文字记载的文献都看作是先秦文学研究的对象。但是，原始宗教对先民们的影响，实在是比文学的影响力要巨大得多。先民非有意为文学而创作，但他们却是为了改善生存环境而有意为宗教，因而很多文字的书写是为宗教或政治服务的。故本书《先秦两汉宗教文学史》的研究范围确定为：凡涉及原始宗教的仪轨、宗教思想、宗教实践且具有文学审美价值的先秦两汉文献及学说思想为后世道教所接受的诸子文章。本书将探讨此类文献所具有的宗教文学特色、审美价值及对后世道教文学所产生的影响。

第一节 先秦两汉原始宗教形态简述

在某种意义上，先秦时期的文学是宗教与政治的附属品。要谈先秦两汉时期的宗教文学，必须先对该时期的宗教形态进行梳理。与后世成熟的宗教派别不同，先秦宗教重在实践。先秦典籍有关宗教的内容，大部分是对宗教仪式及目的的记载，很少对宗教思想进行提炼并形之于系统理论。例如"三礼"、《尚书》《左传》《国语》等皆是如此。这固然是由先民有限的文化水准及思辨能力所决定的，但也与先秦宗教的原始形态有关。

在先秦有限的文献中，原始宗教的记载出现在对政治、战争、祭祀、农作、狩猎及一切日常事务的叙述中。如《礼记·郊特牲》云："郊之祭也，迎长日之至也，大报天而主日也。"[①]《周礼·春官》记载"以实柴祀日月星辰"[②]。这些文献体现了先民思想中的自然崇拜。对于人类而言，日月星辰、山川河海的运行主宰着他们的命运。在强大的自然力量面前，人类对其产生了敬畏之情，继而幻想具有如此强大力量的必然是某种神灵，于是将生存的希望寄予这些自然神灵，形成了形式众多的祭祀仪式。这种对自然神灵的敬畏心理和祭祀仪式便是原始宗教诞生的基础。而且，农

① 孙希旦：《礼记集解》，中华书局，1989年，第688页。
② 贾公彦：《周礼注疏》卷18，《十三经注疏》本，中华书局，1980年，第757页。本书凡引《十三经注疏》中的文献，如无特别说明，皆出自同一版本，不另标注。

耕时代的人们面对自然界形形色色的动植物，幻想出无数神灵。他们或将此类动植物神化，或者把自己的始祖直接依附于某类动植物，图腾崇拜由此产生。

再如天帝崇拜。可以说，先民对上天的景仰与崇拜超越了他们所有的宗教信仰。自古以来，天命论一直为人们所信奉。早在远古时期，祭天仪式便十分盛行。不论是一国之君还是贫贱者，都认为天帝会为他们提供护佑。早在《尚书·舜典》就有"肆类于上帝，禋于六宗，望于山川，遍于群神"① 之说。《尚书·泰誓上》亦云："天佑下民，作之君，作之师。惟其克相上帝，宠绥四方，有罪无罪，予曷敢有越厥志。"② 在先民的眼中，天神具有至高无上的权力与能力，主宰着人类的命运。

鬼神信仰与祖灵崇拜是中国原始宗教最普遍、最基本的表现形态。先民认为，人死后其灵魂将继续存在并拥有超人的能力，能对人间事物进行掌控。《礼记·祭法》曰："大凡生于天地之间者皆曰命，其万物死皆曰折。人死曰鬼，此五代之所不变也。"③ 这种思想意识让他们对鬼神产生了强烈的敬畏之心。如《礼记·表记》云："殷人尊神，率民以事神，先鬼而后礼，先罚而后赏，尊而不亲。"④ 祭祀众神更是安邦定基的重要条件。从字源上来讲，"祭"由"手""月"（"肉"）及"示"所构成，《说文》释"祭"为"祭祀也，从示，以手持肉"⑤，意为手持牲肉祭祀神灵；《说

---

① 孔颖达：《尚书正义》卷3，《十三经注疏》本，第126页。
② 孔颖达：《尚书正义》卷11，《十三经注疏》本，第180页。
③ 孙希旦：《礼记集解》，第1197页。
④ 孙希旦：《礼记集解》，第1310页。
⑤ 段玉裁：《说文解字注》，上海古籍出版社，1981年，第3页。

文》释"祀"为"祭无已也。从示，巳声"①；又释"示"云：
"天垂象，见吉凶，所以示人也。从二。三垂，日月星也。观乎天
文，以察时变。示，神事也。凡示之属皆从示。"② 所谓"神事"，
意即祭祀神灵。祭祀起源于原始社会人类对自然力的敬畏。原始
先民认为有一种超自然力的存在，于是产生了神灵崇拜，继而希
望通过祭祀来建立和维护良好的人神关系。祭祀与原始宗教密不
可分，是原始先民最重要的社会生活。周礼体系的形成就是直接
导源于上古时期的神灵崇拜与祭祀。如《说文》释"礼"云："履
也，所以事神致福也。"③《礼记·礼运》认为礼制始于以饮食祭祀
鬼神，云："夫礼之初，始诸饮食，其燔黍捭豚，污尊而抔饮，蒉
桴而土鼓，犹若可以致其敬于鬼神。"郑注云："言其物虽质略，
有齐敬之心，则可以荐羞于鬼神，鬼神飨德不飨味也。"④ 可见祭
祀与礼制的形成有着密切的关系，祭祀文化也成为中国传统文化
中最为重要的一部分。《周礼》又记载："以禋祀祀昊天上帝，以
实柴祀日月星辰，以槱燎祀司中、司命、风师、雨师"；"以血祭
祭社稷、五祀、五岳，以狸沈祭山林、川泽，以副辜祭四方百
物"⑤，周朝祭祀对象之广、祭祀形式之多样，于此可见一斑。

《礼记·祭法》强调"有天下者祭百神"⑥，又说："此五代之
所不变也。"对于统治者而言，祭祀是国家之大礼，是强国之根
本。而前辈祖先中有功德的族人，尤其是该族的开山祖先，因其

---

① 段玉裁：《说文解字注》，第3—4页。
② 段玉裁：《说文解字注》，第2页。
③ 段玉裁：《说文解字注》，第2页。
④ 朱彬：《礼记训纂》，中华书局，1996年，第334页。
⑤ 贾公彦：《周礼注疏》卷18，《十三经注疏》本，第757—758页。
⑥ 孙希旦：《礼记集解》，第1194页。

强大有力、德泽后世而为后代所景仰并被世代祭祀，由此形成祖灵崇拜。《国语·鲁语》认为"夫圣王之制祀也，法施于民则祀之，以死勤事则祀之，以劳定国则祀之，能御大灾则祀之，能扞大患则祀之"①，同书又认为"加之以社稷山川之神，皆有功烈于民者也；及前哲令德之人，所以为明质也……无功而祀之，非仁也"②。凡此种种，皆是先民原始宗教信仰之体现。

要使这些信仰产生实际的效用，要使神灵们为人类的生存提供长期的庇护，那么就要理解神灵们的意旨。而高高在上的神灵不是每个人都可以与之沟通、交流，只有具有高度智慧的人才拥有与神灵沟通的超常能力。于是，巫觋、方士、神仙家等承担了这种神圣的职能。他们创造了各种各样祭神、祈神、娱神的仪式，成了神灵的代言者。正是他们促进了原始宗教的形成与发展。《周礼》云："大宗伯之职，掌建邦之天神、人鬼、地示之礼。"③《国语·楚语下》曰："古者民神不杂。民之精爽不携贰者，而又能齐肃衷正，其智能上下比义，其圣能光远宣朗，其明能光照之，其聪能听彻之，如是则明神降之，在男曰觋，在女曰巫。"④韦昭注云："巫、觋，见鬼者。《周礼》男亦曰巫。"⑤当时的人们尤其重视"巫"所具有的沟通鬼神的能力。在庄严的祭祀仪式中，巫觋起着十分重要的灵媒作用。

神灵信仰使先民们产生了丰富的想象力。为了使神灵愉悦，

① 上海师范大学古籍整理研究所：《国语》卷4，上海古籍出版社，1978年，第166页。
② 上海师范大学古籍整理研究所：《国语》卷4，第170页。
③ 贾公彦：《周礼注疏》卷18，《十三经注疏》本，第757页。
④ 上海师范大学古籍整理研究所：《国语》卷18，第559页。
⑤ 上海师范大学古籍整理研究所：《国语》卷18，第560页。

并能一如既往地为先民们提供护佑，先民们创造了一系列的祭祀仪式来娱神。当有文字把这些祭祀仪式记载下来后，后世的人们在这样的文字里不仅感受到了先民对宗教的敬畏，也发现了宗教的艺术魅力，这便是原始宗教文学最主要的存在形态。这些文献对原始宗教仪式的记载相当简略，甚至完全缺失了原始宗教的理论，但是原始宗教思想的复杂性却展露无遗。

虽然如此，这些以自然崇拜、始祖崇拜为核心思想及充满鬼神信仰的原始宗教，却是中国道教思想与理论形成的渊薮。闻一多先生在《道教的精神》一文中就说："我常疑心这哲学或玄学的道家思想必有一个前身，而这个前身很可能是某种富有神秘思想的原始宗教。"他甚至把"这个不知名的古代宗教"视为"古道教"，认为"古道教也许本来就没有死过"，东汉以来的"新道教只是古道教正常的、自然的组织而已"。① 事实上，中国道教的发展从来没有离开原始宗教这块肥沃的土壤。随着人类知识文化的发展，原始宗教那些原生态的古朴的祭祀仪式、纷纭复杂的宗教思想，逐渐得到整理，使之成为一种充实、有序、完整、成熟的宗教形态。

战国时期，诸子兴起，哲学思潮频出，这其中不乏对先秦原始宗教的思考与阐释。但各家学说之间壁垒森严，无法形成统一的宗教理念。秦汉时期，大一统的政治格局，再加上汉武帝罢黜百家，独尊儒术，使两汉的思想学说也高度统一。这种高度统一的思想，体现在宗教的改造上，便是自古以来的自然崇拜、鬼神

---

① 闻一多：《神话与诗》，见《闻一多全集（一）》，生活·读书·新知三联书店，1982年，第143页。

崇拜与战国至秦汉时期盛行的神仙方术之风相结合，在经过汉儒的理论充实之后，产生了天人感应、神仙方术、阴阳灾异、谶纬学说等宗教形态与宗教思想。它们的主体思想被道教吸收、改造成为道教教义的核心内容，为道教的形成奠定了坚实的理论基础。

汉儒运用阴阳五行学说对《周易》《春秋》里的灾异之言进行阐释并加以改造。董仲舒在《春秋繁露》中说："天地之物，有不常之变者，谓之异，小者谓之灾。灾常先至而异乃随之。灾者，天之谴也；异者，天之威也。谴之而不知，乃畏之以威。《诗》云'畏天之威'，殆此谓也。凡灾异之本，尽生于国家之失。国家之失乃始萌芽，而天出灾异以谴告之。谴告之而不知变，乃见怪异以惊骇之。惊骇之尚不知畏恐，其殃咎乃至。以此见天意之仁而不欲害人也。"① 他认为天地万物如果违背物性常理发生了变化，就是灾异。这种灾异是上天对统治者治国无方的一种警告。董仲舒《对贤良策》对此也有详细阐述，他说："《春秋》之中，视前世已行之事，以观天人相与之际，甚可畏也。国家将有失道之败，而天乃先出灾害以谴告之，不知自省，又出怪异以警惧之，尚不知变，而伤败乃至。以此见天心之仁爱人君而欲止其乱也。自非大亡道之世者，天尽欲扶持而全安之，事在强勉而已矣。"其又言："刑罚不中，则生邪气；邪气积于下，怨恶畜于上。上下不和，则阴阳缪盭而妖孽生矣。此灾异所缘而起也。"② 董仲舒宣扬与推崇的"天人感应"、阴阳灾异、神仙方术等学说，使宗教神学与儒家经学融合而成谶纬学说，并使之成为两汉之际宗教神学思

---

① 董仲舒：《春秋繁露》，中华书局，1975 年，第 318—319 页。
② 班固：《汉书》卷56，中华书局，1962 年，第 2498—2500 页。

想的主导。所谓"谶",源出于巫师与方士假托神意,编造预言以示吉凶之兆,即四库馆臣所言:"诡为隐语,预决吉凶。"① 而"纬"则是用神意来阐释儒家经典,把儒家《诗》《书》《礼》《乐》《易》《春秋》六经宗教化、神秘化,将孔子奉为"教主""神人"。本为辅"经"之作的"纬","迨弥传弥失,又益以妖妄之词,遂与谶合而为一"②。

谶纬之学对两汉政治产生了深远的影响。西汉末年,王莽首先利用符谶造作舆论,《汉书·王莽传》记载:"武功长孟通浚井得白石,上圆下方,有丹书著石,文曰:'告安汉公莽为皇帝。'"③王莽以此为借口,抢夺刘汉江山。汉光武帝刘秀也靠谶纬之言起家,利用《赤伏符》即皇帝位,取得统治权。中元元年(公元56)十一月,光武帝"宣布图谶于天下"④,使谶纬合法化。而班固整理的《白虎通德论》,最终以法令的形式使谶纬之学成为国家宗教。

当统治者利用谶纬学说为其抢夺皇权造势,当帝王们身体力行地实践着神仙学说,可以说,神学思潮已经深深地浸淫了整个秦汉时期。上行下效,民间方士也不甘寂寞。燕齐方士利用战国时邹衍的五行阴阳学说,运用五德终始之论来解释他们的方术,形成了所谓的神仙家,即方仙道。方仙道的特点在于"形解销化,依于鬼神之事"⑤。汉成帝时,齐人甘忠可造作了十二卷名为《天

---

① 永瑢等:《四库全书总目》卷6,中华书局,1965年,第47页。
② 永瑢等:《四库全书总目》卷6,第47页。
③ 班固:《汉书》卷99上,第4078—4079页。
④ 范晔:《后汉书》卷1,中华书局,1965年,第84页。
⑤ 司马迁:《史记》卷28,中华书局,1959年,第1368—1369页。

官历》《包元太平经》的经书，言："汉家逢天地之大终，当更受命于天，天帝使真人赤精子，下教我此道。"① 汉哀帝时，甘忠可的弟子贺良等人因会诵《天官历》《包元太平经》而得以待诏黄门，被数次传召面圣，述其师之学说。东汉时，甘忠可所造之书已经亡佚，汉顺帝时的于吉收集散存于民间的残篇并扩充成《太平青领书》，即《太平经》。《太平青领书》与《天官历》《包元太平经》思想一脉相承，成为道教早期的经典，标志着道教的正式形成。

第二节　原始宗教与原始神话、巫术之关系

如上文所言，道教的形成吸收了先秦两汉原始宗教的养料，而原始宗教的表现形态又极其复杂，在先秦两汉文献中，那些对神话与巫术的记载最能体现原始宗教的原初形态。那么，原始宗教、神话与巫术三者之间到底存在什么样的关系？这是中外研究原始宗教的学者所共同关注的问题。

原始先民意识到自然万物与人一样具有活力。这样一种朦胧的意识，就是原始宗教观念的起源。原始先民认为动植物具有像人一样的"活力"，这是一种原初的生命观念，而非"灵魂"观念。依此，中国原始社会最早产生的神话，应当是那些关于动植物的所谓"活物论"的神话。而至"万物有灵论"时，因为相信人是有灵魂的，故而先民们也认为自然万物皆有灵，并且相信自然界有神灵主宰，且能祸福于人。此时，实物崇拜、图腾崇拜、巫术等原始宗教的形态丰富起来，原始宗教的氛围也逐渐浓郁起

---

① 班固：《汉书》卷75，第3192页。

来了。而神话作为对原始人类最早的生存状态（思维状态）的记录，自然而然与原始宗教有着非常密切的关系。

周作人论原始宗教与神话的关系时说："上古之时，宗教初萌，民皆拜物，其教以为天下万物各有生气，故天神地祇，物魅人鬼，皆有定作，不异生人，本其时之信仰，演为故事，而神话兴焉。"[①] 他认为，拜物教是原始宗教的最初形式[②]，此时原始先民认为"天神地祇，物魅人鬼，皆有定作，不异生人"[③]，在此基础之上，才演绎出神话，而"神话者，原人之宗教"[④]。

对此，鲁迅也有阐述，言："夫人在两间，若知识混沌，思虑简陋，斯无论已；倘其不安物质之生活，则自必有形上之需求。故吠陁之民，见夫凄风烈雨，黑云如盘，奔电时作，则以为因陁罗与敌斗，为之栗然生虔敬念。希伯来之民，大观天然，怀不思议，则神来之事与接神之术兴。后之宗教，即以萌蘖。虽中国志士谓之迷，而吾则谓此乃向上之民，欲离是有限相对之现世，以趣无限绝对之至上者也。人心必有所冯依，非信无以立，宗教之作，不可已矣。顾吾中国，则夙以普崇万物为文化本根。敬天礼

---

① 周作人：《儿童文学小论 中国新文学的源流》，河北教育出版社，2002年，第4页。

② 关于拜物教是否为宗教之原始形式，有学者提出质疑，麦克斯·缪勒《宗教的起源与发展》认为"拜物教不是宗教的原始形式"。他说"有些人认为原始拜物教是理所当然的东西，而在我看来恰是尚待证明的东西"，"那些确信拜物教乃是宗教的普遍原始形态的人们所依赖的证据，是没有一个学者或历史学家所能接受的。所以，我们完全有理由放弃拜物教一直是或必定是一切宗教起点的理论。如果我们想发现人类最初怀疑有超感觉、无限和神灵存在时心里有什么样的感觉印象，则必须从别的方面去探索"。［英］麦克斯·缪勒：《宗教的起源与发展》，金泽译，上海人民出版社，2010年，第80页。

③ 周作人：《儿童文学小论 中国新文学的源流》，第4页。

④ 周作人：《儿童文学小论 中国新文学的源流》，第5页。

地，实与法式，发育张大，整然不紊。覆载为之首，而次及于万汇，凡一切睿知义理与邦国家族之制，无不据是为始基焉。"① 认为宗教萌发于神话，中国所有睿知义理及邦国家族之制度皆以此为基石。

林惠祥也论道："神话的内容虽不全具宗教性质，但却有大部分和宗教混合；因为神话是原始心理的表现，而原始心理又极富于宗教观念。神话和仪式同是宗教的工具或辅助品。"② 当代学者潜明兹说："许多流传下来的原始人的信仰，在宗教家看来是宗教的起源，而在神话学者看来又是远古早期的神话。"③ 故而，在某种意义上来说，神话甚至可以视为原始宗教之注脚。马林诺夫斯基论道："神话不是因为哲学的趣意而产生的蛮野对于事物起源的冥想。它也不是对于自然界而加以思辨的结果，不是标记自然律底甚么表象。它乃是一劳永逸地证明了某种巫术底真理的几种事件之一所得到的历史陈述……然在任何时候，神话都是巫术真理底保状，是巫术团体底谱系，是巫术权利（说它为真实可靠的权利）底大宪章。"④ 这是有一定道理的。

在讨论神话、巫术与原始宗教问题的时候，巫术与宗教的关系也颇为复杂，学者们的阐释大相径庭，因为对宗教进行定义本

① 鲁迅：《破恶声论》，《鲁迅全集》第 8 卷，人民文学出版社，1982 年，第 27 页。
② 林惠祥：《文化人类学》，东方出版社，2013 年，第 275 页。
③ 潜明兹：《神话与原始宗教源于一个统一体》，载马昌仪：《中国神话学文论选萃》下册，中国广播电视出版社，1994 年，第 141 页。
④ ［英］马林诺夫斯基：《巫术科学宗教与神话》，李安宅译，中国民间文艺出版社，1986 年，第 71—72 页。

身就非常困难①。威廉·詹姆斯强调宗教的个人经验，他说：

> 宗教意味着个人独自产生的某些感情、行为和经验，使他觉得自己与他所认为的神圣对象发生关系。这个关系或许是道德的，或许是物质的，或许是仪式的，因此，那些神学、哲学和教会组织，显然都是从我们所说的宗教中派生出来的。②

依此观点，个人经验是宗教的本质属性或者重要特征。当然他并不是否认在人类精神史上早于个人宗教虔诚的实物崇拜和巫术，而是认为这些可以划归于"原始宗教"的范畴。对此，詹姆斯论述道：

> 按编年推算，宗教中确有一些东西比道德意义上的个人虔诚更原始。实物崇拜和巫术的历史似乎就早于内心的虔诚——至少，我们关于内心虔诚的记载就没有前两件的记载那么久远。假如人们将实物崇拜和巫术看做

---

① 弗雷泽《金枝——巫术与宗教之研究》："世界上大概没有比关于宗教性质这一课题的意见更纷纭的了，要为它拟出一个人人都满意的定义显然是不可能。一个作者能做的仅仅是：首先讲清楚自己所说的宗教指的是什么，然后在整个作品中前后一致地使用这同一含义的词。"（J. G. 弗雷泽：《金枝——巫术与宗教之研究》，商务印书馆，2012 年，第 90 页）麦克斯·缪勒《宗教的起源与发展》："给宗教下定义无疑是困难之极。这个词在几千年前就出现了，但它一个世纪、一个世纪以来始终变化不断，至今它经常用于与其原意恰恰相反的意义上。"（麦克斯·缪勒：《宗教的起源与发展》，金泽译，第 7 页）

② [美]威廉·詹姆斯：《宗教经验种种》，尚新建译，华夏出版社，2012年，第 23 页。

宗教的发展阶段，那么可以说，个人的内心宗教以及它所创立的真正的教会中心主义，就是第二手，甚至第三手的现象。然而，许多人类学家，例如耶万斯（Jevons）和弗雷泽（Frazer），已经明确地将"宗教"与"巫术"对立起来。而且，即使完全不提这件事实，依然可以断定：导致巫术、实物崇拜和低级迷信的全部思想体系，不仅可以叫做"原始宗教"，其实同样可以叫做"原始科学"。①

詹姆斯认为巫术的出现要早于宗教，巫术是原始宗教的重要组成部分。美国学者斯特伦总结弗雷泽的宗教观念说："宗教是为了解决那些巫术不能圆满解决的难题而求助于超自然存在的产物。"② 那么，宗教与巫术的本质有何不同？特伦斯又接纳了英国人类学家马林诺夫斯基的观点，认为"巫术与宗教的区别在于宗教创造了价值，并直接提出终极的目的。与此相反，巫术仅有其实践的与功利的目的，而且其本身也只是实现目的的手段而已"③。

---

①　[美]威廉·詹姆斯：《宗教经验种种》，尚新建译，第23页。弗雷泽《金枝——巫术与宗教之研究》："总之，宗教认定世界是由那些其意志可以被说服的、有意识的行为者加以引导的，就这一点来说，它在基本上是同巫术以及科学相对立的。巫术和科学当然地认为，自然的进程不取决于个别人物的激情或任性，而取决于机械进行的不变的法则。"又："巫术与科学在认识世界的概念上，两者是相近的。二者都认定事件的演替是完全有规律的和肯定的。并且由于这些演变是由不变的规律所决定的，所以它们是可以准确地预见到和推算出来。一切不定的、偶然的和意外的因素均被排除在自然进程之外。"（J. G. 弗雷泽：《金枝——巫术与宗教之研究》，第92—93，89页）

②　[美]斯特伦：《人与神——宗教生活的理解》，金泽、何其敏译，上海人民出版社，1991年，第293页。

③　[美]斯特伦：《人与神——宗教生活的理解》，金泽、何其敏译，第295页。

虽然原始巫术或多或少以各种方式保存在世界各民族的文明里面，但是我们无法回到那个茫茫久远的时代，故其"真实"的状况如今无法确认。"愈古的宗教，其情形愈不得详，因为被晚起的宗教遮蔽得晦暗不明。"① 有学者认为巫术可能是人类与"生"以来就已有之，并非是对其生存状况的某种积极或消极的反映。如马林诺夫斯基所说："巫术永远没有'起源'，永远不是发明的，编造的。一切巫术简单地说都是'存在'，古已有之的存在；一切人生重要趣意而不为正常的理性努力所控制者，则在一切事物一切过程上，都自开天辟地以来便以巫术为主要的伴随物了。咒、仪式，与被咒及仪式所支配的事物，乃是并存的。"② 又说："巫术不是因为观察自然认识了自然界底律令而有的东西，巫术乃是人类古已有之的根本产业，足以使人相信人类本有自由创作欲念中的目的物的能力，只是这项遗业要靠传统才见知于人罢了。"③ 他认为，巫术是生而就有的最为根本性的"产业"。但马林诺夫斯基也承认，巫术的基础乃是来源于现实的经验，"巫术信仰与巫术行为的基础，不是凭空而来的，乃是来自实际生活过的几种经验；因为在这种经验里面他得到了自己力量底启示，说他有达到目的物的力量"④。

概而言之，上古神话是人类原始巫术与原始宗教的重要载体，而巫术是实现宗教目的的手段，再现了宗教仪轨之原初形态。从

---

① ［德］W·施密特：《原始宗教与神话》，萧师毅、陈祥春译，上海文艺出版社，1987年，第10页。

② ［英］马林诺夫斯基：《巫术科学宗教与神话》，李安宅译，第57页。

③ ［英］马林诺夫斯基：《巫术科学宗教与神话》，李安宅译，第61页。

④ ［英］马林诺夫斯基：《巫术科学宗教与神话》，李安宅译，第69页。

文学艺术的角度而言，神话虽然不是文学，但可以从此窥视其对于后世文学的巨大影响。故而，本书在梳理先秦两汉宗教文学史时，其中一个重点便是探究先秦两汉典籍中的神话、巫术对后世道教的影响，以及此类文本书写所特有的宗教文学特色。

第三节　实用与审美：宗教韵文之风格

先秦两汉时期，用韵文形式反映宗教内容的文体呈现了实用与审美两种风格。从上古歌谣到《诗经》中的"颂"诗，再到汉代郊庙歌辞，其宗教表达皆以实用为目的。上古歌谣与古代巫祝文化存在密切联系。一些上古歌谣本身就是祝词或咒语。如《礼记》中的《蜡祝辞》"土反其宅，水归其壑，昆虫毋作，草木归其泽"①，即是神农氏命令自然事物各归其位而发出的咒辞。这些简朴原始的上古歌谣，是先民为提升其生存能力与生存空间而作，具有鲜明的功用性。

《诗经》风、雅、颂三部分都不同程度地反映了原始宗教活动。如《小雅·鹿鸣之什·天保》第四章就是对宗庙祭祀的记载，其文曰："吉蠲为饎，是用孝享。禴祠烝尝，于公先王。君曰：卜尔，万寿无疆。"② 这是对先公先王祭祀以祈求赐福的祝颂诗，表现了先民们的祖灵崇拜情结。又如《大雅·生民》："诞我祀如何？或舂或揄，或簸或蹂，释之叟叟，烝之浮浮。载谋载惟，取萧祭脂，取羝以軷。载燔载烈，以兴嗣岁。卬盛于豆，于豆于登，其香

---

① 孙希旦：《礼记集解》，第 696 页。
② 孔颖达：《毛诗正义》，《十三经注疏》本，第 412 页。

始升。上帝居歆，胡臭亶时。后稷肇祀，庶无罪悔，以迄于今。"①
该诗对祭祀后稷的情景——从人们怎样准备祭祀的食品到祭祀时
的仪式进行了详细描述。而《诗经》中的颂诗是专门用于宗庙祭
祀的乐歌。例如，《周颂》是周王室的宗庙祭祀诗。其中《清庙之
什》祭祀、歌颂周王室祖先的功德，《噫嘻》是春夏之际周康王向
周成王祈求五谷丰登的颂诗，而《丰年》则是秋冬之际周人祭祀
先祖及众神的乐歌。《商颂》中的《那》《烈祖》《玄鸟》是祭祀
商族祖先的乐歌。这些祭祀乐歌，记载了众多的上古祭祀仪式，
是原始宗教形态的诗化呈现，是先民们祈望得到祖灵庇荫，获得
丰收，从而达到衣食无忧的理想生活的现实诉求。

这种具有现实意义的宗教乐歌，传承至汉代时以国家大典的
方式得以全新演绎。汉代郊庙歌辞如《练时日》《帝临》《日出
入》《天门》《后皇》《五神》等，是汉代祭祀神灵与先祖时演奏
的乐章，是原始神仙信仰与祖先崇拜的遗留、演化。由于祭祀活
动在汉代已演变为国家大典的一部分，故郊庙歌辞也粗具规模，
并对后世影响深远。郭茂倩《乐府诗集》对郊庙歌辞的发展历史、
职能功用有详细说明，他说："祭乐之有歌，其来尚矣。两汉已
后，世有制作。其所以用于郊庙朝廷，以接人神之欢者，其金石
之响，歌舞之容，亦各因其功业治乱之所起，而本其风俗之所由。
武帝时，诏司马相如等造《郊祀歌》诗十九章，五郊互奏之。又
作《安世歌》诗十七章，荐之宗庙。至明帝，乃分乐为四品：一
曰《大予乐》，典郊庙上陵之乐。郊乐者，《易》所谓'先王以作
乐崇德，殷荐上帝。'宗庙乐者，《虞书》所谓'琴瑟以咏，祖考

---

① 孔颖达：《毛诗正义》，《十三经注疏》本，第531—532页。

来格'。《诗》云'肃雍和鸣，先祖是听'也。二曰雅颂乐，典六宗社禝之乐。社禝乐者，《诗》所谓'琴瑟击鼓，以御田祖'。《礼记》曰'乐施于金石，越于音声，用乎宗庙社稷，事乎山川鬼神'是也。永平三年，东平王苍造光武庙登歌一章，称述功德，而郊祀同用汉歌……按郊祀明堂，自汉以来，有夕牲、迎神、登歌等曲。"① 可知用于郊庙祭祀、国家大典中的歌辞，主要用于"接人神之欢"，是娱神、祭神之歌曲。其内容既可反映帝王们的功业治乱，也是自古以来风俗礼仪之体现。而到了汉代，祭祀仪式更趋繁复，郊庙歌辞也日渐程式化、系统化，并为汉以后的统治者所继承、效仿。郊祀之礼成为历代帝国的国家大典，延绵不绝以至有清一代。更重要的是，汉代统治者举行的郊祀与庙祀，既是一种宗教行为，也是建立与维护汉代大一统帝国的政治行为。而郊庙歌辞的创制，体现了汉代人的政教与乐教，是国家意识形态的表现，对稳定汉代社会政治结构起到了一定的作用。

在先秦两汉韵文文体中，还存在以审美为目的的宗教表达，如楚辞与游仙诗。屈原作品中的神仙思想，呈现了鲜明的个性色彩。作者以审美的眼光来塑造各类神灵。在《离骚》中，屈原的神仙思想迥然异于普通的神灵崇拜。他不是祈求神灵的庇护，而是融入了个人情绪。作者或对这些神灵进行质疑与批评，或命令、驾驭神灵为自己服务。在《天问》中，屈原对自古以来的神话传说进行了质疑与考问。屈原对原始宗教、天命论的怀疑与批判，使得他作品中的神灵形象充满了屈原自己的思想，呈现出独特的文艺特色。再如《九歌》本是沅湘一带民间用来礼神、娱神的乐

---

① 郭茂倩:《乐府诗集》，中华书局，1979 年，第 1—2 页。

歌，兼歌、乐、舞于一体。闻一多《"九歌"古歌舞剧悬解》一文，将屈原的《九歌》视为一出原始歌舞剧，《东皇太一》和《礼魂》是这出歌舞剧的序曲和尾声，他称之为《迎神》曲与《送神》曲。① 也有学者认为"《九歌》是古傩发展到高级阶段的产物"，"是傩戏见于史籍的最早记载"。② 屈原对之进行了改造，既保持了《九歌》的巫歌本色，又渗入了屈原的个人情感因素与语言风格。然而，屈原对《九歌》的改造，不是出于祭神祈福的实际需求，而是借祭神的巫歌表达自己的内心情愫。例如《国殇》，是为为国捐躯的将士们而唱的祭歌，作者在文中歌颂了将士们奋勇杀敌的英雄气概与爱国情怀，也表达了作者内心的哀伤。在《东君》《少司命》中，屈原对东君、少司命的形象塑造体现了屈原的政治理想。可见，屈原作品中的神灵形象是其个人审美观念的投射，是屈原按照自己的审美需求而塑造的，带有鲜明的自主创作意识。

以审美为目的的宗教表达，还体现在以游仙为主题的诗赋作品中。屈原《远游》将古老的神话传说用诗歌的方式进行了表达，已初具游仙诗的雏形。汉代游仙诗的创作较多，如汉乐府中的《吟叹曲·王子乔》《平调曲·长歌行》。这些作品不是为寻求神灵的庇佑而作，而是企羡神灵的生存状态，并以此作为人生的美好归宿而加以歌颂。再如汉赋中的神仙意象，也使一些汉赋带有游仙性质。司马相如的《大人赋》，所谓"大人"即是轻举远游的"仙人"。司马相如对"大人"遨游天际的恢宏气势进行了渲染，以致汉武帝阅后"飘飘有凌云之气，似游天地之间意"。这正是文

① 闻一多：《神话与诗》，见《闻一多全集（一）》，第305—333页。
② 林河：《〈九歌〉与沅湘的傩》，《中华戏曲》第12辑，山西人民出版社，1992年，第247、262页。

艺审美的效果。可见，这些作品中的宗教表达不是以实用为目的，而是附着了作者的个性情结，具有文艺上的唯美特色。

第四节 说理与叙事：散体文的宗教叙述

先秦两汉散文中的宗教表达主要有说理与叙事两种方式。用理论阐释宗教现象的作品有诸子散文与道教经典。先秦散文如《老子》《庄子》等诸子作品，其丰富的哲学思想为后世道教所吸收。此类作品既是宗教文学之本体，也是宗教思想之载体。《老子》《庄子》作为道家著作，其哲学思想对道教的形成与发展产生了重大影响。在道教创立之初，道徒们就把老子奉为"教主"，将《老子》称为《道德经》。黄老学说一度成为西汉治国之思想，而黄老道更是道教之前身，被社会各阶层所信奉。东汉以来，不断有道教徒对《老子》进行宗教性阐释，《老子河上公章句》《老子想尔注》正是道徒利用章句、注释的方式改造《老子》中的哲学思想，使其成为宗教教义。例如，《老子想尔注》认为"道""聚形为太上老君，常治昆仑"[1]，将老子形象与哲学术语"道"合二为一，使老子演变成了道教的开山圣祖。非唯如此，在对《老子》哲学思想进行改造的同时，人们也对老子这个历史人物进行了神化，此时期出现了《老子圣母碑》《老子变化经》《老子铭》等神化老子的作品。例如《老子变化经》中关于老子分身应化、为帝王师等叙述，是早期天师道为建立政教合一的统治模式、树立老子的教主地位、强调老子的治国理念而进行的建构。《老子变化经》建构了较为完整的老子神话体系，开启了后世道教徒神化老

---

① 饶宗颐：《老子想尔注校证》，上海古籍出版社，1991年，第12页。

子之风气，在老子神化史、道教发展史中具有不可磨灭的贡献。

唐天宝元年，庄子也被道教徒尊为南华真人，《庄子》易名为《南华真经》而成为道教经典。《庄子》论神仙与养生，强调出世、避世的人生态度，非常契合道教徒的心理需求。其言鬼神之实有、谈浮生若梦、论修炼长生，皆为道教吸纳并成为道教教义的理论依据。而且，《庄子》对神人与真人的服饰、行为、生活环境进行了描述。其文想象奇特，辞藻优美，表达出神人超凡脱俗的意境，成为道教徒建构神仙世界的先声。如《庄子·逍遥游》云："藐姑射之山，有神人居焉，肌肤若冰雪，绰约若处子。不食五谷，吸风饮露。乘云气，御飞龙，而游乎四海之外。"① 塑造了这样一位冰清玉洁、高蹈避世、逍遥自在的神人形象，因其语言优美，想象奇巧，意境瑰玮奇幻而成为文学史上的经典。《庄子》运用大量寓言，构建了奇特的神人世界，在展现道家思想的同时，也因其"意出尘外，怪生笔端"② 的艺术魅力，具有高度的文学价值。

东汉时期出现了两部道教理论著作：《太平经》与《周易参同契》。《太平经》的出现标志着道教的正式形成，是早期道教纲领性的著作。《太平经》的核心内容以"奉天地顺五行"③ 为本，"其言以阴阳五行为家，而多巫觋杂语"④，强调"天地之性，万物各自有宜。当任其所长，所能为，所不能为者，而不可强也"⑤。《太平经》是以甘忠可的《天官历》《包元太平经》为基础扩展而

---

① 郭庆藩：《庄子集释》卷1上，中华书局，1961年，第28页。
② 刘熙载：《艺概》，《刘熙载文集》，江苏古籍出版社，2001年，第61页。
③ 范晔：《后汉书》卷30下，中华书局，1965年，第1081页。
④ 范晔：《后汉书》卷30下，第1084页。
⑤ 王明：《太平经合校》，中华书局，1960年，第203页。

成，并非成于一人一时一地。故而《太平经》的思想驳杂，既上承先秦原始宗教、老庄哲学之遗教，又深受阴阳图谶、神仙方术之影响。若论其文学价值，《太平经》在文体发展方面做出了较高的贡献。《太平经》主要是对话体、语录体形式的散文。除了语录体散文形式外，《太平经》中还出现了许多口诀、歌谣、谚语等。这与《太平经》的宗教性质有关。《太平经》中有许多修炼方法，因为师徒间的传授方式为口耳相传，故而将那些复杂的修炼方法编撰成顺口溜性质的口诀或诗歌，既便于道教徒记忆，也有利于扩大道教的影响。这种传教性质的作品在诗歌美学上的价值不高，但在一定程度上促进了诗体的发展。例如《太平经》中的《师策文》《道毕成诫》可算是中国最早的"七言诗"。更重要的是，《太平经》建构了早期道教语境下的文学理论体系，这个理论体系包括文原论、文章功用论、文章批评论、经典释读论，在中国古典文论体系中具有独特地位。

《周易参同契》是道教丹鼎派的经典著作，作者为魏伯阳。据葛洪《神仙传》记载，魏伯阳乃"高门之子"，具有较高的知识水准与文学修养。魏伯阳在《周易参同契》中运用了比拟、隐喻、象征这些中国传统诗学最常用的创作手法来阐释道教理论，使严肃的道教理论显得生动有趣，具有一定的感染力与说服力。该书论及养生及炼丹术，暗示炼丹要领，多用诗体表达。《周易参同契》中有三言、四言、五言诗，还有辞赋。其中五言诗最多，对五言诗的形成与发展做出了贡献。可见，早期道教徒善于利用多种文学手段阐述道教理论。《太平经》与《周易参同契》的出现，在思想理论与创作手法两方面为道教文学的形成奠定了基础。

先秦两汉的宗教思想还以叙事的方式散见于史书中。《史记》

与《汉书》对先秦两汉的宗教思想及其发展历程有详细记载。《史记》中的《封禅书》记载了自古以来帝王祭祀山川之历史;《秦始皇本纪》《孝武帝本纪》对秦汉时期盛行的神仙方术之风、秦始皇与汉武帝求仙的经历都有细致描述。这些文字不仅让后人了解到秦汉时期的宗教风尚,也体现了史家的宗教态度。《汉书·五行志》专门记载西汉人运用阴阳五行学说来推验祸福、预测政治发展趋势的风尚。班固在《五行志》中对创立这种史书体例的理论根据进行了简略梳理,他说:"昔殷道弛,文王演《周易》;周道敝,孔子述《春秋》。则《乾》《坤》之阴阳,效《洪范》之咎征,天人之道粲然著矣。汉兴,承秦灭学之后,景、武之世,董仲舒治《公羊春秋》,始推阴阳,为儒者宗。宣、元之后,刘向治《谷梁春秋》,数其祸福,传以《洪范》,与仲舒错。至向子歆治《左氏传》,其《春秋》意亦已乖矣;言《五行传》,又颇不同。是以揽仲舒,别向、歆,传载眭孟、夏侯胜、京房、谷永、李寻之徒所陈行事,迄于王莽,举十二世,以传《春秋》,著于篇。"① 其《汉书·叙传(下)》也云:"《河图》命庖,《洛书》赐禹,八卦成列,九畴逌叙。世代实宝,光演文武,《春秋》之占,咎征是举。告往知来,王事之表。述《五行志》第七。"② 可见,班固设立《五行志》的思想源头是儒家经典《周易》与《春秋》。这正是汉儒用阴阳五行学说对《周易》《春秋》里的灾异之言进行整合并加以改造,形成天人感应学说的实践。《五行志》以阴阳五行学说为基础,记载了大量神奇、怪异、惊悚的画面。这些富有浓郁

---

① 班固:《汉书》卷27上,第1316—1317页。
② 班固:《汉书》卷100下,第4243页。

宗教色彩的故事，在古代中国承载着历史叙述的功能，形成了一套独特的思想体系。

第五节 从原初神话到道教神话：道教文学之形成

中国上古神话是先民原始宗教信仰的又一种记载。例如《山海经》本为地理书，因其记载了许多古老的神话以及书中浓厚的巫教色彩，反映了先民们的宗教信仰，而被认为是巫觋之书。袁珂认为"《山海经》确可以说是一部巫书，是古代巫师们传留下来、经战国初年至汉代初年楚国或楚地的人们（包括巫师）加以整理编写而成的"①。袁行霈也认为《山经》是巫觋之书，《海经》是秦汉间的方士之书。② 正因为《山海经》的巫书性质，其思想内容对后世道教产生了深远影响。《山海经》以神话的形态提出了长生不死的信仰。书中有许多关于"不死之山"（《海内经》）、"不死之国"（《大荒南经》）、"不死之药"（《海内西经》）、"不死民"（《海外南经》）的记载，这种长生不死的信仰是道教修炼成仙、长生不老的理论基础。尤其是书中记载的西王母，经两汉方士、神仙家的改造，成为道教神仙系统的女仙领袖。《山海经》中的西王母相貌极丑陋，似兽非人，《山海经·西山经》曰："其状如人，豹尾虎齿而善啸，蓬发戴胜，是司天之厉及五残。"③ 而道教小说《汉武帝内传》中的西王母摇身一变成为年轻貌美、地位尊贵、长生不老的女仙。西王母形象的演变，是神话宗教化的结果，体现

---

① 袁珂：《中国神话史》，上海文艺出版社，1988 年，第 18 页。
② 袁行霈：《山海经初探》，载《中华文史论丛》1979 年第 3 期。
③ 袁珂：《山海经校注》，巴蜀书社，1993 年，第 59 页。

了道教或神仙家的思想理念，也展现了从神话到道教仙话的演变历程。《山海经》中的此类神话，为以神仙信仰为核心的道教提供了原始依据。再有同书《大荒西经》记载有"灵山十巫"，袁珂认为"灵山盖山中天梯也"。这十个巫师在灵山"上下于天，宣神旨、达民情"[1]，虽然采药于灵山，但非普通的巫医。《山海经》记载的神、巫及其超常的能力、神奇的方术，再加上富于瑰奇色彩的神境仙山，既是道教神学的源头，也为道教文学的发展拓展了空间；既具有宗教意义，又有很高的文学价值。

再如《淮南子》也记载了许多古老的神话。《淮南子·天文训》"共工与颛顼争为帝"[2]"日出于旸谷，浴于咸池"[3] 等是对自然现象进行解释的神话，对道教教义中的宇宙生成论有较大影响；《览冥训》更是集中记载了众多神奇的故事，如："师旷奏《白雪》之音，而神物为之下降，风雨暴至，平公癃病，晋国赤地。庶女叫天，雷电下击，景公台陨，支体伤折，海水大出"[4]；"鲁阳公与韩构难，战酣日暮，援戈而挥之，日为之反三舍。"[5] 诸如此类，旨在证明人们如果能"全性保真，不亏其身"，那么在"遭急迫难"时，才能"精通于天"。这正是汉代天人感应思想的体现。而这类神话因其想象的奇特瑰丽，成为宗教文学的精华。淮南王刘安的人生经历也被染上了浓厚的神仙色彩，据说其撰有《枕中鸿宝苑秘书》，专"言神仙使鬼物为金之术，及邹衍重道延命方"[6]。

---

① 袁珂：《山海经校注》，第 454 页。
② 何宁：《淮南子集释》，中华书局，1998 年，第 167 页。
③ 何宁：《淮南子集释》，第 233—234 页。
④ 何宁：《淮南子集释》，第 443—444 页。
⑤ 何宁：《淮南子集释》，第 447 页。
⑥ 班固：《汉书》卷 36，第 1928 页。

在道教神仙传记中，刘安最终也得以位列仙班。

将神话宗教化，体现了道教或神仙家的思想理念，也展现了从原初神话到道教神话的演变历程。故对《山海经》《淮南子》等作品中的神话进行研究，可以更为全面地探讨道教神仙思想、神仙谱系的源头。而中国第一部道教神话专著——刘向的《列仙传》的出现，则对道教神仙谱系的形成产生了重要影响。

《列仙传》记载了自古以来七十一位仙人及其修炼方法。这些仙人来自各个阶层，既有中原部落的首领，如黄帝；也有地位低贱者，如赤松子、偓佺、冠先、陶安公等；也有历史人物，如老子。刘向认为潜心向道之人，不论贵贱，只要善于"服食养生""导引行气"，皆可修炼成仙。《列仙传》将上古神人、历史人物、民间传说人物改造成修炼得道之仙人，是典型的道教神话作品，反映了西汉时期新兴的神仙信仰，开启了仙传的创作模式，对道教神仙谱系的形成起了重要作用。《列仙传》叙事简洁生动，文字古雅秀丽。文中记载的道教神话故事情节奇特曲折，想象丰富，具有较高的欣赏性。尤其是书中的游仙故事、人神相恋故事，如江妃二女、王子乔、萧史等，更是中国文学史上的经典，成为后世戏曲、小说的创作素材。

神话的文学价值不容小视，正如袁珂所言："神话固然不单纯属于审美范畴的文学，但神话的第一属性，却是文学，然后才是宗教以及原始先民用神话思维去探讨的其他多种学科。"① 较之早期神话，道教神话的宗教意味更为浓厚，由此也可看到宗教文学之特性。两汉时期出现的仙传与道教神话小说，将自古以来的神

---

① 袁珂：《中国神话通论》，巴蜀书社，1993 年，"序"第 1 页。

话人物、神话故事附会于历史人物，将"神""人"改造成"仙"，将神话思想改造成符合道教所追求的理想境界，这正是道教文学得以丰富发展的体现。

第六节　出土文献的宗教文学价值

研究先秦两汉的宗教文学，出土文献的重要性不言而喻。20世纪初发现的殷虚甲骨文中，就出现了许多卜辞。刘永济先生认为先秦巫祝，"二者乃先民之秀特，而文学之滥觞"①。殷虚卜辞正是先秦巫者在为他人占卜时使用的文辞。这些文辞虽然极其简略，却是原始宗教活动、宗教思想最直接的反映，也是中国散文的源头。如《殷契卜辞》所收甲骨文第三三七片有曰："乙巳卜，王宾日。"② 即记载了商王祭祀太阳的事件，体现了先民的太阳崇拜。郭沫若《卜辞通纂》中收录的一些卜辞，长达几十字甚至百来字，文中人物、时间、地点、事件等信息比较齐全，可视为微型散文。此类卜辞所存虽是一鳞半爪，但对于研究先秦原始宗教文学的原生形态而言，是不可或缺的重要资料。

而道教宣扬与信奉的某些教义，也可在出土文献中追寻其源头。如后世神仙家、方士、道教徒所言之"阴阳"，在商代就已出现。于省吾《商周金文录遗·異伯子盨铭》记载："異伯子𡛷父，作为征盨：其阴其阳，以征以行。"③ 虽然此铭文中的"阴阳"未必具有宗教意义，但这个词组的出现却为学者探讨道教教义之起

---

① 刘永济：《文心雕龙校释》，中华书局，2007年，第33页。
② 容庚、瞿润缗：《殷契卜辞》，北京图书馆出版社，2008年，第203页。
③ 沈宝春：《〈商周金文录遗〉考释》，花木兰文化出版社，2005年，第404页。

源提供了原始依据。

两汉时期，宗教对人们生活的渗透，其核心在于生死问题。追求长生不死固然是神仙家们努力的目标，而日常生活中的死亡现象也迫使人们从宗教中寻求心灵支柱。在两汉墓葬中，墓葬文书、壁画、画像石、碑志皆体现了时人的宗教信仰。故对地下出土之文物进行研究，结合相关传世文献，可以更深入地挖掘两汉时期宗教的复杂性及其精神实质。现存两篇汉代的仙人碑传《肥致碑》《仙人唐公房碑》最具代表性。《肥致碑》与《仙人唐公房碑》的题材、风格与传世文献如《后汉书·方术传》《神仙传》非常接近。这些出土文物，弥补了传世文献之不足，可以使我们更立体、更全面、更客观地研究先秦两汉的宗教文学形态。

第二章　原始宗教祭仪与文体、文学形态之发展

先秦时期的宗教祭仪对祝祷文体的发生、分类、形态及功能均产生了重要影响。祭祀活动的繁荣、巫祝高水准的文字驾驭能力，促进了祝祷文体的发展。而不同的祭祀场合对所需祭辞的特定要求，又增强了人们的文体分类意识。大祝所掌"六辞"、大师所教"六诗"即体现了先秦祭祀活动对文体发展与分类的推动作用。祝祷文辞作为祭仪的重要组成部分，其文体形态随着祭仪的需要而发生变化。《诗经》中的《商颂》与《周颂》在内容、风格、篇幅等方面的差异，正是缘于商朝"尚声"与周朝"尚臭"祭祀传统的差异。祝文与嘏文、祷文与祠文、祝文与诅文等文体受制于祭祀目的的需要，形成了功能相互对应的特征。这些独特的文体现象，说明古代宗教祭仪与文体、文学形态的发展具有密切关系。

第一节　甲骨卜辞：宗教文学之源

中国原始宗教的源头是远古时期的卜筮。远古人民思想尚未开化之时，他们将一生中的重要决策都交于巫祝来决定。在先秦文献中，卜筮的行为随处可见。如《书·大禹谟》曰："龟筮协

从，卜不习吉。"① 《诗·卫风·氓》云："尔卜尔筮，体无咎言。"②《楚辞·离骚》言："命灵氛为余占之。"③ 王充《论衡·卜筮篇》解释"卜筮"云："俗信卜筮，谓卜者问天，筮者问地，蓍神龟灵，兆数报应。"④ 为人们进行卜筮的人，是代表了当时先进文化，掌握了当时最高知识的巫祝。巫祝们用龟甲来预测吉凶，如《礼记·月令·孟冬之月》记载："命大史衅龟、筮、占兆，审卦，吉凶是察"⑤；《荀子·王制》云："钻龟陈卦"⑥；《韩非子·饰邪》言："凿龟数筮。"⑦ 他们也用蓍草，或依据梦境，或仰观天象进行占卜。巫祝们将占卜的情况刻录在龟甲、牛胛骨等物品上。

1899 年，王懿荣发现了出土于河南安阳小屯村的殷墟龟甲，为探索中国古代文明的源头提供了最直接的文献资料。目前为止，所见刻有文字的龟甲达十五万片之多，可识文字达四千多字，学界称之为甲骨文。这些龟甲文字记录了殷商、西周王室利用龟甲进行占卜，预测吉凶的情况，真实地再现了商周时期原始宗教信仰在现实生活中的具体运用。

在这些极其简短、零碎的甲骨卜辞中，可见殷商王室所祀的对象约有三类：一是天神，有上帝、日、东母、西母、云、风、雨、雪；二是地示，有社、四方、四戈、四巫山、川；第三类是人

---

① 孔颖达：《尚书正义》卷4，《十三经注疏》本，第136页。
② 孔颖达：《毛诗正义》卷3，《十三经注疏》本，第324页。
③ 洪兴祖：《楚辞补注》卷1，中华书局，1983年，第35页。
④ 黄晖：《论衡校释》卷24，中华书局，1990年，第998页。
⑤ 孙希旦：《礼记集解》，第487页。
⑥ 王先谦：《荀子集解》卷5，中华书局，1988年，第169页。
⑦ 王先慎：《韩非子集解》卷5，中华书局，1998年，第121页。

鬼，有先王、先公、先妣、诸子、诸母、旧臣。[1] 这些名目繁多的祭祀对象，体现了殷商社会广泛存在的鬼神信仰及自然崇拜。在生产力极其低下的时期，为了更好地生存，先民们不得不从心理上依附于神灵，认为超自然的神灵控制着整个自然界。而他们只有通过祭祀献媚于神灵，才能获得更好的生存条件。于统治阶层而言，当时的帝王本身就是原始宗教信仰的代表者与执行者，他们主持大型的公共祭典。在他们的领导下，本处于自发原生状态的祈祷，逐渐发展成有语言、祭品、歌舞、祭仪的具有规范化、稳定性的祭祀仪式，即形成了原始宗教。例如，卜辞中所见求雨之祀，就已出现了以歌舞祭祀的仪式：

乎多老舞——勿乎多老舞——王占曰：其之雨[2]（罗振玉《殷虚书契前编》7. 35. 2）
贞我舞，雨[3]（董作宾《殷虚文字·乙编》7171）
今夕奏舞，之从雨[4]（罗振玉《殷虚书契前编》3. 20. 4）

既然有舞，应当也有歌乐。《卜辞通纂》第三七五片记载：

癸卯卜，今日雨。其自西来雨？其自东来雨？其自

---

① 参见陈梦家：《殷虚卜辞综述》，中华书局，1988 年，第 562 页。
② 罗振玉：《殷虚书契前编》，《甲骨文研究资料汇编》本，北京图书馆出版社，2008 年，第 680 页。
③ 董作宾：《殷虚文字·乙编》，"中央研究院"历史语言研究所，1994 年，第 967 页。
④ 罗振玉：《殷虚书契前编》，《甲骨文研究资料汇编》本，第 244 页。

北来雨？其自南来雨？

这则卜辞占卜的结果是当日有雨。卜辞紧接着反复问："其自西来雨？其自东来雨？其自北来雨？其自南来雨？"应该是巫者边舞边歌，祭祀四方以求雨的歌辞。该卜辞文意浅显易懂，文句似诗歌般回环复沓，韵律自然谐和，颇有民歌意味。郭沫若评曰："一雨而问其东西南北之方向，至可异。"[①] 这种以歌舞辅以其他仪式的祭祀，便是原始宗教的体现。这种求雨巫术在秦汉时被神仙方士们继承并加以改造，最后演变为道教中的重要法术。在文字出现之后，巫祝们便在龟甲上记录这些重要的祭典。这些甲骨卜辞既是原始宗教信仰的直观体现，也是中国最古老的文学形态。

现存的甲骨卜辞简则几个字，多则达百字，对占卜的时间、地点、人物、内容、结果有所记载。甲骨卜辞一般包括前辞、命辞、占辞与验辞四个部分，前辞、命辞与占辞皆为说明文字，而验辞则是叙述征验，亦即占卜后真正发生过的事情，为叙事文字。但大部分甲骨卜辞结构并不完整，往往只有前辞与命辞。也有一些甲骨卜辞虽然记载简短，但已具备了作为文章的基本要素，可算是中国古代文章的最初雏形。如《卜辞通纂》第七三五片"第四辞"：

癸巳卜，㱿，贞旬亡祸？王占曰：乃兹亦有祟。若称。甲午，王往遂兕，小臣古车马，硪驭王车，子央亦坠。

---

① 郭沫若：《卜辞通纂》，《郭沫若全集》第 2 卷《考古编》，科学出版社，1982 年，第 369 页。

　　这篇卜辞记录了商王占卜的时间、结果及验辞。验辞证明商
王占卜的准确性。验辞记载商王在占卜后率众打猎，名为"古"
的小臣驾驶的车马突然发生颠覆，导致王子央也跌落车下。[①] 这篇
卜辞叙事虽然极其简略，但作为文章的各要素却相当完备，已完
整地记录了事件的整个过程。这些简短、质朴的甲骨卜辞，其价
值非唯记载了殷商时期的历史与宗教活动，也闪现出耀眼的文学
光芒，是中国古代文学的萌芽。[②]

　　甲骨卜辞保存了先民们对上帝的想象，记载了一位能够呼风
唤雨的上帝形象。这位上帝具有无上的权威，是天下万民与自然
万物的主宰。如武丁卜辞中的上帝就可以令雨令风：

　　帝令雨足年——帝令雨弗其足年[③]（罗振玉《殷虚书
契前编》1．50．1）

　　　今三月帝令多雨[④]（罗振玉《殷虚书契前编》3．18．
5）

---

　　① 郭沫若：《卜辞通纂》，《郭沫若全集》第2卷《考古编》，第531页。
　　② 把殷虚卜辞视为文章的原始形态、中国文学的起源，在学界已达成共识。
如唐兰的《卜辞时代的文学和卜辞文学》（《清华大学学报》1936年第3期）；张
寿康主编的《文章学概论》认为"现在所能看到的我国文章的最早形态是1899
年于河南安阳出土的殷商甲骨卜辞"（张寿康：《文章学概论》，山东教育出版社，
1983年，第19页）；褚斌杰认为甲骨卜辞"是我国最早记事文的萌芽和原始形
态"（褚斌杰：《中国古代文体概论》，北京大学出版社，1984年，第5页）；王
章焕、曾祥芹的《甲骨卜辞——中国最早的文章形态》（《殷都学刊》1986年第3
期）；萧艾认为"中国文学史应从'卜辞文学'开始"（1987年7月22日《文
摘》报），其又有《中国最早的韵文》一文，认为甲骨文中的"四方风名刻辞"
"为卜辞时代的韵文，我国历史上再没有比它更早的韵文了"（《求索》1988年第
2期）。
　　③ 罗振玉：《殷虚书契前编》，《甲骨文研究资料汇编》本，第107页。
　　④ 罗振玉：《殷虚书契前编》，《甲骨文研究资料汇编》本，第204页。

自今至于丙辰帝［令］雨①（罗振玉《殷虚书契前编》6.20.2）

羽癸卯帝其令风——羽癸卯帝不令风②（董作宾《殷虚文字·乙编》2452、3094）

除此之外，上帝还可以降祸、降食于人间。上帝对人间帝王进行监督，可以赐福于人间帝王，也可降灾祸以示警告，如"帝弗召于王"③，"帝其乍王祸"④（董作宾《殷虚文字·乙编》4861）等等。可见，上帝是殷人极为敬畏的至上神。卜辞中的上帝也有自己的使者，《卜辞通纂》第三九八片记载：

于帝史凤，二犬。

郭沫若考释说："凤或为神鸟或为鸷鸟者，乃传说之变异性如是。盖凤可以为利，可以为害也。此言'于帝史凤'者，盖视凤为天帝之使，而祀之以二犬。《荀子·解惑篇》引《诗》曰：'有凤有凰，乐帝之心。'盖言凤凰在帝之左右。今得此片，足知凤鸟传说自殷代以来矣。"⑤卜辞记载的上帝形象，正是殷人丰富的想象力的体现。卜辞对上帝形象的描绘类似于绘画艺术中的速描，虽

---

① 罗振玉：《殷虚书契前编》，《甲骨文研究资料汇编》本，第515页。
② 董作宾：《殷虚文字·乙编》，"中央研究院"历史语言所，1994年，第213、281页。
③ 刘鹗：《铁云藏龟》，《甲骨文研究资料汇编》本，第404页。
④ 董作宾：《殷虚文字·乙编》，"中央研究院"历史语言所，1994年，第621页。
⑤ 郭沫若：《卜辞通纂》，《郭沫若全集》第2卷《考古编》，第377—378页。

然面目不清，但轮廓、神态初现。其呼风唤雨的超凡能力、凤鸟相随的奇异形象，成为后世神仙的重要特征。如《山海经·大荒西经》记载"西有王母之山……有三青鸟，赤首黑目"，郭璞注青鸟曰："皆西王母所使也。"[①]《汉武帝别国洞冥记》记载"西王母驾玄鸾"[②]，《汉武故事》言："王母至……有二青鸟如乌，夹侍母旁。"[③] 此类描写皆是由殷人凤鸟传说衍生而来。

　　将自然事物想象成有生命的物体，也是卜辞中常见的现象。《卜辞通纂》第四二六片记载：

　　　　王占曰：有祟。八日庚戌，有各云自东面母，昃，亦有出蜺自北，饮于河。

　　这是一篇记载相对完整的卜辞。王占卜的结果是"有祟"，不吉。八天后，天空果然出现了"蜺"，饮于黄河。郭沫若考释说："凡虹蜺蝶蝀字，均从虫，乃视虹，为有生之物。蝶或作蝀，刘熙以'啜水'解之，郝懿行虽讥其凿，然吾蜀乡人至今犹有虹有首饮水之说。刘熙所言盖汉时之民话也。今卜辞言'昃亦有出蜺自北，饮于河'，蜺既象有双首之虫形，文复明言饮，是则啜水之说盖自殷代以来矣。"[④] 殷人将彩虹视为有生命的物体，因彩虹形似两端有头的长虫，故将彩虹垂挂天空的图景想象为七彩大虫低头

---

　　① 袁珂：《山海经校注》，第454—457页。
　　② 郭宪：《汉武帝别国洞冥记》，《汉魏六朝笔记小说大观》本，上海古籍出版社，1999年，第125页。
　　③ 佚名：《汉武故事》，《汉魏六朝笔记小说大观》本，第173页。
　　④ 郭沫若：《卜辞通纂》，《郭沫若全集》第2卷《考古编》，第388—389页。

往河中饮水。刘师培认为"纬谶之言起源太古"①，从甲骨卜辞中殷人对虹蜺的记载来看，此言不虚。甲骨卜辞中的虹蜺意象，虽是殷人对自然现象进行的解释，但其想象之奇特、瑰丽，可视为文学创作之先驱。这种奇特的想象，为后世志怪小说的发展提供了原始的素材。如《搜神后记》记载，虹化为丈夫，与一位秦姓妇人约至山涧幽会，"秦至水侧，丈夫以金瓶引水共饮"②。又如《异苑》记载："晋义熙初，晋陵薛愿有虹饮其釜澳，须臾噏响便竭。愿辇酒灌之，随投随涸，便吐金满釜。于是灾弊日祛而丰富岁臻。"③ 诸如此类，皆是殷人关于虹饮于河这一想象的传承与再创作。虽然在后世小说中虹的形象充满了浪漫色彩，但殷人视虹为不祥之物的观念在史书中依然存在。如《汉书·天文志》认为："晕适背穴，抱珥虹蜺，迅雷风妖，怪云变气；此皆阴阳之精，其本在地，而上发于天者也。政失于此，则变见于彼，犹景之象形，乡之应声。"④《汉书》又记载："是时天雨，虹下属宫中饮井水，井水竭……王客吕广等知星，为王言：'当有兵围城，期在九月十月，汉当有大臣戮死者。'"⑤

概上所述，甲骨卜辞不仅为后世提供了最直接的、最原始的有关宗教、历史、文学的文献记载，其作为文章的最初形态，还反映了先民们强大的创造力与想象力。而这正是中国文学得以辉煌发展的根源所在。

---

① 刘师培：《左庵外集》卷3，《刘师培全集》第3册，中央党校出版社，1997年，第175页。

② 陶渊明：《搜神后记》，《汉魏六朝笔记小说大观》本，第471页。

③ 刘敬叔：《异苑》，《汉魏六朝笔记小说大观》本，第596页。

④ 班固：《汉书》卷26，第1273页。

⑤ 班固：《汉书》卷63，第2757页。

第二节　《尚书》中的原始宗教信仰与文学性

《尚书》意即"上古帝王之书"①，是中国最古老的史书，以记言为主。班固在《汉书·艺文志》中说："古之王者世有史官，君举必书，所以慎言行，昭法式也。左史记言，右史记事，事为《春秋》，言为《尚书》。"② 因《尚书》记载虞、夏、商、周时期的历史及诰命训谟等文章，而虞夏商周的政治、礼制又极为孔子所推崇，儒家"祖述尧舜，宪章文武，宗师仲尼"③，故《尚书》成为儒家经典之一，也称为《书经》。自汉以来，《尚书》有今古文之分。汉初，伏生所传的二十九篇，用汉隶所写，称之为"今文尚书"。汉武帝末年，鲁共王从孔子旧宅挖出竹简，上有蝌蚪文字，经孔子后人孔安国整理后，称之为"古文尚书"。现存《尚书》共五十八篇，其中三十三篇为真，另二十五篇是晋人伪造。

上古时期的史官，是当时先进文化的代表者。他们不仅承担着巫觋的职能，也运用自己的才华为政教服务。而上古政治是政教合一的，宗教意识形态影响、控制着政治的走向。陈梦家认为"（商）王者自己虽为政治领袖，同时仍为群巫之长"④。顾颉刚更是认为："原来西周以前，君主即教主，可以为所欲为，不受什么政治道德的拘束；若是逢到臣民不听话的时候，只要抬出上帝和先祖来，自然一切解决。这一种主义，我们可以替它起个名儿，唤

---

① 黄晖：《论衡校释》卷28，第1139页。
② 班固：《汉书》卷30，第1715页。
③ 班固：《汉书》卷30，第1728页。
④ 陈梦家：《商代的神话与巫术》，载《燕京学报》1936年第20期。

做'鬼治主义'。"①《尚书》中的文章虽是记载帝王诰令的文字，然而帝王又是当时宗教信仰的首领，故《尚书》为后人保存了许多宗教仪式及宗教思想，是上古宗教信仰在政治中的直接体现。如《舜典》记载，在舜接受尧的禅位后，舜"肆类于上帝，禋于六宗，望于山川，尽于群神"。所谓"类""禋""望"皆是当时宗教祭祀之名。《周礼·春官宗伯》曰："大祝……掌六祈以同鬼神示：一曰类，二曰造，三曰禬，四曰禜，五曰攻，六曰说。"②《礼记·王制》曰："天子将出，类乎上帝，宜乎社，造乎祢。"③"类"即是因事而祭祀天神的行为。《周礼·春官·大宗伯》又记载，"大宗伯之职，掌建邦之天神、人鬼、地示之礼，以佐王建保邦国，以吉礼事邦国之鬼神示，以禋祀祀昊天上帝，以实柴祀日月星辰"④。可见"禋"是一种以柴燎、烟气进行祭祀的行为。而"望"，则是遥望而祭之的行为。舜对上帝、六宗、山川众神的祭祀，是先民们万物有灵观念的体现，让我们看到远古原始宗教信仰的复杂性。

《尚书》中存在大量的上古神话，这些神话已经历史化了，体现了神话与历史的交融。如《尧典》：

乃命羲和，钦若昊天，历象日月星辰，敬授人时。分命羲仲，宅嵎夷，曰旸谷。寅宾出日，平秩东作，日中星鸟，以殷仲春。厥民析，鸟兽孳尾。申命羲叔，宅

---

① 顾颉刚：《古史辨》第 2 册，上海古籍出版社，1982 年，第 44 页。
② 贾公彦：《周礼注疏》卷 25，《十三经注疏》本，第 808 页。
③ 孙希旦：《礼记集解》，第 329 页。
④ 贾公彦：《周礼注疏》卷 18，《十三经注疏》本，第 757 页。

南交。平秩南讹，敬致，日永星火，以正仲夏。厥民因，鸟兽希革。分命和仲，宅西，曰昧谷。寅饯纳日，平秩西成，宵中星虚，以殷仲秋。厥民夷，鸟兽毛毨。申命和叔，宅朔方，曰幽都。平在朔易，日短星昴，以正仲冬。厥民隩，鸟兽氄毛。帝曰："咨，汝羲暨和，期三百有六旬有六日，以闰月定四时成岁。允厘百工，庶绩咸熙。"①

在上古神话中，羲和是天帝俊的妻子，是十个太阳的母亲。《山海经·大荒南经》记载："东南海之外，甘水之间，有羲和之国。有女子名曰羲和，方日浴于甘渊。羲和者，帝俊之妻，生十日。"②《海外东经》又云："下有汤谷。汤谷上有扶桑，十日所浴，在黑齿北。居水中，有大木，九日居下枝，一日居上枝。"③十日在旸谷中沐浴，旸谷旁有一棵神木扶桑，每天，他们轮流由母亲羲和驾车，给人间送去光明。故在后世的神话中，羲和又成为专门为十日驾车的神。《楚辞·离骚》曰："吾令羲和弭节兮，望崦嵫而勿迫。"王逸注云："羲和，日御也。"④《初学记》引《淮南子》也云："爰止羲和，爰息六螭，是谓悬车。"注曰："日乘车，驾以六龙，羲和御之。"⑤

但是在《尧典》中，羲和神话已被历史化了。"羲和"一词，被分开指称为羲氏与和氏两大家族，分别有三兄弟，羲氏、和氏

---

① 孔颖达：《尚书注疏》卷2，《十三经注疏》本，第119—120页。
② 袁珂：《山海经校注》，第438页。
③ 袁珂：《山海经校注》，第308页。
④ 洪兴祖：《楚辞补注》卷1，中华书局，1983年，第27页。
⑤ 徐坚：《初学记》卷1，中华书局，1962年，第5页。

指兄长，另有羲仲、羲叔、和仲、和叔。他们观察日月星辰的运行，据此制定人间历法，教示民众，让他们顺应自然规律。于是，因尧的命令与部署，一则神奇浪漫的神话被完全解构，蒙上了浓厚的历史意味。然而，《尧典》对羲和神话的解构并不彻底，文中出现的旸谷、昧谷、幽都等地名，依然是神话中的地名，这又使这则文献具有若隐若现的神话色彩。

这种神话与历史相互交融的叙事，在《尚书》中并不鲜见。本为神话体系中的尧、舜在《尚书》中已成为人间帝王，蕴含着丰富的历史性。同样，共工、鲧、禹等神话人物皆被历史化。但在这些历史叙述中，依然夹杂着神话因素，如《舜典》为说明舜的刑法严明，曰："流共工于幽洲，放欢兜于崇山，窜三苗于三危，殛鲧于羽山。四罪而天下咸服。"[1] 共工、欢兜、三苗与鲧是中国古代神话中的四位神人。以共工与鲧为例，《山海经·大荒西经》记载"西北海之外，大荒之隅……有禹攻共工国山"[2]。《淮南子·本经训》说："共工振滔洪水，以薄空桑。"[3]《山海经·海内经》又记载了鲧治水的神话，曰："黄帝生骆明，骆明生白马，白马是为鲧。"[4] 又云："洪水滔天。鲧窃帝之息壤以堙洪水，不待帝命。帝令祝融杀鲧于羽郊。鲧复生禹。帝乃命禹卒布土以定九州。"[5] 在神话体系中，鲧和禹是黄帝的后代，受命于天。共工乃是远古时期引发洪水的凶神，大禹曾攻打过共工。而在《尚书》

① 孔颖达：《尚书注疏》卷3，《十三经注疏》本，第128页。
② 袁珂：《山海经校注》，第443页。
③ 何宁：《淮南子集释》卷8，第578页。
④ 袁珂：《山海经校注》，第528页。
⑤ 袁珂：《山海经校注》，第536页。

中，共工、鲧的神性被大大削弱，成为舜统治下的大罪臣。但是，《尚书》对他们行为事迹的叙述却又不得不依附于神话传说。因神话本身所具有的奇幻色彩，这些历史化的神话故事使《尚书》质朴、庄重的文字具有玄妙、浪漫的审美趣味。

　　《尚书》不仅具有重要的史料价值、宗教学价值，也具有重要的文学价值。因时代久远，脱简、断简现象严重，以至后人在阅读《尚书》时，颇有佶屈聱牙之感。但是《尚书》由当时才华横溢的史官记录而成，故有些篇章记言记事生动，且语言精练，文风古奥质朴、庄严典雅，具有独特的文学趣味。《尚书》虽是一部记言的散文集，但为交代言论背景，书中也有一些精彩的叙事作品。孔子曾对《尚书》的叙事艺术进行了高度评价，曰："《书》之于事也，远而不阔，近而不迫，志尽而不怨，辞顺而不谄。"①《金縢》便是一篇结构精巧，情节曲折，寓意深刻的叙事作品。其文曰：

　　　　武王有疾，周公作金縢。

　　　　既克商二年，王有疾，弗豫。二公曰："我其为王穆卜。"周公曰："未可以戚我先王。"公乃自以为功，为三坛同墠。为坛于南方北面，周公立焉。植璧秉圭，乃告大王、王季、文王。

　　　　史乃册祝曰："惟尔元孙某，遘厉虐疾。若尔三王，是有丕子之责于天，以旦代某之身。予仁若考，能多材

————————

① 孔鲋：《孔丛子》卷1"论书篇"，《续修四库全书》第932册，上海古籍出版社，1995年，第707页。

多艺，能事鬼神。乃元孙不若旦多材多艺，不能事鬼神。乃命于帝庭，敷佑四方，用能定尔子孙于下地。四方之民，罔不祇畏。呜呼！无坠天之降宝命，我先王亦永有依归。今我即命于元龟，尔之许我，我其以璧与圭，归俟尔命；尔不许我，我乃屏璧与圭。"

乃卜三龟，一习吉。启籥见书。乃并是吉。公曰："体，王其罔害。予小子，新命于三王，惟永终是图。兹攸俟，能念予一人。"公归，乃纳册于金滕之匮中。王翼日乃瘳。

武王既丧，管叔及其群弟乃流言于国，曰："公将不利于孺子。"周公乃告二公曰："我之弗辟，我无以告我先王。"周公居东二年，则罪人斯得。于后。公乃为诗以贻王，名之曰《鸱鸮》。王亦未敢诮公。

秋，大熟，未获。天大雷电以风，禾尽偃，大木斯拔。邦人大恐。王与大夫尽弁，以启金滕之书，乃得周公所自以为功，代武王之说。二公及王乃问诸史与百执事，对曰："信。噫！公命我勿敢言。"

王执书以泣曰："其勿穆卜！昔公勤劳王家，惟予冲人弗及知。今天动威，以彰周公之德。惟朕小子其新逆，我国家礼亦宜之。"王出郊，天乃雨，反风，禾则尽起。二公命邦人，凡大木所偃，尽起而筑之。岁则大熟。①

与《尚书》中的其他文章不同，《金滕》中的叙事不仅仅是为

---

① 孔颖达：《尚书注疏》卷13，《十三经注疏》本，第195—197页。

记言服务。在该文中，"事"与"言"组成一个有机体，二者水乳相融，不可分割。这篇文章的叙事艺术很高超，传递的信息量也很大。首先，作者对周公登坛事进行了重点渲染，周公及史官祭祀时的语言、行为、场景都刻画得非常细致，再现了周公登坛祭祀先祖的情形，为后世了解周朝祭祀情况提供了最原始也最可靠的文献。值得注意的是史官诵读的祝文。在此篇祝文中，周公先是对先祖恭敬地声称自己具有各种才华，能侍候好先祖。而周武王的才华不如他，不能敬侍鬼神，故希望以自身代替周武王到地下去侍奉先祖们；接着，周公搬出天帝，说周武王受命于天庭，贵为天子，敷佑四方民众，希望先祖们不要违背上天的命令；然后，周公对先祖们威胁利诱，如果先祖们答应他的请求，则祭献圭璧，如果不答应，则收回圭璧。从这篇祝文来看，在周朝的宗教信仰中，天帝乃是当时的最高神，上天的意旨不可违抗，即使是帝王的先祖们也不得不屈从上天意志。更为有趣的是，周公用圭璧利诱先祖，更是说明周朝人对先祖的敬畏是非常有限的。这篇祝文语言生动有趣，读来并没有祝祷文常有的那种典重、板滞的感觉，好似周公与先祖们面对面进行对话交流，行文自然流畅，充满了人情味。其次，周公蒙冤后，上天降灾于周王室，以至天降大雷电，刮起狂风，把成熟的庄稼全部吹倒，把大树连根拔起。而当周公冤情得以昭雪，周成王举行郊祭后，天降大雨，风向反吹，将倒地的庄稼又全部吹起，是年获得大丰收。这一神奇的叙事，再一次形象地体现了周人的天帝崇拜。另外，《金縢》中的人物形象也刻画得有血有肉。如在祭祀先祖与蒙冤赠诗给周成王这两件事中，体现了周公的忠诚真挚与沉稳大度；周成王开启金縢，看到了周公祝文后的悔恨、感动以至流泪等描写，塑造了血肉丰满，情感充沛的人物形象。

再如《盘庚》，叙述盘庚将要迁都殷，百姓大有怨言，盘庚力排众议，迁都前对贵族大臣们进行训话；之后，又对民众进行训话；在迁都后又布告、安抚诸侯及百官。文中盘庚发布了三篇演说词，情感激越，对诸侯及百姓晓之以理、动之以情，在这样的演说词中展现了一位魅力非凡、具有远见卓识的英明君主形象。《盘庚》语言质朴古奥，但文意深邃、精辟，如"若网在纲，有条而不紊；若农服田，力穑乃亦有秋""若火之燎于原，不可向迩，其犹可扑灭"等语，则比喻贴切自然，形象易懂。刘知幾在《史通·叙事》中评价《尚书》的叙事，说其"意指深奥，诰训成义"①。《金縢》《盘庚》正体现了这种特色，可谓是《尚书》中的叙事典范。而文中的结构安排、情节记载、人物刻画等，为后世叙事文学提供了创作借鉴，在中国叙事文学发展历程中具有重要影响。

《尚书》在中国散文史上的价值，还体现在其对中国古代政令性文体的影响。孔安国将《尚书》中的文体归纳为典、谟、训、诰、誓、命，共六体。唐孔颖达在此基础上又增加贡、歌、征、范四种文体。后世学者往往将古代政令性散文溯源于《尚书》，如刘勰认为"诏策章奏，则《书》发其源"②。颜之推也说："夫文章者，原出《五经》：诏命策檄，生于《书》者也。"③ 非唯如此，《尚书》的语言风格及写作特色，也被后世奉为文章的最高典范。

---

① 刘知幾：《史通通释》卷6，浦起龙通释，王煦华整理，上海古籍出版社，2009年，第153页。
② 刘勰：《文心雕龙注》卷1，范文澜注，人民文学出版社，1958年，第22页。
③ 王利器：《颜氏家训集解》卷4，中华书局，1993年，第237页。

刘勰在《文心雕龙·宗经篇》就评价《尚书》等五经的语言"根柢盘深，枝叶峻茂，辞约而旨丰，事近而喻远"①，又云五经"并穷高以树表，极远以启疆，所以百家腾跃，终入环内者也"②，既为后世开启了为文之疆域，又为后世创立了为文之圭臬。

第三节　先秦宗教祭仪与文体分类之萌芽

先秦时期，人们祭祀的对象及仪式众多。《尔雅·释天》曰："春祭曰祠，夏祭曰礿，秋祭曰尝，冬祭曰蒸。祭天曰燔柴，祭地曰瘗薶。祭山曰庪县，祭川曰浮沉，祭星曰布，祭风曰磔。是禷是禡，师祭也。既伯既祷，马祭也。禘，大祭也。绎，又祭也。周曰绎，商曰肜，夏曰复胙。"③ 在这些纷繁复杂的宗教祭礼中，必然要发布祈福禳灾的文辞。这是祭祀仪式最重要的部分，是人神交流达到祭祀目的的主要手段。最初，这些文辞仅是口头创作，到有文字发明之后，便形之于简牍，最终流传下来，并成为后世祝祷文体的源头。

先秦宗教祭祀仪式十分庄严隆重。在国家、氏族的大型祭祀活动中，各级人员之间具有严格的组织分工，形成了各司其职、各掌其辞的制度；而且不同的祭祀仪式需要配合相应的祭辞，彼此之间不得混淆。这些祭祀制度对先秦文体的分类起了重要的促进作用。由于祝祷文体为祭祀所用，其文体创作带有鲜明的功利性与目的性；文体形态受祭祀礼仪的影响较大。一些祝祷文体之

---

① 范文澜：《文心雕龙注》卷1，第22页。
② 范文澜：《文心雕龙注》卷1，第23页。
③ 邢昺：《尔雅注疏》卷6，《十三经注疏》本，第2609页。

间形成了功能对应关系。先秦祭礼对祝祷文体的影响，体现了礼制与文体之间的互动。历来有学者对此问题进行了关注①。但目前已有的成果主要从考古学、文化学等角度探讨盟誓文、史诗等文体的发展，关于先秦祭礼对文体分类、文体形态、文体功能对应关系等问题却少有涉及。

先秦祭礼有严格的制度与规范，体现在祭辞上，则有专职人员负责祝祷文辞的创作与发布。据《周礼·春官》记载，大祝专作"六辞"；诅祝专作"盟诅之载辞"②；瞽矇专职诵诗、咏歌。这种各司其职、各掌其辞的礼官制度，促进了人们对文体之间差异性的认识，增强了人们的文体分类意识。而且，由于祭祀仪式的不同，需要配合不同形态的祭辞。故先秦祭祀活动的繁荣，导致了祭辞的丰富，祝祷文体也因之趋于多样。《周礼·春官》曰："大祝掌六祝之辞，以事鬼神示，祈福祥，求永贞……作六辞以通上下、亲疏、远近，一曰祠，二曰命，三曰诰，四曰会，五曰祷，六曰诔。"③这是大祝根据六种祭礼的需要而创作的六种文辞。郑玄注曰：

祠当为辞，谓辞令也。命，《论语》所谓"为命，裨

---

① 目前学术界对先秦祭祀与文体的关系进行研究的成果有：陈梦家的《东周盟誓与出土载书》（《考古》1966年第5期），吴承学的《先秦盟誓及其文化意蕴》（《文学评论》2001年第1期），吕静的《中国古代盟誓功能性原理的考察——以盟誓祭仪仪式的讨论为中心》（《史林》2006年第1期），张树国的《"口诵史诗"与"舞蹈史诗"——论周秦汉唐史诗形态及与郊庙祭仪之关系》（《齐鲁学刊》2011年第3期）、《乐舞与仪式——中国上古祭歌形态研究》（天津古籍出版社，2003年），韩高年的《礼俗仪式与先秦诗歌演变》（中华书局，2006年），等等。

② 贾公彦：《周礼注疏》卷26，《十三经注疏》本，第816页。

③ 贾公彦：《周礼注疏》卷25，《十三经注疏》本，第808—809页。

谟草创之"。诰，谓《康诰》《盘庚之诰》之属也……会，谓王官之伯，命事于会，胥命于蒲，主为其命也。祷，谓祷于天地、社稷、宗庙，主为其辞也……诔，谓积累生时德行，以锡之命，主为其辞也……此皆有文雅辞令，难为者也，故大祝官主作六辞。①

这"六辞"正是六种文体。这些祭辞或关乎国家命运，或用于社稷宗庙，或累列死者德行，各自有相应的运用场合。大祝根据不同的祭祀目的创作不同的文辞，形成了不同的文体样式。而作"六辞"的目的在于沟通"上下、亲疏、远近"，处理人、神、鬼之间的关系，彼此之间不得混淆。这种在实际运用过程中，对不同文辞的选择，突出了文体特征，促进了文体分类现象的萌芽。

也有一些祭祀仪式，虽没能显现出祭辞的文体独立性，没能直接促进文体的分类，却为后世文体的确立及分类提供了历史依据。如瞽矇在不同祭仪中所掌"六诗之歌"的行为，就为《诗经》风、雅、颂三大诗类的区分提供了历史渊源。

在祭祀中，瞽矇的职责是诵诗、咏歌。《周礼·春官》曰："瞽蒙掌播鼗、柷、敔、埙、箫、管、弦、歌，讽诵诗，世奠系，鼓琴瑟，掌九德、六诗之歌，以役大师。"② 在这则材料中，出现了歌、诗两种文体。歌体是合乐的，要击拊、鼓琴瑟而歌；而诗体用于讽诵。从《周礼》来看，瞽矇既掌"讽诵诗"，又掌"九德、六诗之歌"。前者之"诗"是指不同于歌的独立文体，这是没

① 贾公彦：《周礼注疏》卷25，《十三经注疏》本，第809页。
② 贾公彦：《周礼注疏》卷23，《十三经注疏》本，第797页。

有疑义的。而后者"六诗"的含义却有所争议。何谓"六诗"？《周礼》有明确记载；

　　大师……教六诗：曰风，曰赋，曰比，曰兴，曰雅，曰颂。以六德为之本，以六律为之音。大祭祀，帅瞽登歌，令奏击拊，下管，播乐器，令奏鼓𫐄。大飨，亦如之。大射，帅瞽而歌射节。大师，执同律以听军声，而诏吉凶。大丧，帅瞽而廞，作柩谥，凡国之瞽蒙正焉。①

　　我们可以从文体发生的角度来考察这"六诗"。贾公彦云："大师是瞽人之中乐官之长，故瞽矇属焉而受其政教也。"据文献，教授"六诗"时，大师要"以六德为之本"，郑注曰；"所教诗必有知、仁、圣、义、忠、和之道，乃后可教以乐歌。"贾疏云："凡受教者必以行为本，故使先有六德为本，乃可习六诗也。"即先要考察瞽者的道德品行是否合乎要求；继之要考察瞽者喉音与律吕是否相合，即"以六律为之音"，郑注云："以律视其人为之音，知其宜何歌。"贾疏云："大师以吹律为声，又使其人作声而合之听，人声与律吕之声合谓之为音。"可见大师在教授"六诗"时，对所授对象进行了严格挑选，并非随人施教。这说明大师所教"六诗"具有特殊性，不是普通意义上的"诗"。

　　大师所授"六诗"用于大祭祀、大飨、大射、大丧等重要的祭祀大典中。所谓"大飨"是祭祀五帝先王的仪式，《礼记·月

------

① 贾公彦：《周礼注疏》卷23，《十三经注疏》本，第795—796页。

令》曰："是月也，大飨帝。"郑注："言大飨者，遍祭五帝也。"①
《礼记·礼器》又曰："大飨，其王事与?"郑注："盛其馔与贡，
谓祫祭先王。"② 所谓"大射"是为选择合适的人员参与祭祀而举
行的射礼。《周礼·天官·司裘》曰："王大射，则共虎侯、熊侯、
豹侯，设其鹄；诸侯则共熊侯、豹侯；卿大夫则共麋侯，皆设其
鹄。"郑注："大射者，为祭祀射。王将有郊庙之事，以射择诸侯
及群臣与邦国所贡之士可以与祭者。"③ 而"大丧"即为王族之丧
礼。《周礼·天官·宰夫》曰："大丧小丧，掌小官之戒令，帅执
事而治之。"郑注："大丧，王、后、世子也。"④

当大师主持这些仪式时，瞽矇唱诵的内容、唱诵的方式、所
配之乐各不相同。举行大祭祀与大飨时，大师率"瞽登歌"，伴随
着"击拊""下管""播乐器""鼓𫐓"等演奏行为进行祭祀。大
射时，瞽"歌射节"，因射礼要展示武力，类似于征战，故大师要
"执同律以听军声，而诏吉凶"。以歌律来预言征战之吉凶，在先
秦应是常用的方法。如《左传·襄公十八年》记载晋楚之战，"楚
师多冻，役徒几尽。晋人闻有楚师，师旷曰：'不害。吾骤歌北
风，又歌南风，南风不竞，多死声，楚必无功。'"杜氏注曰："歌
者，吹律以咏八风。"⑤ 在举行大丧时，"瞽而廞，作枢谥"，郑注
云："廞，与也，与言王之行，谓讽诵其治功之诗。"贾疏云："帅
瞽者，即帅瞽矇歌王治功之诗。"⑥ 可见"六诗"是融音乐、文辞、

---

① 孔颖达：《礼记正义》卷 17，《十三经注疏》本，第 1379 页。
② 孔颖达：《礼记正义》卷 24，《十三经注疏》本，第 1442 页。
③ 贾公彦：《周礼注疏》卷 7，《十三经注疏》本，第 683 页。
④ 贾公彦：《周礼注疏》卷 3，《十三经注疏》本，第 656 页。
⑤ 孔颖达：《左传注疏》卷 33，《十三经注疏》本，第 1966 页。
⑥ 贾公彦：《周礼注疏》卷 23，《十三经注疏》本，第 796 页。

仪式于一体的具有不同风格与功能的"诗"体。在不同的祭祀中，大师与瞽矇要选用适合于祭祀目的的"诗"。而大师与瞽矇的选择，又说明风、雅、颂、赋、比、兴这"六诗"在祭仪中各自有特定的功能。郑注曰："风言贤圣治道之遗化也；赋之言铺直，铺陈今之政教善恶；比见今之失，不敢斥言，取比类以言之；兴见今之美，嫌于媚谀，取善事以喻劝之；雅，正也，言今之正者以为后世法；颂之言诵也，容也，诵今之德广以美之。"① 即是对这"六诗"功能的解说。

虽然《周礼》"六诗"并不是文体形式，但时人对唱诵"六诗之歌"人员的特定要求，对不同祭祀场合下的祭辞风格与内容及"六诗"功能差异的要求，必然让人们认识到不同文辞之间的差异性。当文辞逐渐脱离了祭仪、音乐而单独流传下来，随着文体体制的成熟，用于祭祀的文辞发展为在日常生活中皆可吟诵的诗歌。《周礼》"六诗"中的风、雅、颂，就由祭祀时的表演形式转化为诗歌之体裁，即《诗经》中的三大诗歌体制，由此产生了最初的诗体分类。

概言之，在年复一年的祭祀仪式中，各类祭辞的功能与特征一再得到强化，并为时人所接受。时日既久，这些文辞形成了相对稳定的规范与模式，文体由此而形成。当人们在不同的祭祀场合对不同文辞做出选择时，这一举动又促进了文体分类的萌芽。当然，这种现象不限于祭礼。在先秦其他行为场合卜，也促进了文体的发生与分类。如《周礼·春官》记载"士师之职……以五戒先后刑罚，毋使罪丽于民。一曰誓，用之于军旅。二曰诰，用

---

① 贾公彦：《周礼注疏》卷23，《十三经注疏》本，第796页。

之于会同"。① 士师所职"誓"乃是誓师之辞；"诰"是诸侯朝见天子时，天子对诸侯的告诫之辞。《尚书》记载的《甘誓》《汤誓》《大诰》《康诰》即是此类文体。另《尚书》又有典、谟、训、命，皆是在特定行为场合下使用的文体。这种因礼仪制度、行为方式的需要而创制文辞，是先秦时期文体分类意识形成的重要机制。

第四节　先秦宗教祭仪对祝祷文体形态之影响

祝祷文辞是宗教祭仪的重要组成部分。祝祷文辞的内容依祭祀目的而定，其文体形态则要适应祭仪的需要。上古祭辞简单质朴，这固然是因为上古语言文字不够发达所致，但与上古简单的祭仪也不无关系。《礼记·郊特牲》记载伊耆氏作"蜡祝辞"曰："土反其宅，水归其壑，昆虫毋作，草木归其泽。"贺复徵认为此类蜡祝辞"报成功于岁终，又以祈来年之始，故祝之之辞如此"②。此篇"蜡祝辞"篇幅简短，语言直白，不假修饰。而《礼记》记载的上古蜡祭仪式也非常简单，可以推知祭辞与祭仪之间存在形式上的关联。

周朝祭仪较为繁缛，祝辞种类也趋于复杂。根据所祭对象的不同，使用的文辞也各不相同，故《周礼·春官》有大祝"六辞"之别。同样，周朝对祝文有文辞方面的要求。据郑氏注，大祝所作六辞"皆有文雅辞令"。刘勰也说："祝史陈信，资乎文辞。"③刘永济认为先秦巫祝"二者乃先民之秀特，而文学之滥觞"，"祝

---

① 贾公彦：《周礼注疏》卷 35，《十三经注疏》本，第 874 页。
② 贺复徵：《文章辨体汇选》，《景印文渊阁四库全书》第 1402 册，台湾商务印书馆，1986 年，第 171 页。
③ 范文澜：《文心雕龙注》，第 176 页。

以作六辞为职，亦择善为文辞者任之"①，皆可考见周朝时祝文的写作，要求修饰辞令以达到最佳的祭祀效果。《周礼·冬官·考工记》中的"祭侯辞"，是为天子举行射礼而做，辞曰："惟若宁侯，毋或若女不宁侯，不属于王所，故抗而射女。强饮强食，诒女曾孙，诸侯百福。"② 这篇祝辞从其内容看，可谓是恩威并重，文辞虽然简短，但文风庄重典雅，表现了强大的威慑力。其文辞风格正适应了射礼的需要。

周大祝所作"六辞"，现存文献很少，其文体形态到底如何受祭仪的影响难以考知。下文将考察用于宗庙祭祀的颂诗③，以说明祭仪对"颂"这一文体形态的影响。颂诗的文体功能，据《诗大序》云："颂者，美盛德之形容，以其成功，告于神明者也。"④

---

① 刘永济：《文心雕龙校释》，第33—34页。

② 贾公彦：《周礼注疏》卷41，《十三经注疏》本，第926页。

③ 按文体分类而言，"颂"往往与"赞"归入"颂赞类"，如《文心雕龙·颂赞》。不过，先秦用于宗庙祭祀的颂诗与后世颂物、颂德之"颂"不同。吴讷《文章辨体》认为："颂之名，实出于《诗》。若商之《那》、周之《清庙》诸什，皆以告神为颂体之正。至如《鲁颂》之《駉》《閟》等篇，则当时用以祝颂僖公，为颂之变。"（吴讷：《文章辨体序说·颂》，人民文学出版社，1962年，第47页）徐师曾《文体明辨序说》也持此说。近代学者来裕恂认为："颂者，形容美德也。始于黄帝时森氏《咸池》之颂，若商之《那》，周之《清庙》等篇，皆用以告神，无关人事……后世用斯体者，亦有二：一用以告神，一用以颂德。"（来裕恂：《汉文典注释》第3卷《文体》，高维国、张格注释，南开大学出版社，1993年，第330页）这些学者均将先秦用于宗庙祭祀的颂诗视为"颂"之正体，而将其他不用于祭祀的颂诗视为变体。姚鼐认为用以告神之颂是哀祭类文体的源头，认为："哀祭类者，《诗》有《颂》，《风》有《黄鸟》、《二子乘舟》，皆其原也。"（姚鼐：《古文辞类纂》，上海古籍出版社，1998年，第18页）徐师曾《文体明辨序说》认为："祝辞者，颂祷之词也。"（徐师曾：《文体明辨序说》，人民文学出版社，1962年，第168页）可见，用于宗庙祭祀的颂诗与哀祭类文体、祝辞皆有密切联系。本书立论将先秦用于祭祀的文体统用"祝祷文体"括之，故用于宗庙祭祀的颂诗也是本书讨论的对象。

④ 孔颖达：《毛诗正义》卷1，《十三经注疏》本，第272页。

《文章流别论》曰："颂，诗之美者也。古者圣帝明王成功治定而颂声兴，于是史录其篇，工歌其章，以奏于宗庙，告于神明。"[①]颂诗最主要的特征在于"美盛德之形容"，即是形容先祖盛德，故其文辞要求详赡富丽。

　　但同为颂诗，《商颂》与《周颂》却存在较大的文体差异。《诗经·商颂》是现存最古老的宗庙祭祀颂诗。《国语·鲁语》云："昔正考父校商之名颂十二篇于周太师，以《那》为首。"[②]正考父所献《商颂》共十二篇，其数量在当时而言已相当可观。从现存五篇《商颂》来看，其文辞以四言句式为主，文风典雅庄严，或抒情、或叙事、或祈福、或追忆，文体形态已发展得非常成熟。《商颂》的这种文体特点与商代宗庙祭仪有很大关系。殷人祭祀重视以歌、乐、舞祭神与飨神。据《礼记·郊特牲》记载，"殷人尚声，臭味未成，涤荡其声。乐三阕，然后出迎牲。声音之号，所以

────────────

① 李昉：《太平御览》卷588，中华书局，1960年，第2647页。

② 上海师范大学古籍整理研究所：《国语》卷5，上海古籍出版社，1998年，第216页。关于《商颂》是商诗还是宋诗，是《诗经》研究史上讼论了两千多年的问题。先秦典籍以《商颂》为殷商时作，而汉初齐、鲁、韩三家诗皆认为是春秋中叶宋人正考父所作，毛诗又认为《商颂》作于殷商时期。此后毛诗所论为世人认同，郑玄《诗谱》、孔颖达《毛诗正义》、司马贞《史记·宋微子世家索隐》等都持"商诗说"。清代中叶，魏源、皮锡瑞、王先谦力主《商颂》为"宋诗说"，王国维《说商颂》更是举卜辞与《商颂》相互印证，力主"宋诗说"，于当今学界造成重要影响，几成定论。不过，当今学界也开始对"宋诗说"提出质疑，并坚持"商诗说"。如梅显懋的《〈商颂〉作年之我见》（《文学遗产》1986年第5期）、《正考父"作〈商颂〉"新考》（《辽宁师范大学学报》1989年第3期），常教的《商颂作于殷商述考》（《文献》1988年第1期），陈桐生的《〈商颂〉为商诗补证》（《文献》1998年第2期），王永的《〈商颂〉十二篇之原貌索隐——兼论王国维之〈说商颂〉》（《宁夏大学学报》2006年第5期）等论文对魏源等人的论证进行了驳斥。另袁行霈的《中国文学史》也认为《商颂》为殷商中后期的作品。本书立论从《毛诗》，认同《商颂》为殷商时期所作。

诏告于天地之间也"①。所谓"殷人尚声"是指殷商社会崇尚歌唱、器乐、舞蹈三者一体的表演形式。"涤荡其声"大意是指歌唱之声回环往复，旋律起伏很大；"乐三阕，然后出迎牲"，即指用乐器演奏音乐，表演歌、舞，三阕之后，始迎祭牲；同时祝颂唱祷之声响起，以示诏告于天地众神。殷人在祭祀过程中重视歌乐舞的传统，在《商颂·那》里有所体现。其文曰：

> 猗与那与，置我鞉鼓。奏鼓简简，衎我烈祖。汤孙奏假，绥我思成。鞉鼓渊渊，嘒嘒管声。既和且平，依我磬声。于赫汤孙，穆穆厥声。庸鼓有斁，万舞有奕。我有嘉客，亦不夷怿。自古在昔，先民有作。温恭朝夕，执事有恪。顾予烝尝，汤孙之将。②

《那》为祭祀成汤的颂诗。在这篇颂诗中，频繁出现了鼓、管、磬、万舞等字眼，为后世展现了钟鼓齐鸣、歌舞升平的祭祀场景。颂诗便是在这种宗庙祭祀场合下用来歌唱的文辞，故当祭仪越繁复，所需颂诗的章节自然也越多。现存五篇《商颂》共十六章，一百五十四句。其中《那》《烈祖》《玄鸟》各一章，各二十二句；《长发》七章，共五十一句；《殷武》六章，共三十七句。《商颂》章、句趋多，且章、句篇幅各不相同，似是依乐阕长短而定。可见随着祭仪的繁缛，颂诗的文体形态也趋于繁复。

而到了周代，祭祀传统有很大变化。周人祭祀喜用柴燎。《周

----

① 孙希旦：《礼记集解》，第711—712页。
② 孔颖达：《毛诗正义》卷20，《十三经注疏》本，第620页。

礼》曰："以禋祀祀昊天上帝，以实柴祀日月星辰，以槱燎祀司
中、司命、风师、雨师，以血祭祭社稷、五祀、五岳，以狸沈祭山
林、川泽，以疈辜祭四方百物，以肆献祼享先王，以馈食享先王，
以祠春享先王，以礿夏享先王，以尝秋享先王，以烝冬享先王。"
郑注曰："禋之言烟，周人尚臭，烟气之臭，闻者栖积也。"[①] 与
"尚声"的殷人相比，"尚臭"的周人在宗庙祭祀中，更多是用血
牲、黍稷、醴酒等以享神灵，而不是运用大规模的歌乐舞形式。
周人祭仪的特点对《周颂》的文体形态也产生了影响。《诗经·周
颂》"清庙之什"为祭祀周文王的颂诗；"臣工之什"为诸侯助祭
宗庙之作；"闵予小子之什"为"嗣王朝于庙"之作，文辞简要，
缺少回环复沓之韵律。

　　《商颂》与《周颂》除了篇幅、章节安排存在差别外，二者文
风也迥然不同。《商颂》回环往复，再三致意，且韵律协和、节奏
鲜明，颂文叙事详赡，极尽铺排，语言典雅，渲染了一种庄严热
烈、气势磅礴的氛围。从整篇作品的节奏韵律来看，很符合歌诵
配乐的需要。而《周颂》却相对简朴些，不论叙事还是抒情，诗
歌均缺少跌宕起伏的韵致，每篇内容也相当简略，较少铺排、反
复。《商颂》与《周颂》的文体差异，正是缘于商、周二朝祭祀仪
式的不同。

第五节　先秦祝祷文体的功能对应特征

　　祝祷文体用于人类与天地山川神祇之间的沟通交流，行为目
的的相互对应导致了言说方式的对应，反映到文体上则是有些祝

---

　　① 贾公彦：《周礼注疏》卷18，《十三经注疏》本，第757—758页。

文之间存在着功能对应关系。如"祝辞"与"嘏辞"即是一对功能互相对应的文体。在先秦文献中，祝、嘏常联称。《礼记·礼运》记载"故玄酒在室，醴、盏在户，粢醍在堂，澄酒在下。陈其牺牲，备其鼎、俎，列其琴、瑟、管、磬、钟、鼓，修其祝、嘏，以降上神与其先祖"①；"祝、嘏莫敢易其常古，是谓大假。祝、嘏辞说，藏于宗、祝、巫、史，非礼也。是谓幽国"②；"故先王秉蓍龟，列祭祀，瘗缯，宣祝嘏辞说，设制度"③ 等等。郑注："祝，祝为主人飨神辞也，嘏，祝为尸致福于主人之辞也。"④也就是说，祝是主人向神或先祖请求庇佑之文，嘏则是祝者代神或先祖向主人致福之文。祝辞与嘏辞是人神交流互应的文体。在这个交流过程中，以司祝作为中介，传达人神旨意。

《仪礼·少牢馈食礼》对祝嘏祭祀的仪式与文辞皆有记载。"少牢馈食礼"中祝嘏祭祀仪式比较复杂。简言之，司祝先代主人作祝辞，祝文曰："孝孙某，敢用柔毛刚鬣，嘉荐普淖，用荐岁事于皇祖伯某。以某妃配某氏，尚飨。"司祝传达了祝辞之后，再迎"尸"，司祝再代"尸"答以嘏辞，文曰："皇尸命工祝，承致多福无疆，于女孝孙，来女孝孙，使女受禄于天，宜稼于田，眉寿万年，勿替引之。"⑤ 因为祝辞与嘏辞作文的指向性是对应的，二者所体现的情感特色也相互对应。《礼运》有"祝以孝告，嘏以慈告，是谓大祥"之语，郑注云："祝以孝告，嘏以慈告，各首其义

---

① 孙希旦：《礼记集解》，第 588 页。
② 孙希旦：《礼记集解》，第 599 页。
③ 孙希旦：《礼记集解》，第 614 页。
④ 孔颖达：《礼记正义》卷 21，《十三经注疏》本，第 1416 页。
⑤ 贾公彦：《仪礼注疏》卷 48，《十三经注疏》本，第 1201—1202 页。

也。"孔疏曰："首，犹本也。孝子告神，以孝为首。神告孝子，以慈为首。各本祝蝦之义也。"① 也就是说，人向神乞求赐福的时候，要本着子女对父母那样的孝心；而神灵赐福于人类时，也要表现出父母般的慈爱之情。

祷文与祠文也是一对功能相互对应的文体。祷文是向神告事求福之文，而祠文则是得福之后，用器物报答神灵庇佑之恩时所用的文辞。这就是郑玄所谓"求福曰祷，得求曰祠"②。祷、祠在先秦典籍中也时常联用。《周礼·春官·大祝》云："国有大故天灾，弥祀社稷祷祠。"郑注："弥，犹遍也。遍祀社稷及诸所。祷既，则祠之以报焉。"贾疏："以其始为曰祷，得求曰祠，故以报赛解祠。"《小祝》曰："掌小祭祀，将事侯禳祷祠之祝号，以祈福祥，顺丰年，逆时雨，宁风旱，弥灾兵，远罪疾。"③《丧祝》言："掌胜国邑之社稷之祝号，以祭祀祷祠焉。"贾疏："祷祠，谓国有故，祈请求福曰祷，得福报赛曰祠。"④《小宗伯》又云："大灾，及执事祷祠于上下神示……凡王之会同、军旅、甸役之祷祠，肆仪为位。"⑤

《荀子·大略篇》记载商汤祷雨辞，曰："政不节与？使民疾与？何以不雨至斯极也！宫室荣与？妇谒盛与？何以不雨至斯极

---

① 孔颖达：《礼记正义》卷21，《十三经注疏》本，第1417页。
② 虽然祷、祠之礼相辅而行，但在古礼中也有例外。据《韩诗外传》卷八记载："五谷不升谓之大侵。大侵之礼，君食不兼味，台榭不饰，道路不除，百官补而不制，鬼神祷而不祠，此大侵之礼也。"（韩婴：《韩诗外传》，中华书局，1985年，第105页）
③ 贾公彦：《周礼注疏》卷25，《十三经注疏》本，第811—812页。
④ 贾公彦：《周礼注疏》卷26，《十三经注疏》本，第815页。
⑤ 贾公彦：《周礼注疏》卷19，《十三经注疏》本，第767—768页。

也！苟宜行与？谗夫兴与？何以不雨至斯极也！"① 《墨子·兼爱》也记载，商汤之时，天下大旱，成汤贵为天子，不惮以身为牺牲，以辞取悦于上帝鬼神，做祷辞曰："惟予小子履，敢用玄牡，告于上天后，曰：今天大旱，即当朕身履，未知得罪于上下。有善不敢蔽，有罪不敢赦，简在帝心。万方有罪，即当朕身，朕身有罪，无及万方。"② 两篇祷文皆言辞谦卑，反躬自责、祈求告罪之意溢于言表。这是祷求上帝怜惜天下众生，赐降甘霖的文辞。如果祷告灵验，那么必须再次举行祭祀，以示报答之情。

《诗经·周颂·丰年》是秋冬报赛祠文，诗曰："丰年多黍多稌，亦有高廪。万亿及秭，为酒为醴。烝畀祖妣，以洽百礼，降福孔皆。"③ 再有《载芟》与《良耜》，《毛诗序》认为《载芟》是用于"春籍田而祈社稷"之文；《良耜》则是"秋报社稷"之辞，是一组祷、祠文。不过，因为《载芟》与《丰年》都有"万亿及秭，为酒为醴。烝畀祖妣，以洽百礼"句④，故人们认为《载芟》其实也是报赛祠文。这些颂文记载了周人将丰收的黍粟酿成美酒，以祭祀先祖，以报赛享神，对神灵的庇荫表示感谢，同时又祈求来年再获丰收的美好愿望。行文高亢、热烈、欢快，充满了丰收的喜悦与对来年的希望。可见，求福之祷文与报赛之祠文，因其祭祀目的的不同，其文风也迥然有别。

先秦祝祷文体既可用于祈福，也能用于诅咒。这也是其功能

---

① 王先谦：《荀子集解》卷19，《新编诸子集成》本，中华书局，1988年，第504页。

② 孙诒让：《墨子间诂》卷4，《新编诸子集成》本，中华书局，2001年，第122—123页。

③ 孔颖达：《毛诗正义》卷19，《十三经注疏》本，第594页。

④ 孔颖达：《毛诗正义》卷19，《十三经注疏》本，第601—602页。

对应关系的体现。上文所言祝嘏文、祷祠文皆是用于祈福的文体。而诅文却用于陈述仇敌之罪恶，请神灵降祸于仇敌。纪昀认为"诅骂亦祝之一体"[①]。《文心雕龙·祝盟》记载"黄帝有祝邪之文"[②]，王兆芳《文体通释》认为诅"主于酬人罪恶，请神加祸。源出黄帝《祝邪文》，流有秦王《诅楚文》"[③]。黄帝乃传说中的人物，其《祝邪文》自然也难以确信。《诅楚文》是北宋时发现的战国时期秦国的石刻文字，是现存最早的诅文。其内容为秦王陈述"楚王熊相之倍盟犯诅"的罪恶，祈求天神制克楚兵，复其边城。文曰：

> 有秦嗣王，敢用吉玉宣璧，使其宗祝邵鼕，布愍告于不显大神巫咸及大沈久湫，以底楚王熊相之多罪。昔我先君穆公及楚成王，是勠力同心，两邦有一，绊以婚姻，袗以齐盟。曰：叶万子孙，毋相为不利。亲印不显大神巫咸、大沈久湫而质焉。今楚王熊相，康回无道，淫佚甚乱，宣侈竞从，变输盟制。内之则虣虐不辜，刑戮孕妇，幽刺亲戚，拘围其叔父，置诸冥室椟棺之中；外之则冒改久心，不畏皇天上帝及不显大神巫咸、大沈久湫之光列威神，而兼倍十八世之诅盟。卫诸侯之兵，以临加我，却划伐我社稷，伐灭我百姓，求蔑法皇天上帝及不显大神巫咸、大沈久湫之恤。祠之以圭玉牺牲，逑取吾边城新隍，及于长亲，吾不敢曰可。今又悉兴其

---

① 黄叔琳：《文心雕龙辑注》，中华书局，1957 年，第 105 页。
② 范文澜：《文心雕龙注》，第 177 页。
③ 王兆芳：《文体通释》，中华印刷局，1925 年，第 25 页。

众，张矜意怒，饰甲底兵，奋士盛师，以逼吾边竟。将
欲复其凶迹，唯是秦邦之赢众敝赋，輶栈舆，礼使介老
将之，以自救殿。亦应受皇天上帝及不显大神巫咸、大
沈久湫之几，灵德赐克剂楚师，且复略我边城。敢数楚
王熊相之倍盟犯诅，箸石章以盟大神之威神。[①]

该文痛述楚王熊相犯下的累累罪行，甚至将商纣的罪恶"刑
戮孕妇，幽刺亲戚，拘圉其叔父"都强加到熊相身上。全文极具
鼓动性、煽动性。纪昀认为刘勰所谓"善骂"之诅文正是"《诅楚
文》之类"[②]。

祝祷文体的这种功能对应关系，在文体发展史上是非常独特
的现象。其产生的原因，主要是祝祷文体作为人神交流的文辞，
其撰写的功利性与目的性都非常强。文辞的发布方式与祭祀行为
密切相关，因行为指向性的对应关系产生了言说方式的对应，从
而导致文体功能的相互对应。

---

① 严可均：《全上古三代秦汉三国六朝文》，中华书局，1958 年，第 102
页。
② 黄叔琳：《文心雕龙辑注》，第 105 页。

第三章 《山海经》与上古神话

《山海经》古传为禹、益所作。刘歆云："《山海经》者，出于唐虞之际……禹别九州，任土作贡；而益等类物善恶，著《山海经》。皆圣贤之遗事，古文之著明者也。其事质明有信。"① 《吴越春秋》载："禹……巡行四渎，与益、夔共谋，行到名山大泽，召其神而问之山川脉理，金玉所有，鸟兽昆虫之类，及八方之民俗，殊国异域，土地里数，使益疏而记之，故名之曰《山海经》。"② 禹、益本是传说时代的人物，故二人作《山海经》之说自不可信。《山海经》并非一人一时所作，后人多有增益，最终成书时间大致在战国至西汉时期。《山海经》篇目及卷数历代记载不一，刘歆《上〈山海经〉表》言其所据古本原有三十二篇，自己校订为十八篇。《汉书·艺文志》载为十三篇。现传《山海经》包括《五藏山经》《海内经》《海外经》《大荒经》，共计十八卷。

《山海经》虽然为地理文献，但该书在记录山川脉理、八方民俗、殊国异域的同时，也记载了丰富的远古神话、原始巫术及宗教仪式，体现了原始宗教的复杂形态，对后世道教产生了深远的影响。《道藏》将《山海经》收入太元部竞字号中，深受四库馆臣

---

① 袁珂：《山海经校注·附录》，第540页。
② 赵晔：《吴越春秋》卷4，徐天佑注，商务印书馆，1937年，第128页。

所诟病，言"究其本旨，实非黄老之言"①。但是道教的思想来源繁杂多样，《山海经》中众多的神灵、神境对道教神仙谱系、仙山圣境观念的形成具有重要影响，而书中记载的巫术也是道教斋醮法的源头。

第一节　《山海经》：远古的巫书与神话集

《山海经》究竟是一部什么性质的书，历代学者聚讼纷纷，难有定论。对于《山海经》之难解，郭璞在《注山海经叙》中就叹道："非天下之至通，难与言《山海》之义矣。"② 班固《汉志》根据刘向、刘歆父子的《七略》，将《山海经》列于"形法家"之首，说："形法者，大举九州之势以立城郭室舍形，人及六畜骨法之度数、器物之形容以求其声气贵贱吉凶。"③ 此段论述开了后世把《山海经》目为"地理书"或者"巫书"的先河。其言《山海经》举"九州之势以立城郭室舍形"，是就其"地理"性质而言；而言其举"人及六畜骨法之度数、器物之形容以求其声气贵贱吉凶"，大抵言明了其书的巫术性。

自古以来，视《山海经》为地理书者有之。东汉明帝曾赐王景《山海经》及《河渠书》《禹贡图》以助其治水，显然是把《山海经》作为实用的地理书了。《隋志》把《山海经》列于"地理类"之首。之后，刘昫《旧唐书·经籍志》、欧阳修《新唐书·艺文志》、王尧臣《崇文总目》等典籍，也把《山海经》置于地理

① 永瑢等：《四库全书总目》卷142，第1205页。
② 袁珂：《山海经校注·附录》，第544页。
③ 班固：《汉书》卷30，第1775页。

类。然而自汉代以来，一直有人对地理书之说提出质疑，如司马迁云："故言九州山川，《尚书》近之矣。至《禹本纪》、《山海经》所有怪物，余不敢言之也。"① 王充《论衡·谈天》也说："《山经》、《禹纪》，虚妄之言。"② "《禹纪》《山海》《淮南地形》，未可信也。"③ 郭璞言当时人亦以《山海经》为夸诞之书，曰："世之览《山海经》者，皆以其闳诞迂夸，多奇怪俶傥之言，莫不疑焉。"④ 王应麟也云："要为有本于古，秦汉增益之书。太史公谓言九州山川，《尚书》近之，至《山海经》《禹本纪》所言怪物，余不敢言也。然哉！"⑤ 至明代胡应麟，直言《山海经》为"古今语怪之祖"，并云：

余尝疑战国好奇之士本《穆天子传》之文与事而侈大博极之，杂传以汲冢《纪年》之异闻，《周书·王会》之诡物，《离骚》《天问》之遐旨，《南华》、郑圃之寓言，以成此书。⑥

这种把《山海经》视为"所言怪物""虚妄之言"及"语怪之祖"的观念在清代亦有回响。《四库全书》把《山海经》列入了"小说家"类，云："书中序述山水，多参以神怪。故《道藏》收

① 司马迁：《史记》卷123，第3179页。
② 黄晖：《论衡校释》卷11，第476页。
③ 黄晖：《论衡校释》卷11，第478页。
④ 袁珂：《山海经校注·附录》，第541页。
⑤ 王应麟：《汉艺文志考证》卷10，《景印文渊阁四库全书》第675册，第103页。
⑥ 胡应麟：《少室山房笔丛》卷32，上海书店出版社，2001年，第314页。

入太元部竞字号中。究其本旨，实非黄老之言。然道里山川，率难考据。案以耳目所及，百不一真。诸家并以为地理书之冠，亦为未允。核实定名，实则小说之最古者尔。"①

班固《汉志》又突出了《山海经》的巫书性质。《汉志》把《山海经》归入数术略形法家类。所谓"数术者，皆明堂羲和史卜之职也。史官之废久矣，其书既不能具，虽有其书而无其人。《易》曰：'苟非其人，道不虚行。'春秋时鲁有梓慎，郑有裨灶，晋有卜偃，宋有子韦。六国时楚有甘公，魏有石申夫。汉有唐都，庶得粗觕。盖有因而成易，无因而成难，故因旧书以序数术为六种"②。此"六种"即天文、历谱、五行、蓍龟、杂占、形法。大抵而言，数术是以阴阳五行的生克制化理论，来推衍自然、社会及人事的"气数""吉凶"。其中"蓍龟""杂占"，俱为占卜之术，径与巫术合。后世很多学者认为《山海经》实是一部巫书。鲁迅云《山海经》"所载祠神之物多用糈（精米），与巫术合，盖古之巫书也"③。袁珂完全赞成鲁迅的说法，他说："直到本世纪初1923年鲁迅撰写《中国小说史略》的时候，才对《山海经》的性质做了一个著名的论断：'盖古之巫书。'用了一个'盖'字，是探讨拟想之辞。经我初步研究，觉得'巫书'之说，大致可以落实，连'盖'字也用不着了。"④ 由此，他断定说："《山海经》就是记录万物有灵论时期处在混沌状态多学科综合体中的中国神话

① 永瑢等：《四库全书总目》卷142，第1205页。
② 班固：《汉书》卷30，第1775页。
③ 鲁迅：《中国小说史略》，上海古籍出版社，2006年，第7页。
④ 袁珂：《中国神话通论》，第2页。

的一部巫书。"① 袁行霈则认为《山经》是远古以来的"巫觋之
书",而《海经》是秦汉间的方士之书。②

《山海经》中确实弥漫着浓厚的巫风,这是人类文明早期文化
生态使然。即便是把《山海经》视为其他性质的书,也无法回避
这一特点。故又有学者将《山海经》的多种性质兼而言之。顾颉
刚曾指出,《山海经》"是一本巫术性的地理书"③,潜明兹说《山
海经》"是一本宗教性质的巫书,也是一部上古神话总集"④。赵沛
霖也突出《山海经》的"宗教性",他把《山经》与《海经》分
而论之,说:"《山经》以地理位置顺序全面记录所祭之山,是一
部宗教性的地理书;《海经》则相反,它在氏族志中写有大量神
话,是一部以地理位置为系统的神谱,因而可以说是地理性的宗
教书。"⑤

上古时期,神话与巫术、宗教的关系至为密切,"巫以记神
事"⑥。巫觋作为当时先进知识文化的代表者,掌管着宗教、文化、
历史的叙写。就巫术与宗教的关系而言,巫术的出现要早于宗教,
而且巫术是原始宗教的重要组成部分。上古神话则是人类原始巫
术与原始宗教的重要载体。《山海经》便是这样一部集神话、巫术
与宗教于一体的作品。

① 袁珂:《袁珂神话论集》,四川大学出版社,1996年,第124页。
② 参见袁行霈《山海经初探》,载《中华文史论丛》1979年第3辑。
③ 顾颉刚:《〈山海经〉中的昆仑区》,载《中国社会科学》1982年第1期。
④ 潜明兹:《中国古代神话与传说》,商务印书馆,1996年,第7页。
⑤ 赵沛霖:《先秦神话思想史论》,学苑出版社,2002年,第275—276页。
⑥ 鲁迅:《汉文学史纲要》,人民文学出版社,1973年,第3页。

第二节 《山海经》中的巫风与祭仪

《山海经》浓郁的巫术氛围，是由先民特定的生存境遇所决定的，这是人类所有民族原始状态下的一种共性。神话与巫术本来就是以一种"统一体"的形态出现。《山海经》保存了中国最完备、最原始的上古神话，其鲜明的巫术性固不言自明。《山海经》中出现了群巫形象。如：

> 开明东有巫彭、巫抵、巫阳、巫履、巫凡、巫相，夹窫窳之尸，皆操不死之药以距之。窫窳者，蛇身人面，贰负臣所杀也。[1]

> 巫咸国在女丑北，右手操青蛇，左手操赤蛇，在登葆山，群巫所从上下也。[2]

> 大荒之中，有山名曰丰沮玉门，日月所入。有灵山，巫咸、巫即、巫盼、巫彭、巫姑、巫真、巫礼、巫抵、巫谢、巫罗十巫，从此升降，百药爰在。[3]

群巫"夹窫窳之尸，皆操不死之药以距之"；巫咸"右手操青蛇，左手操赤蛇"；十巫于灵山升降等行为，实是再现了原始巫术

---

[1] 袁珂：《山海经校注》，第 352 页。
[2] 袁珂：《山海经校注》，第 263 页。
[3] 袁珂：《山海经校注》，第 453—454 页。

活动中的某些仪式。在远古人看来，高山是神明们尤其是大神们居住的地方。因此，在《山海经》中，巫师往往是在高山之处接通神明。这些崇山峻岭就成为群巫与"天地"之间升降上下的"天梯"，如书中所云"在登葆山，群巫所从上下也"，又云"十巫"从灵山"升降"。远古之时，巫祝本身就是通晓医术的，故巫、医为一体。《说文解字》释"医"云："治病工也……古者巫彭初作医。"①《太平御览》引《世本》宋注云："巫咸，尧臣也，以鸿术为帝尧医。"② 巫彭、巫咸也正是《山海经》中的大巫，说他们"操不死之药以距之"，郭璞注云："皆神医也。《世本》曰：'巫彭作医。'……为距却死气，求更生。"③ 即言群巫以不死之药使窫窳得以重生，这就是巫师行使医职的体现。而群巫所持不死之药，显然是从大神处得之。十巫升降于灵山，"百药爱在"云云，即是指十巫在灵山得到大神之旨意，采药而为医。又如《山海经·大荒南经》："有巫山者，西有黄鸟。帝药，八斋。黄鸟于巫山，司此玄蛇。"郭璞注云："天帝神仙药在此也。"④ 此"神仙药"就是所谓"不死之药"。巫师以"神药"治病的过程其实就是一个巫术活动的过程。

　　似乎远古之时，神、巫、民三者可以自由往来，并不受任何约束。颛顼帝"绝地天通"的举措，改变了这种民神混杂的状态，重构了神与巫、民的关系。《大荒西经》云：

---

① 段玉裁：《说文解字注》，上海古籍出版社，1981年，第750页。
② 宋衷注，秦嘉谟等辑：《世本八种》，中华书局，2008年，第14页。
③ 袁珂：《山海经校注》，第352—353页。
④ 袁珂：《山海经校注》，第422页。

颛顼生老童，老童生重及黎，帝令重献上天，令黎
邛下地。下地是生噎，处于西极，以行日月星辰之
行次。①

郭璞注云："古者人神杂扰无别，颛顼乃命南正重司天以属
神，命火正黎司地以属民。重实上天，黎实下地。"② 这就是颛顼
命重、黎"绝地天通"的神话。《国语》载述此事甚详：

昭王问于观射父，曰："《周书》所谓重、黎实使天
地不通者，何也？若无然，民将能登天乎？"

对曰："非此之谓也。古者民神不杂。民之精爽不携
贰者，而又能齐肃衷正，其智能上下比义，其圣能光远
宣朗，其明能光照之，其聪能听彻之，如是则神明降之，
在男曰觋，在女曰巫。是使制神之处位次主，而为之牲
器时服……民是以能有忠信，神是以能有明德，民神异
业，敬而不渎，故神降之嘉生，民以物享，祸灾不至，
求用不匮。

及少皞之衰也，九黎乱德，民神杂糅，不可方物。
夫人作享，家为巫史，无有要质。民匮于祀，而不知其
福。烝享无度，民神同位。民渎齐盟，无有严威。神狎
民则，不蠲其为。嘉生不降，无物以享。祸灾荐臻，莫
尽其气。颛顼受之，乃命南正重司天以属神，命火正黎

① 袁珂：《山海经校注》，第460页。
② 袁珂：《山海经校注》，第461页。

司地以属民，使复旧常，无相侵渎，是谓绝地天通。

其后，三苗复九黎之德，尧复育重、黎之后，不忘旧者，使复典之。以至于夏、商，故重、黎氏世叙天地，而别其分主者也。"①

以此看来，远古之时，民、神各为其位而互不相会，神明降于巫觋身上，以达其福祉。此时的巫觋乃是"民之精爽不携贰者，而又能齐肃衷正，其智能上下比义，其圣能光远宣朗，其明能光照之，其聪能听彻之"，而人民也能保持忠信的品质，"神是以能有明德，民神异业，敬而不渎，故神降之嘉生，民以物享，祸灾不至，求用不匮"。这种神、巫、民各归其位、各司其职、秩序井然的和谐状态，至少皞之时被终结。由于"九黎乱德"，以至"民神杂糅"，出现"家为巫史，无有要质"的混乱局面，最终导致"民神同位"的严重后果。民、神原有的秩序被彻底打破而变得混乱不堪。于是，到颛顼帝时，他命令重管理天界之事，黎管理地上之群巫。地上之群巫便不能如"古者"之时可以随意登天而见神灵，从此天、地不通。所谓"绝地天通"实际上就是规范天地之秩序。

当然，"绝地天通"后，天地、神人之间并非完全断了联系。在巫觋群体中，那些地位崇高的大巫依然能登天，并传达神明的意旨。《山海经》又记载：

---

① 上海师范大学古籍整理研究所：《国语·楚语下》，第559—563页。《尚书·吕刑》篇："三苗乱德，民神杂扰，帝尧既诛苗民，乃命重黎二氏，使绝天地相通，令民神不杂，于是天神无有下至地，地民无有上至天，言天神地民不相杂也。"（孔颖达：《尚书正义》，《十三经注疏》本，第248页。）

海内昆仑之虚，在西北，帝之下都。昆仑之虚，方八百里，高万仞。上有木禾，长五寻，大五围。面有九井，以玉为槛。面有九门，门有开明兽守之，百神之所在。在八隅之岩，赤水之际，非仁羿莫能上冈之岩。①

西南海之外，赤水之南，流沙之西，有人珥两青蛇，乘两龙，名曰夏后开。开上三嫔于天，得《九辩》与《九歌》以下。此天穆之野，高二千仞，开焉得始歌《九招》。②

"仁羿""夏后开"（即夏启）便是这样的人物。只有他们这样的大巫才有资格登山升天听领神意，然后再由他们下达于一般巫师。在"绝地天通"的过程中，颛顼显然是个重要角色，在某种意义上讲，他就是一个宗教主，而"绝地天通"则有宗教改革的意义，"是一段宗教改革史，带有点政教分离的意味"③。

古者"帝"通"禘"，《尔雅》释云："禘，大祭也。"从词源角度来看，"帝"最早即有祭天之意。在远古之时，帝王往往既是行政首脑，同时也是巫之长者。中国远古传说时代的各帝皆是如此。朱芳圃释甲骨文中的"帝"云："束柴于上者，帝也。"④ 陈梦家说："王者自己虽为政治领袖，同时仍为群巫之长。"《山海

---

① 袁珂：《山海经校注》，第 344—345 页。
② 袁珂：《山海经校注》，第 473 页。
③ 郑德坤：《〈山海经〉及其神话》，见马昌仪：《中国神话学文论选萃》上册，中国广播电视出版社，1994 年，第 170 页。
④ 朱芳圃：《殷周文字释丛》，中华书局，1962 年，第 38 页。

经》中的颛顼即是如此，故能完成"绝地天通"这样的"鸿业"。此外，如《大荒北经》记载"蚩尤作兵伐黄帝，黄帝乃令应龙攻之冀州之野。应龙畜水，蚩尤请风伯雨师，从大风雨。黄帝乃下天女曰魃，雨止，遂杀蚩尤"[1]。黄帝与蚩尤斗"法"，本身即为神巫。李泽厚说："从远古时代的大巫师到尧、舜、禹、汤、文、武、周公，所有这些著名的远古和上古政治大人物，还包括伊尹、巫咸、伯益等人在内，都是集政治统治权（王权）与精神统治权（神权）于一身的大巫。"[2] 郑振铎以"汤祷"为例总结说："我们的古代的帝王，还不仅要负起大灾异、大天变的责任，就在日常的社会生活里，他所领导的也不仅止'行政'、'司法'、'立法'等等的'政权'而已；超出于这一切以上的，他还是举国人民的精神上的领袖——宗教上的领袖。"[3] 弗雷泽在考察人类早期社会的巫术文化时也说："在那些年代里，笼罩在国王身上的神性绝非是空洞的言辞，而是一种发自坚定的信仰的表达。在很多情况下，国王不只是被当成祭司，即作为人与神之间的联系人而受到尊崇，而是被当作神灵。他能降福给他的臣民和崇拜者，这种赐福通常被认为是凡人力所不及的，只有向超人或神灵祈求并供献祭品才能获得。因而国王们又经常被期望着能赐予国家风调雨顺、五谷丰登等等。这种期望，必然使现代人感到奇怪，但对早期人类来说，这是一种十分自然的思想方式。"[4] 显然，全人类的上古时期，

---

① 袁珂：《山海经校注》，第490—491页。

② 李泽厚：《说巫史传统》，上海译文出版社，2012年，第10页。

③ 郑振铎：《汤祷篇》，见《郑振铎古典文学论文集》，上海古籍出版社，2009年，第122页。

④ ［英］J. G. 弗雷泽：《金枝——巫术与宗教研究》，第23—24页。译者注：国王"泛指早期社会的一切行政首领，这里姑且译为'国王'"，第22页注。

均是如此。

《山海经》还记录了各种巫术祭祀活动的仪式，书中往往用"其祠之礼""其祠""其祠之"等术语，记载祭祀时使用的祭牲、物品及简单的仪式。这些祭仪的出现表明原始巫术已发展到了原始宗教的阶段。如对山神的祭祀：

> 凡鹊山之首，自招摇之山，以至箕尾之山，凡十山，二千九百五十里。其神状皆鸟身而龙首。其祠之礼：毛用一璋玉瘗，糈用稌米，一璧，稻米、白菅为席。[1]

> 凡《西次四经》自阴山以下，至于崦嵫之山，凡十九山，三千六百八十里。其神祠礼，皆用一白鸡祈。糈以稻米，白菅为席。[2]

> 凡荆山之首，自景山至琴鼓之山，凡二十三山，二千八百九十里。其神状皆鸟身而人面。其祠：用一雄鸡祈瘗，用一藻圭，糈用稌。骄山，冢也，其祠：用羞酒少牢祈瘗，婴毛一璧。[3]

可见当时的祭品已相当丰富，有"糈"，郭璞注云："祀神之米名。"[4] 鲁迅言《山海经》中"所载祠神之物多用糈（精米），

---

[1] 袁珂：《山海经校注》，第 9 页。
[2] 袁珂：《山海经校注》，第 79 页。
[3] 袁珂：《山海经校注》，第 188 页。
[4] 袁珂：《山海经校注》，第 9 页。

与巫术合"①，即是指此而言。除此之外，还有"酒""毛"等。"毛"即是祭牲，郭璞注云："言择牲取其毛色也。"② 袁珂则认为："毛谓祀神所用毛物也，猪鸡犬羊等均属之。"③ 另外，先民在祭祀时还用到了瑜、璧、烛、白菅等物品。

更重要的是，针对不同的祭祀对象，使用的祭品、祭祀的方式也不相同。如《西山经》云：

> 凡《西经》之首，自钱来之山至于騩山，凡十九山，二千九百五十七里。华山冢也，其祠之礼：太牢。羭山神也，祠之用烛，斋百日以百牺，瘗用百瑜，汤其酒百樽，婴以百珪百璧。其余十七山之属，皆毛牷用一羊祠之。烛者，百草之未灰，白蓆采等纯之。④

此则文献明言：祭华山，用太牢之礼；祭羭山神，用烛、百牺、百瑜、百樽、百珪、百璧；而祭祀其余十七山，则只用一羊祠之。可见等级森严，不可逾越。再如《北山经》：

> 凡《北次三经》之首，自太行之山以至于无逢之山，凡四十六山，万二千三百五十里。其神状皆马身而人面者廿神。其祠之，皆用一藻、茝瘗之。其十四神状皆彘身而载玉。其祠之，皆玉，不瘗。其十神状皆彘身而八

---

① 鲁迅：《中国小说史略》，第7页。
② 袁珂：《山海经校注》，第9页。
③ 袁珂：《山海经校注》，第9页。
④ 袁珂：《山海经校注》，第38页。

足蛇尾。其祠之，皆用一璧瘗之。大凡四十四神，皆用
稌糈米祠之，此皆不火食。①

此则文献所祭众神的祭品及祭仪各有规定：祭马身人面神用
一藻、一苣，埋之；祭彘身载玉神则祠之以玉，不瘗；而祭彘身
八足蛇尾神，则以一璧瘗之。虽然祭祀众神的祭品及仪式不同，
却有个共同的传统，即皆用稌糈米祭祀，且"不火食"。以上文献
虽然没有非常详尽地对祭祀过程进行描述，但祭祀仪式之大概，
实已可观。在这些祭祀中，因祭祀对象的不同，已形成了等级森
严的祭祀制度及仪式。可见，《山海经》所叙之巫术祭祀活动已初
具原始宗教的形态。

第三节　古帝神话与原始宗教领袖

中国上古神话之原貌，我们无从而观。② 中国神话与西方神话
相比，显得零碎散乱，缺乏谱系性，因此屡遭世人诟病。事实上，
所有的原始神话的本真面貌应该都是凌乱不成体系的。中国神话
之所以没有体系性，恰恰可能是因其最接近原始神话的真实面貌。

---

① 袁珂：《山海经校注》，第119—120页。
② 对于中国古代神话的原始状貌及其流变，王孝廉论道："我个人的看法是
中国古代神话也是正如世界上的其他民族一样，原是一片郁郁苍苍的神话原野，
由于许多外在和内在的原因而使神话产生了极大的流动变化和发生了解消、纯化、
异质化等现象。一部分的神话流入了政治和社会组织的道德意识里（《书经》、
《论语》），一部分流入新起的宗教哲学里（《老子》、《庄子》、《淮南子》等书），
一部分流入文学里（《诗经》、《楚辞》），一部分流入当时的实用哲学里（《墨
子》），一部分流入历史里（《左传》、《史记》、《书经》），另外极少部分被零星片
断地传承，由舌口相传而成文记载（如《山海经》、《穆天子传》等）。"见王
孝廉《中国的神话与传说》，联经出版事业公司，1977年，第13页。

从流传至今的典籍来看，《山海经》无疑是收录中国上古神话最为集中的典籍，体现了中国原始初民对于宇宙、自然以及人类自身的理解与认识。

如前文所述，在神话时代，神人杂糅，古帝往往也在历史中被追溯为始祖。夏曾佑说："中国自黄帝以上，包牺、女娲、神农、诸帝，其人之形貌、事业、年寿，皆在半人半神之间，皆神话也。故言中国信史者，必自炎黄之际始。"[1] 实际上，炎、黄之下诸帝，也依然是神话传说中的人物。关于远古诸帝，《山海经》中或多或少都有所叙述，形成了一个较大的诸帝神话系统，是我们今天建构中国古史系统的最为重要的文献资料，也对整个中华文化的形成产生了巨大影响。本书所言诸帝神话，主要指关于上古传说时代的"三皇五帝"及鲧、禹等神话。

在诸帝神话中，《山海经》中黄帝的神话最为丰富。黄帝稍晚于炎帝，同为少典之子[2]，姓公孙，居轩辕之丘，又称之为轩辕氏。因有土德之瑞，所以又称黄帝，为姬姓部族的始祖。《山海经》关于黄帝的神话主要有两大类型，一是黄帝之世系；二是黄帝之征伐。有关黄帝世系的神话，略举几则：

> 东海之渚中，有神，人面鸟身，珥两黄蛇，践两黄蛇，名曰禺䝞。黄帝生禺䝞，禺䝞生禺京，禺京处北海，

---

[1] 夏曾佑：《中国古代史》，河北教育出版社，2000年，第18页。

[2] 《国语》记载："昔少典娶于有蟜氏，生黄帝、炎帝。黄帝以姬水成，炎帝以姜水成。成而异德，故黄帝为姬，炎帝为姜。"（上海师范大学古籍整理研究所：《国语》卷10，第356页）

禺猇处东海，是惟海神。①

　　大荒之中，有山名曰融父山，顺水入焉。有人名曰
犬戎。黄帝生苗龙，苗龙生融吾，融吾生弄明，弄明生
白犬，白犬有牝牡，是为犬戎，肉食。有赤兽，马状无
首，名曰戎宣王尸。②

　　有北狄之国。黄帝之孙曰始均，始均生北狄。③

　　流沙之东，黑水之西，有朝云之国、司彘之国。黄
帝妻雷祖，生昌意。昌意降处若水，生韩流。韩流擢首、
谨耳、人面、豕喙、麟身、渠股、豚止，取淖子曰阿女，
生帝颛顼。④

　　《山海经》以黄帝为核心，建构起一个治理世界的神话体系。
在这个神话体系中，黄帝的子子孙孙统治着这个世界：不唯华夏
大地由其子孙所统治，东海、北海之神也皆为黄帝的后裔，就连
犬戎、北狄等边陲之地也起源于黄帝之后人。这个神话体系，充
满了先民对殊方异域的想象。而将神奇的殊方异域皆纳入黄帝这
一体系下，则体现了神话历史化的倾向。

　　关于黄帝战争的神话，《山海经》中有著名的黄帝与蚩尤大
战。《大荒北经》曰：

　　蚩尤作兵伐黄帝，黄帝乃令应龙攻之冀州之野。应

---

① 袁珂：《山海经校注》，第403页。
② 袁珂：《山海经校注》，第495页。
③ 袁珂：《山海经校注》，第452页。
④ 袁珂：《山海经校注》，第503页。

龙畜水，蚩尤请风伯雨师，从大风雨。黄帝乃下天女曰魃，雨止，遂杀蚩尤。魃不得复上，所居不雨。叔均言之帝，后置之赤水之北。叔均乃为田祖。魃时亡之，所欲逐之者，令曰："神北行！"先除水道，决通沟渎。[①]

在这场战争中，黄帝、蚩尤大斗法术，各自请天神助阵，应龙、风伯、雨师、旱神魃皆加入战争。战争非常激烈，直打得天昏地暗，鬼哭神嚎。最终以黄帝杀死蚩尤，取得胜利而结束。黄帝由此巩固了他的统治地位。这则战争神话叙事宏阔、气势磅礴，且情节紧凑，环环相扣，虽然没有详细的场景描写，更谈不上艺术构思，但战争过程记叙得非常完整。这场大战也成为中国神话史上最著名的战争。此外，《山海经》中还有一则黄帝以夔皮为鼓的神话，《大荒东经》曰：

东海中有流波山，入海七千里。其上有兽，状如牛，苍身而无角，一足，出入水则必风雨，其光如日月，其声如雷，其名曰夔。黄帝得之，以其皮为鼓，橛以雷兽之骨，声闻五百里，以威天下。[②]

夔，是神话中的一足猛兽，其"状如牛，苍身而无角"，许慎《说文》云其"即魖也，如龙，一足，从夊，象有角手人面之形"。[③]关于夔的神话，《绎史》引《黄帝内传》云："黄帝伐蚩

---

① 袁珂：《山海经校注》，第 490—491 页。
② 袁珂：《山海经校注》，第 416 页。
③ 段玉裁：《说文解字注》，第 233 页。

尤，玄女为帝制夔牛鼓八十面，一震五百里，连震三千八百里。"①
这是一则关于战鼓如何发明的神话。将战鼓的发明归功于黄帝，
且着力描写夔皮战鼓的神威，是先民对战争取胜原因的探讨与想
象。黄帝伐蚩尤的神话，表明中国远古神话开始进入一个以英雄
为中心的时代。

颛顼神话也是《山海经》古帝神话群中的重要组成部分。据
《海内经》记载，颛顼为黄帝之曾孙，是为北方水神。《淮南子·
天文训》曰："北方水也。其帝颛顼，其佐玄冥，执权而治冬。"②
《山海经》中的颛顼神话，最著名的是"绝地天通"一事，被认为
是上古一次重要的宗教改革。除此之外，颛顼的重要神迹，还体
现在他死而复生的神话。关于颛顼死后葬地，《海内东经》记载在
"鲋鱼之山"③，《大荒北经》在"河水之间，附禺之山"④，《海外
北经》在"务隅之山"⑤，"鲋鱼""附禺""务隅"，古字通用，皆
为同一山名。颛顼葬于山之阳，有九嫔陪葬于山之阴，且有四蛇
或其他珍禽异兽守护其陵墓。不过，颛顼却死而复生，以人面鱼
身的形象出现。《大荒西经》曰：

有鱼偏枯，名曰鱼妇。颛顼死即复苏。风道北来，
天乃大水泉，蛇乃化为鱼，是为鱼妇。颛顼死即复苏。⑥

① 马骕：《绎史》卷5，《景印文渊阁四库全书》第365册，第89页。
② 何宁：《淮南子集释》卷3，第188页。
③ 袁珂：《山海经校注》，第385页。
④ 袁珂：《山海经校注》，第478页。
⑤ 袁珂：《山海经校注》，第291页。
⑥ 袁珂：《山海经校注》，第476页。

关于这则颛顼死后复生的神话解释不一。袁珂以为"据经文之意，鱼妇当即颛顼之所化。其所以称为'鱼妇'者，或以其因风起泉涌、蛇化为鱼之机，得鱼与之合体而复苏，半体仍为人躯，半体已化为鱼，故称'鱼妇'也"①。丁山却认为这则神话即是"象征草木冬枯春生、昆虫冬蛰春蠕的寓言"②。也有学者考证认为这则神话与巫觋、巫术活动相关，"通过蛇化为鱼，人化为鱼而实现的生死转化，而人面鱼身神（人）能上下于天沟通人神，属巫觋"③。《大荒西经》又记载："大荒之中，有山名曰大荒之山，日月所入。有人焉三面，是颛顼之子，三面一臂，三面之人不死，是谓大荒之野。"④ 颛顼之子是"三面一臂"的神人，也具有不死的能力。

《山海经》中著名的古帝神话还有鲧、禹神话。《海内经》云："黄帝生骆明，骆明生白马，白马是为鲧。"依此，鲧为黄帝之曾孙。⑤ 禹则为鲧之子。鲧、禹神话以治水神话影响最大。《海内经》：

> 洪水滔天。鲧窃帝之息壤以堙洪水，不待帝命。帝

① 袁珂：《山海经校注》，第 476 页。

② 丁山：《中国古代宗教与神话考》，上海文艺出版社，1988 年，第 316 页。

③ 丁兰：《"颛顼死即复苏"神话考释》，载《中南民族大学学报》（人文社会科学版）2012 年第 5 期。

④ 袁珂：《山海经校注》，第 472 页。

⑤ 关于鲧之世系，《世本》《史记·夏本纪》等有异说。《世本》："黄帝生昌意，昌意生颛顼，颛顼生鲧。"（宋衷、秦嘉谟：《世本八种》，中华书局，2008 年，第 7 页）《夏本纪》："鲧之父曰帝颛顼，颛顼之父曰昌意，昌意之父曰黄帝。"（司马迁：《史记》卷 2，第 49 页）

令祝融杀鲧于羽郊。鲧复生禹。帝乃命禹卒布土以定
九州。①

鲧因盗窃天帝之息壤治理泛滥的洪水，而惹来杀身之祸，剖
腹生禹。《归藏·启筮》云："鲧死三岁不腐，剖之以吴刀，化为
黄龙。"② 即为此事。天帝于是命禹承父业，最终治好洪水，遂定
九州。在中国古史系统中的鲧禹治水，言鲧使用的是掩埋阻塞的
办法，禹使用的是疏导的办法，这实际上是后世将鲧禹治水的神
话进行了历史化改造。在《山海经》的神话中，禹"布土"治水，
使用的方法也同样是其父鲧的"堙"的方法。《海内经》："禹、鲧
是始布土，均定九州。"③ 郭璞释"布"为"敷"，"布土"实际上
就是以"息壤以堙洪水"。又《大荒北经》中有一则禹堙水杀相繇
的神话："禹堙洪水，杀相繇，其血腥臭，不可生谷；其地多水，
不可居也。禹堙之，三仞三沮，乃以为池，群帝因是以为台。在
昆仑之北。"④ 也讲禹以"堙"的方法而治水。这里还涉及禹的另
一则著名神话，就是造"众帝之台"，《海外北经》："共工之臣曰
相柳氏，九首，以食于九山。相柳之所抵，厥为泽溪。禹杀相柳，
其血腥，不可以树五谷种。禹厥之，三仞三沮，乃以为众帝之台。
在昆仑之北，柔利之东。"⑤ 相繇即相柳，这两则神话实为一事。
"众帝之台"也就是《海内北经》所云"帝尧台、帝喾台、帝丹朱

① 袁珂：《山海经校注》，第536页。
② 袁珂：《山海经校注》郭璞注引，第537页。
③ 袁珂：《山海经校注》，第532页。
④ 袁珂：《山海经校注》，第489页。
⑤ 袁珂：《山海经校注》，第279—280页。

台、帝舜台，各二台，台四方，在昆仑东北"①，以镇压相柳之类妖邪者。

大禹治水、杀相柳氏的神话，体现了先民对英雄人物的尊崇与信仰。大禹因长年艰苦卓绝地治水，导致其足染病而行走方式奇特，人们将大禹特有的行走方式称为"禹步"。《尸子》云："古者龙门未辟，吕梁未凿，河出于孟门之上，大溢逆流，无有丘陵，高阜灭之，名曰洪水。禹于是疏河决江，十年不窥其家，手不爪，胫不生毛，生偏枯之疾，步不相过，人曰禹步。"② 因大禹的治水神迹，"禹步"也被视为具有强大威力的法术，而被群巫效仿。扬雄《法言·重黎》云："巫步多禹。"李轨注曰："姒氏，禹也。治水土，涉山川，病足，故行跛也。禹自圣人，是以鬼神、猛兽、蜂虿、蛇虺莫之螫耳，而俗巫多效禹步。"③ 巫者效仿"禹步"，使大禹治水的神话蒙上了宗教色彩。"禹步"被道教接纳，成为道教法术中的重要步法。葛洪《抱朴子内篇·登涉》引《遁甲中经》曰："'求仙道入名山者……往山林中，当以左手取青龙上草，折半置逢星下，历明堂入太阴中，禹步而行'"，如此便可辟"百邪虎狼"。④ 该书又传授"禹步法"曰："正立，右足在前，左足在后，次复前右足，以左足从右足并，是一步也。次复前右足，次前左足，以右足从左足并，是二步也。次复前右足，以左足从右足并，是三步也。如此，禹步之道毕矣。凡作天下百术，皆宜知禹步，

① 袁珂：《山海经校注》，1980 年，第 365 页。
② 汪继培：《尸子》卷下，《续修四库全书》第 1121 册，第 293 页。
③ 汪荣宝：《法言义疏》卷 10，中华书局，1987 年，第 317 页。
④ 王明：《抱朴子内篇校释》卷 17，中华书局，1985 年，第 302 页。

不独此事也。"①

　　《山海经》关于三皇五帝的神话非常多，但大多是零星的记载。即便是这些零星的神话在后世也多数被历史化了。例如，据《尸子》记载，孔子将"黄帝四面"的神话，解释为"黄帝取合己者四人，使治四方，不谋而亲，不约而成，大有成功，此之谓四面也"②，改编成黄帝治理天下的史实。再如，黄帝取夔皮做战鼓的神话，夔，本为远古神兽，外形似牛，吼声如雷，且只有"一足"。当鲁哀公问孔子"夔一足"的传闻是否可信时，孔子回答说："夔，人也，何故一足？彼其无他异，而独通于声。尧曰：'夔一而足矣。使为乐正。'故君子曰：'夔有一足。'非一足也。"③ 直接把"夔"这一神话中的神兽给抹灭了。《山海经》中关于三皇五帝的神话，也被后世史家改造。司马迁撰写《史记》，其《五帝本纪》将神话中的炎、黄二帝视为华夏历史的开端。在《五帝本纪》中，黄帝仅为一位氏族首领，在与蚩尤的战争中取得胜利而被众诸侯尊为天子。《山海经》中那则惊天地、泣鬼神的黄帝大战蚩尤的神话，在《史记》中仅以"黄帝乃征师诸侯，与蚩尤战于涿鹿之野，遂禽杀蚩尤"④ 这样的句子一笔带过。正是因为儒家与历史学家对神话的改造，使得《山海经》中的诸帝神话逐渐被历史所消解，其宗教性也随之消失殆尽。

---

① 王明：《抱朴子内篇校释》卷17，第302—303页。
② 汪继培辑：《尸子》卷下，《续修四库全书》第1121册，第291页。
③ 王先慎：《韩非子集解》卷12，第297页。
④ 司马迁：《史记》卷1，第3页。

第四节 上古祭山仪式与昆仑山神话

《山海经》全书以"山""水"为纲目编排。《山经》记载的是山川分布及其形势，按照南、西、北、东、中的次序排列。故自汉代以来，一直有人将《山海经》视为地理书。但《山海经》在描述远古"山""水"分布形势时，同时记载了许多神话传说，形成了庞大的山岳河海神话群。其中，以昆仑山为核心的神话尤为丰富，且影响深远。

《山海经》中的群山，大抵都是各种神人、神物出没的地方，经中详细介绍各山祭祀仪式，弥漫着浓厚的巫术氛围。《山海经》对山神的记载有两种表述形式：一为区域性的群山之神，山神以群体的姿态出现。书中惯用的表达方式为"凡……之首，自……之山，以至……之山"，继而描写山神的外貌形态及祭祀之礼。如：

> 凡《西次二经》之首，自钤山至于莱山，凡十七山，四千一百四十里。其十神者，皆人面而马身。其七神皆人面牛身，四足而一臂，操杖以行：是为飞兽之神；其祠之，毛用少牢，白菅为席。其十辈神者，其祠之，毛一雄鸡，钤而不糈；毛采。[①]
>
> 凡《北次二经》之首，自管涔之山至于敦题之山，凡十七山，五千六百九十里。其神皆蛇身人面。其祠：

---

① 袁珂：《山海经校注》，第44—45页。

毛用一雄鸡、彘瘗；用一壁一珪，投而不糈。[①]

凡岷山之首，自女几山至于贾超之山，凡十六山，三千五百里。其神状皆马身而龙首。其祠：毛用一雄鸡瘗，糈用稌。文山、勾檷、风雨、騩之山，是皆冢也，其祠之：羞酒，少牢具，婴毛一吉玉。熊山，席也。其祠：羞酒，太牢具，婴毛一璧。干舞，用兵以禳；祈，璆冕舞。[②]

如此等等。《山海经》中的这些山神形象，有鸟身龙首、龙神鸟首、彘身八足蛇尾、马身龙首等等，是动物躯体的拼凑；又有羊身人面、人面马身、人身龙首、人面鸟身、豕身人面等半人半兽形象。这些形象应当是居于山地部族的图腾。图腾（totem）为北美印第安人方言的音译，具有“亲属”的含义。[③] 在原始部落时代，某一部族会相信某种动物或植物与同族有某种特殊的亲缘关系而崇拜之。他们视这种动物或植物为该部落的保护神。这种图腾徽帜也成为此一部落区别于其他部落的标志，被部落的全体成员所拜祀，图腾本身也就成为神物。卡西尔解释说：“起初图腾动物的挑选绝不是纯外在的、偶然性的，图腾不是单纯的‘族徽’，其实它表现和体现了特殊的生活观念和精神观念……民族似乎从

① 袁珂：《山海经校注》，第 102 页。

② 袁珂：《山海经校注》，第 195 页。

③ ［法］列维·斯特劳斯《图腾制度》：“众所周知，图腾一词源于奥杰布韦人，是分布于北美五大湖北部地区的阿尔衮琴人的说法。ototeman 这种表达，大致上是‘他是我的一个亲戚’的意思。”（列维·斯特劳斯：《图腾制度》，商务印书馆，2012 年，第 23 页）1903 年，严复在翻译英国人甄克思的《社会通诠》（商务印书馆，1904 年）时，最早把“totem”翻译成“图腾”。

图腾动物身上真实地看到了自身，认出了自己的本性、物质及根本的行为倾向。"① 部落所居住的某一地方如山岳、水域或树林，成为他们祭祀的神圣场所。在拜祭或祷告的过程中，伴随着各种巫术仪式：或将一雄鸡与一羹埋于土，同时投璧珪于山中以礼神，不以精米祭祀；又或者用馓酒美玉以祠神，禳灾则伴以干戚之舞，祈福就穿戴冕服持玉而舞。祭祀山神时，因山神身份、地位或祝祷目的之差异，祭品、仪式也随之发生变化。

第二种形式为一山一神，"神各有独自的名号与形象，属于每一地方群的主神"②。如《西山经》言："西水行四百里，曰流沙，二百里至于嬴母之山，神长乘司之，是天之九德也。其神状如人而犳尾。"又言："西三百五十里，曰天山……有神焉，其状如黄囊，赤如丹火，六足四翼，浑敦无面目，是识歌舞，实为帝江也。"③《中山经》云："东一百五十里，曰夫夫之山……神于儿居之，其状人身而身操两蛇，常游于江渊，出入有光。"又云："东南一百二十里，曰洞庭之山……帝之二女居之，是常游于江渊。澧沅之风，交潇湘之渊，是在九江之间，出入必以飘风暴雨。是多怪神，状如人而载蛇，左右手操蛇。多怪鸟。"④ 等等。

《山海经》中的山岳神话群，最为完整、影响最大的是昆仑山神话，已流露出鲜明的"昆仑崇拜"情结。在《山海经》中，昆仑山为西方的圣山，为四方之中心，为众神聚集的地方。《西山

① ［德］恩斯特·卡西尔：《神话思维》，黄龙保、周振选译，中国社会科学出版社，1992年，第206页。
② 李丰楙：《神话的故乡——〈山海经〉》，时报文化出版事业有限公司，1982年，第86页。
③ 袁珂：《山海经校注》，第59—66页。
④ 袁珂：《山海经校注》，第215—216页。

经》这样描述昆仑之盛：

> 西南四百里，曰昆仑之丘，是实惟帝之下都，神陆
> 吾司之。其神状虎身而九尾，人面而虎爪；是神也，司
> 天之九部及帝之囿时。有兽焉，其状如羊而四角，名曰
> 土蝼，是食人。有鸟焉，其状如蜂，大如鸳鸯，名曰钦
> 原，蠚鸟兽则死，蠚木则枯。有鸟焉，其名曰鹑鸟，是
> 司帝之百服。有木焉，其状如棠，黄华赤实，其味如李
> 而无核，名曰沙棠，可以御水，食之使人不溺。有草焉，
> 名曰薲草，其状如葵，其味如葱，食之已劳。河水出焉，
> 而南流东注于无达。赤水出焉，而东南流注于氾天之水。
> 洋水出焉，而西南流注于丑涂之水。黑水出焉，而西流
> 于大杅。是多怪鸟兽。①

此处天帝即为黄帝。神话中的昆仑山为黄帝在下界的都城，
由"虎身而九尾，人面而虎爪"的天神"陆吾"管理，此"陆
吾"即"开明兽"，即《海内西经》所云"昆仑南渊深三百仞。
开明兽身大类虎而九首，皆人面，东向立昆仑上"②。昆仑山上分
布着各种怪状神奇的兽、鸟、木、草。《海内西经》中亦载：

> 海内昆仑之虚，在西北，帝之下都。昆仑之虚，方
> 八百里，高万仞。上有木禾，长五寻，大五围。面有九

---

① 袁珂：《山海经校注》，第55—56页。
② 袁珂：《山海经校注》，第349—350页。

井，以玉为槛。面有九门，门有开明兽守之，百神之所在。在八隅之岩，赤水之际，非仁羿莫能上冈之岩。①

昆仑既为"帝之下都"，故乃为"百神之所在"，只有像后羿这样有仁德的大巫才能登上此山的冈岭巉岩。

昆仑山的西、北、东、南四周也环绕着众多珍奇神怪之物并有巫神现身。《海内西经》记载："开明西有凤皇、鸾鸟，皆戴蛇践蛇，膺有赤蛇。""开明北有视肉、珠树、文玉树、玗琪树、不死树。凤皇、鸾鸟皆戴瓝。又有离朱、木禾、柏树、甘水、圣木曼兑。一曰挺木牙交。""开明东有巫彭、巫抵、巫阳、巫履、巫凡、巫相，夹窫窳之尸，皆操不死之药以距之。窫窳者，蛇身人面，贰负臣所杀也。""开明南有树鸟，六首；蛟、蝮、蛇、蜼、豹、鸟秩树，于表池树木，诵鸟、鹲、视肉。"② 烘托渲染出昆仑山这一"帝之下都"的瑰丽奇幻的盛景，正如《西山经》所言："南望昆仑，其光熊熊，其气魂魂。"③

在昆仑神话中，除了有黄帝这一大神及群巫外，还有一个著名的形象，就是西王母。《大荒西经》云：

> 西海之南，流沙之滨，赤水之后，黑水之前，有大山，名曰昆仑之丘。有神——人面虎身，有文有尾，皆白——处之。其下有弱水之渊环之，其外有炎火之山，投物辄然。有人，戴胜，虎齿，有豹尾，穴处，名曰西王

---

① 袁珂：《山海经校注》，第344—345页。
② 袁珂：《山海经校注》，第350—355页。
③ 袁珂：《山海经校注》，第53页。

母。此山万物尽有。①

又《西山经》曰：

> 又西三百五十里，曰玉山，是西王母所居也。西王母其状如人，豹尾虎齿而善啸，蓬发戴胜，是司天之厉及五残。有兽焉，其状如犬而豹文，其角如牛，其名曰狡，其音如吠犬，见则其国大穰。有鸟焉，其状如翟而赤，名曰胜遇，是食鱼，其音如录，见则其国大水。②

《海内北经》尚有记载：

> 西王母梯几而戴胜杖，其南有三青鸟，为西王母取食。在昆仑虚北。③

依此，西王母正是居住在昆仑山上。④ 其形象为"豹尾虎齿"，相当凶悍。观其所居之地，下面环绕着"不胜鸿毛"的弱水，外围又有燃烧着熊熊烈焰的"炎火之山"，可见其居处形势之险要。在此帝下之都，西王母的职责是"司天之厉及五残"，郭璞注云：

---

① 袁珂：《山海经校注》，第 466 页。
② 袁珂：《山海经校注》，第 59—60 页。
③ 袁珂：《山海经校注》，第 358 页。
④ 《西山经》："又西三百五十里，曰玉山，是西王母所居也。"郭璞解释说："然则西王母虽以昆仑之宫，亦自有离宫别窟，游息之处，不专住一山也。"（袁珂：《山海经校注》，第 467 页）

"主知灾厉五刑残杀之气也。"①

将神话进行宗教化改造，是中国神话不太发达的另一重要原因。昆仑山与西王母神话，在后世被改造成了著名的道教神话。在中国道教史上，昆仑山成为道教最重要的仙山，西王母的形象也一再被演化，成为道教中的神仙领袖，掌管长生不死之药。然而，在企求羽化登仙、长生不老的早期道教思想里，作为正神之首的西王母如果呈白发苍苍的老态，自然无法服众。司马相如《大人赋》就说："低徊阴山翔以纡曲兮，吾乃今日睹西王母。皓然白首戴胜而穴处兮，亦幸有三足乌为之使。必长生若此而不死兮，虽济万世不足以喜。"② 如果只是长生不死，却要穴处，并老态毕现，这对于追求现实享乐的帝王而言，确实"虽济万世不足以喜"。因此，虽然神话系统中的西王母符合中国古老的神仙意象，但是对于道教徒而言，"老而不死曰仙"的观念是亟需改造的。在不死的状态下永远保持青春的容貌，才是他们追求的理想状态。因此，道教徒要对"豹尾虎齿而善啸"的西王母进行重塑。他们把《庄子》与《淮南子》中的西王母进一步宗教化，便出现了《汉武故事》及《汉武帝内传》中的西王母形象。在这两部作品中，西王母不仅是一位长生不死的神仙，还是众仙之领袖。

在《汉武故事》中，西王母与汉武帝求仙故事开始发生了交会。③ 文曰：

① 袁珂：《山海经校注》，第60页。
② 班固：《汉书》卷57下，第2596页。
③ 刘湘兰：《中古叙事文学研究》，北京大学出版社，2011年，第67—85页。

　　有顷，王母至：乘紫车，玉女夹驭，载七胜履玄琼凤文之舄，青气如云，有二青鸟如乌，夹侍母旁。下车，上迎拜，延母坐，请不死之药。母曰："太上之药，有中华紫蜜云山朱蜜玉液金浆，其次药有五云之浆风实云子玄霜绛雪，上握兰园之金精，下摘圆丘之紫柰，帝滞情不遣，欲心尚多，不死之药，未可致也。"因出桃七枚，母自啖二枚，与帝五枚。帝留核着前。王母问曰："用此何为？"上曰："此桃美，欲种之。"母笑曰："此桃三千年一著子，非下土所植也。"留至五更，谈语世事，而不肯言鬼神，肃然便去。东方朔于朱鸟牖中窥母，母谓帝曰："此儿好作罪过，疏妄无赖，久被斥退，不得还天；然原心无恶，寻当得还。帝善遇之。"母既去，上惆怅良久。①

　　此文没有描写西王母的面貌，其形象模糊不清。但我们知道她"乘紫车，玉女夹驭，载七胜，履玄琼凤文之舄"，其派头已近乎人间帝王。西王母盛驾降临，汉武帝焚香洒扫，跪拜奉迎，祈求不死之药。尽管西王母手握"中华紫蜜云山朱蜜玉液金浆""五云之浆风实云子玄霜绛雪""兰园之金精""圆丘之紫柰"诸种不死之药，但她认为汉武帝"滞情不遣，欲心尚多"，无法修道成仙，故仙约难致。而她与汉武帝见面，只赐给武帝三千年一结果的仙桃，与汉武帝交谈，也只谈世事，不言鬼神。《汉武故事》关于西王母形象及事迹的刻画，标志着西王母已由神话之神转变为

---

① 佚名：《汉武故事》，《汉魏六朝笔记小说大观》本，第173—174页。

宗教之神。

而到了《汉武帝内传》中，西王母摇身一变，成了一位年约三十许、和蔼可亲的绝世美人：

复半食顷，王母至也。县投殿前，有似鸟集。或驾龙虎，或乘狮子，或御白虎，或骑白麀，或控白鹤，或乘轩车，或乘天马，群仙数万，光耀庭宇。既至，从官不复知所在。唯见王母乘紫云之辇，驾九色斑龙，别有五十天仙，侧近鸾舆，皆身长一丈，同执彩毛之节，佩金刚灵玺，戴天真之冠，咸住殿前。王母唯扶二侍女上殿，年可十六七，服青绫之袿，容眸流眄，神姿清发，真美人也。王母上殿，东向坐，著黄锦袷襦，文采鲜明，光仪淑穆。带灵飞大绶，腰分头之剑，头上大华结，戴太真晨婴之冠，履元琼凤文之舄。视之可年卅许，修短得中，天姿掩蔼，容颜绝世，真灵人也。[①]

这段文字采用赋的铺陈手法，对西王母驾临的场面进行了浓墨重彩的描绘。其场面之宏丽、奢华，远胜于人间帝王。在《汉武帝内传》中，西王母仅仅保留了《山海经》中西王母"善啸"的特点，她"啸命灵官，使驾龙严车欲去"，其本质已完全脱离了半人半兽的神物，而成为道教众仙之领袖。在西王母神话原型的基础上，道教徒发挥想象力，创造了一个以西王母为核心的神仙系统。如玉女王子登、董双成、许飞琼等，还有历史人物董仲舒、

---

① 佚名：《汉武帝内传》，《汉魏六朝笔记小说大观》本，第141—142页。

东方朔、李少君诸人，都是西王母神仙谱系里的组成部分。在西王母身上，投射了道教徒修炼时所追求的最理想状态，即既脱离了现世生老病死的羁绊，又能享受无穷的荣华富贵。西王母形象的演变，深刻体现了道教或神仙家的思想理念。

可以说，《汉武帝内传》中的西王母只是一个象征、一种寓意，是道教徒们精心改造的属于观念中的人物。如黑格尔所言，"象征一般是直接呈现于感性观照的一种现成的外在事物，对这种外在事物并不直接就它本身来看，而是就它所暗示的一种较广泛较普遍的意义来看。""象征首先是一种符号……感性事物或形象，很少让人只就它本身来看，而更多地使人想起一种本来外在于它的内容意义。"[①] 道教形成初期，为了向世人传播其教义，必然要建立自己的神仙谱系。因为抽象艰深的教义、残酷而又漫长的修炼过程，难以激发起民众的信仰与兴趣。只有建构出全面、直观的体现道教理想境界的神仙形象，以此来表现其理想境界之可羡、可求与可得，才能起到宣扬道教教义的作用。作为一部小说，《汉武帝内传》中的西王母及众女仙的形象充满了宗教性色彩。之所以会出现如此宗教化的叙事效果，归根结底，是作者的本意只是把她们作为宣教的工具，在她们身上寄寓了道教的理想与追求。她们只是道教观念的体现，是观念化的人物，正如王弼《周易略例·明象》所言"触类可为其象，合义可为其征"[②]。她们身上所有的事物都是象征着神仙世界的美好。作者不遗余力地对西王母及其他女仙的服饰、美貌、排场进行刻画，其目的不仅仅是要展

---

① ［德］黑格尔：《美学》第 2 卷，朱光潜译，商务印书馆，1979 年，第 10 页。

② 王弼：《王弼集校释》，楼宇烈校释，中华书局，1980 年，第 609 页。

示女仙们的奢华，更是希望读者在欣赏这些华丽的文字时，会联想道教的理想追求，甚至付出毕生的努力去实践这种追求，正可谓是"形著于此，而义表于彼"①。概而言之，在后世的道教文学作品中，西王母的形象喻示着道教长生不死、修炼、服丹、飞升成仙等宗教理念。当然，这样的西王母已然失去了神话中的深厚意蕴，然而，其形象却越来越丰富，因宗教的神圣叙事而大放光彩。

第五节 日月神话与原始宗教中的巫祭仪式

在《山海经》中的日月神话群中，日与月往往被同时提及。在中国原始初民看来，日月起落于大山之际，故而他们想象日月出入于遥远神秘的"大荒"之中。《大荒东经》曰："东海之外，大荒之中，有山名曰大言，日月所出。"又言："大荒之中，有山名曰合虚，日月所出。""大荒中有山名曰明星，日月所出。""大荒之中，有山名曰鞠陵于天、东极、离瞀，日月所出。""东荒之中，有山名曰壑明俊疾，日月所出。"② 日月所"出"之处皆为东方群山。而其所"入"之处则为西方群山。《大荒西经》言："西海之外，大荒之中，有方山者，上有青树，名曰柜格之松，日月所出入也。"又言："大荒之中，有山名曰丰沮玉门，日月所入。"又曰："大荒之中，有山，名曰常阳之山，日月所入。"③ 这是原始初民对日月东升西落这一自然现象做出的原始古朴的解释。

---

① 罗愿：《尔雅翼》卷20，《景印文渊阁四库全书》第222册，第426页。
② 袁珂：《山海经校注》，第392—411页。
③ 袁珂：《山海经校注》，第451—468页。

在先民心目中，日月的东升西落是天神在指挥。如《大荒西经》云：

> 大荒之中，有山名曰日月山，天枢也。吴姖天门，日月所入。有神，人面无臂，两足反属于头山，名曰嘘。颛顼生老童，老童生重及黎，帝令重献上天，令黎邛下地，下地是生噎，处于西极，以行日月星辰之行次。①
>
> 有人名曰石夷，来风曰韦，处西北隅以司日月之长短。②

《大荒东经》亦云：

> 有女和月母之国。有人名曰鹓，北方曰鹓，来之风曰狡，是处东极隅以止日月，使无相间出没，司其短长。③

先民幻想日月出入的大荒之中，有日月山为天界之枢纽，有专管日月星辰运行的天神。颛顼帝的曾孙"噎"处于西方，掌管日月星辰的行程、秩序，同时有名叫"石夷"的天神在西北方控制日、夜之长短。而在东方，同样有名为"鹓"的天神，管理日月，使其有序出行，并控制时日长短。

中国上古的日月神话具有瑰玮壮丽的色彩。在太阳神话中，

---

① 袁珂：《山海经校注》，第459—460页。
② 袁珂：《山海经校注》，第448页。
③ 袁珂：《山海经校注》，第412页。

著名的"十日"神话即为如此。《海外东经》云：

> 下有汤谷。汤谷上有扶桑，十日所浴，在黑齿北。
> 居水中，有大木，九日居下枝，一日居上枝。①

《大荒南经》云：

> 东南海之外，甘水之间，有羲和之国。有女子名曰
> 羲和，方浴日于甘渊。羲和者，帝俊之妻，生十日。②

《大荒东经》云：

> 大荒之中，有山名曰孽摇頵羝，上有扶木，柱三百
> 里，其叶如芥。有谷曰温源谷。汤谷上有扶木，一日方
> 至，一日方出，皆载于乌。③

将这几则关于太阳的神话片段联系起来，可以发现先民对太阳的产生、运行、出入等自然现象有着丰富的想象。先民将天空悬挂的太阳幻想成天帝的儿子，赋予其神格与人格。作为太阳之母的羲和，也如人间母亲一样，在甘渊为十个太阳沐浴。这是一幅多么美丽、温情的羲和浴日图。而有学者则认为"这幅羲和模仿太阳浮浮沉沉于甘渊的图像，应该是属于模拟法术的原理，是

---

① 袁珂：《山海经校注》，第 308 页。
② 袁珂：《山海经校注》，第 438 页。
③ 袁珂：《山海经校注》，第 408 页。

古代拜日祭典中所施行的一种仪式"①。由于甘渊是为十个太阳洗澡的地方，故其水沸热，先民又称之为"汤谷"。汤谷之上有一棵叫作扶桑的大树，是十个太阳的住所。每天，九个太阳在树枝下，一个太阳在树枝上，由乌载送着在天上运行，照耀人间。

在中国流传的十日神话中，还有著名的"后羿射日"。然而，后羿射日之神话，并未出现在《山海经》中，但已有其原型。《海外西经》载："女丑之尸，生而十日炙杀之。在丈夫北。以右手鄣其面。十日居上，女丑居山之上。"② 十日酷热，炙杀女丑，故郝懿行推测说："十日并出，炙杀女丑，于是尧乃命羿射杀九日也。"③ 对于此则神话，袁珂认为："所谓'炙杀'，疑乃暴巫之象，女丑疑即女巫也。古天旱求雨，有暴巫焚巫之举……暴巫焚巫者，非暴巫焚巫也，乃以女巫饰为旱魃而暴之焚之以禳灾也，暴巫即暴魃也。女丑衣青（见《大荒西经》），旱魃亦衣青（见《大荒北经》），是女丑饰为旱魃而被暴也。"④ 依此，此则神话乃是表现为禳大旱之灾而举行的巫术祭祀仪式。

在《山海经》中，又有羿这一英雄的神迹。《海内经》记载："帝俊赐羿彤弓素矰，以扶下国，羿是始去恤下地之百艰。"⑤ 即言帝俊赐后羿以弓箭，为人间之世除去祸患。于是又有射杀凿齿之神话，《海外南经》记载："羿与凿齿战于寿华之野，羿射杀之。在昆仑虚东。羿持弓矢，凿齿持盾。一曰戈。"⑥《山海经》中虽未

---

① 李丰楙：《神话的故乡——〈山海经〉》，第 216 页。
② 袁珂：《山海经校注》，第 262 页。
③ 袁珂：《山海经校注》，第 262 页。
④ 袁珂：《山海经校注》，第 263 页。
⑤ 袁珂：《山海经校注》，第 530 页。
⑥ 袁珂：《山海经校注》，第 241 页。

有射日之事，但此亦当为射日神话之原型。至《淮南子·本经训》，射日神话成型："逮至尧之时，十日并出，焦禾稼，杀草木，而民无所食。猰貐、凿齿、九婴、大风、封豨、修蛇皆为民害。尧乃使羿诛凿齿于畴华之野，杀九婴于凶水之上，缴大风于青丘之泽，上射十日而下杀猰貐，断修蛇于洞庭，禽封豨于桑林。"[①] 从这则材料能看到后羿射日神话与《山海经》太阳神话存在一些关联。

在《山海经》的太阳神话体系中，还有一个重要的故事就是"夸父逐日"。

> 夸父与日逐走，入日。渴欲得饮，饮于河渭；河渭不足，北饮大泽。未至，道渴而死。弃其杖，化为邓林。[②]

> 大荒之中，有山名曰成都载天。有人珥两黄蛇，把两黄蛇，名曰夸父。后土生信，信生夸父。夸父不量力，欲追日景，逮之于禺谷。将饮河而不足也，将走大泽，未至，死于此。[③]

夸父是一位天神。上文言"后土生信，信生夸父"，《海内经》云："炎帝之妻，赤水之子听沃生炎居，炎居生节并，节并生戏器，戏器生祝融。祝融降处于江水，生共工……共工生后土。"[④]

---

① 何宁：《淮南子集释》卷8，第574—577页。
② 袁珂：《山海经校注》，第284页。
③ 袁珂：《山海经校注》，第487页。
④ 袁珂：《山海经校注》，第534页。

以此，则夸父为炎帝之后裔。关于这则神话的解读可谓是众说纷纭，主要有火神说、月神说、水神说。① 但毋庸置疑，这则神话展现了夸父持之以恒、坚持不懈的精神。夸父虽死，但其杖化为桃林，生生不息，对此，郭璞认为"存亡代谢，寄邓林而遁形，恶得寻其灵化哉"②。而"邓林"的生命意味也在夸父神话中得以强化，如《中山经》载有夸父之山，"其北有林焉，名曰桃林，是广员三百里"③；《海外北经》载有"博父国"，即"夸父国"，"其为人大，右手操青蛇，左手操黄蛇。邓林在其东，二树木"。④ 后羿射日与夸父追日的神话，体现了先民与自然做斗争所付出的努力，并表达了征服自然的强烈愿望。

和十日神话相似，《大荒西经》还载有月亮神话：

> 有女子方浴月。帝俊妻常羲，生月十有二，此始浴之。⑤

言帝俊之妻常羲生了十二个月亮，正在给他们洗澡。常羲即为月神，后来便演绎出瑰丽的嫦娥奔月的道教神话。

《山海经》中，也有关于四季、昼夜、风雨等自然现象的神

---

① 几种学说的介绍参见叶舒宪《中国神话哲学》，叶舒宪认为："这个神话原来讲的正是道的故事，或者说是表达'水几于道'这一深刻哲理命题的诗化寓言"，这则神话"深层结构便是分身为夸父和太阳、以阴逐阳的二元对立和阴入阳的对立统一为特征的循环运动"（叶舒宪：《中国神话哲学》，陕西人民出版社，2005年，第144、151页）。

② 袁珂：《山海经校注》，第286页。

③ 袁珂：《山海经校注》，第168页。

④ 袁珂：《山海经校注》，第286—287页。

⑤ 袁珂：《山海经校注》，第463页。

话。如《大荒北经》载："西北海之外，赤水之北，有章尾山。有神，人面蛇身而赤，直目正乘，其瞑乃晦，其视乃明，不食不寝不息，风雨是谒。是烛九阴，是谓烛龙。"① 又《海外北经》："钟山之神，名曰烛阴，视为昼，瞑为夜，吹为冬，呼为夏，不饮，不食，不息，息为风，身长千里。在无䏖之东。其为物，人面，蛇身，赤色，居钟山下。"② 章尾山即钟山，烛阴即烛龙，在神话中，他为专司四时、昼夜之神，同时能"请致风雨"③，故又为风雨之神。凡此种种，皆是先民对自然现象进行解释而创造的神话，体现了先民丰富的想象力与非凡的智慧，也是原始社会万物有灵观念的反映。

---

① 袁珂：《山海经校注》，第499页。
② 袁珂：《山海经校注》，第277页。
③ 郭璞注语。见袁珂：《山海经校注》，第500页。

第四章 《周易》卦爻辞的文学性及对道教文学之影响

　　殷周时期的卜辞文学，除了有甲骨卜辞外，还有一本传世文献，即《周易》。《周易》由"经""传"两部分组成。"经"包括卦象、卦名、卦辞及爻辞，又称《易经》。卦爻辞是用于卜筮的文辞。于殷周时期的人而言，占卜是国家大事，《尚书》曰："汝则有大疑……谋及卜筮。"①《周礼·春官宗伯·筮人》也言："凡国之大事，先筮而后卜。"②《周礼·春官宗伯·大卜》记载说："大卜……掌三易之法，一曰连山，二曰归藏，三曰周易。"③《易经》作为卜筮文辞的总汇，历来为世人所重视，以至秦火焚书都能逃过一劫。班固就认为正因为"《易》为筮卜之事"，才能"传者不绝"④。《周易》中的"经"与"传"实是两个不同的体系。"传"指《彖辞》上下篇、《象辞》上下篇、《系辞》上下篇、《文言》《序卦》《说卦》《杂卦》，即"十翼"，也称之为《易传》。《易传》传言为孔子所作，实际上是战国末年或秦汉间的作品。《易传》是对《易经》的阐释，但《易传》的阐释与《易经》的本义并无太多联系，更多的是借《易经》阐发儒家的政治、伦理及道

---

① 孔颖达：《尚书注疏》卷 12，第 191 页。
② 贾公彦：《周礼注疏》卷 24，《十三经注疏》本，第 805 页。
③ 贾公彦：《周礼注疏》卷 24，《十三经注疏》本，第 802 页。
④ 班固：《汉书》卷 30，第 1704 页。

德修养等思想，以此提倡君权制度及等级关系。汉武帝"罢黜百家，表章六经"①，《易》居儒家六经之首。

《周易》思想博大精深，如清人所言："易道广大，无所不包，旁及天文、地理、乐律、兵法、韵学、算术、以逮方外之炉火，皆可援易以为说。"② 不过，卜筮作为原始宗教的重要表现形式，决定了《周易》本质的宗教性。宋代大儒朱熹就认为"《易》本是卜筮之书"，又言"《易》本为卜筮设""《易》书本原于卜筮"。③ 李镜池亦云："《周易》是卜筮之书，其起源是在于卜筮，其施用亦在于卜筮。"④ 东汉末年，道教开始形成，《周易》中的一些重要思想也被道教徒援引，成为道教理论的重要组成部分。

第一节　《周易》卦爻辞及其反映的社会生活

《周易》卦爻辞以散体文为主，以记叙的方式，记载了占卜的结果。《周易》将自然万物浓缩为八卦，以八卦为象征，以此推衍出世间万物的运行规律，并据此推断人事的吉凶。据李镜池概括，卦爻辞记叙的体例约有六种⑤：一、纯粹的定吉凶的占辞，没有叙事成分，如《乾》"元亨利贞"⑥，此类占辞多为卦辞；二、只叙事而不示吉凶的，如《坤·初六》"履霜坚冰至"、同卦《上六》

---

① 班固：《汉书》卷6，第212页。
② 永瑢等：《四库全书总目》卷1，第1页。
③ 黎靖德：《朱子语类》卷66，中华书局，1986年，第1622、1627页。
④ 李镜池：《周易筮辞考》，《古史辨》第3册，上海古籍出版社，1981年，第187页。
⑤ 参见李镜池：《周易筮辞考》，《古史辨》第3册，第190页。
⑥ 孔颖达：《周易正义》卷1，《十三经注疏》本，第13页。

"龙战于野，其血玄黄"①；三、先叙述而后示吉凶，如《颐·六四》"颠颐吉，虎视眈眈，其欲逐逐。无咎"②；四、先示吉凶而后叙述，如《小畜》"亨。密云不雨，自我西郊"③；五、先叙事，后示吉凶；又接着叙事，再示吉凶的体例，如《复·上六》"迷复，凶，有灾眚。用行师，终有大败，以其国君凶，至于十年不克征"④；六、混合的体例：或先示吉凶，后叙事，又示吉凶；或先叙事，后示吉凶，又叙事。如《坤》"元亨，利牝马之贞。君子有攸往，先迷。后得主利，西南得朋，东北丧朋。安贞吉"⑤ 等等。

《易经》卦爻辞虽然简短，但形象地反映了西周时期的社会生活。有反映战争的卦爻辞，如《离》卦："履错然，敬之，无咎。……黄离元吉。……日昃之离，不鼓缶而歌，则大耋之嗟。凶。……突如其来如，焚如，死如，弃如！……出涕沱若，戚嗟若。吉。……王用出征，有嘉折首，获匪其丑。无咎。"⑥ 将《离》卦的爻辞串联起来，可以发现这则卦象记载了一场黄昏时突如其来的恶战。男女老少杂乱的脚步声，预示发现了敌情。此时太阳已西斜，妇孺齐声呐喊以抗敌，而老年人则无奈叹息。一场恶战到来，"焚如，死如，弃如"，短短几个字高度概括了战事的紧张、激烈、残酷。战后，人们为逝去的亲人泪如雨下，悲痛欲绝。而后，王亲自出征，将敌国国君斩首，并获俘虏无数，大获全胜。《离》卦语言极其生动、形象，文中没有具体的人物形象，但读者却似乎看到了

---

① 孔颖达：《周易正义》卷1，《十三经注疏》本，第18页。
② 孔颖达：《周易正义》卷3，《十三经注疏》本，第41页。
③ 孔颖达：《周易正义》卷2，《十三经注疏》本，第26页。
④ 孔颖达：《周易正义》卷3，《十三经注疏》本，第39页。
⑤ 孔颖达：《周易正义》卷1，《十三经注疏》本，第17页。
⑥ 孔颖达：《周易正义》卷3，《十三经注疏》本，第43页。

一场飘着腥风血雨的惨烈战事及战争给人们带来的巨大伤痛。

《易经》也反映了西周社会的婚姻风俗。《睽·上九》记载一个旅人在路途中遇到的迎亲场面："睽孤，见豕负涂，载鬼一车，先张之弧，后说之弧。匪寇婚媾。"① 孤独的旅人突然看见有几只肥猪在路上，后面有一辆满载群"鬼"的车迎面而来，似乎要拉弓搭箭，射杀旅人。谁知是虚惊一场，这些打扮奇特的人不是强盗，而是去迎亲的队伍。李镜池先生认为"鬼是图腾打扮。族外婚时，打扮自己的图腾，以示族别"②。这个让旅人先惊后喜的迎亲场面，反映了西周婚嫁风俗，读来十分风趣、欢乐。《易经》还记载了原始氏族残酷的抢婚风俗。《屯》卦记载："屯如，邅如，乘马班如。匪寇婚媾。女子贞不字，十年乃字……乘马班如，求婚媾……乘马班如。泣血涟如。"③ "泣血涟如"生动地反映了抢婚风俗的残酷，被抢女子泪水哭尽，继之以血，流之不绝。而文中写道"女子贞不字，十年乃字"，也体现了不育女子的艰辛。这些叙述虽颇为简单，但用字却十分精要、贴切，内涵丰富，具有较强的文学感染力。

另外，《易经》还记载了西周的社会经济生活，如《解·上六》"公用射隼于高墉之上，获之，无不利"④ 反映先民们的渔猎场景；《无妄·六三》"无妄之灾，或系之牛，行人之得，邑人之灾"⑤ 描写了畜牧业；《无妄·六二》"不耕获，不菑畬，则利有

---

① 孔颖达：《周易正义》卷4，《十三经注疏》本，第51页。
② 李镜池：《周易通义》，中华书局，1981年，第77页。
③ 孔颖达：《周易正义》卷1，《十三经注疏》本，第19—20页。
④ 孔颖达：《周易正义》卷4，《十三经注疏》本，第52页。
⑤ 孔颖达：《周易正义》卷3，《十三经注疏》本，第40页。

攸往"① 讲的是农耕生活；《旅·六二》"旅即次，怀其资，得童仆贞"② 则叙述了当时行旅商人的情况。总之，西周社会进行祭祀、战争、商旅、婚姻等大事皆要占卜以测吉凶，故作为卜筮之书的《易经》，反映的社会生活面十分广泛，是了解西周历史、思想、宗教的第一手材料。

第二节　《周易》卦爻辞"立象以尽意"的比、兴手法

《周易》作为一部卜筮之书，其文本的写定是为了实用。但是，由于卜筮行为具有很强的神秘性，为了能让人们更好地理解卜辞，作者往往采用"立象以尽意"③ 的手法编写卦爻辞，即以人们熟知的事物、现象来比喻、象征所卜之事，以示吉凶。因此，《周易》又具有较强的文学性。

比喻手法是《周易》卦爻辞最突出的创作特色。《系辞上》曰："圣人设卦观象……是故君子居则观其象而玩其辞，动则观其变而玩其占。是以自天佑之，吉无不利。"④ 又言："圣人有以见天下之赜，而拟诸其形容，象其物宜，是故谓之象。"⑤《系辞下》又云："古者包牺氏之王天下也，仰则观象于天，俯则观法于地，观鸟兽之文，与地之宜，近取诸身，远取诸物。于是始作八卦，以

---

①　孔颖达：《周易正义》卷3，《十三经注疏》本，第39页。
②　孔颖达：《周易正义》卷6，《十三经注疏》本，第68页。
③　孔颖达：《周易正义》卷7，《十三经注疏》本，第82页。
④　孔颖达：《周易正义》卷7，《十三经注疏》本，第76—77页。
⑤　孔颖达：《周易正义》卷7，《十三经注疏》本，第79页。

通神明之德，以类万物之情。"① 《系辞》将《周易》的产生推源于包牺氏仰观俯察天地万象，这是儒家为建立其道统而进行的建构，并不可信。不过，《系辞》反复提到圣人因观天地万物之"象"而作八卦，则指出了《周易》的实质所在。《系辞下》甚至直接将"易"释为"象"，云："易者，象也。象也者，像也。"② 又言《周易》"其称名也小，其取类也大"，韩康伯注曰："托象以明义，因小以喻大。"③ 《周易》卦爻辞以"象"喻世，因"象"立意，使本为卜筮而作的文辞具有了文学意义。孔颖达就认为"凡《易》者，象也，以物象而明人事，若《诗》之比喻也"④。章学诚也言："《易》之象也，《诗》之兴也，变化而不可方物矣……《易》象虽包六艺，与《诗》之比兴，尤为表里。"⑤

但是《周易》卦爻辞之比喻较之其他比喻有所不同。文学创作中的比喻往往有本体、喻体与喻词。《周易》卦爻辞虽然为占卜而作，但其与甲骨卜辞不同。甲骨卜辞是记载具体某次的占卜情况，卜辞中会记载占卜的时间、人物及占卜的事由。但是《周易》卦爻辞却并非记载某日某次的占卜行为，而是数百年来占卜理论的汇总，即通过无数次实践之后所获得的经验总结。因而《周易》卦爻辞中并没有出现占卜的事由，只有占卜的结果。故在卦爻辞中可能会出现没有本体，只有喻体的情况；也可能出现只有一个喻体，却对应多种本体的现象。例如《渐》卦六爻：

① 孔颖达：《周易正义》卷8，《十三经注疏》本，第86页。
② 孔颖达：《周易正义》卷8，《十三经注疏》本，第87页。
③ 孔颖达：《周易正义》卷8，《十三经注疏》本，第89页。
④ 孔颖达：《周易正义》卷1，《十三经注疏》本，第18页。
⑤ 章学诚：《文史通义校注》，叶瑛校注，中华书局，1985年，第18—19页。

《初六》：鸿渐于干。小子厉有言，无咎。

《六二》：鸿渐于磐。饮食衎衎。吉。

《九三》：鸿渐于陆。夫征不复，妇孕不育。凶。利御寇。

《六四》：鸿渐于木。或得其桷。无咎。

《九五》：鸿渐于陵。妇三岁不孕，终莫之胜。吉。

《上九》：鸿渐于陆。其羽可用为仪。吉。①

　　"鸿"为水鸟，此六则爻辞皆以"鸿"为喻，来说明身处不同境地，可能会得到不同的结果。如《六二》"鸿渐于磐。饮食衎衎"句，据孟康注，"磐"为"水涯堆"②，指水岸边的石堆；"衎"，《礼记·檀弓上》有"饮食衎尔"语，郑玄注曰："衎尔，自得貌"。③ 可知这条爻辞描写鸿站在水边石堆上，怡然自得进行饮食的景象，这自然是吉象。但是《六二》比喻什么呢？爻辞里并没有体现出来。另外《六四》《上九》皆对鸿处于不同环境的意象进行了描写，并有对应的占卜结果，却没有交代占卜事由。《九三》言鸿上到高地，这是凶兆，可以喻示男子出征不返家、女子有孕却不能生子。但是，此爻又"利御寇"，即因高地视野开阔，有利于防御敌寇，这又是吉兆。一个喻体有多种指向性，这种现象在《九五》中同样有所体现。水鸟上到山陵，更是处于险境，喻示女子三岁不孕。然而，山陵较之陆地，视野更为开阔，有利于战争，故最终会取得胜利，此又是吉兆。可见，《渐》卦的比喻

---

① 孔颖达：《周易正义》卷5，《十三经注疏》本，第63页。
② 班固：《汉书》卷25上，第1224页。
③ 孔颖达：《礼记正义》卷8，《十三经注疏》本，第1292页。

与普通比喻不同，因为本体的朦胧，使卦爻辞具有神秘的审美趣味。另外，该卦的爻辞以鸿起兴，对鸿从低处到高处依次渐进的情景进行了描述，意象鲜明，结构精巧。就语言而言，该卦爻辞皆谐韵，语言简净、质朴，描写细腻，文句回环复沓，极似民歌。

《周易》卦爻辞的比喻形象、生动、贴切，具有浓郁的生活气息。如《大过》：

> 《九二》：枯杨生稊，老夫得其女妻。无不利。
>
> 《九五》：枯杨生华，老妇得其士夫。无咎无誉。[1]

两则爻辞以枯杨重新发芽、开花起兴，引出老夫得幼妻、老妇嫁士夫的婚姻现象。由自然现象引申到社会婚姻现象，总结二者的规律，"枯杨生稊"，反枯为荣，自是吉兆，如占得此卦，当然"无不利"。反之，"枯杨生华"，虽亦貌似反枯为荣，但杨花易败，如占得此卦，则所占之事不好不坏了。这种比喻也反映了当时人的婚姻观念：老夫娶少妻，得到人们的赞许；可老妇嫁士夫，即年轻的丈夫，因老妇人老色衰、年华不再，这种婚姻是否美满就很难说了，故这种婚姻"无咎无誉"。再如《大壮》：

> 《九三》：小人用壮，君子用罔，贞厉。羝羊触藩，羸其角。
>
> 《上六》：羝羊触藩，不能退，不能遂，无攸利，艰

---

① 孔颖达：《周易正义》卷3，《十三经注疏》本，第41—42页。

则吉。①

羝羊即公羊。羝羊在冲撞篱笆时，羊角被篱笆挂住，陷入困境，进退不得。这两则爻辞以羝羊触藩之意象为喻，占卜时如得此卦，自是凶兆。有些以自然事物进行比喻、起兴的卦爻辞，具有诗歌的意境与韵律，与《诗经》比、兴极为类似。如《中孚·九二》：

鹤鸣在阴，其子和之。我有好爵，吾与尔靡之。②

"吾"与"我"意义重叠，可能为衍字。如果去掉"吾"，这则爻辞就如同一首完整的四言诗了。其意言：浓荫下，有鹤在鸣叫，它的幼雏也一起和鸣。我有美酒，与你一起共饮。该爻辞以"鹤鸣在阴，其子和之"这个优美、和谐的意象起兴，继而描写现实生活中主宾共饮的欢乐场面，起兴活泼灵动，使自然事物与人物内心情感契合无垠，颇有《诗经·鹿鸣》"呦呦鹿鸣，食野之苹。我有嘉宾，鼓瑟吹笙"③的意境。宋代陈骙就认为："六经之道，既曰同归；六经之文，容无异体。故《易》文似《诗》，《诗》文似《书》，《书》文似《礼》。《中孚》九二曰：'鸣鹤在阴，其子和之；我有好爵，吾与尔靡之。'使入《诗·雅》，孰别

---

① 孔颖达：《周易正义》卷4，《十三经注疏》本，第48—49页。
② 孔颖达：《周易正义》卷6，《十三经注疏》本，第71页。
③ 孔颖达：《毛诗正义》卷9，《十三经注疏》本，第405页。

《爻辞》?"① 对《周易》卦爻辞的文学艺术成就进行了高度评价。

第三节 《周易》卦爻辞中的故事及叙事特点

为了便于人们更好地理解占卜的结果，除了借用人们熟知的自然现象进行比、兴外，《周易》卦爻辞中还记载了一些当时社会众所周知的大事件，以喻示吉凶。由于巫觋是当时社会先进知识文化的代表者，他们既熟知社会历史、民间故事，又能用简古、清丽的语言将这些事情融入卜筮行为中，使其成为爻辞的一部分。因而，透过《周易》卦爻辞，我们还可以了解一些远古的历史故事。

顾颉刚曾撰长文，对《周易》卦爻辞中的故事进行了钩沉。其中有"王亥丧牛羊于有易""高宗伐鬼方""帝乙归妹""箕子明夷""康侯用锡马蕃庶"等。② 以"王亥丧牛羊于有易"为例，《大壮·六五》曰：

丧羊于易，无悔。③

《旅·上九》也有记载：

_____

① 陈骙：《文则》，王水照：《历代文话》第1册，复旦大学出版社，2007年，第136页。

② 顾颉刚：《〈周易卦爻辞〉中的故事》，《古史辨》第3册，上海古籍出版社，1981年，第1—44页。

③ 孔颖达：《周易正义》卷4，《十三经注疏》本，第48页。

鸟焚其巢，旅人先笑后号咷，丧牛于易，凶。①

这两则看似没有关联的爻辞，其实隐含了一个重要的历史事件。据顾颉刚考证，"易"指"有易"，是位于黄河以北、易水附近的一个国家。在有易丧失了牛羊的人又是谁呢？这一事件在《山海经》里有记载。《山海经·大荒东经》曰："王亥托于有易、河伯仆牛。有易杀王亥，取仆牛。"②郭璞注引《竹书纪年》曰："殷王子亥宾于有易而淫焉，有易之君绵臣杀而放之，是故殷主甲微假师于河伯以伐有易，灭之，遂杀其君绵臣也。"③今本《竹书纪年》于该事也有记载："（帝泄）十二年，殷侯子亥宾于有易，有易杀而放之。十六年，殷侯微以河伯之师伐有易，杀其君绵臣。"④综述这几则史料，我们可以简单地还原这段历史：殷商时期，人们以游牧为生。殷王子亥带领其族人游牧到黄河以北的有易，得到有易国君的盛情款待，然而王亥却淫于有易，有易国君怒而杀之，并夺取其牛羊，故《旅·上九》说"旅人先笑后号咷"。王亥之名在甲骨卜辞中多次出现，据王国维考证，此人为殷商之先公。⑤可见，虽说《山海经》中已视王亥为神话人物，言其"两手操鸟，方食其头"⑥，然王亥乃历史实有之人，其丧羊牛于有

---

① 孔颖达：《周易正义》卷6，《十三经注疏》本，第68页。

② 袁珂：《山海经校注》，第404页。

③ 袁珂：《山海经校注》，第406页。

④ 陈逢衡：《竹书纪年集证》卷19，《续修四库全书》第335册，第150页。

⑤ 参见王国维《殷卜辞中所见先公先王考》，《观堂集林》卷9，中华书局，1959年，第409页。

⑥ 袁珂：《山海经校注》，第404页。

易，也应实有其事。正因为当时社会对这个重大的历史事件都很明了，巫筮们才将之作为爻辞，喻示此为凶兆。

再如，《既济·九三》记载："高宗伐鬼方，三年克之，小人勿用。"[①]《未济·九四》言："震用伐鬼方，三年有赏于大国。"[②] 高宗指商王武丁，鬼方是周朝西北方的一个国家。[③] 这两则爻辞皆是记载由武丁发起的讨伐鬼方的一次大规模战争。战事很长，但最终取得胜利。这个历史事件在《诗经·大雅·荡之什》中也有记载："文王曰咨。咨女殷商……内奰于中国。覃及鬼方。"[④] 又今本《竹书纪年》也有"（武丁）三十二年伐鬼方，次于荆。三十四年，王师克鬼方，氐羌来宾"[⑤] 的记载。由于《周易》其用在于卜筮，故巫筮们往往借用这些成败分明、影响巨大的历史事件作为占卜的爻辞，使问卜者对卜筮结果了然于心。

虽然《周易》卦爻辞中涉及了一些历史故事，但其对这些历史故事的发展始末叙之不详。这是由《周易》作为卜筮之书的特点所决定的，因此也导致《周易》叙事与其他典籍存在巨大的差异。《周易》卦爻辞叙事手法的一个重要特点，在于其将历史事件浓缩为一个意象。在这个意象中，历史事件发生的时间、缘由等因素被摒弃，更不用说过程的铺叙与细节的刻画，剩下的只有类似于概念式的叙述，"高宗讨鬼方""帝乙归妹"等故事便是如此。更有甚者，《周易》卦爻辞在叙事时，甚至连故事主角都被忽略

---

① 孔颖达：《周易正义》卷6，《十三经注疏》本，第72页。
② 孔颖达：《周易正义》卷6，《十三经注疏》本，第73页。
③ 参见王国维《鬼方昆夷猃狁考》，《观堂集林》卷13，第586页。
④ 孔颖达：《毛诗正义》卷18，《十三经注疏》本，第553页。
⑤ 陈逢衡：《竹书纪年集证》卷19，《续修四库全书》第335册，第232—234页。

掉，上文所言"丧羊于易"即是一例。

《周易》卦爻辞叙事的另一个重要特点，在于其叙事不重视时间概念，更看重空间意象。以《同人》卦为例，若去掉为占卜而设的贞兆辞，《同人》卦爻辞便是一篇叙事完整、语言简练、描写生动的记叙文：

> 同人于野，同人于门，同人于宗。伏戎于莽，升其高陵，三岁不兴。乘其墉，弗克攻，同人先号眺而后笑，大师克相遇。同人于郊。①

所谓"同人"，意即聚众。君王要发动战争，首先得召集兵马，即于郊野征集百姓，挑选士兵，故"同人于野"；征集士兵后，把他们带到君王门前听取训告，即"同人于门"；出征作战是国家大事，必定要先去宗庙进行祷告，以求庇护，即"同人于宗"。一切准备就绪后，作者笔锋一转，直接描写作战场景：士兵隐蔽在深山密林中，攻下高地后，苦战良久，最终登上了敌方的城墙；然而战争非常激烈，久攻不下，在付出巨大的牺牲后，最终取得了胜利，故"同人先号眺而后笑"；取得胜利后，班师回朝，举行郊祭大礼，即"同人于郊"。该卦将军队出征—攻战—胜利—郊祭一系列行为高度精简为短短的几十个字。而作者采取的叙事手法，便是巧妙地借助空间的转移推进事件的发展。

《周易》卦爻辞的空间叙事，体现了中国叙事传统的原生形态。这种叙事的原生形态是由先民们对具体空间的认识所决定的。

---

① 孔颖达：《周易正义》卷2，《十三经注疏》本，第29—30页。

浦安迪认为：“殷商文化把行礼的顺序空间化了，成为一种渗入时代精神的各个角落的基本观念，因而也就影响到神话的特色。”[①]而神话便是“以空间化为经营的中心”[②]。非唯先秦神话以空间叙事为核心，《周易》卦爻辞中的叙事也深受礼仪行为空间化的影响，《同人》卦的叙事便是典型例子。同样的叙述方式还体现在《鼎》卦，该卦六爻以鼎的各个部位设辞，依次有“鼎颠趾”“鼎有实”“鼎耳革”“鼎折足”“鼎黄耳金铉”“鼎玉铉”[③]，以空间、方位视角对宝鼎的各种状态进行了叙述。在《周易》卦爻辞中，以空间为核心的叙述也用之于自然事物及普通人的行为。前文所言《渐》卦，鸿渐于干、磐、陆、木、陵、陆，作者的视野随着鸿的飞翔由低向高延伸，这便是典型的空间视角。再如《旅》卦，其二、三、四爻，分别言“旅即次”“旅焚其次”“旅于处”[④]。“次”借为肆，意为市场[⑤]，“处”即“止”，借指旅人留宿的旅馆，此三爻也是以空间的转移对旅人的行踪进行叙述。

在这样以空间为核心的叙述中，事件被高度抽象化、意象化。《周易》卦爻辞几乎没有人物形象的刻画、细节的描写、情节的铺叙、时间的流转，取而代之的是用空间建构起事件的骨架。所幸的是，因为巫筮们是当时先进文化的代表者，他们对文字具有非凡的掌控力。故而，《周易》卦爻辞中的叙事，虽只有骨架，却不

---

① ［美］浦安迪：《中国叙事学》，北京大学出版社，1996年，第43页。
② ［美］浦安迪：《中国叙事学》，第39页。
③ 孔颖达：《周易正义》卷5，《十三经注疏》本，第61页。
④ 孔颖达：《周易正义》卷6，《十三经注疏》本，第68页。
⑤ 《大戴礼记·曾子疾病篇》有句云："如入鲍鱼之次。"（《大戴礼记汇校集注》卷5，三秦出版社，2005年，第607页）；"次"又训为"舍"，《广雅·释诂》曰："次，舍也。"（《广雅疏证》卷4下，中华书局，1983年，第131页）

乏神韵。虽然《周易》的卦爻辞只是极简单的记事，但其以空间为中心的叙事传统却深远地影响了后世道教仙传的创作。例如《列仙传》《神仙传》《洞仙传》等仙传小说，绝少精确的时间叙述，作者反倒是特意模糊事件的时间流变，重点突出空间位移。尤其是在沟通天上、地下、人间的神异故事中，仙传的作者往往采用空间叙事框架，其叙事结构的远源正在于《周易》。

第四节 《周易》对道教文学的影响

道教以老子为宗主，奉《老子》五千言为《道德经》。《老子》尚"道"，认为世间万物源于"道"，且由阴阳相和而成，即"道生一，一生二，二生三，三生万物。万物负阴而抱阳，冲气以为和"①。而《周易·系辞上》也如是解释自然万象的产生，曰："一阴一阳之谓道。"又言："易有太极，是生两仪，两仪生四象，四象生八卦，八卦定吉凶，吉凶生大业。"②《庄子·天下篇》就明确认为"《易》以道阴阳"③。由于《老子》与《周易》的哲学思想之核心非常接近，故道教徒援《易》入道就是顺理成章的事了。

最早将易学引入道教的人，是东汉道士魏伯阳。魏伯阳撰有《周易参同契》，朱熹曰："参，杂也；同，通也；契，合也。谓与《周易》理通而义合也。"④ 可见，魏伯阳的《参同契》是借《周易》阐释自己的道教理论。其理论的核心是以易学解释内丹、外

① 朱谦之：《老子校释》，中华书局，1984年，第174—175页。
② 孔颖达：《周易正义》卷7，《十三经注疏》本，第78、82页。
③ 郭庆藩：《庄子集释》卷10下，第1067页。
④ 朱熹：《周易参同契考异》，参见《周易参同契古注集成》，上海古籍出版社，1990年，第51页。

丹修炼术，即是清人所言的"逮方外之炉火，皆可援易以为说"。由于道教徒将修炼长生不老之术视为枕中秘籍，不能轻示于人，故而在《参同契》中，魏伯阳全文借鉴了《周易》"立象以尽意"的比、兴手法，使其炼丹术显得扑朔迷离。如卷中有文言：

> 河上姹女，灵而最神。得火则飞，不见埃尘。鬼隐龙匿，莫知所存。将欲制之，黄芽为根。物无阴阳，违天背元。牝鸡自卵，其雏不全。夫何故乎？配合未连。三五不交，刚柔离分。施化之精，天地自然。犹火动而炎上，水流而润下，非有师导，使其然也。资始统政，不可复改。观夫雌雄，交媾之时，刚柔相结，而不可解。得其节符，非有工巧，以制御之。若男生而伏，女偃其躯，禀乎胞胎，受气元初。①

这段史料以河上姹女起兴，揭示道教内丹术的修炼过程。彭晓《周易参同契通真义》如此解释：河上姹女即指真汞，黄芽即指真铅。②这里是说铅、汞生成铅汞剂的过程，后来内丹术亦借喻于此，并以心肾比喻坎离、汞铅、龙虎，认为炼丹即是坎离（肾、心）交媾结金丹。相较枯燥、抽象的化学术语而言，《周易参同契》将这种形象生动的比、兴手法施用于炼丹术中，自然更能吸引道徒们，并有利于他们对炼丹口诀的背诵。只不过，要真正读

---

① 陈全林：《周易参同契注译 悟真篇注译》，中国社会科学出版社，2004年，第112—114页。

② 参见彭晓《周易参同契通真义》，《景印文渊阁四库全书》第1058册，第543页。

懂这种通篇隐喻、玄奥难懂的炼丹文章，并使他们更好地理解炼丹术的精髓，必须得到师父的指点。也正因为《参同契》的撰写借鉴了《周易》"立象以尽意"的创作手法，使《参同契》具有较高的文学欣赏价值，成为早期道教文学中的重要作品。

南北朝时期，道教已正式形成并发扬壮大，并建立起比较成熟的理论体系。为了突出老子的教主地位，道教徒将《周易》理论置于《老子》"道"的体系之下。陶弘景《真诰》云："道者混然，是生元气。元气成，然后有太极。太极则天地之父母，道之奥也。"[①] 形成了道—元气—太极—天地万物这样一个宇宙形成体系。在这个体系中，"太极"也是由"道"而生成。而且，此时老子的形象已一再被神化，并被叠加上了《周易》元素。葛洪《抱朴子·杂应》如此叙述老子："老君真形者，思之，姓李名聃，字伯阳，身长九尺，黄色，鸟喙，隆鼻，秀眉长五寸，耳长七寸，额有三理上下彻，足有八卦。"[②] "足有八卦"，不仅说明老子天生异相，更是突出老子之"道"凌驾于《易》之上。葛洪将《周易》元素与老子形象联系在一起，为后世道教徒进一步神化老子打开了方便之门。如《太上老君开天经》云：

> 伏羲之时，老君下为师，号曰"无化子"，一名郁华子，教示伏羲推旧法，演阴阳，正八方，定八卦，作《元阳经》以教伏羲。[③]

---

① ［日］吉川忠夫、麦谷邦夫：《真诰校注》卷5，朱越利译，中国社会科学出版社，2006年，第162页。

② 王明：《抱朴子内篇校释》卷15，第273页。

③ 《太上老君开天经》，《道藏》第34册，上海书店，1994年，第619页。

在这部经书中，老子已是伏羲之师，伏羲推演阴阳，画八卦，都是老子所教。而且，道教徒还借用《周易》建构起相应的神仙体系。道教徒发挥了高度的想象力，给《周易》"八卦"一一封神。《太上老君中经》卷上云：

> 八卦天神下游于人间，宿卫太一，为八方使者，主八节日。上计校，定吉凶。乾神，字仲尼，号曰伏羲；坎神，字大曾子；艮神，字照光玉；震神，字小曾子；巽神，字大夏侯；离神，字文昌；坤神，字杨翟，王号曰女娲；兑神，字一世（原注：一云字八世）。常以八节之日存念之，其神皆在脐中，令人延年。[①]

《周易》高度抽象的八卦符号，被道教徒赋予神格。八卦天神作为"太一"的守护者，实际上就是太上老君的护卫。道教徒分别为此八卦神冠以字、号，将神话、传说或历史上的儒家人物指认为八卦神，说明道教徒借《周易》来抬高自己的宗教地位，并有意与儒家学派争锋。

《周易》对后世道教产生的影响非常深远，除了使道教理论更趋于丰富、完善外，也体现在道教建筑、雕塑、绘画，以及卜筮、符箓等宗教实践中。如《洞仙传》记载仙人张巨君为许季山治病，云："吾有《易》道，可以射知汝祸祟所从。"然后为之筮卦，遇震卦异相，据此指出其病因。尔后，张巨君又将筮诀传于许季山，

---

① 《太上老君中经》，《道藏》第 27 册，第 146 页。

许季山遂善于《易》占。① 《周易》对道教影响至深，以至"太极""八卦"等术语及图像成为道教的代名词。道教徒援《易》入道，既充实了道教的理论体系，又拓展了道教文学的表现力，尤其是后世大量的丹道诗、道士们修炼时的口诀皆深受《周易》之影响，成为道教丹道诗独特的表达方式。

---

① 张君房:《云笈七签》卷110，中华书局，2003年，第2405—2406页。

第五章　《老子》《庄子》对道教及其文学之影响

　　《老子》《庄子》本为道家哲学著作。由于二书皆被后世道教视为思想理论的源头与精髓，故二书成为道教修行必不可少的宝典。尤其在崇尚道教的唐代，皇帝的诏令更是推高了二书的地位。唐仪凤三年（公元 678 年），高宗发诏令，曰："自今已后，《道德经》并为上经，贡举人皆须兼通。"①唐开元二十一年（公元 733 年），玄宗亦诏令天下"士庶家藏《老子》一本，每年贡举人量减《尚书》《论语》两条策，加《老子》策"②；开元二十九年崇玄学，玄宗又"置生徒，令习《老子》《庄子》《列子》《文子》，每年准明经例考试"③。而且，道教人士对《老子》进行了各种阐释。明《正统道藏》收录了四十一部对《老子》进行注释、阐说的著作。另据严灵峰主编的《无求备斋老子集成》和龚鹏程等主编的《中华续道藏》所录，单单托名为唐代道士吕洞宾注解的《老子》就多达十余部。唐宋时期，道教徒通过注疏等方式对《庄子》思想进行了宗教性阐释。成玄英的《南华真经注疏》、陈景元的《南华真经章句音义》及《南华总章》、褚伯秀的《南华真经义海纂

---

① 刘昫：《旧唐书》卷 24，中华书局，1975 年，第 918 页。
② 刘昫：《旧唐书》卷 8，第 199 页。
③ 刘昫：《旧唐书》卷 9，第 213 页。

微》等著作，为道教徒研究庄子思想之代表性著作。《庄子》中的思想经成玄英、陈景元、褚伯秀等人多番解读、阐释，成为至关重要的道教理论，大大完善了道教的思想体系，提升了道教理论的学术价值。故谈中国道教之渊源，《老子》《庄子》是至关重要的著作。

第一节　道教对《老子》思想的接受与改造

老子与庄子为先秦道家学派的代表人物，司马迁《史记》有老子与庄子的合传。老子本姓李，名耳，字伯阳，谥曰聃，楚国苦县人，曾为东周王室柱下史，即管理国家图书的史官。老子学问丰富，为当时道德高尚之人，尤其熟知周朝礼仪，以至孔子都曾亲临问礼。孔子得到老子教诲后，对其弟子说："鸟，吾知其能飞；鱼，吾知其能游；兽，吾知其能走。走者可以为罔，游者可以为纶，飞者可以为矰。至于龙，吾不能——其乘风云而上天。吾今日见老子，其犹龙邪！"[1] 对老子的学问与道德推崇备至。

老子强调"修道德，其学以自隐无名为务"[2]。其人清静自正，无为自化。老子见东周王室日益衰落，故西出函谷关以归隐。关令尹喜知其为贤人，求其著书立言。于是老子"乃著书上下篇，言道德之意五千余言而去"[3]，即为《老子》，又名《五千言》《道德经》。现存通行本《老子》，分为《道经》《德经》两卷。全书断为八十一章，约五千言。《老子》思想博大精深，体道高妙，开

---

① 司马迁：《史记》卷63，第2140页。
② 司马迁：《史记》卷63，第2141页。
③ 司马迁：《史记》卷63，第2141页。

创了中国古代哲学本体论。

如前文所言，远古神话对世界的认知，总是伴随着先民的宗教意识。最典型的表现即是先民对"天"的崇拜。在《尚书》《诗经》中，"天"有着至尊、至上的神格，能掌管人类的命运、监察人类的行为。在远古时期，人们对"天"充满了崇敬与畏惧。然而，在《老子》的思想体系中，"天"已经退却了神性，还原为自然物质的状态。如《老子》言："天地上不能久，而况于人？"① 把"天"看成与"人"一样是暂时的存在，而非永恒与神圣的"神"或"帝"。而且这样的"天"也是由他物生成的，他物即"道"。《老子》又言："有物混成，先天地生"②，"玄牝门，天地根"③，这浑然一体的物即"道"，"道"即如玄妙的母门，诞生了天地万物。《老子》又云："道生一，一生二，二生三，三生万物。"④ 更为明确地将天下万物之起源归结于"道"。这是一种朴素且相对客观的宇宙万物生成论，已然超越了远古神话对自然世界的认知范畴，成为一种系统、绵密的哲学思想。当《老子》以朴素的唯物观念来认知宇宙世界时，宇宙生成演化过程中的神话与宗教意味就大大减弱。徐复观在《中国人性论史》中说："由宗教的坠落，而使天成为一自然的存在，这更与人智觉醒后的一般常识相符。在《诗经》《春秋》时代中，已露出了自然之天的端倪。老子思想最大贡献之一，在于对此自然性的天的生成、创造，提供了新的、有系统的解释。在这一解释之下，才把古代原始宗教

---

① 朱谦之：《老子校释》，第 95 页。
② 朱谦之：《老子校释》，第 100 页。
③ 朱谦之：《老子校释》，第 27 页。
④ 朱谦之：《老子校释》，第 174 页。

的残渣，涤荡得一干二净；中国才出现了由合理思维所构成的形上学的宇宙论。"①

　　但是，《老子》之"道"依然存在强烈的神秘感。《老子》云："有物混成，先天地生。寂漠！独立不改，周行不殆，可以为天下母。吾不知其名，字之曰道。"② 这混成而存、先天地而生的"物"，到底是何种物质？为何这种物质可以成为"天下母"？老子将之比喻为"天下母"，其实是赋与人格。对于"道"的存在形态，《老子》曰："其上不暾，在下不昧。绳绳不可名，复归于无物。是谓无状之状，无物之象，是谓忽恍。迎不见其首，随不见其后。执古之道，以语今之有。以知古始，是谓道已。"③ 又曰："道之为物，唯恍唯忽。忽恍中有象，恍忽中有物。"④ 《老子》"道"的这种混沌、恍惚、虚无缥缈、不可认知的神秘特征为后世道教将《老子》思想进行宗教化改造提供了契机。

　　约出现于东汉末年的《老子变化经》、边韶《老子铭》等作品，将老子其人直接等同于"道"。《老子变化经》云："其生无早，独立而无伦。行乎古昔，在天地之前，乍匿还归，存亡则为先。成则为人，恍忽天浊，化变其神……此皆自然之至精，道之根霸，为乘之父母，为天地之本根，为生梯端，为神明之帝君，为阴阳之祖首，为万物之魂魄。"⑤ 《老子铭》如此描绘老子形象，曰："以老子离合于混沌之气，与三光为终始，观天作谶，降升斗

---

①　徐复观：《中国人性论史》，上海三联书店，2001年，第287页。
②　朱谦之：《老子校释》，第100—101页。
③　朱谦之：《老子校释》，第53—56页。
④　朱谦之：《老子校释》，第88页。
⑤　李德范辑：《老子变化经》，《敦煌道藏》第4册，中华全国图书馆文献缩微复制中心，1999年，第2141页。

星，随日九变，与时消息，规榘三光，四灵在旁，存想丹田，大一紫房，道成身化，蝉蜕渡世。"① 将《老子》中抽象、恍惚的"道"具体化，与老子本人合而为一了。老子其人也由一位哲学家转变成为道教教主，具有无上的神性与神力，成为人类的创世主，被道教徒赋予各种让人眼花缭乱的尊号。如《太平经》曰："长生大主号太平真正太一妙气、皇天上清金阙后圣九玄帝君，姓李，是高上太之胄，玉皇虚无之胤。"②"长生大主""九玄帝君"即是老子；又如《老子想尔注》说："一者，道也……散形为气，聚形为太上老君。""道"又是"太上老君"，即老子。而到了唐代，李氏王朝将老子追认为同宗。唐高宗封老子为"太上玄元皇帝"，唐玄宗加尊号曰"大圣祖高上大道金阙玄元天皇大帝"。凡此种种，皆体现了道教对老子的神化与尊崇。

《老子》在处世、治国方面推崇"无为"，要求"道法自然"。《老子》认为世间万物皆有其自然规律，只有顺应其规律，不要人为干涉太多，才能使自然万物达到最理想的状态。《老子》以朴素的辩证法，阐释世间万物的存在规律，认为"有无相生，难易相成，长短相形，高下相倾，音声相和，前后相随。是以圣人处无为之事，行不言之教。万物作而不辞，生而不有，为而不恃，成功不居。夫唯不居，是以不去"③。在这种观念下，《老子》"无为"思想用于养生长寿，则是要求人们无知无欲，"致虚极，守静笃"④；用于治国理政，则反对统治阶层穷奢极欲的生活，认为

① 洪适：《隶释》卷3，中华书局，1985年，第36页。
② 王明：《太平经合校》，第2页。
③ 朱谦之：《老子校释》，第9—11页。
④ 朱谦之：《老子校释》，第64页。

"五色令人目盲;五音令人耳聋;五味令人口爽;驰骋田猎,令人
心发狂;难得之货,令人行妨"①,声色口欲的追求使人迷失了本
性;用于思想辩论,"无为"则是反对儒家礼、智的利器,《老子》
宣扬"绝圣弃智,民利百倍;绝民弃义,民复孝慈;绝巧弃利,
盗贼无有"②,期待人们返归到"见素抱朴,少私寡欲"③ 的理想
状态。当然,《老子》对"无为"的鼓吹,并非隐忍与退让,而是
以退为进,因为"道常无为而无不为。侯王若能守,万物将自化。
化而欲作,吾将镇之以无名之朴。无名之朴,亦将不欲。不欲以
静,天下将自正。""无为"是"道"的手段,"无不为"才是其
最终目的。无为的思想,体现在现实生活中,老子还要求人们
"不争"。他认为"夫惟不争,故天下莫能与之争"④,"古之善为
士者不武,善战者不怒,善胜敌者不争,善用仁者为下。是谓不
争之德,是以用人之力,是谓配天古之极"⑤。"不争"也是《老
子》"贵柔守雌"思想在现实政治、生活中的体现。

《老子》之"无为"思想,到汉代得到统治者的重视。汉初以
黄老学说治国,采用无为自化、休养生息的政策。至汉武帝时期,
由于汉武帝以儒治国,黄老学的治国功能旁落。但汉武帝追求长
生成仙,促使老子学说与战国以来盛行的神仙方术合而为一,发
展成为以修仙、养生为目的的黄老道。《老子》的"摄生"思想在
汉代得到重视。老子的"摄生",庄子称之为"卫生",司马迁称

---

① 朱谦之:《老子校释》,第45—46页。
② 朱谦之:《老子校释》,第74页。
③ 朱谦之:《老子校释》,第75页。
④ 朱谦之:《老子校释》,第93页。
⑤ 朱谦之:《老子校释》,第274—275页。

之为"养寿"。如何顺应自然之性理以达到延年益寿、长生久视的目的，成为人们密切关注的问题。而老子，因其"百有六十余岁，或言二百余岁"的神奇寿命，被汉代人视为"以其修道而养寿"的榜样。① 到两汉之际，以清静无为、恬淡寡欲、专气致柔为核心思想的养生长寿之术日渐盛行，老子成为因善养生而得长寿的神仙，受到汉代皇帝的顶礼膜拜。如汉桓帝于延熹八年（公元165），两次派使者去陈国苦县祭祀老子；次年，桓帝又于濯龙宫亲自祭拜老子。汉代帝王祭祀老子以求长生的风气对原始道教——太平道与五斗米道的形成产生了重要影响。而道教自其诞生之初，即是以追求现世生命的永存，即长生不死为首要教义，老子的"摄生"思想与其"修道而养寿"的经历，自然被道教徒们接收并不断地发扬光大。道教修炼之术名目繁多，如外丹术、内丹术、服气、辟谷、胎息、房中术、导引等等，无不从《老子》中寻求理论源头。

第二节 《老子》的文学特色及
对道教丹道诗的影响

虽然在中国古代文学史上，《老子》一书的文体被归为先秦诸子散文，但是由于《老子》文辞多为有韵之文，故一直以来，许多学者也将其视为哲理诗。如李道纯曰："此经文辞多叶韵。"② 邓廷桢言："诸子多有韵之文，惟《老子》独密，《易》《诗》而外，

① 司马迁：《史记》卷63，第2142页。
② 李道纯：《道德会元序例》，《道藏》第12册，第643页。

斯为最古矣。"① 刘师培曰："欲考古韵之分合，必考周代有韵之书。而周代之书，其纯用韵文者，舍《易》《诗》《离骚》而外，莫若《老子》。"② 朱谦之则因《老子》声律谐合，而将其视为"哲学诗之为美者"，言："知五千文率谐声律，斐然成章。韵理既明，则其哲学诗之为美者可知矣。"③

《老子》用韵情况比较复杂，有些章节通篇用韵，如"天下皆知美之为美"章，除首两句外，自"故有无相生，难易相成，长短相形，高下相倾"开始即通篇用韵，并多次转韵；有些章节章首用韵，而中间或尾声不拘，如"天下柔弱莫过于水，而攻坚；强莫之能先"④ 章，则首句押韵，中间或押韵，或散行，并不拘韵例；也有些章节用介词、助词，不拘韵，如"小国寡人，使有什佰之器而不用"⑤ 章，则无韵，纯是散体文，但句式参差，节奏明快，存在自然韵律。《老子》韵律自然，读来琅琅上口，自成宫商。如第二十八章云：

> 知其雄，守其雌，为天下谿。为天下谿，常德不离，复归于婴儿。
>
> 知其白，守其黑，为天下式。为天下式，常得不忒，复归于无极。
>
> 知其荣，守其辱，为天下谷。为天下谷，常得乃足，

---

① 邓廷桢：《双砚斋笔记》卷3，中华书局，1987年，第201页。
② 刘师培：《老子韵表》，《仪征刘申叔遗书》第10册，广陵书社，2014年，第4465页。
③ 朱谦之：《老子校释》，第8页。
④ 朱谦之：《老子校释》，第301页。
⑤ 朱谦之：《老子校释》，第307页。

复归于朴。①

据江有诰《老子韵读》，此章第一节押雌、蹊、蹊、离、儿韵（注曰：离协音黎，歌、支通韵）；第二节押黑、式、式、忒、极韵（注曰：黑，呼力反，忒，他力反）；第三节押辱、谷、谷、足、朴韵（注曰：侯部）。② 这段文字以三言、四言句式为主，各节句数、字数基本相同，各节之间只更换少数字句，句式稳定、整齐、匀称，读起来韵律谐和，回环复沓，韵味悠长，颇有诗歌情韵。这段文字虽然具有完整成熟的诗歌体式，但其内容却是阐释人生应贵柔、养晦、忍辱，使人的道德修养回归于婴儿般的纯真自然的哲理。正因为《老子》的内容是阐释玄奥的哲理，表达深邃的思想，而文章形态又具有诗歌的韵律与体式，故可将其视为中国古代杰出的哲理诗。朱谦之对《老子》的自然韵律非常推崇，他认为"《五千言》与《易》韵同，与《骚》韵亦同。知声音之道，与时转移，而如《易》如《骚》，以时考之，皆与老子相去不远。《五千言》者盖与《易经》同为中国古代之二大哲学诗，老子为楚人，故又与楚声合。尚论世次，屈在老后。《经》文中'兮'字数见，与《骚》韵殆无二致，《五千言》其楚声之元祖乎"③。他不但将《老子》之韵与《周易》、楚骚之韵并而论之，还把《老子》视为"楚声之元祖"，充分肯定了《老子》的诗歌

---

① 朱谦之：《老子校释》，第112—113页。引者按："为天下式"不重，应是朱本脱，依注填补完整。
② 参见江有诰《先秦韵读·老子韵读》，见《江氏音学十书》，《续修四库全书》第248册，第160页。
③ 朱谦之：《老子韵例》，见《老子校释》附录，第316页。

特征。

《老子》中的哲理诗与《诗经》用叙事、抒情手法以表达情感不同，其审美价值正在于哲理诗的冷静、从容及精辟的说理语言。《老子》虽然提出"信言不美，美言不信"[1] 的观点，主张语言、文辞应该朴实、自然，反对浮夸、伪饰，但《老子》五千言却字字精妙，意蕴悠远。刘勰在《文心雕龙·情采》中盛赞曰："老子疾伪，故称美言不信；而五千精妙，则非弃美矣。"[2]

《老子》语言之精妙，在于其在阐释哲理时，运用了大量的比喻。以形象、贴切、生动、自然的喻体来阐释艰深的哲学思想，是《老子》进行说理的重要手法。如第五十章云：

> 盖闻善摄生者，陆行不遇兕虎，入军不被甲兵。兕无所投其角，虎无所揩其爪，兵无所容其刃。夫何故？以其无死地。[3]

该段文字以兕虎、甲兵这些凶暴不祥的事物来比喻世事之艰难崎岖，人情之险恶狡诈。但作者本意并不是探讨如何避险保命，而是专注于养生。老子认为擅长养生的人，能顺应大道，禀之自然，故能做到"陆行不遇兕虎、入军不被甲兵"。而一个能顺应自然养生之道的人，不会为自己带来死亡之祸，因此即使遇到兕虎，或兵刃相见，也能逢凶化吉。在这段文字中，老子将兕虎、甲兵这些凶险之物，比喻为养生过程中违背自然规律的种种障碍。以

---

① 朱谦之：《老子校释》，第 310 页。
② 范文澜：《文心雕龙注》卷 7，第 537 页。
③ 朱谦之：《老子校释》，第 200—202 页。

具体的物象比喻抽象的哲理，是《老子》比喻手法的独特性所在。再如第六十六章云：

> 江海所以能为百谷王，以其善下之，故能为百谷王。是以圣人欲上人，必以言下之；欲先人，必以身后之。是以圣人处上而人不重，处前而人不害，是以天下乐推而不厌。以其不争，故天下莫与之争。①

江海之所以能成为百川之王，其原因在于江海清静处下，虚以待之，无欲无求，故能涵纳百川。此处借江海地势低洼、水势下流的自然现象，劝喻世人要胸怀广阔，与世无争，只有这样才能修炼大道而"天下莫与之争"。再如第七十七章云：

> 天之道，其犹张弓！高者抑之，下者举之，有余者损之，不足者与之。天之道，损有馀而补不足；人道则不然，损不足，奉有余。熟能有余以奉天下？其唯有道者。是以圣人为而不恃，功成不处，斯不见贤。②

将高深莫测的"天道"比喻为日常习见的动作"张弓"。汉代学者严遵曰："夫弓人之为弓也，既杀既生，既翕既张，制以规矩，督以准绳。弦高急者，宽而缓之；弦驰下者，摄而上之；其有余者，削而损之；其不足者，补而益之。"③ 在老子看来，天道就

---

① 朱谦之：《老子校释》，第267—269页。
② 朱谦之：《老子校释》，第298—300页。
③ 严遵：《老子指归》，王德有点校，中华书局，1994年，第113页。

如"张弓"，损有余以补不足，然而人道却违背了天道之规律，无法做到奉有余以补天下之不足。《老子》中的比喻方式多样，除了以上所举之隐喻、明喻之外，也运用了虚喻。所谓虚喻，宋人陈骙《文则》释之曰："虚喻，既不指物，亦不指事。"[1] 如《老子》用"忽兮若海，漂兮若无所止"[2] 形容得道之人宁静淡泊、逍遥自在、意志超然的神态，即是虚喻。这些比喻手法的应用，使抽象艰深的哲理变得具体形象、浅显易懂，而将形象性事物引入说理辩论中，也使文辞更为斐然，论证更为精辟。

《老子》韵散结合的文体形态，以多种比喻阐释哲理的创作方法，以及幽静玄远的语言风格为后世道教徒所继承。尤其是早期丹道的修炼与书写，更是视《老子》为祖经。张道陵《太清金液神丹经·序》从道教的视角，对《老子》的文学价值进行了评述，又论及《老子》的金丹之功，言：

> 其《道经》焉，其《德经》焉，推宗明本，穷玄极妙。总众枝于真根，摄万条于一要。缅然而不绝，光矣而不耀。既洞明于至道，又俯弘于世教。其为辞也，深而不淡，远而可味，磊落高宗，恢廓宏致。炜寂观三一之乐，标镜营六九之位。闭气长息，以争三辰之年；胎养五物，以要灵真之致。泠若蕙风之叩琼林，焕若晨景之晔宝肆。其叙事也，广大悉备，曲成无遗，初若森笋，终则希夷。陶群象于玄炉，领万殊于一揆。其取类也，

---

① 宋陈骙：《文则》，王水照主编：《历代文话》第 1 册，第 148 页。
② 王卡点校：《老子道德经河上公章句》，中华书局，1993 年，第 81 页。

辩而不枝，博而不杂。若微而显，若乖而合。恢诡瑰奇
于大方，幽隔忘异而自纳。大哉妙唱，可谓神矣！言理
之极，弗可尚也。至于金丹之功，玄神洞高，冥体幽变，
龙化灵照。其含枯绝者反生，挹生气者年辽，登景汉以
凌迈，游云岭以逍遥。至乃面生玉光，体育奇毛，吐水
漱火，无翮而飞，分形万变，恣意所为。塞江川不异覆
簦，破山梁不烦斧斤，叱咤则云雨翳冥，指麾则丛林可
移。其神难纪，其妙叵微，大哉灵要，不可具述。①

张道陵从《老子》之文辞、叙事及"取类"三方面进行了评
论，盛赞《老子》的文辞"深而不淡，远而可味，磊落高宗，恢
廓宏致"；其叙事"广大悉备，曲成无遗，初若森耸，终则希夷"；
其"取类"即揭示事物矛盾共性时能做到"辩而不枝，博而不杂。
若微而显，若乖而合"。正是因为有这样绝妙的文辞，《老子》一
书才具有"既洞明于至道，又俯弘于世教"的宗教地位。丹道家
视《老子》为丹经之祖，依之修炼闭气长息、胎养五物等内丹功
法，故张道陵对《老子》的金丹之功也推崇备至。

又有隋时道士青霞子撰写的《青霞子金丹吟》从丹道角度解
读《老子》，云："道德五千言，善言柔制刚。吾观其宗旨，水火
妙合方。偏阳苦燥烈，无术可周防。至人用柔克，气定神自
康……知白守黑来，欲死亦不死。诗中论大要，口诀当详是。"②
更是认为撰写丹道口诀时，应以《老子》为榜样，于"诗中论大

---

① 张君房：《云笈七签》卷65，第1433—1436页。
② 周全彬、盛克琦：《参同集注——万古丹经王〈周易参同契〉注解集
成》，宗教文化出版社，2013年，第934页。下文皆简称此书为《参同集注》。

要"。丹道诗喜用比喻，常用其他习见意象以表达丹道原意；而且丹经的文本形态也往往是韵散杂糅，这种种文体特征，即深受《老子》行文风格之影响。只不过，与《老子》以取类譬喻来阐释深邃的"道家"理念不同，丹道家利用比喻的手法，是有意隐藏炼丹秘诀，故而使得诗意古奥难懂，需得师傅讲解才能得以修炼，形成了独特的丹经书写传统。后世丹书，如魏伯阳的《周易参同契》、张伯端的《悟真篇》等丹道经典皆是如此。

第三节　道教对《庄子》思想的接受与改造

庄子，名周，宋国蒙人，生活于战国中期，与梁惠王、齐宣王同时，曾任漆园吏。《史记·老子韩非列传》对其生平略有记载。庄子作为道家学派的重要人物，其思想渊源于《老子》，故后世往往以"老庄"并称，视之为先秦道家的创始人。《庄子》一书，是先秦道家的重要作品。该书在《汉书·艺文志》内著录为五十二篇。现存三十三篇，其中内篇七篇，为庄子所作；外篇十五篇、杂篇十一篇，为庄子门人及后学所作。

在中国道教史上，庄子也与老子一样，获得了尊贵的神仙身份，其书也被视为道教真经。据《隋书·经籍志》"子部道家类"著录，梁代梁旷撰有《南华论》二十五卷，又有《南华论音》三卷。[①]《旧唐书·经籍志》《新唐书·艺文志》皆著录梁旷撰"《南华仙人庄子论》三十卷"，又有无名氏"《南华真人道德论》三

---

① 魏徵等：《隋书》卷34，中华书局，1973年，第1002页。

卷"①。可见，在南朝时，庄子已被赋予"南华仙人"的尊号，而其书也被称为"南华"。梁代道士陶弘景撰写的《真诰》与《真灵位业图》，已明确把庄子视为道教神仙。其《真诰》云："庄子师长桑公子，授其微言，谓之《庄子》也。隐于抱犊山，服北肓火丹，白日升天，上补太极闱编郎。"②《真灵位业图》把庄子列在第三仙阶的右位，其仙官名为"闱编郎"。唐初道士成玄英在《南华真经疏序》中，也言庄子"生宋国睢阳蒙县，师长桑公子，受号南华仙人"③。何谓"南华"？北宋道士碧虚子即陈景元解释云："南华者，义取离明英华，发挥道妙也。"④ 南宋道士褚伯秀则云："窃详南华之号，其来久矣，似是上天职任所司，犹东华、南极之类，不可以人间义理臆度，故诸解无闻焉。"⑤ 唐天宝元年（公元742），玄宗诏令封庄子号为"南华真人"，其书为"南华真经"。⑥由此，庄子的道教神仙身份得到官方认可。宋徽宗时期，庄子又被封为"微妙元通真君"。

《庄子》思想渊源于《老子》，以逍遥自然、无为齐物为主旨，提出"心斋""守一""坐忘""调息"等著名理论，推崇"真人"之理想人格。"真人"一词亦出于约同时期的《黄帝内经素问·上

① 刘昫：《旧唐书》卷47，第2029页；欧阳修：《新唐书》卷59，中华书局，1975年，第1520页。
② ［日］吉川忠夫、麦谷邦夫：《真诰校注》卷14，朱越利译，第456页。
③ 郭象注：《南华真经注疏·南华真经疏序》，成玄英疏，中华书局，1998年，第1页。
④ 陈景元：《南华真经音义》，《道藏》第15册，上海书店，1984年，第894页。
⑤ 褚伯秀：《南华真经义海纂微·序》，《景印文渊阁四库全书》第1057册，第4页。
⑥ 刘昫：《旧唐书》卷24，第926页。

古天真论》，云："上古有真人者，提挈天地，把握阴阳，呼吸精气，独立守神，肌肉若一，故能寿敝天地，无有终时，此其道生。"①《黄帝内经》是古代用于养生的医书，《汉书·艺文志》将其著录在"方技类医经"内。此书所言之"真人"即是擅长于调和阴阳、修道养身并得永生不死的神人。《庄子》的"真人"概念与《黄帝内经》的思想很接近，但赋予"真人"更深更广的内涵。《大宗师》对"真人"进行了浓墨重彩的描绘，曰：

知天之所为，知人之所为者，至矣！知天之所为者，天而生也；知人之所为者，以其知之所知以养其知之所不知，终其天年而不中道夭者，是知之盛也。虽然，有患：夫知有所待而后当，其所待者特未定也。庸讵知吾所谓天之非人乎？所谓人之非天乎？且有真人而后有真知。

何谓真人？古之真人，不逆寡，不雄成，不谟士。若然者，过而弗悔，当而不自得也。若然者，登高不慄，入水不濡，入火不热。是知之能登假于道者也若此。

古之真人，其寝不梦，其觉无忧，其食不甘，其息深深。真人之息以踵，众人之息以喉。屈服者，其嗌言若哇。其耆欲深者，其天机浅。

古之真人，不知说生，不知恶死。其出不欣，其入不距。翛然而往，翛然而来而已矣。不忘其所始，不求其所终。受而喜之，忘而复之。是之谓不以心捐道，不

① 王冰注：《黄帝内经素问》，《景印文渊阁四库全书》第733册，第11页。

以人助天，是之谓真人。若然者，其心志，其容寂，其
颡頯；凄然似秋，煖然似春，喜怒通四时，与物有宜而
莫知其极。故圣人之用兵也，亡国而不失人心。利泽施
乎万世，不为爱人。故乐通物，非圣人也；有亲，非仁
也；天时，非贤也；利害不通，非君子也；行名失己，非
士也；亡身不真，非役人也。若狐不偕、务光、伯夷、叔
齐、箕子、胥余、纪他、申徒狄，是役人之役，适人之
适，而不自适其适者也。

古之真人，其状义而不朋。若不足而不承；与乎其
觚而不坚也，张乎其虚而不华也；邴邴乎其似喜乎！崔
乎其不得已乎！滀乎进我色也，与乎止我德也，厉乎其
似世乎，謷乎其未可制也，连乎其似好闭也，悗乎忘其
言也。以刑为体，以礼为翼，以知为时，以德为循。以
刑为体者，绰乎其杀也；以礼为翼者，所以行于世也；
以知为时者，不得已于事也；以德为循者，言其与有足
者至于丘也，而人真以为勤行者也。故其好之也一，其
弗好之也一。其一也一，其不一也一。其一与天为徒，
其不一与人为徒，天与人不相胜也，是之谓真人。①

此段长文对"真人"的品格、修行、特征进行了全面陈述。
概而言之，庄子心目中的"真人"，并非务光、伯夷、叔齐等儒家
推崇的贤人。因为这些贤人"矫行丧真，求名亡己"，"矫情伪行，

---

① 成玄英：《南华真经注疏》，第134—141页。

亢志立名"①,不能做到与化为体,违背了自然万物的终始变化,最终伤己而适他人,竟至"自饿自沉,促龄夭命,而芳名令誉,传诸史籍"②。对于道家而言,这些人伤身害己以沽名钓誉,他们的人生实是最不可取的人生。而道家推崇的"真人"同天人,均彼我,齐万物。"真人"能顺应自然万物的终始变化,不悦生,不恶死;虚怀任物,随遇而安,最终"混一天人,冥同胜负"③。同样的思想在《刻意》篇中也有体现,文云:

> 纯素之道,唯神是守。守而勿失,与神为一。一之精通,合于天伦。野语有之曰:"众人重利,廉士重名,贤士尚志,圣人贵精。"故素也者,谓其无所与杂也;纯也者,谓其不亏其神也。能体纯素,谓之真人。④

文中提出了"守一""贵精"等理论,成玄英疏曰:"纯精素质之道,唯在守神。守神而不丧,则精神凝静,既而形同枯木,心若死灰,物我两忘,身神为一也。"⑤ 所谓"精"即指事物之"真",而"纯素之道",即指"真道",真人能做到精神凝静,身神合一。道家认为只有"守一",才能得"真道"而为真人。在《天下》篇中,庄子认为关尹、老子才是真正的古之真人,赞曰:"关尹、老聃乎,古之博大真人哉!"⑥

① 成玄英:《南华真经注疏》,第139页。
② 成玄英:《南华真经注疏》,第139页。
③ 成玄英:《南华真经注疏》,第142页。
④ 成玄英:《南华真经注疏》,第318页。
⑤ 成玄英:《南华真经注疏》,第318页。
⑥ 成玄英:《南华真经注疏》,第617页。

后世道教徒发展了《庄子》中的"真人"理论，将庄子提出的"守一""贵精""调息"等命题进行了实践，用于道教修行，强调性、命双修，以期达到天人合一、长生不死、羽化成仙的目的。而"真人"也成为道教神仙体系中的一个重要阶层，古道歌《上元夫人步虚之曲》就有句云："忽过紫微垣，真人列如麻。"①

另外，《庄子》将神话中的人物与"道"紧密相连，为道教仙话的建构开启了方便之门。如《大宗师》云："夫道……西王母得之，坐乎少广，莫知其始，莫知其终；"② 在《山海经》中，西王母仅是一位"其状如人，豹尾虎齿而善啸，蓬发戴胜，是司天之厉及五残"的神人。而在《庄子》中，西王母因得"道"，其寿命得到无限延展，世人"莫知其始，莫知其终"。这为道教徒将西王母改造成掌管长生不死之药的女仙形象提供了思想来源及文献依据。而且，《庄子》中也流露出一些仙道思想，如《天地》篇云："千岁厌世，去而上仙，乘彼白云，至于帝乡"③ 就有明显的游仙意味。

第四节　《庄子》寓言及其对道教叙事文学之影响

《庄子》虽是一部哲学著作，但因庄周独特的说理方式及高超的文字驾驭能力，使该书具有高度的文学价值。大量地运用寓言以说理，是《庄子》颇具智慧的说理方式。《庄子·寓言》篇云："寓言十九，重言十七，卮言日出，和以天倪。寓言十九，借外论

---

① 张君房：《云笈七签》卷96，第2094页。
② 成玄英：《南华真经注疏》，第145—147页。
③ 成玄英：《南华真经注疏》，第241页。

之。"① 何谓"寓言十九"？成玄英疏曰："寓，寄也。世人愚迷，妄为猜忌，闻道己说，则起嫌疑，寄之他人，则十言而信九矣。故鸿蒙、云将、肩吾、连叔之类，皆寓言耳。"② "重言十七"，则指"长老乡闾尊重者也。老人之言，犹十信其七也"。"卮言日出，和以天倪"，卮，指古代盛酒器。日出，指日初出之新。天倪，指自然之分。"夫卮满则倾，卮空则仰，空满任物，倾仰随人。无心之言，即卮言也，是以不言，言而无系倾仰，乃合于自然之分也"③ 在这"三言"中，寓言既指以神话、历史人物为依托进行虚构的故事，如黄帝、河伯、老子、孔子、惠施等；也包括一些将其他事物拟人化之后的虚构故事，如栎社树、云将、鸿蒙、髑髅、神龟等等。此类虚构的寓言故事，在《庄子》中比比皆是。

《天下》篇对《庄子》一书的写作风格亦进行了概括，云："以谬悠之说，荒唐之言，无端崖之辞，时恣纵而不傥？不以觭见之也。以天下为沉浊，不可与庄语。以卮言为曼衍，以重言为真，以寓言为广。独与天地精神往来，而不敖倪于万物，不谴是非，以与世俗处。其书虽环玮，而连犿无伤也。其辞虽参差，而諔诡可观。"④ 所谓"谬悠""荒唐""无端崖""恣纵"等词，皆旨在表明《庄子》一书的说理风格不同于其他诸子之中心突出、逻辑严谨、论证精密，而其语言表达也有异于其他诸子之典重切实。《庄子》呈现出一种虚远、放任、无端无涯、广大无垠、汪洋恣肆的创作风格，是庄子齐万物、任自然的思想在文风上的体现。正

---

① 成玄英：《南华真经注疏》，第538—539页。
② 成玄英：《南华真经注疏》，第538页。
③ 成玄英：《南华真经注疏》，第538—539页。
④ 成玄英：《南华真经注疏》，第617—618页。

如宋人黄震所赞:"庄子以不羁之材,肆跌宕之说,创为不必有之人,设为不必有之物,造为天下所必无之事,用以眇末宇宙,戏薄圣贤,走弄百出,茫无定踪,固千万世诙谐小说之祖也。"[1] 鲁迅云庄子"著书十余万言,大抵寓言,人物土地,皆空言无事实,而其文则汪洋辟阖,仪态万方,晚周诸子之作,莫能先也"。[2] 正是对《庄子》寓言叙事艺术的高度认同。

将抽象的道理寓于奇幻的寓言中,用极度夸张的比喻、大小悬殊的对比来阐明道理,寓实于虚,似幻实真,是《庄子》寓言的文体功用。如《逍遥游》将"水击三千里,抟扶摇而上者九万里"的鹏与"决起而飞,抢榆枋,时则不至而控于地"的蜩与学鸠进行对比;将"以八千岁为春,八千岁为秋"的大椿树与"不知晦朔""不知春秋"的朝菌蟪蛄进行对比,来说明物各有性,性各有极,只要能适性逍遥,则无大小、高下、尊卑与优劣之差异;世间万物不必强求同一、强相效仿。《庄子》中大量奇巧变幻、动人心魄的夸张与对比,使《庄子》的说理叙事充满了浪漫、玄妙的审美情趣,达到一种"意出尘外,怪生笔端"的叙事效果。正如王国维所云:"南人想像力之伟大丰富,胜于北人远甚。彼等巧于比类而善于滑稽,故言大则有若北溟之鱼,语小则有若蜗角之国,语久则大椿冥灵,语短则蟪蛄朝菌。至于襄城之野,七圣皆迷;汾水之阳,四子独往。此种想象。决不能于北方文学中发

---

[1] 黄震:《黄氏日钞》卷55,《景印文渊阁四库全书》第708册,第399页。

[2] 鲁迅:《汉文学史纲要》,人民文学出版社,1973年,第17页。

见之。"①

这种因极度夸张的对比而造成的视觉冲击，使读者产生极强烈的审美体验。后世道教徒在撰写神仙传记时，也时时采用这种让人惊心动魄的对比手法。如葛洪《神仙传·壶公》记载费长房离家求道时所经历的历练过程，文曰：

> 长房随公去，恍惚不知何所之。公独留之于群虎中，虎磨牙张口，欲噬长房，长房不惧。明日又内长房石室中，头上有大石，方数丈，茅绳悬之，诸蛇并往啮，绳欲断，而长房自若。②

方数丈的巨石与脆弱的茅绳形成了极悬殊的力量对抗，颇具视觉冲击力。相似的情节在其他仙传中也屡见不鲜，如《洞仙传》有"刘道伟"事，仙人为考验其意志力，将万斤巨石以一白发悬之，使其卧于石下；另有"傅先生"，仙人使其用木头钻穿一个五尺厚的石盘，傅先生花费四十七年的时间，终于钻尽石穿。③ 从以上诸例可知，在道教这类"历练"情节中，往往存在着极度的对比与夸张，在这种力量绝对悬殊的对比中造成一种奇异的视觉效果。神仙传记常常采用对比、反衬手法来强调意志坚决之人才能成仙得道；经受不住考验者则会功亏一篑，由此达到成功宣扬道教教义的目的。仙传文学的这种创作特色深受《庄子》寓言文风

---

① 王国维：《屈子文学之精神》，见《王国维全集》第 14 卷，浙江教育出版社，2009 年，第 99 页。
② 胡守为：《神仙传校释》，中华书局，2010 年，第 308 页。
③ 张君房：《云笈七签》卷 110，第 2398、2400 页。

之影响。当然，以极度夸张、悬殊的力量对比来阐释宗教教义，传递宗教神通，不唯道教如此。佛经中也时有体现。如《维摩诘所说经不思议品》言"以须弥之高广入芥子中无所增减"；"以四大海水入一毛孔，不娆鱼、鳖、鼋、鼍水性之属"；"从一毛孔见十方诸日、月、星像，十方阴冥皆随入门，既无所害"①等语，皆是在空间、力量等极度的对比中阐扬佛教教义。道教成长之初，其在教义的创作与传播上也接受了佛教的影响，这是毫无疑问的。

《庄子》的独特文风还体现在书中具有寓言性质的神话叙事。《庄子》这些寓言性质的神话叙事，只是借了神话的外壳，而其本质却是寓言。袁珂认为"《庄子》的寓言，常有古神话的凭依，是古神话的改装，并非纯属虚构"②。由于《庄子》本为说理而作，书中的神话故事也是为说理而服务，故《庄子》对一些神话进行改造，使神话蒙上了寓言的色彩，极具浪漫情调。如《逍遥游》：

> 藐姑射之山，有神人居焉。肌肤若冰雪，绰约若处子。不食五谷，吸风饮露。乘云气，御飞龙，而游乎四海之外。其神凝，使物不疵疠而年谷熟。③

庄子塑造的姑射山神人，并非向壁虚构。《山海经·海内北经》有云："列姑射在海河州中。射姑国在海中，属列姑射，西南，山环之。"郭璞注曰："山名也。山有神人。河州在海中，河水所

①　王孺童：《维摩诘经释义》，宗教文化出版社，2014年，第402页。
②　袁珂：《中国神话通论》，第127页。
③　成玄英：《南华真经注疏》，第12—13页。

经者。《庄子》所谓'藐姑射之山'也。"① 另《东次二经》也云："又南三百八十里，曰姑射之山，无草木，多水。又南水行三百里，流沙百里，曰北姑射之山，无草木，多石。又南三百里，曰南姑射之山，无草木，多水。"② 《列子·黄帝篇》亦云："列姑射山在海河洲中，山上有神人焉，吸风饮露，不食五谷；心如渊泉，形如处女；不偎不爱，仙圣为之臣；不畏不怒，愿悫为之使；不施不惠，而物自足；不聚不敛，而已无愆。"③ 可见，《庄子》中的姑射山神人形象来自古代神话。但庄子对这则神话进行了改编，以优美、空灵、清雅的文笔塑造了一位逍遥世外、超凡脱俗、无牵无碍的神人，成为中国文学史上的经典形象。庄子塑造的姑射山神人形象，寄寓了道家的理想人格。

《逍遥游》所刻画的这样一位"不食五谷，吸风饮露，乘云气、御飞龙"的神人，被后世仙传文学一再模仿；其不食五谷、吸风饮露的特性更是成为道教辟谷术、吐纳导引术的源头，在神仙修真传记中屡见不鲜。刘向《列仙传》言赤将子舆"不食五谷，而噉百草花"，"能随风雨上下"④；彭祖"常食桂芝，善导引行气"⑤；修羊公"略不食，时取黄精食之"⑥ 等。葛洪《神仙传》也载彭祖"善于补养导引""或数百日或数十日不持资粮""常闭

---

① 袁珂：《山海经校注》，第 374—375 页。
② 袁珂：《山海经校注》，第 130 页。
③ 杨伯峻：《列子集释》卷2，中华书局，1979 年，第 44—45 页。
④ 王叔岷：《列仙传校笺》，中华书局，2007 年，第 7 页。
⑤ 王叔岷：《列仙传校笺》，第 38 页。
⑥ 王叔岷：《列仙传校笺》，第 90 页。

气内息"①；沈建"学导引服食之术"② 等。这些仙真传记所载仙
人日常的辟谷、服食、导引之术，正是遥承了《逍遥游》中姑射
山神人的神性，只不过这些仙真传记对辟谷、服食、导引之术赋
予了更确切的宗教理念。

此类具有寓言性质的神话叙事在《庄子》中并不鲜见。又如
古代神话中的神山——昆仑山，在《庄子》书中成为与"道"紧
密相连的圣山。《大宗师》曰："夫道……堪坏得之，以袭昆仑。"
成玄英疏曰："堪坏，昆仑山神名也。袭，入也。堪坏人面兽身，
得道，入昆仑山为神也。"③ 而古代"神国的最高统治者"④ ——
黄帝也要入昆仑山而求得真道。《天地》云：

　　黄帝游乎赤水之北，登乎昆仑之丘而南望。还归，
遗其玄珠。使知索之而不得，使离朱索之而不得，使喫
诟索之而不得也，乃使罔象，罔象得之。黄帝曰："异
哉！罔象乃可以得之乎？"⑤

黄帝游于昆仑山赤水之北，返归途中，遗其玄珠。司马彪注
"玄珠"曰："道真也。"⑥ 可见黄帝登昆仑山而得"真道"，离开
昆仑山后又失"道"。但是，《庄子》对此神话改编的重心不在于
此，而在于黄帝遗珠之后，多次派弟子去寻找玄珠。当聪慧的

①　胡守为：《神仙传校释》，第 15 页。
②　胡守为：《神仙传校释》，第 50 页。
③　成玄英：《南华真经注疏》，第 145—146 页。
④　袁珂：《中国神话通论》，第 125 页。
⑤　成玄英：《南华真经注疏》，第 237—238 页。
⑥　郭庆藩：《庄子集释》卷 5 上，第 414 页。

"知"、明目的"离朱"、善辩的"喫诟"都无功而返时，无心、绝思虑的"罔象"却找到了玄珠。这则神话寄寓了"得真者非用心也"，道"愈索而愈远"① 的道理。

在古代神话体系中，昆仑山为西方神山，黄帝为其主宰者。尽管《山海经》对昆仑山神境的描述非常详细，但书中并未将昆仑山与"道"联系起来。而《大宗师》则认为得"道"的堪坏将"道"带入昆仑山，是为昆仑山之主神。故黄帝也不得不登昆仑而求道。《庄子》以寓言的方式将昆仑山、黄帝、"道"联系在一起，为后世道教视昆仑山为道教神山打开了方便之门。

而《庄子》关于黄帝寻"道"的寓言，也说明求"道"之不易。《徐无鬼》又写道：

> 黄帝将见大隗乎具茨之山，方明为御，昌寓骖乘，张若諨朋前马，昆阍滑稽后车。至于襄城之野，七圣皆迷，无所问涂。适遇牧马童子，问涂焉，曰："若知具茨之山乎?"曰："然。""若知大隗之所存乎?"曰："然。"黄帝曰："异哉小童! 非徒知具茨之山，又知大隗之所存。请问为天下。"小童曰："夫为天下者，亦若此而已矣，又奚事焉! 予少而自游于六合之内，予适有瞀病，有长者教予曰：'若乘日之车而游于襄城之野。'今予病少痊，予又且复游于六合之外。夫为天下亦若此而已。予又奚事焉!"黄帝曰："夫为天下者，则诚非吾子之事，虽然，请问为天下。"小童辞。黄帝又问。小童曰："夫

---

① 郭庆藩：《庄子集释》卷5上，第415页。

为天下者，亦奚以异乎牧马者哉！亦去其害马者而已矣！"黄帝再拜稽首，称天师而退。①

"大隗"，指"大道广大而隗然空寂也"②。黄帝带领众人去见"大隗"，即是寻"道"。然在襄城外，七圣俱迷，而偶遇之牧马童子却熟知"大隗"之所在。这则神话以牧马童子喻得道之人，故黄帝向其寻问"道"之所在。此类叙事既带有神话色彩，又能通过精巧的构思，塑造出鲜明的人物形象，将道家哲理寄寓在人物形象与对话之中，形成了奇趣而浪漫的文风。

又如《应帝王》中，倏与忽为浑沌凿七窍而浑沌死的寓言，更是想象奇特，文曰：

> 南海之帝为倏，北海之帝为忽，中央之帝为浑沌。倏与忽时相与遇于浑沌之地，浑沌待之甚善。倏与忽谋报浑沌之德，曰："人皆有七窍以视听食息，此独无有，尝试凿之。"日凿一窍，七日而浑沌死。③

《应帝王》的主旨在于阐明"无心而任乎自化者，应为帝王也"④，"行不言之教，使天下自以为牛马，应为帝王者也"⑤，体现了庄子"无为""自化"，顺应自然万物自我发展规律的思想。

---

① 成玄英：《南华真经注疏》，第 473—474 页。
② 成玄英：《南华真经注疏》，第 473 页。
③ 成玄英：《南华真经注疏》，第 178 页。
④ 成玄英：《南华真经注疏》，第 169 页。
⑤ 郭庆藩：《庄子集释》卷 3 下，第 287 页。

庄子依托《山海经》中"浑沌无面目"的神话，设计了"倏"与"忽"，将之拟为南海帝、北海帝，而将清浊未分的自然原生状态"浑沌"拟为中央帝。此则寓言只有一个简单的情节，即倏、忽为报浑沌之德而为之凿七窍，导致浑沌死亡。在《庄子》的思想里，浑沌即是道，即是一，天地万物皆笼罩在这个世界里，各任自然，浑沌如一。若外力强行开凿，导致"一"之不存，"一"不存则"道"不存，"道"不存，浑沌自然死亡。此则故事叙事简洁，想象奇特，而寓意极为深刻。

因为浑沌即是"道"，故而道家认为得道之人要尽量顺应自然之道，保持浑沌的状态，才能全真保性。因此，《庄子》中又出现了"浑沌氏之术"的概念。《天地》篇中记载子贡南游楚国返晋途中，遇到一位老人在灌溉园圃。老人对子贡言："有机械者必有机事，有机事者必有机心。机心存于胸中，则纯白不备；纯白不备，则神生不定。神生不定者，道之所不载也。"[1] 子贡由此领悟"执道者德全，德全者形全，形全者神全，神全者圣人之道也"。[2] 老人与子贡的对话表明道家主张不能借外力干扰自然之本性，若过于运用人类机巧之心，最终会导致道之不存。该篇借孔子之口道出了"浑沌氏之术"的核心理念。孔子面对子贡的疑问，说："彼假修浑沌氏之术者也。识其一，不知其二；治其内，而不治其外。夫明白入素，无为复朴，体性抱神，以游世俗之间者，汝将固惊邪？且浑沌氏之术，予与汝何足以识之哉！"[3] 孔子指出灌圃老人所修之术并不是真正的"浑沌氏之术"，真正的浑沌氏之术乃是

---

① 成玄英：《南华真经注疏》，第247页。
② 成玄英：《南华真经注疏》，第248页。
③ 成玄英：《南华真经注疏》，第249页。

"明白入素，无为复朴，体性抱神，以游世俗之间者"，即既知"识修古抱灌之朴"，又能"因时任物之易"，既能守道抱素又能随时应变，内外兼治，化游世间。同时，孔子认为"浑沌氏之术"博大深邃，非他及弟子所能探知。

《庄子》中的"浑沌"是为中央之帝，其形为无面目七窍，不能视听食息；其德在于无为自化，自然素朴；其术乃是追求守道抱素、质素淳朴、内外兼治的浑沌氏之术。可见《庄子》中的浑沌融合了《老子》和《山海经》中关于浑沌的观念与特性，并使浑沌成为一个既有神性又内含哲思，同时也有道术的综合生命体。《庄子》"浑沌"的这些特性为早期道教对"浑沌"意象的接受与改造提供了门径。

《庄子》寓言中那些生动形象的情感与动作描写，诙谐有趣却又寓有深刻哲理的对话，无不体现了作者高超的想象力。庄子《在宥》篇讲述了"云将东游，过扶摇之枝而适遭鸿蒙"[①] 的寓言，"云将"指天上云气之主将。"鸿蒙"指自然之元气。这则寓言的核心在于鸿蒙与云将的对话。在二者的对话中，鸿蒙鼓吹"堕尔形体，吐尔聪明，伦与物忘；大同乎涬溟"，认为"无为，而物自化"，表达了道家主张顺应万物自然之禀性，反对刻意治之，否则必乖造化的思想。作者为这深奥的哲理披上了设计精巧、具有简单情节的故事外衣，大大提升了这则寓言的文学价值。作者两次虚构了云将与鸿蒙偶然相遇并进行交流的场景。第一次，云将东游，过扶摇之枝时偶遇"拊脾雀跃"的鸿蒙。面对这位行为奇异的老者，云将"倘然止，贽然立"，心中惊疑，恭敬而立，

---

① 郭庆藩：《庄子集释》卷4下，第385—392页。

向之请教。对于云将的疑惑,鸿蒙掉头而去。三年后,云将再次东游,在有宋之野又遇到鸿蒙。云将大喜,再次向鸿蒙请教。此次鸿蒙对云将进行了点化。作者对这两种大自然中飘渺不定的"气"进行拟人化,赋予其思想,把鸿蒙想象成一位身形矫健的老者,再三突出其"拊脾雀跃"的行为特征;而云将则成了一位虚心好学的后生,将"道"的传授寓于生动的细节描述之中,于诙谐调笑中见出真理。

不论是昆仑山、黄帝、西王母、浑沌这些神话中早已存在的形象,还是作者自创的山鬼、鸿蒙、云将,在《庄子》中都与"道"紧密相联。作者通过卓越的艺术手法,以寓言的方式宣扬"道"。后世道教不仅在思想方面传承了《庄子》之"道",也继承了《庄子》寓言汪洋纵恣的创作方法,为道教理论的建构、仙传小说的创作提供了可资借鉴的技巧。

第五节　早期道教关于混沌、道、老子三位一体观念的建构

《庄子》呈现出的汪洋恣肆、无拘无碍的想像力对后世道教徒建构他们的神仙理论体系具有重要的启发意义。不同的是,道教典籍修正了《庄子》寓庄于谐的嘻笑怒骂,而代之以严肃的理论建构。例如,早期道教吸收了《庄子》以"浑沌"来喻指清浊未分的自然,视"浑沌"为天地万物未生之前的自然状态,并结合老、庄思想对浑沌意象进行了宗教性改造。《云笈七签》言:"混沌者,厥中惟虚,厥外惟无,浩浩荡荡,不可名也。广大之旨,虽典册未穷,秘妙之基,而玄经可见。古今之言天者一十八

家，爰考否臧，互有得失。则盖《混天仪》之述，有其言而亡其法矣。至如蒙庄《逍遥》之篇，王仲任《论衡》之说，《山海经》考其理舍，列御寇书其清浊，……义趣不同，师资各异。"[①] 从这段文献可知，道教建构宇宙生成理论所使用的"混沌"概念即源于《庄子》《山海经》等文献。道教对混沌的设定也如《庄子》《山海经》所言，是为无面目的生命体。不过与《庄子》寓言"七日而浑沌死"不同，在道教理论里，这个生命物质体经过无数岁月的化生后，最终与老子融为一体，成为创教先师——太上老君。如《太始经》所载：

昔二仪未分之时，号曰洪源，溟涬濛鸿如鸡子状，名曰混沌。玄黄无光无象，无音无声，无宗无祖，幽幽冥冥。其中有精，其精甚真。弥纶无外，湛湛空虚，于幽原之中而生一气焉。化生之后，九十九万亿九十九万岁，乃化生上三气，三气各相去九十九万亿九十九万岁，三合成德，共生无上也。自无上生后，九十九万亿九十九万岁，乃生中三气也。中三气各相去九十九万亿九十九万岁，三合成德，共成玄老也。自玄老生后，九十九万亿九十九万岁，乃化生下三气也。下三气各相去九十九万亿九十九万岁，三合成德，共成太上也。[②]

据《太上老君开天经》记载，"太始之时，老君下为师，口吐

---

① 张君房：《云笈七签》卷2，中华书局，2003年，第16页。
② 张君房：《云笈七签》卷2，第18页。

《太始经》一部,教其太始。"① 《开天经》形成于南北朝时期②,那么《太始经》出现的时期可能早于或同于《开天经》。《太始经》建构了一个有序的化生体系:在天地未分的洪源时期,存在一个如鸡子状的生命体,即混沌;混沌在无数岁月后,化生为一气,进而化生"上三气",共生"无上";"无上"又化生"中三气",共成"玄老";"玄老"化生"下三气",共成"太上"。此"太上"即是"太上老君"。在道教理论中,太上老君由混沌化生而来,二者属于同质异构的形态。而《太始经》刻画的"溟涬濛鸿如鸡子状"的混沌,其形象结合了《老子》中的"有物混成"观念与《山海经》中状如黄囊且无面目的"浑敦"形象。不过,混沌如鸡子状的描写并非始于《太始经》。早在三国徐整的《三五历纪》中就描述"天地浑沌如鸡子",葛洪《枕中书》也言:"昔二仪未分,溟涬鸿濛未在成形,天地日月未具,状如鸡子。"张君房对"混沌"的理解与认知即借鉴了《太始经》,《云笈七签》"混元混洞开辟劫运部"对"混沌"的叙述乃直接抄自《太始经》。

《太始经》视老子为混沌所化生的理念源于早期道教。在道教草创的东汉时期,就有学者将老子与道合一,并将老子神化为宇宙的原初形态。汉桓帝永兴元年,王阜撰有《老子圣母碑》,对老

---

① 张君房:《云笈七签》卷2,第26页。

② 朱越利《道藏分类解题》认为"该经当出自六朝。"(朱越利:《道藏分类解题》,华夏出版社,1996年,第56页)王卡则认为《开天经》形成于南北朝,约公元420~589年之间。(参见胡孚琛主编《中华道教大辞典》,中国社会科学出版社,1995年,第325页)胡小柳认为《太上老君开天经》形成于南北朝时期的420~520年之间。(参见胡小柳《道教〈太上老君开天经〉的另类历史叙述》,《云南社会科学》2010年第4期。)

子的生平进行了神化。其文曰："老子者，道也，乃生于无形之先，起于太初之前，行于太素之元，浮游六虚，出入幽冥，观混合之未别，窥清浊之未分。"① 在《老子圣母碑》中，王阜直接将老子等同于道，并认为老子"生于无形之先，起于太初之前"，能"观混合之未别，窥清浊之未分"。这种观念在汉代并非个例。汉桓帝延熹八年，边韶撰有《老子铭》，铭文首先对老子其人的生平进行了简短的叙述，进而言因为《老子》之"道"、"德"二篇有"称天地所以能长且久者，以不自生也"、"谷神不死，是谓玄牝"等思想，"由是世之好道者，触类而长之，以老子离合于混沌之气，与三光为终始"②。所谓"以老子离合于混沌之气，与三光为终始"，正说明时人已开始将老子这一历史人物与混沌的哲学理念融合在一起，进行了宗教性的神化，老子因此被奉为神圣的宗教教主。而"世之好道者"对老子的神化，说明老子与道齐一，先于天地而生的观念在当时已经比较常见了。

在此基础上，早期道教建构了混沌、道、老子三位一体的理论。如张道陵在《老子想尔注》中说："一者，道也。"③ 又言："一散形为气，聚形为太上老君，常治昆仑，或言虚无，或言自然，或言无名，皆同一耳。"④《老子想尔注》是天师道的经典道书。在这部书中，注者选择性地接受了先秦混沌意象。如在天师道的观念中，"道至尊，微而隐，无状貌形像也；但可从其诚，不

---

① 李昉：《太平御览》，中华书局，1960 年，第 2 页。
② 洪适：《隶释》，中华书局，1985 年，第 36 - 37 页。
③ 饶宗颐：《老子想尔注校证》，上海古籍出版社，1991 年，第 12 页。
④ 饶宗颐：《老子想尔注校证》，第 12 页。

可见知也。"① 这个"无状貌形像"、"不可见知"的道，正借鉴了《老子》"有物混成"的形象；也是对《山海经》与《庄子》中浑沌无面目的进一步改造。而道既可"散形为气"，呈现为混沌状态；又能"聚形为太上老君"。天师道巧妙地将道、混沌、太上老君三种宗教形态统合为一体，聚焦于"一"这一神秘的概念之下，完成了道、混沌、老子同质异构的理论建设。

而且，道"聚形为太上老君，其常治昆仑"，也是天师道在先秦浑沌意象上的进一步建构。《山海经》称浑敦居于多金玉和青雄黄的天山附近；《庄子》视浑沌为中央之帝。而在汉代谶纬神学思想中，昆仑山才是世界的中心。② 如《河图括地象》所言："地中央为昆仑，昆仑东南，地方五千里，名曰神州。"③ "昆仑者，地之中也。"④ 早期道教接受了汉代谶纬神学以昆仑为地之中央的观念，故自道教产生之初，昆仑山就是道教圣山。那么在《庄子》中身为中央之帝的浑沌，自然就是居住于昆仑山了。有些学者从语源的角度考察昆仑与混沌之关系，认为"昆仑实即浑沌之音转，故昆仑之名亦源于浑沌无疑"⑤；也有学者认为"'混沦'一名，语源于混沌。'混沌'又作'浑沌'、'浑沦'、'混沦'。……'浑沦'、'混沦'、'昆仑'并为'混沌'之转语形式，'混沦'与

---

① 饶宗颐：《老子想尔注校证》，第 17 页。
② 参见刘湘兰《论纬书〈河图〉与〈山海经〉之关系——兼谈〈河图〉的地学与文学价值》，《文艺研究》2015 年第 2 期。
③ ［日］安居香山、中村璋八：《纬书集成》，河北人民出版社，1994 年，第 1089 页。
④ ［日］安居香山、中村璋八：《纬书集成》，第 1091 页。
⑤ 张辛：《由大一、浑沌说礼——兼论中国文明的起源问题》，《北京大学学报》，2002 年第 4 期

'昆仑'古音同。"① 因此，在天师道的教义中，"聚形为太上老君"的道就自然而然地"常治昆仑"了。由此，天师道将本来极度抽象、难以捉摸的道教起源思想，具化为历史实有之人物和自然界实有之山脉。在《老子》中作为宇宙原初形态的混成之物、《庄子》中是为哲学意义的"浑沌"、在《山海经》中作为神话存在的"浑敦"，三者被天师道有机地融合在一起，创立了一个新的混沌形象，并赋予其极崇高的宗教意义。

到了魏晋时期，道教日渐成熟，混沌、道、老子三位一体的观念已被广大道徒所接受。如晋葛玄在《老子道德经序》中说："老子体自然而然，生乎太无之先，起乎无因，经历天地终始，不可称载。终乎无终，穷乎无穷，极乎无极，故无极也。与大道而伦化，为天地而立根，布气于十方，抱道德之至纯，浩浩荡荡，不可名也。"② 又如魏收在《魏书·释老志》中云："道家之原，出于老子。其自言也，先天地生，以资万类。"③

可见随着道教信仰的发展，道徒们选择性地接受了先秦时期的浑沌意象，使内涵复杂的浑沌意象变成道教的至上神。在这个改造过程中，《山海经》"其状如黄囊……浑敦无面目"的描写；《庄子·应帝王》以浑沌为"中央之帝"，其形乃是无面目，无七窍，不能视听食息的叙述；《庄子·天地》中记载的追求守道抱素、质素淳朴、内外兼治的浑沌氏之术；再加上《老子》"有物混成，先天地生"这一内涵极度宏大的宇宙生成论，使道教徒对之

---

① 吴泽顺：《建木考》，《求索》，1993 年第 2 期
② 佚名：《道德真经集注》，《道藏》第 13 册，上海书店，1994 年，"序"第 1 页。
③ 魏收：《魏书》卷 114，中华书局，1974 年，第 3048 页。

借鉴、思考的同时，也进行了积极的理论建构，最终将无面目、无视听食息、恍惚若存却又抟之不得的"道"，也即混沌，附着于历史上的老子身上，将抽象、虚无缥缈的"道"具象化，形成了混沌、道、老子三位一体的道教理念，确立了以老子为创教宗主的具体形象。

在老、庄哲学的基础上，道教对宇宙形成、进化的历史进行了重构，其中最核心的理念便是对宇宙起源的重新认知。《太上老君开天经》就是专门阐释这一理念的道经。该书成于南北朝时期，是当时宗教斗争的产物。

《太上老君开天经》构建了一部宇宙发展史。《开天经》建构的这段历史起源于宇宙未生之时，历经上古、中古、三皇、五帝及三王共五个阶段，止于周初。在这个宇宙发展史中，老君是一个自始至终存在的至上神。《开天经》开篇即言："盖闻未有天地之间，太清之外，不可称计。虚无之里，寂寞无表。无天无地，无阴无阳；无日无月，无晶无光；无东无西，无青无黄；无南无北，无柔无刚；无覆无载，无坏无藏；无贤无圣，无忠无良；无去无来，无生无亡；无前无后，无圆无方。百亿变化，浩浩荡荡。无形无象，自然空玄。穷之难极，无量无边；无高无下，无等无偏；无左无右，高下自然。唯吾老君，犹处空玄，寂寥之外，玄虚之中。"[1] 在宇宙还未形成的时期，老君就已存在于这个玄虚寂寥的环境中。其形态乃是"视之不见，听之不闻。若言有，不见其形；若言无，万物从之而生"[2]。可见《开天经》中的老君形象依然遵

---

① 张君房：《云笈七签》卷2，第24—25页。
② 张君房：《云笈七签》卷2，第25页。

循着《老子》关于道与混沌的阐释。

与早期道教理念不同的是，《开天经》中的混沌处于宇宙形成的第六个阶段，是宇宙中古时期的起点。《开天经》云："太素既没，而有混沌。混沌之时，始有山川。老君下为师，教示混沌，以治天下，七十二劫。"① 在《开天经》中，老君是为混沌之师，在老君的指导下，混沌开创了五岳四渎，确定了山川高下尊卑的秩序。而且，混沌还生有二子，大儿子名胡臣，死后为山岳神；小儿子名胡灵，死后为水神。《开天经》中的混沌虽然还保留了浓郁的神秘性，但它只处于宇宙发展的"中古"阶段，而非宇宙的原初形态。此时的混沌隐隐具有一些人间帝王的特征，老子是为其师，可见混沌的宗教地位已远低于老子，其神圣性也已大打折扣。

《开天经》建构的宇宙发展史，其实也是道教前史。只不过这个道教前史过于繁复，过于虚无飘渺了。故而唐宋时期的道教徒对此又进行了改造。张君房编纂的《云笈七签》汇集前代道经，创立"混元混洞开辟劫运部"，将宇宙的生成与演化分为五个阶段，即"混元""空洞""混沌""混洞"与"劫运"。混沌位于宇宙发展的第三个阶段。《云笈七签》"混元混洞开辟劫运部"云："混元者，记事于混沌之前，元气之始也。"② 据此所言，可见宋代的道教徒认为混元才是宇宙的开端，是更早于混沌形成时期的宇宙状态，此一状态乃是元气之始。该书又云："元气未形，寂寥何有？至精感激，而真一生焉。元气运行，而天地立焉。造化施张，而万物用焉。混沌者，厥中惟虚，厥外惟无，浩浩荡荡，不可名

---

① 张君房：《云笈七签》卷2，第26页。
② 张君房：《云笈七签》卷2，第16页。

也。"① 混元只是"元气之始"，只有"至精感激，而真一生"，元气才能开始运行，天地才得以立，万物才得以用。而"混沌"则是元气运行过程中，看似虚无但又元气充盈的宇宙状态。

那么在"元气未形"的宇宙中，所谓"至精感激，而真一生焉"的状态又是如何发生的呢？为了更好地阐释这一观念，道教徒们便将《开天经》中的老君直接等同于"混元"，凌驾于混沌之上。《云笈七签》又录有《混元皇帝圣纪》，以传记的形式叙述了混元皇帝即太上老君如何从"万道之先，元气之祖"② 的形态逐渐化生成为老子，并巧妙地将老子与"道"融为一体，使老子成为天地万物的创世祖。张君房编纂《云笈七签》时，顺应了当时的宗教环境。据史记载，大中祥符七年，宋真宗亲自拜谒亳州太清宫，"服通天冠、绛纱袍，奉上太上老君混元上德皇帝加号册宝。"③ 故张君房在《云笈七签》中称呼老子为混元皇帝，并撰述《混元皇帝圣纪》。

《混元皇帝圣纪》开篇言："太上老君者，混元皇帝也。乃生于无始，起于无因，为万道之先，元气之祖也。盖无光无象，无音无声，无宗无绪。幽幽冥冥。其中有精，其精甚真。弥纶无外，故称大道焉。"④ 此一开篇，直言太上老君即为混元皇帝，混元也就是宇宙蒙昧状态的开端，是元气之始。在《云笈七签》"混元混洞开辟劫运部"中，元气的运行，是因为"至精感激，而真一生"。而在《混元皇帝圣纪》中，作者也言混元状态下的元气"其

① 张君房：《云笈七签》卷2，第16页。
② 张君房：《云笈七签》卷102，第2204页。
③ 脱脱：《宋史》卷104，中华书局，1985年，第2538页。
④ 张君房：《云笈七签》卷102，第2204页。

中有精，其精甚真"，是谓"大道"。此"精"此"真"，即是太上老君。可见，《混元皇帝圣纪》改造了先秦的"浑沌"意象，重新创立了一个宇宙的原初状态，称之为混元，并将混元与老子、道合而为一。而混沌这一意象在《混元皇帝圣纪》中并没有得到进一步神化，仅仅作为元气存在的一种状态而存在，如言"玉女生后八十一万亿八十一万岁，三气混沌，凝结变化，五色玄黄，大如弹丸，入玄妙口中，玄妙因吞之"①；又言老子"观混沌之未判，视清浊之未分"② 等等。就张君房及宋代的道教教义而言，混沌这一概念已淘汰出宇宙原初形态之外，取而代之的是"混元"。

之所以出现这种情况，是因为在唐宋时期，道教开始注重内丹的修炼。《云笈七签·元气论》言："夫学道谓之内学，内学则身内心之事，名三丹田三元气。一丹有三神，一气分六气。"③《云笈七签·元气论》直接把混元称等同于"气"，言："混元者，气也。周天之物，名之混元。混元之气者，本由风也。"④ 目前可见的"混元"一词，最早出现在唐代中期。道士孟安排编纂《道教义枢》，设有专章论"混元义"，说："天地混元义者，混元之时，三气混沌，九气未分，天地未立，乍存乍亡，三气既显，天地运开。"⑤ 元即是元气，三气混沌，九气未分，故曰"混"，因此"混元"正是元气混沌之状态。混元气，既可指人体中精气神混一

---

① 张君房：《云笈七签》卷102，第2205页。
② 张君房：《云笈七签》卷102，第2205页。
③ 张君房：《云笈七签》卷56，第1235页。
④ 张君房：《云笈七签》卷56，第1235页。
⑤ 孟安排：《道教义枢》卷7，《道藏》第24册，文物出版社、上海书店、天津古籍出版社，1988年，第828页。

的状态，① 也指宇宙原初状态的先天虚无之道气，如中晚唐时期的
《至言总》曰："混元之气，自无生有。有曰太极，是生两仪，两
仪既分，四象昭晰，阴阳变化，万物生焉。"② 当时的道教徒又将
此一混元之气直接等同于《老子》中的"道"。如宋人薛道光言：
"有物混成，先天地生，圣人强言之曰'混元真一之气'，视之不
见，听之不闻，搏之不得。"③ 就将《老子》中的"混成"之物与
混元气等同起来了。《吕祖全书》也认为"有物混成，先天地生"
的"道"就是"混元一气"④。因为内丹术的兴盛，混元气的重要
性越发得以凸显，在统治者的鼓荡之下，道教徒直接将抽象的混
元气等同于创教宗主老子，重新建构了以混元、道、老子三位一
体的宇宙发生论。而混沌则退化为宇宙演变中的一个阶段，其本
应有的神圣地位转移给了混元。

　　轴心时代的中国出现了许多深邃的哲学思想，道家思想是为
其中对中国影响最为深远的思想流派之一。道教的产生虽然取源
于轴心时代中国的众多智慧，但无疑道家才是其最根本最直接的
源头。这主要体现在道教教义理论的建构努力立足于道家思想。
道教对先秦浑沌意象的接受与改造正是其向道家借鉴的最核心最
重要的理念。由于《老子》中的浑沌形象并不鲜明，老子只言
"有物混成"。这一混成之物，早于天地之始分，寂寥无声，为天

---

　　① 参见常大群《混元气在道教生命修炼上的意义》，载《世界宗教研究》，
2009 年第 2 期；《混元体：道教精气神整体论的逻辑发展》，载《中国哲学史》，
2009 年第 1 期。
　　② 范翛然：《至言总》卷 4，《道藏》第 22 册，第 862 页。
　　③ 薛道光：《顶批三注悟真篇》，《藏外道书》第 11 册，巴蜀书社，1994
年，第 837 页。
　　④ 刘体恕编：《吕祖全书》卷 16，《藏外道书》第 7 册，第 294 页。

下万物之母，是天地万物未生之前的宇宙状态，老子名之为"道"。老子的宇宙观及"道"的观念极为深邃高远、博大精深，可谓是取之不尽，用之不匮，具有极大的开拓空间。正因为如此，根据时代政治和宗教发展的需要，后世道教才能通过对老子、道、浑沌的不断建构，丰富与完善道教理论，提升道教的社会地位。从宗教这一视角考察浑沌意象的演变，正好可以揭示道教如何借鉴道家哲学观念；如何结合时代宗教发展的需要对道家的哲学思想进行宗教性改造；又是如何将老子确立为道教的创教先师，并使其与道、浑沌融为一体的。在轴心时代的中国，浑沌这一概念既是道，也是宇宙的原初形态。而在唐宋时期，随着道教内丹术的发展，浑沌的神圣地位被"混元"这一新兴概念所取代。但是值得注意的，道教徒们在建构"混元"这一观念时，依然不得不借鉴《老子》中关于"道"及宇宙起源的理念。可以说，不管道教徒如何建构其理论体系，对轴心时代中国道家思想的凭依是其立论的基点，道教徒也不得不以此来确立其话语权威。

第六章　《诗经》中的
原始宗教与神话

　　《诗经》是我国第一部诗歌总集，所录诗歌范围大致从公元前十一世纪的西周初年至春秋中叶。最初称为《诗》或《诗三百》，汉代奉为经典，尊之为《诗经》。《诗经》共三百零五篇，是研究商周时期文学、民俗、宗教等的重要经典。

　　《诗经》是商周祭祀文化的重要载体，有着鲜明的原始宗教痕迹。它承载着原始宗教文化的内涵，在经过改造进入礼乐系统后，为周代统治者的政教服务。当原始宗教祭祀活动转化为礼乐系统的重要组成部分时，其祭祀对象以及相应的仪式也以某种制度化的形式得以固定下来。《国语》对当时的祭祀对象及祭祀缘由有所记载，言："夫圣王之制祀也，法施于民则祀之，以死勤事则祀之，以劳定国则祀之，能御大灾则祀之，能扞大患则祀之。非是族也，不在祀典……加之以社稷山川之神，皆有功烈于民者也；及前哲令德之人，所以为明质也；及天之三辰，民所以瞻仰也；及地之五行，所以生殖也；及九州名山川泽，所以出财用也。非是不在祀典。"[①]《诗经》中就有大量篇什再现了商周时期的祭祀活动。这些篇什以赞颂上天（帝）、各类神明、祖先以及祈福禳灾为

――――――――――

　　① 上海师范大学古籍整理研究所：《国语》，第 166—170 页。

主题，为祭祀乐歌。① 根据祭祀对象与目的的不同，《诗经》中的祭祀乐歌可分为上天（上帝）祭祀、山川祭祀、农事祭祀、祖灵祭祀等等。

第一节　《诗经》中的祭祀乐歌

《礼记》引孔子语云："殷人尊神，率民以事神，先鬼而后礼，先罚而后赏，尊而不亲……周人尊礼尚施，事鬼神而远之，近人而忠焉。"孙希旦解释说："夏忠胜而敝，其失野，救野莫如敬，故殷人承之而尊神，尊神则尚敬也"；"殷敬胜而敝，其失鬼，救鬼莫若文，故周人承之而尊礼尚施，尊礼尚施则文胜"②。这一论述说明了商周时期从祭祀文化到礼乐文化的转变。到周代"以礼乐合天地之化、百物之产，以事鬼神，以谐万民，以致百物。"③而宗教祭祀逐渐融入礼乐文化中，成为国家法规。《国语》中展禽论道："夫祀，国之大节也；而节，政之所成也。故慎制祀以为国典。"④《左传》载刘康公之言："国之大事，在祀与戎，祀有执膰，戎有受脤，神之大节也。"⑤ 所谓祀，指祖先之祭；戎是指出兵之前的祭社仪式。以上所言，都以祭祀为国家最重要的典礼。《礼记》论"治人之道"时说："凡治人之道，莫急于礼；礼有五

---

① 关于《诗经》的祭祀诗，还有一种狭义上的界定，如赵沛霖《关于〈诗经〉祭祀诗祭祀对象的两个问题》界定说："《诗经》中的祭祀诗是指那些在祭祀活动中咏唱的赞颂神灵、祖先，祈福禳灾的诗歌。"（《学术研究》2002年第5期）

② 孙希旦：《礼记集解》，第1310页。

③ 贾公：《周礼注疏》卷18，《十三经注疏》本，第763页。

④ 上海师范大学古籍整理研究所：《国语》，第165页。

⑤ 杜预：《春秋左传集解》，上海人民出版社，1977年，第722页。

经，莫重于祭。"① 从"治人之道"的高度论礼与祭祀的关系，礼"莫重于祭"，而"礼者，君之大柄也。所以别嫌明微，傧鬼神，考制度，别仁义，所以治政安君也"②。由此可见，祭祀对先秦统治者而言，有着极其重要的不可替代之作用。

天神信仰是中国原始宗教的核心，这与商周之时的天命观有密切关系。天与帝往往异词同义，主宰着宇宙万物。人类社会大至朝代更替，小至个人的祸福凶吉，都由上天（上帝）所掌控。在甲骨卜辞中，就已经出现了"上帝"或"帝"，掌控一切。"天"字在殷末即已出现，但到了周代，才具有了至上神的意义。在周代，殷代的上帝观与周代的天命观相融，于是出现了诸如"皇天""昊天""皇上帝""皇天上帝""皇天王"等词。至周，祭祀对象分为天神、地祇、四望、山川、先妣、先祖等。《周礼》曰："乃奏黄钟，歌大吕，舞《云门》，以祀天神。"③《说文解字》释"神"曰："天神引出万物者也。"④"天神"显然就是上帝，或者具有神格意义的"天"。而《周礼》所载之祀，就是南郊祭天之祀，即周代最为重要的国家祭祀——"郊祀"，为最高级别的祭祀。《礼记》云："故先王患礼之不达下也，故祭帝于郊，所以定天位也；祀社于国，所以列地利也；祖庙，所以本仁也；山川，所以傧鬼神也；五祀，所以本事也。"⑤《诗经》中纯粹祭"天"或祭"帝"的诗篇并不多。在周人眼中，天（帝）无所不能，掌

---

① 孙希旦：《礼记集解》，第 1236 页。
② 孙希旦：《礼记集解》，第 602 页。
③ 郑玄，贾公彦：《周礼注疏》，上海古籍出版社，2010 年，第 838 页。
④ 段玉裁：《说文解字注》，第 3 页。
⑤ 孙希旦：《礼记集解》，第 615 页。

控一切，他们认为自己的祖先是承接了上帝或上天的旨意而兴周。换言之，周王朝之兴，是受天命之庇佑。《周颂·昊天有成命》曰："昊天有成命，二后受之。成王不敢康，夙夜基命宥密。于缉熙！单厥心，肆其靖之。"郑笺云："昊天，天大号也。有成命者，言周自后稷之生而已有王命也。"① 《时迈》也有"时迈其邦，昊天其子之，实右序有周"② 等诗句。于是周人在祭祀祖灵时，往往以祖配天，并强调其道德属性，《周颂·思文》云："思文后稷，克配彼天。立我烝民，莫匪尔极。贻我来牟，帝命率育，无此疆尔界。陈常于时夏。"③ 即是以后稷配天。再如《诗集传》在释《我将》篇说："此宗祀文王于明堂，以配上帝之乐歌。"④ 皆属此类。

在以祖配天进行祭祀的时候，周人自然而然地表现出对天命的无比敬畏。《周颂》中的诸多诗篇流露出了这种情感，如《维天之命》：

> 维天之命，于穆不已。于乎不显，文王之德之纯。
> 假以溢我，我其收之。骏惠我文王，曾孙笃之。⑤

《我将》：

---

① 孔颖达：《毛诗正义》卷19，《十三经注疏》本，第587—588 页。
② 孔颖达：《毛诗正义》卷19，《十三经注疏》本，第589 页。
③ 孔颖达：《毛诗正义》卷19，《十三经注疏》本，第590 页。
④ 朱熹：《诗集传》，上海古籍出版社，1980 年，第225 页。
⑤ 孔颖达：《毛诗正义》卷19，《十三经注疏》本，第583—584 页。

我将我享，维羊维牛，维天其右之。仪式刑文王之
典，日靖四方。伊嘏文王，既右飨之。我其夙夜，畏天
之威，于时保之。①

《敬之》：

敬之敬之，天维显思，命不易哉。无曰高高在上，
陟降厥士，日监在兹。维予小子，不聪敬止。日就月将，
学有缉熙于光明。佛时仔肩，示我显德行。②

周人希望后世子孙能够保持对先王道德的恪守，因为先王道
德也正是上帝或上天之德，故言"维天之命，于穆不已"，郑笺
云："命犹道也。天之道于乎美哉，动而不止，行而不已。"③又言
"我其夙夜，畏天之威，于时保之"，更直言"天维显思，命不易
哉"。

在先民眼中，巍巍高山、滔滔河水具有神秘而伟大的力量，
因而产生了山水崇拜，这在《山海经》中已有体现。先民认为山
泽为神明所居之地，山有山神，水有水神，《礼记》云："山林、
川谷、丘陵能出云，为风雨，见怪物，皆曰神。"④同时，山川河
泽也是物产丰饶的地方，《国语》载："社稷山川之神，皆有功烈

---

① 孔颖达：《毛诗正义》卷19，《十三经注疏》本，第588页。
② 孔颖达：《毛诗正义》卷19，《十三经注疏》本，第598—599页。
③ 孔颖达：《毛诗正义》卷19，《十三经注疏》本，第583页。
④ 孙希旦：《礼记集解》，第1194页。

于民者也……九州名山川泽，所以出财用也。"① 故对山水之神的祭祀成为原始宗教祭祀活动的重要组成部分。据《尚书》记载，虞舜到泰山巡狩之时，积柴就祭，也向其他山川进行望祭："岁二月，东巡守，至于岱宗，柴。望秩于山川，肆觐东后。"② 在殷代，对山水之神祭祀最为隆重的就是对"河"（黄河）神、华山之神与昆仑之神的祭祀。此时的山水祭祀具有浓郁的原始宗教氛围。至周，山川河泽的祭祀依然是至为重要的祭典，如春季之时，天子"命祀山林川泽"③，夏季"命有司为民祈祀山川百源"④，冬季"命有司祈祀四海、大川、名源、渊泽、井泉"⑤，等等。而且，对山川的祭祀已经形成了稳定的礼仪制度，宗周与各诸侯之间有严格的区分，如周王可以祭天下名山大川，而各诸侯则只能祭祀封土之内的山川。

《诗经》中收录的山川祭祀乐歌，正是商周山川祭祀文化的体现。《周颂·时迈》篇云："时迈其邦，昊天其子之，实右序有周。薄言震之，莫不震叠。怀柔百神，及河乔岳，允王维后。明昭有周，式序在位。载戢干戈，载櫜弓矢。我求懿德，肆于时夏，允王保之。"⑥《毛诗序》解释此篇为"巡守告祭柴望也"，郑玄笺说："天子巡行邦国，至于方岳之下而封禅也。"孔颖达疏云："武王既定天下，而巡行其守土诸侯，至于方岳之下，乃作告至之祭，为

---

① 上海师范大学古籍整理研究所：《国语》，第170页。
② 孔颖达：《尚书正义》卷3，《十三经注疏》本，第127页。
③ 孙希旦：《礼记集解》，第418页。
④ 孙希旦：《礼记集解》，第450页。
⑤ 孙希旦：《礼记集解》，第496页。
⑥ 孔颖达：《毛诗正义》卷19，《十三经注疏》本，第589页。

柴望之礼。"① 所谓"柴望"之礼，烧柴祭祀山川的仪式。由此可见，此篇为山川祭祀之乐歌无疑。《周颂·般》也是一首周王巡狩四岳河海时祭祀山川的乐歌，诗云："于皇时周，陟其高山，嶞山乔岳，允犹翕河。敷天之下，裒时之对。时周之命。"② 其中"嶞山乔岳，允犹翕河"一句，以描绘山河之壮观而喻周朝之强盛，此歌以颂山河神灵的伟大而祈求得到其庇佑。

《周颂·天作》的主题，历来有所争议。其诗云："天作高山，大王荒之。彼作矣，文王康之。彼徂矣，岐有夷之行。子孙保之。"③《毛诗序》解释说："《天作》，祀先王先公也。"④ 郑玄及朱熹等人大抵同意《毛诗序》的说法。对于此诗还有一种重要的解释，就是认为此诗为祭祀岐山的乐歌。如姚际恒说："《小序》谓'祀先王、先公'，诗中何以无先公？《集传》谓祀大王，诗中何以又有文王？皆非也。季明德曰：'窃意此盖祀岐山之乐歌。按《易·升卦》六四爻曰：'王用享于岐山'，则周本有岐山之祭。'此说可存。"⑤ 方玉润等人皆从此说。周代本有对岐山的祭祀活动，此诗意即上天生了岐山，周族先祖从这里垦山开路，然后建立基业。故而周人祭祀岐山，以使子孙后代力保这来之不易的基业。

山川祭祀在商周祭祀文化中占有重要的地位，但此时山川祭祀的原始宗教意味已经有明显的弱化，政治与宗法伦理的意味得到了加强。此时的山川祭祀成为周王室维护其统治的重要工具。

① 孔颖达：《毛诗正义》卷19，《十三经注疏》本，第588页。
② 孔颖达：《毛诗正义》卷19，《十三经注疏》本，第605页。
③ 孔颖达：《毛诗正义》卷19，《十三经注疏》本，第585—586页。
④ 孔颖达：《毛诗正义》卷19，《十三经注疏》本，第585页。
⑤ 姚际恒：《诗经通论》，广文书局，2012年，第327—328页。

如山川祭祀强化了王权神授的思想，同时通过山川祭祀严分等级这样的方式强化宗法制度，维护天子的统治以巩固政治秩序。

原始宗教及祭祀的兴起必然与人类本身的生存密切相关，由土地获取衣食的经济模式奠定了中国原始先民对于土地与五谷的崇拜，农业也成为古代中国的经济支柱。在商周之时，由于生产力低下，农业对自然条件的依赖非常大，人们往往通过祭祀的方式企盼上天及神灵能保佑他们风调雨顺，以获取农业的丰收。对于土地与五谷之神的崇拜与祭祀，较早地体现在古代的"社稷"观念中。"社"，《说文解字》释为"地主"①，即指土地神。《礼记》释"社"云："社所以神地之道也。地载万物，天垂象，取财于地，取法于天，是以尊天而亲地也，故教民美报焉。"② "稷"，《说文解字》释为"五谷之长"③，即为谷神。《白虎通义》释"社稷"云："人非土不立，非谷不食，土地广博，不可遍敬也。五谷众多，不可一一祭也。故封土立社，示有土也。稷，五谷之长，故立稷而祭之也。"④ 从这段话中可见社、稷崇拜与祭祀的缘由。社稷之神的崇拜实际上就是一种自然崇拜，至后来，渐渐地与英雄崇拜结合起来。如《左传》中载："共工氏有子曰句龙，为后土……后土为社，稷，田正也。有烈山氏之子曰柱为稷，自夏以上祀之。周弃亦为稷，自商以来祀之。"⑤《国语》也载："昔烈山氏之有天下也，其子曰柱，能殖百谷百蔬；夏之兴也，周弃继之，

---

① 段玉裁：《说文解字注》，第 8 页。
② 孙希旦：《礼记集解》，第 686 页。
③ 段玉裁：《说文解字注》，第 322 页。
④ 陈立：《白虎通疏证》，中华书局，1994 年，第 83 页。
⑤ 杜预：《春秋左传集解》，第 1576 页。

故祀以为稷。共工氏之伯九有也，其子曰后土，能平九土，故祀以为社。"① 句龙因为"能平九土（即指九州之土）"，被尊为土神；烈山氏（即神农氏）则被认为是农业种植的开创者，故被尊为稷神；而弃是周族农业的始祖，所以周人也把他奉为稷神，即为"后稷"。

周人十分重视农业，于是出现了周天子春日藉田的大礼即藉礼，以达到劝农之意。所谓"藉田"，《毛传》解释说："甸师氏所掌，王载耒耜所耕之田。天子千亩，诸侯百亩。藉之言借也，借民力治之，故谓之藉田。"② 可见，藉田是周天子及诸侯征用民力以进行耕种的田地。《礼记·月令》载："立春之日，天子亲帅三公、九卿、诸侯、大夫以迎春于东郊。""是月也，天子乃以元日祈谷于上帝。乃择元辰，天子亲载耒耜，措之于参保介之御间，帅三公、九卿、诸侯、大夫躬耕帝藉。天子三推，三公五推，卿、诸侯九推。"③ 周天子"亲载耒耜"，三公、九卿、诸侯、大夫都参与其中，并且有严格的礼仪规范，足以说明此礼之隆重。

《周颂·载芟》篇即是行春日藉礼之时的乐歌，云：

载芟载柞，其耕泽泽。千耦其耘，徂隰徂畛。侯主侯伯，侯亚侯旅，侯强侯以。有嗿其馌，思媚其妇，有依其士。有略其耜，俶载南亩，播厥百谷。实函斯活，驿驿其达。有厌其杰，厌厌其苗，绵绵其麃。载获济济，有实其积，万亿及秭。为酒为醴，烝畀祖妣，以洽百礼。

---

① 上海师范大学古籍整理研究所：《国语》，第 166 页。
② 孔颖达：《毛诗正义》卷 19，《十三经注疏》本，第 601 页。
③ 孙希旦：《礼记集解》，第 413、415—416 页。

有飶其香，邦家之光。有椒其馨，胡考之宁。匪且有且，
匪今斯今，振古如兹。①

《毛诗序》称此诗乃"春藉田而祈社稷也"，后人基本无异议，
认为此诗就是春日举行藉礼时用以祭祀土神与谷神的乐歌。如孔
颖达解释说："《载芟》诗者，春籍田而祈社稷之乐歌也。谓周公、
成王太平之时，王者于春时亲耕籍田，以劝农业，又祈求社稷，
使获其年丰岁稔。"② 此诗开篇描述了农家勤劳耕耘的情景，继而
描写获得丰收之后，祭祀祖先、宴请宾客以及尊敬耆老的盛大场
面。对于诗中"侯主侯伯，侯亚侯旅，侯强侯以"一句，古今有
不同的理解。《毛传》认为"主，家长也；伯，长子也；亚，仲叔
也；旅，子弟也"③。孙作云认为此说不确，这句诗中的"主"当
指周天子，"伯""亚""旅"当分别指诸侯、卿与大夫。④

《周颂》中尚有《臣工》《噫嘻》诸篇，其主旨都与春夏之季
土神与谷神的祭祀有关。《臣工》中"于皇来牟，将受厥明。明昭
上帝，迄用康年"句，就是周王祈求上帝赐佑丰年之辞，而整首
乐歌也有"及时劝农"⑤ 之意。《噫嘻》则是一首春季祭祀谷神的
乐歌，《毛诗序》云此篇为"春夏祈谷于上帝也"⑥。据戴震解释，
"噫嘻"一词就是"祝神之声"，该诗为："春夏祈谷于上帝之所
歌，故噫嘻于神……以为民祈祷，既祈之后，率农播种，而遍使

---

① 孔颖达：《毛诗正义》卷19，《十三经注疏》本，第601—602页。
② 孔颖达：《毛诗正义》卷19，《十三经注疏》本，第601页。
③ 孔颖达：《毛诗正义》卷19，《十三经注疏》本，第601页。
④ 孙作云：《诗经与周代社会研究》，中华书局，1966年，第167页。
⑤ 孔颖达：《毛诗正义》卷19，《十三经注疏》本，第590页。
⑥ 孔颖达：《毛诗正义》卷19，《十三经注疏》本，第591页。

之尽力焉。"①

　　春天播种之时祭祀土神谷神，以祈丰年，到秋季获收之后，也要进行祭祀，如《周颂·良耜》：

　　　　畟畟良耜，俶载南亩。播厥百谷，实函斯活。或来瞻女，载筐及筥，其饷伊黍。其笠伊纠，其镈斯赵，以薅荼蓼。荼蓼朽止，黍稷茂止。获之挃挃，积之栗栗。其崇如墉，其比如栉。以开百室，百室盈止，妇子宁止。杀时犉牡，有捄其角。以似以续，续古之人。②

　　《毛诗序》认为此诗即"秋报社稷也"，即周王在秋天获得丰收之后，祭祀土神与谷神的乐歌。《周礼》中载："社之日，莅卜来岁之稼。"贾公彦疏云："祭社有二时，谓春祈秋报。报者，报其成熟之功。"③ 有学者也认为《良耜》与《载芟》"算是姐妹篇"④。诗歌描述了从耕种、送食、除草施肥、收获入仓、祭祀社稷二神的全过程。"以似以续，续古之人"一句，强调要继承祖先的传统，每年都要祭祀社稷之神。《周颂·丰年》一篇，也是在秋天获得丰收之后所唱的祭祀乐歌。《毛诗序》释其为"秋冬报也"，但未提所报者何神，所以关于这首乐歌所祭祀的对象，历代学者有不同的理解，其中有一种观点即认为，此篇为报赛农神的乐歌。

---

　　① 戴震：《毛郑诗考正》，《戴震全集》第 2 册，清华大学出版社，1992 年，第 1233 页。
　　② 孔颖达：《毛诗正义》卷 19，《十三经注疏》本，第 602—603 页。
　　③ 贾公彦：《周礼注疏》卷 19，《十三经注疏》本，第 770 页。
　　④ 程俊英、蒋见元：《诗经注析》，中华书局，1991 年，第 985 页。

《诗经》农祭诗中，还有明确祭祀田祖的。田祖为农神，一般认为是指神农氏，《周礼》载："凡国祈年于田祖，吹豳雅，击土鼓，以乐田畯。"郑玄注云："祈年，祈丰年也。田祖，始耕田者，谓神农也。"①《小雅·大田》即是一首祭祀田祖而祈丰年的乐歌，诗有句云："既方既皁，既坚既好，不稂不莠。去其螟螣，及其蟊贼，无害我田稚。田祖有神，秉畀炎火。"是说庄稼长势良好，祈求田祖有灵，能帮助消除各种虫害。诗篇最后几句："曾孙来止，以其妇子。馌彼南亩，田畯至喜。来方禋祀，以其骍黑，与其黍稷。以享以祀，以介景福。"② 是说获得农业大丰收之后，与后辈曾孙及众人以隆重的礼节祭祀农神。《小雅·甫田》也是一首祭祀乐歌，祭祀对象复杂，既有土地神，又有四方之神，"以我齐明，与我牺羊，以社以方"；继而祭祀田祖，"我田既臧，农夫之庆。琴瑟击鼓，以御田祖。以祈甘雨，以介我稷黍，以谷我士女"③。田事完善之后，人们以琴瑟击鼓来迎祭农神，祈求农神能赐予甘雨，以保证获取丰收。农业祭祀乐歌在《诗经》中占有重要地位，体现了周代的祭祀文化以及农业文化。

第二节　《商颂》《周颂》与祖灵崇拜

除了上节所述的上天（上帝）祭祀、山川祭祀、农事祭祀乐歌之外，祖灵祭祀乐歌也是《诗经》祭祀乐歌中的重要组成部分，并在各类祭祀乐歌中所占比例最大，说明商、周时期具有浓郁的

---

① 贾公彦：《周礼注疏》卷24，《十三经注疏》本，第801页。
② 孔颖达：《毛诗正义》卷14，《十三经注疏》本，第477页。
③ 孔颖达：《毛诗正义》卷14，《十三经注疏》本，第474页。

祖灵崇拜氛围。

祖灵崇拜是指通过对祖先亡灵的祭祀来达到庇佑后代目的的原始宗教形式，与原始图腾崇拜、生殖崇拜与鬼魂崇拜都有密切关系，是三者的复合形态。当原始部族在自然崇拜的前提下，把某种图腾作为自己部族的祖先或保护神时，便形成了祖灵崇拜的基础。祖灵崇拜的属性是鬼魂信仰，即认为人死而灵魂不灭。由于远古先民对于"生"与"死"充满不解和困惑，当生者面对死者之时，显示出他们非常复杂的心态和情绪。马林诺夫斯基解释说："一面是对于死者的爱，一面是对于尸体的反感；一面是对于依然凭式在尸体的人格所有的慕恋，一面是对于物化了的臭皮囊所有的恐惧。"① 继而他阐释道：

> 蛮野人极怕死亡，这大概是因为人与动物都有根深蒂固的本能的缘故。蛮野人不愿意承认死是生命底尽头，不敢相信死是完全消灭。这样，正好采取灵的观念，采取魂灵存在的观念。②
>
> 人与死在面对面的时候，永远有复杂的二重心理，有希望与恐惧交互错综着。一面固然有希望在慰安我们，有强烈的欲求在要求长生，而且轮到自己又绝不肯相信一了百了；然而同时在另一面又有强有力的极端相反的可怖畏的征兆……这样，乃有宗教插进腿来，解救情感在生死关头的难关；宗教底办法，乃是采取积极的信条

---

① ［英］马林诺夫斯基：《巫术科学宗教与神话》，李安宅译，第30页。
② ［英］马林诺夫斯基：《巫术科学宗教与神话》，李安宅译，第32页。

慰安的见解，在文化上有价值的信念，使人相信永生，相信灵底单独存在，相信死后脱离肉体的生命。宗教给人这样解救的信仰，更在种种的丧礼上面，祭礼上面，与死者相交通的各种礼上面，而且借着祖灵崇拜等以使这样的信仰表里充实，具体而可捉摸。①

在面对死亡的时候，原始先民一方面希望灵魂不灭以望永生，另一方面则是对看到尸体腐烂的现实恐惧。灵魂不灭的宗教信仰成为"解救"他们心灵困境的重要途径。需要指出的是，灵魂不灭信仰本身也带来另外一种恐惧，就是他们有时会相信亡灵也会降灾祸于生者。如刘源认为："商代后期前段商人将祖先视为可怕的死者，他们经常制造灾祸不祥，令生者担忧，生者祭祀他们的目的正是为了禳祓这些灾祸不祥。"② 无论哪个角度讲，祖灵崇拜都成为先民们生存过程中的主要精神支柱。

祖灵崇拜的另一个重要的意义就是希望自己种族的生命力能够绵绵不绝地延续下去。后世子孙相信自己的先祖灵魂不灭，并希望通过祭祀等宗教仪式活动使祖神发挥庇佑作用，从而使后代永久地繁衍下去、并且保持强大，使种族生命成为永恒。在某种意义上说，祖神是超越世俗人伦的外在力量，但又存在于人伦秩序之中，强化了氏族和家族的观念，同时也进入到政治秩序，并成为巩固这种秩序的最为重要的精神力量。

祖灵崇拜是中国古代文化中十分重要的组成部分，甚至一直

---

① ［英］马林诺夫斯基：《巫术科学宗教与神话》，李安宅译，第 33 页。
② 刘源：《商周祭祖礼研究》，商务印书馆，2004 年，第 239 页。

影响到今天人们的生活方式。卡西尔以中国为例，论述祖先崇拜之于人类文明中的重要意义，他说："赫伯特·斯宾塞曾提出过这样的论点：祖宗崇拜应当被看成是宗教的第一源泉和开端，至少是最普遍的宗教主题之一。在世界上似乎没有什么民族不以这种或那种形式进行某种死亡的祭礼。生者的最高宗教义务之一，就是在父亲或母亲死后给他供奉食物和其他生活必需品以供死者在新国度中生活下去。在很多情况下祖宗崇拜具有渗透于一切的特征，这种特征充分地反映并规定了全部的宗教和社会生活。在中国，被国家宗教所认可和控制的对祖宗的这种崇拜，被看成是人民可以有的唯一宗教。"并且声称"中国是标准的祖先崇拜的国家，在那里我们可以研究祖先崇拜的一切基本特征和一切特殊含义"[①]。祖先崇拜在中国文化中确实具有重要地位。据《礼记》记载，"有虞氏禘黄帝而郊喾，祖颛顼而宗尧。夏后氏亦禘黄帝而郊鲧，祖颛顼而宗禹。殷人禘喾而郊冥，祖契而宗汤。周人禘喾而郊稷，祖文王而宗武王"[②]。黄帝、喾、颛顼、尧、鲧、禹、冥、契、稷、文王及武王等都是祖神。由于夏朝留下的文献很少，故其祖先崇拜的情况不大明晰。至商代，祖先祭祀成为隆重的宗教活动，并且有繁复、严密的祭祖仪式。[③] 商代的祖先崇拜具有鲜明的鬼神崇拜特点，有浓郁的原始宗教气息。而且商代统治者已经把这种原始宗教意识用于维护其统治政权。如《尚书》中《盘庚》

---

① ［德］恩斯特·卡西尔：《人论》，上海译文出版社，2003 年，第 132—133 页。

② 孙希旦：《礼记集解》，第 1192 页。

③ 参见刘源《商周祭祖礼研究》第一章商周后期祭祖仪式的类型与第三章甲骨文中所见商代后期贵族祭祖仪式内容。

一篇为君王盘庚决定要迁都时的演讲，强调臣僚要服从君王，否则他们的祖先就会要求先王降下灾祸进行严厉的惩罚。

到了周代，由于建立了完备的礼的体系，祖灵崇拜观念逐渐摆脱了原始宗教的意味，进入宗法体系，成为维系整个宗法及政治体系的重要纽带，故有"尊祖故敬宗，敬宗所以尊祖、祢"① 之说。《礼记》又详述"人道亲亲"的宗法伦理及其社会意义，云："亲亲故尊祖，尊祖故敬宗，敬宗故收族，收族故宗庙严，宗庙严故重社稷，重社稷故爱百姓，爱百姓故刑罚中，刑罚中故庶民安，庶民安故财用足，财用足故百志成，百志成故礼俗刑，礼俗刑然后乐。"② 这段话正论证了尊祖敬宗的宗法伦理与国泰民安是一个紧密联系的整体。故此，周人特重祭祖，四季都举行专门的祭礼，"以肆献祼享先王，以馈食享先王，以祠春享先王，以禴夏享先王，以尝秋享先王，以烝冬享先王"③。周人祭祖，往往与上帝（天）的祭祀融合在一起，以祖配帝（天）。周人的祖先祭祀内容，主要表现在对先祖的业绩及道德的称颂。或者说，此时的祖灵崇拜在某种意义上就是对先祖德业的崇拜。对于周人来讲，先祖创立基业，并且具有无上的美德，是后世子孙膜拜的对象，祖神也会对后世子孙起到庇佑作用。在西周至春秋时期，贵族的大小宗族都有宗庙作为祭祀祖灵的场所。

"颂"为"宗庙之乐歌"，即为宗庙祭祀时所唱的乐歌。《毛诗序》解释说："颂者，美盛德之形容，以其成功，告于神明者也。"④

---

① 孙希旦：《礼记集解》，第868页。
② 孙希旦：《礼记集解》，第917页。
③ 贾公彦：《周礼注疏》卷18，《十三经注疏》本，第758页。
④ 孔颖达：《毛诗正义》卷1，《十三经注疏》本，第272页。

郑玄注《周礼》云："颂之言诵也，容也，诵今之德广以美之。"①
"颂"应当是宗庙祭祀时，音乐、舞蹈与祭词三者合为一体而形成
的乐歌。

《诗经·商颂》共有五篇，包括《那》《烈祖》《玄鸟》《长
发》和《殷武》。关于《商颂》的作者，历史上有不同的说法，一
种意见认为是春秋前期宋人正考父所作；另一种意见认为《商颂》
出现在正考父之前，有学者则认为《商颂》是"渐出于商族统治
者巫祝集团之手"②。《商颂》五篇都是祭祖的乐歌。由于历代以
来，人们对《商颂》的作者及所作年代有争议，故而对其所祭祀
的对象也存在争议。《毛诗序》认为《商颂·那》是"祀成汤也，
微子至于戴公，其间礼乐废坏。有正考甫者，得《商颂》十二篇
于周之大师，以《那》为首"③。《那》诗云：

　　猗与那与！置我鞉鼓。奏鼓简简，衎我烈祖。汤孙
　　奏假，绥我思成。鞉鼓渊渊，嘒嘒管声。既和且平，依
　　我磬声。于赫汤孙！穆穆厥声。庸鼓有斁，万舞有奕。
　　我有嘉客，亦不夷怿。自古在昔，先民有作。温恭朝夕，
　　执事有恪。顾予烝尝，汤孙之将。④

《烈祖》诗云：

① 贾公彦：《周礼注疏》卷23，《十三经注疏》本，第796页。
② 江林昌：《〈商颂〉的作者、作期及其性质》，载《文献》2000年第1期。
③ 孔颖达：《毛诗正义》卷20，《十三经注疏》本，第620页。
④ 孔颖达：《毛诗正义》卷20，《十三经注疏》本，第620页。

嗟嗟烈祖！有秩斯祜。申锡无疆，及尔斯所。既载
清酤，赉我思成。亦有和羹，既戒既平。鬷假无言，时
靡有争。绥我眉寿，黄耇无疆。约軧错衡，八鸾鸧鸧。
以假以享，我受命溥将。自天降康，丰年穰穰。来假来
飨，降福无疆。顾予烝尝，汤孙之将。①

"烈祖"指创立伟业的祖先神灵，而诗中具体是指谁的祖先，
就要涉及诗中"汤孙"所指了。② 朱熹认为《烈祖》为"祀成汤
之乐"③。另一种意见认为"烈祖"为商汤之祖，即契、相土，
"汤孙"应释为"孙汤"。如《毛传》解释说："烈祖，汤有功烈
之祖也。""于赫汤孙，盛矣汤之为人子孙也。"孔颖达沿袭《毛
传》的解释，认为《那》是"美成汤之祭先祖。"依此，则二诗为
商汤祭祀先祖的乐歌，"可能即为商汤在灭夏建国后，作为国王又
为群巫之长的身份，率领国人隆重祭祀祖先时所作"④。不管所祀
对象为谁，二诗皆再现了商朝的祖灵祭祀。诗中"鞉鼓渊渊，嘒
嘒管声。既和且平，依我磬声"之句，描写了祭祀活动中通过奏
乐"衎我烈祖"，使祖灵愉悦。"嗟嗟烈祖！有秩斯祜。申锡无疆，
及尔斯所"句，感谢烈祖所赐恩福，并献以"清酒""和羹"等美
酒佳肴，同时祈望祖先之灵能够继续赐予福佑，"降福无疆"。

---

① 孔颖达：《毛诗正义》卷20，《十三经注疏》本，第621页。
② 认为《商颂》为宋诗的古今学者，认为此二诗是宋君祭祖的乐歌，如王
先谦赞同魏源与皮锡瑞的观点，他解释说："毛、郑解'汤孙'似皆失之……
'汤孙'乃主祭君之号，即当属宋襄公。"（王先谦：《诗三家义集疏》，中华书
局，1987年，第1095页）
③ 朱熹：《诗集传》，第244页。
④ 江林昌：《〈商颂〉的作者、作期及其性质》，载《文献》2000年第1期。

　　《商颂》中的另外三篇《玄鸟》《长发》《殷武》也都是祭祀祖先的颂歌。《玄鸟》以"天命玄鸟，降而生商，宅殷土茫茫"开篇，具有神话色彩。继而又言及汤王的开国之功，"古帝命武汤，正域彼四方"，后又赞颂武丁。故朱熹解释说："此亦祭祀宗庙之乐，而追叙商人之所由生，以及其有天下之初也。"[①]《长发》所祀先祖，从商王的始祖契到相土，后及商汤与伊尹。《殷武》一篇通过追述武丁攻伐荆楚的伟大功劳以祭祀这位先祖，《毛诗序》说此诗"祀高宗也"，高宗即武丁。孔颖达疏云："高宗前世，殷道中衰，宫室不修，荆楚背叛。高宗有德，中兴殷道，伐荆楚，修宫室。既崩之后，子孙美之，诗人追述其功，而歌此诗也。"[②]

　　周人的祖灵崇拜意识依然非常强烈，并且将祖先祭祀纳入礼的体系中，因此具有了新的内涵。在周人的祖先崇拜中，更多地表现为对先王业绩与先王之德的崇拜与颂扬，且以赞颂文王、武王的乐歌为最多。在周人的意识中，文王、武王本为昊天之命的接受者，《周颂·昊天有成命》曰："昊天有成命，二后受之。""二后"即指文王与武王。文、武二王承上天之命，而致周朝兴盛，在周人看来他们的功绩显赫，故而地位至上。《周颂·维清》："维清缉熙，文王之典。肇禋，迄用有成，维周之祯。"是说文王创制的典章制度使周王朝之天下清正光明，其影响昭于后世，故有所成功。《周颂·武》则赞颂武王的伟大功绩："于皇武王！无竞维烈。允文文王，克开厥后。嗣武受之，胜殷遏刘，耆定尔功。"这首乐歌是说武王承文王之文德，成就伐商诛纣的伟绩。

---

①　朱熹：《诗集传》，第 244 页。
②　孔颖达：《毛诗正义》卷 20，《十三经注疏》本，第 627 页。

周人祖先崇拜中，先祖之德成为他们弘扬的重要主题。重德是周人的重要思想，《礼记》言"先王之所以治天下者五"，而其中首列"贵有德"，并解释道："贵有德何为也？为其近于道也。"①王国维认为，殷周之际中国政治与文化的巨大变革皆因周之尚"德"。他说："周之所以纲纪天下，其旨则在纳上下于道德，而合天子、诸侯、卿大夫、士、庶民以成一道德之团体。"②郭沫若指出："这种'敬德'的思想在周初的几篇文章中就像同一个母题的和奏曲一样，翻来覆去地重复着。这的确是周人所独有的思想。"③张光直也认为"德"是在西周时期发展起来的观念，而且以"德"为沟通神人的桥梁，"神的世界与祖的世界之分立，及将'德'这一观念作为这两个不同的世界之间的桥梁，乃是西周时代的新发展"④。《诗经》的祭祖乐歌正表现出周人对于先祖之德的重视。如《周颂·维天之命》"维天之命，于穆不已。于乎不显，文王之德之纯。假以溢我，我其收之"；《周颂·清庙》"于穆清庙，肃雍显相。济济多士，秉文之德"；《周颂·烈文》"无竞维人，四方其训之。不显维德，百辟其刑之。于乎，前王不忘"如此等等，都是对文、武二王之德的崇拜。在周人看来，正是因为文、武二王有美德，故上天才降命在他们身上，最后得以完成伟业；而先王去世之后又在上帝左右，辅佐上帝，如《大雅·文王》云："文王在上，于昭于天……文王降陟，在帝左右。"故周人在祭祀先祖之时，往往以先祖配天。据学者考证，"西周铜器铭文中对祖先之称

---

① 孙希旦：《礼记集解》，第 1214 页。
② 王国维：《观堂集林》，第 454 页。
③ 郭沫若：《青铜时代》，科学出版社，1957 年，第 21 页。
④ 张光直：《中国青铜时代》，三联书店，1983 年，第 309 页。

呼，多使用'文''皇''刺''穆'等字来修饰祖考等称谓，以颂扬祖先的文德，形容其光、显伟大；或敬称祖先为'文人''文神''大神'"[①]。正是此类观念之体现。

周人祭祀先祖，当然也有鲜明的实用色彩，如祈求祖先之灵能够赐予后世子孙以福佑。《周颂·执竞》被认为是祭祀武王的乐歌，诗云："钟鼓喤喤，磬筦将将，降福穰穰。降福简简，威仪反反。既醉既饱，福禄来反。"祭祀之时，以钟、鼓、磬、管等乐器演奏，以悦先王之灵，并祭以丰富的酒食，先王之灵便降下福禄来。当然祭祀祖灵，也希望祖先之灵能够庇佑族人人丁兴旺，福寿延年，如《周颂·雝》："燕及皇天，克昌厥后。绥我眉寿，介以繁祉。"

周人的祖先祭祀中，也贯穿了影响中国文化甚深的"孝"的思想。"孝"字之义即与祭祀相关。《载见》云："率见昭考，以孝以享。"马端辰《毛诗传笺通释》说："《尔雅·释诂》：'享，孝也。'……《谥法解》云：'协时肇享曰孝。'是'孝'与'享'同义。""享"为祭献之义。《左传》言"孝，礼之始也。"[②]《礼记·祭义》以先王之孝解释"孝"之义云："是故先王之孝也，色不忘乎目，声不绝乎耳，心志嗜欲不忘乎心。致爱则存，致悫则著。著、存不忘乎心，夫安得不敬乎！"孙希旦解释说："先王事死如生，事亡如存，故其耳目之所接，心之所念，无时不在于亲，非特祭祀之时而已也。致其爱亲之心，则虽亡如存；致其诚悫之意，则虽幽而著。"[③] 又《礼记·祭统》解释孝子事亲时说："是

---

① 刘源：《商周祭祖礼研究》，第 281 页。
② 杜预：《春秋左传集解》，第 431 页。
③ 孙希旦：《礼记集解》，第 1209 页。

故孝子之事亲也，有三道焉：生则养，没则丧，丧毕则祭。养则观其顺也，丧则观其哀也，祭则观其敬而时也。"① 亲人逝去后，后世之人主要就是通过祭祀这样的方式尽孝，"孝子之祭也，尽其悫而悫焉，尽其信而信焉，尽其敬而敬焉，尽其礼而不过失焉。进退必敬，如亲听命，则或使之也"②。《诗经》中乐歌所表现出的祖先崇拜中，也贯穿着"孝"的观念，如《周颂·雝》："假哉皇考，绥予孝子。"《闵予小子》："于乎皇考，永世克孝。"等等。通过这样的方式，既加强了宗族成员之间的凝聚力，也维护了政治上的等级制度。

第三节 《大雅·生民》与原始宗教中的"感生神话"

《诗大序》释"雅"云："雅者，正也，言王政之所由废兴也。政有小大，故有《小雅》焉，有《大雅》焉。"③ 朱熹释"雅"云："雅者，正也，正乐之歌也。其篇本有大小之殊，而先儒说又各有正变之别。以今考之，正小雅，燕飨之乐也；正大雅，会朝之乐，受釐陈戒之辞也。故或欢欣和说，以尽群下之情；或恭敬齐庄，以发先王之德，词气不同，音节亦异。"④《雅》为正声雅乐，是燕飨和会朝之时的乐歌。在《诗经·大雅》中，有几篇与周族历史有关的乐歌，如《生民》《公刘》《绵》《皇矣》《思齐》《文王》《大明》与《文王有声》。这些乐歌历数周族发源以

---

① 孙希旦：《礼记集解》，第1237—1238页。
② 孙希旦：《礼记集解》，第1213页。
③ 孔颖达：《毛诗正义》卷1，《十三经注疏》本，第272页。
④ 朱熹：《诗集传》，第99页。

及先王建立丰功伟业之过程，并祈祝先人之基业永存，具有祭祀功能。有些乐歌则体现出浓郁的神话色彩。《大雅·生民》记述的是关于后稷降生之事。《毛诗序》说："《生民》，尊祖也。后稷生于姜嫄，文武之功起于后稷，故推以配天焉。"① 由此可知，此篇作于周克商之后，为尊祖之诗，表现了强烈的祖先崇拜。《生民》记述了关于周族始祖后稷诞生的神话：

> 厥初生民，时维姜嫄。生民如何？克禋克祀，以弗无子。履帝武敏歆，攸介攸止，载震载夙。载生载育，时维后稷。②

姜嫄因为踩踏了上帝的足迹而有孕，生下后稷。郑玄笺曰："时则有大神之迹，姜嫄履之，足不能满，履其拇指之处，心体歆歆然，其左右所止住，如有人道感己者也，于是遂有身。"③ 这是典型的感生神话。

先秦时期，这类感生神话并不鲜见。《诗经·商颂》中的《玄鸟》记商族之祖契为天降的玄鸟所生，诗言"天命玄鸟，降而生商，宅殷土茫茫"，这也属于感生神话。在汉代谶纬学说中，谶纬学者更是创造了关于伏羲、黄帝、神农及喾等古圣帝王的感生神话。如《诗·含神雾》言："大迹出雷泽，华胥履之，生伏羲。"④

---

① 孔颖达：《毛诗正义》卷17，《十三经注疏》本，第528页。
② 孔颖达：《毛诗正义》卷17，《十三经注疏》本，第528页。
③ 孔颖达：《毛诗正义》卷17，《十三经注疏》本，第528页。
④ ［日］安居香山、中村璋八辑：《纬书集成·诗含神雾》，河北人民出版社，1994年，第461页。

"大电光绕北斗枢星，照郊野，感附宝而生黄。"① "瑶光如霓贯月，正白，感女枢，生颛顼。"② "汤之先为契，无父而生。契母与姊妹浴于元丘水，有燕衔卵坠之，契母得，故含之，误吞之，即生契。"③《河图稽命征》也曰："附宝见大电光绕北斗，权星炤郊野，感而孕，二十五月而生黄帝轩辕于寿邱，龙颜有圣德。"④《河图稽命征》又言："女登游于华阳，有神龙首，感女登于常阳山，而生神农。"⑤ 关于这类感生神话的解释颇多，比较通行的说法是由于上古时期处于母系氏族社会，人们的婚姻关系尚不确定，故而出现只知其母不知其父的现象。《说文解字》释"姓"说："人所生也，古之神圣人，母感天而生子，故称天子。因生以为姓，从女生，生亦声，春秋传曰：'天子因生以赐姓。'"段玉裁解释"因生以为姓"，说："神农母居姜水，因以为姓；黄帝母居姬水，因以为姓；舜母居姚虚，因以为姓是也。感天而生者，母也，故姓从女、生，会意。"⑥ 这正是母系社会特有的现象。

"感天而生"的观念也是原始宗教观念的复杂体现。于省吾用原始的图腾观念去解读《生民》中姜嫄履帝迹的神话，认为："'大迹'可能是伏羲先世和周人远祖的图腾。"⑦ 孙作云认为："'大人之迹'就是熊迹，姜嫄履大人之迹而生子，就是履熊迹而

① ［日］安居香山、中村璋八辑：《纬书集成·诗含神雾》，第461页。
② ［日］安居香山、中村璋八辑：《纬书集成·诗含神雾》，第462页。
③ ［日］安居香山、中村璋八辑：《纬书集成·诗含神雾》，第462页。
④ ［日］安居香山、中村璋八辑：《纬书集成·河图稽命征》，第1179页。
⑤ ［日］安居香山、中村璋八辑：《纬书集成·河图稽命征》，第1179页。
⑥ 段玉裁：《说文解字注》，第612页。
⑦ 于省吾：《诗生民篇"履帝武敏歆"解》，见林庆彰编《诗经研究论集》，学生书局，1983年，第378页。

生子，周人以熊为图腾。"① 闻一多则从宗教祭祀的角度做出解释，云："上云禋祀，下云履迹，是履迹乃祭祀仪式之一部分，疑即一种象征的舞蹈。所谓'帝'实即代表上帝之神尸。神尸舞于前，姜嫄尾随其后，践神尸之迹而舞，其事可乐，故曰'履帝武敏歆'，犹言与尸伴舞而心甚悦喜也……舞毕而相携止息于幽闲之处，因而有孕也。"② 又云："诗所纪既为祭时所奏之象征舞，则其间情节，去其本事之真相已远，自不待言。以意逆之，当时实情，只是耕时与人野合而有身，后人讳言野合，则曰履人之迹，更欲神异其事，乃曰履帝迹耳。"③ 他认为，姜嫄履迹就是一种宗教祭祀仪式，姜嫄跟随代表上帝的神尸而舞，后至幽僻之处进行了野合，故而有孕。闻一多的这一解释，审之以原始宗教祭祀在先民生活中的重要作用，具有很强的说服力。

姜嫄"履帝武敏歆"，孕而生子，便又有姜嫄弃子的神话。《生民》又云：

> 诞弥厥月，先生如达。不坼不副，无菑无害。以赫
> 厥灵，上帝不宁。不康禋祀，居然生子。诞寘之隘巷，
> 牛羊腓字之。诞寘之平林，会伐平林。诞寘之寒冰，鸟
> 覆翼之。鸟乃去矣，后稷呱矣。④

---

① 孙作云：《周先祖以熊为图腾考——〈诗经·大雅·生民〉、〈小雅·斯干〉新解》，见孙作云《〈诗经〉研究》，河南大学出版社，2003 年，第 93 页。
② 闻一多：《神话与诗》，见《闻一多全集（一）》，第 73 页。
③ 闻一多：《神话与诗》，见《闻一多全集（一）》，第 76—77 页。
④ 孔颖达：《毛诗正义》卷 17，《十三经注疏》本，第 529—530 页。

后稷为姜嫄的首胎儿子，出生特别顺利，也没有带来什么灾祸。但姜嫄为何要弃子？后人该如何理解"以赫厥灵，上帝不宁。不康禋祀，居然生子"？这是历代学者分歧最大的地方。《毛传》解释说："赫，显也。不宁，宁也；不康，康也。"以"不"为发语词而无实义。但郑玄笺注时，认为："姜嫄以赫然显著之征，其有神灵审矣。此乃天帝之气也，心犹不安之。又不安徒以禋祀而无人道，居默然自生子，惧时人不信也。"① 朱熹认为弃子之由是"无人道而徒然生是子"②。王先谦对于后稷遭弃的原因也做出解释，他说："姜嫄因赫然有娠，显示以灵怪之征，意上帝以己践其迹不安而降之罚，故曰'以赫厥灵，上帝不宁'也。己意亦因之不安而禋祀以求解。本求无子而终生子，故曰'不康禋祀，居然生子'也。前之洁祀求祓无子之疾，后之洁祀求获无子之庇。至居然生子，以为不祥而弃之。"③ 方玉润则联系上下文的语境，认为传统的主流观点将"克禋克祀，以弗无子"解释为姜嫄通过祀郊禖而求有子是错误的，使文义前后不通，"求子而得子，又反弃之，有是理乎?"④ 他认为"'以弗'云者，以其未嫁，未字于人也。'无子'者，以其未字于人，故尚无子也"⑤，故生后稷而弃之。

近代以来，学者对这一问题也众说纷纭。顾颉刚认为姜嫄弃子"从前人说后稷名弃，说后稷是给姜嫄弃去的，弃去之故是为了无人道而生子。但我觉得这说很涉附会……至于这章的本身，

① 孔颖达：《毛诗正义》卷17，《十三经注疏》本，第529页。
② 朱熹：《诗集传》，第190页。
③ 王先谦：《诗三家义集疏》卷22，《续修四库全书》第77册，第680页。
④ 方玉润：《诗经原始》，中华书局，1986年，第504页。
⑤ 方玉润：《诗经原始》，第504页。

我以为它不过要表示后稷幼时的神迹，为'以赫厥灵'的证据，不必求其理由"①。顾氏之见与马端辰的观点一脉相承，马端辰说："周祖后稷以上更无可推，惟知后稷母为姜嫄，相传为无夫履大人迹而生，又因后稷名弃，遂作诗以神其事耳。"② 这种解释是合理的。

后稷遭弃之后，其神异之事也多。无论姜嫄把他丢弃在什么地方，他都受到神奇的保护。把他放在小巷中，有牛羊庇护并给他喂奶；想把他放在平林中，恰遇有人在伐木；于是，姜嫄把他置于寒冰之上，却又有大鸟展开翅膀保护他。得到大鸟温暖护佑的后稷发出了响亮的哭声。这段叙述具有生动的戏剧性情节，营造出了浓郁的神话氛围，进一步烘托出后稷的神性。于省吾认为："姜嫄之生后稷，既弃而复取之，当系实有其事。但是被弃后的一些神异事迹，则是属于姜嫄后世子孙的周人'踵事增华'以附会之者。"③ 姜嫄履帝迹而生子及后稷被弃之后的一系列神异事件，均为周人对先祖"踵事增华"的附会而已，是周人祖先崇拜的结果。

到了汉代，姜嫄履帝迹生子及弃子的神话被历史化，《史记·周本纪》云：

> 姜原为帝喾元妃。姜原出野，见巨人迹，心忻然说，欲践之，践之而身动如孕者。居期而生子，以为不祥，

---

① 顾颉刚：《讨论古史答刘胡二先生》，《古史辨》第1册，上海古籍出版社，1982年，第135页。

② 马端辰：《毛诗传笺通释》，中华书局，1989年，第872页。

③ 于省吾：《诗生民篇"履帝武敏歆"解》，见林庆彰《诗经研究论集》，第381页。

弃之隘巷，马牛过者皆辟不践；徙置之林中，适会山林
多人，迁之；而弃渠中冰上，飞鸟以其翼覆荐之。姜原
以为神，遂收养长之。初欲弃之，因名曰弃。①

《周本纪》以姜嫄为帝喾的元妃，马端辰认为此说为误："尝
合经文及《周礼》观之，而知姜嫄实相传为无夫而生子，以姜嫄
为帝喾妃者误也。"② 并具体列举出了很有说服力的六条理由。

后稷为传说中的农神，他从小便会种植农作物，并把他的技
艺广为传播，因此他也被尊为稼穑之祖。《生民》叙述道：

诞实匍匐，克岐克嶷，以就口食。蓺之荏菽，荏菽
旆旆。禾役穟穟，麻麦幪幪，瓜瓞唪唪。诞后稷之穑，
有相之道。茀厥丰草，种之黄茂。实方实苞，实种实褎，
实发实秀，实坚实好，实颖实栗。即有邰家室。诞降嘉
种，维秬维秠，维穈维芑。恒之秬秠，是获是亩。恒之
穈芑，是任是负。以归肇祀。③

诗里讲述后稷未经他人指导，就知道去寻找食物；又会种植
大豆，大豆长势茂盛；所种的禾粟、麻麦、小瓜等农作物都长势
喜人，硕果累累。之所以能做到这样，都是因为他掌握了种植五
谷的方法。之后，他又把种植嘉谷的方法教于人民，惠及天下，
遂而天下粮食大丰收。于是，后稷在秋收之后举行郊祀，报秋熟

① 司马迁：《史记》卷4，第111页。
② 马端辰：《毛诗传笺通释》，第871页。
③ 孔颖达：《毛诗正义》卷17，《十三经注疏》本，第530—531页。

而祈来年。该诗详细叙述了祭祀的盛大场面，既是对当时报赛场景的记录，也体现了后稷的领袖地位。

后稷作为被后世尊奉的农业之祖，其获食的本领与农作物种植的技能并非为人所授，但他却将这样的农作物耕种技术教以天下之人，天下遂被其福，正如戴震所言："始祖后稷由神气而生，有播种之功于民。"① 由此看来，后稷稼穑之事，本身也具有了神话的色彩。又从字义上看，后为君王之意，而稷则本身就是一种农作物黍，为百谷之长，以"后稷"命其名，可知周族是以农业为基础而发展兴盛起来的。后稷也因此被奉为农业之祖神。在中国上古的神话系统中，后稷也是作为农神出现的。如《山海经·大荒西经》言："稷降以百谷"②；《海内经》又说其葬处百谷自生，"西南黑水之间，有都广之野，后稷葬焉。爰有膏菽、膏稻、膏黍、膏稷，百谷自生，冬夏播琴。鸾鸟自歌，凤鸟自儛，灵寿实华，草木所聚。爰有百兽，相群爰处。此草也，冬夏不死"③。

概而言之，《大雅·生民》全诗的情节具有强烈的神话色彩，讲述了后稷诞生、成长中的神异故事。诗歌叙事生动有韵致，形象鲜明，突出了后稷作为周族祖神的神性。从诗中也可以感受到浓郁的原始宗教氛围，《生民》以后稷为祖神，构建起辉煌灵异的事迹，是周氏后世子孙祖先崇拜观念的体现。

---

① 戴震：《毛郑诗考正》，《戴震全集》第 2 册，第 1167 页。
② 袁珂：《山海经校注》，第 449 页。
③ 袁珂：《山海经校注》，第 505 页。

第七章　楚辞与楚巫文化

　　"楚辞"是战国时期兴起的一种具有楚地特色的文学样式。宋代黄伯思云："盖屈宋诸骚，皆书楚语，作楚声，纪楚地，名楚物，故可谓之'楚辞'。"[①] 楚辞的创作以屈原为代表，其后宋玉也有作品流传。作为发生于楚地、以楚地语言风物为创作特征的楚辞，呈现出与《诗经》迥然不同的风格，其文字瑰丽，长于抒情，富于浪漫玄想，是战国时期南方楚地文化的代表。楚辞这种浓郁的浪漫风格，最直接的根源在于楚地弥漫的巫风。楚辞中记录的楚巫文化、巫祭之歌、招魂仪式、神话传说及游仙思想，是楚地原始宗教思想及形态的再现。

第一节　楚辞与楚巫文化

　　自古以来，楚地巫风盛行。班固《汉书·地理志》记载："楚有江汉川泽山林之饶；江南地广，或火耕水耨。民食鱼稻，以渔猎山伐为业，果蓏蠃蛤，食物常足。故呰窳偷生，而亡积聚，饮食还给，不忧冻饿，亦亡千金之家。信巫鬼，重淫祀。"[②] 楚国土地广袤，既有良田沃土，又有大山广泽。楚民生活其间，自给自

---

　　① 黄伯思：《新校楚辞序》，《宋文鉴》卷92，《景印文渊阁四库全书》第1351册，第80页。

　　② 班固：《汉书》卷28下，第1666页。

足，少有忧生之嗟。而楚地俗信巫鬼，重祭祀，喜以歌、乐、舞诸方式娱神。如王逸所云，楚俗"信鬼而好祀，其祀必使巫觋作乐，歌舞以娱神"①。楚地巫风之炽使得统治者也沉迷其间，无法自拔，竟致丧国辱身，最终使国家走向衰亡。桓谭《新论》记载："昔楚灵王骄逸轻下，简贤务鬼，信巫祝之道，斋戒洁鲜，以祀上帝，礼群神。躬执羽绂，起舞坛前，吴人来攻，其国人告急，而灵王鼓舞自若，顾应之曰：'寡人方祭上帝，乐明神，当蒙福佑焉。'"②结果吴兵攻入，其太子及后宫佳丽皆被吴人所俘。《汉书·郊祀志》也载："楚怀王隆祭祀、事鬼神，欲以获福助，却秦师，而兵挫地削，身辱国危。"③《吕氏春秋·侈乐》更是直言："楚之衰也作为巫音。"④

巫风盛行的楚国，在政治上日趋没落，但在文学艺术的创作上却焕发出异彩，楚辞便是代表。以歌、乐、舞娱神是楚地巫祭之常态，已具有浓厚的宗教色彩。楚辞便在这些原始巫祭的仪式中汲取创作养分，对祭神场面、歌舞、服饰、神秘氛围等进行了精心描写。祭歌中对神仙世界、人神交往的玄想，使楚辞充满了浪漫色彩。而屈原更是将其绝世才华施之于楚辞的创作中，不唯将原始巫祭之美淋漓尽致地展现出来，更在楚辞中寄托其忧生伤时、爱国心切、高洁自赏的情怀，使神秘的原始祭歌升华为千古绝唱。

屈原，名平，字原，本为楚国贵族，与楚王同姓。《史记·屈

① 朱熹：《楚辞集注》，上海古籍出版社，1979年，第29页。
② 朱谦之：《新辑本桓谭新论》，中华书局，2009年，第54页。
③ 班固：《汉书》卷25下，第1260页。
④ 许维遹：《吕氏春秋集释》卷5，中华书局，2009年，第112页。

原列传》记载，其曾为楚国左徒，"博闻强志，明于治乱，娴于辞令"，颇得楚怀王之信任，以致"入则与王图议国事，以出号令；出则接遇宾客，应对诸侯"①。然而，因小人进谗，楚怀王对屈原心生嫌隙，竟致流放。屈原被流放之后，秦国派张仪游说怀王，许以楚国六百里土地，诱使楚国与齐国断交决裂。最终怀王索地不得，大怒，与秦交战，大败而归。此后，楚怀王又接受与秦昭王相会的建议，进入秦国武关，被秦国扣留，要挟楚国为之割地赎身。怀王不听，最终客死秦国。怀王死后，其长子顷襄王继位。屈原虽被流放，但心系楚国，却一再被谗言所伤，顷襄王将之流放至更偏远的地方。屈原见顷襄王被佞臣小人所惑，自己"存国兴君"的宏愿无法实现，为表达自己不愿同流合污的高洁志向，最后投身汨罗江而死。

据《汉书·艺文志》，屈原共有二十五篇作品传世。王逸《楚辞章句》定为《离骚》《九歌》《天问》《九章》《远游》《渔父》《卜居》。另有《招魂》与《大招》两篇，作者存在争议。王逸认为《招魂》为宋玉所作，而《大招》的作者则有屈原、景差两说。② 这些楚辞作品，深受楚地巫风之影响。如《九歌》，本为祭歌，屈原借此以抒发情志；《招魂》《大招》是借巫术招魂仪式进行文学抒写；《远游》则描写了作者与各路仙人周游天地的图景；《离骚》《天问》更是记载了许多远古神话，也体现了楚地重视巫祭之传统。而当屈原身处犹疑之中时，也往往请巫祝为其占卜。如《卜居》中记载，其请太卜郑詹尹占卜；《惜诵》言其使"厉

---

①　司马迁：《史记》卷84，第2481页。

②　参见洪兴祖：《楚辞补注》，第197、216页。

神"为之占卜。此类叙述虽为文学假设之辞，但体现了楚地巫风对屈原创作的浸润。

第二节 《九歌》与楚地巫祭之歌

《九歌》本为远古神话中的神曲。《山海经·大荒西经》有云："西南海之外，赤水之南，流沙之西。有人珥两青蛇，乘两龙，名曰夏后开（启）。开上三嫔于天，得《九辩》与《九歌》以下。"《离骚》也记载了这一神话，云："启《九辩》与《九歌》兮，夏康娱以自纵。"①《天问》也言："启棘宾商，《九辩》《九歌》"②。可见，战国时期的人们都认为《九歌》是夏启从天上带往凡间的神曲。

屈原所著《九歌》，包括《东皇太一》《云中君》《湘君》《湘夫人》《大司命》《少司命》《东君》《河伯》《山鬼》《国殇》《礼魂》共十一篇作品。对于《九歌》的写作背景，王逸云："昔楚国南郢之邑，沅、湘之间，其俗信鬼而好祠。其祠，必作歌乐鼓舞以乐诸神。屈原放逐，窜伏其域，怀忧苦毒，愁思沸郁。出见俗人祭祀之礼，歌舞之乐，其词鄙陋。因为作《九歌》之曲。上陈事神之敬，下见己之冤结，托之以风谏。故其文意不同，章句杂错，而广异义焉。"③ 王逸认为《九歌》源于民间祭祀，是屈原根据民间祭歌润饰整饬而成，故而在《九歌》中既表现了作者运用祭歌娱神的敬意，又展现了自己的冤屈，并有讽谏君王的积极

---

① 洪兴祖：《楚辞补注》，第21页。
② 洪兴祖：《楚辞补注》，第98页。
③ 洪兴祖：《楚辞补注》，第55页。

意义。

王逸对《九歌》创作背景的揭示，说明《九歌》虽源于民间祭歌，但其本质却是屈原的抒情写志之作。但是，后世学者对《九歌》的性质另有解读。清代学者林云铭《楚辞灯》云："余考《九歌》诸神，悉天地云日山川正神，国家之所常祀。"[1] 清人吴景旭也认为《楚辞·九歌》"详其旨趣，直是楚国祀典，如汉人乐府之类，而原更定之也"[2]。二人将《九歌》视为国家祭祀歌诗。就《九歌》所祭众神而言，"东皇太一"为当时最尊贵之天神。《高唐赋》记楚襄王事，言其"醮诸神，礼太一"[3]。《史记·封禅书》云："天神贵者太一，太一佐曰五帝。古者天子以春秋祭太一东南郊。"[4]《汉书·郊祀志》也云："神君最贵者曰太一，其佐曰太禁、司命之属，皆从之。"[5] 可见，《九歌》中的首篇《东皇太一》为祭祀之主神，以下九神皆为太一神之佐神。《云中君》祭云神丰隆。《湘君》《湘夫人》为湘水之配偶神，楚人视之为舜及二妃。《大司命》《少司命》掌管凡人的生与死，据五臣注云："司命，星名。主知生死，辅天行化，诛恶护善也。"[6] 其中大司命主管人的寿命，而小司命则主管人的子嗣。《东君》祭祀太阳神。《河伯》祭祀黄河水神。黄河并不流经楚国境内，且古代祭祀有严格的规矩，如楚昭王所言："三代命祀，祭不越望，江、汉、雎、章，楚

① 林云铭：《楚辞灯》，齐鲁书社，1997年，第177页。
② 吴景旭：《历代诗话》卷8，中华书局，1958年，第91页。
③ 萧统：《文选》卷19，上海古籍出版社，1986年，第881页。
④ 司马迁：《史记》卷28，第1386页。
⑤ 班固：《汉书》卷25上，第1220页。
⑥ 洪兴祖：《楚辞补注》，第71页。

之望也，祸福之至，不是过也。"① 那么为何《九歌》有河伯之祭？有学者认为这种现象"必本于夏之遗习无疑"②。也有学者申而论之，认为"《九歌》原是夏启祭祀帝舜之仪式，以虞夏和黄河的关系，用河神配祀东皇实属情理之中"③。《山鬼》是祭祀山神。另有《国殇》为祭祀人鬼，即为国牺牲之将士。据此，《九歌》形成了一个以天神、地祇、人鬼为对象的祭祀体系。在这个体系中，《东皇太一》为祠主神，闻一多将其视为迎神曲，并认为最后一篇《礼魂》为送神曲，其中九章则为娱神曲，故《九歌》以"九"为题名。④ 而《九歌》之所以以九神配祀东皇太一，也与古时祭礼有关。《礼记·效特牲》曰："直祭祝于主，索祭祝于祊。不知神之所在，于彼乎，于此乎？或诸远人乎，祭于祊，尚曰求诸远者与？"⑤ "直祭"为祭祀主神，《九歌》中则为东皇太一，故《东皇太一》行文典重雅致、庄严富丽。而"索祭"为祭辅佐之神，"祭于祊""求诸远者"，故远离楚国的黄河之神河伯也是祭祀对象。据以上分析可知，《九歌》所祭诸神，已具有完整、稳定的祭祀模式。而且，民间祭祀皆要体现老百姓最实际的生活需求，他们未必会祭祀远在黄河的河伯与为国战死的亡魂，故《九歌》为民间祭歌的可能性较小，更有可能是规模宏大的国家祀典歌诗。闻一多更是认为"根据纯宗教的立场，十一章应改称'楚《郊祀歌》'，或更详明点，'楚郊祀东皇太一《乐歌》'"⑥。

---

① 孔颖达：《春秋左传正义》卷58，《十三经注疏》本，第2162页。
② 姜亮夫：《楚辞学论文集》，上海古籍出版社，1984年，第287页。
③ 过常宝：《楚辞与原始宗教》，东方出版社，1997年，第72页。
④ 闻一多：《神话与诗》，《闻一多全集》，第266—272页。
⑤ 孙希旦：《礼记集解》，第715页。
⑥ 闻一多：《神话与诗》，《闻一多全集》，第269页。

《九歌》为郊祀祭歌，其迎送之主神只有东皇太一，其他九章仅为娱神曲，即如汉《郊祀歌》所言："千童罗舞成八溢，合好效欢虞太一。《九歌》毕奏斐然殊，鸣琴竽瑟会轩朱。"① 作为辅祭的诸神，其宗教地位自然比不上东皇太一。但正因为如此，屈原在描写此类祭祀场面时，也不必如《东皇太一》《礼魂》那样典重庄严，而可以更多地进行艺术创造与加工，借此抒发自己深幽的情思，淋漓尽致地展现自己的文学才华。《九歌》的文学艺术价值更多地体现在中间九章，如《湘君》《湘夫人》《山鬼》成为文学史上不朽的经典。

原始宗教的风俗，在于饰神而祭之，即让巫者扮成神灵之模样，对之进行祭祀。《九歌》作为融歌、乐、舞于一体的祭祀歌诗，其祭祀方式也是饰神而祭。就《九歌》而言，其迎神的方法，"或以阴巫下阳神，或以阳主接阴鬼"②，即以女巫迎接男神，以男巫招致女神，借男女相恋之情来招引神灵。这种以人神相恋为主题的祭祀方式，有人物、道具、舞美、音乐，已具有表演的性质。如《东皇太一》：

> 吉日兮辰良，穆将愉兮上皇。抚长剑兮玉珥，璆锵鸣兮琳琅。瑶席兮玉瑱，盍将把兮琼芳。蕙肴蒸兮兰藉，奠桂酒兮椒浆。扬枹兮拊鼓，疏缓节兮安歌，灵偃蹇兮姣服，芳菲菲兮满堂。五音纷兮繁会，君欣欣兮乐康。

---

① 班固：《汉书》卷22，第1058页。
② 朱熹：《楚辞辩证》，见朱熹：《楚辞集注》，第185页。

《东皇太一》首句交代，在某个良辰吉日，人们举行祭祀太一神的仪式。接着描写主祭的灵巫手持以玉装饰的宝剑，周旋而舞，其身上佩带的众多美玉发出锵锵脆响。在陈设了美酒佳肴的祭坛上，灵巫随着枹鼓的节奏舞动并歌唱。同时，更多面容姣美的灵巫们穿着美艳的服饰，一齐举足奋袂，舞姿曼妙，以致芬芳菲菲，盈堂满室。这种楚巫祭神的场面，被后世学者视为戏剧表演的萌芽。王国维就认为："古之祭也必有尸……《楚辞》之灵，殆以巫而兼尸之用者也。其词谓巫曰灵，谓神亦曰灵，盖群巫之中，必有象神之衣服形貌动作者，而视为神之所冯依：故谓之曰灵，或谓之灵保……是则灵之为职，或偃蹇以象神，或婆娑以乐神，盖后世戏剧之萌芽，已有存焉者矣。"① 闻一多更是认为《九歌》实际上是一出原始歌舞剧。《东皇太一》《礼魂》是歌舞剧的序曲和尾声。《九歌》中的其他九神，在这场祭祀之中，处于"合好效欢虞太一"的地位，由灵巫扮演着这些神仙，按照各自的身份，依次走到祭坛前"表演着程度不同的哀艳的，或悲壮的小故事"，这种情形类似于近世神庙中的演戏。②

《九歌》的戏剧色彩，还体现在其存在男女约会的叙事情节。《湘君》与《湘夫人》便是典型。湘君与湘夫人为湘水之配偶神，祭祀湘君时，是以女巫扮演湘夫人迎接湘君的到来；而祭祀湘夫人时，则以男觋饰演湘君迎接湘夫人，因而在《湘君》与《湘夫人》中，充满了人神相恋的浪漫情愫。《湘君》与《湘夫人》的歌辞宛如两神在互通心曲，《湘君》云：

① 王国维：《宋元戏曲史》，上海古籍出版社，1998年，第3页。
② 参见闻一多：《神话与诗》，《闻一多全集》，第268页。

君不行兮夷犹，蹇谁留兮中洲？美要眇兮宜修，沛吾乘兮桂舟。令沅湘兮无波，使江水兮安流！望夫君兮未来，吹参差兮谁思！驾飞龙兮北征，邅吾道兮洞庭。薜荔柏兮蕙绸，荪桡兮兰旌。望涔阳兮极浦，横大江兮扬灵。扬灵兮未极，女婵媛兮为余太息。横流涕兮潺湲，隐思君兮陫侧。桂棹兮兰枻，斫冰兮积雪。采薜荔兮水中，搴芙蓉兮木末。心不同兮媒劳，恩不甚兮轻绝。石濑兮浅浅，飞龙兮翩翩。交不忠兮怨长，期不信兮告余以不闲。朝骋骛兮江皋，夕弭节兮北渚。鸟次兮屋上，水周兮堂下。捐余玦兮江中，遗余佩兮醴浦。采芳洲兮杜若，将以遗兮下女。时不可兮再得，聊逍遥兮容与。①

　　该文模拟湘夫人的口吻，以第一人称叙写修饰华美、面容姣好、文静淑德的湘夫人，她令沅湘之水静波安流，驾着桂舟前去与湘君相会。然而，湘君却在河之洲犹豫不行，湘夫人翘首以待，望眼欲穿，而恋人却迟迟未到，她万分怅惘地吹起洞箫表达思念之情。之后，在历尽艰辛的求索之后，湘夫人终于意识到恋人没法前来践约，发出"心不同兮媒劳，恩不甚兮轻绝"的哀叹。最后，湘夫人将湘君赠送给她的玉玦、玉佩决绝地丢入河心与水边，却又在芳洲采取杜若，送给湘君的婢女。而《湘夫人》则是以湘君的口吻，表达自己追寻湘夫人而不得的悲伤之情：

　　帝子降兮北渚，目眇眇兮愁予。嫋嫋兮秋风，洞庭

---

　　①　洪兴祖：《楚辞补注》，第59—64页。

波兮木叶下。白蘋兮骋望，与佳期兮夕张。鸟萃兮苹中，罾何为兮木上。沅有茝兮醴有兰，思公子兮未敢言。荒忽兮远望，观流水兮潺湲。麋何食兮庭中？蛟何为兮水裔？朝驰余马兮江皋，夕济兮西澨。闻佳人兮召予，将腾驾兮偕逝。筑室兮水中，葺之兮荷盖。荪壁兮紫坛，采芳椒兮成堂。桂栋兮兰橑，辛夷楣兮药房。罔薜荔兮为帷，擗蕙櫋兮既张。白玉兮为镇，疏石兰兮为芳。芷葺兮荷屋，缭之兮杜衡。合百草兮实庭，建芳馨兮庑门。九嶷缤兮并迎，灵之来兮如云。捐余袂兮江中，遗余褋兮醴浦。搴汀洲兮杜若，将以遗兮远者。时不可兮骤得，聊逍遥兮容与。①

　　湘君与湘夫人既为配偶神，这两首歌辞也有相互呼应的特色。该文一开始就营造了一派萧瑟的洞庭湖风光。在这清秋时节，湘君久候湘夫人而不至，明知其降临在北渚，却望眼欲穿而不来赴约，让"我"满腹愁绪，以至"思公子兮未敢言"。接着，湘君远望江流，连连追问，为何鸟儿集于苹洲之中？鱼网为何挂在树上？为何麋鹿跑到人家的庭院里觅食？而蛟龙又为何被困在浅水边？湘君朝夕纵马奔驰，听到佳人相招，希望与之并肩驰骋。于是，湘君幻想，他将以众多香草、美玉装饰他们的爱巢，让九嶷山的神仙们如彩云般齐齐降临迎接湘夫人的到来。但一切皆是美好的想象，湘君最终伤心失望而归，并把湘夫人赠送的短袂、单衣丢弃在江中和水边。然而他还是无法割舍对湘夫人的爱恋，去汀洲

---

① 洪兴祖：《楚辞补注》，第64—68页。

采摘杜若，赠给远方的恋人。这是一组动人的神仙恋歌，刻画了神仙对美好爱情的向往与追求。受情感支配的神仙们，与凡人一样内心脆弱而狐疑，愁肠百结且无法排解。文中多次细腻地刻画了神仙的心理活动，如"横流涕兮潺湲，隐思君兮陫侧""目眇眇兮愁予""思公子兮未敢言"。而且文中精妙的景色描写，深深契合主人公的心境与思绪，情景交融，意韵悠长。如"帝子降兮北渚，目眇眇兮愁予。袅袅兮秋风，洞庭波兮木叶下"，描绘了一幅树叶凋零、萧瑟清冷的深秋景象，在这幅秋景图中，有人正愁肠百结地苦等恋人的到来。这幅深秋候人图，感人至深，后人赞之曰："模写秋意入神，皆千古言秋之祖！"①

与《湘君》《湘夫人》不同的是，《山鬼》刻画了一位与恋人相约而不遇的山神形象，她始终悲伤地唱着独角戏。文曰：

　　若有人兮山之阿，被薜荔兮带女罗。既含睇兮又宜笑，子慕予兮善窈窕。乘赤豹兮从文狸，辛夷车兮结桂旗。被石兰兮带杜衡，折芳馨兮遗所思。余处幽篁兮终不见天，路险难兮独后来。表独立兮山之上，云容容兮而在下。杳冥冥兮羌昼晦，东风飘兮神灵雨。留灵修兮憺忘归，岁既晏兮孰华予。采三秀兮于山间，石磊磊兮葛蔓蔓。怨公子兮怅忘归，君思我兮不得闲。山中人兮芳杜若，饮石泉兮荫松柏。君思我兮然疑作。雷填填兮雨冥冥，猿啾啾兮又夜鸣。风飒飒兮木萧萧，思公子兮

---

① 胡应麟：《诗薮》内编卷1，上海古籍出版社，1958年，第5页。

徒离忧。①

穿着薜荔、带着女萝的山神，既有神仙的神力与威仪，又有凡人的情思与忧愁。她驾驭赤豹，让野狸随从左右，又乘坐用辛夷造成的车，车上挂着桂旗。盛装之下的山神，手捧芳花去与恋人相会。可是，山神因为独居深幽的竹林中，难以见到青天，加上山路险阻，故而来迟，历尽艰辛却不见公子之踪迹。于是，山神站在高山之上，看云起云落，东风飘荡，灵雨纷纷。她希望能留住公子，相守终生，直至年华老去。可是，公子却始终没来，山神心生怨怼，却又自我安慰，可能是"君思我兮不得闲"。此时，雷声轰鸣，山雨凄迷，猿狖哀叫，山风萧瑟，树叶凋零。山神面对这清冷的深秋之景，终于绝望地承认自己是"思公子兮徒离忧"。统观全文，《山鬼》对神女心理活动的把握，活脱脱是一个苦苦思慕恋人的人间少女形象。而山神的存在却又显得扑朔迷离，其活动环境也是虚幻莫测，这正是其神性的体现。总之，《山鬼》"虚中有实，实中有虚，故不可读得太活，也不可读得太死，宜在虚实有无间摄其要义。即读《山鬼》全文，亦应如此"②。

朱熹认为，楚国祭祀的传统方式正是以男女之情招引神灵，故"其辞之亵慢淫荒，当有不可道者"③。然而，正是《九歌》中那些缠绵悱恻的人神之恋，使得这些巫祭之歌显得情致摇曳，韵味悠长。再如《大司命》《少司命》等文，也流露出淡淡的哀伤之情，如《大司命》言："结桂枝兮延伫，羌愈思兮愁人。愁人兮奈

---

① 洪兴祖：《楚辞补注》，第79—81页。
② 袁梅：《屈原赋译注》，齐鲁书社，1984年，第118页。
③ 朱熹：《楚辞辩证》，见朱熹：《楚辞集注》，第185页。

何，愿若今兮无亏。固人命兮有当，孰离合兮可为？"① 《少司命》
言："悲莫悲兮生别离，乐莫乐兮新相知。"② 诸如此类，皆为千古
情语，流传不绝。

第三节　《离骚》中的神话

《离骚》是屈原的代表作，历代以来，文人墨客对之评价极
高。司马迁称："《国风》好色而不淫，《小雅》怨诽而不乱。若
《离骚》者，可谓兼之矣……其文约，其辞微，其志洁，其行廉，
其称文小而其指极大，举类迩而见义远。其志洁，故其称物芳。
其行廉，故死而不容。自疏濯淖污泥之中，蝉蜕于浊秽，以浮游
尘埃之外，不获世之滋垢，皭然泥而不滓者也。推此志也，虽与
日月争光可也。"③ 司马迁非常推崇屈原的人格魅力，认为正是由
于屈原有着高洁的品行，才能写出可与日月争光的《离骚》。而
《离骚》可媲美于《国风》与《小雅》，并兼二者之长。宋人宋祁
也盛赞曰："屈宋《离骚》，为辞赋之祖……后人为之，如至方不
能加矩，至圆不能过规矣。"④ 后世将《国风》与《离骚》并称为
"风骚"，指称中国古代文学之精华。

对于"离骚"一词的具体含义，历代学者多有探讨。司马迁
认为，屈原之所以作《离骚》，是因为"屈平疾王听之不聪也，谗
谄之蔽明也，邪曲之害公也，方正之不容也，故忧愁幽思而作
《离骚》。离骚者，犹离忧也。夫天者，人之始也；父母者，人之

---

① 洪兴祖：《楚辞补注》，第70—71页。
② 洪兴祖：《楚辞补注》，第72页。
③ 司马迁：《史记》卷84，第2482页。
④ 宋祁：《宋景文公笔记》卷中，《丛书集成初编》第280册，第11页。

本也。人穷则反本，故劳苦倦极，未尝不呼天也；疾痛惨怛，未尝不呼父母也。屈平正道直行，竭忠尽智以事其君，谗人间之，可谓穷矣。信而见疑，忠而被谤，能无怨乎？屈平之作《离骚》，盖自怨生也"①。其《自序》又云："屈原放逐，著《离骚》。"② 可见，司马迁认为此文乃是屈原发愤之所作，故"离骚"实是"离忧"，即遭受忧愁。班固也认为："离，犹遭也，骚，忧也，明己遭忧作辞也。"③ 而王逸则认为："屈原执履忠贞而被谗邪，忧心烦乱，不知所愬，乃作《离骚经》。离，别也。骚，愁也。经，径也。言己放逐离别，中心愁思，犹依道径，以风谏君也。"④ 王逸将《离骚经》之"经"释为"径"，有所不确。"经"乃是汉人推崇屈原之作，尊而称之，并非"路径"之意。现代学者对"离骚"也有考证，并提出新说，如游国恩认为"离骚"即"劳商"，乃楚曲之旧名。⑤

据屈原在《离骚》中自述："惟夫党人之偷乐兮，路幽昧以险隘。岂余身之惮殃兮，恐皇舆之败绩。忽奔走以先后兮，及前王之踵武。荃不察余之中情兮，反信谗而齌怒。余固知謇謇之为患兮，忍而不能舍也。"⑥ 可知，屈原满怀忠君爱国之情，却被群小所谗。而楚王昏庸无能，反信谗言，迁怒于屈原，将之流放。屈原虽备受打击，却仍无法舍弃故国，其内心自然充满了愤懑、忧

---

① 司马迁：《史记》卷84，第2482页。
② 司马迁：《史记》卷130，第3300页。
③ 班固：《离骚赞序》，见严可均《全后汉文》卷25，中华书局，1958年，第611页。
④ 洪兴祖：《楚辞补注》，第2页。
⑤ 游国恩：《游国恩楚辞论著集》第1卷，中华书局，2008年，第7页。
⑥ 洪兴祖：《楚辞补注》，第8—9页。

伤、迷茫与无奈。这便是《离骚》全文的基调。故"离骚"应是遭受忧愁之意。当一个人处于孤立无援的绝望境地时，往往会祈求外来的神秘力量来帮助自己，此时宗教的意义与价值便显现出来。宗教研究者认为："在信仰者看来，人类的不幸境遇，乃是由于人们疏远了那个创造的和光明的宇宙力量，而这个宇宙力量则是至善、安宁、健康与真理的源泉。在世界陷于软弱、罪恶与不合谐的情形下，人类的努力总是单薄而脆弱的……行善、寻求真理以及使这些最高尚的努力变得尽善尽美，总是被贪婪、错觉与软弱所弥盖或压抑。所以要解脱生活的苦难，只能来自个人与某种完全不同的实体（神圣或至善）牢固地结合在一起。"① 这种希望通过个人与神圣的结合而获得强大力量，以便摆脱困境的宗教思想，在屈原《离骚》中得到体现。屈原在残酷的现实面前，发现了自己的无助，于是立志上下求索，寻求各路神灵的帮助。因而在《离骚》中，屈原重点描写了他想象自己如何上天入地，寻求志同道合者的经历。在屈原两次远游、三次求女的历程中，记载了众多神话故事，体现了屈原独特的宗教情怀。

首先是屈原在听了女嬃的劝诫之后，不认同女嬃要其明哲保身、与世沉浮的观点，故而面见远古圣君——舜，向他当面陈词。《离骚》云："跪敷衽以陈辞兮，耿吾既得此中正"，王逸释曰："言己上睹禹、汤、文王修德以兴，下见羿、浇、桀、纣行恶以亡，中知龙逢、比干执履忠直，身以菹醢。乃长跪布衽，俯首自念，仰诉于天，则中心晓明，得此中正之道，精合真人，神与化

---

① ［美］斯特伦：《人与神——宗教生活的理解》，第38页。

游。故设乘云驾龙，周历天下，以慰己情，缓幽思也。"① 所谓
"精合真人，神与化游"，正是屈原将个体与其宗教思想中的神圣
进行结合，开启了其乘云驾龙，周游天下的浪漫之旅！紧接着，
作者如是描述自己的第一次远游经历：

> 驷玉虬以乘鹥兮，溘埃风余上征。朝发轫于苍梧兮，
> 夕余至乎县圃；欲少留此灵琐兮，日忽忽其将暮。吾令
> 羲和弭节兮，望崦嵫而勿迫。路曼曼其修远兮，吾将上
> 下而求索。饮余马于咸池兮，总余辔乎扶桑。折若木以
> 拂日兮，聊逍遥以相羊。前望舒使先驱兮，后飞廉使奔
> 属。鸾皇为余先戒兮，雷师告余以未具。吾令凤鸟飞腾
> 兮，继之以日夜。飘风屯其相离兮，帅云霓而来御。纷
> 总总其离合兮，斑陆离其上下。吾令帝阍开关兮，倚阊
> 阖而望予。时暧暧其将罢兮，结幽兰而延伫。世溷浊而
> 不分兮，好蔽美而嫉妒。②

屈原想象自己驾玉虬、乘凤车，远离尘埃而上游于天。他早
上从舜所居的苍梧山出发，傍晚时已到达神人聚居的昆仑山上之
县圃。在这个征程中，屈原具有操纵众多神物的能力。为了挽留
住易逝的时光，他能令羲和缓步而行。羲和是远古神话中的太阳
之母。《山海经》记载曰："东南海之外，甘水之间，有羲和之国。
有女子名曰羲和，方日浴于甘渊。羲和者，帝俊之妻，生十日。"

---

① 洪兴祖：《楚辞补注》，第 25 页。
② 洪兴祖：《楚辞补注》，第 25—30 页。

而在《离骚》中，羲和成为驾驭太阳之车的御者。之后，他来到东方之野，那里有羲和浴日的咸池，他在此饮马，并将马缰束于扶桑之上，以此留住太阳，不让其升起。接着屈原又想奔到西方，将迎接太阳西归的若木折断，并击打西归的太阳，使其返去。在挽留住时光之后，屈原以望舒为前驱、令风伯奉命于后，鸾鸟凤凰、雷师纷纷为其服务，来到天帝门前。可是，当屈原要求掌握天门的阍者为其开门时，阍者却倚靠天门，拒绝屈原，使其无法进入天宫。屈原的第一次远游，让他意识到天上也如人间一样，"世溷浊而不分兮，好蔽美而嫉妒"。在哀叹神仙世界无法求得心仪之女子后，他仍继续自己的征途。于是，作者又以极浪漫的笔触描写了三次"求女"的经历。文曰：

> 吾令丰隆乘云兮，求宓妃之所在。解佩纕以结言兮，吾令蹇脩以为理。纷总总其离合兮，忽纬繣其难迁。夕归次于穷石兮，朝濯发乎洧盘。保厥美以骄傲兮，日康娱以淫游。虽信美而无礼兮，来违弃而改求。览相观于四极兮，周流乎天余乃下。望瑶台之偃蹇兮，见有娀之佚女。吾令鸩为媒兮，鸩告余以不好。雄鸠之鸣逝兮，余犹恶其佻巧。心犹豫而狐疑兮，欲自适而不可。凤皇既受诒兮，恐高辛之先我。欲远集而无所止兮，聊浮游以逍遥。及少康之未家兮，留有虞之二姚。理弱而媒拙兮，恐导言之不固。世溷浊而嫉贤兮，好蔽美而称恶。[1]

---

① 洪兴祖：《楚辞补注》，第31—34页。

　　屈原想象自己命令云神丰隆为其驾云周游四方，去寻求神女宓妃之所在。他解开玉佩托蹇修为媒，却受到群小的毁败。而宓妃为人"保厥美以骄傲兮，日康娱以淫游。虽信美而无礼兮"，故屈原"来违弃而改求"。接着屈原再览观四极，周流于天，看到瑶台上有娀氏美女。有娀氏美女名简狄，相传为帝喾之妃、契之母。于是他令鸩为媒，鸩却在简狄面前进言馋毁。屈原又让雄鸠为媒，却发现雄鸠语言轻佻，言不可信。他又想亲自前往，却因无媒而于礼不合，又担心帝喾已先聘简狄。于是，屈原再一次"求女"失败。之后，他又想求"有虞二姚"，但自己"理弱而媒拙"，又与之无缘。《离骚》中的三次"求女"情节，实是屈原以美人喻明君。屈原"念贤人之见嫉于浊世，故于流俗毁誉之外，高视远望，冀遇卓然超逸之士，与相匹合，同心效国。而在位者杳无其人，虽欲与同而不得也"①。然而即使是在神境中，其仍然无法遇到心仪相合的明君，这便是屈原悲剧性命运之所在。

　　在屈原远游求女的情节中，作者集中刻画了许多远古神话中的神境、神人与神物。但是，这些神境、神人与神物却远离了其宗教本质，蒙上了屈原的个人情感色彩。在屈原远游求女的历程中，对于凡人而言，那些高不可攀的神人与神物，却一一为屈原所驱使；本应纯净的神域如同人间一样浊乱不堪；那里的神人也如人间群小一样"好蔽美而嫉妒""好蔽美而称恶"。可以说，屈原《离骚》对远古神话的刻画颠覆了时人的神话观念。屈原笔下的神话世界已剥离了庄严而神秘的宗教意义，完全是纯文学的创作了。

----

　　① 王夫之：《楚辞通释》，上海人民出版社，1975年，第15页。

虽然屈原对远古神话中的人物并没有宗教意义上的尊崇，但屈原毕竟是生活于巫风大盛的楚国，故在他迷茫之际，还是不得不求助于当时的灵巫们。故在求女失败之后，《离骚》紧接着描写了楚巫为屈原占卜的情节，先是"索藑茅以筵篿兮，命灵氛为余占之"①。"藑茅"为灵草，一种卜具。"筵"也为竹制的卜具。据王逸言："楚人名结草折竹以卜曰篿。"② 因为屈原心怀忧愤，无以自适，于是不得不请灵氛以结草折竹的方式为之占卜，以示去留。灵氛占卜后，得到吉占，即如果屈原离开楚国，那么会有忠臣、明君两美必合的好机遇。但是，屈原却满怀狐疑，犹豫不决。于是，他再次精心准备祭神的香物"椒"与"糈"，晚上请神巫咸降临。巫咸，乃古之神巫。《山海经》有"巫咸国"，又记载大荒之中，有"灵山十巫"可升天入地，巫咸即是十巫之首。巫咸的降临，气势浩大，"百神翳其备降兮，九疑缤其并迎。皇剡剡其扬灵兮，告余以吉故"③。巫咸带领百神从天而来，舜也派九嶷山的神灵缤纷而至。众神悉降，皆是告诉屈原应当遵从吉占离开楚国。于是屈原听从了巫咸及众神的建议，在灵氛为其选取吉日之后，进行了第二次远游：

> 灵氛既告余以吉占兮，历吉日乎吾将行。折琼枝以为羞兮，精琼靡以为粻。为余驾飞龙兮，杂瑶象以为车。何离心之可同兮，吾将远逝以自疏。遭吾道夫昆仑兮，路修远以周流。扬云霓之晻蔼兮，鸣玉鸾之啾啾。朝发

---

① 洪兴祖：《楚辞补注》，第35页。
② 洪兴祖：《楚辞补注》，第35页。
③ 洪兴祖：《楚辞补注》，第37页。

轫于天津兮，夕余至乎西极。凤皇翼其承旗兮，高翱翔
之翼翼。忽吾行此流沙兮，遵赤水而容与。麾蛟龙使梁
津兮，诏西皇使涉予。路修远以多艰兮，腾众车使径待。
路不周以左转兮，指西海以为期。屯余车其千乘兮，齐
玉轪而并驰。驾八龙之婉婉兮，载云旗之委蛇。抑志而
弭节兮，神高驰之邈邈。奏《九歌》而舞《韶》兮，聊
假日以媮乐。陟升皇之赫戏兮，忽临睨夫旧乡。仆夫悲
余马怀兮，蜷局顾而不行。①

屈原的第二次远游，依然充满了浪漫玄想。屈原想象用美玉、
象牙装饰他的车，驾着飞龙，远离楚国。他转道于昆仑神山，不
惜路途遥远，周流天下，以求志同道合者。在艰难险阻中，蛟龙、
西方之神少暭帝助其渡过流沙、赤水。正当屈原在瑞兽神人的帮
助下驰骋纵横，周游不息，听着天乐《九歌》与《九韶》，游戏欢
乐之时，忽然他看到了自己的故乡。顿时，"仆夫悲余马怀兮，蜷
局顾而不行"。两种情境的强烈反差，使屈原爱国忠君、忧国忧民
之形象跃然纸上。

先秦典籍中的神话，往往是当作历史或宗教来进行记录的。
具有丰富玄想的神话在先民的心目中，其实是某种实录性质的记
载。即使是《诗经》中的神话也不例外。《离骚》运用大量的比喻
和象征手法，使许多神话中的事物成为其创作的意象。如王逸所
言："《离骚》之文，依《诗》取兴，引类譬谕，故善鸟香草，以
配忠贞；恶禽臭物，以比谗佞；灵修美人，以媲于君；宓妃佚女，

---

① 洪兴祖：《楚辞补注》，第42—47页。

以譬贤臣；虬龙鸾凤，以托君子；飘风云霓，以为小人。"①《离骚》形成了一个庞大的神话意象群。在这个意象群中，神人、神物、神境构成了屈原主观意识中所要刻画的世界。而且，屈原作为一个抒情主体，他以高洁、伟岸的姿态介入到这个神话世界里，这是《离骚》对神话进行文学创作的另一重要表现。在《离骚》的神话世界里，神域与凡尘一样，也是小人当道。例如，正是守天门的阍者拒绝屈原进入天界，所以屈原不得不离开天宫，开始三次求女的经历；而三次求女的失败，也是因为群小的馋毁与阻隔。在这个神界中，屈原可以驾驭神人与神物，甚至能控制日、月的运行，但他却依然无法抵制宵小的诋毁。作者采用叙事手法，虚构了两次远游、三次求女的情节。他将自己的理想、情感等心理活动寄寓在神话的叙事框架中，融抒情与叙事于一体。凡此种种，皆体现了《离骚》对远古原始神话的解构，而《离骚》又以屈原这个形象为核心，将众多的神话意象重新结构起来，成为中国文学史上可与日月争光的伟大诗篇。

第四节　《招魂》《大招》与古代招魂仪式

先秦时期，招魂乃是丧礼中的一个重要组成部分。《仪礼·士丧礼》记载曰：

复者一人，以爵弁服簪裳于衣左，何之？扱领于带，升自前东荣中屋，北面招以衣，曰："皋！某复。"三。降衣于前，受用箧，升自阼阶以衣尸。复者降自后西荣，

———————

① 洪兴祖：《楚辞补注》，第2—3页。

楔齿用角柶，缀足用燕几，奠脯醢醴酒，升自阼阶，奠
于尸东。①

所谓"复者"，郑玄注曰："有司招魂复魄也。"② 招魂者用死
者曾经穿过的衣服，向北面招死者之魂，边招边高声呼唤死者名
字，反复再三。《礼记·丧大记》对此习俗也有记载，曰："复，
有林麓则虞人设阶，无林麓则狄人设阶。"郑玄注曰："复，招魂
复魂也。阶，所乘以升屋者。"③ 同文又详细记载了招魂时的礼仪
要求及行为规范，文曰：

小臣复，复者朝服。君以卷，夫人以屈狄，大夫以
玄赪，世妇以襢衣，士以爵弁，士妻以税衣，皆升自东
荣，中屋履危，北面三号，卷衣投于前，司服受之，降
自西北荣。其为宾，则公馆复，私馆不复。其在野，则
升其乘车之左毂而复。复衣不以衣尸，不以敛。妇人复，
不以袡。凡复，男子称名，妇人称字。唯哭先复，复而
后行死事。④

先秦时期，不论是君王、大夫还是士，在他们及其配偶死后
皆要举行招魂仪式。招魂的主要工具为死者曾经穿过的衣服。就
君王而言，为其招魂者乃身边小臣，小臣身着朝服进行招魂。郑

① 贾公彦：《仪礼注疏》卷35，《十三经注疏》本，第1128—1129页。
② 贾公彦：《仪礼注疏》卷35，《十三经注疏》本，第1128页。
③ 孔颖达：《礼记正义》卷44，《十三经注疏》本，第1572页。
④ 孔颖达：《礼记正义》卷44，《十三经注疏》本，第1572页。

注曰："小臣，君之近臣也。朝服而复，所以事君之衣也。用朝服而复之者，敬也。复用死者之祭服，以其求于神也。"[1] 招魂仪式是从东升堂，"面北三号，卷衣投于前"。招魂时，如果死者为男性，则复者呼唤死者的名；是女性，则呼唤死者的字。之所以要举行招魂仪式，是因为古人认为人气绝之后，魂魄附体，行之不远。孝子要伤心痛哭，或可挽留魂魄。痛哭无效，于是举行招魂仪式；举行招魂仪式，死者依然没有复苏，那么就可以举办葬礼了，故曰"唯哭先复，复而后行死事"，郑注曰："气绝则哭，哭而复，复而不苏，可以为死事。"[2] 后世也有为客死他乡的人举行招魂仪式的习俗，据北魏郦道元《水经注》记载："沛公起兵野战，丧皇妣于黄乡。天下平定，乃使使者以梓宫招魂幽野。"[3]

《招魂》与《大招》是借先秦招魂习俗进行抒情言志的楚辞作品。关于《招魂》的作者，历来有所争议。司马迁在《史记》中言："余读《离骚》、《天问》、《招魂》、《哀郢》，悲其志。"[4] 认为《招魂》为屈原所作。王逸则言："《招魂》者，宋玉之所作也。招者，召也。以手曰招，以言曰召。魂者，身之精也。宋玉怜哀屈原，忠而斥弃，愁懑山泽，魂魄放佚，厥命将落。故作《招魂》，欲以复其精神，延其年寿，外陈四方之恶，内崇楚国之美，以讽谏怀王，冀其觉悟而还之也。"[5] 朱熹、王夫之等人皆认同王逸的看法，认为《招魂》是宋玉所作。但王夫之将宋玉作《招魂》的

① 孔颖达：《礼记正义》卷44，《十三经注疏》本，第1572页。
② 孔颖达：《礼记正义》卷44，《十三经注疏》本，第1572页。
③ 陈桥驿：《水经注校证》卷7，中华书局，2007年，第196页。
④ 司马迁：《史记》卷84，第2503页。
⑤ 洪兴祖：《楚辞补注》，第197页。

时间定为顷襄王时期，是为讽谏顷襄王而作。近现代学者对《招魂》的作者也有考证。梁启超认为《招魂》的著作权"应该从太史公之说，归还屈原"①。姜亮夫也认为"从语言学的角度及文体文风礼制文物上看"，《招魂》应是屈原的作品。②《招魂》为屈原所作已成学界之定论。

那么《招魂》是招谁的魂？王逸认为《招魂》是宋玉同情屈原忠而被斥，故为屈原招魂，使其能复精神，延年寿，继续为楚国效力，以达到讽谏怀王的目的。朱熹认为荆楚之俗，招魂之术可施之于生者，"故宋玉哀闵屈原无罪放逐，恐其魂魄离散而不复远，遂因国俗，托帝命，假巫语以招之。以礼言之，固为鄙野，然其尽爱以致祷，则犹古人之遗意也，是以太史公读之而哀其志焉"③。也有学者认为《招魂》乃是屈原自招生魂。如蒋骥认为："此篇疑作于《怀沙》之后。盖其去死无几矣。凡人七情所激，皆能卒然失其精魂。原于《远游》，固曰'神倏忽其不反，形枯槁而独留'。况当近死之时，烦冤转甚，其神魂必有惝然不能自持者，故言魂魄离散。而设为此篇。虽假托之言，亦非无因之说也。"④此外，又有屈原招怀王生魂、招怀王亡魂等各种说法。

据《史记·屈原列传》记载，屈原本为楚怀王"左徒"，后遭上官大夫所馋，被楚王所疏远并遭放逐。但在张仪诈骗楚地之后再次出使楚国时，司马迁如是记载屈原的活动："是时屈平既疏，

---

① 梁启超：《屈原研究》，见周岚等编《饮冰室诗话》，时代文艺出版社，1998 年，第 290—291 页。
② 姜亮夫：《楚辞学论文集》，《姜亮夫全集》第 8 册，云南人民出版社，2002 年，第 76 页。
③ 朱熹：《楚辞集注》，第 133 页。
④ 蒋骥：《山带阁注楚辞》，上海古籍出版社，1984 年，第 158—159 页。

不复在位，使于齐，顾反，谏怀王曰："何不杀张仪？'"① 所谓
"不复在位"，应是不复在"左徒"之位，即不再担任"入则与王
图议国事，以出号令；出则接遇宾客，应对诸侯"的"左徒"要
职。而当楚王被秦王所骗，欲入秦时，屈原又极力劝谏其勿行。
可见，此时屈原虽被楚怀王疏远，但已从流放地召回，故可出使
齐国，也能面谏楚王。由此可以推测，楚怀王客死秦国之时，屈
原正在郢都，且担任了一定的官职。那么这个官职是什么呢？《离
骚序》言，屈原为楚怀王的三闾大夫。《史记》也记载，当屈原再
次被顷襄王流放后，其行吟江畔时，江边的渔父也称屈原为"三
闾大夫"。不久，屈原便自沉汨罗江而死。可知，三闾大夫应是屈
原最后担任的官职。三闾大夫"掌王族三姓""序其谱属"②，是为
掌管王室宗族、负责记录宗族历史与谱系的官长。此类官职多与
宗族祭祀活动联系密切。又据《礼记·丧大记》记载，君王死后，
必为之招魂，而招魂之人应为君王之近臣。那么，身为三闾大夫
的屈原，就有可能参与到为楚怀王招魂的仪式中去。《招魂》简单
地记载了招魂仪式，曰："工祝招君，背行先些。秦篝齐缕，郑绵
络些。招具该备，永啸呼些。魂兮归来！反故居些。"③ "秦篝齐
缕，郑绵络些"是指楚怀王曾经穿过的美丽而华贵的衣服，也是
招魂的主要工具。在准备好一切招魂器具之后，擅长于祭祀祈祷
的巫祝倒退而行，引导亡魂回来。紧接着，《招魂》描绘了富丽堂
皇的宫殿，宫殿里有优美如画的后花园，更有"九侯淑女"环侍
左右，美酒佳肴杂陈于前，只要魂回到此地，便可享受莺歌燕舞

---

① 司马迁：《史记》卷84，第2484页。
② 洪兴祖：《楚辞补注》，第1—2页。
③ 洪兴祖：《楚辞补注》，第202页。

般的快乐生活。这些描写更符合君王的生活景象。可见,《招魂》
应是屈原为招楚怀王之魂而作。

《招魂》依凭先秦招魂习俗,对全文进行了精巧的构思。全文
由引文、正文、乱辞三部分组成,具有简单的叙事框架,其核心
部分为巫阳的招魂辞。招魂辞展现了作者丰富而玄妙的想象。首
先,巫阳向游魂描述天地四方的险恶环境,既有比较客观真实的
自然环境,又把古代的神话、传说糅入其中,营造出恍惚迷离、
险象环生的恐怖氛围。例如,巫阳说东方有长人,高千仞,专以
人魂为食;又有扶桑树,树上有十日,轮流升起,故而东方酷热
难耐,即使金石之坚,也会被融铄掉。其又言西方既有可怖的千
里流沙,又有雷神居住的雷渊,如果人魂行到西方,将全身靡碎,
即使侥幸得以逃脱,旷野之外又有如象般巨大的赤蚁、腹大如壶
的飞蜂,而且那里五谷不生,只能像牛一样嚼柴草;西方之土温
暑而热,灼烂人肉,干渴而求水不得。这些叙述揭示了东方酷热、
西方干旱缺水的自然环境,又将《山海经》中的"东方长人国"、
十日、雷神等神话融入这些恶劣的自然环境中去。行文亦真亦幻,
虚实相生,具有浓郁的神话色彩。巫阳渲染天地四方之阴森可怖
之后,话锋一转,叙述巫祝们已准备好了华丽的招具以引导游魂
回家。接着,巫阳对楚国宫殿、台阁、园林、服饰、美人、饮食、
歌舞等进行了浓墨重彩的铺陈,华辞丽藻,行文细致绵密,成为
汉大赋之先声。《招魂》的乱辞也颇具文采。屈原回忆曾经与楚王
在云梦泽驰骋田猎的盛况,而今楚王却客死他乡。尽管眼前春光
明媚,绿水迢迢,兰草满径,作者也只能悲叹:"朱明承夜兮时不
可以淹,皋兰被径兮斯路渐。湛湛江水兮上有枫,目极千里兮伤

春心。魂兮归来哀江南！"① 另外，《招魂》每句皆运用了"些"
"兮"等语气助词，具有浓郁的楚地风格。沈括认为"《楚词·招
魂》尾句皆曰'些'（苏个反）。今夔、峡、湖、湘及南、北江獠
人，凡禁咒句尾皆称'些'，此乃楚人旧俗"②。

关于《大招》的作者，自古至今也是聚讼纷纷。司马迁《史
记》没有提到屈原作过《大招》。王逸言："《大招》者，屈原之
所作也。或曰景差，疑不能明也。"③ 可见早在东汉关于《大招》
的作者，已有屈原、景差二说。朱熹认为"以宋玉《大小言赋》
考之，则凡差语，皆平淡醇古，意亦深靖闲退，不为词人墨客浮
夸艳逸之态，然后乃知此篇决为差作无疑也"④，将《大招》确认
为景差所作。洪兴祖虽没有明确指出《大招》的作者是谁，但他
认为"屈原赋二十五篇，《渔父》以上是也。《大招》恐非屈原
作"⑤。王夫之则认为《大招》"亦招魂之辞……为绍玉之作。非
屈子倡而玉和明矣。景差与宋玉齿，均为楚之词客。颉颃踵赋，
互相扬榷。而昭、屈、景为楚三族，屈子旧所掌理，受教而知深，
哀其誓死，而欲招之，宜矣。则景差之说为长"⑥。此一问题，就
当今之学界而言，依然为一悬案。姜亮夫坚持《大招》为屈原所
作，并认为整个《大招》都是讲屈原的政治理想。⑦ 但是绝大多数

① 洪兴祖：《楚辞补注》，第 215 页。
② 沈括：《梦溪笔谈》卷 3，《景印文渊阁四库全书》第 862 册，第 718 页。
③ 洪兴祖：《楚辞补注》，第 216 页。
④ 朱熹：《楚辞集注》，第 145 页。
⑤ 洪兴祖：《楚辞补注》，第 216 页。
⑥ 王夫之：《楚辞通释》，第 150 页。
⑦ 参见姜亮夫：《楚辞今绎讲录》，《姜亮夫全集》第 7 册，云南人民出版
社，2002 年，第 136 页。

学者在研究屈原时，将《大招》排除在其作品之外。

《大招》为谁招魂，也是个悬而未决的问题。王逸对《大招》的创作背景与创作目的有所叙述，其云："屈原放流九年，忧思烦乱，精神越散，与形离别，恐命将终，所行不遂，故愤然大招其魂，盛称楚国之乐，崇怀、襄之德，以比三王，能任用贤，公卿明察，能荐举人，宜辅佐之，以兴至治，因以风谏，达己之志也。"①认为《大招》乃是屈原自招生魂。王夫之则认为是景差招屈原之亡魂。

《大招》文后极言政治清明、赏罚得当、德配天地之美政，幻想出现"田邑千畛，人阜昌只。美冒众流，德泽章只"的隆盛之邦，相对《招魂》而言更能体现"以兴至治，因以风谏，达己之志"的目的。②《大招》行文较之《招魂》要简略，但也斐然成章，可与《招魂》媲美，故刘勰盛赞"《招魂》《大招》，耀艳而深华"③，而后世将二者并称为"大小招"。

第五节 《天问》《远游》与游仙文学之形成

何为游仙文学？李善认为："凡游仙之篇，皆所以滓秽尘网，锱铢缨绂，餐霞倒景，饵玉玄都。"④换言之，游仙文学表现的主题应包含三个方面：一，脱离污浊的尘世，抛弃高官厚禄；二，寄情山水，与仙人交游，流连仙境；三，服食仙丹，祈望能托身于玄都，即仙人聚居之所。游仙文学的创作背景乃是作者基于神

---

① 洪兴祖：《楚辞补注》，第 216 页。

② 洪兴祖：《楚辞补注》，第 216 页。

③ 詹锳：《文心雕龙义证》，上海古籍出版社，1989 年，第 156 页。

④ 郭璞：《游仙诗》，见萧统《文选》卷 21 李善注，第 1018 页。

仙思想的宗教体验，将这种宗教体验以幻想的方式表现出来，即虚构自己与仙人交游、服食的游仙经历。楚辞开创了游仙文学的创作传统。可以说游仙文学"发端于《天问》，成形于《远游》，而波荡于汉代楚辞篇章，具有鲜明的黄老道色彩。其中《远游》篇确立了游仙的境界"①。

《天问》是楚辞中最奇特，也最难以理解的一篇。据王逸所言，《天问》的创作是因为"屈原放逐，忧心愁悴。彷徨山泽，经历陵陆。嗟号昊旻，仰天叹息。见楚有先王之庙及公卿祠堂，图画天地山川神灵，琦玮僪佹，及古贤圣怪物行事。周流罢倦，休息其下，仰见图画，因书其壁，何而问之，以渫愤懑，舒泻愁思"②。屈原在楚国祠庙中，看到壁画中的天地、山川、神灵及古代贤圣的图像，故撰写此文。《天问》通篇为问句，全文以四言句式为主，杂以五、六、七言，对天地开辟、日月运行等宇宙现象到人世盛衰、古人得失成败的原因进行了追问，最后归结到楚国腐败的政治。

《天问》涉及了相当多的远古神话，有些神话已有被仙化的痕迹。如其问"夜光何德，死则又育？厥利维何，而顾菟在腹"？既对月亮东升西落的自然现象进行追问，又赋于月以生命，认为月亮具有死而复生的神力。而且，在对月亮的追问中，屈原还提到有"顾菟在腹"，王逸释曰："言月中有菟，何所贪利，居月之腹，而顾望乎？菟，一作兔。"洪兴祖也曰："菟，与兔同。"③ 可知在屈原时代，有关月亮的神话已开始出现了玉兔形象。在后世道教

---

① 陈洪：《论〈楚辞〉的神游与游仙》，载《文学遗产》2007 年第 6 期。
② 洪兴祖：《楚辞补注》，第 85 页。
③ 洪兴祖：《楚辞补注》，第 88—89 页。

神话中，月中玉兔与盗食长生之药而奔月的嫦娥成了伙伴。"玉兔"也时常作为喻指月亮的意象，被诗人们广泛使用。《天问》还涉及战国末年出现的修炼长生不老之术的神仙思想，如其问："延年不死，寿何所止？"① 又问："彭铿斟雉，帝何飨？受寿永多，夫何久长？"② 彭铿即彭祖，古之得道者，以善养生而得寿八百年。虽然相对"延年不死"的仙人来说，彭祖为"早夭"之人，但在战国时期，彭祖已成为善养生、精通呼吸吐纳之术的得道之人。《庄子》云："吹呴呼吸，吐故纳新，熊经鸟申，为寿而已矣；此道引之士，养形之人，彭祖寿考者之所好也。"③ 至汉代，彭祖成为公认的仙人，刘向《列仙传》有其简短传记。而晋代葛洪的《神仙传》将彭祖视为道教丹鼎派的重要神仙，对彭祖服食、炼丹的情形进行了详细描述，更借彭祖之口传授多部道教经书，如《九都》《节解》《隐遁》等。《天问》中的彭祖形象，虽然仅仅停留在因"斟雉"于尧而"受寿永多"的神话层面，但可视为道教徒建构彭祖成仙故事的远源。

《天问》还记载了王子乔的神话，曰："白霓婴茀，胡为此堂？安得夫良药，不能固臧？天式从横，阳离爰死。大鸟何鸣，夫焉丧厥体？"④ 这则神话是否能归属于王子乔，学界历来有争议，因为《天问》并没有提及王子乔。王逸如是解释这几句诗，云："崔文子学仙于王子乔，子乔化为白霓而婴茀，持药与崔文子，崔文子惊怪，引戈击霓，中之，因堕其药，俯而视之，王子乔之尸

---

① 洪兴祖：《楚辞补注》，第 96 页。
② 洪兴祖：《楚辞补注》，第 116 页。
③ 郭庆藩：《庄子集释》卷 6，第 535 页。
④ 洪兴祖：《楚辞补注》，第 101 页。

也……崔文子取王子乔之尸，置之室中，覆之以弊筐，须臾则化为大鸟而鸣，开而视之，翻飞而去，文子焉能亡子乔之身乎？言仙人不可杀也。"洪兴祖补注言："崔文子事见《列仙传》。"①但是，现存《列仙传》中的《王子乔》《崔文子》两篇皆与此事无涉。王逸所注应另有所本。这则神仙故事的主要情节与《天问》极其雷同。如何解释这种现象？极有可能是这种传说在战国时期早已存在，屈原只是照壁画内容进行如实描述而已。

虽然《天问》保留了众多的远古神话，且有一些神话已流露出仙化的端倪，但《天问》还不能视为游仙文学。因为《天问》的创作宗旨并非游仙，而是借远古神话表达对宇宙、社会、人生的思考。王夫之认为《天问》"要归之旨，则以有道而兴，无道则丧，黩武忌谏，耽乐淫色，疑贤信奸，为废兴存亡之本，原讽谏楚王之心，于此而至"②。此言甚是。

中国的游仙文学肇始于楚辞《远游》。在清代以前，《远游》的作者为屈原并无疑义。至清代，乾嘉时人胡濬源始指出："屈子一书，虽及周流四荒，乘云上天，皆设想寓言，并无一句说神仙事。虽《天问》博引荒唐，亦不少及之。'白蜺婴茀'，后人虽援《列仙传》以注，于本文实不明确何？《远游》一篇，杂引王乔赤松且及秦始皇时之方士韩众，则明系汉人所作。可知旧列为原作，非是，故摘出之。"③后吴汝纶又提出"此篇殆后人仿《大人赋》

---

① 洪兴祖：《楚辞补注》，第101页。
② 王夫之：《楚辞通释》，第46页。
③ 参见姜亮夫《楚辞书目五种》，收入《姜亮夫全集》第5册，第256页。

托为之，其文体格平缓，不类屈子，世乃谓相如袭此为之，非也"①。但在清代，坚持《远游》为屈原所作的人仍然不少，如王夫之认为《远游》乃"屈子厌秽浊之世，不足有为，故为不得已之极思"②。蒋骥也认为："原自以悲蹙无聊，故发愤欲远游以自广。然非轻举不能远游，而质非仙圣，不能轻举，故慨然有志于延年度世之事，盖皆有激之言而非本意也。"③ 另朱乾、陈本礼、梁启超等人也坚持《远游》为屈原所作。

当代学界对《远游》的归属问题依然聚讼纷纷。但普遍认为《远游》非屈原所作，而是出自汉人之手。如郭沫若就认为"《远游》整钞《离骚》和司马相如《大人赋》的地方太多，而结构与《大人赋》亦相同，我疑心就是《大人赋》的初稿"④。但是，若仅就文风、结构而判别《远游》之作者，有臆测之嫌。胡浚源所言《远游》文中引用了王乔、赤松子、韩众的典故，成为当代学界将《远游》指认为汉人所做的重要证据。王乔的传说由来已久，屈原《天问》有"白蜺婴茀，胡为此堂"之句，王逸认为即是指王乔化为白虹的传说。再据应劭《风俗通义·正失》，王乔即是周灵王太子晋，因预知死期而被后世神化。⑤ 可知，在屈原时期，王乔的传说完全有可能存在。另外如赤松子，据《列仙传》为神农时雨师，也应是依据古传说而进行的记载。再就韩众而言，因《史记·秦始皇本纪》记载了秦时方士韩众，后世学者皆将《远

① 吴汝纶：《古文辞类纂评点·远游》，见姚鼐《古文辞类纂》，中国书店，1986年，第1112页。
② 王夫之：《楚辞通释》，第114页。
③ 蒋骥：《山带阁注楚辞》卷5，第145页。
④ 郭沫若：《郭沫若全集》历史编卷4，人民出版社，1982年，第36页。
⑤ 参见王利器《风俗通义校注》卷2，中华书局，1981年，第86页。

游》之韩众直接等同之。《远游》曰："奇傅说之托辰星兮,羡韩众之得一。"将傅说与韩众并而论之。"傅说之托辰星"的传说,在屈原时就已有流传,《庄子·大宗师》曰:"傅说得之,以相武丁,奄有天下,乘东维,骑箕尾,而比于列星。"[1] 但"韩众之得一"却于先秦文献未见征载。虽然目前所见文献无法证明《远游》之韩众并非秦时方士,反之,也没有足够文献支撑二者为同一人的观点。此中是非曲直,因文献的缺失而难以明判。据此,本书依从古说,将《远游》视为屈原所作。

《远游》乃是古代最早以游仙为主旨的辞赋,被视为"后世游仙诗之祖"[2],开启了古代游仙文学的创作传统。《远游》首先交代作者远游的原因,是因为"悲时俗之迫阨兮",故"愿轻举而远游",希望达到"漠虚静以恬愉兮,澹无为而自得"[3] 的境界。屈原对现实世界的失望,使他视当时社会为污秽的浊世,进而向往能使自己获得恬愉与自得的天界。这种将尘世与天界进行二元对立的创作模式,成为游仙文学的思想基础,对后世道教的仙、凡两界理论的建立有着深远影响。

接着,作者对游仙展开了幻想,体现了屈原的神仙观念。文中涉及赤松子、王乔、傅说、韩众等古仙人,更有许多关于长生久视之术的修炼方法,成为后世道教修炼长生之法的思想渊薮。如"餐六气而饮沆瀣兮,漱正阳而含朝霞",王逸引《陵阳子明经》注曰:"春食朝霞。朝霞者,日始欲出赤黄气也。秋食沦阴。

---

① 郭庆藩:《庄子集释》卷3上,第247页。
② 朱乾:《乐府正义》卷12,见《三曹资料汇编》,中华书局,1980年,第202页。
③ 洪兴祖:《楚辞补注》,第163—164页。

沦阴者，日没以后赤黄气也。冬饮沆瀣。沆瀣者，北方夜半气也。夏食正阳。正阳者，南方日中气也。并天地玄黄之气，是为六气也。"① "六气"之说，在《庄子》中也有体现。《逍遥游》云："若夫乘天地之正，而御六气之辩，以游无穷者，彼且恶乎待哉！"② 描写了顺应自然，无所拘碍的圣人境界。同文又刻画了一位"不食五谷，吸风饮露。乘云气，御飞龙，而游乎四海之外"的神人形象。可知，餐六气、饮沆瀣、漱正阳、含朝霞，正是当时神仙观念的体现。王夫之认为"此学仙之始事，其术所谓炼己也"。③《远游》又言"保神明之清澄兮，精气入而粗秽除"，意谓要常吞天地精华之气，以纳新吐故，清除体内污垢。王夫之认为"精气，先天之气，胎息之本"④，将此视为胎息法。另外，作者在与古仙人王乔娱戏之时，王乔对之传授"一气"之法，将之引入成仙之路径。《远游》一再提到"一息""一气"等概念，文曰："顺凯风以从游兮，至南巢而一息。见王子而宿之兮，审一气之和德。"又言："一气孔神兮，于中夜存。虚以待之兮，无为之先。"⑤凝神守一，是道家修身养生的重要理念。《老子》云："载营魄抱一，能无离？专气致柔，能婴儿？"⑥ 后世道教将"守一"视为修炼长生术的重要方法，如《太平经》云："守一明之法，长寿之根

---

① 洪兴祖：《楚辞补注》，第166页。
② 郭庆藩：《庄子集释》卷1上，第17页。
③ 王夫之：《楚辞通释》，第104页。
④ 王夫之：《楚辞通释》，第104页。
⑤ 洪兴祖：《楚辞补注》，第166—167页。
⑥ 朱谦之：《老子校释》，第37—39页。

也。"① 《抱朴子·地真》引《仙经》云："子欲长生，守一当明。"② 而且《仙经》将"守一诀"与"九转丹""金液经"相提并论，视为修仙的三大法宝，皆藏在"昆仑五城之内，藏以玉函，刻以金札，封以紫泥，印以中章焉"③，其重要性不言而喻。葛洪又云："守一存真，乃能通神；少欲约食，一乃留息；白刃临颈，思一得生；知一不难，难在于终；守之不失，可以无穷；陆辟恶兽，水却蛟龙；不畏魍魉，挟毒之虫；鬼不敢近，刃不敢中。此真一之大略也。"④ 可见"守一"对于修道之人而言，乃是至高至上的法宝。王夫之更是认为《远游》"一息""一气"之法乃"金液还丹无功用之妙旨""仙者之术尽此矣"。⑤

在获得王乔的成仙秘诀后，作者乃"闻至贵而遂徂兮，忽乎吾将行"⑥，开始了天地间的远游征程。他希望能"仍羽人于丹丘兮，留不死之旧乡"⑦。《山海经·海外南经》记载有"羽民国在其东南，其为人长头，身生羽"⑧，又有"不死民在其东，其为人黑色，寿，不死"⑨。"羽人"在后世代指成仙，不死民自然是向往长生不老。故王逸认为屈原的意愿是"遂居蓬莱，处昆仑也"。洪兴祖补注曰："留不死之旧乡，其仙圣之所宅乎。"⑩ 接着，屈原想

① 王明：《太平经合校》，第16页。
② 王明：《抱朴子内篇校释》卷18，第323页。
③ 王明：《抱朴子内篇校释》卷18，第324页。
④ 王明：《抱朴子内篇校释》卷18，第324页。
⑤ 王夫之：《楚辞通释》，第106页。
⑥ 洪兴祖：《楚辞补注》，第167页。
⑦ 洪兴祖：《楚辞补注》，第167页。
⑧ 袁珂：《山海经校注》，第228页。
⑨ 袁珂：《山海经校注》，第238页。
⑩ 洪兴祖：《楚辞补注》，第167页。

象自己"朝濯发于汤谷兮，夕晞余身兮九阳。吸飞泉之微液兮，怀琬琰之华英。玉色頩以脕颜兮，精醇粹而始壮。质销铄以汋约兮，神要眇以淫放。嘉南州之炎德兮，丽桂树之冬荣。山萧条而无兽兮，野寂漠其无人。载营魄而登霞兮，掩浮云而上征"①。作者展开丰富的想象，借用原始宗教观念中的灵魂登天，展示自己魂魄神游的历程。在此过程中，其魂灵在太阳升起的汤谷里沐浴濯发，涤除全身的郁结之气；傍晚时又到天地之涯接受日晒，以驱除体内的阴湿幽寒。接着，他饮用飞泉微液，咀嚼玉英，以养其神，使自己的容颜充满了美好的光泽。其神强健而壮盛，其形清癯而柔媚。于是，其魂魄飘然而远征，去到温暖的南方，看到山野萧条而无禽兽，林泽空虚且寂寞无人。其魂再缘霞导气而上之于天。在天庭，他驱使众神，驾驭华美的仙车，在仙乐飘荡之中周游天境，实现了登霞轻举的梦想。

然而在这自由自在、无拘无碍的遨游中，其魂"忽临睨夫旧乡。仆夫怀余心悲兮，边马顾而不行。思旧故以想像兮，长太息而掩涕。泛容与而遐举兮，聊抑志而自弭"②。故王逸言："远游者，屈原之所作也。屈原履方直之行，不容于世。上为谗佞所谮毁，下为俗人所困极，章皇山泽，无所告诉。乃深惟元一，修执恬漠。思欲济世，则意中愤然，文采铺发，遂叙妙思，托配仙人，与俱游戏，周历天地，无所不到。然犹怀念楚国，思慕旧故，忠信之笃，仁义之厚也。是以君子珍重其志，而玮其辞焉。"③朱熹也认为："屈原既放，悲叹之余，眇观宇宙，陋世俗之卑狭，悼年

---

① 洪兴祖：《楚辞补注》，第167—168页。
② 洪兴祖：《楚辞补注》，第172页。
③ 洪兴祖：《楚辞补注》，第163页。

寿之不长，于是作为此篇。思欲制炼形魂，排空御气，浮游八极，后天而终，以尽反复无穷之世变。"① 清人陈本礼认为《远游》乃是"截《离骚》远逝以下诸章，衍为此词，为后世游仙之祖"②。揭示《远游》的精神主旨与《离骚》具有一脉相承之关系。

《远游》因"托配仙人，与俱游戏，周历天地，无所不到"，体现了作者丰富奇特的想象力，使行文充满了浪漫、瑰丽的色彩。梁启超认为："《远游》一篇，是屈原宇宙人生观的全部表现，是当时南方哲学思想之现于文学者……这种见解，是道家很精微的所在；他所领略的，不让前辈的老聃和并时的庄周。"③ 文中体现出的神仙思想，即是当时南方哲学思想之一种。虽然《远游》的最终主旨并非为追求长生久视之道，而是屈原借游仙以泄胸中愤懑。但其开创的游仙文学之传统，为后世文人所追慕；而其在文中所展示的游仙思想、神仙观念、修炼法术，更为后世道教所追崇。朱熹认为《远游》"虽曰寓言，然其所设王子之词，苟能充之，实长生久视之要诀也"④。王夫之更是认为："所述游仙之说，已尽学玄者之奥。后世魏伯阳、张平叔所隐秘密传，以诧妙解者，皆已宣泄无余。盖自彭、聃之术兴，习为淌洸之寓言，大率类此。要在求之神意精气之微，而非服食烧炼祷祀及素女淫秽之邪说可乱。故以魏、张之说释之，无不吻合。"⑤ 又言："屈子厌秽浊之世，不足有为，故为不得已之极思。怀仙自适，乃言大还既就，

---

① 朱熹：《楚辞集注》，第105页。

② 陈本礼撰、慈波点校：《屈辞精义》卷6，上海古籍出版社，2017年，第240页。

③ 梁启超：《屈原研究》，见周岚等编《饮冰室诗话》，第292—295页。

④ 朱熹：《楚辞集注》，第105页。

⑤ 王夫之：《楚辞通释》，第101页。

不愿飞升，翱翔空际，以俟时之清，慰其幽忧之志。是其忠爱之素无往而忘者也。及乎顷襄之世，窜徙巫咸。国势日蹙，虽欲退处游仙而有所不得。怀沙、悲回风之赋作，而远游之心亦废矣。彼一时，此一时也。此篇之旨，融贯玄宗，魏伯阳以下诸人之说，皆本于此。迹其所由来，盖王乔之遗教乎。"[1] 将东汉末年道士魏伯阳、北宋道士张伯端的道教修炼术的源头归于《远游》。王夫之在《楚辞通释》中，更是用道教之理论与修炼术阐释《远游》句意，体现了后世道教对《远游》中游仙思想及仙术的接受与推崇。

---

① 王夫之：《楚辞通释》，第114页。

第八章 秦汉诗赋与游仙、郊祀思想

秦汉时期，作为中国原始宗教信仰之一的神仙信仰，在统治者的倡导下，得到了进一步发展。以秦始皇、汉武帝为代表的帝王求仙活动，使整个秦汉时代弥漫着浓厚的神学色彩。这种神仙思想的盛行，除体现在各个阶层不同程度的求仙活动之外，也成为文人吟诵的重要题材。此时期的游仙诗、郊祀赋等作品便是文人对各种神仙意象的心灵感怀；而汉武帝时期创作的《郊祀歌》，形象地展现了汉代正统官方的宗教仪式，既是先秦原始宗教信仰的遗留，又具有浓厚的新神仙思想。

第一节 秦汉时期的游仙诗

以游仙为题材的诗歌，源于楚辞《远游》。虽然屈原《远游》被奉为后世游仙之祖，但屈原《远游》主旨乃在借神仙世界抒发志士报国无门的抑郁不平之气，并非真正追寻神仙之道。而秦汉时期的游仙诗，其精神内核已完全不同于《远游》。作者主要表达自己对神仙之道的渴慕，体现的是追求长生成仙的宗教主题。故清人朱乾《乐府正义》将早期的游仙诗分为两类，曰："游仙诸诗嫌九州之蹐促，思假道于天衢，大抵骚人才士不得志于时，借此以写胸中之牢落，故君子亦有取焉。若秦皇使博士为《仙真人诗》，游行天下，令乐人歌之，乃其惑也；后人尤而效之，惑之惑也。诗虽工，何取哉！"①

朱乾所批评的秦始皇《仙真人诗》，是现有文献记载的秦代唯一真正意义上的游仙诗。据《史记·秦始皇本纪》记载，秦始皇"使博士为《仙真人诗》，及行所游天下，传令乐人歌弦之"②。这首《仙真人诗》便是以配合秦始皇求仙活动而进行弦歌的游仙诗，可惜现已不传。据裴骃《史记集解》记载，秦始皇改元为"嘉平"，也是得到一首游仙诗的启示。诗云："神仙得者茅初成，驾龙上升入泰清，时下玄洲戏赤城，继世而往在我盈，帝若学之腊嘉平。"③ 这首诗及本事最先记载于《太原真人茅盈内纪》中。茅盈为西汉时人，其曾祖茅濛生活于秦始皇时期，即诗中所言"神仙得者茅初成"。后茅盈被奉为道教茅山上清派祖师。可见，这是道教初成立之时，道教徒为神化其教而攀附秦始皇的产物，故该诗自不是秦时作品。

汉代时，游仙诗的创作开始增多，尤其在汉乐府中保存了较多的游仙诗，有《相和曲·陌上桑》《吟叹曲·王子乔》《平调曲·长歌行》《杂曲歌辞·艳歌》《清调曲·董逃行》《琴曲歌辞·八公操》《汉铙歌·上陵》《瑟调曲·善哉行》《瑟调曲·陇西行》《瑟调曲·西门行》《琴曲歌辞·水仙操》等作品。汉代游仙诗的产生与时代宗教气息紧密相关，有些游仙诗便体现了帝王的求仙活动。如《汉铙歌十八首》之《上陵》，诗曰：

上陵何美美，下津风以寒。问客从何来，言从水中

---

① 朱乾：《乐府正义》卷 12，见《三曹资料汇编》，第 202 页。
② 司马迁：《史记》卷六，第 259 页。
③ 司马迁：《史记》卷六，第 251 页。

央。桂树为君船，青丝为君笮，木兰为君棹，黄金错其
间。沧海之雀赤翅鸿，白雁随。山林乍开乍合，曾不知
日月明。醴泉之水，光泽何蔚蔚。芝为车，龙为马，览
遨游，四海外。甘露初二年，芝生铜池中，仙人下来饮，
延寿千万岁。①

据《古今乐录》记载："汉章帝元和中，有宗庙食举六曲，加
《重来》《上陵》二曲，为《上陵》食举。"② 可见在汉章帝时期，
《上陵》古辞为宗庙祭祀时的食举之曲。上陵在汉代是重要的郊祭
之礼。据《后汉书·礼仪志》记载，"正月上丁，祠南郊。礼毕，
次北郊，明堂，高庙，世祖庙，谓之五供。五供毕，以次上陵。西
都旧有上陵。东都之仪，百官、四姓亲家妇女、公主、诸王大夫、
外国朝者侍子、郡国计吏会陵。昼漏上水，大鸿胪设九宾，随立
寝殿前。钟鸣，谒者治礼引客，群臣就位如仪。乘舆自东厢下，
太常导出，西向拜，折旋升阼阶，拜神坐。退坐东厢，西向。侍
中、尚书、陛者皆神坐后。公卿群臣谒神坐，太官上食，太常乐
奏食举，舞《文始》《五行》之舞。乐阕，群臣受赐食毕，郡国上
计吏以次前，当神轩占其郡国谷价，民所疾苦，欲神知其动静。
孝子事亲尽礼，敬爱之心也。周遍如礼。最后亲陵，遣计吏，赐
之带佩。八月饮酎，上陵，礼亦如之"③。虽然现在已无法考证现
存的《上陵》是否就是汉章帝时的食举之曲，但《上陵》主要言
神仙之事，且诗尾明言"甘露初二年，芝生铜池中，仙人下来饮，

①　郭茂倩：《乐府诗集》卷 16，第 229 页。
②　郭茂倩：《乐府诗集》卷 16，第 228 页。
③　司马彪：《后汉书志》卷 4，中华书局，1973 年，第 3102—3103 页。

延寿千万岁"，咏汉宣帝求仙事，正体现了该诗为帝王祈求长生不死，飞升成仙的主旨。

为帝王祈求成仙长生的游仙诗还有《清调曲·董逃行》，诗曰：

> 吾欲上谒从高山，山头危险大难。遥望五岳端，黄金为阙，班璘。但见芝草，叶落纷纷。百鸟集，来如烟。山兽纷纶，麟、辟邪；其端鹍鸡声鸣。但见山兽援戏相拘攀。小复前行玉堂，未心怀流还。传教出门来："门外人何求？"所言："欲从圣道求一得命延。"教敕凡吏受言，采取神药若木端。白兔长跪捣药虾蟆丸。奉上陛下一玉柈，服此药可得神仙。服尔神药，莫不欢喜。陛下长生老寿，四面肃肃稽首，天神拥护左右，陛下长与天相保守。①

《董逃行》乃东汉末年的乐歌。所谓"董逃"，本是寓意董卓挟主专权，祸乱汉室，终将失败逃窜。董卓在世时，民间已有"董逃歌"。《后汉书·五行志》记载："灵帝中平中，京都歌曰：'承乐世董逃，游四郭董逃，蒙天恩董逃，带金紫董逃，行谢恩董逃，整车骑董逃，垂欲发董逃，与中辞董逃，出西门董逃，瞻宫殿董逃，望京城董逃，日夜绝董逃，心摧伤董逃。'案'董'谓董卓也，言虽跋扈，纵其残暴，终归逃窜，至于灭族也。"② 而后

---

① 郭茂倩：《乐府诗集》卷34，第505页。
② 司马彪：《后汉书志》卷13，第3284页。

"后人习之为歌章，乐府奏之以为儆诫焉"①。然本诗主旨已与"董逃"之本事毫无关系。该诗以一位方士的口吻，描写自己上至昆仑山求见西王母，为帝王求得长生之药的经过。在此诗中，作者既对神仙圣境进行了细致刻画，又叙述了于若木采药、玉兔捣药的场景。诗后所言"服尔神药，莫不欢喜。陛下长生老寿，四面肃肃稽首，天神拥护左右，陛下长与天相保守"则是方士呈送帝王不死药时，为帝王祈求长生不老的祝祷语。

另有《吟叹曲·王子乔》，诗云：

> 王子乔，参驾白鹿云中遨。参驾白鹿云中遨，下游来，王子乔。参驾白鹿上至云，戏游遨。上建逋阴广里践近高。结仙宫，过谒三台，东游四海五岳，上过蓬莱紫云台。三王五帝不足令，令我圣明应太平。养民若子事父明，当究天禄永康宁。玉女罗坐吹笛箫。嗟行圣人游八极，鸣吐衔福翔殿侧。圣主享万年。悲吟皇帝延寿命。②

王子乔是汉人诗文中被广泛吟诵的仙人。该诗描述王子乔驾骑白鹿在云中自在遨游，上仙宫，过三台，游四海五岳，过蓬莱仙境。因有王子乔的祈福，故可"令我圣明应太平。养民若子事父明，当究天禄永康宁"，同时"圣主享万年，悲吟皇帝延寿命"。从这种祈求国泰民安、皇帝长生不死的语气来看，该诗可能是方

---

① 郭茂倩：《乐府诗集》卷34，第504—505页。
② 郭茂倩：《乐府诗集》卷29，第437—438页。

士为皇帝举办求仙活动创作的作品，也可能是在朝廷宴享时歌唱的颂诗。

《汉书·艺文志》记载："自孝武立乐府而采歌谣，于是有代赵之讴，秦楚之风，皆感于哀乐，缘事而发，亦可以观风俗，知薄厚云。"[1] 以上乐府诗正体现了帝王阶层追求长生成仙的时代风气。而帝王从事求仙活动离不开方士，方士是人、神交流的重要中介。故在这些乐府诗中，总存在一些方士的影子。如《上陵》"问客从何来，言从水中央"，便是方士与水神的直接交流。《董逃行》首云"吾欲上谒从高山，山头危险大难"，更是方士用第一人称的方式，描写自己游仙时的所见所闻。这些方士作为精神主体介入诗歌，可见此类游仙诗正是缘求仙之事而发，具有浓厚的宗教意味。

在汉代神仙观念里，仙人可遇、可求、可与之游。在这种观念的影响下，汉代游仙诗中常有仙人接引有缘人成仙的描写。如《平调曲·长歌行》言"仙人骑白鹿，发短耳何长。导我上太华，揽芝获赤幢"[2]，描写骑着白鹿的仙人前来导引"我"上太华山，获取长生不老之药。再有淮南王刘安的《八公操》云："煌煌上天，照下土兮。知我好道，公来下兮。公将与余，生毛羽兮。"[3] 据《古今乐录》记载："淮南王好道，正月上辛，八公来降，王作此歌。"[4] 可见也是仙人接引"我"即刘安上天庭。再如《陇西

① 班固：《汉书》卷30，第1756页。
② 郭茂倩：《乐府诗集》卷30，第442页。
③ 郭茂倩：《乐府诗集》卷58，第852页。
④ 郭茂倩：《乐府诗集》卷58，第851页。

行》曰："离天四五里，道逢赤松俱。揽辔为我御，将吾天上游。"① 因偶遇仙人赤松子而与之上天游历。这种抛离了方士的中间作用，由仙人亲自接引有缘人上天成仙的游仙模式，是汉代游仙诗的一个重要特点。这种游仙模式，以第一人称的叙事视角叙述自己与仙人共游的所见所闻，便于诗人直抒胸怀，使游仙行为更具有真实感，更能引起读者的共鸣。

就汉代游仙诗而言，最有价值的还是那些秉承了屈原《远游》精神，抒写个人思想情志的作品。但屈原《远游》是因诗人不容于浊世，胸中怀有荦荦不平之气，故而神游天衢，上下求索以找寻一条精神出路。汉代游仙诗的思想主旨与此不同。这些游仙诗对神仙的向往体现了世人对人生苦短、世态炎凉的反思，是现实残酷、理想幻灭下的情感共鸣，是汉代社会的群体心理反应。如《瑟调曲·善哉行》：

> 来日大难，口燥唇干。今日相乐，皆当喜欢。经历名山，芝草翻翻。仙人王乔，奉药一丸。自惜袖短，内手知寒。惭无灵辄，以报赵宣。月没参横，北斗阑干。亲交在门，饥不及餐。欢日尚少，戚日苦多。以何忘忧，弹筝酒歌。淮南八公，要道不烦。参驾六龙，游戏云端。②

东汉末年，士人队伍日渐壮大，然而朝廷却被外戚宦官把持，

---

① 逯钦立：《先秦汉魏晋南北朝诗·汉诗》，中华书局，1983 年，第 267 页。

② 郭茂倩：《乐府诗集》卷 36，第 535—536 页。

入仕艰难，宦海更是风险重重。在这种社会政治状态下，士子们对功名事业产生了强烈的幻灭感，而人生短促，光阴易逝的焦虑又时时充斥着他们敏感的内心。该诗首言"来日大难，口燥唇干"正是表达对未来生活的恐惧，而"亲交在门，饥不及餐。欢日尚少，戚日苦多"又是对痛苦现实的无奈体认。在这种内忧外患之时，很多士子将精神支柱投向超越了世俗人生、了无牵挂、自由自在的神仙世界。在现实痛苦、了无希望的状态下，士子们只有及时行乐，希望自己像仙人王子乔那样，长生不死；如淮南八公一样，驾驭六龙，游戏云端。这种借游仙以忘忧的背后，隐藏着诗人深重的悲凉。

汉乐府中的游仙诗，其思想主旨以追求长生成仙为目的。两汉时期，神仙学说的实践者往往是权贵阶层，故游仙诗多为汉乐府中的文人诗，而非民歌。体现在艺术风格上，则是游仙诗的语言大都典雅、凝练，丽辞华藻，精雕细琢。如《杂曲歌辞·艳歌》云："今日乐上乐。相从步云衢。天公出美酒。河伯出鲤鱼。青龙前铺席。白虎持榼壶。南斗工鼓瑟。北斗吹笙竽。姮娥垂明珰。织女奉瑛琚。苍霞扬东讴。清风流西歈。垂露成帷幄。奔星扶轮舆。"[1] 全诗皆用五言句式，恣意铺陈，对仗精工，用语华丽，气势非凡，一派富贵气象。当然，在游仙诗中也有惜墨如金的现象，诗中往往采用速写手法快速勾勒仙人形象。如《平调曲·长歌行》中用"仙人骑白鹿，发短耳何长"句，短短几个字将仙人的奇特相貌勾画出来，神形具备，引人遐想。

汉乐府"感于哀乐，缘事而发"的艺术精神，是《诗经》写

---

① 逯钦立：《先秦汉魏晋南北朝诗·汉诗》，第289页。

实传统的继承与发扬。然而乐府中的游仙诗，因其内容的独特性，使诗歌充满了奇幻、奇丽的浪漫气息。相对于其他题材的乐府诗而言，游仙诗独特的艺术价值正体现在此虚实结合的创作风格上。如《上陵》，其诗尾言"甘露初二年，芝生铜池中，仙人下来饮"，据《汉书·宣帝纪》，甘露二年（公元前 52），宣帝下诏曰："乃者凤皇甘露降集，黄龙登兴，醴泉滂流，枯槁荣茂，神光并见，咸受祯祥。"[①] 可见该诗是为咏汉宣帝求仙事而作。然该诗却在实写此本事之前，铺垫了很多文辞。首先设置客主问答，点明此诗中的主神乃是来自水中央的水神；接着用桂树、青丝、木兰、黄金等美好意象形容水神超尘脱俗的气质；又有沧海雀、赤翅鸿、白雁跟随在水神的身旁。这种种情景，自然是作者的构思与想象。作者在歌颂祥瑞的同时，更向世人传递神仙实有、仙境确存的思想，比单纯写实记录更具有感染力。

　　为了营造神仙世界的真实感，有些游仙诗以第一人称叙事的方式记叙求仙经过。如《清调曲·董逃行》，全诗分为五个叙事场景。首言"吾"历经"山头危险大难"，终于来到五岳之巅的仙境；次言"吾"所见仙境风物：黄金为阙，芝草丰茂，百鸟群集，各种瑞兽往来其中，相互嬉戏；接着叙述"吾"小心翼翼地来到"玉堂"前，与神仙交流，为帝王乞求长生不死之药；紧接着描写那位没有露面的仙人命令仙吏采药，让玉兔捣药，据此可判断"吾"所求之神仙乃是西王母；最后是"吾"向陛下奉上从西王母处得来的长生之药。这种以第一人称进行叙事的方式，使被凡尘俗众视为神秘莫测、遥不可及的神仙世界顿时变得真实、亲切起

---

　　① 　班固：《汉书》卷 8，第 269 页。

来。在貌似真实的语境下，描绘神幻、奇特的神仙世界，这种神奇变幻的艺术风格，正是宗教文学的重要特色。

汉乐府中的游仙诗不论是思想主旨还是创作手法均对后世游仙诗产生了重要影响，尤其是直接影响了魏晋南北朝时期的游仙精神，成为中国古代游仙文学中的重要一环。例如曹操的《气出倡》《精列》，曹植的《仙人篇》等表达了希望能养生长寿、飞升成仙的愿望；而曹植的《游仙》《升天行》则是借游仙来抒发人生苦短、功名难成的失落；郭璞以"道士"自命，其《游仙诗》将愤世与求仙结合起来，既有诗人的宗教情怀，又富于人生哲理，以至钟嵘评价其诗"乃是坎壈咏怀，非列仙之趣也"[1]。明代学者胡应麟在评价两汉及魏晋时期的游仙诗时，认为"汉仙诗，若《上元》《太真马明》，皆浮艳太过，古质意象，毫不复存，俱后人伪作也。汉乐府中如《王子乔》及'仙人骑白鹿'等，虽间作丽语，然古意浡郁其间。次则子建《五游》《升天》诸作，词藻宏富，而气骨苍然。景纯《游仙》，体格顿衰，尚多致语。下此无论矣"[2]，将汉乐府中的游仙诗视为古代游仙文学的代表。

第二节　武帝求仙与《郊祀歌》

郊祭，是自古以来帝王祭祀天、地、日、月和众神的一种宗教仪式，是原始宗教信仰的体现。据《礼记·郊特牲》记载："郊之祭也，迎长日之至也。"孔颖达疏曰："此一节，总明郊祭之义。迎长日之至也者，明郊祭用夏正建寅之月，意以二月建卯，春分

---

① 曹旭：《诗品笺注》，人民文学出版社，2009年，第145页。
② 胡应麟：《诗薮》内编卷1，第19页。

后日长。今正月建寅，郊祭通而迎此长日之将至。"① 汉董仲舒《春秋繁露·郊祭》曰："《春秋》之义，国有大丧者，止宗庙之祭，而不止郊祭，不敢以父母之丧，废事天地之礼也。"② 说明郊祭这一宗教仪式的重要性。古时郊祭有歌、舞、乐娱神，现存最古老的郊祭歌为《诗经·周颂》中的"昊天有成命"一诗，《毛诗序》曰"郊祀天地也"③。

汉《郊祀歌》十九章，是汉武帝举行郊祭时使用的诗歌。班固《汉书·礼乐志》全文收录，郭茂倩《乐府诗集》据班史将此《郊祀歌》收录在"郊庙歌辞"内，视《天马》篇为两首，称《汉郊祀歌》二十首。

汉《郊祀歌》产生的时代背景及诗歌本事，皆深受汉武帝求仙活动的影响。可以说，正因为有汉武帝的求仙举动，才激发了汉代乐府诗的兴盛。乐府本是西汉官署的名称。汉代初期，音乐机构的设置沿袭秦时制度，设太乐令，以掌管宗庙音乐。汉武帝"定郊祀之礼""乃立乐府"④，专门掌管宗庙之外的音乐，用于郊祭的乐歌即属于乐府。

汉武帝以李延年为协律都尉，司马相如等人创作诗赋，"略论律吕，以合八音之调，作十九章之歌"。然《郊祀歌》就当时而言，其言辞已非常古雅，其意义深奥难解。以至"通一经之士不能独知其辞，皆集会《五经》家，相与共讲习读之，乃能通知其

---

①　孔颖达：《礼记正义》卷26，《十三经注疏》本，第1452页。

②　苏舆：《春秋繁露义证》卷15，第404页。

③　孔颖达：《毛诗正义》卷19，《十三经注疏》本，第587页。

④　班固：《汉书》卷22，第1045页。

意，多尔雅之文"。① 然要理解《郊祀歌》的意义，先要了解其创作的思想背景。下文将先对《郊祀歌》十九章的内容、本事、创作背景及创作年代进行简要地梳理。

汉《郊祀歌》第一章《练时日》为迎神曲，三言诗。宋谢庄撰有《迎神歌诗》，沈约《宋书·乐志》收录，在其下注曰："依汉郊祀迎神，三言，四句一转韵。"② 可证《练时日》为迎神曲。

第二章《帝临》，四言诗。首句云："帝临中坛，四方承宇。"颜师古注曰："言天神尊者来降中坛，四方之神各承四宇也。"③ 诗中有"制数以五""后土富媪"句，张晏注曰："此后土之歌也。土数五。"④ 是祭祀中央黄帝之歌。

第三章《青阳》、第四章《朱明》、第五章《西颢》、第六章《玄冥》，皆为四言诗。诗题下皆有"邹子乐"三字，这在汉《郊祀歌》中是很特殊的现象。自古以来，学界对"邹子乐"的含义存在争议。有学者认为邹子乐指汉代的邹阳。《诗薮》曰："汉《郊祀歌十九章》，以为司马相如等作，而《青阳》《朱明》四章，史题邹子乐名。按四章体气如一，皆四字为句，辞虽淳古，而意极典明，当出一人之手，是为邹作无疑。前有《帝临》一章，与四篇绝类，章法长短正同。盖五篇共序五帝，亦邹作无疑，史缺文耳。"⑤ 此观点得到后世学者的认同。⑥ 也有执疑议者，认为此非

---

① 司马迁：《史记》卷24，第1177页。
② 沈约：《宋书》卷20，中华书局，1997年，第569页。
③ 班固：《汉书》卷22，第1054页。
④ 班固：《汉书》卷22，第1054页。
⑤ 胡应麟：《诗薮》内编卷1，第17页。
⑥ 梁启超的《中国之美文及其历史》，罗根泽的《乐府文学史》，陆侃如、冯沅君的《中国诗史》皆认同此一观点。

指西汉邹阳，而是指战国时期的邹衍。"邹子乐"并非指称诗歌作者，而是指该诗所配的音乐，如宋王应麟《玉海》就将"汉郊祀歌青阳至玄冥云邹子乐"列于"邹衍律"目下。①

这四首诗与《帝临》是一个相对独立的体系。朱乾《乐府正义》云："（《帝临》至《玄冥》）五诗古质朴直，不施雕缋而意自至，于颂为近。《汉书》谓邹子乐所作。诗言均可互见：首曰'帝'，知下皆帝也；曰'帝临中坛'，知春东、夏南、秋西、冬北也；曰'嘉服上黄'，知春青、夏朱、秋白、冬玄也；春曰'青阳'，夏曰'朱明'，知秋为白藏，冬为玄英也；秋曰'西颢'，知春太皓、夏炎帝、冬颛顼、中黄帝也；冬曰'玄冥'，知春勾芒、夏祝融、秋蓐收、中后土也。此五诗错综得诗法。"② 可知《帝临》《青阳》《朱明》《西颢》和《玄冥》分别为祭祀中央黄帝及东、南、西、北四帝的颂歌。而这五首诗歌在当时社会很常见，故司马迁《史记·乐书》只记载曰："汉家常以正月上辛祠太一甘泉，以昏时夜祠，到明而终。常有流星经于祠坛上。使童男童女七十人俱歌。春歌《青阳》，夏歌《朱明》，秋歌《西皞》，冬歌《玄冥》。"但司马迁并没有记录这几首作品的歌辞，因为"世多有，故不论"③。以上诗歌的创作年代难以考证，付诸阙如。

第七章《惟泰元》，四言诗。"泰元"即指"太一"。《汉书·武帝纪》记载元鼎五年"十一月辛巳朔旦，冬至。立泰畤于甘泉。

① 王应麟：《玉海》卷6，上海书店，1987年，第122页。另可参王福利的《汉郊祀歌中"邹子乐"的含义及其相关问题》，见吴相洲《乐府学》第3辑，学苑出版社，2008年，第91—117页。
② 转引自郑文：《汉诗选笺》，上海古籍出版社，1986年，第76页。
③ 司马迁：《史记》卷24，第1178页。

天子亲郊见"，颜师古注曰："祠太一也。"① 同书《郊祀志》也云："十一月辛巳朔旦冬至，吻爽，天子始郊拜泰一。朝朝日，夕夕月，则揖；而见泰一如雍郊礼。"② 可见，该诗作于元鼎五年，即公元前112年。敬祠"太一"，是武帝追求长生成仙的一个重要举措。据《汉书·郊祀志》，汉武帝时有方士进言曰："五帝，泰一之佐也，宜立泰一而上亲郊之。"③ 起初，汉武帝对"太一"表示怀疑，并未确定郊祀太一。然而在方士公孙卿的游说下，"上遂郊雍，至陇西，登空桐，幸甘泉。令祠官宽舒等具泰一祠坛，祠坛放毫忌泰一坛，三陔。五帝坛环居其下，各如其方"④。太一遂成为最高神祇，五帝皆沦为太一的辅佐神。

第八章《天地》，杂言诗，以七言为主，杂有四言、三言。据《史记·武帝本纪》记载，元鼎六年春，武帝灭南越，"嬖臣李延年以好音见。上善之，下公卿议，曰：'民间祠尚有鼓舞之乐，今郊祀而无乐，岂称乎？'公卿曰：'古者祀天地皆有乐，而神祇可得而礼。'或曰：'泰帝使素女鼓五十弦瑟，悲，帝禁不止，故破其瑟为二十五弦。'于是塞南越，祷祠泰一、后土，始用乐舞"⑤。自此以后，武帝《郊祀歌》开始举用民间新声。在《郊祀歌》十九章中，除迎神曲《练时日》外，此前的《郊祀歌》皆为古雅的四言体，而这首《天地》开始运用杂言，可知此诗受民间乐歌的影响较大。而且《天地》有"合好效欢虞泰一"句，可知此诗也

---

① 班固：《汉书》卷6，第185页。
② 班固：《汉书》卷25上，第1231页。
③ 班固：《汉书》卷25上，第1227页。
④ 班固：《汉书》卷25上，第1230页。
⑤ 司马迁：《史记》卷12，第472页。

是祠太一之祭歌。故该诗应作于元鼎六年，即公元前 111 年，时年李延年得幸，并主持郊祀音乐。

第九章《日出入》，杂言诗。《汉书》记载，太始三年，汉武帝"行幸东海，获赤雁，作《朱雁之歌》。幸琅邪，礼日成山"。孟康注曰："礼日，拜日也。"如淳注曰："祭日于成山也。"① 这是汉武帝祭祀日神之歌，应作于太始三年，即公元前 94 年。

第十章《天马》两首，均为三言诗。《汉书·礼乐志》在第一首《太一况》诗尾注明了写作时间及本事，言"元狩三年马生渥洼水中作"②。然据同书记载，元鼎四年"六月，得宝鼎后土祠旁。秋，马生渥洼水中。作《宝鼎》《天马之歌》"③。二说不知孰是？考《史记·乐书》对此诗也有记载："又尝得神马渥洼水中，复次以为《太一之歌》。歌曲曰：'太一贡兮天马下，沾赤汗兮沫流赭。骋容与兮蹀万里，今安匹兮龙为友。'"④ 而《汉书·武帝纪》记载元狩二年曾出现"马生余吾水中"⑤ 的异象。《汉书·郊祀志》或将二事混而为一，又误"二"为"三"。据此，该诗应作于元鼎四年，即公元前 113 年。第二首天《马徕诗》尾曰："太初四年，诛宛王获宛马作。"⑥ 该事在《武帝纪》中也有记载："四年春，贰师将军广利斩大宛王首，获汗血马来。作《西极天马之歌》。"⑦ 自第十章后，汉《郊祀歌》的内容开始出现了新变，即将时事、

---

① 班固：《汉书》卷 6，第 206—207 页。
② 班固：《汉书》卷 22，第 1060 页。
③ 班固：《汉书》卷 6，第 184 页。
④ 司马迁：《史记》卷 24，第 1178 页。
⑤ 班固：《汉书》卷 6，第 176 页。
⑥ 班固：《汉书》卷 22，第 1061 页。
⑦ 班固：《汉书》卷 6，第 202 页。

瑞应引入郊祀歌内。汉武帝的这种做法引起了一些大臣的不满，中尉汲黯就进言批评曰："凡王者作乐，上以承祖宗，下以化兆民。今陛下得马，诗以为歌，协于宗庙，先帝百姓岂能知其音邪?"①

第十一章《天门》，杂言诗，有三言、四言、五言、六言、七言句，句式长短不一，错落有致。该诗创作年代不详，难以考证。陆侃如、冯沅君认为可能是为汉武帝元封元年泰山封禅而作，即作于公元前110年。②

第十二章《景星》，杂言诗，为四言、七言句式。《汉书·礼乐志》说该诗于"元鼎五年得鼎汾阴作"③。据《汉书·武帝纪》，汉武帝曾两次在汾阴获得宝鼎，一在元鼎元年，"得鼎汾水上"，因获鼎而改元；一是元鼎四年，"得宝鼎后土祠旁"，作《宝鼎》之歌。④ 在《郊祀歌》中，歌颂宝鼎这一祥瑞之事的作品除《景星》外，还有第十四章《后皇》。按先后而论，则《景星》应作于元鼎元年，即公元前116年。《汉志》云元鼎五年，误。《后皇》应作于元鼎四年，即公元前113年。

第十三章《齐房》，四言诗。《汉书·礼乐志》云："元封二年芝生甘泉齐房作。"⑤ 据《武帝纪》，武帝曾于元封二年六月，下诏书曰："甘泉宫内中产芝，九茎连叶。上帝博临，不异下房，赐朕弘休。其赦天下，赐云阳都百户牛酒。"⑥因之作《芝房之歌》。可

---

① 司马迁：《史记》卷24，第1178页。
② 陆侃如、冯沅君：《中国诗史》，山东大学出版社，1996年，第151页。
③ 班固：《汉书》卷22，第1064页。
④ 班固：《汉书》卷6，第182、184页。
⑤ 班固：《汉书》卷22，第1065页。
⑥ 班固：《汉书》卷6，第193页。

见该诗作于公元前 109 年。

第十四章《后皇》，四言诗。其有"物发冀州"句，晋灼注曰："得宝鼎于汾阴也。"① 臣瓒曰："汾阴属冀州。"② 可知其诗歌主旨也是歌颂得宝鼎之事。

第十五章《华烨烨》，三言诗。该诗有"沛施佑，汾之阿"句，王先谦《汉书补注》曰："帝礼后土祠毕，济汾河作。"③《汉书·武帝纪》记载，武帝于元鼎四年"十一月甲子，立后土祠于汾阴脽上"④。故该诗可能作于元鼎四年，即公元前 113 年。

第十六章《五神》，三言诗。诗首云："五神相"，如淳注曰："五帝为太一相也。"⑤ 为祭祀五帝之歌。汉武帝首次郊祭太一是在元鼎五年，"令祠官宽舒等具泰一祠坛，祠坛放亳忌泰一坛，三陔。五帝坛环居其下，各如其方"⑥。可见该诗作于公元前 112 年。

第十七章《朝陇首》，三言诗。诗有"获白麟"句。《汉志》曰："元狩元年行幸雍，获白麟作。"⑦《武帝纪》曰："元狩元年冬十月，行幸雍，祠五畤。获白麟，作《白麟之歌》。"⑧ 可见该诗又名《白麟》，作于公元前 122 年。

第十八章《象载瑜》，三言诗。诗有"赤雁集"句。《汉志》云："太始三年行幸东海，获赤雁作。"⑨《汉书·武帝纪》记载太

---

① 班固：《汉书》卷 22，第 1066 页。
② 班固：《汉书》卷 22，第 1066 页。
③ 王先谦：《汉书补注》，中华书局，1983 年，第 490 页。
④ 班固：《汉书》卷 6，第 183 页。
⑤ 班固：《汉书》卷 22，第 1067 页。
⑥ 班固：《汉书》卷 25 上，第 1230 页。
⑦ 班固：《汉书》卷 22，第 1068 页。
⑧ 班固：《汉书》卷 6，第 174 页。
⑨ 班固：《汉书》卷 22，第 1069 页。

始三年二月，武帝"行幸东海，获赤雁，作《朱雁之歌》"①。可知此诗又题《朱雁》，作于公元前 94 年。

第十九章《赤蛟》，三言诗。诗以"礼乐成，灵将归，托玄德，长无衰"结尾，应是送神曲。《宋书·乐志》载谢庄《明堂歌》中的《送神歌辞》，注曰："汉郊祀送神，亦三言。"②即指此篇。该诗创作时代无考，付之阙如。

第三节　《郊祀歌》游仙思想与宗教仪式

汉武帝的这一组郊祀歌，较之前代有多方改革。就音乐方面而言，汉武帝重用李延年，以其为协律都尉，将赵、代、秦、楚等地之民间新声引入祭祀大典，代替了沉闷的雅乐，如《隋书·音乐志》云："武帝裁音律之响，定郊丘之祭，颇杂讴谣，非全雅什。"③从内容方面而言，这些诗歌虽然体现了原始宗教信仰，如祭祀天地、日神和五帝。但在这些祭祀原始诸神的诗歌中已饱含着西汉神仙思想。而且，汉武帝重用司马相如等文学侍从，令其创作诗赋，对当时的封禅、祥瑞之事进行歌颂，如《天马》《天门》《景星》《齐房》《朝陇首》《象载瑜》等，成为《郊祀歌》的有机组成部分。汉武帝的这种改革在当时就引起了汲黯等人的抗议。后世对之也争议不断，如班固就批评说："今汉郊庙诗歌，未有祖宗之事，八音调均，又不协于钟律，而内有掖庭材人，外有上林乐府，皆以郑声施于朝廷。"④《宋书·乐志》也认为"汉

---

① 班固：《汉书》卷6，第206页。
② 沈约：《宋书》卷20，第571页。
③ 魏徵等：《隋书》卷13，第286页。
④ 班固：《汉书》卷22，第1071页。

武帝虽颇造新哥，然不以光扬祖考、崇述正德为先，但多咏祭祀见事及其祥瑞而已。商周《雅》《颂》之体阙焉"①。所谓"未有祖宗之事""不以光扬祖考、崇述正德为先"，表达了人们对汉武帝将长生修仙主题纳入郊祀歌的不满。

在仪式方面，汉武帝也有一些改变，"武帝定郊祀之礼，祠太一于甘泉，就乾位也；祭后土于汾阴，泽中方丘也。乃立乐府，采诗夜诵"②，郊祀的地点发生了重要变化，且注重夜祭。而所有这些变化，其根源在于汉武帝举行郊祀的目的已不同于古代帝王。周王朝举行郊祀主要是请求众神庇荫，以保佑国泰民安。而汉武帝的郊祭活动，他所追求的终极目标还包含有长生成仙的愿望。这种愿望左右了《郊祀歌》的内容与形式，使本应端庄肃穆的郊祀歌带有浓郁的游仙意味。

因为汉武帝举行郊祀都是在方士的操纵下进行的，其目的在于追求长生不老，飞升成仙，故作为娱神乐歌的《郊祀歌》充满了游仙文学的韵味。在《郊祀歌》中，一些因征战而获得的战利品也蒙上了神仙色彩，如《天马徕》一章，即是贰师将军李广利征战大宛，将捕获的大宛汗血宝马献给武帝，诗人将之想象为天马。诗云：

> 天马徕，从西极，涉流沙，九夷服。天马徕，出泉水，虎脊两，化若鬼。天马徕，历无草，径千里，循东道。天马徕，执徐时，将摇举，谁与期？天马徕，开远

---

① 沈约：《宋书》卷19，第550页。
② 班固：《汉书》卷22，第1045页。

门，竦予身，逝昆仑。天马徕，龙之媒，游阊阖，观
玉台。①

在这首诗歌中，作者并未着重描写大汉军威，也仅在第一句
中对汗血宝马进行了实写。可以说，整首诗歌只是描绘作者心目
中的天马，这是代表神仙世界的虚构意象。尤其是最后两句，想
象因天马的到来而开门以迎之，希望天马带着武帝前往神仙所居
的昆仑山；接着指出天马乃神龙之类仙物，能接引成仙之人"游
阊阖，观玉台"。"阊阖"即"天门"，"玉台"乃上帝安居之所。
天马的到来，预示着神龙也即将迎接武帝飞升成仙。整首诗将天
马行空的意象与仙人居所结合起来，虽然没有明写仙人，但游仙
意味浓厚，充满了玄妙、浪漫的想象。

又如《天门》描写了"众神穆然方驾驰骋而临祠祭"②的场
面，诗人对众神仙降临的场景进行了浓墨重彩地渲染。在刻画众
神不同寻常的服饰、排场与举止外，诗中时时流露出长生求仙的
意识，如"灵浸鸿，长生豫"，即言"神灵德泽所浸，溥博无私，
其福甚大，故我得长生之道而安豫也"。③ 在诗中，作者反复表达
对神仙境界的向往，为追求长生成仙而专精厉意、殷勤探求，曰：
"函蒙祉福常若期，寂漻上天知厥时。泛泛滇滇从高斿，殷勤此路
胪所求。佻正嘉吉弘以昌，休嘉砰隐溢四方。专精厉意逝九阂，
纷云六幕浮大海。"④ 这种励志成仙的思想，与传统的郊祀祭歌有

① 班固：《汉书》卷22，第1060—1061页。
② 班固：《汉书》卷22，第1062页。
③ 班固：《汉书》卷22，第1062页。
④ 班固：《汉书》卷22，第1062页。

本质上的差异。这正是汉《郊祀歌》具有游仙文学意味的主要原因。

汉《郊祀歌》在表达长生成仙思想的同时，也体现了诗人对于人类生命的思考。如《日出入》便是对人生短促之现实的感喟。诗云：

> 日出入安穷？时世不与人同。故春非我春，夏非我夏，秋非我秋，冬非我冬。泊如四海之池，遍观是邪谓何？吾知所乐，独乐六龙，六龙之调，使我心若。訾黄其何不徕下！①

《日出入》是祭祀日神的祭歌，本应是对太阳光辉德泽天下的歌颂。然而此诗却由日月之无穷反观人生之苦短，并发出"时世不与人同"的悲叹。继而联想到春夏秋冬四时轮回，而人生却无法永远享受这四季的更替。人生时日无多，不能如四海那样永世长存。诗人面对如此残酷的现实，发出深深叹息。该如何改变这人生苦短的困境呢？诗人寻找的出路便是飞升成仙，希望自己能乘六龙而升天。诗歌结尾呼唤"訾黄其何不徕下"，应劭注曰："訾黄一名乘黄，龙翼而马身，黄帝乘之而仙。武帝意欲得之，曰：'何不来邪？'"②《山海经·海外西经》记载："白民之国……有乘黄，其状如狐，其背上有角，乘之寿二千岁。"③可见，自古以来，乘黄便是长寿成仙的象征物。期待乘黄的到来，表达了汉

---

①　班固：《汉书》卷22，第1059页。
②　班固：《汉书》卷22，第1060页。
③　袁珂：《山海经校注》，第270页。

武帝希望如黄帝一样驾驭着龙翼马身的乘黄以飞升成仙的强烈愿望。这首《日出入》语言平易雅淡，句式自由，韵律谐合，虽然是《郊祀歌》，却没有一般祭歌的典重板滞；虽颂日之伟大，却反思人生之短促。这样灵动的诗句加上深刻的人生思考，既是诗人个体情怀的流露，也体现了对人类生命短促的悲怆，极易引起人们的情感共鸣。

总体而言，汉《郊祀歌》作为祭祠乐歌，其在思想主旨上，既上承先秦颂诗，以祭祀天地、日月、四方神祇为主，体现了先秦原始宗教信仰的遗留；同时，因汉武帝推崇神仙方术之道，将封禅、祥瑞之事引入祭歌中，故诗中又具有浓厚的新神仙思想。正因为如此，在创作上，汉《郊祀歌》既有先秦祭歌的神韵，与屈原《九歌》等祭歌有异曲同工之妙，又能自铸新辞，自成风格。元陈绎曾《诗谱》评价《郊祀歌》为"锻意刻酷，炼字神奇"①。胡应麟《诗薮》评曰："虽语极古奥，倘潜心读之，皆文从字顺，旨趣了然。"② 而梁启超更是认为汉《郊祀歌》"体裁和气格，有点出自《诗经》的三《颂》""最少也是熔铸三《颂》《九歌》，别成自己的生命"。③

第四节　《大人赋》中的游仙思想

汉赋在武帝朝开始大盛，成为一代之文学。汉大赋的兴盛与武帝、宣帝时期的文治、礼制政策有很大关系。班固《两都赋序》

---

① 陈绎曾：《诗谱》，丁福保《历代诗话续编》，中华书局，1983 年，第 627 页。

② 胡应麟：《诗薮》，第 7 页。

③ 梁启超：《中国之美文及其历史》，东方出版社，1996 年，第 41 页。

云："至于武、宣之世，乃崇礼官，考文章，内设金马、石渠之署，外兴乐府协律之事，以兴废继绝，润色鸿业。是以众庶悦豫，福应尤盛，《白麟》《赤雁》《芝房》《宝鼎》之歌，荐于郊庙。神雀、五凤、甘露、黄龙之瑞，以为年纪。故言语侍从之臣，若司马相如、虞丘寿王、东方朔、枚皋、王褒、刘向之属，朝夕论思，日月献纳；而公卿大臣，御史大夫倪宽、太常孔臧、太中大夫董仲舒、宗正刘德、太子太傅萧望之等，时时间作。或以抒下情而通讽谕，或以宣上德而尽忠孝，雍容揄扬，著于后嗣，抑亦雅颂之亚也。"① 而武、宣之世也是统治阶层追求长生成仙风气最为浓郁的时期，故而此时作为国家大典之一的郊祀之礼，在奉神祈报的宗教目的上，融入了帝王的神仙理想。作为润色鸿业的汉大赋，更是浓墨重彩地刻画了大汉帝国隆重无比、气势非凡的郊祀大典。在记叙国家大典的同时，汉赋又堆砌着各种奇光异彩的神仙意象，使一些作品带有游仙性质，如扬雄的《甘泉赋》与《河东赋》、桓谭的《仙赋》等作品。

也有一些汉赋并非因郊祀之礼而作，其内容以塑造神仙形象为主，表达赋家的神仙思想并希望以此达到讽谏的目的，如司马相如的《大人赋》。另有一些赋借超越世俗束缚、与道逍遥的神仙形象来宣泄内心的苦闷，对抗现实的黑暗，建构一个精神世界的世外桃源，扬雄的《太玄赋》、张衡的《思玄赋》便是如此。更多的汉赋是借神仙意象以夸饰其辞，在一些京都赋、畋猎赋中较多，如班彪《览海赋》，班固《两都赋》，张衡《西京赋》《东京赋》、扬雄《羽猎赋》等。这些刻画神仙意象的汉赋，除反映赋家对当

---

① 萧统：《文选》，第2—3页。

时盛行的神仙方士文化的接受与反思，也使汉赋形成了"取天地百神之奇怪使其词夸"①的艺术特色。

虽然汉代社会浸淫于神仙方术之风中，作为润色鸿业的汉大赋必然要对帝王举行的郊祀大典进行颂赞，但汉大赋中的神仙思想与神仙意象却独具意趣。在赋家眼中，方士们极力鼓吹的各路神仙不值得尊敬与效仿，更不必为此耗费巨资而导致国力空虚，民生凋敝，为此他们极力张扬大汉天子的声威，以此达到讽谏的目的。

据《史记》司马相如本传记载，"相如拜为孝文园令。天子既美子虚之事，相如见上好仙道，因曰：'上林之事未足美也，尚有靡者。臣尝为《大人赋》，未就，请具而奏之。'相如以为列仙之传居山泽间，形容甚臞，此非帝王之仙意也。乃遂就《大人赋》"②。司马相如因为汉武帝好仙道，于是投其所好，为武帝撰写了《大人赋》。所谓"大人"，即是仙人。但司马相如《大人赋》中的大人不同于世俗所言隐居山泽、容貌清臞、清心寡欲的仙人，而是新开创的符合帝王理想的神仙形象。《大人赋》曰：

> 世有大人兮，在乎中州。宅弥万里兮，曾不足以少留。悲世俗之迫隘兮，朅轻举而远游。垂绛幡之素霓兮，载云气而上浮。建格泽之长竿兮，总光耀之采旄。垂旬始以为慘兮，曳彗星而为髾。掉指桥以偃蹇兮，又猗旎以招摇。揽欃枪以为旌兮，靡屈虹而为绸。红杳渺以眩

---

① 祝尧：《古赋辨体》卷3《两汉体上》，《景印文渊阁四库全书》第1366册，第750页。

② 司马迁：《史记》卷117，第3056页。

滒兮，猋风涌而云浮。驾应龙象舆之蠖略逶丽兮，骖赤螭青虬之蚴蟉蜿蜒。低卬天蟜据以骄骜兮，诎折隆穷蠼以连卷。沛艾赳螑仡以佁儗兮，放散畔岸骧以孱颜。跮踱辋辖容以委丽兮，绸缪偃蹇怵奂以梁倚。纠蓼叫奡踏以艘路兮，蔑蒙踊跃腾而狂趡。莅飒卉翕熛至电过兮，焕然雾除，霍然云消。

该赋开篇即为人们塑造了一位气势非凡的"大人"形象。这位"大人"虽居住在广袤的中原大地，"宅弥万里"却仍受世俗之迫隘，不得不轻举而远游。接着作者用各种极度宏大、繁密的意象，铺叙"大人"远游时的情形，他"垂旬始以为幓""曳彗星而为髾""驾应龙象舆""骖赤螭青虬"。"大人"遨游天际，驾龙骖虬，摘星揽月，自由自在，无所拘碍。他时而乘龙任意停留，散漫放纵；时而快如闪电，廓清云雾。这种超越了一切的绝对自由，只有"大人"才可以做到。而且，面对"大人"睥睨天地的绝对自由与权威，天庭中的各路神仙都不得不在"大人"面前低眉顺眼，听其差遣。《大人赋》接着描写"大人"与各路神仙之间的交流：

邪绝少阳而登太阴兮，与真人乎相求。互折窈窕以右转兮，横厉飞泉以正东。悉征灵圉而选之兮，部乘众神于瑶光。使五帝先导兮，反太一而从陵阳。左玄冥而右含雷兮，前陆离而后潏湟。厮征伯侨而役羡门兮，属岐伯使尚方。祝融惊而跸御兮，清氛气而后行。屯余车其万乘兮，綷云盖而树华旗。使句芒其将行兮，吾欲往乎南嬉。

历唐尧于崇山兮，过虞舜于九疑。纷湛湛其差错兮，杂遝胶葛以方驰。骚扰冲荪其相纷挐兮，滂濞泱轧洒以林离。钻罗列聚丛以茏茸兮，衍曼流烂坛以陆离。径入雷室之砰磷郁律兮，洞出鬼谷之堀礨嵬礧。遍览八纮而观四荒兮，朅渡九江而越五河。经营炎火而浮弱水兮，杭绝浮渚而涉流沙。奄息总极泛滥水嬉兮，使灵娲鼓琴而舞冯夷。时若薆薆将混浊兮，召屏翳诛风伯而刑雨师。西望昆仑之轧沕洸忽兮，直径驰乎三危。排阊阖而入帝宫兮，载玉女而与之归。舒阆风而摇集兮，亢乌腾而一止。低回阴山翔以纡曲兮，吾乃今目睹西王母曤然白首，载胜而穴处兮，亦幸有三足乌为之使。必长生若此而不死兮，虽济万世不足以喜。

司马相如将"大人"的权力无限延伸到天庭、神山、仙境各类神仙居住空间中。"大人"随心所欲地"使五帝""反太一""征伯侨""役羡门""属岐伯"，为了到南方嬉戏，命令火神祝融警戒清道，让木神句芒引领庞大的车队。"大人"在各路神仙的陪伴下，过崇山；登九嶷；入雷室；出鬼谷；渡九江；越五河。"大人"在疲倦休息时，"使灵娲鼓琴而舞冯夷"。当"大人"不满于昏暗不明的天色时，他"召屏翳诛风伯而刑雨师"。更为甚者，"大人"能"排阊阖而入帝宫兮，载玉女而与之归"。而面对曤然白首、戴胜穴居的西王母，"大人"更是发出"必长生若此而不死兮，虽济万世不足以喜"的感叹，对各种大神表现出鄙视之意。最后，"大人"：

回车揭来兮，绝道不周，会食幽都。呼吸沆瀣兮餐朝霞，噍咀芝英兮叽琼华。嬐侵浔而高纵兮，纷鸿涌而上厉。贯列缺之倒景兮，涉丰隆之滂沛。驰游道而修降兮，骛遗雾而远逝。迫区中之隘狭兮，舒节出乎北垠。遗屯骑于玄阙兮，轶先驱于寒门。下峥嵘而无地兮，上寥廓而无天。视眩眠而无见兮，听惝恍而无闻。乘虚无而上假兮，超无友而独存。[1]

在经过各处游历，与天地间各路神仙接触之后，"大人"最终驱车远离隘狭的中原，远上北极，将车骑随从遗留在北极之山，把引领车队的先驱们留在北极之门。"大人"独自无所拘碍地留在那"下峥嵘而无地兮，上寥廓而无天。视眩眠而无见兮，听惝恍而无闻"的宏阔空间，最终"乘虚无而上假兮，超无友而独存"，泯灭了有无之境，超脱了拘束的人世与人生，获得精神与生命的永存。

这篇赋想象奇特，文字华美，弥漫着文人特有的浪漫玄想。其内容与形式虽然是模仿《楚辞·远游》，但司马相如塑造的"大人"形象，超越了自古以来所有的神仙圣人。方士们宣扬的所有仙人在"大人"面前皆如同奴婢、侍从，毫无尊严。《大人赋》行文充满了大汉帝国不可一世的傲岸之气，极能鼓舞人心。难怪备受方士欺蒙的汉武帝看了此赋后"飘飘有凌云之气，似游天地之间意"[2]。

---

① 司马迁：《史记》卷117，第3056—3062页。
② 司马迁：《史记》卷117，第3063页。

司马相如《大人赋》开创的这种符合帝王理想的仙人形象，有利于壮大天子声威，弘扬大汉盛世，故这种极度膨胀的符合帝王理想的仙人形象，在以后的汉赋中一再出现，形成了汉赋特有的神仙思想。在歌颂汉天子举行郊祠的汉大赋中，也时时可见大汉天子凌驾于各路神仙之上的叙述，如扬雄的《甘泉赋》《河东赋》便是如此。

第五节　汉代郊祀赋中的神仙思想

扬雄为汉成帝时人，其为赋模仿司马相如。据《汉书》本传记载："先是时，蜀有司马相如，作赋甚弘历温雅，雄心壮之，每作赋，常拟之以为式。"① 正因为扬雄赋的风格类似司马相如，才获得成帝的赏识，扬雄得以待诏承明殿。《汉书》云："孝成帝时，客有荐雄文似相如者，上方郊祠甘泉泰畤、汾阴后土，以求继嗣，召雄待诏承明之庭。正月，从上甘泉，还奏《甘泉赋》以风。"② 可见，扬雄《甘泉赋》是为讽喻汉成帝前往甘泉郊祠泰畤而作。虽然扬雄为赋有讽谏的目的，但汉大赋的文体特点在于对所述场景进行浓墨重彩的铺排，故其客观效果却是再现了汉成帝郊祀时的隆重与庄严。

在《甘泉赋》中，扬雄首先对汉成帝前往甘泉的仪仗进行了夸饰，扬雄将人间帝王之威凌驾于各路神仙之上，达到了动人心魄的修辞效果。赋曰："八神奔而警跸兮，振殷辚而军装；蚩尤之

① 班固：《汉书》卷87上，第3515页。
② 班固：《汉书》卷87上，第3522页。

258

伦带干将而秉玉戚兮，飞蒙茸而走陆梁。"① 想象八神为汉成帝警
戒清道，战神蚩尤带着宝剑玉戚，引领猛士们护卫成帝。而成帝
的坐驾也如同天帝，赋曰："于是乘舆乃登夫凤皇兮翳华芝，驷苍
螭兮六素虬，蠖略蕤绥，漓虖幓缡。帅尔阴闭，霅然阳开，腾清
霄而轶浮景兮，夫何旟旐郅偈之旖柅也！流星旄以电烛兮，咸翠
盖而鸾旗。敦万骑于中营兮，方玉车之千乘。声骍隐以陆离兮，
轻先疾雷而驶遗风。陵高衍之嵱嵸兮，超纡谲之清澄。登椽栾而
羾天门兮，驰闾阖而入凌兢。"② 凤凰、华芝、苍螭、素虬这些本
是神仙所能驾驭的神物——为成帝所有，而当成帝声势浩大的车
骑风驰电掣般驶入甘泉时，其气势是"登椽栾而羾天门兮，驰闾
阖而入凌兢"。在扬雄颂扬夸饰的文辞中，大汉天子的神威决然远
超于天帝之上。

接着，扬雄对甘泉宫的巍峨、深邃、庄严、神秘进行了多方
位的铺叙。赋曰：

> 于是大夏云谲波诡，摧嗺而成观，仰挢首以高视兮，
> 目冥眴而亡见。正浏滥以弘惝兮，指东西之漫漫，徒回
> 回以徨徨兮，魂固眇眇而昏乱。据轸轩而周流兮，忽軮
> 轧而亡垠。翠玉树之青葱兮，璧马犀之瞵珉。金人仡仡
> 其承钟虡兮，嵌岩岩其龙鳞，扬光曜之燎烛兮，乘景炎
> 之炘炘，配帝居之县圃兮，象泰一之威神。洪台掘其独
> 出兮，撠北极之嵽嵲，列宿乃施于上荣兮，日月才经于

---

① 班固：《汉书》卷87上，第3523页。
② 班固：《汉书》卷87上，第3524页。

桪桭，雷郁律而岩突兮，电倏忽于墙藩。鬼魅不能自还兮，半长途而下颠。历倒景而绝飞梁兮，浮蔑蠓而撤天。

左㯭枪右玄冥兮，前燸阙后应门；阴西海与幽都兮，涌醴汨以生川。蛟龙连蜷于东崖兮，白虎敦圉虖昆仑。览樛流于高光兮，溶方皇于西清。前殿崔巍兮，和氏珑玲，炕浮柱之飞榱兮，神莫莫而扶倾，闶阆阆其寥廓兮，似紫宫之峥嵘。骈交错而曼衍兮，崚嶒隗虖其相婴。乘云阁而上下兮，纷蒙笼以掍成。曳红采之流离兮，颙翠气之冤延。袭璇室与倾宫兮，若登高妙远，肃虖临渊。

回猋肆其砀骇兮，㧖桂椒，郁栘杨。香芬茀以穷隆兮，击薄栌而将荣。芔呷胖以掍根兮，声骈隐而历钟，排玉户而飏金铺兮，发兰蕙与穹穷。惟弸彊其拂汨兮，稍暗暗而靓深。阴阳清浊穆羽相和兮，若夔、牙之调琴。般、倕弃其剞劂兮，王尔投其钩绳。虽方征侨与偓佺兮，犹仿佛其若梦。①

扬雄通过移步换景的创作手法，从遥观甘泉宫之通天台写起，层层推进，铺张扬厉地抒写甘泉宫之壮丽景象：写甘泉宫之高耸入云，言"仰挢首以高视兮，目冥眴而亡见""列宿乃施于上荣兮，日月才经于桪桭"，即使"鬼魅不能自还兮，半长途而下颠"；写甘泉宫殿阁楼台之巍峨壮丽、云谲波诡拟之于"紫宫"，即"天帝之宫"；再细写甘泉宫陈设之华美，这里充盈着香气馥郁的桂椒、栘杨，和风鼓动帘幕，音乐和鸣，有如夔、伯牙在调琴瑟；面

---

① 班固：《汉书》卷87上，第3526—3529页。

对巧夺天工、鬼斧神工般的雕梁画栋，公输般、共工、王尔等也自叹弗如，以致仙人征侨与偓佺行走于宫殿之内时，竟然恍若如梦。在这种庄严华美的环境下，大汉天子"澄心清魂，储精垂思，感动天地，逆釐三神"，其"想西王母欣然而上寿兮，屏玉女而却虑妃。玉女无所眺其清卢兮，虑妃曾不得施其蛾眉。方擥道德之精刚兮，伴神明与之为资""选巫咸兮叫帝阍，开天庭兮延群神。傧暗蔼兮降清坛，瑞穰穰兮委如山"①。

据《汉书》本传，扬雄之所以对汉成帝进行郊祀的场面进行如此夸张描写，其目的在于以颂为讽。《汉书》曰："甘泉本因秦离宫，既奢泰，而武帝复增通天、高光、迎风。宫外近则洪崖、旁皇、储胥、弩陆，远则石关、封峦、枝鹊、露寒、棠梨、师得，游观屈奇瑰玮，非木摩而不雕，墙涂而不画，周宣所考，般庚所迁，夏卑宫室，唐虞棌椽三等之制也。且为其已久矣，非成帝所造，欲谏则非时，欲默则不能已，故遂推而隆之，乃上比于帝室紫宫，若曰此非人力之所为，党鬼神可也。又是时赵昭仪方大幸，每上甘泉，常法从，在属车间豹尾中。故雄聊盛言车骑之众，参丽之驾，非所以感动天地，逆釐三神。又言'屏玉女，却虑妃'，以微戒齐肃之事。"② 然而实际产生的效果却是"劝百而讽一"。

同样的情况也体现在扬雄《河东赋》中。据《汉书》本传记载，"其三月，将祭后土，上乃帅群臣横大河，凑汾阴。既祭，行游介山，回安邑，顾龙门，览盐池，登历观，陟西岳以望八荒，迹

---

① 班固：《汉书》卷87上，第3530—3532页。
② 班固：《汉书》卷87上，第3534—3535页。

殷周之虚，眇然以思唐虞之风。雄以为临川羡鱼不如归而结网，还，上《河东赋》以劝"①。在《河东赋》中，扬雄依然用高昂的语调赞颂汉成帝郊祀的盛大场景，其精神特质与《甘泉赋》并无二致，赋中很难见到对各路神灵的恭敬之情，更多的还是展现大汉帝王之威严。如赋云："叱风伯于南北兮，呵雨师于西东。参天地而独立兮，廓荡荡其亡双。"又谓："丽钩芒与骖蓐收兮，服玄冥及祝融。敦众神使式道兮，奋《六经》以摅颂。隃于穆之缉熙兮，过《清庙》之雍雍；轶五帝之遐迹兮，蹑三皇之高踪。既发轫于平盈兮，谁谓路远而不能从？"② 大汉天子可以随意呵斥指挥风伯、雨师；驱使钩芒（即东方神）、蓐收（西方神）、祝融（南方神）、玄冥（北方神）为之服役；超越五帝、三皇，与天、地而并立。这种贬抑神仙、高扬大汉天子威严的做法，体现了赋家独特的神仙思想。

扬雄在赋中所体现的宗教、神仙思想，与司马相如一脉相承。在神仙方术之风弥漫的西汉时期，赋家对神仙方术有相对清醒的认识，为了劝谕帝王不要盲目迷信方士之言，以致穷尽国力、劳民伤财以求仙，扬雄等人在赋中极尽侈丽闳衍之能事，夸耀大汉天子的威严，贬抑方士们推崇的神仙。然而扬雄等人毕竟处于文学侍从的地位，其煞费苦心撰写的大赋只能成为大汉帝国华丽的点缀。《汉书》曰："雄以为赋者，将以风也，必推类而言，极丽靡之辞，闳侈钜衍，竞于使人不能加也，既乃归之于正，然览者已过矣。往时武帝好神仙，相如上《大人赋》，欲以风，帝反缥缥

---

① 班固：《汉书》卷87上，第3535页。
② 班固：《汉书》卷87上，第3538—3539页。

有陵云之志。由是言之，赋劝而不止，明矣。"① 在扬雄再上《校猎赋》《长杨赋》后，他意识到自己文学弄臣的地位，"于是辍不复为"。其晚年更是悔其少作，认为赋乃"童子雕虫篆刻""壮夫不为也"，又认为赋难达到讽喻的目的，感叹说："讽乎！讽则已，不已，吾恐不免于劝也。"②

另有桓谭《仙赋》，又名《集灵宫赋》，据赋前小序，该篇赋文是桓谭早年为中郎将时，追随汉成帝往甘泉、河东举行郊祀，暂住华阴集灵宫。集灵宫乃汉武帝所造，其意为迎接仙人王子乔与赤松子。此地又修有望仙门，桓谭置身于望仙门中，"窃有乐高妙之志，即书壁为小赋以颂美"，可见《集灵宫赋》与扬雄郊祀赋的讽谏之意不同，是一篇专意颂美汉成帝郊祀，宣扬修仙、长生的小赋。赋曰：

> 夫王乔、赤松，呼则出故，噏则纳新，天矫经引，积气关元，精神周洽，鬲塞流通，乘凌虚无，洞达幽明，诸物皆见。玉女在旁，仙道既成，神灵攸迎。乃驾青龙，骖赤螭，为历踆玄。历之擢罷，有似乎鸾凤之翔，飞集于胶葛之宇，泰山之台，吸玉液，食华芝，漱玉浆，饮金醪，出宇宙，与云浮，洒轻雾，济倾崖，观沧洲而升天门，驰白鹿而从麒麟，周览八极，还崦华坛，泛泛滥滥，随天转旋，容容无为，寿极乾坤。③

---

① 班固：《汉书》卷87下，第3575页。
② 汪荣宝：《法言义疏》卷2，第45页。
③ 《御定历代赋汇》卷105，《景印文渊阁四库全书》第1421册，第293页。

该赋与扬雄等人的郊祀赋在思想主旨与精神气质上有很大差异。《仙赋》宣扬黄老、神仙学说的生命观，赞扬王乔、赤松子等神仙吐故纳新的养气导引之术，强调修炼仙道，成就仙位，以达到长生不死的目的。由于此赋立意专注于神仙之事，在儒家文艺审美体系中，此赋不论是精神气度还是铺采摛文，皆不及司马相如及扬雄诸赋，故历来评价不高。刘勰就认为桓谭"《集灵》诸赋，偏浅无才"①。周振甫注曰："写修仙，得道，游行，不死，内容偏浅，又无才华。"② 所谓"偏浅"意指《仙赋》修仙内容之浅薄。然而《仙赋》所记神仙思想正是当时社会普遍存在之观念。从宗教文学的角度来说，该赋既真实地记载了时人的神仙信仰，也体现了统治阶层对神仙思想的接受；虽然该赋对神仙胜境并无开拓性描述，但文辞华美，意象繁多，形象地铺叙了王乔、赤松修道成仙后的生活场景。

综上所述，汉赋作家对以郊祀为核心的国家祭祀大典的描写，融入了赋家个人特有的神仙思想，这些神仙思想既有对汉代社会盛行神仙方术之风的反思与贬抑，也有对神仙方术的宣扬与认同。但无一例外的是，这些神仙思想皆以展现大汉帝国之威严为最终目的，彰显着大汉天子的神威，这也是汉赋之所以能够成为一代之文学的重要原因。

---

① 范文澜：《文心雕龙注》卷10，第699页。
② 周振甫：《文心雕龙注释》，人民文学出版社，1981年，第508页。

第九章　《淮南子》中的
神话与早期道教

　　《淮南子》是一部融合儒、道、法、阴阳诸家，但以道家思想为主体的理论性著作。其《要略》对该书的主旨进行了概括，即"纪纲道德，经纬人事，上考之天，下揆之地，中通诸理"①。东汉高诱在《淮南子·叙目》中云："其旨近《老子》，淡泊无为，蹈虚守静，出入经道。"②《淮南子》的思想驳杂而深邃，视野恢宏，"言其大也，则焘天载地，说其细也，则沦于无垠，及古今治乱存亡祸福，世间诡异瑰奇之事。其义也著，其文也富，物事之类，无所不载，然其大较归之于道，号曰《鸿烈》"③。刘知幾《史通·自叙》颂赞该书"牢笼天地，博极古今"④。这种驳杂的特点也体现在刘安对当时盛行的神仙学说的反思上。如《淮南子》云："王乔、赤松去尘埃之间，离群慝之纷，吸阴阳之和，食天地之精，呼而出故，吸而入新，蹀虚轻举，乘云游雾，可谓养性矣，而未可谓孝子也。"⑤ 指出修炼长生之术的仙人与人间血缘伦理之间存在不可调和之矛盾。《淮南子》虽然是一部以道家思想为主旨的

---

　　① 何宁：《淮南子集释》卷21，第1437页。
　　② 何宁：《淮南子集释·叙目》，第5页。
　　③ 何宁：《淮南子集释·叙目》，第5页。
　　④ 蒲起龙：《史通通释》卷10，第270页。
　　⑤ 何宁：《淮南子集释》卷20，第1395页。

说理性著作，但其体现出的宗教思想是广博的。该书在论述事理时，旁征博引先秦的神话、寓言、传说、历史掌故等，为后世保存了丰富的神话资料。《淮南子》在对这些神话传说的引用、转述、再创造的过程中，既体现了原始宗教思想的演化，具有高度的宗教学价值，同时又具有不可忽视的文学价值。

第一节　刘安与《淮南子》

《淮南子》的成书情况在《汉书·淮南王传》中有较详细记载，云刘安"招致宾客方术之士数千人，作为《内书》二十一篇，《外书》甚众，又有《中篇》八卷，言神仙黄白之术，亦二十余万言"①。然该书到底是刘安独著，还是刘安宾客的集体撰著，是个聚讼纷纷的问题。高诱认为刘安"与苏飞、李尚、左吴、田由、雷被、毛被、伍被、晋昌等八人，及诸儒大山、小山之徒，共讲论道德，总称仁义，而著此书"②。然《汉书·艺文志》"杂家"类著录"《淮南内》二十一篇"，认为作者为"王安"，即淮南王刘安；又著录有"《淮南外》三十三篇"③，未著作者。据此可推测，《淮南子》虽然是刘安招纳宾客集体所撰，但《淮南内》应是刘安手笔，而《淮南外》《中篇》则是宾客集体所撰。然《淮南外》《中篇》自汉后就已亡佚，故在《隋志》"杂家"类只著录有"《淮南子》二十一卷，汉淮南王刘安撰，许慎注""《淮南子》二十一卷，高诱注"。④ 现存《淮南子》即是刘安自撰的《淮南内》

---

① 班固：《汉书》卷44，第2145页。
② 何宁：《淮南子集释·叙目》，第5页。
③ 班固：《汉书》卷30，第1741页。
④ 魏徵等：《隋书》卷34，第1006页。

二十一篇。

淮南王刘安是个颇具传奇色彩的人物。其生平经历在《史记·淮南衡山列传》有详细记载。据《史记》，"淮南王安为人好读书鼓琴，不喜弋猎狗马驰骋，亦欲以行阴德拊循百姓，流誉天下"①。因其父淮南厉王被汉文帝处死，刘安心怀怨恨，而时欲叛逆，最终因谋反未果而自杀。

然而，在神仙方术思想风行的汉武帝时期，刘安的死在民间却流传着另一种说法。因刘安喜好神仙方术，广招方士达数千人，并与这些方士撰写《中篇》八卷，专言"神仙黄白之术"。刘安死后，此书为刘向所得。据《汉书·刘向传》记载："上复兴神仙方术之事，而淮南有《枕中鸿宝苑秘书》。书言神仙使鬼物为金之术，及邹衍重道延命方，世人莫见，而更生父德武帝时治淮南狱得其书。更生幼而读诵，以为奇，献之，言黄金可成。"② 葛洪《神仙传》记载刘安所撰书中有"《中篇》八章，言神仙黄白之事，名为《鸿宝》《万毕》三卷，论变化之道，凡十万言"③。现存道教典籍也有《淮南王万毕术》，其中有"方诸取水""岑皮致水"④等记载，也见于今本《淮南子》。可知，刘安修炼神仙长生之术，在当时及后世影响深远。正因为如此，刘安之死被神化，刘安本人也被道教列入仙班。在刘向所撰的《列仙传》中，尚不见刘安的身影。但后世有学者认为今本《列仙传》之所以没有刘安的传

---

① 司马迁：《史记》卷118，第3082页。
② 班固：《汉书》卷36，第1928—1929页。
③ 李昉等：《太平广记》卷8，《景印文渊阁四库全书》1043册，第43页。
④ 刘安撰：《淮南万毕术》，丁晏辑，《续修四库全书》第1121册，第406、409页。

记，是因为原书散佚的缘故。清代女学者王照圆将《艺文类聚·灵异部》所引的刘安事迹作为《刘安传》编入《列仙传校正本》中。现代学者王叔岷在撰《列仙传校笺》时，依王照圆之例收录《刘安传》。但他在注释中认为此传乃是《艺文类聚》节引葛洪《神仙传》，误为《列仙传》之文耳。因为"刘向虽幼读淮南枕中之书，然淮南以罪伏诛，向岂敢为之列传以为仙去邪?"① 时至东晋，葛洪《神仙传》已正式将刘安视为道教神仙。在《神仙传·淮南王》一文中，刘安被诬谋反，得"八公"即八个仙人的救助，最后服仙药带领全家三百余人及鸡犬等皆白日飞升而去。② 后期道经《云笈七签》也有《淮南王·八公传》，记载了刘安修炼成仙的神异事迹。

第二节　《淮南子》神话创作特色

《淮南子》保存了很多影响深远的神话，成为我国远古神话的渊薮。《淮南子》中的神话绝大部分是片段式记载，零碎地分布在全书之中。作为一部说理性散文作品，《淮南子》对神话的记载主要有两种方式：一是融神话于论述，神话蒙上了作者的主观色彩，再创的可能性较大；二是用神话阐释自然现象。《淮南子》对这种神话的记载，具有较强的客观性，更多地保留了远古神话的原初面貌。

因《淮南子》的思想主要依托《老子》，故其开篇即以《原道》探寻天地宇宙未分之前的"道"，由天道而思考人道。其《要

---

① 王叔岷：《列仙传校笺》，中华书局，2007年，第169页。
② 胡守为：《神仙传校释》，第201页。

略》云："原道者，卢牟六合，混沌万物，象太一之容，测窈冥之深，以翔虚无之轸。托小以苞大，守约以治广，使人知先后之祸福，动静之利害。诚通其志，浩然可以大观矣。欲一言而寤，则尊天而保真；欲再言而通，则贱物而贵身；欲参言而究，则外物而反情。执其大指，以内洽五藏，瀸渍肌肤，被服法则，而与之终身，所以应待万方，览耦百变也。若转丸掌中，足以自乐也。"①

在《原道》中，作者广泛采用了神话来阐释这一深奥玄远的道理。例如，为了说明"道""忽兮恍兮，不可为象兮；恍兮忽兮，用不屈兮；幽兮冥兮，应无形兮；遂兮洞兮，不虚动兮。与刚柔卷舒兮，与阴阳俛仰兮"之特征，强调道之"无为"，作者引入冯夷、大丙的神话。文曰：

> 昔者，冯夷、大丙之御也，乘云车，入云蜺，游微雾，骛恍忽，历远弥高以极往，经霜雪而无迹，照日光而无景，扶摇抟抱羊角而上，经纪山川，蹈腾昆仑，排阊阖，沦天门。末世之御，虽有轻车良马，劲策利锻，不能与之争先。是故大丈夫恬然无思，澹然无虑；以天为盖，以地为舆，四时为马，阴阳为御；乘云陵霄，与造化者俱。纵志舒节，以驰大区。可以步而步，可以骤而骤。令雨师洒道，使风伯扫尘，电以为鞭策，雷以为车轮；上游于霄雿之野，下出于无垠之门。刘览偏照，复守以全。经营四隅，还反于枢。故以天为盖则无不覆也，以地为舆则无不载也，四时为马则无不使也，阴阳

---

① 何宁：《淮南子集释》卷21，第1439—1441页。

为御则无不备也。是故疾而不摇，远而不劳，四支不动，聪明不损，而知八纮九野之形埒者，何也？执道要之柄，而游于无穷之地。是故天下之事，不可为也，因其自然而推之。①

冯夷、大丙是"古之得道能御阴阳者"②，作者以浪漫、夸张、玄想的文字，刻画了两位神人逍遥于道的形象。继而描述"末世之御"虽有"轻车良马，劲策利锻"，却无法与两位神人争先。通过这样的对比，引出后面的论述，即"大丈夫恬然无思，澹然无虑"的理想境界。作者认为，达到这种理想境界的体道者，能出天入地，驾驭阴阳四时，潇洒自如，无挂无碍，甚至可以"令雨师洒道，使风伯扫尘，电以为鞭策，雷以为车轮"。这样的描述想象奇特，气势恢宏，因其超越了现实性而具有浓厚的神秘感，与《庄子》奇幻瑰丽的浪漫风格如出一辙。最后作者得出"故天下之事，不可为也，因其自然而推之"，寓神话于论述，论证说理一气呵成，文风新异。

《淮南子》在将神话引入论证时，因撰述目的的需要，使神话故事蒙上了作者的感情色彩及价值判断。如《览冥》，高诱注曰："览观幽冥变化之端，至精感天，通达无极，故曰'览冥'。"③ 该篇引用了十几个神话来阐释幽冥变化之理，认为人间的精神道德可上通九天。文中谈到夏桀不修天道、暴虐异常的行为，使天神产生了巨大的震动，以致"西老折胜，黄神啸吟"。所谓"西老"

① 何宁：《淮南子集释》卷1，第12—23页。
② 何宁：《淮南子集释》卷1，第12页。
③ 何宁：《淮南子集释》卷6，第443页。

即西王母,"黄神"即黄帝。因为夏桀违天背道的统治,让西王母非常震怒,以致折断了头上所戴的华胜;而黄帝"伤道之衰",无奈地"啸吟而长叹"①。在这则神话中,明显附着作者对无道之君的痛恨之情,借西王母与黄帝这两位神人来谴责暴君的统治。这是在汉代盛行"天人感应"学说的时代背景下,作者对神话人物所进行的再创造。

即使是同一则神话,因所处语境不同,所附着的感情色彩也有差异。如中国远古非常著名的"共工怒触不周山"的神话,在《淮南子》中有详细记载。最初的共工神话,是先民为解释日月星辰皆向天的西北方运行,而江湖河海却向陆地的东南方流动这一自然现象而创造的神话。《天文训》记载:

> 昔者,共工与颛顼争为帝,怒而触不周之山,天柱折,地维绝。天倾西北,故日月星辰移焉;地不满东南,故水潦尘埃归焉。②

"共工怒触不周山"的神话,在先秦文献中无见,《淮南子》首次记录了这则神话。此则神话虽然简短,但叙事完整,气势磅礴,规模宏大,既是中国古代著名的神话,也是古代文学史上永不磨灭的经典,为历代文人墨客所吟咏。《天文训》对"共工怒触不周山"的记载非常客观,不带有任何道德评价与情感色彩,保留了远古神话最原始的面貌。然而,同样的神话在《原道训》中

① 何宁:《淮南子集释》卷6,第489页。
② 何宁:《淮南子集释》卷3,第167—168页。

却有另一番叙述：

> 昔共工之力，触不周之山，使地东南倾，与高辛争
> 为帝，遂潜于渊，宗族残灭，继嗣绝祀。①

这里的共工似乎只是一位人间诸侯，因与高辛氏争帝失败后，其宗族都被灭绝，以致断嗣绝祀。这种因争夺帝位而产生的严重后果，颇有警醒世人的意味。此段文字叙事的重心，并非揭示"共工怒触不周山"对天地万物造成的影响，而是对共工违背"君权神授"的行为进行道德批判。这样的改编使此则神话附着时代特色而历史化了。

虽然《淮南子》中的神话主要用于论证事理，带有作者的价值判断与情感色彩，但《淮南子》也用神话来解释自然万物的形成与发展。这些神话因其具有较强的客观性，作者主观改造的可能性较小，故能保留远古神话的原初状态，弥足珍贵。《天文训》《地形训》便建构了一个相对原始的天地神话体系。前文所言"共工怒触不周山"即是一例。再如《天文训》在解释"朝、昼、昏、夜"的形成时，记载了如下神话：

> 日出于旸谷，浴于咸池，拂于扶桑，是谓晨明。登
> 于扶桑，爰始将行，是谓朏明。至于曲阿，是谓旦明。
> 至于曾泉，是谓蚤食。至于桑野，是谓晏食。至于衡阳，
> 是谓隅中。至于昆吾，是谓正中。至于鸟次，是谓小还。

---

① 何宁：《淮南子集释》卷1，第44—45页。

至于悲谷，是谓餔时。至于女纪，是谓大还。至于渊虞，是谓高舂。至于连石，是谓下舂。至于悲泉，爰止其女，爰息其马，是谓县车。至于虞渊，是谓黄昏。至于蒙谷，是谓定昏。日入于虞渊之汜，曙于蒙谷之浦，行九州七舍，有五亿万七千三百九里，禹以为朝、昼、昏、夜。夏日至则阴乘阳，是以万物就而死；冬日至则阳乘阴，是以万物仰而生。①

对日月星辰的崇拜，是原始宗教的重要观念之一。自远古以来，祭祀日月就是宗族与国家重要的宗教仪式。早在《殷虚卜辞》中就有记载曰："乙巳卜，王宾日。"《礼记·祭义》也云："郊之祭，大报天而主日，配以月。"②《周礼·春官》记载周王朝"以实柴祀日、月、星、辰"。在日月星辰的祭祀活动中，先民对日的崇拜占主导地位。当先民无法理解太阳的运行规律时，他们便对神秘的太阳进行想象，赋予其神格。《山海经·大荒南经》就有关于羲和浴日的神话。在此则神话中，太阳如人类一样有父、有母，被赋予生命力。这种奇特的想象，延展到对宇宙时间现象的解释，便有"日出于旸谷，浴于咸池，拂于扶桑，是谓晨明。登于扶桑，爰始将行，是谓朏明"的充满诗意的神话。在这则神话中，太阳周而复始的出游行为，"行九州七舍，有五亿万七千三百九里"，决定了人间一天的朝、昼、昏、夜的变化。古人在浪漫的玄想中，流露出朴素的科学认识。

---

① 何宁：《淮南子集释》卷3，第233—238页。
② 孙希旦：《礼记集解》，第1216页。

在对"天文"现象进行了神话解释之后,《地形训》接着"纪东西南北山川薮泽,地之所载,万物形兆所化育"①,对"天地之间,九州八极"的风物进行了刻画,其中不乏神话故事。如:

> 禹乃以息土填洪水,以为名山,掘昆仑虚以下地,中有增城九重,其高万一千里百一十四步二尺六寸。上有木禾,其修五寻,珠树、玉树、琁树、不死树在其西,沙棠、琅玕在其东,绛树在其南,碧树、瑶树在其北。旁有四百四十门,门间四里,里间九纯,纯丈五尺,旁有九井,玉横维其西北之隅,北门开以内不周之风。倾宫、旋室、县圃、凉风、樊桐在昆仑阊阖之中,是其疏圃。疏圃之池,浸之黄水,黄水三周复其原,是谓丹水,饮之不死。河水出昆仑东北陬,贯渤海,入禹所导积石山。赤水出其东南陬,西南注南海丹泽之东。赤水之东,弱水出自穷石,至于合黎,余波入于流沙,绝流沙,南至南海。洋水出其西北陬,入于南海羽民之南。凡四水者,帝之神泉,以和百药,以润万物。昆仑之丘,或上倍之,是谓凉风之山,登之而不死。或上倍之,是谓悬圃,登之乃灵,能使风雨。或上倍之,乃维上天,登之乃神,是谓太帝之居。②

这段文字为后世描绘了一个以昆仑山为核心的壮丽、奇幻的

---

① 何宁:《淮南子集释》卷4,第311页。
② 何宁:《淮南子集释》卷4,第322—328页。

神仙世界。昆仑神话，是中国古代神话体系的主体，在《山海经·海内西经》就有对昆仑神境的详细描绘。《淮南子》则在《山海经》的基础上，结合屈原《天问》"昆仑县圃，其居安在？增城九重，其高几里？四方之门，其谁从焉？西北辟启，何气通焉"①，进一步细致刻画了昆仑山不同凡响的地形地貌及神奇风物。本在天上的昆仑山为何成为地上神山？《淮南子》解释，是因为大禹掘昆仑治水所致，顺势将大禹用息土治水的传说引入了昆仑神话体系。这座神山上有不死树、不死之水，有登之不死的凉风之山，再有"登之而灵"的悬圃，其绝顶则是"登之乃神"的"太帝之居"。这种长生不死的观念反映了原始宗教对人类生命的思考，被后世道教所接受，昆仑山也成为中国道教史上著名的群仙聚居之地。

第三节　女娲神话之流变

中国古代的女性神话，最古老、最负盛名的便是《女娲补天》。这则神话首见于《淮南子》，是其保存的中国四大神话之一。《淮南子·览冥训》曰：

> 往古之时，四极废，九州裂，天不兼覆，地不周载，火爁炎而不灭，水浩洋而不息，猛兽食颛民，鸷鸟攫老弱。于是女娲炼五色石以补苍天，断鳌足以立四极，杀黑龙以济冀州，积芦灰以止淫水。苍天补，四极正，淫

---

① 洪兴祖：《楚辞补注》，第92—93页。

水涸，冀州平，狡虫死，颛民生。①

这段文字刻画了一位拯救天下苍生于水深火热之中的女性英雄。女娲在天崩地裂，人类面临灭绝的危急状态下，炼五色石、断龟足、杀黑龙，终使得"苍天补，四极正"，天下黎民得以回归平静生活。这则神话虽然文字简短，但情节繁多，文中多用三字、四字短句，造成了一种紧张、激烈的氛围。整个叙事视野恢宏，铺天盖地，使这则神话成为中国古代最动人心魄、奇伟壮丽的神话之一。

就精神特质来看，此神话虽叙述女娲补天，实是远古洪水神话的一部分。以五色石补天，应是用石块堵截天降洪水的幻想；"积芦灰以止淫水"，则是远古人民用土填塞河渠的经验记忆；而黑龙、巨鳌是出没于洪水中的怪兽，故这则神话的核心并非"补天"，而是治水。女娲是中国古代神话史上第一位治水英雄。这则神话是远古母系氏族流传下来的故事，带有原始母权的意味。

补天之后的女娲，不辞辛劳继续治理天下，"背方州，抱圆天，和春阳夏，杀秋约冬，枕方寝绳，阴阳之所壅沉不通者，窍理之，逆气戾物伤民厚积者，绝止之。当此之时，卧倨倨，兴眄眄，一自以为马，一自以为牛，其行蹎蹎，其视暝暝，侗然皆得其和，莫知所由生。浮游不知所求，魍魉不知所往。当此之时，禽兽蝮蛇，无不匿其爪牙，藏其螫毒，无有攫噬之心。考其功烈，上际九天，下契黄垆，名声被后世，光晖重万物"②。天下大治之

---

① 何宁：《淮南子集释》卷6，第479—480页。
② 何宁：《淮南子集释》卷6，第480—483页。

后，女娲驾车遨游天地之间，其"乘雷车，服驾应龙，骖青虬，援绝瑞，席萝图，黄云络，前白螭，后奔蛇，浮游消摇，道鬼神，登九天，朝帝于灵门，宓穆休于太祖之下"①。女娲的形象俨然是一位驾驭万物、巡游天地的统治者。但是这位统治者却是"不彰其功，不扬其声，隐真人之道，以从天地之固然"。《淮南子》关于女娲神游天地的记载，虽然残留着原始社会母权制度的影子，但其目的却在于阐述"道德上通而智故消灭"的道理。作者尤其推崇女娲"功成、名遂、身退"②的至上品德，赞扬其"隐真人之道"以遵从天地本根。《淮南子》中的女娲蒙上了道家色彩，成为道家哲学中的理想人物。

《淮南子》关于女娲的神话，还有另一体系，即女娲作为人类始祖的化生神话。许慎《说文解字》对"娲"字如此解释："古之神圣女，化万物者也。"③所谓"化"，即"化育""化生"之意。女娲以"娲"为名，正是远古神话以之为化生万物的女神。这种化生神话，正是原始母系社会时期人类只知其母不知其父的历史遗存。但在汉代，女娲化生万物的神话发生了变化，化生万物转变为化生人类，而且人类的诞生也并非女娲一人之功。《淮南子·说林训》曰："黄帝生阴阳，上骈生耳目，桑林生臂手，此女娲所以七十化也。"高诱注曰："黄帝，古天神也。始造人之时，化生阴阳。"④上骈、桑林皆神名，上骈可以帮助化生耳目，而桑林则帮助化生臂手。故高诱认为虽然女娲有"七十变造化"，但"此言

---

① 何宁：《淮南子集释》卷6，第483—485页。
② 朱谦之：《老子校释》，第35页。
③ 段玉裁：《说文解字注》，第617页。
④ 何宁：《淮南子集释》卷17，第1186页。

造化治世，非一人之功也"①。后世人们在《淮南子》"女娲化生"的神话母题上，又衍生出"女娲抟黄土造人"的传说，应劭《风俗通义》对此有比较详细的记载，不过，这则神话的起源比较晚，因为"富贵者，黄土人也；贫贱凡庸者，絙人也"②的说法，明显是阶级社会以后的思想。

汉代对女娲神话的改造，体现了当时社会阴阳化育的观念。《淮南子·览冥训》云："至阴飂飂，至阳赫赫，两者交接成和而万物生焉。众雄而无雌，又何化之所能造乎?"③ 在汉代，女娲有一个配偶神，即伏羲。伏羲本为传说中的远古帝王。在汉代之前，二者并没有关联。最先将伏羲、女娲放在一起叙述的是《淮南子·览冥训》，文曰："然犹未及虑戏氏之道也……女娲炼五色石以补苍天。"高诱注曰："女娲阴帝，佐虑戏治者也。三皇时，天不足西北，故补之。师说如是。"④ 女娲作为女性神，为阴帝，成为伏羲治理天下的辅佐者。《览冥训》又曰："伏戏、女娲不设法度，而以至德遗于后世。"⑤ 也将二者相提并论。王延寿《鲁灵光殿赋》云："上纪开辟，遂古之初。五龙比翼，人皇九头。伏羲鳞身，女娲蛇躯。"⑥ 灵光殿是汉景帝时期的鲁恭王所建。可见早在汉代初年，人们就将伏羲、女娲想象成人首蛇身，并将之双双画于壁上。虽然在汉代文献中，并没有出现伏羲、女娲为配偶的文字记录，但在汉代的墓葬壁画中，却存在许多伏羲、女娲作为夫

① 何宁：《淮南子集释》卷17，第1186页。
② 李昉：《太平御览》卷78，中华书局，1960年，第365页。
③ 何宁：《淮南子集释》卷6，第457页。
④ 何宁：《淮南子集释》卷6，第479页。
⑤ 何宁：《淮南子集释》卷6，第497页。
⑥ 萧统：《文选》卷11，第515页。

妇形象的画像。这些汉画像石上的伏羲、女娲往往是人头蛇身，交尾而坐。有的画像石上，伏羲、女娲手执规矩，象征其掌管乾坤；有的画像石上，伏羲、女娲被高禖强行搂抱在一起，成为象征人类繁衍的配偶神；也有的画像石上，伏羲、女娲手执灵芝，因为在汉人的神仙思想中，灵芝是仙人的食品，如王充《论衡·验符篇》所言"芝草延年，仙者所食"①。可见，伏羲、女娲神话在东汉时开始被仙化了。

女娲神话的流变，附着了中国远古母系氏族向父系氏族转变的痕迹。在《淮南子》中，女娲补天的神话既得以保持其原初面貌，又体现了作者的道家哲思。原初神话中的女娲能化生万物，故而汉代的人们视其与伏羲为象征人类繁衍的配偶神，体现了女娲神话的宗教化历程。这则神话的流变，在汉代还仅仅停留在图像的形式上。到了唐代，伏羲、女娲作为夫妻神的传说有了更详细的文字记载。唐末李冗《独异志》记载曰："昔宇宙初开之时，只有女娲兄妹二人在昆仑山，而天下未有人民。议以为夫妻，又自羞耻。兄即与其妹上昆仑山，咒曰，'天若遣我兄妹二人为夫妻，而烟悉合；若不，使烟散'。于烟即合。其妹即来就兄。乃结草为扇，以障其面。今时人取妇执扇，象其事也。"② 唐末道士杜光庭的《录异记》也记载说："陈州为太昊之墟，东关城内有伏羲女娲庙……东关外有伏羲墓，以铁锢之，触犯不得，时人谓之翁婆墓。"又云："房州上庸界有伏羲女娲庙，云是抟土为人民之所，古迹在焉。"③ 可见，伏羲女娲的传说在唐末民间普遍流传。只不

① 黄晖：《论衡校释》，第844页。
② 李冗：《独异志》卷下，《续修四库全书》第1264册，第464页。
③ 杜光庭：《录异记》卷8，《续修四库全书》第1264册，第504页。

过在流传过程中，这则神话被披上了礼教的外衣，或者又被赋予了宗教意义，其原始、质朴、真实、自然的面貌已不复存在。

第四节 "嫦娥奔月"神话之流变

在中国神话史上，最为家喻户晓的古神话，莫过于"嫦娥奔月"了。严格来说，"嫦娥奔月"只是这则神话中的一个情节，围绕着"嫦娥奔月"还有另外两个重要的人物，即勇射十日的羿和掌不死之药的西王母。

羿射十日、嫦娥奔月的神话故事在先秦时代已有零星记载。《山海经·海内经》有"帝俊赐羿彤弓素矰，以扶下国，羿是始去恤下地之百艰"之叙述，虽没明言羿射十日，但"恤下地之百艰"[①]，应该包括射日的壮举。这则文献提供的重要信息，是羿本为天神，由帝俊派遣而下到凡间。对于羿为下土人民所做的功绩，《山海经》也有若干记录。《海外南经》曰："羿与凿齿战于寿华之野，羿射杀之。在昆仑虚东。羿持弓矢，凿齿持盾。一曰戈。"[②]《大荒南经》又记载："有人曰凿齿，羿杀之。"[③]《楚辞·天问》对羿的英雄事迹也多有叙说，如"羿焉彃日？乌焉解羽"；"冯珧利决，封狶是射"[④]。而先秦古籍《归藏》将羿射十日与嫦娥奔月联系在了一起。《归藏》早已亡佚，据刘勰《文心雕龙·诸子》说："《归藏》之经，大明迂怪，乃称羿毙十日，嫦娥奔月。"[⑤]

---

① 袁珂：《山海经校注》，第530页。
② 袁珂：《山海经校注》，第241页。
③ 袁珂：《山海经校注》，第429页。
④ 洪兴祖：《楚辞补注》，第96、99页。
⑤ 范文澜：《文心雕龙注》卷4，第309页。

相对先秦文献，《淮南子》对"嫦娥奔月"神话有比较清晰的记载。《览冥训》曰：

> 羿请不死之药于西王母，姮娥窃以奔月，怅然有丧，无以续之。何则？不知不死之药所由生也。是故乞火不若取燧，寄汲不若凿井。①

《本经训》则记载了羿射十日的故事：

> 逮至尧之时，十日并出，焦禾稼，杀草木，而民无所食。猰貐、凿齿、九婴、大风、封豨、修蛇皆为民害。尧乃使羿诛凿齿于畴华之野，杀九婴于凶水之上，缴大风于青丘之泽，上射十日而下杀猰貐，断修蛇于洞庭，禽封豨于桑林。②

《淮南子》对这两则神话的记录依然是片段式的，在叙事逻辑上还存在较多空白和断层，如羿与嫦娥的夫妻关系在此书中并未得以确定，而西王母何以拥有不死之药，文中也没有交代。但是《淮南子》用"嫦娥奔月"这一情节，使羿、西王母的神话转变为以"长生不死"为主旨的道教仙话。《淮南子》对"嫦娥奔月"故事的改造，体现了汉代盛行的求仙思想。

在"嫦娥奔月"故事中，西王母是个核心人物。西王母在

---

① 何宁：《淮南子集释》卷6，第501—502页。
② 何宁：《淮南子集释》卷8，第574—577页。

《山海经》中多次出现,据《山海经》的记载,西王母是远古时代的神人,"其状如人,豹尾虎齿而善啸,蓬发戴胜,是司天之厉及五残"。又云:"有人戴胜,虎齿,有豹尾,穴处,名曰西王母。"尽管在《山海经》中出现了许多"不死树""不死民""不死之山"的叙述,甚至记载昆仑山"开明东有巫彭、巫抵、巫阳、巫履、巫凡、巫相,夹窫窳之尸,皆操不死之药以距之",但是《山海经》却没有西王母持有不死之药的叙述。可见,虽然《山海经》已开始出现长生不死的神仙思想,但西王母依然保持着神话的本质。西王母掌管不死之药,是《淮南子》对"嫦娥奔月"神话的一大改造,是西王母走向仙化的第一步。这也为后世道教将西王母视为主管天庭的大神打下了思想基础。

在汉代,西王母信仰非常盛行,《淮南子》关于西王母掌不死之药的记载正是这一信仰的体现。而且,在汉代阴阳五行学说的思想背景下,汉人还创造出了东王公这一形象,将其与西王母组成一对配偶神。托名为东方朔的《神异经·中荒经》曰:"昆仑之山……上有大鸟,名曰希有。南向。张左翼覆东王公,右翼覆西王母。背上小处无羽,一万九千里。西王母岁登翼上,会东王公也……其《鸟铭》曰,有鸟希有,碌赤煌煌。不鸣不食,东覆东王公,西覆西王母。王母欲东,登之自通。阴阳相须,唯会益工。"[1] 郭宪《洞冥记》也有"昔西王母乘灵光辇以适东王公之舍"[2] 之记载。东汉赵晔《吴越春秋·勾践阴谋外传》中言其第一

① 东方朔:《神异经》,《汉魏六朝笔记小说大观》,上海古籍出版社,1999年,第57页。
② 郭宪:《汉武帝别国洞冥记》卷2,《汉魏六朝笔记小说大观》本,第130页。

术——"尊天事鬼以求其福"，即是"立东郊以祭阳，名曰东皇公；立西郊以祭阴，名曰西王母"①。纪年为汉元兴六年（公元105）的环状乳神人神兽镜铭文曰："世传光明长乐未英，富且昌，宜侯王，师命长生如石，位至三公，寿如东王父西王母，仙人子立至公侯。"② 可见，东王公、西王母是汉人神仙思想中的尊神大仙。汉人若要长寿升仙，必当祭祀东王公与西王母。在用于墓葬的汉画像石上，也常常刻画有西王母与东王公。在这些汉画像上，西王母戴胜，东王公戴冠，或凭几而坐，或端坐于榻上。二人身边总是围绕着羽人、翼龙、人首鸟身等神物。由于二神是掌管长生不死的神仙，故画面中还有玉兔捣药、羽人执朱草、仙人献玉浆的形象。而且，西王母、东王公的画像总是位于画像石的最上层，喻示其崇高的神仙地位。

《淮南子》中的"嫦娥奔月"神话之所以转变为以"长生不死"为主旨的神仙故事，还体现在文中对羿这一人物形象的改造上。羿本为天神，尧使之下到凡间，射十日，除大害。但羿在完成一系列英雄壮举后，却无法返回天庭。羿非但不能返回天庭，甚至还无法保障自己的生命，因此羿只能向西王母求不死之药。而当嫦娥偷食不死之药，飞向月宫之后，羿只能是"怅然有丧，无以续之"。在《淮南子》中，羿已从一位神人蜕变为一位凡人，尽管其勇力无穷，但无法摆脱生死之规律。《淮南子·诠言训》记载"羿死于桃棓"，高诱注曰："棓，大杖，以桃木为之，以击杀羿。"③《氾论训》又云："羿除天下之害而死为宗布。"所谓"宗

---

① 赵晔：《吴越春秋》卷 5，《丛书集成初编》第 3696 册，第 182 页。
② 刘永明：《汉唐纪年镜图录》，江苏古籍出版社，1999 年，第 9 页。
③ 何宁：《淮南子集释》卷 14，第 993 页。

布"，高诱注曰："有功于天下，故死托祀于宗布。祭田为宗布谓出也。一曰：今人室中所祀之宗布是也。或曰：司命傍布也。"①羿因没有服食不死之药，只有落得死亡的下场，其为下土人民所做的丰功伟绩，最终只换来死后的祭祀。而其妻因服食不死之药，却得以主持月宫，成为天上神仙。《淮南子》通过"嫦娥奔月"这一情节，将西王母、羿、嫦娥、不死之药之关系揭示出来，使这一神话充满了仙气，为西王母的进一步道教化提供了文献依据。

第五节　《淮南子》的文学特色

《淮南子》在神话学、哲学、宗教学方面的贡献和地位毋庸置疑。同时，也正因为《淮南子》记载了许多神奇瑰丽的神话传说，使其在中国古代文学史上具有重要地位。《淮南子》在文学方面的价值与影响，主要体现在其恢宏壮丽的文辞、连类譬喻的艺术手法上。

淮南王刘安的文学才华在当代已颇负盛名。《汉书》本传记载："时武帝方好艺文，以安属为诸父，辩博善为文辞，甚尊重之。每为报书及赐，常召司马相如等视草乃遣。初，安入朝，献所作《内篇》，新出，上爱秘之。使为《离骚传》，旦受诏，日食时上。又献《颂德》及《长安都国颂》。每宴见，谈说得失及方技赋颂，昏莫然后罢。"②刘安因为善为文辞而为汉武帝所尊重，以至汉武帝唯恐自己文采不佳被刘安嘲笑，每次撰写诏书后，都要请当时的文坛巨匠司马相如等人为之润色文辞才敢送给刘安。而

---

① 何宁：《淮南子集释》卷13，第986页。
② 班固：《汉书》卷44，第2145页。

刘安也确实文思敏捷，文才卓著，其《离骚传》半日而成，更是历史佳话。

刘安卓越的文学才华，在撰写《淮南子》时得到了充分展现。《淮南子》文辞恢宏壮丽，文气充沛，叙事说理铺陈夸饰，带有战国纵横家铺张扬厉的气势。如其《本经训》有文曰：

> 天地之大，可以矩表识也；星月之行，可以历推得也；雷震之声，可以鼓钟写也；风雨之变，可以音律知也。是故大可睹者，可得而量也；明可见者，可得而蔽也；声可闻者，可得而调也；色可察者，可得而别也。夫至大，天地弗能含也；至微，神明弗能领也。及至建律历，别五色，异清浊，味甘苦，则朴散而为器矣；立仁义，修礼乐，则德迁而为伪矣。及伪之生也，饰智以惊愚，设诈以巧上，天下有能持之者、有能治之者也？昔者，苍颉作书而天雨粟，鬼夜哭；伯益作井而龙登玄云，神栖昆仑：能愈多而德愈薄矣。故周鼎著倕，使衔其指，以明大巧之不可为也。故至人之治也，心与神处，形与性调，静而体德，动而理通，随自然之性，而缘不得已之化，洞然无为而天下自和，憺然无欲而民自朴，无礼祥而民不夭，不忿争而养足，兼包海内，泽及后世，不知为之者谁何。是故生无号，死无谥，实不聚而名不立，施者不德，受者不让，德交归焉而莫之充忍也。故德之所总，道弗能害也，智之所不知，辩弗能解也；不言之辩，不道之道，若或通焉，谓之天府。取焉而不损，酌焉而不竭，莫知其所由出，是谓瑶光。瑶光者，资粮

*万物者也。*①

　　此段文字运用铺排手法，论说天地、星月、雷声、风雨等世人可见可睹的自然现象，人们可通过各种认知去了解；然而至大、至微之事物却是天地神明都无法涵括、领会的。继而，作者借用两则诡异瑰奇的神话——仓颉创造文字而天雨粟、鬼夜哭，伯益挖井而导致龙登云避难、神灵远栖昆仑，来说明"能愈多而德愈薄"的道理。再转而言之，尧时巧匠倕，在铸成周鼎后，自衔其指，以明大巧之不可为。最后，作者极力推崇"随自然之性"的"至人之治"，认为"洞然无为而天下自和，憺然无欲而民自朴"，最终归结于道家的"无为而治"。该篇文辞缛丽，意象阔大，文风犀利，极具战国纵横家雄辩之气势。刘勰《文心雕龙·诸子》赞其曰："《淮南》泛采而文丽。"② 梁启超称"《淮南鸿烈》为西汉道家言之渊府，其书博大而有条贯，汉人著述中第一流也"③，确为的评。

　　《淮南子》作为哲理散文，其思想本于《老子》，其文风则极似于《庄子》。尤其是在说理论述过程中，《淮南子》善于运用"连类譬喻"的创作手法，更是类似于《庄子》之风格。《淮南子·要略》认为"言天地四时而不引譬援类，则不知精微"④，故"《缪称》者……假象取耦，以相譬喻，断短为节，以应小具"⑤，

---

① 何宁：《淮南子集释》，第570—574页。
② 范文澜：《文心雕龙注》卷4，第309页。
③ 梁启超：《中国近三百年学术史》，天津古籍出版社，2003年，第267页。
④ 何宁：《淮南子集释》卷21，第1454页。
⑤ 何宁：《淮南子集释》卷21，第1446页。

"《诠言》者，所以譬类人事之指，解喻治乱之体也"①。在此创作思想下，连类譬喻成为《淮南子》说理文的重要手法，大大提升了《淮南子》的辩论力度，如《缪称训》曰：

> 凡人各贤其所说而说其所快，世莫不举贤，或以治，或以乱，非自遁，求同乎己者也。己未必得贤，而求与己同者而欲得贤，亦不几矣。使尧度舜则可。使桀度尧，是犹以升量石也。今谓狐狸，则必不知狐，又不知狸。非未尝见狐者，必未尝见狸也，狐、狸非异，同类也，而谓狐狸，则不知狐、狸。是故谓不肖者贤，则必不知贤，谓贤者不肖，则必不知不肖者矣。②

高诱注《缪称训》曰："缪异之论，称物假类，同之神明，以知所贵，故曰缪称。"③ 利用类似的事物进行譬喻，阐释道理，是《缪称训》的主旨。该文借"狐""狸"两种同类但有区别的动物来阐释世人对"贤不肖"的辨识，说明世人并不能真正厘清什么是"贤"，什么是"不肖"，就如同人们皆说"狐狸"，却不知什么是"狐"，什么是"狸"。《缪称训》又曰：

> 用百人之所能，则得百人之力；举千人之所爱，则得千人之心。辟若伐树而引其本，千枝万叶则莫得弗从也。慈父之爱子，非为报也，不可内解于心；圣人之养民，非

---

① 何宁：《淮南子集释》卷21，第1449页。
② 何宁：《淮南子集释》卷10，第709—710页。
③ 何宁：《淮南子集释》卷10，第705页。

求用也，性不能已。若火之自热，冰之自寒，夫有何修焉？
及恃其力赖其功者，若失火舟中。故君子见始斯知终矣。
媒妁誉人而莫之德也；取庸而强饭之，莫之爱也。虽亲父
慈母，不加于此，有以为，则恩不接矣。①

文章用伐树引本、千枝万叶随根而倒的生活经验，告诫治人
者要抓住"用人""爱人"之根本。《淮南子》认为"圣人之养
民"与"慈父之爱子"，皆发自本性，出于本心，如火自热，如冰
自寒。只有出于本性的"爱人"至"用人"，人们才会如河中之船
突然失火，船上众人齐心协力救火而不要求回报一样，捍卫统治
者的权益。此类譬喻浅显易懂，以小喻大，贴切自然，而且行文
灵活，句式整饬之中又富有变化，故说理明白晓畅。连类譬喻的
创作手法，使《淮南子》说理透彻、犀利。刘熙载在《艺概·文
概》中说："《淮南子》连类喻义，本诸《易》与《庄子》，而奇
伟宏富，又能自用其才。虽使与先秦诸子同时，亦足成一家之
作。"② 正是对《淮南子》连类譬喻创作手法的高度认同。

《淮南子》虽是哲理散文，行文中充满了逻辑辩论，但因其广
泛征引神话、传说，充分展现了作者丰富的想象力，行文中具有
浓郁的浪漫色彩。如《览冥训》意在"览观幽冥变化之端，至精
感天，通达无极"，作者开篇即引入几则瑰丽诡奇的神话：

昔者，师旷奏《白雪》之音，而神物为之下降，风

---

① 何宁：《淮南子集释》卷10，第714—715页。
② 刘熙载：《艺概》，《刘熙载文集》，第65页。

雨暴至，平公癃病，晋国赤地。庶女叫天，雷电下击，景公台陨，支体伤折，海水大出。夫瞽师庶女，位贱尚菜，权轻飞羽。然而专精厉意，委务积神，上通九天，激厉至精。由此观之，上天之诛也，虽在旷虚幽闲，辽远隐匿，重袭石室，界障险阻，其无所逃之亦明矣。武王伐纣，渡于孟津，阳侯之波，逆流而击，疾风晦冥，人马不相见。于是武王左操黄钺，右秉白旄，瞋目而扬之曰："余任天下谁敢害吾意者！"于是风济而波罢。鲁阳公与韩构难，战酣日暮，援戈而挥之，日为之反三舍。夫全性保真，不亏其身，遭急迫难，精通于天。若乃未始出其宗者，何为而不成？①

这几则神话构想奇特，意象宏阔，语言瑰奇，行文多用四言句式，句短气促，节奏紧迫，营造出紧张、激烈的氛围。尤其是鲁阳公与韩构酣战以至日为之三返舍的叙述，奇特而恢宏，更是惊天动地，让读者心身为之一震。而且，《淮南子》夹叙夹议，通过"师旷奏《白雪》""庶女叫天"等神话，揭示平凡之人只要专精厉意，也可上通于天。犯恶者即使隐匿极密，也必逃不过上天之诛。再以武王伐纣渡河，呵斥兴风作浪的河神，鲁阳公之战，日为之三返，揭示"全性保真，不亏其身，遭急迫难，精通于天。若乃未始出其宗者，何为而不成"的道理。语言激越，掷地有声，既用具体事例突出汉代奉行的"天人感应"的哲学思想，又在字里行间流露出大汉帝国所特有的高昂的时代精神。

---

① 何宁：《淮南子集释》卷 6，第 443—447 页。

　　《淮南子》浪漫玄幻的文风，也体现在作者对神话故事的细致刻画方面。《精神训》曰：

　　　　禹南省，方济于江，黄龙负舟，舟中之人，五色无主；禹乃熙笑而称曰："我受命于天，竭力而劳万民，生寄也，死归也，何足以滑和！"视龙犹蝘蜓，颜色不变，龙乃弭耳掉尾而逃。禹之视物亦细矣。①

　　这段文字描写大禹南巡渡河，黄龙负舟一事。作者首写舟中之人被黄龙吓得五神无主，次言大禹"熙笑"而语：视生如寄，视死如归。大禹气壮辞严，以致黄龙"弭耳掉尾而逃"。此则神话篇幅虽短，但叙事错落有致，细节刻画细致，人物形态描绘得栩栩如生，颇有六朝志怪小说之情趣。

---

　　① 何宁：《淮南子集释》卷7，第533—534页。

第十章　《列仙传》及汉代仙人碑传

　　《列仙传》开创了中国古代仙传的创作模式，后来发展成为道教所特有的神仙传记文体。东汉造仙运动的兴盛，为道教的形成准备了充足条件。除《列仙传》中出现的汉代神仙外，东汉时期又产生了不少新兴的神仙。这些神仙的特征，较之《列仙传》具有更浓厚的道教色彩，与葛洪的《神仙传》中的仙人几乎毫无二致。据《隋书·经籍志》，在《列仙传》与《神仙传》问世相隔的这段时期内，并无其他仙传作品出现。那么二者的叙事风格、文中的神仙思想如何过渡发展？分析现存的东汉仙人碑传《肥致碑》《仙人唐公房碑》与《王子乔碑》，考察三仙人碑的叙事情节、结构和风格，并与《列仙传》《神仙传》相关情节进行比较，可见自汉至两晋时期仙传叙事的发展变化；在此过程中，东汉仙人碑对仙传叙事的传承起到了重要的桥梁作用。

第一节　《列仙传》成书年代考述

　　刘向，原名更生，为刘汉宗室，历昭、宣、元、成帝四朝。刘向信奉阴阳五行学说，崇尚天人感应之论，在修身养生方面，追求神仙方术。其父刘德崇尚黄老之学，《汉书》称其"修黄老术，

有智略"，"常持《老子》知足之计"。① 据《汉书》记载，刘德曾
参与审理淮南王刘安谋逆案，得到刘安的《枕中鸿宝苑秘书》，该
书"言神仙使鬼物为金之术，及邹衍重道延命方"②。刘向读得此
书，献于宣帝，认为据此秘书可炼制黄金。然而黄金未成，耗费
甚巨，刘向被弹劾下狱，差点被处死。汉成帝时，外戚专权，刘
向"见《尚书·洪范》，箕子为武王陈五行阴阳休咎之应。向乃集
合上古以来历春秋六国至秦汉符瑞灾异之记，推迹行事，连传祸
福，著其占验，比类相从，各有条目，凡十一篇，号曰《洪范五
行传论》，奏之"③。可见，刘向的思想以阴阳五行学说为主，相信
神仙学说，并曾对神仙方术身体力行。

刘向文才卓越，博古通今，撰有《列女传》《新序》《说苑》
等著作。但是盛名之下的《列仙传》，却在《汉书》本传中并无记
载，《汉书·艺文志》对之也没有著录。最先将该书的著作权归于
刘向的是葛洪。葛洪《抱朴子·论仙》云："刘向博学则究微极
妙，经深涉远，思理则清澄真伪，研核有无，其所撰《列仙传》，
仙人七十有余，诚无其事，妄造何为乎？邃古之事，何可亲见，
皆赖记籍传闻于往耳。《列仙传》炳然，其必有矣。"④ 而且葛洪在
《神仙传序》中又提及刘向曾撰《列仙传》，记载神仙七十一人，
且因为"刘向所述殊甚简要，美事不举"，故另撰《神仙传》，"有
愈于向多所遗弃也"⑤。北齐颜之推在《颜氏家训·书证篇》中也

---

① 班固：《汉书》卷36，第1927页。
② 班固：《汉书》卷36，第1928页。
③ 班固：《汉书》卷36，第1950页。
④ 王明：《抱朴子内篇校释》卷2，第16页。
⑤ 胡守为：《神仙传校释》，"序"第2页。

云："《列仙传》刘向所造。"① 另《水经注》亦谓刘向撰有《列仙传》。史志目录中，《隋志》"杂传类"著录有"《列仙传赞》三卷，刘向撰，鬷续，孙绰赞"，又有"《列仙传赞》二卷，刘向撰，晋郭元祖赞"。② 杂传类小序又称："汉时，阮仓作《列仙图》，刘向典校经籍，始作《列仙》、《列士》、《列女》之传，皆因其志尚，率尔而作，不在正史。"③ 另，《旧唐志》"杂传类"、《新唐志》"道家类"均作二卷，题为刘向撰，《新唐志》仅作《列仙传》，无赞。可见，从两晋直到北宋，《列仙传》的著作权一直归于刘向，并无疑议。

　　然而在南宋时，刘向的著作权开始受到质疑。陈振孙《直斋书录解题》"神仙类"认为此书"似非向本书，西汉人文章不尔也"④，从文章风格怀疑此书之真伪，然仅仅是存疑，并无确证。明代胡应麟《少室山房笔丛·四部正讹下》引申陈说，并进一步论证曰："《汉书·艺文志》刘向所叙六十七篇，止《新序》《说苑》《世说》《列女传》而无此书，《七略》刘歆所定，果向有此书，班氏决弗遗，盖伪撰也。当是六朝间人因向传列女，又好神仙家言，遂伪撰托之。"⑤ 四库馆臣也认为"或魏晋间方士为之，托名于向"⑥，但皆为旁证，难有说服力，因此余嘉锡曰："特是

① 王利器：《颜氏家训集解》卷6，第484页。
② 魏徵等：《隋书》卷33，979页。
③ 魏徵等：《隋书》卷33，982页。
④ 陈振孙：《直斋书录解题》卷12，《文渊阁四库全书》第674册，第735页。
⑤ 胡应麟：《少室山房笔丛》卷32，第318页。
⑥ 永瑢等：《四库全书总目》卷146，第1248页。

《提要》所征引之证据,则殊苦其不确。"① 但此时风向也并非只偏于一方,清代洪颐煊、王照圆等人就坚持今本《列仙传》乃刘向所撰。

现代学者对于《列仙传》的成书年代也是各执己见。杨守敬、余嘉锡等人将《列仙传》的成书归于东汉时期。杨守敬《日本访书志》卷六提出新证,一是《世说新语》注引《列仙传序》有"其七十四人已在佛经"之语;二是今本《列仙传》中《文宾传》有地名"太邱",《木羽传》有称"钜鹿南和",此地名皆前汉所无。据此杨氏认为《列仙传》似是东汉方士所作。② 余嘉锡在此基础上,再举数例,认为"此书盖明帝以后顺帝以前人之所作也"③。另有一些学者对此有更融通之说。王叔岷认为此书"自是汉人口吻","是书即非向撰,亦不致全晚至魏、晋也","或有魏、晋间人附益者耳"④,认为虽或出汉代,但随着时代推移,已有魏晋文字羼入。

鲁迅、侯忠义、李剑国等人认为《列仙传》为刘向所撰。鲁迅认为流传至今的汉代小说全是假的,"惟此外有刘向的《列仙传》是真的"⑤。但是鲁迅对此并没有进一步论证。李剑国则对此问题有详细考证,他对前代质疑刘向著作权的所有疑问进行了辨析。首先,对于《汉志》没有著录《列仙传》的问题,李剑国认

---

① 余嘉锡:《四库提要辨证》卷 19,云南人民出版社,2004 年,第 1019 页。

② 杨守敬:《日本访书志》,辽宁教育出版社,2003 年,第 100—101 页。

③ 余嘉锡:《四库提要辨证》卷 19,第 1022 页。

④ 王叔岷:《列仙传校笺》,中华书局,2007 年,"序"第 2 页。

⑤ 鲁迅:《中国小说的历史的变迁》,《中国小说史略》,人民文学出版社,1973 年,第 273 页。

为此不足以否认刘向的著作权。因为《汉志》并没有囊括所有的西汉作品，即便是《汉书》刘向本传中所载的《疾谗》等八篇文章，《汉志》也没有著录；其次，《列仙传》中出现了后汉地名，乃是传写之误，也有后人妄加的可能。王照圆《列仙传校正》考证出"太邱"乃为"敬邱"之讹，《商邱子胥传》之"高邑"原应是"鄗"，等等；再次，《列仙传总赞》中"其七十四人已在佛经"之语，今本所无。况且传自传，赞自赞，并不能因为赞语里言及佛经就否定刘向的著作权。①

当今又有学者提出新说，王青认为《列仙传》有古本、今本之别，说："前人所见东汉中期以前的《列仙传》较之今本有较大的不同，而今本《列仙传》的基本定型最早不能早于顺帝永和五年（140），至迟可在西晋太安二年（303）。"② 陈洪认为"《仙传》是东汉末年（约165—204）的产物"，"《仙传》在曹魏时期已经形成了基本定型本"。他对于王青提出的《列仙传》所谓"古本""今本"的观点进行了驳论，认为"这些问题是由于《仙传》在成书、流传过程中，被不断增饰、删改和误抄等造成的，这也是早期古书形成定本以前常有的普遍现象，正如余嘉锡《四库提要辨证》所考、《古书通例》所论"③。王守亮考证《列仙传》可能成书于"章帝建初之后到安帝元初之前的三四十年间"，魏晋人所见《列仙传》与汉时古本没有太大差异，不存在古本、今本之别。④

---

① 李剑国：《唐前志怪小说史》，南开大学出版社，1984年，第188—190页。
② 王青：《〈列仙传〉成书年代考》，载《滨州学院学报》2005年第1期。
③ 陈洪：《〈列仙传〉成书时代考》，载《文献》2007年第1期。
④ 王守亮：《〈列仙传〉考论》，载《滨州学院学报》2012年第2期。

但陈洪、王守亮所证依然有值得商榷之处。现存最早记载《列仙传》的文献是王逸的《楚辞章句》。其在注释《天问》"鳌戴山抃，何以安之"句时，曰："鳌，大龟也。击手曰抃。《列仙传》曰：有巨灵之鳌，背负蓬莱之山而抃舞，戏沧海之中，独何以安之乎？"① 而现存《列仙传》中没有此文。陈洪以为该注是后世羼入，并非王逸原注。按陈洪所证，西晋至唐初的著名注家皆没有引用"《列仙传》曰：有巨灵之鳌"之句，故得出"用《仙传》故事注释屈原'鳌戴山抃'句并羼入《章句》的时代，应当是在李善以后"② 的结论。

另外，王逸《章句》中引用了王子乔、彭祖、赤松子、韩终、黄帝、安期生等仙人的事迹，这些仙人的事迹大多见于现存的《列仙传》。王逸却没有注明这些故事的出处。陈洪据此认为王注中引用"《列仙传》曰"与《章句》的注释体例有不合之处。然而，也存在这种可能性，即这些大名鼎鼎的仙人在当时已广为流传，以王逸的学识，他对这些仙人的故事早已耳熟能详，故王逸作《章句》不必称引《列仙传》，只据自己的学识注释即可。若面对一些僻字僻句，则要参考他书以作注。王逸在注《远游》"漱正阳而含朝霞"句时，曰："《陵阳子明经》言：春食朝霞。朝霞者，日始欲出赤黄气也。秋食沦阴。沦阴者，日没以后赤黄气也。冬饮沆瀣。沆瀣者，北方夜半气也。夏食正阳。正阳者，南方日中气也。并天地玄黄之气，是为六气也。"③ 此注称引《陵阳子明经》。同样的注释在东汉末年应劭作《汉书音义》时也被引用，应

① 洪兴祖：《楚辞补注》卷3，第102页。
② 陈洪：《〈列仙传〉成书时代考》，载《文献》2007年第1期。
③ 洪兴祖：《楚辞补注》卷5，第166页。

劭在注司马相如《大人赋》"呼吸沆瀣兮餐朝霞"句时,将该文的著作权交给了《列仙传》,曰:"《列仙传》陵阳子言春食朝霞,朝霞者,日始欲出赤黄气也。夏食沆瀣,沆瀣,北方夜半气也。并天地玄黄之气为六气。"① 此文与《陵阳子明经》基本相同,只是稍为简略而已。应劭为何将王逸注中的《陵阳子明经》改为《列仙传》呢?陈洪认为有两种可能:一即应劭误引书名;二是应劭根据所见《列仙传》而改写。第一种可能性很小,因为《陵阳子明经》在当时及后世颇为盛行,曹魏时人张辑曾多次引用《陵阳子明经》;《文选》李善注也多次提到该书,且李注中的引文与应劭引文大体相同,故应劭误引书名的可能性很小。最有可能的是应劭见过《列仙传》,虽然现存《列仙传·陵阳子明》中并无此条文辞,但时代久远,或许因传抄而遗漏了此条文献。换言之,应劭注书时,《陵阳子明经》《列仙传》同时存在,而应劭选择了文句更为简洁的《列仙传》作注。这种情况也存在于王逸注书之中。不同的是,王逸选择了更为原始、直接的文献《陵阳子明经》,故并不能据此就否认《列仙传》的存在。同样,"鳌戴山抃,何以安之"也是僻语僻句,因而王逸特意引用《列仙传》加以说明,只是现存《列仙传》此条文辞已然亡佚。故陈文认为王逸注中引用的《列仙传》是后人羼入并不确切,更无法否认刘向的著作权。

王守亮则肯定王逸《章句》引用的"《列仙传》曰",以之作为《列仙传》成书之下限。但其据《后汉书·刘苍传》,认为汉章帝曾赐给刘苍"秘书、列仙图、道术秘方"② 而没有《列仙传》,

① 班固:《汉书》卷57下,第2599页。
② 范晔:《后汉书》卷42,第1440页。

就据此推论此时尚没有《列仙传》，则殊为不确。因为此二者并非非此即彼的关系。

综上所述，目前学界认为《列仙传》出自东汉、魏晋等证据，尚有可斟酌商讨之处，不能完全立论，故本归属于刘向的著作权不应被剥夺。现存《列仙传》有《道藏》本，收入洞真部；另有《说郛》《四库全书》等各种版本。该书在流传过程中，后人增、删、妄改、羼入的情况较多，但基本保持了原帙面貌。王叔岷《列仙传校笺》对此有详细考辨，是当前较好的整理本。

第二节　《列仙传》中的神仙群体

《列仙传》是中国古代第一部仙人传记，记载了自上古以来至秦汉间七十余位仙人的事迹。① 《列仙传》成书之时，汉代神仙方术正大行其道。此时期，不论是贵为帝王将相还是卑如贩夫走卒，皆企慕长生不死的神仙生活。而仙人这一神秘群体，也成为慕道者毕生追寻的目标。在这种社会风气下，神仙家、方士们为了推行自己的方术，更是大力推崇各路"神仙"，以致两汉时期出现了大规模的"造仙运动"。据《汉书·郊祀志》记载："秦始皇初并天下，甘心于神仙之道，遣徐福、韩终之属多赍童男童女入海求神采药，因逃不还，天下怨恨。汉兴，新垣平、齐人少翁、公孙

---

① 关于《列仙传》所记仙人数，历来有不同说法。葛洪《抱朴子内篇·论仙》云《列仙传》所记"仙人七十有余"，《神仙传序》又云"刘向所撰又七十一人"。后世比较有代表性的观点有：一、记载了七十位仙人，以《道藏》本为代表；二、七十一人，将《道藏》本之"江妃二女"分为两人，晁公武《郡斋读书志》《四库总目提要》皆持此观点；三、王照圆《列仙传校正》补"羡门传"与"刘安传"，王叔岷《列仙传校笺》据王氏所补合成七十二位之数。

卿、栾大等，皆以仙人黄冶祭祠事鬼使物入海求神采药贵幸，赏
赐累千金。大尤尊盛，至妻公主，爵位重累，震动海内。元鼎、元
封之际，燕齐之间方士瞋目扼掔，言有神仙祭祀致福之术者以万
数。其后，平等皆以术穷诈得，诛夷伏辜。至初元中，有天渊玉
女、钜鹿神人、辚阳侯师张宗之奸，纷纷复起。"① 所谓天渊玉女、
巨鹿神人、辚阳侯师张宗等人皆是当时方士凭空虚构的仙人。至
两汉时，民间流传的仙人已非常多。葛洪在《神仙传序》中说，
秦朝大夫阮仓就记有神仙数百人。《列仙传》"赞"记载"秦大夫
阮仓撰《仙图》，自六代迄今，有七百余人"。② 刘向的《列仙传》
正是在阮仓《列仙图》的基础上筛选、增添、再创作而成。

刘向本身信奉神仙学说，追求长生不老之术，故《列仙传》
中的仙人皆持有不同的养生长寿之法。仙人的养生长寿法，是
《列仙传》中神仙们的主要事迹，为刘向笔墨重点所在。这些养生
长寿之法中最重要的是服食法。《列仙传》中记载的神仙服食法
中，以服食植物类为最多，共有二十三位神仙靠服食植物以获得
长生，如赤将子舆"不食五谷，而噉百草花"③，山图"服地黄、
当归、羌活、独活、苦参散"④，文宾"服菊花、地肤、桑上寄生
松子，取以益气"⑤；另有五位服食矿物类秘方，如赤松子"服水
玉"⑥，邛疏"煮石髓而服之，谓之石钟乳"⑦，陵阳子明"采五石

① 班固：《汉书》卷25下，第1260—1261页。
② 王叔岷：《列仙传校笺》，第203页。
③ 王叔岷：《列仙传校笺》，第7页。
④ 王叔岷：《列仙传校笺》，第127页。
⑤ 王叔岷：《列仙传校笺》，第138页。
⑥ 王叔岷：《列仙传校笺》，第1页。
⑦ 王叔岷：《列仙传校笺》，第40页。

脂，沸水而服之"①等；又有三位仙人服食合成丹药，如任光"善饵丹"②，章君明"饵沙，三年得神沙飞雪服之"③，赤斧"能作水澒，炼丹，与消石服之"④。虽是介绍各类服食法，但有些篇章将神仙服食成仙的经历描写得非常唯美，例如《园客》：

> 园客者，济阴人也。姿貌好而性良，邑人多以女妻之，客终不取。常种五色香草，积数十年，食其实，一旦有五色蛾，止其香树末，客收而荐之以布，生桑蚕焉。至蚕时，有好女夜至，自称客妻，道蚕状，客与俱收蚕，得百二十头，茧皆如瓮大。缲一茧，六十日始尽。讫则俱去，莫知所在。故济阴人世祠桑蚕，设祠室焉。或云，陈留济阳氏。⑤

该文写得清丽简洁，篇幅虽短，但将园客数十年种食五色香草，以至五色蛾栖于香树树梢，园客收之获得桑蚕，而临夜又有美丽的仙女降临与园客共收蚕茧，最终一同仙去的故事交代得清晰而生动。故事短小精炼，情节温馨浪漫，加上作者生花妙笔，整篇文章显得摇曳多姿、淡雅脱俗。

除服食法之外，《列仙传》中还记载了修炼房中术的神仙，如

---

① 王叔岷：《列仙传校笺》，第 158 页。
② 王叔岷：《列仙传校笺》，第 79 页。
③ 王叔岷：《列仙传校笺》，第 114 页。
④ 王叔岷：《列仙传校笺》，第 146 页。
⑤ 王叔岷：《列仙传校笺》，第 116 页。

老子"好养精气，接而不施"①；涓子"好饵术，接食其精"②；犊子受"都女悦之，遂留相奉侍"③等。其中记载房中术着墨最多的是《女丸》，其文曰：

　　女丸者，陈市上酤酒妇人也。作酒常美，遇仙人过其家饮酒，以素书五卷为质。丸开视其书，乃养性交接之术。丸私写其文要，更设房室，纳诸年少饮美酒，与止宿，行文书法。如此三十年，颜色更如二十时，仙人数岁复来过，笑谓丸曰："盗道无私，有翅不飞。"遂弃家追仙人去，莫知所之云。④

　　女丸只是陈市上一位卖酒的妇人，因美酒而得仙人结缘，获得神仙素书五卷，书中专教养性、交接之术，即房中术。而女丸获得此术后，三十多年来，不断引诱年少者与之交接，得以永远保持二十岁的青春容貌，最终追随仙人而去。在这则故事里，女丸的事迹仅在于修炼房中术，文中对女丸行为的描写没有流露出任何道德批判色彩，说明在前道教时期，房中术是神仙修炼的重要途径，不论男女，只要得遇仙缘，皆可实行房中术以修仙。

　　另有行气服气之法，如容成公"能善补导之事，取精于玄牝，其要，谷神不死，守生养气者也"⑤；彭祖"善导引行气"⑥；邛疏

①　王叔岷：《列仙传校笺》，第18页。
②　王叔岷：《列仙传校笺》，第24页。
③　王叔岷：《列仙传校笺》，第109页。
④　王叔岷：《列仙传校笺》，第156页。
⑤　王叔岷：《列仙传校笺》，第14页。
⑥　王叔岷：《列仙传校笺》，第38页。

"能行气炼形"①。当然在这些修炼方法中，有的神仙是双管齐下以进行修炼的，如邛疏既讲究服食，又能行气炼形。《列仙传》着重记载神仙们的修炼之术，体现了作者有意向后人介绍神仙方术，并使这些养生之术得到流传光大的意图。故而可以说，《列仙传》是前道教时期，神仙学家们宣扬神仙方术的辅教之书。而所有这些修仙长生之法，皆被道教徒接受、改造并发扬光大，成为道教修炼中的重要方法。

《列仙传》中的神仙群体，其成仙前的身份比较复杂。既有历史上实有之人物，如老子、介子推、范蠡、东方朔、钩弋夫人等；也有传说中的人物，如黄帝、彭祖、江妃二女等人；更多的则是史上无名、地位卑贱的贩夫走卒，如赤将子舆"尧帝时为木工"②；啸父"少在西周市上补履"③；文宾以"卖草履为业"④；阴生甚至只是一位备受欺凌的乞丐。有的神仙甚至没有姓名流传，世人只能呼之以职业或者用显著特征指称之，如祝鸡翁，因善养鸡而得名；酒客，因善酿酒而得名；赤斧因"手掌中有赤斧"⑤ 而名之。诸如此类从事卑贱职业的神仙占了《列仙传》中的绝大部分。有的神仙本身就是方士，如安期生、瑕邱仲、任光、崔文子等。《列仙传》神仙身份的复杂性，说明秦汉以来轰轰烈烈的求仙活动已波及社会的各个阶层；而占绝大比例的身份低微的神仙群体，则说明秦始皇、汉武帝等人影响极大的求仙活动宣告失败，促使神

---

① 王叔岷：《列仙传校笺》，第 40 页。
② 王叔岷：《列仙传校笺》，第 7 页。
③ 王叔岷：《列仙传校笺》，第 29 页。
④ 王叔岷：《列仙传校笺》，第 138 页。
⑤ 王叔岷：《列仙传校笺》，第 146 页。

仙方士们将触角向下层百姓延伸，使得下层民间的个体修炼行为盛行。正是在此种宗教背景下，众多出身低微的修仙者成为神仙方术发展的主力，为早期民间道教的形成打下了基础。

第三节 《列仙传》开创的仙传创作
模式及文学价值

刘向撰写《列仙传》时，其创作方式仿照司马迁《史记》中的类传，行文也依照史传模式，开篇先介绍传主的姓名、籍贯、职业等，即使身份、姓氏不明的神仙，也套用此例，点明其身份来历不明，如"江妃二女者，不知何所人也"①；"谷城乡平常生者，不知何所人也"②，以渲染出一种叙事的真实性效果。然而，在仙传中，传主的生平以修炼成仙为主要事迹，故仙传的主体内容极力追求神仙世界的神幻美好，营造出不同寻常的神奇效果。这是仙传与史传最重要的区别。例如《邗子》：

> 邗子者，自言蜀人也。好放犬子，时有犬走入山穴，邗子随入十余宿，行度数百里，上出山头，上有台殿宫府，青松树森然。仙吏侍卫甚严，见故妇主洗鱼，与邗子符一函并药，便使还与成都令桥君。桥君发函，有鱼子也。着池中养之，一年皆为龙形。复送符还山上，犬色更赤，有长翰，常随邗子往来百余年，遂留止山上。时下来护其宗族。蜀人立祠于穴口，常有鼓吹传呼声。

---

① 王叔岷：《列仙传校笺》，第52页。
② 王叔岷：《列仙传校笺》，第46页。

西南数千里共奉祠焉。①

　　该故事的情节曲折离奇，邛子无意中随犬进入一个山穴，在山穴中长途跋涉之后，来到一个山头。只见山头上别有洞天，殿阁楼台林立，并有仙吏把守。邛子在这里意外遇到了自己已逝的妻子，妻子送给邛子一封书函及仙药。书函中有仙符，也有鱼子。这些鱼长大后成为龙形。邛子寿命长达百余年，最后也留在仙山之中成为神仙，护佑族人。该文构思奇特，以一条犬来结构全文，将人间、仙境联系起来，造成了神奇的叙事效果。邛子无意闯入神秘仙境的故事，因其神奇、浪漫、新颖独特的视角被后世文人接受，从而开创了一种新的故事类型。六朝志怪小说中就出现了一系列此类"桃花源"式的遇仙故事，如《搜神后记》中袁相、根硕入仙洞遇仙女；《幽明录》中的刘晨、阮肇入天台山遇仙女；《拾遗记》中采药郎误入洞庭山灵洞艳遇仙女等。

　　仙传与史传另一个主要区别在于，仙传中的传主因是凡人修炼而成的神仙，故传主的结局往往是开放式的，即没有史传中传主以死亡作结的封闭性模式，仙传的结局往往是传主飞升成仙，或者是"莫知所终"。在《列仙传》中，传主即便是死亡，那也是一种假象，其真实的结果是尸解成仙。例如黄帝死后"柩空无尸，唯剑舄在焉"②；吕尚死后"无尸，唯有《玉钤》六篇在棺中"③；钩弋夫人死后一个月，汉昭帝为其迁葬，开棺后发现"棺内但有

---

①　王叔岷：《列仙传校笺》，第 161 页。
②　王叔岷：《列仙传校笺》，第 9 页。
③　王叔岷：《列仙传校笺》，第 26 页。

丝履"①。黄帝、吕尚、钩弋夫人即是后世道教所谓"尸解仙"。这种开放式的结局,提供给读者巨大的想象空间,也为神仙的去向提供了一个合理的解释。

《列仙传》在史传的文本模式中,嵌入传主神奇玄妙的修仙故事,努力营造叙事的真实性效果,为了达到宣扬神仙学说的目的,又将史传必然存在的封闭性结局,改造成仙人长生不死的开放式结局。《列仙传》开创的这种仙传模式,为后世道教徒们所继承。葛洪创作《神仙传》,在叙事水平与题材的丰富性方面较之《列仙传》有重大发展,但就每篇传记的文本结构而言,却没有脱离《列仙传》开创的仙传模式。

两汉时期,中国古代小说还处于萌芽阶段。《列仙传》作为叙事文学作品,只是粗陈梗概式的记录,极少有情节的铺叙及人物心理活动的刻画,故许多篇章显得枯燥乏味。但是也有一些作品写得别具情味,意韵悠长,例如《江妃二女》:

> 江妃二女者,不知何所人也。出游于江汉之湄,逢郑交甫,见而悦之,不知其神人也。谓其仆曰:"我欲下请其佩。"仆曰:"此间之人皆习于辞,不得,恐罹悔焉。"交甫不听,遂下与之言曰:"二女劳矣。"二女曰:"客子有劳,妾何劳之有!"交甫曰:"橘是柚也,我盛之以笥,令附汉水,将流而下,我遵其傍,采其芝而茹之,以知吾为不逊也。愿请子之佩。"二女曰:"橘是柚也,我盛之以莒,令附汉水,将流而下,我遵其傍,采其芝

---

① 王叔岷:《列仙传校笺》,第 106 页。

而茹之。"遂手解佩与交甫。交甫悦，受而怀之，中当心，趋去数十步，视佩，空怀无佩。顾二女，忽然不见。《诗》曰："汉有游女，不可求思。"此之谓也。①

该故事与其他仙传的写作体例不同，它没有对文中人物的生平进行概说，也摒弃了其他篇章中随处可见的服食修炼之情节。故事只选择了江妃二神女与郑交甫偶尔邂逅后互生爱慕，应郑交甫之请赠其珠佩这一情节进行特写。在此文中，作者数次刻画了郑交甫的心理反应，初遇二神女而"悦"之，对其仆人说："我欲下请其佩。"此一"欲"字既体现了郑交甫对神女的向往之情，又暗示他怕遭到拒绝而带有迟疑之意。果然仆人并不支持他的做法。而郑交甫却下了决心，下车与二神女交流，在得到二神女的珠佩时，郑交甫非常喜悦。除了进行心理刻画外，在这篇短文中，还存在细节描写。如郑交甫在欣喜地接受神女的珠佩后，"怀之，中当心"；继而"趋去数十步，视佩"，"趋"字表现郑交甫获得神女珠佩时的兴奋，而紧走几十步后，便又从怀中取出珠佩来看，也体现郑交甫对珠佩极度珍爱的情态。这些心理描写与细节刻画，使故事充满了人情味，使人物显得鲜活可爱。而郑交甫与二神女对话的雅言令辞，也使该文诗意盎然。该故事源于《诗经·周南·汉广》"汉有游女，不可求思"之句，《韩诗外传》始将之敷衍为人神相恋之故事，曰："郑交甫将南适楚，遵波汉皋台下，乃遇二女，佩两珠，大如荆鸡之卵。"② 刘向《列仙传》对此进一步

---

① 王叔岷：《列仙传校笺》，第52页。

② 萧统：《文选》，李善注，第150—151页。引者注：今本《韩诗外传》无此条。

刻画，开创了中国古代小说中文人"仙遇""艳遇"的传统题材，成为后世文人常用的典故。

《列仙传》中关于人神相恋的题材还有《箫史》《园客》等。虽然这些故事只是阐明神仙实有，并非推崇爱情，但是却为后世以爱情为主题的文学作品提供了非常可贵的素材和思维方式，这是《列仙传》对后世文学的一个重大贡献。

尽管《列仙传》中的传记皆是粗陈梗概，篇幅短小，文章缺少细节的刻画与描写，更谈不到情节的铺叙与氛围的渲染，但是由于《列仙传》的叙事题材是描写神仙，其对众多神仙生活的描绘，为世人提供了一个复杂多样、奇特有趣的神仙世界。《列仙传》中的神仙与先秦泛宗教时期的神有迥然不同的神格。首先表现在外形上，早期神话中的"神"皆是半人半兽形，如《山海经》记载"雷泽中有雷神，龙身而人头，鼓其腹"[1]，"贰负神在其东，为物人面蛇身"[2]，"有神人，八首人面，虎身十尾，名曰天吴"[3]，等等。而《列仙传》中的神仙，已基本脱离了兽形，在外形上与普通世人无异；而更多的仙人则是直接由凡人修炼而成。这种改变，已体现出仙人可学，人人可得成仙的宗教意义。其次，这些外形与凡人无异的神仙，却拥有非凡的能力。他们能不食五谷，餐风饮露，熟知各种炼丹术，能修长生法，可以返老还童、长生不死。他们还掌握了各种不同寻常的法术，如赤松子"能入火自

---

[1] 袁珂：《山海经校注》卷8，第381页。
[2] 袁珂：《山海经校注》卷7，第364页。
[3] 袁珂：《山海经校注》卷9，第401页。

烧"①；赤将子舆"能随风雨上下"②；涓子"能致风雨"③；修羊公"床上化为白羊"④。这些神奇的法术增添了仙人的神秘性。除此之外，《列仙传》还向世人展示了更为神秘的人间仙境。这些仙境与人间社会并存，如涓子隐居的宕山、邛疏出入的太室山、王子乔由道士浮邱公接上的嵩高山、邗子被犬带入的神秘山洞等等。这些坐落于人间看似平平无奇的群山，却隐藏着仙人所居的仙境，成为道教"洞天福地"理论的源头。《列仙传》建构的这种介于人世与仙界、亦真亦幻的神仙世界，对后世文人的想象力与创造力起到了重要的激发作用。

总而言之，仙传较之史传，具有更多小说的因素。《列仙传》糅合了史传与小说的文体性质，成为在有限的真实空间中进行构想与玄思的、充满浪漫色彩的道教叙事作品。《列仙传》作为叙事作品，其内容极其简要，如葛洪《神仙传序》所言"刘向所述殊甚简要，美事不举"⑤，只能算是叙事文学的原初形态。但《列仙传》作为中国第一部仙人传记，其在中国古代文学史上的意义不可小觑。《列仙传》开创的仙传写作模式，对后世影响尤为深远。尤其是道教形成之后出现的葛洪的《神仙传》、朱思祖的《说仙传》及无名氏的《集仙传》《洞仙传》等道教文学作品，成为中国古代叙事文学的重要组成部分。

---

① 王叔岷：《列仙传校笺》，第 1 页。
② 王叔岷：《列仙传校笺》，第 7 页。
③ 王叔岷：《列仙传校笺》，第 24 页。
④ 王叔岷：《列仙传校笺》，第 90 页。
⑤ 胡守为：《神仙传校释》，"序"第 2 页。

第四节　《仙人王子乔碑》《肥致碑》及
《仙人唐公房碑》之简述

自《列仙传》之后，汉代传世的仙人传记很少。不过，这并不意味汉代神仙思想有所沉寂，恰恰相反，汉代尤其是东汉时期的神仙思想非常活跃。汉代画像石中就出现了丰富的神仙意象，有仙人、神鸟、神树、仙药、仙境等，为后世展示了一幅幅鲜活的神仙图景。另外，传世的汉代铜镜铭文中也有许多神仙意象。如东汉"龙氏"画像镜有辞曰："龙氏作竟街心有，尚有东王父、西王母，仙人子乔赤松子，三足鸟，伐骍耶，騹骥、騄耳天所使，服此镜宜孙子。"[1] 东汉"袁氏"画像镜也有辞云："袁氏作镜真大巧，上有东王公、西王母，青龙在左，白虎居右，山（仙）人子赤诵（松）子，仕至三公，贾万倍，辟去不详（祥）。"[2] 汉画像石和汉镜铭文对神仙世界的表现，一是通过石刻图像，一是通过铸刻铭文，虽然展现了时人的神仙信仰，但是对神仙形象、仙人事迹的记叙殊为简略，且难以表达复杂而深刻的神仙思想及修仙理论等抽象内容。

汉代仙人碑传则有效地弥补了这一缺憾。现存的汉代仙人碑传并不多，保存完整的有《仙人王子乔碑》《仙人唐公房碑》及二十世纪出土的《河南梁东安乐肥君之碑》。

《仙人王子乔碑》（以下简称《王子乔碑》）是蔡邕为朝廷祭

---

[1] 浙江省博物馆：《古镜今照——中国铜镜研究会成员藏镜精粹》，文物出版社，2012年，第303页。

[2] 胡新立、王军：《山东邹城古代铜镜选粹》，载《文物》1997年第7期。

祀王子乔而撰写的碑文，其本集对此文有收录。《王子乔碑》首言"王孙子乔"，可见这位王子乔即刘向《列仙传》中的王子乔，出身高贵，为周灵王太子。据碑文所载，延熹八年（公元165）八月，汉桓帝曾派使者前往蒙地祭祀王子乔。当时国相王璋为旌表此盛事，特意刻石纪念，以使王子乔的神迹昭传于世。南宋洪适《隶释》记载"薄城有王子乔碑。冢侧有碑，题云仙人王子乔碑……观其碑文，意似非远，既在经见，不能不书存耳"①。该碑文与蔡邕所撰雷同，唯蔡邕碑文中之铭文部分失存。

《肥致碑》，全名为《河南梁东安乐肥君之碑》，1991 年 7 月于河南省偃师县南蔡庄乡出土。该碑置于一座东汉建宁二年（公元169）的墓葬中。据《偃师县南蔡庄乡汉肥致墓发掘简报》（以下简称《简报》）记载，该碑身高98 厘米，宽48 厘米，厚9.5 厘米。碑晕首，刻隶书6 行，共28 字。碑身无穿，有界格，碑文隶书阴刻，竖行19 行，满行29 字，共484 字。② 该碑今藏于河南偃师商城博物馆内，是一件非常罕见的汉代小型碑刻。

对于《肥致碑》的真伪及立碑时间，学界已基本达成共识，确认该碑立于东汉灵帝建宁二年。目前学界对该碑碑文的辨识没有太大争议，仅有部分文句的点断及词意方面存在一些分歧。除《简报》有碑文的录文外，虞万里《东汉〈肥致碑〉考释》、王育成《东汉肥致碑探索》、赵超《东汉肥致碑与方士的骗术》等皆对此碑文的断句、异体字、词意进行了探讨辨析。《肥致碑》是一篇保存完整的碑文，也是当今所见出土最早的汉代墓葬碑文。肥致

---

① 洪适：《隶释》卷20，第203 页。
② 河南省偃师县文物管理委员会：《偃师县南蔡庄乡汉肥致墓发掘简报》，载《文物》1992 年第 9 期。

其人，于史无考。据碑文，其活动时期主要在东汉章、和二帝年间，尝被授予掖庭待诏；碑文中所提到的许幼，曾为五大夫，从肥致学神仙之术，尊之为师。此碑为许幼之子许建所立。可见，肥致实有其人，是东汉末年造仙运动中新兴的神仙。

《仙人唐公房碑》（以下简称《唐公房碑》），历代金石典籍多有著录，是中国最为著名的汉碑之一，现藏于陕西西安碑林。该碑圭形，圆额，高 190 厘米，宽 66 厘米，厚 17 厘米。碑额偏右双行直题篆书，题"仙人唐君之碑"。碑文隶书 17 行，行 31 字，共507 字。该碑因刊立年久，遭风雨剥蚀，有 30 余字漫漶不清，但不影响碑文整体意义的解读。

对于立碑者，洪适认为是"汉中太守郭芝立"[①]，此后一直沿袭此说。直到清道光年间，陆耀遹《金石续编》才另出新见，云："碑载，'公房以王莽居摄时得道，举家俱济，历世莫纪'。后云，'汉中太守南阳郭君讳芝字公载，躬捐俸钱，倡率群义，缮广斯庙'。又云，'刻石昭音，扬君灵誉'。是其缮庙刻石，皆当后汉。缮庙者为郭芝倡义，而刻石不著撰、书之人，固即碑阴题名之群义为郭君扬誉矣。洪氏以碑为郭芝所立，殊未审也。"[②] 认为该碑乃碑阴所题众人所立，而非郭芝。

陈显远《汉"仙人唐公房碑"考》考证该碑立于后汉灵帝熹平（172—178）、光和（178—184）年间，并以碑石拓本为主，参证《集古录》《金石录》《隶释》《金石萃编》《金石续编》《金石索》《两汉金石记》及省、府、县志等录文，对碑文进行了精审详

---

①　洪适：《隶释》卷 3，第 41 页。

②　陆耀遹：《金石续编》卷 1，《续修四库全书》第 893 册，第 432 页。

核的整理与补充。① 唐公房，其事迹诸史不载。此碑是其生平最详细、最直接的记录。据碑文，唐公房生活于王莽篡汉年间，于居摄二年（公元7）为郡吏，在其担任郡吏期间，遇到"真人"而成仙。

三仙人碑中，《王子乔碑》与《唐公房碑》为庙碑，着重记载王子乔与唐公房的成仙经历以及他们神奇的仙术；《肥致碑》为墓碑②，其写作的重点也在于追述肥致的生平事迹，突出其神异。从文体结构来看，三碑文皆有序、铭，碑序交代作碑缘由，叙述事情发展始末，突出碑主的生平事迹，具有传记的特点与功用；铭文则主于抒情、颂赞。可见这三篇碑文是合乎碑体标准的作品。而古代碑文的创作盛于东汉，尤以蔡邕为个中高手，如刘勰所云"自后汉以来，碑碣云起；才锋所断，莫高蔡邕"③。但是汉代碑颂，高文甚多，蔡邕虽独占鳌头，其他作家也不可忽视。《肥致碑》与《唐公房碑》作者之名虽湮灭无闻，然观其文则高才妙辞，叙事则跌宕有致，充分展现了作者高超的写作能力。

第五节　征实追虚——三仙人碑传的文体特质

远古时期的碑，本有两种用途，一是"上古帝皇，纪号封禅，

---

① 陈显远：《汉"仙人唐公房碑"考》，载《文博》1996年第2期。

② 赵超《东汉肥致碑与方士的骗术》认为《肥致碑》并非墓碑，而是"一件类似神座的祭祀用碑"（《中国典籍与文化》1999年第1期）；李训祥《读"肥致碑"札记》则认为此碑是肥致的祠堂碑，建墓时才移入墓中（《大陆杂志》1997年6期）；又有人类学学者考证此碑非墓志，而是"合祭神主刻石"，参刘昭瑞《论肥致碑的立碑者及碑的性质》，载《中原文物》2002年第3期。

③ 詹锳：《文心雕龙义证》，第450页。

树石坤岳，故曰碑也"①，如周穆王有弅山刻石，即是古碑之意；二是指宫庙竖于中庭之石，用于丽牲，后来成为记功德文字之载体，以志不朽；后又发展为墓葬之碑，作为志墓之具。不论是纪功碑文还是庙碑和墓志碑文，皆强调内容的真实性。从严格意义上而言，碑文必须如实记载碑主的生平事迹，有如史传，不得虚妄。故刘勰言"属碑之体，资乎史才。其序则传，其文则铭"②。

不过，刘勰对碑文的创作有更高的要求，即"写实追虚，诔碑以立"。"写实追虚"是刘勰对诔碑创作风格的高度总结。詹锳认为"'写实'，谓'选言录行'叙事如传。'追虚'，谓在描写时，'必见清风之华'、'峻伟之烈'，或者'论其人也，暧乎若可觌；道其哀也，凄然如可伤'"③，即达到"观风似面，听辞如泣"④的艺术效果。这就涉及一个写实与想象的创作问题。"写实"类似史传，选言录行不得虚妄；而"追虚"则是要求适当的想象，以刻画出碑主的情态、气质、风神，从而获得更为丰腴的人物真实与历史真实。然而事实上，很多碑传更注重于"写实"，而"写实"又以胪列官职升迁为主，缺少血肉丰满的情节描写。岑仲勉认为："夫碑志与列传，志趣有异。前者为私门撰述，胪举仕履，人必不责其过繁；后者乃举国官书，满纸升除，群将诋为朝报，史家用累迁等字，其势所必至，亦其例应尔也。"⑤岑仲勉虽然宽容地对待碑志"胪举仕履"的写作状态，但从另一角度也正说明

---

① 詹锳：《文心雕龙义证》，第 443 页。
② 詹锳：《文心雕龙义证》，第 457 页。
③ 詹锳：《文心雕龙义证》，第 461 页。
④ 詹锳：《文心雕龙义证》，第 461 页。
⑤ 岑仲勉：《金石论丛》，上海古籍出版社，1981 年，第 76 页。

很多碑志在"写实追虚"方面存在缺陷。

三仙人碑因其所写对象的特殊性，其文体特质与其他碑文又迥然有异。这主要体现在三仙人碑传在叙事方面最大的特色不只停留在"写实"的层面，更在于"征实追虚"。从写实角度而言，三仙人碑秉承了史传传统，对碑主的姓氏名讳、郡望出处都进行了简单介绍。但由于碑主身份的特殊性，作者在撰写仙人碑传时，要对其出身、成仙经历、仙术等进行考察，故在"写实"的基础上，更强调"征实"。

如王子乔是一位古已有之的神仙。早在屈原《远游》中就提到王乔，曰："轩辕不可攀援兮，吾将从王乔而娱戏。餐六气而饮沆瀣兮，漱正阳而含朝霞，保神明之清澄兮，精气入而粗秽除，顺凯风以从游兮，至南巢而一息，见王子而宿之兮，审一气之和德。"《天问》中也记载了王子乔的传说，曰："白霓婴茀，胡为此堂？安得夫良药，不能固臧？天式纵横，阳离爰死。大鸟何鸣，夫焉丧厥体？"王逸注："言崔文子学仙于王子侨，子侨化为白霓而婴茀，持药与崔文子，崔文子惊怪，引戈击霓，中之，因堕其药，俯而视之，王子侨之尸也。故言得药不善也……言崔文子取王子侨之尸，置之室中，覆之以弊筐，须臾则化为大鸟而鸣，开而视之，翻飞而去，文子焉能亡子侨之身乎？言仙人不可杀也。"① 可知早在战国末年，王子乔化为白霓，死后又变为大鸟的神迹就有流传。但是到了汉代，王子乔的神仙形象发生了变化。在刘向《列仙传》中，王子乔的神迹与白霓、大鸟无关，也不关服气养性之大旨，

---

① 洪兴祖：《楚辞补注》，第101页。

只是一位好吹笙、能作凤凰鸣的有道之人。① 相对《列仙传》中的其他神仙，王子乔的神性非常弱。

而在东汉铜镜铭文中，王子乔已进入了神仙系统，与东王公、西王母、赤松子一起生活在仙境中，既可长生久视，又能护佑凡人。除前文所引汉铜镜铭辞外，又有袁氏镜铭辞曰："袁氏作竟兮真，上有东王父西王母，山人子侨侍在右，辟邪喜怒母央咎，长保二亲生久。"② 在此镜铭文中，王子乔是为东王公、西王母之侍从。也有专门向王子乔与赤松子进行颂祷的铜镜铭文，如"华氏作镜宜侯王，家当大富乐未央，子孙备具居前行，长保二亲辟邪，合和除凶所未得，仙人王侨、赤松子，食兮"③。可见王子乔信仰已是东汉民间神仙信仰中的重要组成部分。

尽管在汉铜镜铭文中，王子乔的形象极为模糊，但在《王子乔碑》中，王子乔作为神仙的形象得到了较为细致的刻画。蔡邕为撰写此碑，对王子乔成仙的历史进行了考察。他曾"博问道家"，然而道家对王子乔的来历也疑不能明。蔡邕对此并未讳莫如深，而是如实撰写于碑文中。这与世俗碑文大异其趣。究其原因，在于神仙之迹本就渺渺冥冥、若存若无。于世人而言，这正是古之神人存在之状态。碑文又记载王氏墓因"绍胤不继，荒而不嗣，历载弥年，莫之能纪"，实是凄凉至极。碑文纪云："暨于永和之元年冬，十有二月，当腊之夜，上有哭声，其音甚哀。附居者王伯，闻而怪之。明则祭其墓察焉。时天洪雪，下无人径，见一大鸟迹有祭祀之处，左右咸以为神。"不久，又有一人着"绛冠单

---

① 王叔岷：《列仙传校释》，第65页。
② 陈介祺：《簠斋藏镜》卷上，江苏广陵古籍刻印社，1997年，第20页。
③ 周世荣：《中华历代铜镜鉴定》，紫禁城出版社，1993年，第36页。

衣"，对砍樵少年尹永昌自称王子乔，并请求尹永昌不要砍伐其墓地上的树木。王子乔的这两件神迹，实在是算不上有多高明，且见证其神迹者乃是地位卑微的农夫与樵夫，但是在东汉末年盛行的"造神运动"中，时人热衷于对各种民间传说加以验证。蔡邕于此也有记载，碑文云："时令太山万熹，稽古老之言，感精瑞之应，咨访其验，信而有征。乃造灵庙，以休厥神。"正是在县令万熹"咨访其验，信而有征"的前提下，才有其为王子乔建庙的倡议。那个为护佑坟茔而夜哭的王子乔，摇身一变成为治病救人、屡屡应验的神仙，升华为"至德之宅兆，真人之先祖"。自此之后，王子乔作为仙人的声望越来越高，以至汉桓帝都派特使对其进行祭祀，成为东汉社会一位很有名的神仙。

《肥致碑》对肥致的神术有更细致的"征实"描述。该文着重展现了肥致的两大神术。一是肥致解除"赤气"凶兆。自古以来，赤气主兵杀之象。《周礼·春官》曰："保章氏……以五云之物，辨吉凶、水旱，降丰荒之祲象。"郑司农认为"以二至二分观云色，青为虫，白为丧，赤为兵荒，黑为水，黄为丰"[1]。湖南长沙马王堆出土的西汉帛书《天文气象杂占》中有各种云气图，写道："赤云如此，丽月，有兵。"[2] 又言："九月上丙，候日旁见交赤云，下有兵起。"[3] 对于赤气"著钟连天"的兵杀之象，朝廷上下惶恐不安，无能消者。而肥致一到，即除去灾变。肥致因此被拜为掖庭待诏，得到朝廷的重视。作者巧妙地将肥致的神术放置于官方背景中，在皇帝、公卿群僚的共同见证下，展现肥致作为仙人的

---

① 贾公彦：《周礼注疏》卷26，《十三经注疏》本，第819页。
② 刘乐贤：《马王堆天文书考释》，中山大学出版社，2004年，第111页。
③ 刘乐贤：《马王堆天文书考释》，第157页。

神异功能。肥致的第二个神迹，是为皇帝取生葵。肥致于须臾之间，取得万里之遥蜀地的生葵，展现其日行万里的神术。而皇帝疑其神迹，于是"驿马问郡"，蜀郡太守上报，皆如肥致所言。《唐公房碑》则是把唐公房的仙术放置于与官僚斗争的背景下，以证其实。这种强调"征实"的叙事方式，正是仙人碑传所特有的现象。

同样，仙人碑传在"追虚"方面也有其独特性。世俗碑传之"追虚"，在于要能显示出传主的人格特点、气度风神。然而，仙人碑传之"追虚"，因其题材的特殊性，除了要刻画出与道逍遥的神仙风度、道士气质，还要严密地再现其不可思议的仙术，以达到"巧义出而卓立"①的叙事效果。故仙人碑传在"征实"的基础上，又不得不追求"玄虚"。以"实"写"虚"、以"实"证"虚"，从而创造出一种艺术上的真实。换言之，当时的作者尽其所能地向世人证明，仙人的神奇仙术是真的，碑主确实是得道成仙了。而后世读者在读这些碑文时，仍能理性地辨识何者为"实"，何者为"虚"。而正是这种力求其真的玄虚描写，使仙人碑传别具一种文学的审美趣味。

如《肥致碑》描写肥致"少体自然之态，长有殊俗之操，常隐居养志"是写实。早期道教崇尚自然、无为的观念。《太平经》云："自然之法，乃与道连，守之则吉，失之有患……天地之性，独贵自然，各顺其事，毋敢逆焉。"② 《想尔注》曰："自然，道

① 詹锳：《文心雕龙义证》，第450页。
② 王明：《太平经合校》，第472页。

也，乐清静"①，又言："自然者，与道同号异体。"② 早期道教将道与自然等而为一。而肥致身为得道仙人，自少便过着无为自然、逍遥物外的隐居生活，其形象已具有原始道教的宗教特色。碑文接着写其"君常舍止枣树上，三年不下，与道逍遥"，便是实中追虚。食枣、栖居枣树上是"实"。在东汉神仙信仰中，枣是仙人常食之物。如《史记·封禅书》记载仙人"安期生食巨枣，大如瓜"③；又有铜镜铭文曰"上有仙人不知老，渴饮玉泉饥食枣"④。枣也是修道之人常食之物，《后汉书·方术传》载方士郝孟节"能含枣核，不食可至五年十年"⑤。而栖居树上，更是神仙异于凡俗之处。在汉画像石中，往往可见东王公、西王母栖居树上的图像。榆林陈兴墓门左、右立柱画像，就分别画有东王公、西王母端坐于扶桑树上；榆林古城滩墓门左、右立柱画像也是东王公、西王母相对坐于扶桑树上。⑥ 在传世文献中，也可见神仙借助神树沟通天地的记载。如《淮南子·坠形训》曰："建木在都广，众帝所自上下。"⑦ "建木"、扶桑树皆是古代神话中的神树。故《肥致碑》记载肥致栖息于枣树上，正是体现时代神仙信仰的真实叙述。有学者甚至认为"汉画像石中的一些树图像的原形是枣树，其反映的是求仙长生的宗教内容"⑧。而"与道逍遥"则是"虚"，是其作

---

① 饶宗颐：《老子想尔注校证》，第 30 页。

② 饶宗颐：《老子想尔注校证》，第 33 页。

③ 司马迁：《史记》卷 28，第 1385 页。

④ 王纲怀：《中国纪年铜镜》图版，上海古籍出版社，2015 年，第 15 页。

⑤ 范晔：《后汉书》卷 82 下，第 2751 页。

⑥ 汤池：《中国画像石全集》第 5 册，山东美术出版社，2000 年，第 3 页。

⑦ 何宁：《淮南子集释》卷 4，第 328—329 页。

⑧ 汪小洋：《枣树：汉画像石中树图像的一个原形——读〈肥致碑〉的一个思考》，载《齐鲁艺苑》2004 年第 3 期。

为得道之人独有之风神。另外，作者将肥致的两大仙术放置在"征实"的框架中进行叙述，更是虚中有实，实中见虚了。

《唐公房碑》在记载唐公房受府君迫害一节时，作者对不同身份的人物心理活动进行了揣摩。如府君贪图唐公房的仙术而不得，恼羞成怒，转而加害唐公房的妻子，以此胁迫唐公房就范，一位暴戾、贪婪、卑劣的官僚形象呼之而出。又如，唐公房虽然拥有仙术，却仍是一地位卑微的郡吏，在受到府君的迫害时，不得不求助于仙人的惶惧；唐妻虽可得以成仙，却对家中一切无比留恋的妇人情态皆得到细致刻画。文中人物言语无多，形象却鲜明生动。而在仙人将唐公房家中一切涂上仙药后，"须臾，有大风玄云迎，公房、妻子、屋宅、六畜、倏然与之俱去"。这种奇特、夸张的描写，使人感受到此场景的气势磅礴，并生出无限快意！这便是"一人得道，鸡犬升天"的生动写照。《唐公房碑》的作者将整个事件铺叙得非常详尽，情节设置曲折离奇，悬念频出，再加上正、邪对立的人物形象，使该碑文有如一篇精心结构的小说。作者为何要如此活灵活现地刻画唐公房与府君的斗争经历？正是因为作者主观上要为仙人事迹"征实"，而在客观上又要达到"追虚"的艺术效果所致。

第六节 东汉仙人碑与仙传相关情节之考察

仙传是道教所特有的传记性文体，因其浓郁的宗教情趣，亦实亦虚的叙事形态，富于奇幻魅力的叙事题材，一向被文学研究者视为道教文学的典型代表。刘向《列仙传》是仙传的开山之作，其创作灵感来源于阮仓的《列仙图》。据《隋书·经籍志》所载，

"汉时，阮仓作《列仙图》，刘向典校经籍，始作《列仙》、《列士》、《列女》之传"①。而此时道教还没有正式形成，仙传文体的创作也才起步。直至葛洪《神仙传》出现，仙传这一文体才算是正式确立。检《隋志》可知，自《神仙传》后，仙传的创作非常兴盛，有朱思祖撰《说仙传》一卷、李遵撰《太元真人东乡司命茅君内传》一卷、华存撰《清虚真人王君内传》一卷、《清虚真人裴君内传》一卷、《正一真人三天法师张君内传》一卷、《太极左仙公葛君内传》一卷、《仙人马君阴君内传》一卷、《仙人许远游传》一卷、《集仙传》十卷、《洞仙传》十卷、《王乔传》一卷、《南岳夫人内传》一卷、《嵩高寇天师传》一卷等。不过，《列仙传》与《神仙传》之间相隔的这段时期，正是道教开始形成、发展并成熟、兴盛的时期。观《隋志》所载，自东汉末年至东晋中期并无其他仙人传记出现。那么，在这段时期内，仙传文体有无发展？如何发展？《列仙传》与《神仙传》二者之间在叙事风格、神仙思想等方面如何传承？考察现存的汉代仙人碑，或许可以解决这些疑问。

　　检刘向《列仙传》与葛洪《神仙传》可知，《列仙传》中所载汉代神仙极少，只有东方朔、钩弋夫人及刘安诸人。而《神仙传》中所载汉代新兴神仙的数量则非常多，可见自东汉以来，社会造仙风气非常盛行，产生了不少新兴的神仙。葛洪在撰写《神仙传》时广收博采，"抄集古之仙者，见于《仙经》、服食方及百家之书，先师所说，耆儒所论，以为十卷，以传知真识远之士"②。

　① 魏徵等：《隋书》卷33，第982页。
　② 胡守为：《神仙传校释》，"序"第1—2页。

那么东汉的仙人碑是否也对葛洪《神仙传》产生了影响呢？因文献缺失，难以核实。但在细读、比勘文本时，我们还是能从文本内部理路找到一些蛛丝马迹。下文将就仙人碑与仙传中共同存在的情节进行考察，以寻求此类情节的流变轨迹。

《肥致碑》记载肥致的一个重要仙术，是须臾间于万里之遥取生葵。这种仙术在《太平御览》所引《列仙传》中也有记载，曰："丁次都不知何许人也，为辽东丁氏作人。丁氏尝使买葵，冬得生葵。问：冬何得有葵？云：从日南买来。"①《肥致碑》所记与此雷同。二人皆是冬天取生葵；日南郡（今越南中部）与蜀郡皆离京师万里之遥。但是《肥致碑》比"丁次都"多了一个情节，即上文谈到的"驿马问郡"的"征实"情节。检《列仙传》，全书皆无此类"征实"情节，"丁次都"并非例外。故而就现存文献而言，《肥致碑》是最早对"万里取物"进行"征实"叙述的作品。

相似的情节在后世作品中则屡屡可见。肥致其人，《神仙传》无录。但《神仙传》却记载了介象为吴王取海上鲻鱼，并至蜀地取生姜烹鱼事②，情节更为曲折离奇。而且《神仙传》对此神术也进行了"征实"，吴国使张温正出使蜀国，张温的仆人正好在集市上遇到了介象的买姜人，由此证实介象确实具有使人于万里取物的神术。同样的情节也出现在《后汉书·方术传》中，只是主角转换为曹操与左慈，曹操为防左慈作弊，特托其转告已到蜀地买锦的特使，让特使多买两匹蜀锦。后来特使复命，曹操详细询问，特使所言与左慈行迹若合符契。除此之外，《神仙传》还将"征

---

① 李昉：《太平御览》卷979，第4338页。
② 胡守为：《神仙传校释》，第325页。

实"的叙事手法用之于其他情节类型中，如栾巴喷酒以灭成都火灾，"帝驰驿往问之，云正旦失火，时有雨自东北来灭火，雨皆作酒气也"①。在《后汉书·方术传》"郭宪传""樊英传"中，皆有雷同的情节。

唐公房其人，《神仙传》也没有专门为之立传，但葛洪在《李八百传》中却记载了唐公昉（即唐公房）的成仙经历。在该传中，李八百得知唐公昉潜心求道而不遇明师，"欲教以至道"。但在教化唐公昉之前，李八百化身为唐家奴仆，身患重疾，周身长满恶疮，脓血臭恶，须使人舔舐才能痊愈。唐公昉先使婢女舔舐，后又应李八百的要求让唐妻去舔舐恶疮，最终李八百考验了唐公昉的"至心"，授以丹经一卷，唐公昉最后入云台山炼服丹药而仙去。② 可见葛洪所载与《唐公房碑》完全不同。

关于"一人得道，鸡犬升天"的传说，最早见于淮南王刘安。王充《论衡·道虚》记载，当时有"儒书言：淮南王学道，招会天下有道之人。倾一国之尊，下道术之士，是以道术之士，并会淮南，奇方异术，莫不争出。王遂得道，举家升天。畜产皆仙，犬吠于天上，鸡鸣于云中。此言仙药有余，犬鸡食之，并随王而升天也"③。然而值得注意的是，王充《论衡》并没有记载刘安举家升仙的社会原因。在王充的叙述中，刘安仅仅是因为"得道"而至家中鸡犬升天。葛洪《神仙传》也将此事写入刘安传记中，但是葛洪增添了汉武帝欲以谋反罪诛杀刘安的情节，然后才有八公"取鼎煮药，使王服之，骨肉近三百余人，同日升天，鸡犬舐药器

---

① 胡守为：《神仙传校释》，第 195 页。
② 胡守为：《神仙传校释》，第 81 页。
③ 黄晖：《论衡校释》卷 7，第 317—318 页。

者，亦同飞去"① 的神迹。比较《论衡》所载，虽然《神仙传》的叙述也极为简略，但情节结构却与《唐公房碑》更为接近，即白日飞升都是为了解燃眉之祸。

当然，现在并没有足够的文献证明葛洪一定见过《唐公房碑》，但该碑在东汉早期道教中的影响不可小觑。《唐公房碑》立于后汉灵帝年间，正是道教开始形成之时，该碑的设立正体现了早期道教的宗教活动。据碑文载，汉中太守郑芝"歆乐唐君神灵之美，以为道高者名邵，德厚者庙尊，乃发嘉教，躬捐奉钱，倡率群义，缮广斯庙，□（接）和祈福，布之兆民；刊石昭音，扬君灵誉"。可见为唐公房建庙是官方行为。与《肥致碑》是许建私人所立不同，《仙人唐公房碑》的竖立是地方性的群体行动。该碑碑阴题有 15 人的职务、籍贯与姓名。据碑阴题名，此 15 人中有 2 人为城固人氏，13 人为南郑人氏；其中有官职者 8 人，处士 7 人。唐公房的成仙事迹在当时当地之影响可见一斑。葛洪即使没有亲眼见过该碑，但碑文中所刻之事因其流传之广，也当为葛洪所熟知。由此可以推测，葛洪虽然不认同唐公房"一人得道，鸡犬升天"的所有权，却接受了《唐公房碑》中的情节及叙事风格。

相对粗陈梗概的《列仙传》而言，东汉三仙人碑对仙人事迹的描写非常细致，语言繁缛华丽，其写作风格更趋近于葛洪的《神仙传》。虽然我们现在很难说《神仙传》一定受到东汉仙人碑传的影响，但可以肯定的是，《神仙传》在使用"征实"的创作手法，在描写"须臾间万里取物""一人得道，鸡犬升天"这两大情节时，并未取法《列仙传》《论衡》此类传世文献，其情节结构更

① 胡守为：《神仙传校释》，第 202 页。

多地与仙人碑传雷同。因此可以这样说，在《列仙传》与《神仙传》相隔的这段时期内，仙人碑传对仙传叙事的传承起了重要的桥梁作用，从此三仙人碑可见汉代至两晋时期仙传撰写的发展与变化。

第七节　仙人碑传"征实追虚" 文体特质的文学意义

仙人碑传作为一种融历史、宗教与文学的综合体，我们该如何辩证地看待碑文中出现的那些神奇玄虚的叙事情节及其"征实追虚"的文体特质？有学者直呼肥致为骗子，称其方术为骗术。①也有学者将《肥致碑》视为"东汉道教第一刻石"②，赋予其很高的宗教地位。据上文所考，《王子乔碑》为皇帝祭祀行为下的产物；《唐公房碑》是官方主持下的群义行为；《肥致碑》乃是私人所立。故从这三座碑可以纵观东汉末年上自帝王下至庶民各个阶层的神仙思想，这是不容置疑的历史真实。只不过这种东汉全民崇信神仙思想的历史真实，不是通过正史，而是借助碑传做了另类记载。杜维运先生说："历史叙事与历史解释是历史的两大要素。"③修史者根据史学材料撰写的历史，必然是他对历史的叙述及解释，不可避免地带上了史家个人的价值判断。而东汉三仙人碑的叙事是由当事人记载的发生在当时的事件，其史学价值更高

---

① 赵超：《东汉肥致碑与方士的骗术》，载《中国典籍与文化》1999 年第 1期。

② 王育成：《东汉肥致碑探索》，载《中国历史博物馆馆刊》1996 年第 2期；又见《东汉道教第一刻石肥致碑研究》，载《道教学探索》1997 年第 10 号。

③ 杜维运：《史学方法论》，北京大学出版社，2006 年，第 160 页。

于由后世史家根据史料呈现出来的历史叙事或历史解释。从这个意义上来说，碑传往往比史传更接近历史真相，赵明诚就认为"史牒出于后人之手，不能无失，而刻词当时所立，可信不疑"[①]。洵为笃论。

就宗教价值而言，这些仙人的出现及他们所传承的思想，为早期道教的形成准备了充足条件。如《肥致碑》末言"土仙者，大伍公，见西王母昆仑之虚，受仙道"，体现了早期道教的神仙观念。土仙，即地仙。《抱朴子·论仙》引《仙经》云："上士举形升虚，谓之天仙。中士游于名山，谓之地仙。下士先死后蜕，谓之尸解仙。"[②] 葛洪所引《仙经》，或为其师郑隐所传之书，即《抱朴子·遐览》所载《九仙经》《灵卜仙经》《道家地行仙经》等书。郑隐为魏末晋初人，那么《肥致碑》关于道教神仙等级的记载更早于郑隐。《肥致碑》即体现了原始道教神仙的等级理论。身为地仙的大伍公，至昆仑山得以见到西王母而成就仙道，体现了鲜明的西王母信仰。西王母信仰在东汉最为盛行，此时的西王母已脱离了《山海经》中的神话系统，而以仙界领袖的姿态成为道教女仙。凡此，皆说明《肥致碑》是道教成立之前方仙道思想影响下的产物，为后世研究东汉末年道教的形成与方士之间的关系提供了可贵的原始文献，呈现的是一种宗教真实。

但是，不论是把三仙人碑视为史学材料还是宗教文献，我们都不应该忽视其文学价值。赵白生先生认为"传记既不是纯粹的历史，也不完全是文学性虚构，它应该是一种综合，一种基于史

---

① 赵明诚：《金石录校证》，金文明校证，广西师范大学出版社，2005年，"序"第1页。

② 葛洪：《抱朴子内篇校释》卷2，王明释，第20页。

而臻于文的叙述"①。在这样一种"臻于文"的叙事中,作者必然会采取各种手段,再现传主的丰功伟绩("写实"或"征实")与风神气度("追虚")。美国学者海登·怀特就认为"叙事性陈述不仅包括事实性陈述(单一的存在命题)和论证,还包括诗意和修辞要素,通过这些要素对事实的罗列才转换为故事"②。所谓"诗意和修辞要素"决定了传记的文学价值与文学本质。下面就以《肥致碑》中"须臾间万里取物"这一情节为例,来分析"事实性陈述"与"诗意和修辞要素"对同一情节描述所产生的叙事效果。

对于肥致"须臾间万里取物"的神术,学术界有多种看法。赵超先生认为这纯粹是一种骗术,然而即使是骗术,他们是如何成功骗取了统治者的信任?依碑文所述,肥致确实成功做到了在须臾间取得蜀地的生葵,并且也经受住了"驿马问郡"的考验。王育成先生对此另有解释。他认为这当中应该是有一个严密的道团组织,肥致得到了天衣无缝的配合,才得以完成这一神术。例如皇帝"思生葵"的信息来源,生葵的准备与入宫存放,赤车使者的出现,蜀郡的回应等,"依此看,在皇帝侍从、蜀郡太守处以及驿马问郡的官吏中,都应该有肥致道团的信徒,正是他们的集体行动和配合,才使肥致圆满完成这次道术表演,创造出一个既载于正史又录之于道书的流传千余年的神术传说。它实战性地体现了一个早期道团的组织力量和手段"③。这种猜想并非空穴来风,

---

① 赵白生:《传记文学理论》,北京大学出版社,2003 年,第 44 页。
② [美]海登·怀特:《后现代历史叙事学》,陈永国译,中国社会科学出版社,2003 年,第 325 页。
③ 王育成:《东汉肥致碑探索》,载《中国历史博物馆馆刊》1996 年第 2期。

在《肥致碑》中可以找到肥致道团的相关信息。首先，肥致当时身为掖庭待诏，与宫中有联系；其次，肥致的徒弟许幼为功臣五大夫，据《汉书》记载汉代"其七大夫以上，皆令食邑"，"七大夫、公乘以上，皆高爵也"。[①] 故与各级官僚也应有联系；另外碑文还记载了"大伍公从弟子五人：田伛、全雨中、宋直忌公、毕先风、许先生，皆食石脂仙而去"。许先生即许幼，其他四人无考，但应该是肥致道团中的核心人物。凡此种种，可以为我们揭秘"须臾间万里取物"的神术何以灵验如此。然而，如果以"事实性陈述"来记载这一切，神术的美丽光环肯定荡然无存了。于是就有道士们的"诗意和修辞要素"来营造这奇妙玄幻的神迹，展现肥致"神明之验，讥彻玄妙，出窍入冥，变化难识，行数万里，不移日时，浮游八极，休息仙庭"的高深道术，以使道教教义更能深入人心，从而达到宣教之目的。正如海登·怀特所言："与其说情节建构能产生另一个更为全面也更为综合的事实性陈述，不如说它是对事实的阐释。"[②]《肥致碑》对"须臾间万里取物"情节所进行的建构，正是对道教仙术进行的"宗教性阐释"。因为早期道教徒为宣传神仙所具有的超常能力，必然要创造神秘、玄虚、奇幻的道术，才可以充分展现肥致等得道仙人的绝妙风姿。于此，宗教传记的文学价值也得以凸显。

再如《唐公房碑》描述唐公房服用了真人赐予的神药后，能"移意万里，知鸟兽语言"，紧接着叙述唐公房"去家七百余里，休谒往徕，□（转）景（影）即至，阖郡惊焉"。所谓"阖郡惊焉"，

---

① 班固：《汉书》卷1下，第54页。
② ［美］海登·怀特：《后现代历史叙事学》，陈永国译，第326页。

正是要说明唐公房日移万里的神术是全郡人亲眼所见证的。碑传叙述"鼠啮板车，被具，君乃画地为狱，召鼠诛之，果有被具"，此情节可能是借鉴了《汉书》所载张汤幼时审鼠事，以此证明唐公房具有"知鸟兽语言"的超凡神术。而在《列仙传》中，即便是"马师皇""祝鸡翁"这样的仙人，作者也没有描写其具有"知鸟兽语言"的能力；而"黄阮邱"的神术也不过"日行四百里"而已。

据此可见，不论是改造古神话，还是据史籍改编，抑或是作者原创，这些神术的展现只不过是东汉末年道士集团为争取社会地位、取信于人的设计，是更形象、更直观、更具体的宗教性阐释。在这样的阐释中，作者巧妙地运用了"诗意与修辞要素"，使叙事富丽详赡，情节曲折离奇，意境神秘悠远，并且创造了血肉丰满的道教仙人形象。《神仙传》于此取法良多，只不过在仙人碑传的基础上踵事增华，情节更为奇幻莫测，形成了"征实追虚"的叙事风格。当然，《神仙传》作为确立仙传创作模式的典范之作，其神仙思想的来源是多样化的，不只是受仙人碑传之影响。现存汉画像石、画像镜中出现的东王公、西王母、衔芝草的青鸟、捣药的仙兔与羽人、神人栖居的神树等，都昭示东汉神仙信仰中盛行长生不老、羽化成仙、炼食丹药的修道观念。而葛洪在继承、发扬这些神仙观念的同时，或吸取民间传说，或利用传世文献，通过叙事手法将抽象深奥的修仙思想置于叙事框架中，在阐释其宗教观念的同时，也建构了一个奇幻的神仙群像，成为后世仙传的创作范式。

第十一章　汉代对《老子》的宗教性改造

　　先秦时期的道家代表人物老子与庄子，他们的哲学思想虽然都对后世道教产生了深远影响，但是就有汉一代而言，老子与庄子在当时的社会地位却有天壤之别。庄子其人其书不被汉人重视，而老子却因汉代建立之初，推行黄老学说以治国，其人其书皆得到推扬。西汉初期，黄老学说"无为而治"的治国理念，使饱受战乱之苦的老百姓得以休养生息，西汉国势得以迅速恢复并空前强大起来。汉武帝"罢黜百家，独尊儒术"的思想方针，虽然使黄老学说在政治上的地位旁落，但其养生理念却被统治阶层接受。燕齐方士将黄老思想中的养生、长寿理论与战国时期的神仙、方术结合在一起，形成了黄老道。再加上汉武帝信奉神仙学说，求仙心切，大大推动了社会追求长生不死、飞升成仙的宗教风气。东汉时期，老子的神话与信仰开始形成，汉桓帝就曾多次祭祀老子。在这种社会思潮之下，民间出现了一些注老、释老之作，以发扬老子学说。现存至今，流传最广，并对道教产生了重要影响的作品有严君平的《老子指归》，托名为河上公的《老子道德经章句》及东汉末年张陵著的《老子想尔注》。这些作品的出现，使老子的道家哲学思想逐渐宗教化，尤其是《老子想尔注》，已完全是将《老子》思想进行宗教改造的作品。

第一节　严君平与《老子指归》

《老子指归》是汉人解老之作。该书在《隋志》中首见著录，《隋志》"道家"类著录有"《老子指归》十一卷，严遵注"①。唐玄宗《道德真经疏外传》记载有"严君平《指归》十四卷（汉成帝时蜀人，名遵）"②。杜光庭的《道德真经广圣义》也著录有"严君平《指归》十四卷（汉成帝时蜀人，名遵）"③。此后，新旧《唐志》《宋史·艺文志》等皆著录有《老子指归》，题为严遵撰。然而，在记载汉代典籍最有权威的史志目录《汉书·艺文志》中，《老子指归》并未见著录。因此，明清有学者开始认为《指归》为伪作。清代全祖望《读〈道德指归〉》言："疑是书乃赝本，非君平之作也。"④ 四库馆臣也认为"以其言不悖于理，犹能文之士所赝托"⑤。蒙文通更是肯定此书出于士安、晋灼之间，成书于晋武帝之后，永嘉之前。⑥ 王利器通过考证当时的王政典制、风俗习惯，对前人的质疑进行了详细驳证，认为《老子指归》"盖以汉人而言汉制，自非'不知有汉'之人所得而伪托者……所有这些，

---

① 魏徵等：《隋书》卷34，第1000页。

② 唐玄宗：《道德真经疏外传》，《道藏》第11册，第809页。

③ 杜光庭：《道德真经广圣义·序》，《续修四库全书》第1290册，第571页。

④ 全祖望：《鲒埼亭集外编》卷34，《全祖望集汇校集注》，上海古籍出版社，2000年，第1455页。

⑤ 永瑢等：《四库全书总目》卷146，第1243页。

⑥ 蒙文通：《严君平〈道德指归论〉佚文·序言》，《道书辑校十种》，巴蜀书社，2001年，第125页。

都很好地反映出君平之《指归》只知有汉，无论魏、晋"①。今遵其说。

现存《老子指归》共七卷，为《老子德经》之注本；另有六卷注《老子道经》，在宋代即已亡佚。王德有点校《老子指归》时，钩沉了二十八条《老子指归》的佚文，是目前比较完备的整理本。

严遵，字君平，本姓庄，班固作《汉书》时，为避汉明帝刘庄讳，改之为严。严遵为汉成帝时人，隐居蜀地，不事权贵，在当时已颇负盛名。据《汉书》记载：

> 君平卜筮于成都市，以为"卜筮者贱业，而可以惠众人。有邪恶非正之问，则依蓍龟为言利害。与人子言依于孝，与人弟言依于顺，与人臣言依于忠，各因势导之以善，从吾言者，已过半矣。"裁日阅数人，得百钱足自养，则闭肆下帘而授《老子》。博览亡不通，依老子、严周之指著书十余万言。杨雄少时从游学，以而仕京师显名，数为朝廷在位贤者称君平德。②

杨雄的《法言》对自己的老师也有记载，曰："蜀庄沉冥，蜀庄之才之珍也，不作苟见，不治苟得，久幽而不改其操，虽随、和何以加诸？举兹以旃，不亦珍乎！吾珍庄也，居难为也。"③ 其

①　王利器：《道藏本〈道德真经指归〉提要》，《晓传书斋集》，华东师范大学出版社，1997 年，第 280—281 页。
②　班固：《汉书》卷 72，第 3056 页。
③　汪荣宝：《法言义疏》卷 6，第 200 页。

盛赞严君平之高才、操守有如随氏璧、和氏玉，乃天下之至宝。后世之人甚至将严君平与孔子相提并论，《三国志·秦宓传》记载曰："仲尼、严平，会聚众书，以成《春秋》、《指归》之文，故海以合流为大，君子以博识为弘。"又云："书非史记周图，仲尼不采；道非虚无自然，严平不演。"① 另外，晋皇甫谧《高士传》撰有《严遵传》。

《老子指归》所反映的思想主要是道家哲学思想，主张由无生有的宇宙演化论，坚持以无为本的本体论，强调万物应自生自化。《老子指归》虽说是解老之作，但该书体例与其他注释之作不同。该书每篇在敷演《老子》原文大意后，即设为问答，必曰"何以言之""何以明之""何以效之"，或曰"敢问"，而后以"庄子曰"答之。"庄子"即严君平之自称。每段注文，都是一篇结构精严、思想深邃的问答体论述文。严君平旁征博引，娓娓而谈，将自己主张清静无为，崇尚自然、忠孝的思想结合老子学说，进行了详尽阐述，实是一部地道之子书。故三国时期蜀人古朴称"严君平见黄、老作《指归》，扬雄见《易》作《太玄》，见《论语》作《法言》，司马相如为武帝制封禅之文，于今天下所共闻也"②，将《指归》视为独立于《老子》之外的子书。有些丛书则直接将《老子指归》称为"论"，明《津逮秘书》就著录为"严遵《道德指归论》"，《四库全书》也称之为"《道德指归论》"。明代刘凤在为《道德指归》作序时也认为该书"虽以释训为名，故自为一家言"。③《老子指归》确实体现了严遵自己的思想学说。例如《行

① 陈寿：《三国志》卷38，中华书局，1959年，第973页。
② 陈寿：《三国志》卷38，第975页。
③ 严遵：《老子指归》，王德有点校，第156页。

于大道篇》曰："过众恶大，罪重祸深，贤父不畜，明主不臣。道所不祐，神所不在，天所不覆，万物所怨。有人若此，丧之受祸，生之受患，身苟不获，事及子孙。"① 这隐含了"积不善之家，必有余殃"的因果报应思想，是后世道教"承负"理论之源头。

第二节　《老子指归》的哲理散文特色

正因为《老子指归》并非纯粹的释经之作，而是严君平的一家之论。故其在写作时也体现了子书的创作特色，充分展现了作者高超卓杰的文才，以致每篇注释文字都是一篇精彩绝伦的说理散文，具有高度的文学价值。《老子指归》虽是散体文，但全文以四言为主，文中韵律谐合自然，韵脚转换流畅，如《天下有道篇》：

百姓罢极，财殚力倦，长徭兵役，久而不息，时念归家，凄怆慷慨，想亲罢老，泣涕于外。慈父惠母，忧愁伤心，肝胆气志，摧折于内。士卒双头结踵，骸骨暴露，流离于中野者，不可胜计。道路憧憧，皆为孤子，思慕号令，踊泣而起。何罪苍天，遭离此咎！②

严君平在解读"天下有道，却走马以粪；天下无道，戎马生于郊。罪莫大于可欲，祸莫大于不知足，咎莫大于欲得。知足之足，常足矣"句时，对当时统治者为满足自己的好大喜功、穷奢

① 严遵：《老子指归》，王德有点校，第52页。
② 严遵：《老子指归》，王德有点校，第29—30页。

极欲以致生灵涂炭的罪行进行了严厉控诉。这段文字形象地刻画了老百姓陷于水火之中的悲苦生活。该文首四句以"极""役""息"为韵，次四句又转换为"概""外"韵，描写长年在外服徭役的士卒思念家乡双亲的痛苦；下文笔锋一转，作者将视角转换到留守家乡的慈父慧母，年迈的双亲在家忧愁伤心，五内俱摧；作者笔锋再转，其视角又回到外出征战的士卒，展现他们生命旦夕不保，极其恶劣的生存惨境；之后，作者笔锋再度转回家乡，在家乡道路上，触目可见的是号哭踊泣失去父母的孺子。最后作者喊出"何罪苍天，遭离此咎"，悲愤之情一泻而出。全文以四言句式为主，感情充沛，语言贴切生动，具有自然转换的韵律，虽说是说理散文，却类似一首四言诗。再如《圣人无常心篇》：

> 世主无为，涣如侭容，天地为炉，太和为橐，神明为风，万物为铁，德为大匠，道为工作，天下青青，靡不润泽。故能陶冶民心，变化时俗，上无不包，下无不克，成遂万物，无不斟酌。感动群生，振骇八极，天下芒芒，不识美恶。玄效昧象，自成法式。①

该文也存在自然韵律，读来有如一首优美的哲理诗。《老子指归》以四言为主，韵律自然谐和，再加上作者的生花妙笔，使这部哲学著作具有高度的文学价值。明代沈士龙《题道德指归论》指出："其为文，往往以转韵相叶，似是从《龟策传》来。又若'无义无仁，六合之内，和合天亲。无节无礼，四海之内，亲为兄

---

① 严遵：《老子指归》，王德有点校，第40—41页。

弟’，则又三句首尾叶矣。"① 即注意到《老子指归》中韵律自然的诗性语言。

《老子指归》在严谨的哲理思辨下，又能运用形象性思维来解说抽象的哲理。如《上士闻道篇》云：

> 道德天地，各有所章，物有高下，气有短长。各乐其所乐，患其所患，见其所见，闻其所闻，取舍殊谬，畏喜殊方。故鹌鹑高飞，终日驰骛，而志在乎蒿苗；鸿鹄高举，径历东西，通千达万，而志在乎陂池；鸾凤翱翔万仞之上，优游太清之中，而常以为卑。延颈舒翼，凌苍云，薄日月，高翔远逝，旷时不食，往来九州，栖息八极，乃得其宜。三者殊便，皆以为娱。故无穷之原，万寻之泉，神龙之所归，小鱼之所去。高山大丘，深林巨壑，茂木畅枝，鸿鸟虎豹之所喜，而鸡狗之所恶。②

在此段文字中，作者首先提出"道德天地，各有所章，物有高下，气有短长，各乐其所乐，患其所患"之论点，接着运用优美形象的语言，层层递进，描述鹌鹑、鸿鹄、鸾凤三者，因所见、所需皆终日致力于翱翔高飞。但是，由于三者本身境界之不同，鹌鹑所向往的乃在于蒿苗之间，鸿鹄则志在大海，鸾凤却志在凌苍云、薄日月，故要"往来九州，栖息八极，乃得其宜"。虽然三者所志之境界高下、狭阔完全不同，但这正是因为物有高下之分，

---

① 严遵：《老子指归》，王德有点校，第156页。
② 严遵：《老子指归》，王德有点校，第13页。

气有短长之故，是顺应自然的体现。继而，作者运用对比手法，以神龙与小鱼、鸿鸟虎豹与鸡狗为例，说明各种事物皆有适合自己的生存环境，只有顺应自然，才得获得生存愉悦，不必强求一致，扭曲事物之天性。再如《大国篇》：

> 天地并起，阴阳俱生，四时共本，五行同根，忧喜共户，祸福同门。故所以为宁者，所以为危者也；而所以为危者，所以为宁者也。所以为存者，所以为亡者也；而所以为亡者，所以为存者也。
>
> 何以明之？夫虎豹以其形容修广，爪牙坚强，肌肤盛大，毛物丰，文章明，故执百兽而制于人。荣华香草以其所有光曜芬香，故悦于众俗而伤其根。大国之君以其地广民众，势尊形宠，威隆名显，故张其邻国而危其身。有道则固于磐石，宁于太山；失道则危于累卵，轻于鸿毛。俱弱则先困，俱乱则先亡。是故，大国者霸王之梯而亡灭之阶也。①

这篇文章具有高度的思辨性。作者在提出论点之后，以"何以明之"提起问题，再做回答。这种有意设置的问答体，使全文结构紧凑。在论证时，作者以虎豹之形容、爪牙、肌肤之强大有力来描述虎豹之威严，能制百兽；然而，其绚丽多彩的皮毛却使其丧命于人类之手。鲜花、香草因为芬芳而悦于世人，却因此而伤其根茎。大国之君看似尊贵无比，威风八面，却可能受制于邻

---

① 严遵：《老子指归》，王德有点校，第70页。

国而危害其身。通过诸多事例，作者继续引申大义，即有道之君，其君权则固于磐石，安于泰山；无道之君，其君权则轻于鸿毛，危于累卵。

可以说，严遵所作《指归》是一篇篇结构精巧、逻辑严谨、论述精到的哲理散文。其高超娴熟的论辩技巧、精美凝练的语言文字，再加上感情丰富而充沛，思想深邃而广博，使《指归》成为汉代哲理散文中的精品，受到历代学者的称赞。明代刘凤在《严君平道德指归序》中盛赞道："其为文也，宏裕掩该，含通标贯，靡靡缈缈，条缕判析，首尾温粹。即之也近，充类也远，不以才雄而郁耀莫遏，不以辞贵理胜故超若千里骥。"[1] 蒙文通认为："《道德经指归》一书，文高义奥；唐宋道家，颇取为说。"[2] 其文学价值不言而喻。

第三节 《老子道德经河上公章句》的作者与成书年代

《老子道德经河上公章句》（下文简称为《河上公章句》）最先著录于《隋志》"道家"类——"《老子道德经》二卷"，下注曰："周柱下史李耳撰。汉文帝时，河上公注。"指出该书的注释者为汉文帝时人河上公，然而下文却又有"梁有战国时河上丈人注《老子经》二卷"[3]语，并言此书已经亡佚。杜光庭《道德真经广义》著录有"《河上公章句》"，并说明河上公在"汉文帝时降

---

① 严遵：《老子指归》，王德有点校，第 156 页。
② 蒙文通：《严君平〈道德指归论〉佚文·序言》，《道书辑校十种》，第124 页。
③ 魏徵等：《隋书》卷34，第1000 页。

居陕州河滨，今有庙见存"。①《旧唐书》著录有"《老子》二卷，河上公注"②，《新唐书》也著录有"河上公注《老子道德经》二卷"③。《正统道藏》将之收入"洞神部玉诀类"，共四卷。但是，自唐代以来，对于河上公是否注有《老子》一直存在争议。唐代史学家刘知幾认为"《老子》书无河上公注"④。

一直以来，河上公的身份显得扑朔迷离，其姓氏籍贯、出身经历，史籍全无记录。按《隋志》著录，战国时的河上丈人与文帝时的河上公不是同一人，二人皆注有《老子》，现存《老子章句》是汉代的河上公所作。

战国时期的河上丈人，其事迹在司马迁《史记》中有记载。太史公在《史记·乐毅列传》中曰："乐臣公学黄帝、老子，其本师号曰河上丈人，不知其所出。河上丈人教安期生，安期生教毛翕公，毛翕公教乐瑕公，乐瑕公教乐臣公，乐臣公教盖公。盖公教于齐高密、胶西，为曹相国师。"⑤ 将汉代盛行的黄老学说的源头追溯到河上丈人，但对于河上丈人注《老子》一事，司马迁没有记载。魏晋时期，河上丈人注《老子》的记载开始出现。皇甫谧《高士传》曰：

> 河上丈人者，不知何国人也。明老子之术，自匿姓名，居河之湄，著《老子章句》，故世号曰河上丈人。当

① 杜光庭：《道德真经广义·序》，《续修四库全书》第1290册，第571页。
② 刘昫：《旧唐书》卷47，第2026页。
③ 欧阳修：《新唐书》卷59，第1514页。
④ 欧阳修：《新唐书》卷132，第4522页。
⑤ 司马迁：《史记》卷80，第2436页。

战国之末，诸侯交争，驰说之士咸以权势相倾，唯丈人隐身修道，老而不亏。专业于安期生，为道家之宗焉。[①]

皇甫谧所言河上丈人即是《史记》中的河上丈人，而皇甫谧记载河上丈人著有《老子章句》，说明西晋时期，此书尚流传于世。同时期的嵇康在《高士传》中说："河上公，不知何许人也，谓之丈人。隐德无言，无德而称焉。安丘先生等从之，修其黄老业。"始将河上公与河上丈人等二为一。

对于汉文帝时期的河上公，其来历、生平均不详。葛洪《神仙传》有河上公之传记，记叙其与文帝交往时的神迹，并强调其注老子《道德经》。因这篇传记对了解《河上公章句》的思想、成书背景非常重要，故不揣烦琐，全文移录如下：

河上公者，莫知其姓名也。汉孝文帝时，结草为庵于河之滨，常读老子《道德经》。时文帝好老子之道，诏命诸王公大臣州牧在朝卿士，皆令诵之，不通《老子经》者，不得升朝。帝于经中有疑义，人莫能通，侍郎裴楷奏云：陕州河上有人诵《老子》。即遣诏使赍所疑义问之，公曰："道尊德贵，非可遥问也。"帝即驾幸诣之，公在庵中不出，帝使人谓之曰："溥天之下，莫非王土，率土之滨，莫非王民。域中四大，而王居其一。子虽有道，犹朕民也，不能自屈，何乃高乎？朕能使民富贵贫贱。"须臾，公即抚掌坐跃，冉冉在空虚之中，去地百余

---

① 李昉：《太平御览》卷507，第2312页。

尺，而止于虚空。良久，俯而答曰："余上不至天，中不累人，下不居地，何民之有焉？君宜能令余富贵贫贱乎？"帝大惊悟，知是神人，方下辇稽首，礼谢曰："朕以不能，忝承先业，才小任大，忧于不堪，而志奉《道德》，直以暗昧，多所不了，惟愿道君垂愍，有以教之。"河上公即授素书《老子道德章句》二卷，谓帝曰："熟研究之，所疑自解。余著此经以来，千七百余年，凡传三人，连子四矣，勿示非人！"帝即拜跪受经。言毕，失公所在，遂于西山筑台望之，不复见矣。论者以为文帝虽耽尚大道，而心未纯信，故示神变以悟帝，意欲成其道，时人因号河上公。①

葛洪对河上公的神化，是道教进入成熟阶段并被上层社会接受认可的体现。汉文帝时期，黄老之学盛行，这是河上公注释《道德经》的时代背景。借用汉文帝为求得《道德经》精义而前往拜会河上公这一传闻，非唯神化河上公，更是为了神化老子及其学说，为老子其人及《道德经》的宗教性改造打下伏笔。传记中浓墨重彩地叙述河上公向汉文帝传授二卷《老子道德章句》，并声称自己在一千七百余年内仅传授了四人，除了变相地说明河上公具有长生不死的能力，更重要的意图在于神化《老子道德章句》并提升道教的社会地位。我们据此也可以推测，此河上公很有可能就是战国时期的河上丈人。

《老子道德章句》成书于何时？《隋志》、新旧《唐志》《四库

---

① 胡守为：《神仙传校释》卷8，第293—294页。

全书总目》皆认为《河上公章句》成书于汉文帝时期，但现当代学者对此有不同看法。王明《〈老子河上公章句〉考》说："余疑《河上公章句》，盖当后汉桓灵之际，有人焉，类似矫仲彦者，笃好黄老，且慕道引行气之术，习染章句时风，托名于河上公，为《老子》作章句也。"① 饶宗颐《老子想尔注校笺》认为："《想尔注》部分取自河上。《想尔》为张陵（或张鲁）作，盖曾见河上公《注》，则河上《注》成书，明在张陵立教之前。"② 东汉时期，章句之体风行。孔颖达《礼记正义》称：东汉学者马融注《周礼》，始采用"就经为注"形式，《河上公章句》在形式上正是"就经为注"，故河上注应成于马融之后。概而言之，"《河上公章句》应成书于西汉之后，魏晋之前，大约东汉中后期"③，乃伪托河上公之作。

第四节　《老子道德经河上公章句》的
注释手法及文学价值

《河上公章句》是现存最早对《老子》思想进行宗教化改造的作品。章句是东汉时期最为流行的注经方式。马宗霍认为两汉注书"立名虽繁，而通行之体则不外乎传、注、章句三者"④。冯

---

①　王明：《〈老子河上公章句〉考》，见《王明集》，中国社会科学出版社，2007 年，第 64—65 页。

②　饶宗颐：《老子想尔注校证》，第 82 页。

③　王卡点校：《老子道德经河上公章句》，中华书局，1993 年，"前言"第 3 页。

④　马宗霍：《中国经学史》，商务印书馆，1998 年，第 56 页。

友兰说："章句是从汉朝以来的一种注解的名称。"① 所谓章句，即指分章析句以阐释经义。古代典籍往往不分章不断句，而要讲解其意义，必然要分篇为章，析章为句。如《后汉书·桓谭传》李贤注曰："章句谓离章辨句，委曲枝派也。"② 而章句与传、注、疏等解经方式不同，其重在对文章意旨的解释、概括，可以有注者的敷衍与生发。清儒焦循云："既分其章，又依句敷衍而发明之，所谓'章句'也。章有其旨，则总括于每章之末，是为'章旨'也。叠诂训于语句之中，绘本义于错综之内。"③ 可见，章句对原有经典除了解释其义外，也可概括每章意旨，在这些阐释与概括当中融入注者自己的思想。故在东汉，有学者将章句等同于"说"。如《汉书·儒林传》云："（丁宽）作《易说》三万言，训故举大谊而已，今《小章句》是也。"④《后汉书·儒林传》记载："（司徒）湛弟黯，字稚文，以明《齐诗》，改定章句，作《解说》九篇。"⑤ 当今学者王铁认为两汉时期的"章句相当于说"，"说与章句两名可以互称"，"西汉多称说，而东汉多称章句"。⑥ "说"有解说、学说之义，这些"章句"即相当于"说"，说明章句这种注经方式可以依附于原著，用来宣扬注者的思想与学说。《河上公章句》采用章句的方式对老子《道德经》进行阐释，除了适应当时社会潮流之外，也与章句便于宣扬注者的思想学说有关，即通

---

① 冯友兰：《中国哲学史史料学初稿》，上海人民出版社，1962 年，第 140页。

② 范晔：《后汉书》卷 28 上，第 955 页。

③ 焦循：《孟子正义》卷 1，中华书局，1987 年，第 27 页。

④ 班固：《汉书》卷 88，第 3597—3598 页。

⑤ 范晔：《后汉书》卷 79 下，第 2571 页。

⑥ 王铁：《汉代学术史》，华东师范大学出版社，1995 年，第164 页。

过章句的方式对老子的道家哲学思想进行宗教性改造。

《河上公章句》在注释《老子》时，将《老子》之哲学思想进行了新的建构，以符合当时社会盛行的黄老道思想。《河上公章句》在开篇注"道可道，非常道。名可名，非常名"时，就奠定了全书宣扬黄老长生之学的基调。其注"道可道"曰："谓经术政教之道也。"注"非常道"则云："非自然长生之道也。常道当以无为养神，无事安民，含光藏晖，灭迹匿端，不可称道。"① 即言世俗所谓经术政教之道并非自然长生之道。注"名可名"曰："谓富贵尊荣，高世之名也。"注"非常名"则云："非自然常在之名也。常名当如婴儿之未言，鸡子之未分，明珠在蚌中，美玉处石间，内虽昭昭，外如愚顽。"② 指出世俗之人追求的"富贵尊荣，高世之名"并非"自然常在之名"。常名应如婴儿、鸡子、明珠、美玉尚未脱离其最原始、最混沌的状态。注者开篇就将《老子》哲学中的"道"与"名"解释为"长生之道""自然常在之名"，体现了注者轻视经术政教、富贵尊荣，而崇尚无为修身、养生长寿的思想，为《道德经》的宗教化奠定了长生修身的黄老道基调。

《河上公章句》虽然为注释之作，但因章句是对经书章旨句意的串讲，这样的串讲既要在思想上体现原著精髓，又要在文辞上使读者乐于欣赏接受，故注者需要积极发挥主观能动性，使文意与文采相得益彰。注者对《老子》进行注释时，就采用了多种注释手法。

善用比喻是《河上公章句》最突出的特点。文中优美贴切的

---

① 王卡点校：《老子道德经河上公章句》，第 1 页。
② 王卡点校：《老子道德经河上公章句》，第 1 页。

比喻，既让抽象深奥的哲学思想变得浅显易懂，也使注释文采斐然，提升了《河上公章句》的文学审美性。例如《体道》注"常名"云："常名当如婴儿之未言，鸡子之未分，明珠在蚌中，美玉处石间，内虽昭昭，外如愚玩。"注者连用婴儿未言、鸡子未分、明珠在蚌、美玉处石四个喻体，比喻"自然常在之名"内虽昭然，外则蒙昧的状态，将抽象的概念用几个具体生动的物象展现出来，比喻贴切，语言优美。再如《俗薄》注"大道废，有仁义……国家昏乱，有忠臣"曰："大道之世，仁义没，孝慈灭，犹日中盛明，众星失光。"① 注者将"大道"比喻为正午之太阳，将"仁义""孝慈"比喻为众星。因有大道在，故儒家所推崇的仁义、孝慈都显得暗淡无光。这是以人人皆能理解的自然现象来解说道家"绝圣弃智""绝仁弃义""绝巧弃利"的思想。又如《显质》注"辩者不善"云："辩者，谓巧言也。不善者，舌致患也。土有玉，掘其山；水有珠，浊其渊；辩口多言，亡其身。"② 注者先对"辩者不善"四字进行了解释，再用高山埋有宝玉，而遭受寻宝者挖掘；深渊因有明珠，而被寻宝者扰害加以敷衍，引申出巧言善辩者容易致祸，口讷少言者反能保身全躯的观点。此段注释多用三言句式，文字古雅，韵律自然，读来朗朗上口，体现了注者很高的文学素养。

在《河上公章句》中，注者除了使用比喻使深奥抽象的思想变得浅显易懂外，还借助典故进行注释，如《还淳》注"绝圣"二字曰："绝圣制作，反初守元。五帝画象，苍颉作书，不如三皇

---

① 王卡点校：《老子道德经河上公章句》，第73页。
② 王卡点校：《老子道德经河上公章句》，第307页。

结绳无文。"① 道家主张无为而治，反对圣人智慧，故该书注释引申为"反初守元"，即人们应返归天真淳朴的原初状态。为了说明这个观点，注者进一步运用"五帝画象，苍颉作书"的典故，认为文字与图像的出现还不如三皇时期的结绳记事。再如拟人手法，《法本》注"昔之得一者"，作者注"一"云："一，无为，道之子也。"②《归元》注"既知其母，复知其子"曰："子，一也。"③将"道"与"一"比拟成母子，使抽象的哲学概念和彼此的哲学关系形象化了。除此之外，作者还运用类比的手法进行注释。如《重德》注"重为轻根"曰："人君不重则不尊，治身不重则失神，草木之花叶轻故零落，根重故长存也。"④ 注"静为躁君"曰："人君不静则失威，治身不静则身危。龙静故能变化，虎躁故夭亏也。"⑤ 注者将"重为轻根""静为躁君"解读为人君之长生治身需要讲究"重""静"，只有谨守"重""静"的原则，才能保持自身的威严，才能做到不失神，不危身，达到长生养寿的目的。注者再以自然界草木之花叶轻而易落，根重而长存；龙主静故善于变化；虎主躁所以难得长生，一正一反再次表明"重""静"对长生养寿之重要。

概而言之，《河上公章句》运用了比喻、用典、类比、拟人等修辞方式，对《道德经》进行了分章析句的解释。这些修辞手法的运用，使抽象深奥、古朴难解的道家哲学变得形象生动、浅显

---

① 王卡点校：《老子道德经河上公章句》，第75页。
② 王卡点校：《老子道德经河上公章句》，第154页。
③ 王卡点校：《老子道德经河上公章句》，第199页。
④ 王卡点校：《老子道德经河上公章句》，第106页。
⑤ 王卡点校：《老子道德经河上公章句》，第106页。

易懂。而注者高超的文字驾驭能力，使这些说理的章句文字显得清新典雅、活泼有趣，文中韵律自然流畅，文辞精到准确，具有较高的文学价值。

第五节　《老子想尔注》的作者及成书年代

《老子想尔注》（下文简称《想尔注》），中国古代史志目录无录。唐玄宗《道德真经疏外传》著录有《想尔》二卷，"三天法师张道陵所注"①。杜光庭《道德真经广义》也著录了《想尔》二卷，云："三天法师张道陵所注。"② 《传授经戒仪注诀》记录了"老君《道经》上，想尔训"、"老君《德经》下，想尔训"③ 两部道书。

今所见《想尔注》乃敦煌遗经，编号为 S6825，现藏于大英博物馆，卷末题"老子《道经》上"，下注"想尔"二字。敦煌本《想尔注》为残卷，《道经》第一、二章阙，首起"则民不争"，迄卷终。该书的编排方式与其他唐写本《道德经》的款式不同，注与经文连写，字体不分大小，既不别章次，过章也不起行，与后汉就经为注的方式相同。据饶宗颐考证，"盖后汉以来，始就经为注。此书注与经文连写，犹存东汉晚期注书之式"④。据此可推断《想尔注》成书于东汉晚期。

至于《想尔注》的作者，道书《传授经戒仪注诀》言："系师

---

① 唐玄宗：《道德真经疏外传》，《道藏》第 11 册，第 809 页。
② 杜光庭：《道德真经广义·序》，《续修四库全书》第 1290 册，第 571 页。
③ 《传授经戒仪注诀》，《道藏》第 32 册，上海书店，1994 年，第 170 页。
④ 饶宗颐：《老子想尔注校证》，"解题"第 1 页。

得道，化道西蜀，蜀风浅末，未晓深言，托构想尔，以训初回。"①
认为是系师为传道西蜀，托言于想尔而作。系师是东汉末年五斗
米道之教主张鲁。饶宗颐取敦煌本《想尔注》与《传授经戒仪注
诀》中对《想尔注》的叙述一一考证，认为"此《想尔注》本，
即所谓系师张鲁之五千文本，断然无疑"。他认为："大抵东汉以
来，《道德经》本可别为两大系：一为道教徒删助字以符五千文之
本；一为不删助字本，则一般所诵习者也。葛玄校定河上《章
句》，因又有所谓'葛本'者，流行于唐代（见敦煌本成玄英《老
子开题》及天宝十载写本《德经》末），仍题曰'系师定'，实即
删助字本；唐时经幢及道观书盟誓愿文常用之。若此一系，乃代
表道教徒之经本，《想尔》此注，殆所谓镇南将军张鲁之本，则更
为其祖本也。"② 可见，张鲁之《想尔注》乃是专用于道教徒修道
的写本。

《想尔注》既为早期道教专用之书，在注老子《道经》时，为
了达到宣扬道教教义的目的，张鲁努力采用多种手段对老子《道
经》加以新解。因为道教徒信奉"《老子》五千文"，故用于道教
修炼的《老子》被删除助字，以符合"五千文"之例。《想尔注》
即为删助字本。这是为使《老子》能更好地服务于道教，而对
《老子》进行的整体性修改。当然，删除助词并不影响《老子》原
意。但是，为了使《老子》思想更能接近道教教义，《想尔注》不
惜对《老子》原文进行增删，以此篡改《老子》原意。如《河上
公章句》本原文作"使夫智者不敢为也，为无为，则无不治"③。

---

① 《传授经戒仪注诀》，《道藏》第 32 册，第 170 页。
② 饶宗颐：《老子想尔注校证》，第 52 页。
③ 王卡点校：《老子道德经河上公章句》，第 11—12 页。

《想尔注》本则在"敢"下增一"不"字，而删去"为无为"三字，① 正好使意思相反。《想尔注》在解释《老子》之"道常无为而无不为"时，将"无为"理解为"不为恶事"，认为"道性不为恶事，故能神，无所不作，道人当法之"②。由此引申出要广做善事，如道性所为，不做恶事，如此才能成就仙位。饶宗颐认为《想尔注》之所以如此篡改《道经》原意，是因为"扬善非恶，为《太平经》主要观念，《想尔》用其说，亦沾沾于此，今观其删去此三字以成其曲解，知其所注重者，则为求合于《太平经》义，而不甚顾《老子》原有之哲理也"③。

这种不顾《老子》哲理而随意改写的做法，在《想尔注》中并非偶尔一见。除增删原文外，对一些音近或形近之字进行改写，也是篡改《老子》思想的重要手法。如《老子》"以其无私，故能成其私"句，《想尔注》将两"私"字改作"尸"，成为"以其无尸，故能成其尸"，句下解释云："不知长生之道，身皆尸行耳，非道所行，悉尸行也。道人所以得仙寿者，不行尸行，与俗别异，故能成其尸，令为仙士也。"④ 全是道教追求长生成仙的理论，体现东汉道教神仙学说尸解术的兴起。再如《老子》"公乃王，王乃天"句，《想尔注》将两"王"字改写作"生"，成为"公乃生，生乃天"，解释云"能行道公政，故常生也"，"能致长生，则副天也"⑤。如此改写使《老子》哲思转向于道教长生不死的理论。凡

---

① 饶宗颐：《老子想尔注校证》，第6页。
② 饶宗颐：《老子想尔注校证》，第46页。
③ 饶宗颐：《老子想尔注校证》，第78页。
④ 饶宗颐：《老子想尔注校证》，第10页。
⑤ 饶宗颐：《老子想尔注校证》，第20—21页。

此种种，在《想尔注》中不在少数。饶宗颐将《河上公章句》本与《想尔注》本进行对照，发现《想尔注》对《老子》原文的窜改多达十余条。这些改写的目的在于曲就道教理论，"以树新义，虽未尽符《老子》之旨，而张陵立教，别有用心，亦足以存古说"①。另外，《想尔注》在注"智慧出，有大伪"时，曰："真道藏，耶文出，世间常伪伎称道教，皆为大伪不可用"②。注文中出现了"道教"二字。《想尔注》是我国最早出现"道教"这一名词的文献。然而作者特意指出当时世间所称之"道教"皆是"伪伎"，原因是"真道藏，邪文出"，邪文即指世人推崇的智慧。

第六节　《老子想尔注》的文学特色

《想尔注》的注释体例如《河上公章句》，也是分章析句的串讲式注解。由于张氏祖孙三代旨在借《老子》宣扬道教教义，他们对《老子》本义的新解几乎达到了随心所欲的地步。这对于《老子》的哲学思想而言，无疑是不利的，但对于早期道教思想的成熟与发展，却起到了非常重要的作用。从另一方面看，正是因为《想尔注》是作者自由创作、刻意发挥的成果，故该书的注文体现了作者的创造力，不只在思想上，在文学上也富于个性，呈现了鲜明的道教文学特色。

《想尔注》作为一个注本，其对道教思想的阐释虽重在论证说明，但在对理论进行抽象的论证与说明时，注者也运用了一些形象思维的方法。将传说或历史中的人物改造成仙人形象，以此来

---

① 饶宗颐：《老子想尔注校证》，第76—77页。
② 饶宗颐：《老子想尔注校证》，第22页。

解说道教理论，是《想尔注》中较为常见的注经方式。《想尔注》中出现了早期道教的神仙形象，例如《想尔注》释"圣人不仁，以百姓为刍狗"句曰：

> 圣人法天地，仁于善人，不仁恶人，当王政煞恶，亦视之如刍苟也。是以人当积善功，其精神与天通，设欲侵害者，天即救之。庸庸之人皆是刍苟之徒耳，精神不能通天。所以者，譬如盗贼怀恶不敢见部史也，精气自然与天不亲，生死之际，天不知也。黄帝仁圣知后世意，故结刍草为苟，以置门户上，欲言后世门户皆刍苟之徒耳；人不解黄帝微意，空而效之，而恶心不改，可谓大恶也。①

在这段注文中，注者认为凡庸之人心怀恶意，其精神不能上通于天，故当凡庸之人遇到生死之险时，上天无法救护他，而圣人黄帝之精神可与天通，了知后世凡人之心意，为了提醒凡庸之人趋善避恶，怀仁心，去恶心，于是结刍狗，置于人们的门户上，以此寄寓这些人皆类刍狗之意。可是，人们不了解黄帝之深意，只是效仿黄帝做刍狗，却恶心不改，终陷于大恶。这段注文虽然没有对黄帝的外形进行描写，但黄帝作为圣人交通天人之际、结刍草以晓谕世人的行为事迹却得到了简要叙述。当然这些描写非常简略，只是梗概式地叙述，没有深入渲染，更谈不上故事情节、人物性格的刻画。

---

① 饶宗颐：《老子想尔注校证》，第8页。

再如《想尔注》对老子道教宗主这一形象的塑造，为后世道教徒神化老子，将老子从一位哲人向神人转变提供了理论来源。其在注"载营魄抱一，能无离"句时，如此解释"一"，文云：

> 一者道也，今在人身何许？守之云何？一不在人身也，诸附身者悉世间常伪伎，非真道也；一在天地外，入在天地间，但往来人身中耳，都皮里悉是，非独一处。一散形为气，聚形为太上老君，常治昆仑，或言虚无，或言自然，或言无名，皆同一耳。①

将"一"等同于"道"，而"一"却有时虚无缥缈，如同"气"；有时又积聚一起变形为太上老君。太上老君常处昆仑山，主张虚无、自然、无名。这位神秘缥缈，居于昆仑山的太上老君即是老子。在《想尔注》中老子已与"道""一"等抽象的概念合为一体，成为拥有无比神力的道教宗主。

将老子与"道"合而为一，是《想尔注》将"道"人格化的重要手段。在《想尔注》中，"道"不再是深奥玄虚，不可捉摸的无生命的事物。"道"可以向世人传授道教教义。《想尔注》释"孔德之容，唯道是从"句曰："道甚大，教孔丘为知；后世不信道文，但上孔书，以为无上；道故明之，告后贤。"② 此处之"道"即是指"老子"，老子曾教孔丘真知，但是后世凡庸之人不信道教文章，只信儒家孔门之说。因此，老子再次向后贤传授道教教义，

---

① 饶宗颐：《老子想尔注校证》，第12页。
② 饶宗颐：《老子想尔注校证》，第27页。

以解世人之惑。"道"也可以命令他人制作器物，如《想尔注》释"有车之用"句曰："道遣奚仲作之。"① 即言"道"命令奚仲发明了车；注"凿户牖以为室"句曰："道使黄帝为之。"② 又云"道"命令黄帝造作宫室，让人们居有定所。凡此，皆将"道"等同于老子，抽象的"道"已完全具象化、人格化了。但是在《想尔注》中，只记载了老子的行迹，对其外形并无刻画。《想尔注》对此有解释，其注"是无状之状，无物之像"句，曰："道至尊，微而隐，无状貌形像也；但可从其诫，不可见知也。今世间伪伎指形名道，令有服色名字、状貌、长短非也，悉耶伪耳。"③ 可见，《想尔注》认为老子既然与"道"一体，那自然不似凡人那样有具体的外貌形象，故世间所见绘有老子衣服、名字、形貌、高矮的图像，皆是假象。

这些略具叙事特征的文辞，为后世仙传文学的发展提供了原始素材与理论背景。葛洪《神仙传》对诸多仙人的记载，也如《想尔注》刻画黄帝、老子形象一样，他们面目模糊，性格不明。作者只是对他们的仙迹进行描述，即重在事件记载，宣扬道教教义，而对其外形却疏于刻画。这正是仙传文学的传统特色所在。

《想尔注》作为传教的道书，注者要采用各种手法让注文充满文采，且平浅易解，易于为读者所接受。运用典故以进一步申发教义，是《想尔注》常用的手法之一。如《想尔注》释"名成功遂身退，天之道"句曰："名与功，身之仇，功名就，身即灭，故

---

① 饶宗颐：《老子想尔注校证》，第13页。
② 饶宗颐：《老子想尔注校证》，第14页。
③ 饶宗颐：《老子想尔注校证》，第17页。

道诫之。范蠡乘舟去；道意谦信，不隐身形剥，是其效也。"① 便
以范蠡功成身退、隐居太湖的史实，证明功成身退乃是"天之
道"。再如《想尔注》释"果而不得已，是果而勿强"句曰："至
诚守善，勿贪兵威，设当时佐帝王冒兵，当不得已而有，勿甘乐
也，勿以常为强也。风后佐黄帝伐蚩尤，吕望佐武王伐纣，皆不
得已而为之耳。"② 引用风后辅佐黄帝攻打蚩尤、吕尚辅助周武王
讨伐纣王的故事，表明圣帝明君出兵征战实是不得已而为之，告
诫人们要守善，尽量不要发动战争。再如其注"其不得已"句，
曰："国不可一日无君，五帝精生，河洛著名，七宿精见，五纬合
同，明受天任而令为之，其不得已耳。"③ 则是借用汉代流传的五
帝神话、河图洛书的谶纬学说的典故，来解释君权神授。

另外，《想尔注》的受众乃是下层百姓，故该注文的辞藻并不
华美深奥，而讲究朴实自然，通俗易懂，但文中不乏经典之句流
传后世，如"国不可一日无君"；"欲行千里，一步而始，积之以
渐"；"嘘温吹寒，善恶同规，祸福同根"；等等。

① 饶宗颐：《老子想尔注校证》，第12页。
② 饶宗颐：《老子想尔注校证》，第39页。
③ 饶宗颐：《老子想尔注校证》，第37页。

第十二章 《老子变化经》《老子铭》与老子神话之建构

　　从道家到道教，老子形象经历了重大变化。由一个历史上的哲学宗派开山祖，转化为先天地而生、与道合一的创世祖。老子形象的渐变过程也是中国道教萌芽、发展并最终形成的过程。在这一过程中，老子如何被神化？老子神话体系何时得以形成？老子神化过程与道教的成立具有怎样相辅相成的关系？[①] 东汉时期出现的《老子变化经》《老子铭》展示了老子神话体系的建构及时人对老子神化现象的反思。

　　[①] 目前学界对老子神化的研究成果有：刘国钧《老子神化考略》，《金陵学报》第4卷第2号（1935年）；竭石《汉代老子神化现象考》，《宗教学研究》1996年第4期；王青《道教成立初期老子神话的演变与发展》，《宗教哲学》2001年第2期；刘昭瑞《"老鬼"与南北朝时期老子的神化》，《历史研究》2005年第2期；晁天义《老子长寿神话的文化学分析》，《史学集刊》2009年第3期等。以上文章皆未从《老子变化经》的角度考察老子神话之渊源。目前学界对《老子变化经》的研究重在文献考证。代表作品有苏晋仁《敦煌逸书〈老子变化经〉疏证》（陈鼓应《道家文化研究》第十三辑，三联书店，1998年），马承玉《敦煌本〈老子变化经〉思想渊源略考》（《宗教学研究》1999年第4期），刘屹《敦煌本〈老子变化经〉研究之一：汉末成书说质疑》（《庆祝吴其昱先生八秩华诞敦煌学特刊》，文津出版社，2000年）、《敦煌本〈老子变化经〉研究之二：成书年版代考订》（《敦煌研究》2001年第4期），等等。

第一节　前道教时期老子形象的渐变

先秦时期，老子是以博学的哲人身份为世人所接纳的。在《庄子》中，孔子、南荣趎、士成绮、柏矩、杨朱等人都主动向老子请教，以老子为师；但没有出现老子为帝王师的叙述。

由于年代遥远，老子的身世在历史记载中已经显得扑朔迷离了。最早为老子作传的是司马迁的《史记》。作为一位审慎的史家，司马迁关于老子身份、年龄的记载，采取的是一种存疑的态度。但《史记·老子列传》为后世人们神化老子提供了线索，埋下了伏笔。如，老子西入关后"莫知其所终"；老子年寿"百有六十余岁，或言二百余岁，以其修道而养寿"[1]；老子可能为老莱子，也可能是周太史儋的多样身份，都为后世道徒发挥想象打下了基础，并找到了历史依据。但在司马迁的心目中，老子只是一位古贤人与哲人。

而在刘向《列仙传》中，老子已完成了从哲人到仙人的转变。其《老子传》曰：

> 老子，姓李，名耳，字伯阳，陈人也。生于殷时，为周柱下史。好养精气，接而不施。转为守藏史，积八十余年。《史记》云："二百余年，时称为隐君子，谥曰聃。"仲尼至周，见老子，知其圣人，乃师之。后周德衰，乃乘青牛车去入大秦，过西关，关令尹喜待而迎之，

知真人也。乃强使著书，作《道德》上下经二卷。①

由于刘向本人是事神仙而好方术之人，其对老子形象的改造重点体现在老子"好养精气，接而不施"，即善于养生、精通房中术的修道者形象。刘向对老子的神化，为早期道教徒提供了创作蓝本。

东汉以后，道家思想逐渐被宗教化、神学化，而老子因善养生而得长寿的神仙形象也被世人所认同。如李尤《函谷关赋》"嘉尹喜之望气，知真人之西游"②。桓谭《新论》记载："余尝过故陈令同郡杜房，见其举火夜坐，燃炭干墙，读《老子》书，言'老子用恬淡养性，致寿数百岁，今行其道，宁能延年却老乎'？"③王充《论衡·道虚》曰："世或以老子之道为可以度世，恬淡无欲，养精爱气。夫人以精神为寿命，精神不伤，则寿命长而不死。成事：老子行之，蹦百度世，为真人矣。"④虽然早在《庄子》里，老子就已被称为"古之博大真人"⑤，但是此"真人"是哲学层面上道家理想人格的体现；而东汉时期人们称老子为真人，那是宗教意义上的神仙形象了。

到了东汉桓帝统治时期，老子的神仙地位得到官方认同，并被统治者祭祀。《后汉书·桓帝本纪》记载："八年春正月，遣中

---

① 王叔岷：《列仙传校笺》，第18页。
② 张溥：《汉魏六朝百三家集》卷15，《景印文渊阁四库全书》第1412册，第355页。
③ 朱谦之：《新辑本桓谭新论》，第31—32页。
④ 黄晖：《论衡校释》，第334页。
⑤ 郭庆藩：《庄子集释》卷10下，第1098页。

常侍左悺之苦县，祠老子。"① "十一月壬子……使中常侍管霸之苦县，祠老子。"② 同书《祭祀志》也记载："桓帝即位十八年，好神仙事。延熹八年，初使中常侍之陈国苦县祠老子。九年，亲祠老子于濯龙。文罽为坛，饰淳金扣器，设华盖之坐，用郊天乐也。"③ 汉桓帝多次祭祀老子的行为，说明老子在此时期已经具有崇高的地位。

同样，桓帝时期对老子神话的建构也达到了非凡的高度。桓帝永兴元年（153），谯县令长沙王阜撰有《老子圣母碑》，即《李母碑》，对老子的生平进行了神化。可惜这块碑文已残缺不全。所幸魏崔玄山《濑乡记》引用了《李母碑》碑文。为了便于读者对王阜碑文有大体的了解，现将王阜残碑与崔玄山引文罗列于下：

老子者，道也，乃生于无形之先，起于太初之前，行于太素之元，浮游六虚，出入幽冥，观混合之未别，窥清浊之未分。④

李母祠在老子祠北二里，祠门左有碑文曰：老子圣母李夫人碑。老子者，道君也。始起乘白鹿，下托于李氏胞中七十二年，产于楚国淮阳苦县濑乡曲仁里。老子名耳，星精也。字伯阳，号曰聃。⑤

李母碑曰：老子方口。⑥

---

① 范晔：《后汉书》卷7，第313页。
② 范晔：《后汉书》卷7，第316页。
③ 范晔：《后汉书·志第八》，第3188页。
④ 李昉：《太平御览》卷1，第2页。
⑤ 李昉：《太平御览》卷361，第1663页。
⑥ 李昉：《太平御览》卷367，第1693页。

李母碑曰：老子厚唇。①

李母碑曰：老子足蹈二五。②

李母碑曰：老子乘白鹿下托于李母。③

老子母碑曰：老子把持仙录，玉简金字，编以白银，纪善缀恶。④

在这篇残缺的碑文中，我们可以获知以下信息：东汉桓帝时期，老子的家乡不但建立了老子祠，还有李母祠；在王阜碑文中已将老子等同于"道"，把老子抬高到道之本体的地位；老子骑白鹿下托李母而生的神话已经出现；老子的外形被异化；老子"把持仙录"的行为特征具有强烈的道教色彩。据记载，王阜"为益州太守，边郡吏多放纵。阜以法绳正吏，民不敢犯禁，政教清静，百姓安业。甘露降，白乌见，连有瑞应。世谓其持法平政、宽慈有化所致"。⑤ 可见，王阜治世思想及具体作为应归于儒家、法家，与道家关系不大，因而王阜有意神化老子的可能性较小。由此可以推断，《李母碑》所载的老子神话并不是王阜的原创，而是根据民间传说整合而成。这说明早在民间，老子神话就已流传开来。

---

① 李昉：《太平御览》卷 368，第 1695 页。
② 李昉：《太平御览》卷 372，第 1718 页。
③ 李昉：《太平御览》卷 906，第 4018 页
④ 李昉：《太平御览》卷 606，第 2725 页。
⑤ 李昉：《太平御览》卷 260，第 1220 页。

第二节 《老子变化经》成书的宗教背景

敦煌遗经 S. 2295《老子变化经》①，历代史志目录、私家著述以及道藏皆未收录。该经书卷末自题经名曰"老子变化经"，有"大业八年八月十四日经生王俦写，用纸四张，玄都玄坛道士复校，装潢人，秘书省写"字样，是隋朝写本。该写本首部残缺，现存 95 行，每行 17 字，约 1600 多字。此经面世后，学界对之进行了多方考证，认为《老子变化经》成书于汉桓帝统治时期的公元 155 年至 165 年。② 在流传、转抄的过程中，又偶尔有所补笔，如平王时出关等事迹，但整体结构与宗教观念依然保持了原貌。《老子变化经》对老子形象进行了高度神化，建构了老子神话体系。后世虽然对老子的尊神地位及神异能力不断地进行敷衍、补充，但终不出《老子变化经》之藩篱。

《老子变化经》之成书于东汉末年并不是偶然的，而是有着深厚的宗教背景，顺应了宗教发展规律。汉代黄老思想盛行，为道教的形成打下了坚实基础。西汉初立，以黄老之学治国，主张休养生息、强调无为治世。至汉武帝"罢黜百家，独尊儒术"，黄老学的治国功能旁落。同时，汉武帝信奉神仙之说。司马迁《史记·封禅书》记载："今天子初即位，尤敬鬼神之祀。"③ 由于汉武帝对神仙方术之士极度礼遇，以至于"海上燕齐之间，莫不搤腕

---

① 李德范辑：《老子变化经》，《敦煌道藏》第 4 册，中华全国图书馆文献缩微复制中心，1999 年，第 2141—2146 页。

② 相关论证请参苏晋仁《敦煌逸书〈老子变化经〉疏证》，载陈鼓应主编的《道家文化研究》第十三辑，生活·读书·新知三联书店，1998 年。

③ 司马迁：《史记》卷 28，第 1384 页。

而自言有禁方、能神仙矣"①，而齐地正是黄老学的发源地。在这种形势下，燕齐方士将神仙方术与黄老学结合起来，形成了黄老道。

"黄老道"一词最早出现于《后汉书·王涣传》，传曰："延熹中，桓帝事黄老道，悉毁诸房祀。"② 黄老道是道教的前身，其核心思想在于修仙、养生。东汉时期，黄老道的养生思想被统治阶层普遍接纳。《后汉书·光武本纪》记载："皇太子见帝勤劳不怠，承闲谏曰：'陛下有禹汤之明，而失黄老养性之福。愿颐爱精神，优游自宁。'"③ 同书《王宠传》记载，魏愔"与王共祭黄老君，求长生福"④，又《逸民传》云矫慎"少好黄老，隐遁山谷，因穴为室，仰慕松、乔导引之术"⑤。

在天师道创立之初，民间流传的老子神话自然会被道徒们加以利用。在《老子变化经》中，其所体现的思想，甚至有些字句与王阜《李母碑》惊人地相似。如经文着力渲染老子未生之前，"立于太眇之端，行乎太素之原，浮游幽虚空之中，出入窈冥之先门"，与道合一，与气混同的神奇；老子"手把仙锡，玉简今字，称以银人"的教主形象；其"肩颊有参午大理，日角月玄，鼻有双柱，耳有三门，足蹈二午，手把天关"的奇异外形；其托胎李母历七十二年而生的神迹，皆在《李母碑》中出现，构成了老子神话的主干。马承玉据此认为，"《老子变化经》关于老子的形象

---

① 司马迁：《史记》卷28，第1391页。
② 范晔：《后汉书》卷76，第2470页。
③ 范晔：《后汉书》卷1下，第85页。
④ 范晔：《后汉书》卷50，1669页。
⑤ 范晔：《后汉书》卷83，第2771页。

完全取自《李母碑》"①。尤其值得注意的是，《李母碑》首次出现了老子乘白鹿的形象。而《老子变化经》中也多次出现白鹿意象，其前后承袭关系非常明显。况且《李母碑》撰成的永兴元年（153）距离《老子变化经》中最后纪年永寿元年（155），仅一年多的时间。《老子变化经》的造经者很有可能见过《李母碑》碑文并加以引用。

东汉后期，老子思想被宗教神学化，民间出现了《老子河上公章句》《老子想尔注》等道书。与《老子变化经》以叙事手法塑造老子生平经历、建构超异神迹不同，这些道书重点对老子学说进行神学化改造。饶宗颐将《想尔注》与《河上公章句》进行比勘，认为："《想尔》立义与《河上》间有同者，而训诂违异实多；就其异中之同处，又可推知《想尔》袭取《河上》之迹，因知《想尔》应出《河上》之后焉。"其又考察敦煌《想尔注》残卷，认为"此《想尔注》本，即所谓系师张鲁之五千文本，断然无疑"，"当是陵之说而鲁述之；或鲁所作而托始于陵，要为天师道一家之学"②。

《老子变化经》与《老子想尔注》皆为道教早期经典作品，虽然前者为叙事文本，后者为传经注本，但彼此在思想渊源上有一脉相承。例如老子与道合一的思想，《老子变化经》用叙述性语言对老子与道合一进行了形象刻画，"其生无早，独立而无伦。行乎古昔，在天地之前，乍匿还归，存亡则为先。成则为人，恍忽天浊，化变其神"。老子"为天地之本根，为生梯端，为神明之帝

---

① 马承玉：《敦煌本〈老子变化经〉思想渊源略考》，载《宗教学研究》1999 年第 4 期。

② 饶宗颐：《老子想尔注校证》，第 4 页。

君，为阴阳之祖首，为万物之魂魄"。这些形象性的语言，把《道德经》"道生一，一生二，二生三，三生万物"的思想具象化了，而这种思想在《老子想尔注》中也有体现。《老子想尔注》认为"道"即是"一"，"一散形为气，聚形为太上老君，常治昆仑，或言虚无，或言自然，或言无名，皆同一耳"。两书皆将"道"直接等同于太上老君，将老子抬到了绝对至上的地位。《老子想尔注》作为早期天师道的道书，其书的编撰是要满足传教的需要。道书《传授经戒仪注诀》言："系师得道，化道西蜀，蜀风浅末，未晓深言，托构想尔，以训初回。"① 可见，张陵、张鲁在西蜀传教时，为了让文化程度不高的教民更好地接受《道德经》，故用通俗易懂的语言编撰了《老子想尔注》，对老子生平形象与学说进行了改造。考察早期天师道的宗教环境，《老子变化经》以通俗平易的叙述语言着力刻画老子之神力，在文末又再三强调信徒要"昼夜念我""味梦想吾"，只要日夜勤诵《道德经》，便可"发动官汉，令自易身，愚者踊跃，知者受训"，也可得以度身永生。这正是西蜀天师道宗教理念的具象性体现。可知，汉末天师道徒为了在蜀地传教，让教民更好地接受老子学说，特意将老子进行了神化。《老子变化经》正是这种宗教背景下的产物。

第三节 《老子变化经》建构老子神话之政治背景

《老子变化经》对老子神话的建构，顺应了当时的宗教环境。除此之外，东汉末年的政治环境也对《老子变化经》的成书有催动作用。东汉中后期，外戚、宦官争权，朝政混乱，社会黑暗，民

---

① 《传授经戒仪注诀》，《道藏》第 32 册，上海书店，1994 年，第 170 页。

生凋敝。在统治阶层强调黄老道的养生术时，民间却利用、改造黄老学说，形成了五斗米道（即天师道）、太平道等早期道教教派。这些道派都拥有地方割据势力，并对统治者造成了极大的困扰。据《典略》记载：

> 光和中，东方有张角，汉中有张修。……角为太平道，修为五斗米道。太平道者，师持九节杖为符祝，教病人叩头思过，因以符水饮之，得病或日浅而愈者，则云此人信道，其或不愈，则为不信道。修法略与角同，加施静室，使病者处其中思过。又使人为奸令祭酒，祭酒主以《老子》五千文，使都习，号为奸令。为鬼吏，主为病者请祷。请祷之法，书病人姓名，说服罪之意，作三通，其一上之天，著山上，其一埋之地，其一沉之水，谓之三官手书。使病者家出米五斗以为常，故号曰"五斗米师"。①

再如《三国志·张鲁传》记载：

> 张鲁，字公祺，沛国丰人也。祖父陵，客蜀，学道鹄鸣山中，造作道书以惑百姓，从受道者出五斗米，故世号"米贼"。陵死，子衡行其道。衡死，鲁复行之……鲁遂据汉中，以鬼道教民，自号"师君"，其来学道者，初皆名"鬼卒"。受本道已信，号"祭酒"。各领部众，

---

① 陈寿：《三国志》卷8，第264页。

多者为治头大祭酒，皆教以诚信不欺诈，有病自首其过，大都与黄巾相似。诸祭酒皆作义舍，如今之亭传。又置义米肉，县于义舍，行路者量腹取足，若过多，鬼道辄病之。犯法者，三原，然后乃行刑。不置长吏，皆以"祭酒"为治，民夷便乐之。雄据巴、汉垂三十年。[①]

《后汉书·皇甫嵩传》也记载了相关史实：

> 初，钜鹿张角自称"大贤良师"，奉事黄老道，畜养弟子，跪拜首过，符水咒说以疗病，病者颇愈，百姓信向之。角因遣弟子八人使于四方，以善道教化天下，转相诳惑。十余年间，众徒数十万，连结郡国，自青、徐、幽、冀、荆、扬、兖、豫八州之人，莫不毕应。[②]

据以上文献，汉末民间兴起的五斗米道与太平道，都奉事黄老。这两个道教教派已然是具有完整结构的宗教团体。他们有自己的教义，信奉《老子》《太平经》并以此治理教民；有严格的宗教仪轨；有等级鲜明的教众领袖；皆用符水、咒语治病作为传教手段。更重要的是，这两个道派都形成了自己的政权。尤其是信奉《老子》的五斗米道，在张鲁的率领下，雄踞巴蜀近三十年，成为脱离了中央政权的割据势力。这种政教合一的宗教教派，为稳固其统治，首要任务便是在宗教教义中寻找治国理念为自己的

---

① 陈寿：《三国志》卷8，第263页。
② 范晔：《后汉书》卷71，第2299页。

政权服务。而他们的治政思想自然要迥异于中央政权的统治理念。黄老学正适应了他们的需求。因此，旁落了两百多年的黄老治国思想，再次在天师道的宗教政权下得以重现。正是在这种政治背景下，《老子变化经》建构了老子为十三帝师的神话。经文曰：

　　老子合元，沄元混成，随世沉浮，退则养精，进帝王师。皇苞羲时号为温芙子；皇神农氏时号曰春成子，一名陈豫；皇祝融时号曰广成子；帝颛顼时号曰赤精子；帝喾时号曰真子，一名鈑；黄帝时号曰天老；帝尧时号曰茂成子；帝舜时号曰廓叔子，化形，舜立坛，春秋祭祀之；夏禹时，老子出，号曰李耳，一名禹师；殷汤时号曰斯宫；周父皇时号曰先王国柱下吏；武王时号曰卫成子；成王时号曰成子，如故。①

就目前已知的文献而言，这是对老子为帝王师的最早记载。在先秦文献中，老子只是一般贤人的老师，《礼记》《史记》等文献也只记载孔子曾向老子问礼。如果是宗教派别之争，那么老子为孔子师应该是造经者着力刻画的事件。然而在《老子变化经》中没有出现孔子的任何记载，可知造经者无意在宗教地位上与儒教争一高下。

那么《老子变化经》为什么要建构老子为十三帝王师的神话呢？这是因为天师道徒要重塑老子治国理念的权威。这十三帝，神农氏至夏禹，是中国古代传说中的神帝、圣君；商汤至周成王，

---

① 李德范辑：《老子变化经》，《敦煌道藏》第 4 册，第 2143 页。

则是有史可考的贤明君主。这十三帝是自古以来人们公认的最理想、最完美的统治者。老子世世代代贵为其师，这对于信奉老子及《道德经》而又处于社会最底层的道徒而言，无疑具有极大的吸引力。在《老子变化经》中，老子为帝师的神迹，结束于周康王。因周平王"乔蹇，不从谏，道德不流，则去楚而西度咸谷关"①。此后，老子虽然不断分身应化出现于尘世中，但皆不再为帝王师。这一漫长的时段为春秋战国至东汉桓帝之时。结合此经"老子合元，沉元混成，随世沉浮，退则养精，进则帝王师"的思想，可以推知作者将这一漫长的历史时期视为乱世，故老子"退则养精"，成为一位隐世的仙人。可见《老子变化经》建构老子为十三帝师的神话，不唯是宗教需要，更是政治需要，既含有对汉代政权的批判意味，又为建构自己的政权提供了思想依据。总之，东汉中后期动荡不安的政治局势、天师道政教合一、割据西蜀近三十余年的史实，为《老子变化经》建构十三帝师的神话提供了政治基础。由此可以断定《老子变化经》是早期天师道政教合一思想背景下的产物。

第四节 《老子变化经》中的"白鹿"意象及其宗教指归

《老子变化经》多次出现了"白鹿"意象。在刘向《列仙传》中本是骑青牛入关的老子，在《老子变化经》中则是骑白鹿而西行。经文曰：

---

① 李德范辑：《老子变化经》，《敦煌道藏》第4册，第2143—2144页。

国将衰，王道崩毁，则去楚国，北之昆仑，以乘白
鹿，讫今不还。①

这一细小的变化，隐伏了作者的宗教意向，也是对《老子变
化经》的宗教指归进行判断的重要依据。

在《史记·老子列传》中，司马迁只记载老子西出关，为关
令尹喜撰五千文之事，并没提及老子的坐骑。《列仙传》形容老子
"乘青牛车去入大秦"②，这是对老子坐骑的最早记载。老子在《列
仙传》中以长寿、善养生为其主要神性，而老子的坐骑青牛也是
长寿的象征物。《抱朴子》曰："或如青牛，或如青羊，或如青犬，
或如青人，皆寿万岁。"③《玄中记》云："百岁之树，其汁赤如
血。千岁之树，精为青羊。万岁之树，精为青牛。"④ 不过，老子
骑青牛的形象，在西汉末至东汉这一时期并未得到普遍认同。倒
是在东汉以后的宗教文献中，老子骑青牛出关几成共识。如《笑
道论》引《文始传》云："老子以上皇元年下为周师，无极元年乘
青牛薄板车度关，为尹喜说五千文。"⑤《辨正论》云："老君初诞
之日既不同凡，晦迹之时固当殊世。所以西之流沙，途经函谷，
青牛出境，紫气浮天。"⑥ 二文是与道教进行辩论的佛教典籍，皆

① 李德范辑：《老子变化经》，《敦煌道藏》第 4 册，第 2141 页。

② 王叔岷：《列仙传校笺》，第 18 页。

③ 王明：《抱朴子内篇校释》卷 3，第 47 页。

④ 欧阳询等：《艺文类聚》卷 88，《景印文渊阁四库全书》第 888 册，第
767 页。

⑤ 释道宣：《广弘明集》卷 9，《大正新修大藏经》第 52 册，佛陀教育基金
会出版部，1990 年，第 145 页。

⑥ 释道宣：《广弘明集》卷 13，《大正新修大藏经》第 52 册，第 179 页。

以老子骑青牛出关，可见老子骑青牛正是佛道二教公认的形象。又宋代张君房编纂的《云笈七签·道教本始部》也记载老子乘青牛出关。① 在后世，"青牛"甚至成为老子的代称，明代李贽《答周二鲁》曰："此儒者之用，所以竟为蒙庄所排，青牛所诃，而以为不如良贾也。"② 此"青牛"即指老子。

　　然而《老子变化经》却将老子的坐骑"青牛"改成了"白鹿"，这一细节的改变值得深思。《老子变化经》中老子骑白鹿出关的记载或有所本。桓帝永兴元年（153），时任谯县令的王阜撰有《李母碑》，对老子的生平进行了神化。魏崔玄山《濑乡记》引《李母碑》曰："老子乘白鹿，下托于李母。"就目前已知文献而言，这是对老子乘白鹿的最早记载。《李母碑》与《老子变化经》的成书时间相隔不久，据此可推测《老子变化经》中的白鹿意象可能是受《李母碑》的影响改编而成。当然，也可能《李母碑》与《老子变化经》存在共同的素材来源，即民间传说。

　　事实上，东汉社会将白鹿视为吉祥之物。白鹿是汉代祭祀中的祭牲。《汉书·郊祀志》记载："已祠，胙余皆燎之。其牛色白，白鹿居其中。"③ 而且不论是官方还是民间，皆将白鹿的出现视为祥瑞。《东观汉记》云："章帝元和二年，凤皇三十九、麒麟五十一、白虎二十九……白鹿……日月不绝，载于史官，不可胜纪。"④ 同书又记载安帝"三年，凤皇集济南台丞霍穆舍树上，赐帛各有

① 张君房：《云笈七签》卷3，第33页。
② 李贽：《李温陵集》卷4，《续修四库全书》第1352册，第50页。
③ 班固：《汉书》卷25上，第1230页。
④ 吴树平：《东观汉记校注》，中华书局，2008年，第77页。

差……颍川上言白鹿见"①。谢承记载:"行春天旱,随车致雨。白鹿方道,侠毂而行。弘怪问主簿黄国曰:'鹿为吉为凶?'国拜贺曰:'闻三公车辐画作鹿,明府必为宰相。'"② 白鹿又是长寿的象征物,食鹿肉可得长寿。《述异记》曰:"鹿千年为苍鹿,又五百年为白鹿,又五百年化为玄鹿。汉成帝时,中山人得玄鹿,烹而视其骨,皆黑色。仙方云玄鹿为脯,食之寿至二千岁。余干县有白鹿,土人传千岁矣。"③

随着汉代神仙学说的盛行,白鹿又成为隐士、仙人的坐骑,频频出现在相关文献中。如淮南小山的《楚辞·招隐士》有"青莎杂树兮蘋草靡靡,白鹿麏麚兮或腾或倚"④ 之句。严忌《哀时命》曰:"下垂钓于溪谷兮,上要求于仙者。与赤松而结友兮,比王侨而为耦。使枭杨先导兮,白虎为之前后。浮云雾而入冥兮,骑白鹿而容与。"⑤《张公神碑歌》曰:"乘轺軺兮驾蜚龙,骖白鹿兮从仙童,游北岳兮与天通。"⑥ 在这种文化背景下,《老子变化经》的作者将老子的坐骑"青牛"改为"白鹿",正体现了时人的宗教、文化思想。

《老子变化经》除了建构老子骑白鹿出关的形象外,文中还多次出现了"白鹿庙""白鹿山"等意象。经文曰:

---

① 吴树平:《东观汉记校注》,第 101 页。
② 范晔:《后汉书》卷 33《郑弘传》注引,第 1156 页。
③ 李昉:《太平广记》卷 443,《景印文渊阁四库全书》第 1046 册,第 288 页。
④ 洪兴祖:《楚辞补注》,第 234 页。
⑤ 洪兴祖:《楚辞补注》,第 264—265 页。
⑥ 逯钦立:《先秦汉魏晋南北朝诗》卷 12,中华书局,1983 年,第 327 页。

阳加元年始见城都，为鹠爵鸣山；建康元年化于白
禄山托葬涧；大初元年复出白禄庙中，治崔，号曰仲伊；
建和二年于崩山卒，出城都左里城门，坏身形为真人。
汉知之，改为照阳门。楚国知之，生司马照；永寿元年，
复还白禄山，号曰仆人，大贤问，闭口不言，变化卅年，
建庙白鹿为天傅。①

这部分经文，三次提到"白禄山""白禄庙"。文中又有"建
庙白鹿"之句，可见"白禄"乃"白鹿"之误写。②《华阳国志·
蜀志》记载，战国时蜀王为秦所败，"其傅相及太子退至逢乡，死
于白鹿山，开明氏遂亡"③。《元和郡县志》卷三二《剑南道》记
载，白鹿山在蜀郡彭州九陇县"西北六十一里"④。九陇县即在道
教重地阳平治内。⑤又据《续高僧传·释静蔼传》，释静蔼"入白
鹿山，逖观黄老广摄受之途，庄惠诡驳标寓言之论"⑥。可知白鹿
山乃道教重地。

为什么作者在这段经文中频频提到蜀地的白鹿山、白鹿庙？
这体现了《老子变化经》的宗教归属。此段经文记载自汉顺帝阳

　① 李德范辑：《老子变化经》，《敦煌道藏》第 4 册，第 2144 页。
　② 苏晋仁：《敦煌逸书〈老子变化经〉疏证》，载陈鼓应《道家文化研究》
（第十三辑），第 142 页；马承玉：《敦煌本〈老子变化经〉思想渊源略考》，载
《宗教学研究》1999 年第 4 期。
　③ 常璩：《华阳国志》卷 3《蜀志》，《景印文渊阁四库全书》第 463 册，第
155 页。
　④ 李吉甫：《元和郡县志》卷 32，《景印文渊阁四库全书》第 468 册，第
516 页。
　⑤ 张君房：《云笈七签》卷 28，第 634 页。
　⑥ 释道宣：《续高僧传》卷 24《释静蔼传》，见《高僧传合集》，上海古籍
出版社，1991 年，第 304 页。

嘉元年（公元 132）至汉桓帝永寿元年（公元 155）二十多年内，老子于白鹿山、白鹿庙中出现了三次化身。据《三国志》注引《典略》称，早期天师道由张鲁之父张衡成立于汉灵帝光和年间，信奉《老子》五千文。① 而张衡于光和二年（公元 179）正月十五日在阳平治内升仙。② 据此推算，阳嘉元年至永寿元年这段时间内，正是张鲁之祖张陵、父张衡在蜀中宣扬、创立五斗米道的时期。《老子变化经》中又两次提及"城都"，云老子于阳嘉元年现身于城都"鹔爵鸣山"，建和二年（公元 148）又现身城都左里城门。城都即成都，鹔爵鸣山即鹄鸣山，为张陵成仙之处。《三国志·张鲁传》记载："祖父陵，客蜀，学道鹄鸣山中，造作道书以惑百姓。"纵观历代佛道文献，自魏晋以后，老子乘青牛的形象更为流行，乘白鹿的形象却极少见。即使偶尔出现老子乘白鹿的记载，也与早期天师道的活动有关。如《云笈七签》"第七玉局治"曰："在成都南门内，以汉永寿元年正月七日，太上老君乘白鹿，张天师乘白鹤，来至此坐局脚玉床，即名玉局治也。"③ 而这条文献也可与《老子变化经》中老子于"永寿元年，复还白禄山"的记载相印证。因此，《老子变化经》中反复出现白鹿意象，除了顺应当时社会的宗教、文化心理外，还有意将老子的神迹与汉末蜀中天师道扯上关联。

综上所述，《老子变化经》中对老子与白鹿关系的神化，既反映了时人认同白鹿长寿、吉祥，为仙人坐骑的文化心理，也喻示

---

① 陈寿：《三国志》卷 8《张鲁传》注引，裴松之认为"张修应是张衡，非《典略》之失，则传写之误"，第 264 页。

② 张君房：《云笈七签》卷 28，第 634 页。

③ 张君房：《云笈七签》卷 28，第 645 页。

了老子与蜀中天师道的密切关系，这正是《老子变化经》中多次出现"白鹿"意象的宗教指归。

第五节 《老子变化经》与老子神话之确立

《老子变化经》对老子神话的构建已相当完整。后世史志、道经对老子的神化，基本不出《老子变化经》之藩篱。《魏书·释老志》《老子十六变经》《太上老君造立天地初记》等皆是如此。刘国钧认为："老子之神化，盖肇于西京，衍于洛下，盛于魏晋，极于六朝，而成于唐宋。贾善翔之传，谢守灏之纪，盖不啻为此千余年来神话之集团焉。"① 事实上，北宋贾善翔《犹龙传》、南宋谢守灏《混元圣纪》中的老子神话皆在《老子变化经》中就已有端倪。《犹龙传》《混元圣纪》只不过是踵事增华、后出转精而已。

老子与道之关系，是确立老子教主地位的重要问题。虽然在王阜《李母碑》中，就已将老子与道合为一体，但是《老子变化经》作为早期天师道的经书，其将老子与道的关系进行了更为详细的叙述。经文曰：

> 立大始端，行乎大之原，浮邀游幽虚空之中，出入窈冥之先门。亲于皆志之未别，和清浊之外，仿佛之与功古，荒忽之廓然。阅托而之容像，同门之先，边匝步宙天门。其生无蚤，独立而无伦。行乎古昔，在天地之前，乍匿还归，存亡则为先。成则为人，恍忽天浊，化

---

① 刘国钧：《老子神化考略》，吴光正《想象力的世界——二十世纪"道教与古代文学"论丛》，黑龙江人民出版社，2006年，第35页。

变其神……此皆自然之至精，道之根霸，为乘之父母，为
天地之本根，为生梯端，为神明之帝君，为阴阳之祖首，
为万物之魂魄。条惕虚无，造化应因，挨帝八极，载地
悬天，游骋日月，回走星辰，呵投六甲，此乾巛，纪易
四时，推移寒温。手把仙锡，玉简今字，称以银人。善
初凤头绝，圣父制物，屋命直父，为之生焉。①

《道德经》云："道生一，一生二，二生三，三生万物。"《老
子变化经》以叙事的方式对这种抽象的道家思想进行了具象性改
造，在强调老子与道合一的前提下，衍生出老子为天地万物之创
造者的神话。在《老子变化经》中，老子与道合一，具有回移日
月星辰、变幻四时、推移寒暑等神力，是创造、掌控世界的创世
祖。这种思想在东汉末年并未得到普遍认同。边韶《老子铭》认
为老子"显虚无之清家，云先天地而生"，乃是因为其"守真养
寿，获五福之所致也"，强调的还是老子善养生、得长寿的特点。
此后，对老子与道合一的思想进行重申并进一步敷衍的是晋代道
徒葛玄。其在《老子道德经序》中说："老子体自然而然，生乎太
无之先，起乎无因，经历天地终始，不可称载。终乎无终，穷乎
无穷，极乎无极，故无极也。与大道而伦化，为天地而立根，布
气于十方，抱道德之至纯，浩浩荡荡，不可名也……三光持以朗
照，天地禀以得生，乾坤运以吐精。"② 葛玄对老子与道合一、创
造天地世界的认同，确立了老子的教主地位。以后谈及道教者皆

---

① 李德范辑：《老子变化经》，《敦煌道藏》第 4 册，第 2141—2142 页。
② 《道德真经集注》，《道藏》第 13 册，"序"第 1 页。

持此观点。如魏收在《魏书·释老志》中直云："道家之原，出于老子。其自言也，先天地生，以资万类。"① 贾善翔《犹龙传》更是对此进行了充分渲染。其开卷"起无始""禀自然"两部分将历代关于老子与道合一、创造天地万物的神迹进行了整合叙述。《犹龙传》卷二云："老君乃混沌之祖宗，天地之父母，故立乎不疾之途，游于逍遥之墟，御空洞以升降，乘阴阳以陶埏，分布清浊，阖辟乾坤，悬三光，育群品，天地得之以分判，日月因之以运行，四时得之以代谢，五行得之以相生。"② 行文思想和内容与《老子变化经》有惊人的相似。

老子既然等同于"道"，其转托人世，出生时当然也是非同寻常。老子出生神话是其神话体系中重要的一环。《老子变化经》如是描述老子的出生：

> 托形李母胎中，易身优命，腹中七十二年，中见楚国李。口序与肩，颊有参午大理，日角月玄，鼻有双柱，耳有三门，足蹈二年，手把天关……元康五年老子化入妇女腹中，七十二年乃生，托母姓李，名聃，字伯阳，为柱下吏。③

老子出生的情况在先秦文献、《史记》《列仙传》中皆无记载，王阜《李母碑》首次对之进行了描述。这说明老子的出生神话在东汉时才开始流传。随着佛教传入中土，佛、道二教相互激荡，

① 魏收：《魏书》卷114，中华书局，1974年，第3048页。
② 贾善翔：《犹龙传》卷2，《道藏》第18册，第6页。
③ 李德范辑：《老子变化经》，《敦煌道藏》第4册，第2141—2143页。

后世道徒对老子的出生进行了更为神奇的编造。葛玄《老子道德经序诀》云："周时，复托神李母，剖左腋而生。生即皓然，号曰老子。"① 贾善翔《犹龙传》在"起无始"内，将老子、道、气之关系进行了叙述，文曰：

> 夫道，自然之妙本也。于微妙之中而生空洞者，真一也。真一者，不有不无也。从此一气而生上三气，三合成德，共生无上也。自无上而生中三气，三合成德，共生真老也。自真老而生下三气，三合成德，共生太上也。自太上乃生前三气，三合成德，共生老君也。自老君化成后三气，三气又化生真妙玉女。自玉女禀三气，混沌凝结，变化五色玄黄，大如弹丸，流入玄妙口中，吞之有身，凡八十一年，乃从左腋而生，生而白首，故号老子。老子即老君也，乃大道之身，元气之祖，天地之根也。夫大道微妙，出于自然，生于无生，先于无先，挺于空洞，陶育乾坤。②

《犹龙传》将道、气、老子三者的形态转化进行了详细叙述，李母被塑造成了由三气化生而成的真妙玉女。文中还增加了混沌化为五色玄黄弹丸进入玉女口中而生老子的情节，更是离奇。但是老子出生神话的内涵并没改变，重在强调老子与道合一的本质。

《老子变化经》中首次出现了老子具有九个名字、多种化身及

---

① 《道德真经集注》，《道藏》第 13 册，"序"第 1 页。
② 贾善翔：《犹龙传》卷 1，《道藏》第 18 册，第 3 页。

为帝王师的神话元素。经文曰:

> 老子元生九重之外,形变化自然,于知吾九人何忧仙。无为生道甚易,难子学吾生道,无如中止,卅日共月道毕沧。第一姓李名老,字元阳;第二姓李名聃,字伯阳;第三姓李名中,字伯光;第四姓李名石,字子光;第五姓李名石,字子文;第六姓李名宅,字子长;第七姓李名元,字子始;第八姓李名愿,字子生;第九姓李名德,字伯文。①

《老子变化经》中分身应化的思想在东汉比较普遍。《诗纬》云:"风后,黄帝师,又化为老子,以书授张良。"② 应劭《风俗通义》云:"俗言:东方朔太白星精,黄帝时为风后,尧时为务成子,周时为老聃,在越为范蠡,在齐为鸱夷子皮。言其神圣能兴王霸之业,变化无常。"③ 诸如种种皆与老子有所关联,但老子并不是变化的主角,而是风后、东方朔等仙人的化身之一。而在《老子变化经》中,老子具有九个化身,有九个名字,老子是实施神通变化的主体。

《老子变化经》对老子九个化身的建构,是为抬高老子之地位,宣扬老子与道同体、生生不息的宗教思想,同时也为"十三帝师"的情节埋下伏笔。尽管老子的养生思想在东汉社会得到肯定,但其治国理念及才能在当时存在争议。《老子铭》对此问题也

---

① 李德范辑:《老子变化经》,《敦煌道藏》第 4 册,第 2142—2143 页。
② 司马迁:《史记》卷 55《留侯世家》,"索隐"第 2049 页。
③ 王利器:《风俗通义校注》,中华书局,1981 年,第 108 页。

进行了论述。《老子铭》撰于延熹八年（公元 165），与《老子变化经》中最后纪年的"永寿元年"（公元 155）只相差十年的时间。据此可推测，边韶可能看到过《老子变化经》，故文中出现了"自羲农以来，为圣者作师"的叙述。但边韶对这种传说持怀疑态度。他认为班固《汉书·古今人表》将老子抑为孙子、孟子之下，与"好道者"对老子的评价判若云泥，固然存在"道不同不相为谋"的偏见。但边韶也认为："老子劳不定国，功不加民，所以见隆崇于今，为时人所享祀，乃昔日逃禄处微，损之又损之之余胙也。"① 其观点与《老子变化经》完全对立。可见在东汉桓帝时期，《老子变化经》对老子为"十三帝师"的建构并未得到世人的普遍认可。

这些神话元素在东晋时依然备受质疑。葛洪《神仙传》认为老子的多个化身、代代为帝王师"皆见于群书，不出神仙正经，未可据也"。他认为老子之所以具有九个名字，是因为"人生各有厄会，到其时，若易名字，以随元气之变，则可以延年度厄。今世有道者，亦多如此。老子在周，乃三百余年，二百年之中，必有厄会非一，是以名稍多耳"②。这种解释实有把老子拉下神坛的嫌疑。事实上，葛洪就明确指出"老子盖得道之尤精者，非异类也"，"欲正定老子本末，故当以史书实录为主，并考仙经秘文，以相参审。其他若俗说，多虚妄"。③

然而愈到后世，《老子变化经》首创的九名、分身应化及为帝王师的神话愈为道教徒们所接受，并一再得到强调与升华，成为

---

① 洪适：《隶释》卷 3，第 36 页。
② 李昉：《太平广记》卷 1，《景印文渊阁四库全书》第 1043 册，第 3 页。
③ 李昉：《太平广记》卷 1，《景印文渊阁四库全书》第 1043 册，第 3 页。

老子神话体系的主干。谢守灏《混元圣纪》以九卷的篇幅对老子为天皇、地皇、人皇、祝融、神农、黄帝等帝师的神迹进行了多方考证与详细叙述，又作有《太上混元始略》《太上老君年谱要略》，对老子历代之化身进行了简编。《太上老君年谱要略》云：

> 老君在天皇时降世，号通玄天师，一号玄中大法师……地皇时降为师，号有古先生。人皇时降为师，号盘古先生。伏羲时降于田野，号郁华子。祝融时降于恒山，号广寿子。神农时降于济阴，号大成子。黄帝时降于崆峒，号广成子。少昊时复降崆峒，号随应子。颛帝时降于衡山，号赤精子。帝喾时降于江滨，号绿图子，帝尧时降于姑射山，号务成子。帝舜时降于河阳，号尹寿子。夏禹时降于商山，号真行子。殷汤时降于潜山，号锡则子。帝纣丁卯老君降于岐山之阳，号燮邑子……成王时号经成子，康王时号郭叔子，仍柱下之职。①

谢守灏对老子为帝王师的记载，虽与《老子变化经》在名号上有很大不同，但行文风格却极为相似，表达形式也高度一致。虽然不能说《老子变化经》对谢守灏产生了直接影响，但其间一脉相承的关系却是可以肯定的。

最后，在佛道二教进行生存竞争的时期，一部《老子化胡经》的出现，又为老子神话体系增添了新元素。其实早在汉桓帝时期，就已有老子化胡的传闻。《后汉书·襄楷传》记载襄楷上桓帝书

---

① 谢守灏：《太上老君年谱要略》，《道藏》第17册，第884—885页。

云："或言老子入夷狄为浮屠。"① 在《老子变化经》中虽然没有记载老子化胡的传闻，但为老子化胡说的形成埋下了伏笔，提供了想象空间。经文记载老子因"平王乔謇，不从谏，道德不流，则去楚而西度咸谷关，以五千文上下二篇授关长尹喜；秦时号曰謇叔子；大胡时号曰浮庆君"②。老子西出关，寓意老子向西行。而老子又在大胡时化身为浮庆君。此"大胡"虽不是特指天竺，却涵盖了中国西部及西域各国的广大地域。这无疑为老子化胡的传闻提供了更广阔的想象空间。

综上所述，《老子变化经》首创的老子分身应化、为帝王师等神话元素，是早期天师道为建立政教合一的统治模式、树立老子的教主地位、强调老子的治国理念而进行的有意建构。《老子变化经》对老子与道混一、出生异相、变化神通、为帝王师等情节进行了系统叙述，虽然遭到时人的质疑与否定，但其既对两汉时期老子神化现象进行了归纳，又开启了后世道教徒神化老子之风气，在老子神化史、道教发展史中具有不可磨灭的贡献。

第六节　《老子铭》对老子神化现象的传播与反思

在老子从道家形象向道教宗主转变的进程中，边韶的《老子铭》起了不可忽视的作用。边韶，字孝先，东汉桓帝时人，有捷才，史称"以文章知名，教授数百人"③。边韶曾为临颍侯相，又拜为太中大夫，著作东观，此后又迁为北地太守，拜为尚书令。

---

① 范晔：《后汉书》卷30下，第1082页。
② 李德范辑：《老子变化经》，《敦煌道藏》第4册，第2143—2144页。
③ 范晔：《后汉书》80下，第2623页。

其平生最后一任官职为陈国相，卒于官。边韶一生著有诗、颂、碑、铭、书、策共十五篇，《后汉书·文苑》有传。

延熹八年八月，汉桓帝夜梦老子，于是派人前往老子故乡苦县祭祀老子。苦县属陈国管辖，此时边韶任陈国相，典陈国祭祀之礼，再加上边韶素有文名，故其为此盛事撰写了《老子铭》，并由当时颇负盛名的蔡邕书写，刻于碑，留传至今。宋洪适《隶释》对此碑之真伪进行过考证，认为此碑确为桓帝延熹年间所立，碑上铭文也为边韶所撰。[①]

边韶《老子铭》是继《史记·老子列传》《列仙传·老子》《老子变化经》之后，保存最为完整的老子传记。全文如下：

老子姓李，字伯阳，楚相县人也。春秋之后，周分为二，称东西君。晋六卿专征，与齐、楚并僭号为王。以大并小，相县虚荒。今属苦，故城犹在。在赖乡之东，涡水处其阳。其土地郁瑜高敞，宜生有德君子焉。老子为周守藏室史，当幽王时，三川实震，以夏、殷之季，阴阳之事，鉴喻时王。孔子以周灵王廿年生，到景王十年，年十有七，学礼于老聃。计其年纪，聃时以二百余岁，聃然，老旄之貌也。孔子卒后百廿九年，或谓周大史儋为老子，莫知其所终。其二篇之书，称天地所以能长且久者，以不自生也。厥初生民，遗体相续，其死生之义，可知也。或有浴神不死，是谓玄牝之言。由是世之好道者，触类而长之，以老子离合于混沌之气，与三

① 洪适：《隶释》卷3，第36页。

光为终始，观天作谶，降（升）斗星，随日九变，与时消息，规榘三光，四灵在旁，存想丹田，大一紫房，道成身化，蝉蜕渡世。自羲农以来，为圣者作师。班固以老子绝圣弃知，礼为乱首，与仲尼道违，述《汉书·古今人表》，检以法度，抑而下之。老子与楚子西同科，材不及孙卿、孟轲，二者之论，殊矣。所谓道不同不相为谋也。延熹八年八月甲子，皇上尚德弘道，含闳光大，存神养性，意在凌云，是以潜心黄轩，同符高宗。梦见老子，尊而祀之。于时陈相边韶，典国之礼，材薄思浅，不能测度至人，辩是与非，案据书籍，以为老子生于周之末世，玄虚守静，乐无名，守不德，危高官，安下位，遗孔子以仁言，辟世而隐居，变易姓名，唯恐见知。夫日以幽明为节，月以亏盈自成，损益盛衰之原，倚伏祸福之门，人道恶盈而好谦。盖老子劳不定国，功不加民，所以见隆崇于今，为时人所享祀，乃昔日逃禄处微，损之又损之之余胙也。显虚无之清家，云先天地而生，乃守真养寿，获五福之所致也。敢演而铭之，其辞曰：

于惟（玄）德，抱虚守清，乐居下位，禄执弗营，为绳能直，屈之可萦。三川之对，舒愤散逞，阴不填阳，孰能滞并？见机而作，需郊出埛。肥遁之吉，辟世隐声，见迫遗言，道德之经。讥时微喻，寻显推冥，守一不失，为天下正。处厚不薄，居实舍荣，稽式为重，金玉是轻，绝嗜去欲，还归于婴。皓然历载，莫知其情。颇违法言，先民之程。要以无为，大（化）用成，进退无恒，错综其贞。以知为愚，冲而不盈，大人之度，非凡所订。九

等之叙，何足累名。同光日月，合之（五）星，出入丹
庐，上下黄庭，背弃流俗，舍景匿形，苞元神化，呼吸
至精。世不能原，卬其永生，天人秩祭，以昭厥灵，美
彼延期，勒石是旌。①

这篇《老子铭》对老子生平的记载非常简略，主要记述了老
子为周守藏史，鉴喻周幽王；孔子向老子问礼；老子年岁长达二
百余岁；老子的身份扑朔迷离，最后不知所终。这个简略的记载，
几乎是司马迁《史记·老子传》的缩写，并无奇特之处。

但是，这篇长达近千言的《老子铭》体现了边韶对东汉社会
老子形象转化的思考。在此篇铭文中，边韶记载了当时社会认为
老子具有"离合于混沌之气，与三光为终始，观天作谶，降（升）
斗星，随日九变，与时消息，规矩三光，四灵在旁，存想丹田，大
一紫房，道成身化，蝉蜕渡世。自羲农以来，为圣者作师"的神
迹。可见在东汉时期，人们已将老子的出生神秘化了，认为老子
有如天地混沌之原气，为万物之本原；并将老子的神力无限夸大
到可以随日九变，可以升降斗星，可以长生不死，可以为圣者作
师的高度。边韶对东汉民间神化老子的现象进行了分析。他认为
世之好道者，是因为《老子》之"道""德"二篇有"称天地所
以能长且久者，以不自生也"，"谷神不死，是谓玄牝"等思想，
故在此基础上推而衍之，把老子神化为先天地而生，与道一体的
圣人。边韶不是道教中人，因而他对民间好道者神化老子的现象
不置可否，谦称自己"材薄思浅，不能测度至人，辩是与非"，只

① 洪适：《隶释》卷3，第36—37页。

能"案据书籍"而作《老子铭》。我们目前无法得知边韶是从哪些书籍中了解到老子的神迹。但《老子铭》中提到老子"为圣者作师",可见边韶在撰写《老子铭》时,参考过《老子变化经》。但边韶并未全盘接受《老子变化经》对老子的神化及"十三帝师"的建构,而是对此一现象进行了辩证的思考,认为:"老子劳不定国,功不加民,所以见隆崇于今,为时人所享祀,乃昔日逃禄处微,损之又损之之余祚也。"尽管如此,边韶作为皇室祭祀老子的代表,其《老子铭》对老子神迹的记载,无疑进一步推动了老子的神化,对早期道教的形成产生了一定影响。

这篇铭文叙事简略,文字质朴。其散文部分体现了作者较强的思辨力,寓论于述,逻辑严谨,风格奇特。这篇传记的独特之处,在于其既叙述了东汉社会对老子形象的改造与神化,又融入了边韶对这一现象的思考,体现了东汉末年老子社会地位的复杂性,为后世了解老子在东汉末年的社会影响及宗教地位提供了原始材料,具有重要的文献学价值。由于边韶本人才华出众,擅长著文,该《老子铭》也具有较高的文学价值,是老子神话体系中的一个重要组成部分。

第十三章　汉代谶纬文学与早期道教

谶纬学说与早期道教有千丝万缕的关系。谶纬学说的形成借助了战国末年以来的神仙方术理论，黄老道、方仙道对儒学的渗透，强化了谶纬的宗教神学性质。不少方士熟知谶纬之学，并将谶纬学说用于宗教实践中，直接刺激了早期道教的形成。

第一节　谶纬与国家宗教之形成

先秦时期的各种宗教意识与宗教形态，发展到大一统的两汉时期，统治者因稳固江山与政权所需，必然要对其进行筛选与改造。西汉建立之初奉行的黄老学，因汉武帝登基而失去了至尊地位，继之而起的是儒学。

汉武帝时期所推崇的儒学，是借儒学理念来治国理政，将"形而上"的哲学思想渗透到选拔人才、研究治国方针等政治事务中。不过，董仲舒等人在推崇儒学时，也大力宣扬天人灾异之说，认为"国家将有失道之败，而天乃先出灾害以谴告之，不知自省，又出怪异以警惧之，尚不知变，而伤败乃至……天之所大奉使之王者，必有非人力所能致而自至者，此受命之符也。天下之人同心归之，若归父母，故天瑞应诚而至。《书》曰'白鱼入于王舟，有火复于王屋，流为乌'，此盖受命之符也。周公曰'复哉复哉'，孔子曰'德不孤，必有邻'，皆积善累德之效也。及至后世，淫佚衰微，不能统理群生，诸侯背畔，残贼良民以争壤土，废德教而任刑罚。刑罚不中，则生邪气；邪气积于下，怨恶畜于上。上下不和，则阴阳缪盭而妖孽生矣。此灾异所缘而起也"①。而董仲舒本人更是将灾异之说运之于吏事，《汉书》本传言"仲舒治国，以《春秋》灾异之变推阴阳所以错行，故求雨，闭诸阳，纵诸阴，其止雨反是"②。

董仲舒推论阴阳，极言灾异，使儒学蒙上了浓郁的神秘主义色彩。此后，眭孟、夏侯胜、京房、翼奉、谷永等儒士皆推验阴阳灾异，历久不衰。汉哀帝时，李寻"独好《洪范》灾异，又学天文月令阴阳"③，深得哀帝倚重。李寻对阴阳灾异的推崇，不是停留在纯学术性的章句训诂之学上，而是将之神学化，成为系统的政治学说。《汉书》本传记载，早在汉成帝时，李寻就向王根进言，言"五经六纬，尊术显士，翼张舒布，烛临四海，少微处士，为比为辅，故次帝廷，女宫在后。圣人承天，贤贤易色，取法于此"④。所谓"六纬"，是指儒家五经及"乐经"之纬书。李寻将"五经六纬"视为一个严密的理论体系，将阴阳、星相、天人感应之学说融会贯通于此。而且，李寻喜好《天官历》《包元太平经》两书。这两部书乃是早期道教之道书。据《汉书》本传记载："成帝时，齐人甘忠可诈造《天官历》、《包元太平经》十二卷，以言'汉家逢天地之大终，当更受命于天，天帝使真人赤精子，下教我

---

① 班固：《汉书》卷56，第2498—2500页。
② 班固：《汉书》卷56，第2524页。
③ 班固：《汉书》卷75，第3179页。
④ 班固：《汉书》卷75，第3179页。

此道.'"① 李寻倡言的"五经六纬"使此时期的儒学开始具有宗教神学的性质。

由于神道幽渺，难以征实；灾异之说，神秘难验，以此进谏帝王，往往使这些儒者身犯险境。班固就如此评价西汉倡言灾异的儒者，云："汉兴推阴阳言灾异者，孝武时有董仲舒、夏侯始昌，昭、宣则眭孟、夏侯胜，元、成则京房、翼奉、刘向、谷永，哀、平则李寻、田终术。此其纳说时君著明者也。察其所言，仿佛一端。假经设谊，依托象类，或不免乎'亿则屡中'。仲舒下吏，夏侯囚执，眭孟诛戮，李寻流放，此学者之大戒也。京房区区，不量浅深，危言刺讥，构怨强臣，罪辜不旋踵，亦不密以失身，悲夫！"② 任继愈认为正是因为"经学家为形势所迫，有必要改变斗争策略"，故而"他们不再以个人的名义来解释灾异了，于是进行造神活动，把预言附会到孔子或神的名下，这就可以提高预言的神圣性质，增加被当权者采纳的机会"③。这正是汉儒要以纬配经的重要原因。

汉代的纬书也带有"谶"的性质，后世往往将谶、纬并论。但纬书与谶语本不同源。对于纬与谶的区别和合流，四库馆臣对此有深议，云："儒者多称谶纬，其实谶自谶，纬自纬，非一类也。谶者，诡为隐语，预决吉凶，《史记·秦本纪》称卢生奏录图书之语，是其始也。纬者，经之支流，衍及旁义……盖秦、汉以来，去圣日远，儒者推阐论说，各自成书，与经原不相比附。如

---

① 班固：《汉书》卷75，第3192页。
② 班固：《汉书》卷75，第3194—3195页。
③ 任继愈：《中国哲学发展史（秦汉卷）》，人民出版社，1985年，第420页。

伏生《尚书大传》，董仲舒《春秋阴阳》，核其文体，即是纬书。特以显有主名，故不能托诸孔子。其他私相撰述，渐杂以术数之言，既不知作者为谁，因附会以神其说。迨弥传弥失，又益以妖妄之词，遂与谶合而为一。"①

据《说文》，"谶，验也，有征验之书"②。张衡谓"图谶成于哀平之际"③。事实上，谶的起源很早。《史记》所载秦始皇时燕人卢生奏录图书，曰"亡秦者胡也"④，便是谶语，而非纬书。刘师培认为"谶纬之言起源太古"⑤，更确切地说，应是谶起于太古。《易》曰"河出图，洛出书"⑥，便是谶之源头。自光武帝依谶中兴汉室，"宣布图谶于天下"⑦，儒者争学图谶，并以谶入经。如明帝曾诏东平王刘苍"正五经章句，皆命从谶"⑧。章和元年，章帝因叔孙通《汉仪》十二篇多不合经，特命曹褒"杂以《五经》谶记之文，撰次天子至于庶人冠婚吉凶终始制度，以为百五十篇，写以二尺四寸简"⑨。因统治者的推波助澜，"谶"与"纬"遂合而为一，建构了以河图、洛书、七纬为主干的谶纬思想体系。

虽然自董仲舒以来，谶纬神学思想一直被统治者利用，但直至汉章帝时期，经过白虎观会议，这个严密的神学体系才取得了

---

① 永瑢：《四库全书总目》卷6，第47页。
② 段玉裁：《说文解字注》，第90页。
③ 范晔：《后汉书》卷59，第1912页。
④ 司马迁：《史记》卷6，第252页。
⑤ 刘师培：《左庵外集》卷3，《刘师培全集》第3册，中央党校出版社，1997年，第175页。
⑥ 孔颖达：《周易正义》卷7，《十三经注疏》本，第82页。
⑦ 范晔：《后汉书》卷1下，第84页。
⑧ 魏徵等：《隋书》卷32，第941页。
⑨ 范晔：《后汉书》卷35，第1203页。

国家地位。据《后汉书·章帝本纪》记载，章帝有感于《五经》章句繁多，各家学说纷乱混杂，故"下太常、将、大夫、博士、议郎、郎官及诸生、诸儒会白虎观，讲议《五经》同异，使五官中郎将魏应承制问，侍中淳于恭奏，帝亲称制临决，如孝宣甘露石渠故事，作《白虎议奏》"[①]。《后汉书·班固传》也载："天子会诸儒讲论《五经》，作《白虎通德论》，令固撰集其事。"[②] 在白虎观会议上，《五经》经义的各家异同，在众儒的论辩下，皆得章帝亲自裁决，最后由班固撰集为《白虎通德论》，成为这个专制国家的统一意识形态。

纵观《白虎通义》，其核心思想在于构建一个国家宗教式的意识形态。全书内容丰富，包括爵、号、谥、五祀、社稷、礼乐、封公侯、京师、五行、三军、诛伐、谏诤、乡射、致仕、辟雍、灾变、耕桑、封禅、巡狩、考黜、王者不臣、蓍龟、圣人、八风、商贾、瑞贽、三正、三教、三纲六纪、情性、寿命、宗族、姓名、天地、日月、四时、衣裳、五刑、五经、嫁娶、绂冕、丧服、崩薨等四十多个条目，从天文地理到日常人伦，将封建制度下的所有礼制皆以国家宪章的姿态进行了统一规范。

封建礼制往往与事神祈福紧密相连。如《说文》云："礼，履也，所以事神致福也。"[③] 而"礼"又维系着封建政治的稳固性，国家规定的礼仪便是借宗教神学力量进行的政治实践。又如《礼记·祭统》云："凡治人之道，莫急于礼；礼有五经，莫重于

---

① 范晔：《后汉书》卷3，第138页。
② 范晔：《后汉书》卷40下，第1373页。
③ 段玉裁：《说文解字注》，第2页。

祭。"①《礼记·礼运》亦云:"夫礼,先王以承天之道,以治人之情,故失之者死,得之者生。"②故而,神学与政治、天道与人情皆在礼制中得以体现。《白虎通义》的独特之处就在于,其虽以《五经》为思想基础,但全书却弥漫着浓厚的谶纬色彩。

《白虎通义》对谶纬思想的推崇与接纳有两种方式,一是直接引用谶纬原文,如卷一《爵》直接引用了《钩命诀》《援神契》,二者为《孝经》纬;又引用《中候》,为《尚书》纬;还有《含文嘉》,为《礼》纬。据统计,《白虎通》直接引用的纬书至少达二十六次之多③,而更多的是对谶纬的化用,即思想或文句来源于谶纬而不明言。清庄述祖《白虎通义考》认为:"《论语》、《孝经》、六艺并录,傅以谶记,援纬证经。自光武以《赤伏符》即位,其后灵台郊祀,皆以谶决之,风尚所趋然也。故是书之论郊祀、社稷、灵台、明堂、封禅,悉隐括纬候,兼综图书,附世主之好,以绲道真,违失六艺之本,视石渠为驳矣。"④当代学者更是认为"如果把《白虎通义》文句和散引于各书中的谶纬文句对照,各篇都是一样的,百分之九十的内容出于谶纬"⑤。

汉章帝通过白虎观会议,将谶纬思想推尊到国家宪章的高度。《白虎通义》表明儒学从哲学体系发展成为具有宗教性质的儒教。"《白虎通》的宗教神学体系就是对这个历史过程的总结,标志着封建社会建立国家宗教的完成。"⑥

---

① 孙希旦:《礼记集解》,第 1236 页。
② 孙希旦:《礼记集解》,第 585 页。
③ 曾德雄:《〈白虎通〉中的谶纬思想》,《人文杂志》2009 年第 1 期。
④ 陈立撰:《白虎通疏证·附录二》,中华书局,1994 年,第 609 页。
⑤ 侯外庐:《中国思想通史》第 2 卷,人民出版社,1957 年,第 229 页。
⑥ 任继愈:《中国哲学发展史(秦汉卷)》,第 491 页。

第二节 谶纬中的神灵体系

自魏晋以后，谶纬学说被历代统治者所禁毁，谶纬文献散乱零落。据《隋志》"六艺纬类"著录，唐代初年所存汉代纬书有《河图》《河图龙文》《易纬》《尚书纬》《尚书中候》《诗纬》《礼纬》《礼记默房》《乐纬》《春秋灾异》《孝经钩命决》《孝经援神契》《孝经内事》共十三部，合九十二卷；通计亡书，汉代总共有纬书三十二部，计二百三十二卷。这些谶纬文献创造并建构了谶纬学说所特有的神灵体系。

谶纬神学体系以儒家经学为基础，但又对先秦儒学进行了歪曲与篡改，以便适应当时统治者的政治需要。《易·象传·观卦》所言"圣人以神道设教而天下服"① 便是谶纬学家编造神学体系的核心依据。在谶纬体系中，"神道"脱胎于原始宗教，又在此基础上创造出更为复杂的神话及神灵。例如《春秋命历序》对中国史前历史进行了建构。该篇"认为帝王年世，受命于天，五运相承，历数有序，故以《命历序》名篇。篇中叙述天地开辟以来经历十纪，自三皇以下，迄于春秋，对古帝王世代及受命历数加以序列"②。

就现存历史文献而言，中国远古历史最早可追溯到三皇五帝③

---

① 孔颖达：《周易正义》卷3，《十三经注疏》本，第36页。
② 钟肇鹏：《谶纬论略》，辽宁教育出版社，1991年，第59页。
③ "三皇"的说法颇多，最常见的有以下四种：（1）以燧人、伏羲、神农为三皇，如《白虎通义·号篇》等；（2）以伏羲、女娲、神农为三皇，如《春秋·元命苞》《春秋·运斗枢》；（3）以伏羲、神农、祝融为三皇，见《风俗通·皇霸》引《礼·号谥记》；（4）以伏羲、神农、黄帝为三皇，如伪孔安国《尚书序》。详参钟肇鹏：《谶纬论略》，第207—209页。

这一传说时代。但是《春秋命历序》在三皇五帝之前，还有一个更为漫长的混沌初开的太古时期，有天皇、地皇、人皇依次而出，文曰：

> 天地初立，有天皇氏，十二头，澹泊无所施为而俗自化，木德王，岁起摄提，兄弟十二人，立各一万八千岁。地皇十一头，火德王，一姓十一人，兴于熊耳、龙门等山，亦各万八千岁。人皇九头，乘云车，驾六羽，出谷口，分长九州，各立城邑。凡一百五十世，合四万五千六百。①

天皇、地皇、人皇之后，又有"次是民"，"次是民"之后有"元皇"。《春秋命历序》云："元皇出，天地易命，以地纪，穴处之世终矣。"② 元皇的出现，标志"穴处之世"终结，开启了人类的新纪元。此时期"多阴风"，元皇"乃教民寒把撰木茹皮，以御风霜，绚发闿首，以去灵雨，而人从之，命之曰衣皮之人"③。元皇之后乃为"皇谈""有巢""遂皇""庖牺"。《春秋命历序》将混沌开辟至鲁哀公十四年获麟这一时期，分为"十纪"④。"十纪"中分别记载各代帝王之形貌、功绩、受命历数、兄弟等，建构了一个完整的帝王体系，此为谶纬学家之首创。自此以后，"诸书征引冥荃历代帝皇策运，顾多主于命历，则欲推邃古之闻，不得不

---

① ［日］安居香山、中村璋八：《纬书集成》，第876—877页。
② ［日］安居香山、中村璋八：《纬书集成》，第878页。
③ ［日］安居香山、中村璋八：《纬书集成》，第878页。
④ ［日］安居香山、中村璋八：《纬书集成》，第885页。

列是书矣"①。

《春秋命历序》只记载天地开创后的帝王系世。在谶纬文献中，还存在一个创世纪神话。《易纬乾坤凿度》记载，黄帝曰："太古百皇，辟基文籍。遽理微萌，始有能氏。知生化柢，晤兹天心。谲念虞思慷慨，虑万源无成。既然物出，始俾太易者也。太易始著，太极成，太极成，乾坤行。"②郑玄注曰："太易，天地未分，乾坤不形也。"又注曰："太易，无也。太极，有也。太易从无入有，圣人知太易有理未形，故曰太易。"③据此可知，谶纬学家认为"太易"是天地未分之前的混沌状态，此时有"百皇"开辟宇宙，创造天地。"百皇"之后有"有熊氏"，与天地同生，知晓万物不息的柢本，创造了世间万物，此为"太极"。从太易到太极，是宇宙万物从无到有的过程。"百皇"与"有熊氏"便是谶纬神学体系中的创世主。

《易纬乾坤凿度》与《春秋命历序》建构的圣王神灵体系，将儒家思想中的"神道设教"夸张到了极致，使东汉政治蒙上了浓厚的宗教神学色彩。

在谶纬文献中，还有许多具有民间特色的神灵，体现了谶纬学说的宗教神学性质。如《礼·稽命徵》曰：

> 颛顼有三子，生而亡去，为疫鬼。一居江水，是为疟鬼；一居若水，为魍魉；一居人宫室区隅，善惊人小儿，为小鬼。于是常以正岁十二月，令礼官方相氏，掌

---

① 孙瑴：《古微书》卷13，《丛书集成初编》第691册，第245页。
② ［日］安居香山、中村璋八：《纬书集成》，第65—66页。
③ ［日］安居香山、中村璋八：《纬书集成》，第66页。

熊皮，黄金四目，玄衣纁裳，执戈扬楯，帅百隶及童子，

而时傩以索室，而驱疫鬼，以桃弧、苇矢、土鼓，且射

之，以赤丸五谷播洒之，以除疫殃。①

颛顼即黑帝，是"五帝"之一，受两汉统治者礼祠。在《礼·稽命徵》中颛顼三子死后化为疫鬼为害百姓。每年十二月，礼官方相氏装扮成令疫鬼畏怖的形貌，带领众隶，手执盾、戈以驱疫避邪，这种宗教形式即为大傩。对于傩仪，《周礼》有详细记载。方苞认为："玄衣朱裳，执戈扬盾，以驱疫可也。而蒙熊皮，黄金四目则怪诞可骇。盖王莽好厌胜，如遣使负蟞持幢，与令武士入高庙，拔剑四面提击，正与此相类。故刘歆增窜此文，以示圣人之法，固如是其多怪变耳。"②《礼·稽命徵》将颛顼三子化为三厉鬼的传说与方相氏厌胜结合在一起，正是汉代神学思潮弥漫的体现。而傩仪则是当时盛行的全国性的宗教仪式。

除此之外，在谶纬文献也记载了诸多的地方保护神，如《龙鱼河图》记载有"东方泰山君神，姓圆名常龙。南方衡山君神，姓丹名灵峙。西方华山君神，姓浩名郁狩。北方恒山君神，姓登名僧。中央嵩山君神，姓寿名逸群。呼之令人不病"③。此条文献确立了中国五大名山即"五岳"在中国群山中的地位。其对"五岳神"的描述具有重要的宗教意义。《龙鱼河图》又记载："发神名寿长，耳神名娇女，目神名珠殃，鼻神名勇卢，齿神名丹朱。

---

① ［日］安居香山、中村璋八：《纬书集成》，第 512 页。

② 秦蕙田：《五礼通考》卷 57，《景印文渊阁四库全书》第 136 册，第 281页。

③ ［日］安居香山、中村璋八：《纬书集成》，第 1151—1152 页。

夜卧三呼之，有患亦便呼之九过，恶鬼自却。"① 对东汉人而言，人类的头发、耳、目、鼻、齿皆有神祇负责掌管。这些神灵"呼之令人不病"、呼之"恶鬼自却"，正是东汉民间神祇信仰的体现。

第三节　谶纬学说与早期道教的形成

两汉谶纬学家往往具有双重身份特征。有些人本是儒士，但其行为又具有方士的某些特点，董仲舒即是典型。而方士们为了让自己得到主流社会的接受与认同，又不得不学儒。早在秦始皇时期，儒士与方士便已并而论之了。《史记·秦始皇本纪》记载，秦始皇在焚书坑儒后，自我辩解说："悉召文学方术士甚众，欲以兴太平，方士欲练以求奇药。今闻韩众去不报，徐市等费以巨万计，终不得药，徒奸利相告日闻。卢生等吾尊赐之甚厚，今乃诽谤我，以重吾不德也。诸生在咸阳者，吾使人廉问，或为妖言以乱黔首。"② 秦始皇所言"文学"即指儒学，而卢生便是当时的儒者。秦始皇将"文学"与"方术士"并言，又列举韩众、徐福、卢生诸人，实是将儒士与方士比肩而论。《秦始皇本纪》又云："三十二年，始皇之碣石，使燕人卢生求羡门、高誓……卢生使入海还，以鬼神事，因奏录图书，曰'亡秦者胡也'。始皇乃使将军蒙恬发兵三十万人北击胡，略取河南地。"③ 卢生既奏录图书又求神仙，正是儒生方士化的先驱。

东汉方士与儒者有共同的思想来源。此时期的方士多习儒学，

---

① ［日］安居香山、中村璋八：《纬书集成》，第1153页。
② 司马迁：《史记》卷6，第258页。
③ 司马迁：《史记》卷6，第251—252页。

有些方士本身就是儒士。《后汉书·方术传》所载方士，多以儒术知名于世。如杨由"少习《易》，并七政、元气、风云占候"①；李郃"游太学，通《五经》，善《河》《洛》风星"②；廖扶"习《韩诗》、《欧阳尚书》……专精经典，尤明天文、谶纬、风角、推步之术"③；樊英"少受业三辅，习《京氏易》，兼明《五经》，又善风角、星算，《河》《洛》七纬，推步灾异"④；唐檀"少游太学，习《京氏易》、《韩诗》、《颜氏春秋》，尤好灾异星占"⑤；公沙穆"长习《韩诗》、《公羊春秋》，尤锐思《河》《洛》推步之术"⑥；等等。以上诸人，皆是先习儒学，在此基础上再精研《河》《洛》推步、灾异星占等方术。

将儒学与方术糅合在一起，是东汉方术的重要特征。《后汉书·方术传》开篇即言："仲尼称《易》有君子之道四焉，曰'卜筮者尚其占'。占也者，先王所以定祸福，决嫌疑，幽赞于神明，遂知来物者也。若夫阴阳推步之学，往往见于坟记矣。然神经怪牒，玉策金绳，关扃于明灵之府，封滕于瑶坛之上者，靡得而窥也。至乃《河》《洛》之文，龟龙之图，箕子之术，师旷之书，纬候之部，钤决之符，皆所以探抽冥赜，参验人区，时有可闻者焉。其流又有风角、遁甲、七政、元气、六日七分、逢占、日者、挺专、须臾、孤虚之术，及望云省气，推处祥妖，时亦有以效于事

---

① 范晔：《后汉书》卷82上，第2716页。
② 范晔：《后汉书》卷82上，第2717页。
③ 范晔：《后汉书》卷82上，第2719页。
④ 范晔：《后汉书》卷82上，第2721页。
⑤ 范晔：《后汉书》卷82下，第2729页。
⑥ 范晔：《后汉书》卷82下，第2730页。

也。"① 可见，方士特别推崇谶纬学说中的神秘道术，将《河》《洛》谶言、阴阳学说发展为风角、遁甲、占卜、观气等方术。

这些方士不唯利用儒家学说，更在此基础上对儒家思想进行了新的阐释，并编写谶纬图书。有些谶纬学说本身就是方士们的产物。例如，《河图》的作者现今难以考证，但从《河图》的内容及两汉谶纬发展的特点来看，《河图》可能成于众方士之手。张衡言："图谶成于哀、平之际。"桓谭云："今诸巧慧小才伎数之人，增益图书，矫称谶记。"李贤注曰："伎谓方伎，医方之家也。数谓数术，明堂、羲和、史、卜之官也。图书即谶纬符命之类也。"② 可知图谶是由西汉末年至东汉的方士伪造而成。刘勰也云："原夫图箓之见，乃昊天休命，事以瑞圣，义非配经。故河不出图，夫子有叹，如或可造，无劳喟然。"然而后世"伎数之士，附以诡术，或说阴阳，或序灾异，若鸟鸣似语，虫叶成字，篇条滋蔓，必假孔氏。"③ 陈槃先生直言："邹衍为方士魁首，秦汉间方士胥为邹之传人；作谶纬者方士，其书由于方士所依托之《河图》《洛书》衍变而出，内容与邹衍之学说一一切合，具如上述。然则谶纬为书，虽直接源于'海上燕齐方士'，谓间接出于邹衍，或邹衍学说之化身变象，无不可也。"④

方士们编造谶纬的目的，在于宣扬其神秘的神学观念。他们追求长生不死、飞升成仙，认为在人类生存的空间之外还有无数

① 范晔：《后汉书》卷82上，第2703页。
② 范晔：《后汉书》卷28上，第960页。
③ 范文澜：《文心雕龙注》卷1，第30页。
④ 陈槃：《古谶纬研讨及其书录解题》，上海古籍出版社，2010年，第129页。

个神境与仙境，有一个庞大的神仙组织控制着这个世界。故而，当时社会盛传方士具有超越人类认知的能力。《后汉书·方术传》云："汉世异术之士甚众，虽云不经，而亦有不可诬，故简其美者列于传末。"① 范晔所列的"异术之士"有因擅长房中术而致一百五六十岁的泠寿光②；有"本女子，化为丈夫，善为巫术"的徐登③；更有被葛洪收录进《神仙传》的刘根、蓟子训、左慈、甘始、东郭延、封君达。这些方士皆被后世道教归入了神仙谱。

谶纬进一步的发展，便是逐渐从经学中脱离出来，与方仙道、黄老道紧密结合演变为早期道教。东汉初年，原始道教与谶纬实是相辅相成之关系。因为方仙道、黄老道思想渗入儒学，才会出现成熟的谶纬理论。也因为谶纬理论的成熟，才催生了早期道教。李养正对此有精要概述，曰："战国时燕齐海上方士，有术而无理论，传其术不得通；鉴于邹衍以阴阳主运显于诸侯，乃向社会吸取时髦的理论以"装璜"其道术。方士在战国时便已开始与阴阳五行说结合，成为方仙道；西汉初与黄帝之说相结合而为神仙家；嗣后又与道家学说相结合而为黄老道；汉武帝后，黄老道又与儒家谶纬学说相结合，形成了太平道。《太平经》便是太平道的代表性经典。"④ 只不过，当魏晋统治者开始禁绝谶纬时，早期道教徒却早已将谶纬理论消融在道教教义中了。《太平经》中的"复文"，共两千余字，便是道教早期所造的符箓秘文。这些符箓秘文即传

---

① 范晔：《后汉书》卷82下，第2740页。

② 范晔：《后汉书》卷82下，第2740页。

③ 范晔：《后汉书》卷82下，第2741页。

④ 李养正：《〈太平经〉与阴阳五行说、道家及谶纬之关系》，《道协会刊》1984年第15期。

承自《河图》《洛书》。符箓与谶纬本是同源。刘师培言："周秦以还，图箓遗文渐与儒道二家相杂，入道家者为符箓，入儒家者为谶纬。"①

两晋时期，道教的发展已非常成熟。当道徒撰写道教著作时，依然从谶纬学说中寻求养料。如葛洪《抱朴子·仙药》记载：

> 仙药之上者丹砂，次则黄金，次则白银，次则诸芝，次则五玉，次则云母，次则明珠，次则雄黄，次则太乙禹余粮，次则石中黄子，次则石桂，次则石英，次则石脑，次则石硫黄，次则石饴，次则曾青，次则松柏脂、茯苓、地黄、麦门冬、木巨胜、重楼、黄连、石韦、楮实、象柴，一名托卢是也。或云仙人杖，或名西王母杖，或名天精，或名却老，或名地骨，或名苟杞也。②

这段关于各种仙丹、仙药的文字，与《孝经援神契》中所录文字几乎一字不差。③ 再如《河图纪命符》曰：

> 天地有司过之神，随人所犯轻重，以夺其算纪。恶事大者夺纪，过小者夺算，随所犯轻重，所夺有多少也。人受命得寿，自有本数，数本多者，纪算难尽，故死迟。若所禀本数已少，而所犯多者，则纪算速尽而死早也。又人身中有三尸，三尸之为物，实魂魄鬼神之属也。欲使人早

---

① 刘师培：《国学发微》，《刘师培全集》第 1 册，第 481 页。
② 王明：《抱朴子内篇校释》卷 11，第 196 页。
③ ［日］安居香山、中村璋八：《纬书集成》，第 991 页。

死，此尸当得作鬼自放，纵游行飨，食人祭醊。每到六甲穷日辄上天，白司命道人罪过。过大者夺人纪，小者夺人算。故求仙之人，先去三尸，恬淡无欲，神静性明，积众善乃服药有益，乃成仙。①

　　这段文字对道教影响极大，是道教"功过格"的理论来源。早在《太平经》中就有"天神考过拘校三合诀"，言"天上诸神共记好杀伤之人，畋射渔猎之子，不顺天道而不为善，常好杀伤者，天甚咎之，地甚恶之，群神甚非之。今恐小人积愚，不可复禁，共淹污乱洞皇平气。故今天之大急，部诸神共记之，日随其行，小小共记而考之。三年与闰并一中考，五年一大考。过重者则坐，小过者减年夺算"②。其理论源头即是谶纬学说。而且在道教初立时期，《河图纪命符》中的"夺算论"与"三尸论"又衍生了一些新的道经，如《三尸集》《立功益算经》《道士夺算律》③等等。葛洪等人也视《纪命符》的"夺算"为道教的重要教义，其《抱朴子内篇·微旨》引用了此段文献。另外《医心方》《太上感应篇》等道教典籍也沿用了此段文字。

　　陶弘景编纂《真诰》时也多引用谶纬之言。其"稽神枢"在描述金陵句曲山即道教上清派之发源地茅山时，多次摘引《河图》之言，以此证明金陵句曲山乃是道教修仙度世的"洞天福地"，曰：

---

① ［日］安居香山、中村璋八：《纬书集成》，第1196页。
② 王明：《太平经合校》，第672页。
③ 王明：《抱朴子内篇校释》卷19，第334—335页。

金陵者，兵水不能加，灾疠所不犯。《河图》中《要元篇》第四十四卷云："句金之坛，其间有陵，兵病不往，洪波不登。"正此之福地也。尔心悟焉，是汝之幸，复识此悟从谁所感发耶？①

又有言曰：

句曲山，其间有金陵之地，地方三十七八顷，是金陵之地肺也。土良而井水甜美，居其地，必得度世见太平。《河图内元经》曰："乃地肺土良水清。句曲之山，金坛之陵，可以度世，上升曲城。"又《河书中篇》曰："句金之山，其间有陵，兵病不往，洪波不登。"此之谓也。②

纬书《河图》乃"图载江河山川州界之分野"，"中有七十二帝地形之制"，对自然山川地理形势有较详细的描述，具有重要的地学价值。对于道教徒而言，《河图》将谶纬神学思想与自然山川形势的紧密结合，为他们建构"洞天福地"理论提供了最直接的理论依据。又如《河图绛象》对黄河"九曲"③的地理形势有具体的记述，并将黄河九曲与天上星辰一一对应，在描述山川地理形势的同时，注入了浓厚的谶纬色彩。由上可知，谶纬学说中的各种思想资料，不论是客观真实的知识还是神奇玄幻的神仙学说，

---

① ［日］吉川忠夫、麦谷邦夫：《真诰校注》卷11，朱越利译，第346页。
② ［日］吉川忠夫、麦谷邦夫：《真诰校注》卷11，朱越利译，第346页。
③ ［日］安居香山、中村璋八：《纬书集成》，第1187页。

皆对东汉末年道教的建立、道教理论的发展与成熟产生了不可忽视的影响。

第四节　《河图》中的昆仑山神话

纬书《河图》建构了一个宏大的世界地理框架。这个世界地理框架由天、地及地下世界组成。唐徐坚《初学记·总叙州郡》引《河图括地象》曰："天有九道，地有九州，天有九部八纪，地有九州八柱。昆仑之墟，下洞含右，赤县之州，是为中则。东南曰神州，正南曰迎州，西南曰戎州，正西曰拾州，中央曰冀州，西北曰柱州，正北曰玄州，东北曰咸州，正东曰阳州。"① 指出昆仑所在的赤县是地理中心，地上九州从四方环绕之。《河图》又云："凡天下有九区，别有九州。中国九州名赤县，即禹之九州也。上云九州八柱，即大九州，非禹贡赤县小九州也。"② 战国邹衍有言："所谓中国者，天下八十一分之一，名曰赤县神州，而分为九州。绝陵陆不通，乃为一州。有大瀛海圜其外。此所谓八极，而天地际焉。"③ 《河图》所论与之合若符契，故陈槃据此认为《河图》"大九州"之说源于邹衍之学说，这是很有见地的。④

谶纬学说与邹衍齐学有千丝万缕之关联，这点毋庸置疑。需进一步说明的是，《河图》对"大九州"说的发展及创新，具有更丰富的时代特征。在《河图》建构的世界地理框架中，有一个核心——昆仑山。上文所引邹衍"大九州"说并没有提及昆仑山，

① 徐坚：《初学记》，第163页。
② ［日］安居香山、中村璋八：《纬书集成》，第1217页。
③ 王利器：《盐铁论校注》，中华书局，1992年，第551页。
④ 陈槃：《古谶纬研讨及其书录解题》，第127页。

而《河图括地象》则明言："地部之位，起形高大者，有昆仑山……其山中应于天，最居中，八十城市绕之。"① 将昆仑山视为大九州的中心。纵观《河图》，昆仑山是沟通天、地、地下三维空间的中心枢纽所在。《河图括地象》又记载："昆仑山北，地转下三千六百里，有八玄幽都，方二十万里。地下有四柱，广十万里。地有三千六百轴，犬牙相奉。"② "昆仑者，地之中也，地下有八柱，柱广十万里，有三千六百轴，互相牵制，名山大川，孔穴相通。"③ "昆仑之山为地首，上为握契，满为四渎，横为地轴，上为天镇，立为八柱。"④ "地中央曰昆仑，昆仑东南，地方五千里，名曰神州。"⑤ 而在《河图玉版》等篇目中，其记述殊方异域时也以"昆仑"为地理中心向四方辐射而去，往往以"从昆仑以北""昆仑以西""昆仑之东"等语引起叙述。凡此种种，不一而足。

那么以昆仑山为世界中心的地理观念，其渊源何自呢？先秦记载地形地貌、风土风物的作品主要有《禹本纪》《山海经》及《禹贡》。《禹贡》是《尚书》中专论九州即"赤县小九州"的地理性文章，该文仅在介绍"雍州"时提到"织皮昆仑"，此"昆仑"乃是西戎部落之名，而非山名。《禹本纪》《山海经》约成书于战国中后期，最早见于司马迁《史记》。迁史云："《禹本纪》言'河出昆仑。昆仑其高二千五百余里，日月所相避隐为光明也。其上有醴泉、瑶池'。今自张骞使大夏之后也，穷河源，恶睹《本

---

① ［日］安居香山、中村璋八：《纬书集成》，第 1095 页。
② ［日］安居香山、中村璋八：《纬书集成》，第 1107 页。
③ ［日］安居香山、中村璋八：《纬书集成》，第 1091 页。
④ ［日］安居香山、中村璋八：《纬书集成》，第 1091 页。
⑤ ［日］安居香山、中村璋八：《纬书集成》，第 1089 页。

纪》所谓昆仑者乎？故言九州山川，《尚书》近之矣。至《禹本纪》《山海经》所有怪物，余不敢言之也。"① 可知《禹本纪》也是地理博物类作品，书中有许多怪诞的内容。《禹本纪》在班固《汉志》不见著录，而《汉志》又采自向、歆父子之《七略》，故《禹本纪》在西汉末年就已亡佚。因而，纬书《河图》依据的经典只有《山海经》。

在《山海经》中，昆仑山虽非世界地理之中心，却是《山海经》神话体系中最重要的神山。《西山经》曰："西南四百里，曰昆仑之丘，是实惟帝之下都，神陆吾司之。其神状虎身而九尾，人面而虎爪；是神也，司天之九部及帝之圃时。"② 《海内西经》云："海内昆仑之虚，在西北，帝之下都。昆仑之虚，方八百里，高万仞。上有木禾，长五寻，大五围。面有九井，以玉为槛。面有九门，门有开明兽守之，百神之所在。"③ 在《山海经》的世界里，昆仑山是天帝处于下方的都苑，陆吾是主管昆仑山之神，又有"身大类虎而九首，皆人面"的开明兽守护着昆仑山。而且"开明北有……不死树"，"开明东有巫彭、巫抵、巫阳、巫履、巫凡、巫相，夹窫窳之尸，皆操不死之药以距之"。④

在昆仑神话体系中，除陆吾、开明兽及众神巫外，还有一位更重要的神人，即《大荒西经》所记西王母。在早期神话中，西王母的居所有三处，除昆仑外还有玉山和弇山。《西次三经》云：

---

① 司马迁：《史记》卷 123，第 3179 页。
② 袁珂：《山海经校注》，第 55—56 页。
③ 袁珂：《山海经校注》，第 344—345 页。
④ 袁珂：《山海经校注》，第 349—352 页。

"玉山，是西王母所居也。"①《穆天子传》则记载"天子遂驱升于
弇山，乃纪其迹于弇山之石，而树之槐，眉曰'西王母之山'"。
郭璞注曰："言是西王母所居也。"② 但是，三山中唯有昆仑山上有
不死树及不死药，故在后世道教神话中，西王母稳居昆仑山，成
为主宰昆仑神域的大神。

《河图》继承了《山海经》中的昆仑神话，除了将昆仑山视为
世界地理中心，还展现了汉代神仙学家的思想。《河图括地象》
言："昆仑有铜柱焉，其高入天，所谓天柱也。围三千里，周员如
削。下有仙人九府治之，与天地同休息。""昆仑山，广万里，高
万一千里，神物之所生，圣人仙人之所集也。出五色云气，五色
流水，其泉东南流入中国，名曰河也。""昆仑山有五色水，赤水
之气，上蒸为霞而赫然。""昆仑之弱水中，非乘龙不得至。有三
足神乌，为西王母取食。""昆仑在西北，其高一万一千里，上有
琼玉之树。"③ 在纬书《河图》中，昆仑山已失去了《山海经》原
始神话所特有的古朴、粗犷的气息，代之而起的是一个云蒸霞蔚、
流光溢彩、仙人云集的仙境，其所寄寓的神仙思想不言而喻。

第五节　《河图》对《山海经》所述
"异域"的引申与阐释

四库馆臣认为"纬者，经之支流，衍及旁义"④。刘师培也认

---

① 袁珂：《山海经校注》，第59页。
② 《穆天子传》，《汉魏六朝笔记小说大观》本，第14页。
③ ［日］安居香山、中村璋八：《纬书集成》，第1091—1095页。
④ 永瑢等：《四库全书总目》卷6，第47页。

为"夫谶纬之书，虽间有资于经术，然支离怪诞，虽愚者亦察其非"①。确实，纬书的编撰者是在经书的基础上进行引申与敷衍，努力体现自己的思想且不为经书所束缚。《河图》与《山海经》的关系也是如此。

《河图》有大量关于殊方异域的描写。这些描写是对《山海经》所述神奇异域进行的引申与阐释，充分体现了"纬"的特点。《河图》在叙述殊方异域时，依然体现了以"昆仑山"为地理中心的观念，并在此基础上，对《山海经》中一些"异域"进行了引申。如《山海经》多次提到"大人国"，《海外东经》言："大人国在其北，为人大，坐而削船。"②《大荒北经》云："有大人之国，釐姓，黍食。"③《大荒东经》亦云："有波谷山者，有大人之国。有大人之市，名曰大人之堂。"④《山海经》对"大人国"的描写非常简略，而《河图》的作者则对此进行了更详细的叙述，展开了更恢弘的想象。如《河图》曰："昆仑之东十万里，有大秦之国，人民长三十丈，亦寿万八千岁，不知田作，但食沙石子。"⑤《河图玉版》记载："从昆仑以北九万里，得龙伯国，人长三十丈，生万八千岁而死。从昆仑以东，得大秦国，人长十丈。"又言："昆仑以北得无路，人长二千里，足间相去千里，围千五百里。好饮酒，常游天地间，不犯百姓，不干万物，与天地同死生。"⑥《河图》对"大人国"的国名、地理位置以及人物的身高都进行了更

---

① 刘师培：《国学发微》，《刘师培全集》第 1 册，第 481 页。
② 袁珂：《山海经校注》，第 299 页。
③ 袁珂：《山海经校注》，第 481 页。
④ 袁珂：《山海经校注》，第 393 页。
⑤ ［日］安居香山、中村璋八：《纬书集成》，第 1224 页。
⑥ ［日］安居香山、中村璋八：《纬书集成》，第 1146—1147 页。

具体的说明。尤其值得注意的是，这些"大人国"的人或寿"万八千岁"，"或与天地同死生"。这些话语正体现了两汉时期人们追求长生、养寿的思想。再如《河图玉版》又记载："昆仑以北，得幽都之国，人长七寸，耳大四寸。朝昆仑，常就日以吸气。"[1] 幽都国即类似于《山海经》中"菌人""靖人"及"周饶"等"小人国"。在《河图玉版》中，幽都国人向昆仑山朝拜，"就日以吸气"的生活方式体现了汉代方士宣扬神仙方术的目的。

《河图》还对《山海经》中一些殊方异域的形成原因进行了阐释。相对《山海经》简短甚至言之不详的叙述，《河图》中的阐释似乎在为其作"传"。如《海外南经》记载有"贯匈国"，仅言"其为人匈有窍"。[2]《河图玉版》详细阐释了"穿胸国"的形成缘由，曰：

> 禹平天下，会诸侯会稽之野，防风氏后到，杀之。夏德之盛，二龙降之，禹使范成光御之。行城外，既周而还。至南海，经防风，防风氏之二臣，以涂山之戮见禹，使怒而射之，迅雷风雨，二龙升去。二臣恐，以刃自贯其心而死。禹哀之，乃拔其刃，疗以不死之草，是为穿胸氏。[3]

这是一则叙述完整的小故事，与志怪小说并无本质区别。但是，这则故事在叙事主旨上与《山海经》客观、纯粹地记载"贯

---

① ［日］安居香山、中村璋八：《纬书集成》，第 1147 页。
② 袁珂：《山海经校注》，第 237 页。
③ ［日］安居香山、中村璋八：《纬书集成》，第 1146 页。

匈国"完全不同。《河图玉版》的叙述重心是大禹这位圣君，"穿胸国"只是塑造大禹威严仁慈形象的一个道具，而"不死之草"又寄予了人们死而复生的愿望，由此也可见汉代谶纬学者对古神话的改造。

类似的例子还有"三身国"。《海外西经》记载："三身国在夏后启北，一首而三身。"① 《大荒南经》也云："有人三身，帝俊妻娥皇，生此三身之国，姚姓，黍食，使四鸟。"② 在《山海经》中，"三身国"是天帝俊的妻子所生，具有神性。而《河图括地象》则云："庸成氏实有季子，其性喜淫，昼淫于市。帝怒，放之于西南。季子仪马而产子，身人也，而尾蹄马，是为三身之国。"③ 其对"三身国"的形成原因有全新的解释，将"三身国"视为人与畜淫乱的产物，其国人也成为半人半马的怪物。这则故事的道德批判意味显而易见。又如《海外西经》有："丈夫国在维鸟北，其为人衣冠带剑。"④ 《河图括地象》如此解释"丈夫国"之形成，曰："殷帝大戊，使王孟采药于西王母。至此绝粮，食木实，衣木皮，终身无妻，而生二子，从背间出，是为丈夫民，去玉门二万里。"⑤ "采药于西王母""食木实"等话语给"丈夫国"蒙上了浓重的神仙色彩。

《河图》与《山海经》虽然在主题思想和思维方式方面存在很大差异，但二者在语言文字、表达风格上却极其相似。显然，《河

① 袁珂：《山海经校注》，第 256 页。
② 袁珂：《山海经校注》，第 422 页。
③ ［日］安居香山、中村璋八：《纬书集成》，第 1102 页。
④ 袁珂：《山海经校注》，第 262 页。
⑤ ［日］安居香山、中村璋八：《纬书集成》，第 1094 页。

图》的作者是有意识地模仿《山海经》，甚至直接化用《山海经》中的文字。如《海外东经》言："君子国在其北，衣冠带剑，食兽，使二大虎在旁，其人好让不争。有薰华草，朝生夕死。一曰在肝榆之尸北。"① 《河图括地象》则云："君子民带剑，使两文虎，衣野丝。土方千里，多薰华之草。好让，故为君子国。薰华草朝生夕死。大极山西有采华之草，服之乃通万里之言。"② 模仿、抄袭之迹了然于目。除了对《山海经》所记"异域"进行补述、阐释和直接化用之外，《河图》也创造了一些新的殊方异域。《河图括地象》有化民、越俚、孟亏、无咸、细民、白民、天毒、丁零、茷路、纳民，《河图玉版》还有佻吐凋国、中秦国、焉波国、一脚人等国。《河图》对这些国度进行叙述时，其语言风格与《山海经》极其相似。现从《河图括地象》中略举几例：

　　羽民有羽，飞不远，多鸾鸟，食其卵，去九疑四万二千里。

　　孟亏人首鸟身，其先为虞氏驯百禽。夏后之末世，民始食卵。孟亏去之，凤皇随焉，止于此山。多竹，长千仞。凤皇食竹实，孟亏食木实。去九疑万八千里。

　　无咸民食土，死即埋之，其心不朽，百年复生。去玉关四万六千里。

　　细民肝不朽，死八年复生。穴处衣皮。③

---

① 　袁珂：《山海经校注》，第 301 页。
② 　[日] 安居香山、中村璋八：《纬书集成》，第 1100 页。
③ 　[日] 安居香山、中村璋八：《纬书集成》，第 1102—1103 页。

这些叙述在语言风格上竭力模仿《山海经》，在内容上也是记载山川地理并侈谈神怪，但其主旨体现了神仙方术思想，与古神话大异其趣。

第六节 谶纬文献的文学价值

魏晋以后，谶纬学说被历代统治者禁毁，但谶纬文献的历史价值却得到后世学者的认同。刘师培在《谶纬论》中对谶纬文献的价值与功能进行了归纳，认为谶纬文献具有"补史""考地""测天""考文""征礼""博物"六大价值。[①] 除此之外，谶纬文献的文学价值也不可忽视。挚虞言："图谶之属，虽非正文之制，然以取其纵横有义，反复成章。"[②] 刘勰认为纬书"事丰奇伟，辞富膏腴，无益经典，而有助文章"[③]。

以纬书《河图》为例，其行文风格与《山海经》非常契合。但《河图》中的叙述较之《山海经》更为瑰丽生动。除此之外，《河图》的文学价值还体现在对中国古代志怪小说的推动。李剑国将此类作品视为地理博物类小说，认为正是《山海经》在两汉时期颇受重视，从而导致"一些地理博物著作也出现了，其中如《河图括地象》《河图玉版》《洛书》《遁甲开山图》等纬书，都侈谈神怪"[④]。

相对其他纬书而言，《河图》中的神怪更丰富奇特、光怪陆离，体现了从神话到小说的发展轨迹。如《龙鱼河图》记载黄帝

① 刘师培：《谶纬论》，《刘师培全集》第 3 册，第 175—176 页。
② 挚虞：《文章流别论》，严可均《全晋文》，第 1906 页。
③ 范文澜：《文心雕龙注》卷 1，第 31 页。
④ 李剑国：《唐前志怪小说史》，第 142 页。

擒蚩尤事，曰：

> 黄帝摄政前，有蚩尤兄弟八十一人，并兽身人语，铜头铁额，食沙石子，造立兵仗刀戟大弩，威震天下，诛杀无道，不仁不慈。万民欲令黄帝行天下事。黄帝仁义，不能禁止蚩尤，遂不敌，乃仰天而叹。天遣玄女下，授黄帝兵信神符，制伏蚩尤，以制八方。蚩尤没后，天下复扰乱不宁。黄帝遂画蚩尤形象，以威天下。天下咸谓蚩尤不死，八方万邦，皆为殄伏。①

这是根据《山海经·大荒北经》中"黄帝擒蚩尤"神话改编而成的。作者成功塑造了蚩尤的形象，确立了蚩尤的战神地位，使"黄帝擒蚩尤"成为中国文学史上的经典。《龙鱼河图》又说：

> 帝伐蚩尤，乃睡梦西王母遣道人，被玄狐之裘，以符授之曰："太乙在前，天乙备后，河出符信，战则克矣。"黄帝寤，思其符，不能悉意，以告风后、力牧。曰："此兵应也，战必自胜。"力牧与黄帝俱到盛水之侧，立坛，祭以太牢。有玄龟衔符出水中，置坛中而去。黄帝再拜稽首，受符视之，乃所梦得符也，广三寸，袤一尺。于是黄帝佩之以征，即日擒蚩尤。②

---

① ［日］安居香山、中村璋八：《纬书集成》，第1149页。
② ［日］安居香山、中村璋八：《纬书集成》，第1150—1151页。

这则故事贯注了浓厚的谶纬思想，是方士们特意进行的虚构。由此也可见方士是如何将抽象深奥的谶纬思想与古圣帝王的神话结合起来，以达到最佳的宣传效果。在这样的叙述中，"黄帝擒蚩尤"神话演变成了情节复杂离奇的志怪小说。

就现存的谶纬文献来看，《河图》最集中地记载了殊方异域的各种神奇风物。如《龙鱼河图》：

> 玄洲在北海中，地方三千里，去南岸十万里。上有芝着玄涧，涧水如蜜味，服之长生。
>
> 流洲在西海中，地方三千里。上多山川积石，名为昆吾石。冶其石为铁作剑，光明照洞如水精，以割玉，如土。
>
> □州在南海中，地方三千里。多檀木，可治为弓，鸟见之则号，弓之神名曰曲张。①

此类记载与托名为东方朔的《十洲记》何其相似，且行文秀丽简洁，读来趣味盎然。相较其他纬书而言，《河图》更多地容纳了各种神鬼灵怪、奇异风物，充分体现了时人丰富的想象力，其文风也更活泼清新。当魏晋政权开始禁绝谶纬，《河图》所记神话、灵怪传说、异域风物从谶纬的枷锁中解放出来，就成了文人创作的珍贵素材。而《河图》编纂者所激发的想象力、拓展的叙事模式不但对六朝志怪小说的发展与盛行具有重要的推助之功，也丰富了中国古代散文的创作风格。

---

① ［日］安居香山、中村璋八：《纬书集成》，第1155页。

相对而言，其他纬书记载的神怪极少，内容主要是古代圣王传说，充分体现了时人的想象力。例如大禹的降生神话，在《山海经》中，大禹之父因窃天帝之息壤治水无功而被祝融所杀，后"鲧复生禹。帝乃命禹卒布土以定九州"①。而在《尚书中候握河纪》中，大禹的出生另有机缘，即"修己剖背，而生禹于石纽。虎鼻彪口，两耳参镂，首戴钩钤，匈怀玉斗，文履己，故名文命。长九尺九寸，梦自洗河，以手取水饮之，乃见白狐九尾"②。之后，禹"观于河，有长人，白面鱼身，出曰：'吾河精也。'呼禹曰：'文命治淫。'言讫，受禹河图，言治水之事，乃退入于渊。于是以告曰：'臣见河伯，面长人首鱼身，曰吾河精，授臣河图。'"③《尚书中候握河纪》详细描述了大禹的奇异相貌，并将其治水成功的原因归于河伯所献之河图，完全是出于谶纬学者的建构。但该文叙事完整，想象奇特，行文清简，充实了自古以来的大禹传说。

总体来说，"七纬"中的神灵多是圣王神通的体现，行文往往板滞枯燥，说教与政治的意味极重。如《诗含神雾》记载了五帝对应的星座、神名、神物④，虽然营造了浓厚的神秘氛围，但是这样的记载只是罗列堆砌五帝名物，既无叙事也无描述，其文学价值极其有限。

第七节　谶纬学说中的诗学思想

两汉时期，儒生与方士共同建构起的谶纬学说，屡遭世人抨

① 袁珂：《山海经校注》，第536页。
② ［日］安居香山、中村璋八：《纬书集成》，第431页。
③ ［日］安居香山、中村璋八：《纬书集成》，第431页。
④ ［日］安居香山、中村璋八：《纬书集成》，第466页。

击，认为非孔门之学，而是"虚伪之徒，以要世取资"①之作。确实如此。两汉时期的《诗》纬便是谶纬学家用《诗经》来"察躔象以记星辰之度，推始际以著历数之运，征休咎以合神明之契。其间天运循环终始之理，人事兴衰得失之原，王道治乱安危之故，靡不包罗囊括，兼综而条贯之，告往知来"②，与先秦时期的儒家诗学大异其趣。例如汉元帝时期的翼奉治《齐诗》，同时又好律历阴阳之占。其言"《诗》有五际"。所谓"五际"，应劭注曰："君臣、父子、兄弟、夫妇、朋友也。"孟康又注曰："《诗内传》曰：'五际，卯、酉、午、戌、亥也。阴阳终始际会之岁，于此则有变改之政也。'"③翼奉又言："臣奉窃学《齐诗》，闻五际之要《十月之交》篇，知日蚀地震之效昭然可明，犹巢居知风，穴处知雨，亦不足多，适所习耳。"④可知孟康所注"五际"更合翼奉原意，乃是借阴阳际会之岁来推算时政之变化。

虽然两汉谶纬学家多借《诗》来附会祥瑞灾异，但从现存的谶纬文献来看，谶纬学说还是秉承了一些儒家诗学，并在此基础上有积极的创新与发展。《诗含神雾》为《诗经》之纬书，其内容与《诗经》较少关联。不过，《诗含神雾》却有较多篇幅表达了对诗歌创作、诗歌功能、诗歌艺术的看法。这些观点虽然不可避免地带有谶纬学说的神秘色彩，但也有其合理性。如《诗含神雾》言：

① 范晔：《后汉书》卷59，第1912页。
② 陈乔枞：《诗纬集证·自叙》，《续修四库全书》第77册，上海古籍出版社，1997年，第761页。
③ 班固：《汉书》卷75，第3172—3173页。
④ 班固：《汉书》卷75，第3173页。

　　诗者，天地之心，君德之祖，百福之宗，万物之
户也。①

　　孔子曰："诗者，天地之心，刻之玉版，藏之
金府。"②

　　认为诗乃"天地之心"，强调诗歌的崇高性，也说明诗歌的创
作有赖于天地对人类心灵之感召。正因为诗是"天地之心"的体
现，故而诗歌具有至高无上的地位，是"君德之祖，百福之宗，
万物之户"，故而诗要"刻之玉版，藏之金府"。谶纬学者对诗的
推崇，虽然使诗歌这一文体形式蒙上了浓厚的神秘主义色彩，但
也大大提高了文艺创作在社会政治生活中的地位。《诗含神雾》又
言："诗者，持也，以手维持，则承负之义，谓以手承下而抱负
之。"③ 这一思想为刘勰所继承，其《文心雕龙·明诗》篇说：
"诗者，持也，持人情性；三百之蔽，义归无邪，持之为训，有符
焉尔。"④ 刘勰以"持"训"诗"，认为诗可以维持人之性情。

　　汉儒推崇诗教，如《礼记·经解》所言："温柔、敦厚，《诗》
教也……其为人也，温柔、敦厚而不愚，则深于《诗》者也。"⑤
同样的观点在谶纬学说中也有所体现。《诗含神雾》认为诗歌的功
能"在于敦厚之教，自持其心，讽刺之道，可以扶持邦家者也"⑥，
将诗歌的功能直接指向治家理政。《诗含神雾》又言，诗可以"上

① ［日］安居香山、中村璋八：《纬书集成》，第 464 页。
② ［日］安居香山、中村璋八：《纬书集成》，第 464 页。
③ ［日］安居香山、中村璋八：《纬书集成》，第 464 页。
④ 范文澜：《文心雕龙注》卷 2，第 65 页。
⑤ 孙希旦：《礼记集解》，第 1254—1255 页。
⑥ ［日］安居香山、中村璋八：《纬书集成》，第 464 页。

以风化下，下以风刺上，主文而谲谏，言之者无罪，闻之者足以戒"①。同样，诗道与音乐一样，可以反映治国理政的好坏，即"治世之音，温以裕，其政平。乱世之音，怨之怒，其政乖。诗道然"②。就现存文献来看，谶纬中的这些诗歌观念皆源于《毛诗序》。《诗含神雾》又言："颂者，王道太平，成功立而作也。"③对六义之一"颂"的理解沿袭了传统诗学。《诗含神雾》对一些具体诗篇的解说，也与正统诗学一脉相承。例如《诗经·关雎》，《毛诗序》言"《关雎》，后妃之德也。风之始也，所以风天下而正夫妇也"④，强调夫妇谐美之德。夫妇乃人伦之始，是儒家伦理之基础。《诗含神雾》也认为《关雎》创作的主旨是"《关雎》知原，冀得贤妃，正八嫔"，又言"《关雎》恶露，乘精随阳而施，必下就九渊，以复至之月，鸣求雄雌"⑤，与《毛诗序》所言大旨相同。

谶纬学说对《毛诗》的继承，也可见《春秋说题辞》。《毛诗序》言："是以《关雎》乐得淑女以配君子，爱在进贤，不淫其色。哀窈窕，思贤才，而无伤善之心焉。是《关雎》之义也。"⑥《春秋说题辞》也认为："人主不正，应门失守，故歌《关雎》以感之。"宋均注曰："应门，听政之处也。言不以政事为务，则有宣淫之心。《关雎》乐而不淫，思得贤人，与之共化修应门之政也。"⑦

---

① ［日］安居香山、中村璋八：《纬书集成》，第466页。
② ［日］安居香山、中村璋八：《纬书集成》，第466页。
③ ［日］安居香山、中村璋八：《纬书集成》，第465页
④ 孔颖达：《毛诗正义》卷1，《十三经注疏》本，第269页。
⑤ ［日］安居香山、中村璋八：《纬书集成》第471页。
⑥ 孔颖达：《毛诗正义》卷1，《十三经注疏》本，第273页。
⑦ ［日］安居香山、中村璋八：《纬书集成》，第857页。

诗歌创作是缘何而来？诗歌的作用到底是什么？早在《尚书·尧典》就有"诗言志"的思想，认为诗歌是表达诗人的思想、志向与抱负的，是诗人内心情志的抒写。在谶纬学说中，"诗言志"这一思想得到继承并发展。《春秋说题辞》又言：

> 诗者，天文之精，星辰之度，在事为诗，未发为谋，恬澹为心，思虑为志，故诗之为言志也。①

认为诗的本质是"天文之精""星辰之度"，这是谶纬学家的神秘主义思想留给后世的颇具研究价值的诗学概念。谶纬学家认为的"在事为诗"，是"歌诗合为事而作"这一思想的先声；而"恬澹为心，思虑为志"更明确指出诗歌是诗人内心情感活动的写照，呈现了诗人的心灵世界。《乐动声仪》也云："诗人感而后思，思而后积，积而后满，满而后作。言之不足，故嗟叹之。嗟叹之不足，故咏歌之。咏歌之不厌，不知手之舞之，足之蹈之也。"②清晰地描述了诗人在自然万物的感召下，经过长期的情感积累，最后志气激荡而为诗的这一创作过程。《乐动声仪》中体现的这一思想与《毛诗序》所言"诗者，志之所之也，在心为志，发言为诗，情动于中而形于言"③，在诗歌创作心理方面的探寻具有相同的理论价值。

《春秋演孔图》又言"诗含五际六情"，宋均注曰："六情，即

---

① ［日］安居香山、中村璋八：《纬书集成》，第856页。
② ［日］安居香山、中村璋八：《纬书集成》，第544页。
③ 孔颖达：《毛诗正义》卷1，《十三经注疏》本，第269—270页。

六义也，一曰风，二曰赋，三曰比，四曰兴，五曰雅，六曰颂。"①
《春秋演孔图》强调诗有"六情"这一观点值得重视。虽然宋均认
为"六情"即"六义"，但在谶纬理论体系中，"六情"别有含
义。翼奉上封事于汉元帝时，认为要认清人才品性的好坏，必须
参考"六情"，即"北方之情，好也；好行贪狼，申子主之。东方
之情，怒也；怒行阴贼，亥卯主之。贪狼必待阴贼而后动，阴贼
必待贪狼而后用，二阴并行，是以王者忌子卯也。《礼经》避之，
《春秋》讳焉。南方之情，恶也；恶行廉贞，寅午主之。西方之
情，喜也；喜行宽大，巳酉主之。二阳并行，是以王者吉午酉也。
《诗》曰'吉日庚午'。上方之情，乐也；乐行奸邪，辰未主之。
下方之情，哀也；哀行公正，戌丑主之。辰未属阴，戌丑属阳，万
物各以其类应"②。抛开谶纬学说惯有的"阴阳灾异"的束缚，这
"情"也指地方风土养育下的民性、人情。《礼记·王制记载天子
巡游四方，应"命大师陈诗，以观民风"③。《汉书·艺文志》亦
云："《书》曰'诗言志，歌咏言'。故哀乐之心感，而歌咏之声
发。诵其言谓之诗，咏其声谓之歌。故古有采诗之官，王者所以
观风俗，知得失，自考正也。"④ 皆是从《诗》以观风土民情。翼
奉亦认为："诗之为学，情性而已。五性不相害，六情更兴废。"⑤
故《春秋演孔图》所言诗含"六情"正是指风土人情对诗的感召
作用，亦可由诗而观"六情"。

---

① ［日］安居香山、中村璋八：《纬书集成》，第 583 页
② 班固：《汉书》卷 75，第 3168 页。
③ 孙希旦：《礼记集解》，第 328 页。
④ 班固：《汉书》卷 30，第 1708 页。
⑤ 班固：《汉书》卷 75，第 3170 页。

第十四章 道教形成的
标志之作：《太平经》

　　《太平经》作为中国早期道教的经典之作，其成书过程非常复杂，并非成于一时一地一人。前辈学者陈撄宁、汤用彤、王明、熊德基等人根据大量文献资料考证，确认《太平经》乃东汉中晚期的作品。熊德基先生通过研究《太平经》中问答体、散文体、对话体的文章体制，认为该书是由干吉、宫崇、襄楷等人相继敷衍而成。[①]

　　《太平经》原书有一百七十卷，今仅存五十七卷，全书以十天干为序列，分为十部。历代史志无著录。明修《道藏》中收录了《太平经》，《太平经钞》则是唐人闾丘方远节录《太平经》而成。敦煌遗书有《太平经目录》一卷。王明校勘整理的《太平经合校》一书，是现今最完备的版本。据王明考证，该书甲部原文已经散佚，现存的甲部内容乃后人伪撰。[②]《太平经》的其他部分，虽然后人对之有所改写，但大体而言，还"保存着东汉中晚期的著作的本来面目"[③]。

---

　　① 熊德基：《〈太平经〉的作者和思想及其与黄巾和天师道的关系》，载《历史研究》1962年第4期。

　　② 王明：《论〈太平经〉的成书时代和作者》，载《道家和道教思想研究》，中国社会科学出版社，1984年，第184—186页。

　　③ 王明：《太平经合校》，中华书局，1960年，"前"言第2页。

　　《太平经》的出现标志着道教的正式形成，是早期道教纲领性的著作。东汉末年，道教产生了两大教派——太平道与五斗米道。《太平经》即张角太平道所信奉的经典。位于蜀地的张鲁五斗米道虽然号召教众信奉《老子》，但据熊德基考证，张鲁割据汉中三十多年，所采取的治国措施之理论也来源于《太平经》。① 可见，《太平经》的问世对道教具有重大意义。由于张角发动的黄巾起义以《太平经》为纲领，因此，很多学者认为《太平经》是一部面向下层百姓的修道书。事实并非如此。《太平经》自产生以后，曾多次被进献给汉代皇帝。《汉书·李寻传》记载汉成帝时"齐人甘忠可诈造《天官历》《包元太平经》十二卷"②。这是《太平经》首次出现在史书记载中。汉顺帝时，"琅邪宫崇诣阙，上其师干吉于曲阳泉水上所得神书百七十卷，皆缥白素朱介青首朱目，号《太平清领书》"③。而襄楷更是两次向汉桓帝推荐宫崇的《太平清领书》，即《太平经》。④ 可见，《太平经》的作者对此书的定位，并非是面向下层百姓的普通修道书，而是一部面向统治阶层的作品。

　　《太平经》卷帙浩繁，又因其非成于一人一时一地，故内容繁多，思想庞杂。全书融合了先秦两汉时期的神仙家说、谶纬学说、阴阳五行学说等思想，形成了早期道教追求长生、修仙的理论。其内容"专以奉天地顺五行为本，亦有兴国广嗣之术"⑤，"其言以

---

　　① 熊德基：《〈太平经〉的作者和思想及其与黄巾和天师道的关系》，载《历史研究》1962 年第 4 期。

　　② 班固：《汉书》卷 75，第 3192 页。

　　③ 范晔：《后汉书》卷 30 下，第 1084 页。

　　④ 范晔：《后汉书》卷 30 下，第 1080—1081 页。

　　⑤ 范晔：《后汉书》卷 30 下，第 1081 页。

阴阳五行为家，而多巫觋杂语"。①

第一节 《太平经》的文学特色

从文学方面而言，《太平经》在艺术形象、情节建构、抒情叙事等方面的创作很薄弱，因为它毕竟是一部理论著作。但《太平经》在文体发展方面的价值较高。该书主要由对话体、语录体、散文体等文体形态组成。《太平经》中的对话体、语录体是对先秦散文的继承，也有自己的创新。另外，《太平经》中还出现了许多口诀、歌谣、谚语等，也与《太平经》的宗教性质有关。《太平经》中有许多修炼方法，因为早期道徒们的文化水准较低，师徒间的传授方式为口耳相传，故而将那些复杂的修炼方法编撰成顺口溜性质的口诀或诗歌，既便于道教徒记忆，又有利于扩大其影响。这种传教性质的诗歌在诗歌美学上的价值不高，但其促进了诗体的发展。例如《太平经》中的七言诗，就值得文学研究者重视。

在中国古代文学史上，人们往往以曹丕之《燕歌行》作为七言诗的成熟之作。在曹丕之前，西汉柏梁台联诗每句七言，学者以此为七言古诗之始，如任昉《文章缘起》认为"七言诗，汉武帝柏梁殿联句"②，明代王三聘认为"七言，起于汉武帝使群臣为柏梁诗"③。也有学者将七言古诗的起源追溯到《诗经》中的七言句，如黄佐曰："七言诗何？诗之拘于七言者也。《三百篇》中，

---

① 范晔：《后汉书》卷30下，第1084页。
② 任昉：《文章缘起》，《文渊阁四库全书》第1478册，第206页。
③ 王三聘辑：《事物考》，《续修四库全书》第1232册，第92页。

如'交交黄鸟止于棘''君子有酒旨且多''如彼筑室于道谋'之类，盖已有之矣。"① 而顾炎武则认为七言诗在汉之前已很多，云："余考七言之兴，自汉以前，固多有之，如《灵枢经·刺节真邪篇》'凡刺小邪日以大，补其不足乃无害，视其所在迎之界。凡刺寒邪日以温，徐往徐来致其神，门户已闭气不分，虚实得调其气存'。"② 顾炎武将七言诗之源头追溯到先秦时期的古医书《灵枢经》之《刺节真邪篇》，这种宏大的文学视野与研究方法同样可用于对《太平经》的文学研究。

在曹丕《燕歌行》之前，被学者们认同的完整的七言诗，除《柏梁台联句》外，便只有张衡的《四愁诗》，但是张衡《四愁诗》句中多杂有"兮"字，还未脱离骚体特色。一般而言，一首成熟的诗歌要求有自然韵脚，其句式要有特定的节奏。如果按照这两方面的要求来评判，那么《太平经》中存在九例相对成熟的七言诗。③ 例如《师策文》：

> 吾字十一明为止，丙午丁巳为祖始。四口治事万物理，子巾用角治其右，潜龙勿用坎为纪。人得见之寿长久，居天地间活而已。治百万人仙可待，善治病者勿欺绐。乐莫乐乎长安市，使人寿若西王母，比若四时周反

① 黄佐：《六艺流别》，第130页；《四库全书存目丛书》集部第300册，齐鲁书社，1997年，第130页。
② 黄汝成：《日知录集释》，上海古籍出版社，1985年，第1581页。
③ 王建：《〈太平经〉中的七言诗》，载《贵州社会科学》1995年第3期。另有伍伟民《太平经与七言诗的雏形》，载《上海道教》1989年3—4期合刊，可参。

始，九十字策传方士。①

再如《道毕成诫》：

　　比若万物生自完，一根万枝无有神，详思其意道自陈，俱祖混沌出妙门，无增无减守自然。凡万物生自有神，千八百息人为尊，故可不死而长仙，所以蚤终失自然，禽兽尚度况人焉。②

　　这两首七言诗，诗体形态已比较成熟，其内容虽然是道教修炼之口诀，但诗歌意蕴初显。这两首诗歌修仙意味浓厚，诸如"乐莫乐乎长安市，使人寿若西王母""凡万物生自有神，千八百息人为尊，故可不死而长仙，所以蚤终失自然，禽兽尚度况人焉"等句，与游仙诗有异曲同工之妙，其表现出来的神仙长生享乐的特点与艺术手法对后世游仙诗产生了一定的影响。虽然从诗歌美学角度而言，《太平经》中的七言诗皆质木无文，艺术价值不高，但就七言诗的诗体发展来说，《太平经》中的七言诗是汉代七言诗走向成熟的一个重要因素。

　　《太平经》的主体部分，是由天师（即师傅）与真人（即弟子）的对话组成，在这种师徒一问一答的对话中传达道教教义。这种对话体与语录体的记录，是先秦两汉时期理论著作常见的创作形态。《太平经》既为传教之书，天师当然要竭尽全力来让弟子

---

① 王明：《太平经合校》，第62页。
② 王明：《太平经合校》，第472页。

们理解道教修仙理论，让深奥的理论变得生动、形象，易于为弟子们所接受与记忆。故而在《太平经》中，出现了许多生动有趣的修辞现象，大大增强了《太平经》的可读性。《太平经》最常见的修辞手法有类比、夸张与排比。这三种修辞手法往往杂糅在一起，为解说道教理论而服务。例如，"承负"是道教创造的一个理论，类似于佛教之"因果"，但比"因果"理论更为周全。道教用"承负"来解释为什么世间常会出现好人得恶报，而坏人却得善果的反常现象。原因在于人们的祖辈种下了善恶的种子。换言之，如果祖辈作恶多端，子孙即便广做善事也会遭遇厄运，原因就是子孙要为作恶的祖辈承担责任；而有的人作恶多端，却时有好运，其原因也是祖辈行善积福，故能福荫后世。这种理论类同于"积善之家，必有余庆；积不善之家，必有余殃"① 的思想。《太平经》中有《五事解承负法》一文，即天师向真人解答何谓承负，为什么天下万物皆有承负之灾。天师运用类比的手法来解答弟子的疑惑。略举一例：

> 夫南山有大木，广纵覆地数百步，其本茎一也。上有无訾之枝叶实，其下根不坚持地，而为大风雨所伤，其上亿亿枝叶实悉伤死亡，此即万物草木之承负大过也。其过在本不在末，而反罪末曾不冤结耶？今是末无过，无故被流灾得死亡。夫承负之责如此矣，宁可罪后生耶？②

---

① 孔颖达：《周易正义》卷1，《十三经注疏》本，第19页。
② 王明：《太平经合校》，第58—59页。

天师用"广纵覆地数百步"的南山大树做比喻。这种枝繁叶茂的大树,因其根基过浅,一夕为暴风雨所伤,导致其亿亿枝叶皆为暴风雨所伤,最终导致死亡。天师认为南山大木的枝叶遭受如此劫难,原因在本不在末,是树根没有紧紧扎入大地,不够稳固所致。天师由此比喻人类如果不行善,将也如南山大木一样,其开枝散叶的子孙终有一天会遭受承负之灾,为先人的罪恶承担后果。

比喻的运用在《太平经》中比比皆是。再如《起土出书诀》中,真人对当时社会人们喜欢凿井而居的现象感到困惑,天师如此解答:

> 泉者,地之血;石者,地之骨也;良土,地之肉也。洞泉为得血,破石为破骨,良土深凿之,投瓦石坚木于中为地壮,地内独病之,非一人甚剧,今当云何乎?地者,万物之母也,乐爱养之,不知其重也,比若人有胞中之子,守道不妄穿凿其母,母无病也;妄穿凿其母而往求生,其母病之矣。人不妄深凿地,但居其上,足以自彰隐而已,而地不病之也。①

天师反对人们任意妄为地穿凿大地。他将大地比喻为母亲,认为泉水是大地之血液,石头是大地之骨干,而良土则是大地之皮肉,人们应对大地之母"爱养之",不要对之随意穿凿。天师再以凿井的行为比拟胞中之子穿凿其母,如此,则母亲病而胞子也

---

① 王明:《太平经合校》,第120页。

未必能生，后果是不堪设想的。如此通俗的比拟使深奥艰涩的理论变得生动、形象、易懂。相较生硬的说教而言，恰如其分的比拟手法使文章更具有感染力与可读性。

除了运用比拟外，《太平经》还善于运用排比等手法，将道理一层层由浅入深地阐释出来。《不用大言无效诀》云：

> 今饥乃教人种谷，言耘治之，待其米成，乃可得火炊食，亦岂及事邪？于此已饿死困矣。或不及春时种之，至冬饥念食，乃欲种谷，种之不生，此岂能及事活人邪？非独身穷，举家已灭亡矣。是真人之一大愚，无知冥冥之大效也。行复为子说一事：今人掘井，所以备渴饮也，居当近水泉，所以备渴也；临渴且死，乃掘井索水，何及得也，已穷矣。是真人复问，二愚暗。复为真人说一事：古者有穴居，今者作庐宅，所以备风雨也。及不风雨之时，居野极乐矣；浮云已起，雨风已至，乃作庐宅，已雨寒而困穷矣。是真人三愚也。复为真人说一事：夫太中古以来，圣人作县官，城郭深池，所以备不然，其时默平平无他也。及有不然，小人欲污乱，君子乃后使民作城郭深池，亦岂及急邪？是真人剧愚暗效也。①

该义用饥饿殆亡乃种谷、临渴将死而掘井、风雨聚至乃建宅、战乱起而后修建城池四个比喻，讽刺那些在修道过程中，不知道随时摒除邪恶气，以至邪气累积，无法获取"真道"的道士。天

---

① 王明：《太平经合校》，第 296 页。

师用"复为真人(子)说一事"句作为衔接,将四个比喻排列开来,展现了天师高超的辩论技巧。同文又云:

夫古者圣贤之设作梳与枇,以备头发乱而有虱也。夫人生而不栉,头乱不可复理,虮虱不可复得困;乃后求索南山善木及象骨奇物可中栉者,使良工治之,发已乱不可复理,头中之虱,不可胜数,共食人,头皆生疮矣;然后得梳与枇,已穷矣。然后为真人陈小决事,以小况大。夫河海五湖,近水之傍多蚊虻,不豫备作可以隐御之者。夫蚊虻俱生而起飞,共来食人及牛马,牛马摇头蹎蠋,不能复食,人者大愁且死,无于止息,然后求可以厌御之者,已大穷矣。①

天师又以古圣贤用梳、枇梳理头发去除头虱为喻,说明求道途中不可忽视有碍修道的一些小事,要时时防患于未然。如头中之虱,水傍之蚊虻,虽然极其微小,但因其数量众多,也能食人,如果等到危急之时再行补救,为时已晚。此类比喻虽然简朴,但能紧密结合日常生活作喻,给读者一种亲切的感觉。正因为天师善于用各种修辞手法,《太平经》的文学性得到了提升。

另外,《太平经》体现了较为系统的道教文学思想。《太平经》最核心的思想乃是神仙家思想,其撰著的目的在于"内则治身长生,外则治国太平"②。《太平经》在修长生与治太平的宗教理想

---

① 王明:《太平经合校》,第296—297页。
② 王明:《太平经合校》,第751页。

下，形成了初具规模的道教语境下的文学理论范畴，建构了以文气、正文、真文、邪伪文及浮华文为核心概念的文学理论体系。《太平经》中的文学思想具有独特价值，是中国古代文学理论体系中不可忽视的重要部分。

第二节　《太平经》以"文气"为核心的文原论

"文气"说是中国古代文学理论的重要范畴。在传统文论中，气在不同的批评语境中所指称的对象不同，主要表现在三个方面，一是揭示"文之所由来，具有本体意义，属于文原说范围"；二是指作者的"气质、秉性、情怀等，具有人格构成方面的意义，体现了古人论文强调作家内在精神素质的特点，属于主体论范围"；三是指"文学作品之审美因素……成为文论家诠释作品的内在艺术生命力时所用的一个范畴"①。在中国古代文论中，文气说已然成为一个相对独立的理论系统。

在这个文气说的理论系统中，孟子谓"我知言，我善养吾浩然之气"②，成为文气说的源头。至曹丕《典论·论文》提出"文以气为主，气之清浊有体，不可力强而致"③，历代学者认为这是"文气"概念正式形成并首次出现在中国文学理论领域内。孟子、曹丕所言之"气"，乃是指个人道德修养、情操而言，这一理论经由刘勰《文心雕龙·养气》、韩愈的"气盛言宜"及苏辙等人"养气"理论的进一步挖掘与阐发，形成了"传统文论对于作家主体

---

① 党圣元：《中国古代文论的范畴和体系》，载《文学评论》1997年第1期。
② 朱熹：《四书章句集注》，中华书局，1983年，第231页。
③ 萧统：《文选》卷52，第2271页。

道德、情感以及个性、才力与其写作及作品意蕴风格之间相互贯通的理论诠释系统"①，被古今学者普遍接受并不断加以运用。

对于"文气说"这样一个学界已经耳熟能详、约定俗成的文学理论范畴，当今学界的研究依然存在一些需要纠正的偏误。气最初是中国古典哲学中最根本的范畴，当学者将其从哲学范畴引向文艺美学范畴之后，对其研究的视角也受到了局限。这种局限性的表现之一即体现在对相关文献资料的挖掘方面。如詹福瑞在《〈气与中国文学理论体系构建〉序》中认为"'文气说'作为一个基本的约定俗成的研究视野，将研究的对象约束在了传统的文学理论著述、文学批评资料中，研究者往往从文学理论史或者文学批评史的角度进行理论价值的挖掘，这样的研究缩小了文学理论中气论的内涵，使得气的生命征象与本原意义得不到充分而又全面的观照"②。确实，如果将文气说的研究局限于文学理论著述或文学批评资料之中，必有遗珠之憾。《太平经》即是这样一部对文气说有重要贡献，却长期受到文学研究界忽视的典籍。

《太平经》对文气说的突出贡献，体现在其建构了以"文气"为核心的文原论。《太平经》明言"行文者，天与文气助之"③，首次提出了"文气"一词。什么是文气？《太平经》虽然对此没有做出明确解释，但书中对文与气之关系时有论述。《太平经》推崇正文，认为"正文者，乃本天地心，守理元气。古者圣书时出，

---

① 党圣元：《中国古代文论的范畴和体系》，载《文学评论》1997年第1期。

② 赵树功：《气与中国文学理论体系构建》，人民出版社，2012年，第1页。

③ 王明：《太平经合校》，第690页。

考元正字，道转相因，微言解，皆元气要也"①。《太平经》将文章
创作与天地之气联系起来，认为正文的创作是本于天地心，"守理
元气"；古时圣书，不论在后世如何传承，其微言大义皆是"元气
要"。元气，即天地自然之气，是道家宇宙生成论中天地未分之前
的混沌之气。而元气之"要"，更是其中之精华。这就明确指出文
章形成的本原乃天地精华之气。

《太平经》认为文章的本原乃天地之气。这一观点是受到道家
哲学气论的影响。在道家哲学中，"气"是天地万物形成之元初物
质。《老子》云："道生一，一生二，二生三，三生万物。万物负
阴而抱阳，冲气以为和。"汉代严遵释之曰："天地，物之大者，
人次之矣。夫天人之生也，形因于气，气因于和，和因于神明，
神明因于道德，道德因于自然：万物以存。"②《管子》也云："凡
物之精，此则为生，下生五谷，上为列星。流于天地之间，谓之
鬼神。藏于胸中，谓之圣人。是故民气，杲乎如登于天，杳乎如
入于渊，淖乎如在于海，卒乎如在于己。是故此气也，不可止以
力，而可安以德。不可呼以声，而可迎以音。敬守勿失，是谓成
德。德成而智出，万物果得。"③ 先秦道家哲学体系中以气为天地
万物之源的思想在汉代得到继承，并有了进一步发展。《淮南子·
泰族训》记载黄帝曰："芒芒昧昧，因天之威，与元同气。"④ 王充
《论衡·自然》云："天地合气，万物自生。"⑤ 汉代学者将这种宇

---

① 王明：《太平经合校》，第 190 页。
② 严遵：《老子指归》，王德有点校，第 17 页。
③ 黎翔凤：《管子校注》，中华书局，2004 年，第 931 页。
④ 何宁：《淮南子集释》卷 20，第 1400 页。
⑤ 黄晖：《论衡校释》卷 18，中华书局，1990 年，第 775 页。

宙生成之原初物质，又称之为"元气"。《论衡·四讳》云："元气，天地之精微也。"① 《汉书·律历志上》云："太极元气，函三为一。"颜师古注引孟康曰："元气始起于子，未分之时，天地人混合为一。"② 可见汉代之"元气"即先秦道家之"气"。张岱年认为"中国哲学中所谓气，可以说是最细微最流动的物质，以气解说宇宙，即以最细微最流动的物质为一切之根本"③。

这种哲学意义上的气在汉代开始进入文学理论领域。王充《论衡·书解》曰："上天多文而后土多理，二气协和，圣贤禀受，法象本类，故多文彩。"④ 认为圣贤因禀受天地和顺之气，故擅长著文。而天地之气也可以引发诗、歌、谣的创作。王充《论衡·纪妖》曰："世间童谣，非童所为，气导之也。"⑤ 王充所谓童谣乃是当时社会风行的谣谶，对当时政治走向具有神秘性预兆。王充认为此类暗寓上天旨意的童谣正是天以"气"导之而成。在一些历史文献中，此类"气"有更确切的指向。《天官占》云："荧惑为执法之星……其精为风伯，惑童儿歌谣嬉戏也。"⑥《晋书·天文志》云："凡五星盈缩失位，其精降于地为人……荧惑降为童儿，歌谣嬉戏……吉凶之应，随其象告。"⑦ 认为这些童谣是荧惑星精变化为儿童传唱上天旨意，而荧惑星是由气所积而成。

这种具有神秘色彩的"气"与"文"之关系，在谶纬学说风

---

① 黄晖：《论衡校释》卷23，第975页。

② 班固：《汉书》卷21，第964—965页。

③ 张岱年：《中国哲学大纲》，社会科学出版社，1982年，第39页。

④ 黄晖：《论衡校释》卷28，第1150页。

⑤ 黄晖：《论衡校释》卷22，第923页。

⑥ 司马迁：《史记》卷27，第1318页。

⑦ 房玄龄：《晋书》卷12，中华书局，1974年，第320页。

行的东汉时期得到了长足发展，而早期道教对儒家谶纬学说的接
受也不遗余力，故这种神秘主义的"气"与"文"之关系在《太
平经》中也多有论述。在《太平经》的文学思想中，但凡世间流
行的儿歌，皆是天欲变动而托言于此。而所出之神书，则是上天
要将其理念托付给至德之人，以备救世之用。《生物方诀》曰：
"夫古今百姓行儿歌诗者，天变动，使其有言；神书时出者，天传
其谈，以付至德，救世失也。"① 这种观念实与当时风行的谶纬学
说相契合。所谓百姓传唱之歌、诗、童谣，即诗谶与谣谶；神书
即《河图》《洛书》此类上天所赐之祥瑞。这些代表上天旨意的歌
谣与神书皆是《太平经》推崇的"正文"，是由"气导之"而成。

　　《太平经》关于文气的论述，又涉及创作主体的问题。《太平
经》认为"古诗人之作，皆天流气，使其言不空也"②。这种
"天"赐之"气"，即是天地自然精华之元气。古诗人正是因为得
到天赐之文气，才能创作出内容真实，"其言不空"的诗歌。然
而，虽说古诗人之作是由天之"文气"赋予人创作而成，但并非
所有人皆有此幸运。对于凡夫俗子而言，人之禀气更受制于后天
的环境与修养。人之禀气不同，诗文创作也迥然不同。故《太平
经》在将文章本原归之于天地之精气的同时，也对世间文章形态
复杂多样的原因进行了探索。其《天文记诀》曰："天地有常法，
不失铢分也。远近悉以同象，气类相应，万不失一……其气异，
其事异，其辞异，其歌诗异，虽俱甲子，气实未周，故异也。以类
象而呼之，善恶同气同辞同事为一周也。"③ 此处所言"其气异"，

---

① 王明：《太平经合校》，第 174 页。
② 王明：《太平经合校》，第 178 页。
③ 王明：《太平经合校》，第 177 页。

指诗人所处环境之气。因为"气"不同，而导致事不同，事不同则文辞异，形之于歌、诗也有异。为何会存在这种差异呢？《太平经》认为"天地有常法，不失铢分"，故远近事物皆能"同象""气类"，做到万不失一。所谓"远近"即是指作者所处的物理环境。以远近事物之"类象"考之，"善恶同气同辞同事为一周"。然而，现实情况却是"气实未周"，因环境有异而导致人之禀气不同，故创作出的歌、诗也有异。

第三节　《太平经》推崇"正文"与"真文"的文章功用论

《太平经》中的"文章"，其内涵很广。《件古文名书诀》云："众贤共视古今文章，竟都录出之，以类聚之，各从其家，去中复重，因次其要文字而编之，即已究竟，深知古今天地人万物之精意矣。因以为文，成天经矣。"① 再如《守一入室知神戒》云："书之为法，著也，明也。天下共以记事，当共所行也，可以记天下人之文章也。故文书者，天下人所当共读也，不为一人单孤生也。故天下共以记凡事也，圣人共以记天地文理，贤者用记圣人之文辞。凡人所当学而共读之，乃后得其意也。"② 从这两则文献可知，《太平经》中的文章指天下所有以文字记录之文书。这些文书可以是天下人所共记之"凡事"，也指圣人所记"天地文理"，贤人所录"圣人之文辞"。而当众贤人对天下古今文章进行编次时，可以探究"古今天地人万物之精意"，并可"因以成文，为天

① 王明：《太平经合校》，第84页。
② 王明：《太平经合校》，第419页。

经"。可见《太平经》中的"文章"主要偏指"思想学术"之义。

《太平经》中"文辞"的内涵也是如此。其文曰："故教人拘校古今文集善者，以为洞极之经，定善不可复变易也，虽圣贤之人不能复致其文辞。夫文辞，天地阴阳之语也。"①《太平经》认为古今文集中之善者，可以作为道教"洞极之经"，即"洞极天地阴阳之经"②。"文辞"即是"天地阴阳之语"。所谓"天地阴阳之语"当然包含甚至更侧重于思想、学术之义。

在文章与学术的疆界逐渐趋于明朗的东汉时期，《太平经》中的"文章""文辞"内涵却仍如先秦时期那样包含着学术、思想、学说等意义。从文学发展史来看，这似乎是一种倒退。但《太平经》本身就是一部阐述道教学说的理论著作。其关注的重点不在于抒情言志的文学艺术，而在于道教理论的阐发。对于《太平经》而言，好的文辞除了可以阐述宗教学说之外，也是修道成仙的重要手段。因此，什么样的文章才符合道教宣扬教义的需要，才能帮助世人达到修炼成仙或者治国太平的目的，是《太平经》特别关注的问题。《太平经》的作者把符合道教教义的文章称为"正文""真文"，并将"正文"视为文章的最高境界。

何谓"正文"？如上文所述，正文乃是因天地精华之气而形成的文章。《太平经》谓："正文者，乃本天地心，守理元气。"那么对于修道者而言，正文具有怎样强大的功能呢？《拘校三古文法》曰："故言悉正，文悉正，辞悉正，而帝王按而行之，下及小民，莫不俱好行正。天地乃为大正，四时五行万物，一旦皆各得其正，

---

① 王明：《太平经合校》，第 686 页。
② 王明：《太平经合校》，第 85 页。

日月三光守度，各得正也。国家大安无忧，乃到于神，负不老之
方赐之，奇物善应悉出，奸猾妖恶悉灭绝。凡民各得保其家，而
竟其天年，万物悉得长老终，各以时也。是即正言正文正辞之为
天地根，而国家宝器父母，民万物之命，大明效也。"①《校文邪正
法》曰："令天下俱得诵读正文，如此天气得矣，太平到矣，上平
气来矣，颂声作矣，万物长安矣，百姓无言矣，邪文悉自去矣，
天病除矣，地病亡矣，帝王游矣，阴阳悦矣，邪气藏矣，盗贼断
绝矣，中国盛兴矣，称上三皇矣，夷狄却矣，万物茂盛矣，天下
幸甚矣，皆称万岁矣。"② 在《太平经》的思想体系中，合于天地
心的文辞才是正文正辞，此类正文正辞因其精神与天相应，故可
以去除人间灾厄。帝王遵从这些正文正辞治理天下，则天下小民
无不行正；乃至宇宙间所有事物包括天地、四时、五行、万物、
日月等皆得其正。于是天神负不老之方而至，统治者得以长生不
老，国家归于太平。可见，《太平经》认为正文具有笼罩天地万物
的至大至强的功能。这种将文章功用推崇到极限的思想，属道教
所特有。

　　对于道教徒而言，要运用正文以修道治国，就要先判断什么
样的文章才是正文。《太平经》对天下文章的好坏有辩证思考。
《拘校三古文法》曰："俗人俱言善善而共力行之，而灾殊不除去
者，即不善之文，不善之言之乱也。俗人言此可耳，不能善也，
而按行之，反与天相应，灾日除去者，即正文正言正辞也，内独
与天相应，得天地心意之明征也。是故正言正文，乃见是正天地

---

① 王明：《太平经合校》，第 358 页。

② 王明：《太平经合校》，第 192 页。

之心也。"① 早期道教徒认为，世俗之人都称赞的文章，未必真是好文章。反之亦然。那么，该如何判断这些文章的好坏？因为正文与天地合心，有去灾的神奇功能，故在《太平经》中，判断文章的正、邪，办法只有一个，即以文除灾，成功者为正文，反之则是邪文。

又有所谓"真文"者，《太平经》曰："文书亿卷，中有能增人寿，益人命，安人身者，真文也，其余非也。文书满室，中有能得天心平理治者，真文也，其余非也。"② 又云："书传万世无绝，子孙相传。日以相教，名为真文，万世无易，令人吉焉。"③《太平经》认为，在天下成万上亿的文书中，只要是能令人长寿、吉祥或者能治国得太平的文章，皆是真文。

如何判断文辞是真文还是伪文？其办法与判断"正文"相同，即以文除灾。《太平经》借天师之口如此陈述："真与伪与天相应，不悉以示下古之人，试使用之，灾害悉除，即是吾之真文也，与天上法相应，可无疑也。不言而反曰彰明矣。用之而无成功，吾道即伪矣，亦不言而明矣。天上为法，不效巧言，乃效成功成事。比若向日月而坐，俱有光明。何以知其热与清乎？去人积远。以何效之？主以成功也，向日而坐煴也，足以知热；向月而坐，足以知清。吾之真文，亦若是矣。"④ 天师所言之真文，可以去灾除害，其效用有如向日而坐则知热，向月而坐则知清。反之则是伪文伪道，不可信。

---

① 王明：《太平经合校》，第 358 页。
② 王明：《太平经合校》，第 446 页。
③ 王明：《太平经合校》，第 211 页。
④ 王明：《太平经合校》，第 691 页。

由于正文与真文具有强大的修道功能，而邪伪文又具有极大的危害性（详见后文）。就道教徒而言，正文与真文乃是修道成功的关键。故在修道过程中，如何判断文章的正、真、邪、伪就成了天师们的重要才能，也是《太平经》整个宣教理论的核心内容。天师们往往自称受"天"的委托，教导求道之弟子怎样才能获得正文与真文。如《件古文名书诀》中，天师曰："是故天使吾深告敕真人，付文道德之君，以示诸贤明，都并拘校，合天下之文人口诀辞，以上下相足，去其复重，置其要言要文诀事，记之以为经书，如是乃后天地真文正字善辞，悉得出也。邪伪毕去，天地大病悉除，流灾都灭亡，人民万物乃各得居其所矣，无复殃苦也。"[1] 将天下文辞交付"道德之君"，让他们一起拘校文辞，撮其要者记为经书，如是，才能让"天地真文正字善辞，悉得出也"。《拘校三古文法》又云："诚知天爱是正言正文正辞，所以大疾是邪言邪辞邪文者，正知天地大怨咎之，以是敕吾，使吾下校，去是怨咎与贼，以安有道德之国，以长解天地开辟已来承负之谪，使害一悉去得休，使正气悉得前治也。"[2] 天师们自命为"道德之君"，受天之所敕，校验天下文章，帮助弟子们获得正文与真文，并免受邪伪文之侵害。另外，《太平经》中的《诸乐古文是非诀》《去邪文飞明古诀》《校文邪正法》《核文寿长诀》等文皆记载天师传授弟子如何校验天下文章，做到去邪文，得正文与真文。而《守一入室知神戒》《九天消先王灾法》《验道真伪诀》《知盛衰还年寿法》等篇则是天师指导弟子在具体的修炼过程中，如何使用

---

① 王明：《太平经合校》，第 86 页。
② 王明：《太平经合校》，第 361 页。

正文与真文，同时避免邪伪文对修道过程的破坏。

第四节　《太平经》反对"邪伪文" 与"浮华文"的文章批评论

《太平经》认为，并非天下所有的文章都是正文与真文，也有邪伪文。而邪伪文的存在，会助长"邪恶气"，危害个人修行，破坏其道德修养，甚至危及天下万物。其文云："邪也致邪恶气，使天地不调，万物多失其所，帝王用心愁苦，得复乱焉，故当急为其考正之。今念从古到今，文书悉已备具矣……使与天道指意微言大相远，皆为邪言邪文，书此邪，致不能正阴阳，灾气比连起，内咎在此也。"① 《拘校三古文法》对邪伪文的危害有更详细的阐述，其文曰："夫邪言邪文以说经道也，则乱道经书；道经乱，则天文地理乱矣；天文地理乱，则天地病矣。故使三光风雨四时五行，战斗无常，岁为其凶年；帝王为其愁苦，县官乱治，民愁恚饥寒，此非邪文邪言所病邪？如大用之，乃到于大乱不治也……夫邪文邪言误辞以治国也，日日得乱。于是邪言邪辞误文为耳所共欺，则国为之乱危，臣为之枉法而妄为，民为之困穷，共污天地之治乱。天官大怒，日教不绝也，人哭泣呼冤，亦不绝也。……邪言邪文误辞以治家也，则父子夫妇乱，更相憎恶，而常斗辩不绝，遂为凶家……夫俗人以为小事而不去之，乃不知此邪言邪辞邪文，乃与天地为大怨也，是乃国家之大贼也，百姓之烈鬼也，宁可不一都投而力去之耶？"② 将邪伪文之乱道、乱国、

---

① 王明：《太平经合校》，第188页。
② 王明：《太平经合校》，第356页。

乱家之危害，用层层递进之法一一揭示出来，以此警示人们不要以邪伪文为"小事"而忽视之，并呼吁人们一起抵制邪伪文。

《太平经》如此旗帜鲜明地反对"邪伪文"，与王充《论衡》明言"疾虚妄"有异曲同工之妙。《论衡·佚文》曰："《论衡》篇以十数，亦一言也，曰'疾虚妄'。"① 同书《对作》云："是故《论衡》之造也，起众书并失实，虚妄之言胜真美也。故虚妄之语不黜，则华文不见息；华文放流，则实事不见用。故《论衡》者，所以铨轻重之言，立真伪之平，非苟调文饰辞，为奇伟之观也。其本皆起人间有非，故尽思极心，以机世俗。世俗之性，好奇怪之语，说虚妄之文。何则？实事不能快意，而华虚惊耳动心也。是故才能之士，好谈论者，增益实事，为美盛之语；用笔墨者，造生空文，为虚妄之传……虚妄显于真，实诚乱于伪，世人不悟，是非不定，紫朱杂厕，瓦玉集糅，以情言之，岂吾心所能忍哉！"② 王充认为文章的创作应要追求"真美"。"真美"即是要求文章内容真实，不作虚妄之言，不生造空文。而当时社会的文风却是"虚妄之言胜真美"，文人往往"增益实事""造生空文"，以至于"虚妄显于真，实诚乱于伪"。而且由内容之虚妄，又会导致文辞之华靡，故"疾虚妄"的同时也要反浮华。因为"虚妄之语不黜，则华文不见息；华文放流，则实事不见用。"反浮华与疾虚妄是相辅相成的。同样的思想在《太平经》中也有体现。

《太平经》明言反对"浮华文"。什么样的文章才是浮华文呢？《太平经》如是解释"浮华"二字："外学多，内学少，外事日兴，

---

① 黄晖：《论衡校释》卷 20，第 870 页。
② 黄晖：《论衡校释》卷 29，第 1179 页。

内事日衰，故人多病，故多浮华。浮者，表也。华者，末也。"①《太平经》把天下文章分为三等，曰："书有三等，一曰神道书，二曰核事文，三曰浮华记。神道书者，精一不离，实守本根，与阴阳合，与神同门。核事文者，核事异同，疑误不失。浮华记者，离本已远，错乱不可常用，时时可记，故名浮华记也。"②"神道书"即《太平经》所推崇的"正文"；"核事文"是指内容充实真切的"真文"；而"浮华记"则是远离事物之根本的文章，这类文章的思想主旨往往是"外学多，内学少"，并常有错乱之辞，应弃之不用。

针对当时社会文尚浮华的现象，《太平经》时有抨击。《三合相通诀》云："今者承负，而文书众多，更文相欺，尚为浮华，贤儒俱迷，共失天心，天既生文，不可复流言也。"③《太平经》对当时居主流地位的儒家文风极度不满，批判儒者文尚浮华，"共失天心"。《太平经》认为当时儒者以浮华文教授天下学子，更是为害甚大，《妒道不传处士助化诀》云："是故夫下愚之师，教化小人也，忽事不以要秘道真德敕教之，反以浮华伪文巧述示教凡人。其中大贤得邪伪巧文习知，便上共欺其君；其中中贤得习伪文，便成猾吏，上共佞欺其上，下共巧其谨良民；下愚小人得之，以作无义理，欺其父母，巧其邻里，或成盗贼不可止。贤不肖吏民共为奸伪，俱不能相禁绝。睹邪不正，乃上乱天文，下乱地理，贼五行所成，逆四时所养，共欺其上，国家昏乱，其为害甚甚，不可胜记。"④ 正因为儒家以浮华巧文传授天下学子，才导致败坏

---

① 王明：《太平经合校》，第 720 页。
② 王明：《太平经合校》，第 9—10 页。
③ 王明：《太平经合校》，第 155 页。
④ 王明：《太平经合校》，第 431 页。

大道，流祸国家，社会奸伪成习。故《太平经》一再强调："他书非正道文，使贤儒迷迷，无益政事，非养其性。经书则浮浅，贤儒日诵之，故不可与之也。"①《太平经》对儒家浮华文风之批判，既有对当时社会陋习的反思，也遥承了庄子对儒家思想的鄙薄态度。

对于学道者而言，摒弃浮华文是必要的功课。《太平经》卷五十有《去浮华诀》，认为解经者若"内则不能究于天心，出则不能解天文明地理，以占覆则不中，神灵不为其使，失其正路，遂从惑乱，故曰就浮华，不得共根基至意，过在此，令使朴者失其本也"②。文辞浮华，必失文之根本，其产生的危害非常巨大，可"令天道失正，阴阳内独为其病，乖乱害气数起，帝王愁苦，其心不能禁止，变气连作，人民不寿，以此为大咎，贤明共失天心"③。《解师策书诀》是天师对七言《师策文》进行逐句解读分析的文字。其在解读"人得见之寿长久"句时，从文章的角度解读此句，认为得瑞应文而不疑天道者，得长寿；修道者应弃浮华文，因为"天使其弃浮华文，各守真实"，而只有摒弃浮华文，才能"保其一旦夕力行之，令人人各有益其身，无肯复自欺殆者也"。④

《太平经》一再强调文章要"实"与"真"，认为无实之言，无真之文，就是天底下至坏的文章。《四行本末诀》明言"后生语多空欺无核实者，言之极也。文书多蓄委积而无真者，文之极也。

---

① 王明:《太平经合校》，第230页。
② 王明:《太平经合校》，第175—176页。
③ 王明:《太平经合校》，第176页。
④ 王明:《太平经合校》，第66—68页。

是皆失本就末，失实就华"①。在《拘校三古文法》中，作者指出行状应"有功者因记有功，无功者使记无功，以为行状"②，从写作的角度，强调行状这一特定文体应谨守内容真实的原则。而《天文记诀》认为"古诗人之作，皆天流气，使其言不空也"，即是将内容之真实作为评价诗歌的最高标准。

第五节　《太平经》强调章句应守"本文"的经典释读论

《太平经》作为早期道教经典，其文学观深受老子"信言不美，美言不信"之观念的影响，为文强调质朴，主张实而不华。除了在书中一再推崇"正文""真文"外，《太平经》还对当时社会兴盛的章句之学进行了反思，并提出反对浮华文的文学观念。

两汉时期，章句之学经历了一个从兴起到衰落的过程。章句是西汉中期兴起的一种"离章析句"注释经书的方法。随着时间的推移，这种盛极一时的注经方式，文辞极度繁富冗长，其对经书的解释却越来越支离琐碎，在两汉之际就备受诟病。据《汉书》记载，夏侯胜指责夏侯建为"章句小儒，破碎大道③。桓谭《新论·正经》记载，"秦近君能说《尧典》，篇目两字之说，至十余万言；但说'曰若稽古'二三万言"④。《汉书·艺文志》也谓汉儒"说五字之文，至于二三万言。后进弥以驰逐，故幼童而守一

---

① 王明：《太平经合校》，第 95 页。
② 王明：《太平经合校》，第 360 页。
③ 班固：《汉书》卷 75，第 3159 页。
④ 朱谦之：《新辑本桓谭新论》，第 38 页。

艺，白首而后能言"①。《后汉书·郑玄传》说当时儒学风气，是"经有数家，家有数说，章句多者或乃百余万言。学徒劳而少功，后生疑而莫正"②。这种动辄几万甚至百万言的章句，强调遵师说，守师法，成为一种烦琐而僵化的说经方式，在东汉中晚期走向衰落。

《太平经》也体现了道教徒对章句之学的反思。在《太平经》中，天师们有条件地接受了章句之学。《分解本末法》中，天师如是告诫弟子："夫人言太多而不见是者，当还反其本要也，乃其言事可立也。故一言而成者，其本文也；再转言而止者，乃成章句也；故三言而止，反成解难也，将远真，故有解难也；四言而止，反成文辞也；五言而止，反成伪也；六言而止，反成欺也；七言而止，反成破也；八言而止，反成离散远道，远复远也；九言而止，反成大乱也；十言而止，反成灭毁也。故经至十而改，更相传而败毁也。"③早期道教徒认为，文辞要能切中事物之"本要"，只有切中了事物之"本要"，所言之事才可成功。反言之，如果一言而事可成，说明文辞切中了事之根本，为之"本文"；如果反复文辞而事成，那么反复的文辞就是章句，章句尚未偏离事之"本要"。如果再三言之而事才成功，那么文辞已远离事之根本，非但于事无益，反倒成为成功之阻难了。推而广之，四言则成浮华之文辞，至五言则成伪辞，至九言、十言，则所言之事大败，甚至走向毁灭。《太平经》将章句置于"本文"之后，体现了对章句的认可。但其明确反对离题万里、不得要领的烦琐章句，主张经典

---

① 班固：《汉书》卷30，第1723页。
② 范晔：《后汉书》卷35，第1213页。
③ 王明：《太平经合校》，第76页。

释读应该简明扼要，直指根本。

在《校文邪正法》中，天师对章句的态度更为明晰，其曰："正文者，乃本天地心，守理元气。古者圣书时出，考元正字，道转相因，微言解，皆元气要也。再转者，密辞也；三转成章句也；四转成浮华；五转者，分别异意，各司其忏；六转者，成相欺文。章句者，尚小仪其本也，过此下者，大病也。"① 天师认为尽管章句之文已开始偏离"正文"，但还能稍稍切合"正文"之根本，即"小仪其本"。他们把章句视为正文与浮华文的临界点，认为章句因其"小仪其本"，尚可接受。除此而外，则是修道过程中要严加摒弃的浮华文与邪伪文。

在《太平经》中，作者一再强调章句应"守本文"，反对因章句而忘"本事"。《学者得失诀》曰："学凡事者，常守本文，而求众贤说以安之者，是也；守众文章句而忘本事者，非也，失天道意矣。"② 因为世间章句众多，异说纷纭，如果因章句而忘掉了"本文"，那就丧失了"天道意"。更有甚者，因章句众多而不守"本文"，会导致天地大乱，生出"承负"之灾。如《守一入室知神戒》所云："故一本文者，章句众多故异言。令使天地之道，乃大乱不理，故生承负之灾也。"③《太平经》强调"守本文"，正是对汉代"博士买驴，书券三纸，未有驴字"④ 式章句的驳正。

《太平经》对章句的接受，与汉儒章句之学要求遵师法、守师说的传统有关。早期道教的修炼，天师传授弟子主要是通过口传

---

① 王明：《太平经合校》，第 190 页。
② 王明：《太平经合校》，第 277—278 页。
③ 王明：《太平经合校》，第 420 页。
④ 王利器：《颜氏家训集解》卷 3，第 177 页。

身教。故天师要求弟子能严守师法。《校文邪正法》谈到如何对经书进行阐释才能真正探得经书之要言真意。其文曰:"拘校上古中古下古之文,以类召之,合相从,执本者一人,自各有本事,凡书文各自有家属,令使凡人各出其材,围而共说之,其本事字情实,且悉自出,收聚其中要言,以为其解,谓之为章句,得真道心矣。"[①] 众弟子与天师围坐在一起,共同解说经书,天师吸取其中之要言,以作阐释,即为经书之章句。此类章句可"得真道心"。一旦确定了"得真道心"的章句,弟子就必须严守师说,不得受"外章句"之迷惑。在师徒传授过程中,天师强调"学于师口诀者,勿违其师言,是其大要一也。夫学之大害也,合于外章句者,日浮浅而致文而妄语也,入内文合于图谶者,实不能深得其结要意,反误言也。学长生而出,合于浮华者,反以相欺也;合于内不得要意,反陷于大邪也"[②]。严守师法,不违师言,是学道之"大要"。如果违背师说而"合于外章句",则会日益浮浅而致妄语,最终陷于大邪,自然谈不上修道成仙了。

《太平经》强调章句要严守"本文",不忘"本事",批判混淆文意的浮华辞藻,体现了当时社会对烦琐章句的厌弃;而其又坚守师说,以章句作为师徒授法的重要方式,说明早期道教在传播道义时对儒家说经方式的借鉴与反思。

第六节 《太平经》道教文学理论体系之意义

《太平经》以先秦道家哲学中的气化宇宙论为理论基础,在汉

---

① 王明:《太平经合校》,第 190—191 页。
② 王明:《太平经合校》,第 277 页。

代谶纬学说的神秘主义文化背景下，将"气"引入文学理论领域；并在此基础上，提出了以文气、正文、真文、本文、邪伪文、浮华文为核心概念的文原论、文章价值论、文章批评论、经典释读论。这些文学理论融会贯通，从不同角度渗透到《太平经》的道教思想体系中，建构了以服务道教为目的的文学理论体系。这个文学理论体系的形成，既批判地借鉴了当时社会的文学观念，又融入了道教的宗教教义，表现出较强的哲学思辨和理论创新能力。《太平经》作为早期道教经典，其以文气说为基础的文学理论体系即便是放置在中国整个古代文学理论体系中，也具有重要的意义与价值。

首先，《太平经》提出的"文气"理论，是中国古代"文气"理论系统中重要的组成部分。当今学界皆持曹丕首次提出"文气"说的观点。学者对曹丕"文气"说的追溯，又上溯到孟子的"养气"说，而对孟子与曹丕之间文气说的发展却极少关注。从孟子到曹丕，文气说有质的飞跃。但是这种飞跃并不是骤然生成的，其间经历了两汉人对文与气之关系的思考。两汉人承袭并发展了先秦道家气化宇宙论的观点，并将之运用到了文学理论中，这在《太平经》中多有体现。

《太平经》文气说的精神内核与孟子、曹丕之文气说有很大不同。孟子与曹丕所言之"气"主要指作者的道德修养、个性气质，是从创作主体的角度讨论文与气之关系。如陈钟凡认为曹丕论气"实指'才性'言之"①。郭绍虞在此基础上，提出曹丕之论气兼

①　陈钟凡：《中国文学批评史》，中华书局，1940 年，第 24 页。

指"才气"与"语气"①；王运熙认为曹丕"所谓'气'，近似于今日所谓风格。当他说某作家具有某种气时，自然是就其作品而言，但也兼指作家本人的气质"②。而《太平经》的文气说旨在探究文章形成的奥秘，其以道家气化宇宙论的宏观视野探寻文章之本原，立意高远，气势宏大。《太平经》认为"行文者，天与文气助之"，"正文者，乃本天地心，守理元气"，将文气与汉代宇宙生成论中之元气结合起来，认为正文形成于天地精华之气。这一文原论思想，在后世文人那里一再得到遥响。元人吴澄《别赵子昂序》曰："文也者，本乎气也。人与天地之气通为一，气有升降，而文随之。"③ 明人彭时在《文章辨体序》中说："天地以精英之气赋于人，而人钟是气也，养之全，充之盛，至于彪炳阂肆而不可遏，往往因感而发，以宣造化之机，述人物情理之宜，达礼乐刑政之具，而文章兴焉。"④ 归有光《项思尧文集序》云："余谓文章，天地之元气。得之者，其气直与天地同流。"⑤ 姚鼐《复鲁絜非书》曰："文者，天地之精英，而阴阳刚柔之发也。"⑥ 其《海愚诗钞序》又云："吾尝以谓文章之原，本乎天地；天地之道，阴阳刚柔而已。苟有得乎阴阳刚柔之精，皆可以为文章之美。"⑦凡此种种，在精神上与孟子、曹丕文气说较远，而更契合《太平

---

① 郭绍虞：《照隅室古典文学论集》，上海古籍出版社，2009 年，第 46 页。

② 王运熙、杨明：《中国文学批评通史·魏晋南北朝卷》，上海古籍出版社，1996 年，第 30 页。

③ 吴澄：《吴文正集》卷 25，《文渊阁四库全书》第 1197 册，第 261 页。

④ 吴讷：《文章辨体序说》，于北山，人民文学出版社，1998 年，第 7 页。

⑤ 归有光：《震川先生集》卷 2，周本淳，上海古籍出版社，1981 年，第 21 页。

⑥ 姚鼐：《惜抱轩诗文集》卷 6，上海古籍出版社，1992 年，第 93 页。

⑦ 姚鼐：《惜抱轩诗文集》卷 4，第 48 页。

经》之"文气"说。

其次,《太平经》提出"正文"与"真文"的概念也值得重视。《太平经》对正文与真文的功能有系统论述,说明作者已充分认识到文学的价值与意义,并有意提高文学的社会地位。《太平经》认为正文与真文可以使"国家大安无忧""凡民各得保其家,而竟其天年,万物悉得长老终,各以时也"。这种文章功用论已关注到社会现实民生。在灾祸频起、民不聊生的东汉社会,《太平经》提出老百姓"各得保其家,而竟其天年"的愿望,道出了天下百姓的心声。《太平经》还认为正文能培养人的正气,引导天下万物行归正道,"故言悉正,文悉正,辞悉正,而帝王按而行之,下及小民,莫不俱好行正"。这就涉及文学的教化作用。可见,虽然《太平经》为道教经典,但其文章功用论与儒家文论功用观重视教化、关注社会现实等特点有相通之处。而且,《太平经》还意识到正文与真文之所以能对人们产生教化作用,是因为作者能"内究于人情心"①。

强调文章之"真",是中国古代文论中一个永恒的命题。先秦时期,庄子就认为人们应"谨修而身,慎守其真",提出"贵真"的思想。《渔父》曰:"真者,精诚之至也。不精不诚,不能动人。故强哭者虽悲不哀,强怒者虽严不威,强亲者虽笑不和。真悲无声而哀,真怒未发而威,真亲未笑而和。真在内者,神动于外,是所以贵真也。……真者,所以受于天也,自然不可易也。故圣人法天贵真,不拘于俗。"② 庄子之"贵真"即要保持人的本性与

---

① 王明:《太平经合校》,第 170 页。
② 郭庆藩:《庄子集释》卷 10,第 1032 页。

真情，反映到文学艺术上，则是行文要真实，感情要真挚，反对因辞造文的虚伪文风。如王充提出"真美"的文学观；明代李梦阳《诗集自序》认为"今真诗乃在民间"，"真者，音之发而情之原也"①；明末李贽倡言作文应出于"童心"，"夫童心者，真心也。若以童心为不可，是以真心为不可也。夫童心者，绝假纯真，最初一念之本心也"②，也强调文章要"真"。此类贵"真"的文学思想，与《太平经》之真文观遥相呼应，成为中国文论中的永恒命题。

当然，对于《太平经》所建构的文学理论体系的意义与价值，我们应有一个客观的评判眼光，既不能因其是一部早期道书而忽视之，也无须对其意义与价值拔之过高。事实上，《太平经》的文学理论体系存在一定的局限性。《太平经》建构的道教文学理论体系，虽然继承了道家的一些文学观念，但其本质与道家文艺观有很大不同。道家的文学精神重在虚静无为，讲求涤除玄览、澡雪精神的内在精神气质的陶冶。其对文学的影响，主要表现在艺术精神方面。而《太平经》作为一部修道之书，其根本主旨乃在于修道成仙，其文学理论体系的建构以传播与阐述道教思想，实现道教利益为第一要务，对文学创作中的抒情、审美等艺术问题缺乏关注。故《太平经》建构的道教文学理论体系，在本质上与道家的文学观念存在差异。

---

① 贺复徵：《文章辨体汇选》卷300，《文渊阁四库全书》第1405册，第629页。

② 李贽：《焚书续焚书》卷3，中华书局，1975年，第98页。

第十五章　道教形成的
标志之作:《周易参同契》

　　《周易参同契》（下文简称《参同契》）也是道教形成的标志之作。该书在《隋志》中无录。《旧唐书·经籍志》始著录有"《周易参同契》二卷，魏伯阳撰"，又著录有"《周易五相类》一卷，魏伯阳撰"[①]。《新唐书·艺文志》也著录有"魏伯阳《周易参同契》二卷，又《周易五相类》一卷"[②]。二书皆将《参同契》置于"五行"类。《参同契》貌似解读《周易》，实质却是借爻象之言，论炼丹之术，宣扬凡人修炼成仙的可行性，与儒家之注《周易》的主旨完全不同，实为道教丹鼎派经典之作。元阮登炳在给俞琰的《周易参同契发挥》作"序"时，称该书为"万古丹经之祖"[③]；清朱云阳《周易参同契阐幽·序》推崇其为"丹经鼻祖，诸真命脉"[④]。在道教诗歌中，也可见道士们对《参同契》的歌颂。如唐代道士吕洞宾《窑头坯歌》曰："叹愚人，空驾说，愚人流荡无则休。落趣循环几时彻。学人学人细寻觅，且须研究古

---

　　① 刘昫:《旧唐书》卷47，中华书局，1975年，第2041页。

　　② 欧阳修:《新唐书》卷59，中华书局，1975年，第1553页。

　　③ 俞琰:《周易参同契发挥》，《道藏》第20册，上海书店，1994年，第192页。

　　④ 朱云阳:《周易参同契阐幽》，《藏外道书》第6册，巴蜀书社，1992年，第420—421页。

金碧。金碧参同不计年，妙中妙兮玄中玄。"① 其又有《渔父词》一十八首，其中《知路》曰："那个仙经述此方，参同大易显阴阳。须穷取，莫颠狂，会者名高道自昌。"② 四库馆臣认为"丹经自丹经，易象自易象，不以方士之说淆羲、文、周、孔之大训焉"③，故将《参同契》列之于"道家"类，较之两《唐书》更为恰当。

第一节　《周易参同契》的作者及创作年代

关于《参同契》的作者，历来扑朔迷离。葛洪《神仙传》称"伯阳作《参同契》《五行相类》，凡三卷"④。《参同契》中有一篇隐语也暗示了作者的姓名。其文曰：

> 委时去害，依托丘山。循游寥廓，与鬼为邻。化形为仙，沦寂无声。百世一下，遨游人间。敷陈羽翮，东西南倾。汤遭厄际，水旱隔并。柯叶萎黄，失其华荣。各相乘负，安稳长生。⑤

俞琰注曰："此乃魏伯阳三字隐语也。委与鬼相乘负，魏字也；百之一下为白，白与人相乘负，伯字也；汤遭旱而无水为易，

① 中华书局编辑部：《全唐诗》卷858，中华书局，2013年，第9705页。
② 中华书局编辑部：《全唐诗》卷859，第9774页。
③ 永瑢等：《四库全书总目》卷146，中华书局，1965年，第1249页。
④ 胡守为：《神仙传校释》，第63页。
⑤ 俞琰：《周易参同契发挥》，《景印文渊阁四库全书》第1058册，台湾商务印书馆，1986年，第730页。

阝之厄际为阝,阝与易相乘负,阳字也。魏公用意,可谓密矣!"①
俞琰的解释被后世广泛接受。明胡应麟《四部正讹》认为用隐语
来隐括文章作者的姓名,是东汉末年盛行的做法。他说:"《越绝
书》十五卷……杨用修据《后序》'以去为姓,得衣乃成'等语,
谓东汉人袁康作。案,魏伯阳《参同契》后序'邹国鄙夫'等句
亦寓会稽魏某姓名,而孔文举'渔父屈节'十六言亦离合'鲁国
孔融'四字,盖东汉末盛为此体,用修之论或不诬也。"②清姚际
恒《古今伪书考》在考证《越绝书》的作者时,也涉及《参同
契》中的隐语,云:"杨用修曰:此东汉人也。何以知之?东汉之
末,文人好作隐语:如《黄绢碑》;如孔融以'渔父屈节,水潜匿
方'云云,隐其姓名于《离合诗》;如魏伯阳以'委时去害,与鬼
为邻'云云,隐其姓名于《参同契》。此言良然。"③据当今学界
考证,魏伯阳生活的年代可能在汉桓帝时期④,也可能为东汉
末年。⑤

　　魏伯阳其人于正史无载,生卒年不详。葛洪《神仙传》有
《魏伯阳传》,曰:

　　　　魏伯阳者,吴人也。本高门之子,而性好道术,不

<hr/>

① 俞琰:《周易参同契发挥》,《景印文渊阁四库全书》第 1058 册,第 730
页。

② 胡应麟:《少室山房笔丛》卷 32,上海书店,2001 年,第 317 页。

③ 姚际恒:《古今伪书考》,顾颉刚点校,景山书社,1929 年,第 64—65
页。

④ 参见詹石窗《道教文学史》(上海文艺出版社,1992 年,第 30 页)、张
松辉《先秦两汉道家与文学》(东方出版社,2004 年,第 233—234 页)、张成权
《道家、道教与中国文学》(安徽大学出版社,2010 年,第 188 页)。

⑤ 孟乃昌:《周易参同契考辨》,上海古籍出版社,1993 年,第 52—56 页。

肯仕宦，闲居养性，时人莫知之。后与弟子三人入山作神丹，丹成，知弟子心不尽，乃试之曰："此丹今虽成，当先试之，今试饴犬，犬即飞者可服之，若犬死者，则不可服也。"伯阳入山，特将一白犬自随，又有毒丹，转数未足，合和未至，服之暂死，故伯阳便以毒丹与白犬食之，即死。伯阳乃问弟子曰："作丹惟恐不成，丹即成，而犬食之即死，恐未合神明之意，服之恐复如犬，为之奈何？"弟子曰："先生当服之否？"伯阳曰："吾背违世俗，委家入山，不得仙道，亦不复归，死之与生，吾当服之耳。"伯阳乃服丹，丹入口即死，弟子顾相谓曰："作丹欲长生，而服之即死，当奈何？"独有一弟子曰："吾师非凡人也，服丹而死，将无有意耶？"亦乃服丹，即复死，余二弟子乃相谓曰："所以作丹者，欲求长生，今服即死，焉用此为！若不服此，自可数十年在世间活也。"遂不服，乃共出山，欲为伯阳及死弟子求市棺木。二人去后，伯阳即起，将所服丹内死弟子及白犬口中，皆起。弟子姓虞，遂皆仙去。因逢人入山伐木，乃作书与乡里，寄谢二弟子，弟子方乃懊恨。伯阳作《参同契》《五行相类》，凡三卷，其说似解《周易》，其实假借爻象以论作丹之意，而儒者不知神仙之事，反作阴阳注之，殊失其大旨也。①

由于仙传特有的创作风格——即有意忽略传主的生活年代以

---

① 胡守为：《神仙传校释》，第63—64页。

制造神秘感，故而葛洪着重记载魏伯阳炼丹的故事，突出其在丹道史上的地位，对其生年并无记载。文末又记载魏伯阳著有《参同契》《五行相类》两部作品。葛洪认为这两部作品貌似解读《周易》，实质却是借爻象之言，论炼丹之术，鼓吹凡人修炼成仙的可行性，与儒家之注《周易》的主旨完全不同。

但是，人们对于魏伯阳的著作权还是存在争议。有人认为《参同契》并非成于一人一时一地。旧题为"长生阴真人注"的《周易参同契》前有序曰："盖闻《参同契》者，昔是《古龙虎上经》，本出徐真人。徐真人，青州从事，北海人也。后因越上虞人魏伯阳，造《五相类》，以解前篇，遂改为《参同契》。更有淳于叔通，补续其类，取象三才，乃为三卷。"① 五代时期，彭晓作《周易参同契通真义序》，认为魏伯阳"得《古文龙虎经》，尽获妙旨，乃约《周易》，撰《参同契》三篇。又云未尽纤微，复作《补塞遗脱》一篇，继演丹经之玄奥。所述多以寓言借事，隐显异文，密示青州徐从事，徐乃隐名而注之。至后汉孝桓帝时，公复传授与同郡淳于叔通，遂行于世"②。据彭晓所言，《参同契》乃是魏伯阳一人所撰，后传授给徐从事，徐从事为之作注。至汉桓帝时，魏伯阳又将此书传授给淳于叔通。当今学者孟乃昌对彭晓所言提出了异议，他考证"阴注"本乃唐时古本，比彭晓注更早。据"阴注"本序言，孟乃昌认为彭晓对这三人的排列顺序出现了混乱，应该是"徐从事、淳于叔通、魏伯阳依序或为作者，或为传

---

① 周全彬、盛克琦：《参同集注》，第3页。
② 彭晓：《周易参同契通真义·序》，《景印文渊阁四库全书》第1058册，第511页。

注者"①。另外，潘雨廷②、方春阳③、戈国龙④、汪启明⑤等人从不同角度对《参同契》的作者及成书年代进行了考论，皆持《参同契》为徐从事、魏伯阳、淳于叔通三人合撰而成，并在东汉末年已成定本这一观点。

第二节　《周易参同契》文体杂糅的文本形态

《参同契》包含了三言诗、四言诗、五言诗、骚体辞赋、散体文、歌体多种文学体裁。这种文体杂糅的现象，引得历代学者对之多有讨论。彭晓认为《参同契》乃魏伯阳一人所撰，那么这种文体杂糅的现象则是魏伯阳有意而为之。清代朱元育在《参同契阐幽》中也认为《参同契》只是魏伯阳独著，云："近代诸家，有分上篇为经、此篇为注者，又有分四言为经、五言为注者，不知彻首彻尾，贯通三篇，始成一部《参同契》，千载之下，孰从定其为经为注，而徒破碎章句乎？俱系臆说，概所不取。"⑥清陶素耜《读〈参同契〉杂义》也云："《列仙传》谓魏伯阳作《参同契》三卷，不言景休、叔通共作。稚川仙翁历年未远，必非谬语。况后序一云'今更撰录，补塞遗脱'。一云'故复作此，名《三相

---

① 孟乃昌：《周易参同契考辨》，第 1 页。
② 潘雨廷：《〈参同契〉作者及成书年代考》，载《中国道教》1987 年第 3 期。
③ 方春阳：《〈周易参同契〉作者考》，载《周易研究》1992 年第 3 期。
④ 戈国龙：《〈周易参同契〉与内丹学的形成》，载《宗教学研究》2004 年第 2 期。
⑤ 汪启明：《〈周易参同契〉作者新证（一）》《〈周易参同契〉作者新证（二）》，分别刊于《周易研究》2007 年第 1、2 期。
⑥ 周全彬、盛克琦：《参同集注》，第 985 页。

类》'。其为魏公自撰，明甚。"①

但俞琰却认为"魏伯阳作《参同契》，徐从事笺注，简编错乱，故有四言、五言、散文之不同"②。后世学者更将《参同契》中的四言诗视为"经"，五言诗视为"传"。如明代彭好古在作《古文参同契玄解》时，就认为四言句是原著之"经"，将之汇集一处，题《古文参同契》，署魏伯阳著；又将五言句视为"注"，也汇集一处，题为《〈古文参同契〉笺注》，署名"东汉青州从事徐景休"著；书中的骚体辞赋则被认为是"东汉会稽淳于叔通补遗"的《三相类》。③清仇兆鳌在《古本周易参同契集注》中也分"四言经文""五言传文"，仇氏补注曰："《契》文经、传，出自三人，文字亦分三体。四言《经》文，效《毛诗》也；五言《传》文，效西汉也；《大丹》一赋，仿《楚骚》也。"④明徐渭则不认同这一观点。他在《书〈古文参同契〉误识》一文中认为明代道人杜一诚序《参同契》"分四言者为魏之经，五言者为徐之注，赋乱辞及歌为《三相类》，为淳于之补遗"，"如此分合，乃大乖文理"。⑤

今人詹石窗则认为，《参同契》之所以出现文体杂糅的现象可能有以下三个原因：其一，"《参同契》作者并不是有意识进行文学创作，其基本宗旨乃是为了暗示炼丹的方法"；其二，"中国文

---

① 周全彬、盛克琦：《参同集注》，第 1056 页。
② 俞琰：《周易参同契发挥》，《景印文渊阁四库全书》第 1058 册，第 731 页。
③ 周全彬、盛克琦：《参同集注》，第 725—758 页。
④ 周全彬、盛克琦：《参同集注》，第 1237—1238 页。
⑤ 徐渭：《青藤书屋文集》卷 30，《丛书集成初编》第 2160 册，商务印书馆，1935 年，第 376—377 页。

体到了汉代已有较大的发展"，"到了汉代，各种文体在表现手法上的互相借鉴，彼此之间的影响的趋势也进一步明朗化"；其三，"应该考虑到后人注文混入的可能性"①。是为的论。由于年代久远，文献缺失，我们如今已不可判断《参同契》是否成于一人之手，更无法分辨在《参同契》中何者为经、何者为注，但可以肯定的是，即使这种文体杂糅的现象并非作者有意为之，其在创作经验上的意义与价值依然值得重视。

《参同契》的作者将四言诗、骚体辞赋等传统典雅的文体与五言诗这种新兴的诗体杂糅在一起，呈现了一种全新的文本形态。这种文体杂糅的现象有两方面的积极意义。首先，从宗教理论创作方面来看，这种文体杂糅的现象大大强化了修道丹书的神秘性。炼丹之术本是秘而不宣，即便是师徒口耳相授，也得师傅亲自讲解徒弟才可通晓其中大义。如魏伯阳所言"天地至精，可以口诀，难以书传"，但魏伯阳又曰"若遂结舌喑，绝道获罪诛。写情著竹帛，又恐泄天符"。他这种极其矛盾的心态，决定其在撰写丹经时，必然要采取一种最为隐秘的方式。故而利用文体杂糅的手法进行创作，或许既可使丹法传于后世，又能增强丹经的隐秘性与神秘感，以保天机不泄。

其次，从文学发展史来看，将当时不入流的五言诗与古雅悠远的四言诗、辞赋置于同一部作品，无疑体现了作者独特的文学修养与高瞻的文学眼光，有助于提升五言诗的社会地位。《参同契》成书于东汉中晚期，此时诗歌创作出现了新气象，即五言诗开始兴盛。五言诗起源于民间创作。起初，文人认为五言诗难登

---

① 詹石窗：《道教文学史》，上海文艺出版社，1992 年，第 32—33 页。

大雅之堂,与四言之雅正不能同日而语。挚虞《文章流别论》就认为五言为"俳谐倡乐多用之","雅音之韵,四言为正,其余虽备曲折之体而非音之正也"①。故在很长一段时间内,很少有文人创作五言诗。直至东汉末年,五言诗的创作在下层文人手中趋于成熟并发扬光大。昭明太子修《文选》集录的"古诗十九首",代表了东汉末年五言古诗的最高成就,刘勰盛赞其为"五言之冠冕"②,钟嵘称其"一字千金"③。逯钦立《先秦汉魏晋南北朝诗》收录了四十六首汉代文人五言诗。④ 当今学界据此认为,目前可见保存完整的文人五言诗只有这四十余首。⑤

然而,在《参同契》中保留了大量五言诗。我们姑且不谈其诗歌的艺术价值,单从数量而言,这些五言诗也值得人们重视。因为这些作品的存在,可补充说明东汉末年民间五言诗流传、创作的情况。《参同契》本不分章,彭晓开始为之区别章节,我们也依彭晓区分的章节,来区分每首五言诗。据此,《参同契》上卷有五言诗二十九首,中卷有四首,共计三十三首。这些五言诗篇幅长者可达二十八句,短者为四句,近四百行,占据了《参同契》的主要篇幅。

---

① 挚虞:《文章流别论》,见严可均《全晋文》,中华书局,1958 年,第 1905 页。

② 范文澜:《文心雕龙注》,第 66 页。

③ 曹旭:《诗品集注》,第 45 页。

④ 逯钦立:《先秦汉魏晋南北朝诗·汉诗》卷 12,第 329—343 页。

⑤ 马积高、黄钧:《中国古代文学史》,湖南文艺出版社,1992 年,第 260 页。袁行霈主编的《中国文学史·秦汉卷》也认为:"今所存古诗除《古诗十九首》外,其余完整者不足 20 首,其中有的还是乐府诗……逯钦立《先秦汉魏晋南北朝诗》对古诗与苏李诗搜罗颇为完备,见该书'汉诗'卷一二。"见袁行霈主编的《中国文学史》(第二版)注,高等教育出版社,2005 年,第 235 页。

那么《参同契》为何大量采用五言诗进行丹书的撰写呢？因为在东汉中晚期，魏伯阳所行炼丹术还停留在民间，并未被统治阶层接受并推行。而魏伯阳要推行自己的炼丹术，并将丹经传于后人，必然要从下层文人那里寻找契机，那么魏伯阳对被贵族视为"下里巴人"的五言诗就易于接受，并用之于丹书的写作。

《参同契》中的五言诗，大多为炼丹口诀，很多诗歌让人感觉晦涩难懂。但是，由于魏伯阳出身"高门"，具有较高的知识水平，其文学修养不低，因而在《参同契》中还是存在一些通俗易懂、形象生动的作品。如《参同契》上卷《世间多学士章》，诗云：

> 世间多学士，高妙负良材。邂逅不遭遇，耗火亡货财。据按依文说，妄以意为之。端绪无因缘，度量失操持。捣治羌石胆，云母及礜磁。硫黄烧豫章，泥汞相炼冶。鼓下五石铜，以之为辅枢。杂性不同类，安肯合体居。千举必万败，欲黠反成痴。侥幸讫不遇，圣人独知之。稚年至白首，中道生狐疑。背道守迷路，出正入邪蹊。管窥不广见，难以揆方来。①

这首诗讽刺那些学道不得法的人，虽然具有很高的才华，因没有遇到良师，自己按图索骥，烧炼外丹，以致频遭失败，最终空耗光阴、财力，一事无成。该诗体现了《参同契》对外丹术的态度，认为外丹术是极玄秘的学问，须得在一个真正的良师指导

---

① 陈全林：《周易参同契注译》，第56—57页。

下才有可能修炼成功，修道之士切不可在不懂药物性能、数量、火候的情况下胡乱炼制丹药。该诗语言晓畅明白，韵律自然，从诗体结构而言，已趋于成熟。再如中卷《世人好小术章》，诗云：

世人好小术，不审道浅深。弃正从邪径，欲速阏不通。犹盲不任杖，聋者听宫商。投水捕雉兔，登山索鱼龙。植麦欲获黍，运规以求方。竭力劳精神，终年无见功。欲知服食法，事约而不繁。①

该诗连用六个比喻，以"犹盲不任杖，聋者听宫商。没水捕雉兔，登山索鱼龙。植麦欲获黍，运规以求方"来说明世人偏好小道小术，没有找到探寻大道的正确方法，以至缘木求鱼，徒劳无功。这些生动形象的比喻具有较强的说服力和感染力。此类五言诗在《参同契》中不在少数。虽然《参同契》的诗歌内容为宣扬丹术，但其诗歌体制与创作艺术推动了五言诗的发展。在现存东汉五言诗的文献非常缺乏的情况下，《参同契》中的五言诗具有重要的文学与文献学价值。

第三节　《周易参同契》的"隐喻"创作手法

由于《参同契》主要讲述养生及炼丹之道，暗示炼丹要领，书中有很多古奥难懂的炼丹术语。朱熹在《周易参同契考异》中

---

① 陈全林：《周易参同契注译》，第99页。

感叹其"词韵皆古，奥雅难通"①。《悟真篇》言："契论经歌讲至真，不将火候著于文。要知口诀通玄处，须与神仙仔细论。"② 元代阮登炳在《〈周易参同契发挥〉序》中说："《参同契》乃万古丹经之祖，其辞古奥密微，莫可测议。然亦未有真知实践得其正传，而不能通此者也。"③

《参同契》作为早期道教丹书，除了文体杂糅的文本形态外，其最突出的特点便是大量、密集地使用隐喻之类创作手法，以至文意艰深晦涩。例如《参同契》中常以金火、金木、白虎、黄芽等意象隐喻铅；以金水、青龙、苍液、河上姹女等隐喻汞。因为铅能降低汞的活性，炼丹者常用二者炼制各种丹药。《参同契》中卷《太阳流珠章》言："太阳流珠，常欲去人，卒得金华，转而相因。化为白液，凝而至坚。"④ 所谓"太阳流珠"即指汞，因汞为液体金属，且化学性质不稳定，故言其"常欲去人"。"金华"指铅，将铅、汞进行烧炼，汞即可化为白液，冷凝成稳定性很强的固体。又如《河上姹女章》曰："河上姹女，灵而最神。得火则飞，不见埃尘。鬼隐龙匿，莫知所存。将欲制之，黄芽为根。"⑤ 若据字面意义，不知所云，实则此"河上姹女"隐喻"真汞"，而"黄芽"指"真铅"。而所谓"真汞"又非原初物质意义上的砂汞，而是特指人体内的"元神"。"真铅"特指"元精"，即"天

① 朱熹：《周易参同契考异》，《景印文渊阁四库全书》第1058册，第578页。
② 王沐：《悟真篇浅解》，中华书局，1990年，第74页。
③ 周全彬、盛克琦：《参同集注》，第337页。
④ 陈全林：《周易参同契注译》，第100页。
⑤ 陈全林：《周易参同契注译》，第112页。

地之母气"①;"黄芽"则指"真铅"抑制"真汞"的过程及产生的元精,是元神凝聚不散的根本。此处先将人体内之元神比喻成化学性质不稳定、挥发性高的汞,再比拟成体态轻盈、可随时飘然而去的仙女。而汞遇热则变成气体,如鬼隐龙匿,不知所踪,故而只有以黄芽为根、为母养育之,才能存而不失。

可见,作者善于将单调的炼丹术语换置为常见的活泼的意象。这是作者有意将炼丹口诀中的真实事物隐匿起来以达到保密功能,而产生的客观效果却大大增强了炼丹口诀的趣味性与文学性,既便于学道者记忆,又能对读者产生一定的感染力。又如下卷《升熬于甑山章》曰:

> 升熬于甑山兮,炎火张设下。白虎唱导前兮,苍龙和于后。朱雀翱翔戏兮,飞扬色五彩。遭遇网罗施兮,压止不得举。嗷嗷声甚悲兮,婴儿之慕母。颠倒就汤镬兮,摧折伤毛羽。漏刻未过半兮,龙鳞狈鬣起。五色象炫耀兮,变化无常主。滴滴鼎沸驰兮,暴涌不休止。接连重叠累兮,犬牙相错距。形如仲冬冰兮,阑干吐钟乳。崔嵬以杂厕兮,兼积相支柱。②

这篇骚体辞意象丰富,色彩斑斓,然而要读懂其中的意思却极不容易。这些看似毫不相干的华美意象排列在一起,其实就是说明丹术的修炼过程及表现形态。依彭晓注,此章是魏伯阳"指

---

① 　王沐:《悟真篇浅解》,第43页。
② 　陈全林:《周易参同契注译》,第133—134页。

示丹砂水银之成象"。"甑山"是指鼎居灶上，炉坛相连而似山。白虎、苍龙、朱雀分别指金、水、火，所谓"遭遇网罗施兮，压止不得举。嗷嗷声甚悲兮，婴儿之慕母"，即比拟炼丹过程中"真汞"在水深火热中煎熬的形态；后六句则用犬牙、仲冬冰、钟乳等意象说明"真铅"炼成之后的形仪。彭晓所解为外丹术。也有学者将此章解为内丹术，认为"朱雀"为南方之象，以之比喻修道者体内之元神。元神飞扬，自然光彩耀目。可是元神一旦被元精所制，就如朱雀入了罗网。元精控制住元神，使本易飞散的元神压制不散，与元精很好地相合。"婴儿之慕母"比喻修道者体内神、气相互依恋，犹如稚子之恋母，符合自然之道。这是炼丹者常用的比喻。受元神与元精能量的激发，修道者身体内的气会发生极大的变化，有时会像地下火山喷发，岩浆流变形成钟乳石一样；有时又会如隆冬中的冰那样，晶莹剔透。这些东西汇合在一起，共同支起修道者的身体，至此内丹修炼而成。[1]

这种形象性思维在《参同契》中比比皆是。又如中卷《关关雎鸠章》云："关关雎鸠，在河之洲。窈窕淑女，君子好逑。雄不独处，雌不孤居。玄武龟蛇，盘蚪相扶。以明牝牡，毕竟相胥。"[2]作者引用《诗经·关雎》，其用意既非赞扬后妃之德也非歌颂爱情，而是告诫修炼"金液还丹"的道士，一定要"先明铅火之根，次认阴阳之理，孤阴不自产，寡阳不自成"的道理。作者接着申论这一观点，说："假使二女共室，颜色甚姝。令苏秦通言，张仪结媒。发辩利舌，奋舒美辞，推心调谐，使为夫妻，弊发腐齿，终

---

① 陈全林：《周易参同契注译》，第134页。
② 陈全林：《周易参同契注译》，第123页。

不相知"①。如果两个美女共处一室，即使让战国时期的辩士苏秦、张仪对之鼓舌如簧，游说二人结为夫妻，也是枉然。这就说明修炼丹道时阴阳相配的重要性。作者继而言："若药物非种，名类不同。分刻参差，失其纪纲。虽黄帝临炉，太乙降坐，八公捣炼，淮南执火，立宇崇坛，玉为阶陛，麟脯凤腊，把籍长跪，祝章神祇，请哀诸鬼，沐浴斋戒，冀有所望。亦犹和胶补釜，以硇涂疮，去冷加冰，除热用汤，飞龟舞蛇，愈见乖张。"② 使用一连串的假设、比喻、典故来说明：阴阳不协而求金液还丹是不可能成功的。

这种表达炼丹技巧的作品，引经据典，连设譬喻，对于读者而言，文章语言优美，意象丰富，但要真正探知诗中本意，没有炼丹的理论知识是很难做到的。故朱熹在《周易参同契考异》中说："《参同契》文章极好，盖后汉之能文者为之，其用字皆根据古书，非今人所能解。"③ 其实《参同契》之所以难解，并非因为书中用了许多古字，而是《参同契》中大量、密集的隐喻如同深奥的密码，使人难以破译。这也是作者刻意采取的丹书撰写方式。正如彭晓所言，《参同契》"所述多以寓言借事，隐显异文"，其作用正在于隐示丹法，使丹法既可传承于世，炼丹者又只能在师傅的指导下才可以一窥其真机。陶素耜《读〈参同契〉杂义》也云："《参同》一书，辞韵奥雅，根据古书，皆内景法象隐语，非世儒章句之学也。"④ 他认为《参同契》中的文辞不论是"以卦象言"

---

① 　陈全林：《周易参同契注译》，第 123—124 页。

② 　陈全林：《周易参同契注译》，第 124 页。

③ 　朱熹：《周易参同契考异》，《景印文渊阁四库全书》第 1058 册，第 560 页。

④ 　周全彬、盛克琦：《参同集注》，第 1055 页。

"以天道言""以地道言""以人事言"还是以"以物理言","皆喻言也"①。唐宋以来出现了众多的《参同契》注本，仅《参同集注》就汇集了二十九部之多，并言"现存于世的《参同契》注本有四十余种"②。可见《参同契》之玄奥，让后世丹道家对之探秘不绝。而《参同契》运用隐喻撰写炼丹口诀的创作方式，开创了丹经道书的写作传统。

第四节 《周易参同契》对后世丹书 在创作上的影响

《周易参同契》作为道教丹鼎派的奠基之作，其丹道思想对后世道教影响深远，尤其是唐宋时期，由于炼丹术的盛行，《参同契》的丹道学说受到道士们的热捧。除了对《参同契》进行注释、引申外，唐宋时期还出现了许多新创的丹经与丹诀。如唐代有《通幽诀》《张真人金石灵砂论》《九转灵砂大丹资圣玄经》等炼丹著作，这些作品皆是炼制外丹的理论，文中常常征引《参同契》中的文句。唐宋之交，内丹术开始流行，又出现了许多专注于内丹修炼的丹经，如《陈先生内丹诀》《金液龙虎篇》等。道教发展至宋代，内丹学说越来越成熟，形成了以修炼内丹为宗旨的道教宗派，其中影响最为深远的是金丹派。张伯端为金丹派南宗之祖，其代表作《悟真篇》是继《参同契》之后最重要的内丹理论著作。

后世的丹经与丹诀不仅在理论、术语、观念上继承并发扬《参同契》的精髓，由于丹道传承的保密性，道士们在撰写丹经与

---

① 周全彬、盛克琦：《参同集注》，第1055页。
② 周全彬、盛克琦：《参同集注·前言》，第10页。

丹诀时，其撰述手法与文体选择也与《参同契》一脉相承。例如
记录炼丹术语时，丹经与丹诀几乎都要使用隐语。葛洪在《抱朴
子·黄白篇》中言："凡方书所名药物，又或与常药物同而实非
者，如河上姹女，非妇人也；陵阳子明，非男子也；禹馀粮，非米
也；尧浆，非水也。而俗人见方用龙胆虎掌、鸡头鸭蹠、马蹄犬
血、鼠尾牛膝，皆谓之血气之物也；见用缺盆覆盆、釜鬲大戟、
鬼箭天钩，则谓之铁瓦之器也；见用胡王使者、倚姑新妇、野丈
人、守田公、戴文浴、徐长卿，则谓人之姓名也。近易之草，或有
不知，玄秘之方，孰能悉解？"[①] 丹鼎派的这种理论正是对《参同
契》炼丹术语的继承与发展。

　　《参同契》将四言诗、五言诗、骚体辞赋等文体杂糅在一起，
以记载炼丹口诀、宣扬仙术的方法也得到后世道教徒的认同与传
承。张伯端的《悟真篇》就深受《参同契》的影响。这种影响不
仅体现在修炼丹术的方法与思想上，还体现在记载炼丹术的文体
选择上。《悟真篇》全书亦分三卷，上卷为十六首七言四韵诗，中
卷为六十四首七言绝句，下卷以一首五言四韵诗为总论，后有十
三首《西江月》词，另又有七言绝句五首，全书共有九十三首诗
词。这种将七律、七绝、五律、词多种文体杂糅在一部作品之中
以传播炼丹之术的创作手法，无疑直承《参同契》。而《悟真篇》
也如《参同契》，有意借用当时流行的新兴文体进行丹道的传播。
十三首《西江月》便是当时被视为"诗余""艳科"的难登大雅
之堂的小词，而在《悟真篇》中却用于庄重严肃的丹道书写。可
见，张伯端为了更好地保存丹术，传播丹道，非常乐于接受新兴

---

　　① 王明：《抱朴子内篇校释》，第288页。

文体，并以超然的气度摒弃了对所谓雅、俗的偏见。

《悟真篇》也依魏伯阳开创的传统，大量运用隐喻手法进行创作。《悟真篇》中炼丹术语的喻体与本体的对应皆直承《参同契》，以虎、金公喻铅，以龙、姹女喻汞，以男女相配比喻炼制铅汞。如《悟真篇》卷中有诗云："华岳山头雄虎啸，扶桑海底牝龙吟。黄婆自解相媒合，遣作夫妻共一心。"① 此诗通篇皆是隐喻，言"汞易飞而为铅制，铅易沉而随汞升，河车运罢，元神元精在丹田凝结，成为丹母"② 的过程。接着又有诗言："西山白虎正猖狂，东海青龙不可当。两手捉来令死斗，化成一块紫金霜。"③ 此诗借龙、虎的猖狂、勇猛比喻铅、汞在炼制过程中的动态，而"令死斗"更是强调铅汞炼制过程，两物发生化学反应时的猛烈状态。这些诗无不写得形神俱佳，气势磅礴，但要领悟其中真义却非常困难。故张伯端又有诗云："饶君聪慧过颜闵，不遇真师莫强猜。只为丹经无口诀，教君何处结灵胎？"④ 可见，借隐喻来撰写丹经，正是炼丹者们特意选择的创作手法，而诗歌又正是最擅长用意象来表达真情实感或意图的文学体裁。诗歌的审美特质，在于意象的朦胧、跳跃、留白，可以让读者依凭自己的生活经历与情感体验产生联想。对于既要严守丹道精义又能传承丹道秘术的炼丹家而言，这种亦虚亦实的阅读体验正符合他们的理想。而隐喻的创作手法又完全满足了他们的实际需求。诗中隐喻的意象增强了炼丹诗文的神秘性，形成了丹书所特有的创作风格。这些想象丰富、

---

① 王沐：《悟真篇浅解》，第 58 页。
② 王沐：《悟真篇浅解》，第 59 页。
③ 王沐：《悟真篇浅解》，第 60 页。
④ 王沐：《悟真篇浅解》，第 124 页。

意象华美、意蕴幽微的炼丹诗文，在道教文学史上具有重要地位。

除此之外，《参同契》在传授炼丹口诀的同时，也伴随着作者对仙道的推崇与倡导。《参同契》下卷即是作者宣扬仙道与丹道的诗、辞。文曰：

> 惟昔圣贤，怀玄抱真。服炼九鼎，化迹隐沦。含精养神，通德三元。精溢腠理，筋骨缄坚。众邪辟除，正气常存。累积长久，化形而仙。忧悯后生，好道之伦。随傍风采，指画古文。著为图籍，开示后昆。露见枝条，隐藏本根。托号诸石，覆谬众文。学者得之，韫椟终身。子继父业，孙踵祖先。传世迷惑，竟无见闻。遂使宦者不仕，农夫失耘，商人弃货，志士家贫。吾甚伤之，定录此文。字约易思，事省不繁。披列其条，核实可观。分两有数，因而相循。故为乱辞，孔窍其门。智者审思，以意参焉。

> 法象莫大乎天地兮，玄沟数万里。河鼓临星纪兮，人民皆惊骇。晷景妄前却兮，九年被凶咎。皇上览视之兮，王者退自后。关楗有低昂兮，周天遂奔走；江河无枯竭兮，水流注于海。

> ……

> 自然之所为兮，非有邪伪道。若山泽气烝兮，兴云而为雨。泥竭遂成尘兮，火灭化为土。若蘖染为黄兮，似蓝成绿组。皮革煮为胶兮，麹蘖化为酒。同类易施功兮，非种难为巧。

> 惟斯之妙术兮，审谛不诳语，传于亿世后兮，昭然

而可考。焕若星经汉兮，昺如水宗海。思之务令熟兮，反覆视上下。千周粲彬彬兮，万遍将可睹。神明或告人兮，心灵忽自悟。探端索其绪兮，必得其门户。天道无适莫兮，常传与贤者。[1]

这些文字既对作者为何要修炼丹道、创作《参同契》的原因进行了解释说明，又对《参同契》前文所述修炼丹道的方法进行了提炼与总结。作者从远古圣贤修炼丹术、澡雪精神最终飞升成仙出发，说明凡人修仙是可行的，值得毕生追求；然而后生者却不明大道，妄修道术，误入歧途，以致沦入贫困潦倒之境地，故作者产生了悲悯之心，仿照《诗经·国风》，学习上古典籍，将自己的金丹大道之术写出来以便开示后学。这些诗、辞倡导仙道与仙术，颇有游仙文学的意味。同样，《悟真篇》中也有游仙体裁的诗作，如"梦谒西华到九天，真人授我《指玄篇》。其中简易无多语，只是教人炼汞铅"[2]；"华池宴罢月澄辉，跨个金龙访紫微。从此众仙相见后，海田陵谷任迁移"[3]便是成熟的游仙诗了。

综上所述，《参同契》作为万古丹经之祖，不唯在丹道思想、炼丹术上为后世开创了丹道传统，其丹书撰写也独具一格，形成了丹书的创作风格。《参同契》各种文体杂糅的文本形态，以及大量使用隐喻的创作手法，是丹书既要传承丹道，又要严守秘术卜的最佳选择。而将新兴的五言诗引入丹书的写作，又体现了魏伯

---

① 俞琰：《周易参同契发挥》，《景印文渊阁四库全书》第1058册，第711—724页。

② 王沐：《悟真篇浅解》，第47页。

③ 王沐：《悟真篇浅解》，第105页。

阳等人宽阔的文学视野。《参同契》倡之于前,《悟真篇》继之于后,将文学审美与丹道传承完美地结合起来,成为中国道教丹道史上不可逾越的高峰,也是道教文学史上不可忽视的经典之作。

结　　语

　　东汉末年，道教初创。此一时期，关于道教典籍的撰写要顺应创教所需。道教徒需要建构"神圣"体系来证明道教秩序与价值的合理性。故而，道教神仙谱系的建立、宗教神圣教义的确立是早期道教典籍之首要任务。而要达到这一目的，早期道教徒们必然要在先秦两汉的原始宗教环境下寻求精神观念上的依托与理论学说上的支持。

　　先秦时期形态各异、纷繁复杂的原始宗教是早期道教成长的渊薮。早期道教典籍中的神圣叙事受先秦神话影响至深。而先秦神话是原始巫术与原始宗教的重要载体；原始巫术则是实现宗教目的的手段，再现了宗教仪轨之原初形态。尤其是汉代谶纬学说的兴起，借助战国末年以来的神仙方术理论，通过黄老道、方仙道对儒学的渗透，强化了谶纬的宗教神学性质。不少方士熟知谶纬之学，并将谶纬学说用之于宗教实践中，刺激了早期道教的形成。早期道教徒沿袭谶纬学家的理念，对上古神话中的昆仑山、西王母等母题不断进行宗教化改造，将昆仑山建构为道教圣山，将西王母改造成道教主神，以此宣扬长生不老、飞升成仙这一道教理念。以昆仑山、西王母为核心的神话人物群，从神话形象到道教形象的转化，正是原始宗教与早期道教紧密联系的关键点所在。《尚书》《周易》《山海经》《淮南子》、汉代纬书等作品即再现了先秦两汉神话与巫术的发展态势，传承着原始宗教的理念；

《楚辞》《诗经》则对神话意象与巫风巫歌进行了诗意书写；而汉代的《郊祀歌》、游仙诗赋等则是文人对修炼成仙、长生不老这一宗教理想的歌颂与追求。这些作品建构了前道教时期宗教文学的主体与气象，对早期道教典籍的创作与书写产生了深远的影响。

神化老子是早期道教神圣叙事最突出的体现。从道家到道教，老子形象经历了重大变化，由一个历史上的哲学宗派开山祖，转化为先天地而生、与道合一的道教创世祖。老子形象的渐变过程也是中国道教萌芽、发展并最终形成的过程。《老子》《庄子》对道教产生了至深至远的影响，早期道教教义的确立及道教文学品格的形成皆以《老子》《庄子》为指导纲领。在黄老道思想的影响下，从汉代开始，一些学者对《老子》的思想进行了宗教性解读。《老子指归》《老子道德经河上公章句》《老子想尔注》，为早期道教徒神化老子，将老子从一位哲人向道教创世主的转变提供了理论来源。而东汉时期出现的《李母碑》、敦煌本《老子变化经》《老子铭》则展示了老子神话体系的建构及时人对老子道教宗主的塑形。

仙人传记的出现，是早期道教为建构神仙谱系而进行神圣叙事的重要手段。在原始神话的基础上，《列仙传》开创了中国古代仙传的创作模式，发展成为道教特有的神仙传记文体。东汉造仙运动的兴盛，为道教的形成准备了充足条件。除《列仙传》中出现的汉代神仙外，东汉时期又出现了不少新兴的神仙。这些神仙具有浓厚的道教色彩。例如《肥致碑》《仙人唐公房碑》与《王子乔碑》所刻画的仙人形象，这些仙人碑传的叙事情节、结构和风格，更接近于葛洪的《神仙传》。将这些仙人碑传与《列仙传》《神仙传》中的相关情节进行比较，可见自汉至两晋时期，道教仙传文学发展变化之脉络。

东汉末年出现的《太平经》与《周易参同契》标志早期道教正式形成。《太平经》最核心的思想乃是神仙家思想，其撰著的目的在于"内则治身长生，外则治国太平"。在神圣叙事的创作理念下，《太平经》形成了初具规模的道教语境下的文学理论范畴，建构了以文气、正文、真文为核心概念的文学理论体系。《太平经》中的文学思想具有独特价值，是中国古代文学理论体系中不可忽视的重要内容。《周易参同契》作为早期道教丹鼎派的经典之作，开创了丹道诗的写作传统，丰富了中国诗歌的创作形式及艺术特色。

凡此种种，可见先秦两汉宗教形态、宗教文学的面貌丰富多彩、风姿各异，对早期道教思想及道教文学的发展涵养至深。而早期道教从原始宗教中吸取最多的则是对个体生命的关注与探索，重视个体生命的体验与修为。由此，早期道教典籍重在探寻个体生命与心灵的无限可能性，以神圣叙事的方式使个体生命带上了瑰丽、奇幻的光环与色彩。这种直探人心、直指生命的文字书写，使道教文学具有不同寻常的艺术魅力。

附　录

附录一：甲骨卜辞图片

（郭沫若《卜辞通纂》）

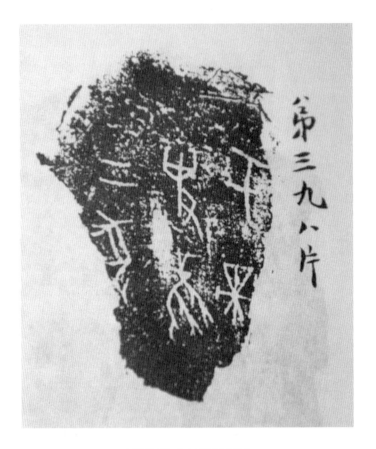

（郭沫若《卜辞通纂》）

（郭沫若《卜辞通纂》）

（郭沫若《卜辞通纂》）

（容庚、瞿润缗《殷契卜辞》）

附录二：东汉《肥致碑》正面拓本

《肥致碑》正面拓本

作者按：对于《肥致碑》的真伪及立碑时间，学界已基本达成共识，确认该碑立于东汉末年。目前学界对于该碑碑文的辨识、断句皆没有太大的争议，仅有部分文句的点断及词意方面存在一些分歧。除《简报》有碑文的录文外，黄展岳《肥致碑及相关问题》、虞万里《东汉〈肥致碑〉考释》、王育成《东汉肥致碑探索》、赵超《东汉肥致碑与方士的骗术》等皆对此碑文的断句、异体字、词意进行了探讨辨析。本文在此基础上，将碑文正文重加整理并移录于下：

孝章皇帝太岁在丙子　孝章皇帝　孝和皇帝　孝和皇帝太岁在己丑

河南梁东安乐肥君之碑

汉故掖庭待诏，君讳致，字苌华，梁县人也。其少体自然之态，长有殊俗之操，常隐居养志。君常舍止枣树上，三年不下，与道逍遥。行成名立，声布海内，群士钦仰，来集如云。时有赤气，著钟连天，及公卿百僚以下，无能消者。诏闻梁枣树上有道人，遣使者以礼聘君。君忠以卫上，翔然来臻，应时发算，除去灾变。拜掖庭待诏，赐钱千万，君让不受诏。以十一月中旬，上思生葵，君却入室，须臾之顷，抱两束葵出。上问："君于何所得之？"对曰："从蜀郡太守取之。"即驿马问郡，郡上报曰："以十一月十五日平旦，赤车使者来，发生葵两束。"君神明之验，讯微玄妙，出窈入冥，变化难识。行数万里，不移日时，浮游八极，休息仙庭。君师魏郡张吴，齐晏子、海上黄渊、赤松子与为友生，号曰真人，世无及者。功臣五大夫洛阳东乡许幼仙，师事肥君，恭敬蒸蒸，解止幼舍。幼从君得度世而去。幼子男建，字孝苌，心慈性孝，常思想神灵。建宁二年，太岁在己酉，五月十五日丙午直建，孝苌为君设便坐，朝暮举门，恂恂不敢解殆，敬进肥君，餟顺四时所有。神仙退泰，穆若潜龙，虽欲拜见，道径无从。谨立斯石，以畅虔恭，表述前列，启劝僮蒙。

其辞曰："赫赫休哉，故神君皇父，又有鸿称，升遐见纪，子孙企予，慕仰靡恃。故刊兹石，达情理，愿时仿佛，赐其嘉祉。"

土仙者，大伍公，见西王母昆仑之虚，受仙道。大伍公从弟子五人：田伛、全雨中、宋直忌公、毕先风、许先生，皆食石脂仙而去。

附录三：东汉《仙人唐公房碑》

《仙人唐公房碑》

作者按：陈显远《汉"仙人唐公房碑"考》①考证该碑立于后汉灵帝熹平（172—178）、光和（178—184）年间，并以碑石拓本为主，参证《集古录》《金石录》《隶释》《金石萃编》《金石续编》《金石索》《两汉金石记》及省、府、县志等录文，对碑文进行了精审详核的整理与补充。今全文移录如下：

仙人唐君之碑

君字公房，成固人，盖帝尧之胄。帝尧允恭克让，□□□（君实继）之。故能举家□□（得渡），□□□（拔宅仙）去。上陟皇耀，统御阴阳；腾清蹑浮，命寿无疆。□（虽）王公之尊，四海之富，曾□□□□□（不能易其一）毛，天地之性，斯其至贵者也。耆老相传，以为王莽居摄二年，君为郡吏，□□□□（暇同僚佐），土域啖瓜，旁有真人，左右莫察，而君独进美瓜，又从而敬礼之。真人者遂与君期婿谷口山上，乃与君神药曰："服药以后，当移意万里，知鸟兽语言。"是时，府在西成，去家七百余里，休谒往徕，□（转）景（影）即至，阖郡惊焉。白之府君，徙为御吏。鼠啮轸车，被具，君乃画地为狱，召鼠诛之，果有被具。府君□（设）宾燕，欲从学道，公房顷无所进，府君怒，勅尉部吏，收公房妻子。公房乃先归于谷口，呼其师，告以危急。其师与之归，以药饮公房妻子曰："可以去矣！"妻子恋家不忍去；又曰："岂欲得家俱去乎？"妻子曰："固所愿也。"于是，乃以药涂屋柱，饮牛马六畜。须史，有大风玄云迎，公房、妻子、屋宅、六畜、倏然与之俱去。昔乔、松、崔、白，皆一身得道，而公房举家俱济，盛矣！传曰："贤者所存，泽流百世。"故使婿乡春夏无蚊蚋，秋冬鲜繁霜，疠虫不遇，去其螟螣，百谷收入，天下莫斯德祐之效也。道侔群仙，德润故乡。知德者鲜，历世莫纪。汉中太守南阳郭君讳芝字公载，修北辰之政，驰周邵之风。歆乐唐君神灵之美，以为道高者名邵，德厚者庙尊。乃发嘉教，躬捐奉钱，倡率群义，缮广斯庙，□（接）和祈福，布之兆民；刊石昭音，扬君灵誉。其辞曰：

□□□□（于穆唐君），□□□□（节达轩黄）。□□□□（逍遥漆园），□□□□（道契蒙庄）。遂享神药，超浮云兮翱翔。

碑阴文字录如下：

故江阴守长成固杨宴字平仲；
东部督邮城固左分字元术；
故江阳守长南郑杨银字伯慎；
处士南郑祝龟字元灵；
司徒掾南郑祝阳字孔达；
处士南郑祝岱字子华；
故益州从事南郑祝忱字子文；
处士南郑祝恒字仲华；

处士南郑祝朗字德灵；

处士南郑祝崇字季华；

太守史南郑祝文字文华；

太守史南郑赵英字彦才；

处士南郑刘通字海□（运）；

故褒中守尉南郑赵忠字元楚；

处士南郑杨凤字孔鸾。

附录四：《老子变化经》

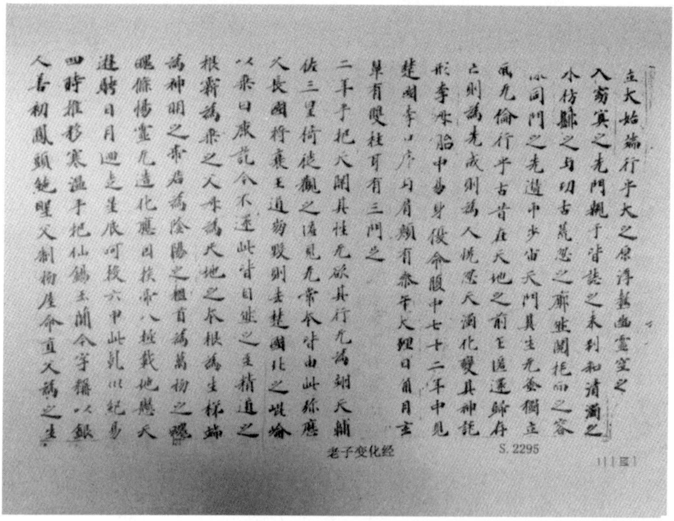

《老子变化经》 Ⅰ

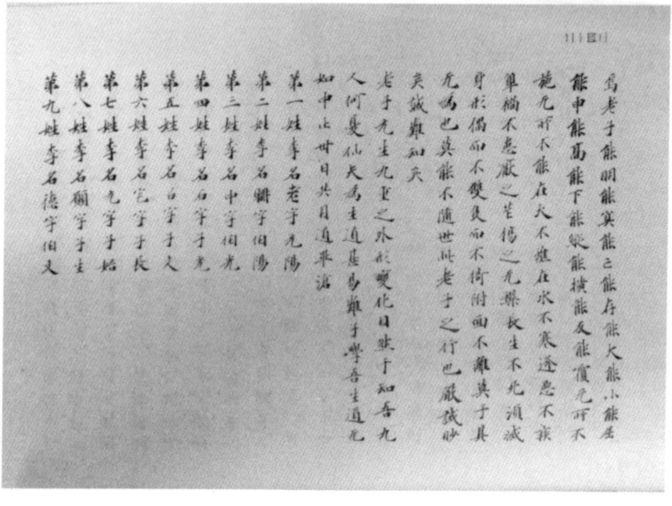

《老子变化经》 Ⅱ

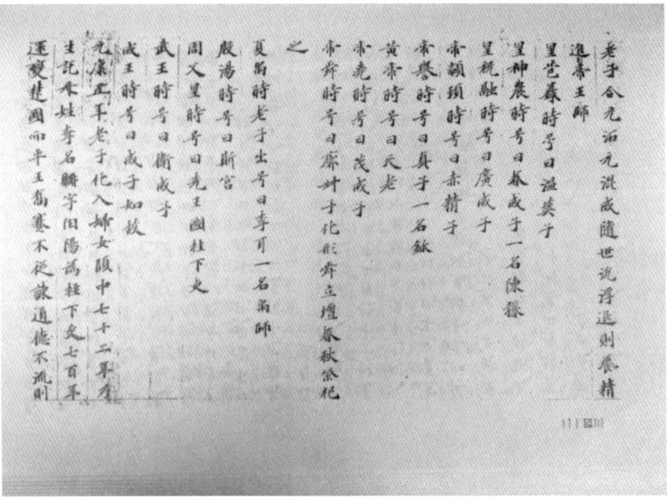
老子合元沌元混成隨世沉浮退則養精
進帝王師
皇苞羲時号曰温莪子
皇神農時号曰春成子一名陳豫
皇祝融時号曰廣成子
帝顓頊時号曰赤精子
帝嚳時号曰真子一名[illegible]
黄帝時号曰天老
帝堯時号曰茂成子
帝舜時号曰廓叔子化形舜立壇春秋祭祀
之
夏禹時老子出号曰李耳一名禹師
殷湯時号曰斯宮
周文皇時号曰先王國柱下史
武王時号曰衛成子
成王時号曰成子如故
元康五年老子化入婦女腹中七十二年產
生託李母姓李名聃字伯陽為柱下史七百年
還變楚國而平王高蹇不從諫道德不流則

《老子变化经》Ⅲ

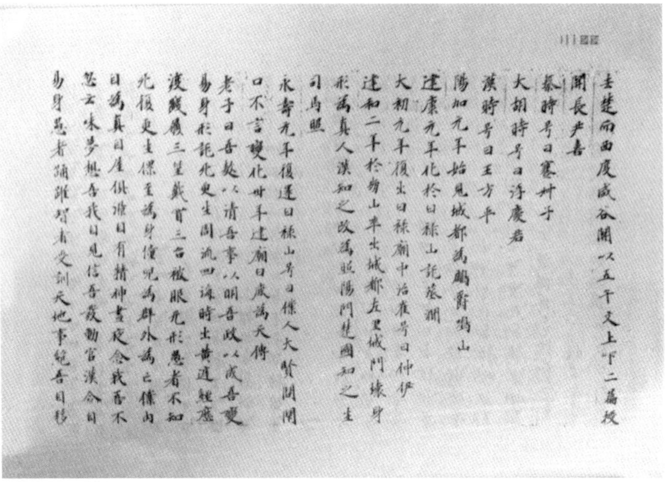
去楚而西度咸谷關以五千文上下二篇授
關長尹喜
秦時号曰蹇叔子
大胡時号曰浮慶君
漢時号曰王方平
陽加元年始見城都為鶴鳴山
建康元年化於白祿山託蔡湖
大初元年復出白祿廟中治崔号曰仲伊
建和二年於[illegible]山萃出城都左里城門壞身
形為真人漢知之改為照陽門楚國知之生
司馬照
永壽元年復還白祿山号曰僕人大賢聞
口不言變化卅年建廟白鹿為天傳
老子曰吾慈以清吾事以明吾政以成吾要
易身於託化更生周流四海時出黄道照應
護賤嚴三皇戴冒三台被服无形愚者不知
死復更生僕至為身僚兒為群外為亡僕內
日為真日[illegible]供滌日有精神晝夜念我吾不
忽云味夢想吾我日見信吾教勑官漢命日
易身愚者蹦踊智者受訓天地事絕吾自移

《老子变化经》Ⅳ

《老子变化经》V

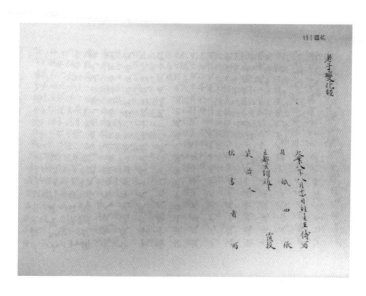

《老子变化经》VI

作者按：此《老子变化经》录文，经参考刘屹《敦煌本〈老子变化经〉研究之一：汉末成书说质疑》中的《老子变化经》录校文及苏晋仁《敦煌逸书〈老子变化经〉疏证》二文整理而成。

老子变化经

立大始端，行乎大之原，浮游幽虚空之（中，出）入窈冥之先门。亲于皆志之未别，和清浊之外，仿佛之与功古，恍惚之廓然。阅托而之容（像），同门之先，边匝步宙天门。

其生无早，独立而无伦。行乎古昔，在天地之前，乍匿还归，存亡则为先。成则为人。恍忽天浊，化变其神。托形李母胎中，易身优命，腹中七十二年，中见楚国李。口序与肩，颊有参午大理，日角月玄，鼻有双柱，耳有三门，足（蹈）二午，手把天关。其性无欲，其行无为，翌天辅佐三皇，倚从观之，匿见无常，本皆由此，弥历久长。国将衰，王道崩毁，则去楚国，北之昆仑，以乘白鹿，讫今不还。此皆自然之至精，道之根蒂，为乘之父母，为天地之本根，为生梯端，为神明之帝君，为阴阳之祖首，为万物之魂魄。条惕虚无，造化应因，挨帝八极，载地悬天，游骋日月，回走星辰，呵投六甲，此乾坤，纪易四时，推移寒温。手把仙锡，玉简今字，称以银人。善初凤头绝，圣父制物，屋命直父，为之生焉。老子能明能冥，能亡能存，能大能小，能屈能申，能高能下，能纵能横，能反能覆，无所不施，无所不能。在火不燋，在水不寒，逢恶不疾，触祸不患。厌之苦，伤之无槃，长生不死，须灭身形。偶而不双，只而不倚，附面不离，莫于其无为也。莫能不随世，此老子之行也。严诚眇矣，诚难知矣。

老子元生九重之外，形变化自然，于知吾九人何忧仙。夫为生道甚易，难子学吾生道，无如中止，卅日共月道毕沧。

第一姓李名老，字元阳；

第二姓李名聃，字伯阳；

第三姓李名中，字伯光；

第四姓李名石，字子光；

第五姓李名召，字子文；

第六姓李名宅，字子长；

第七姓李名元，字子始；

第八姓李名愿，字子生；

第九姓李名德，字伯文。

老子合元，沕元混成，随世沉浮，退则养精，进则帝王师。

皇苞羲时号曰温英子；

皇神农时号曰春成子，一名陈豫；

皇祝融时号曰广成子；

帝颛顼时号曰赤精子；

帝喾时号曰真子，一名铄；

黄帝时号曰天老；

帝尧时号曰茂成子；

帝舜时号曰廓叔子，化形，舜立坛，春秋祭祀之；

夏禹时，老子出，号曰李耳，一名禹师；

殷汤时号曰斯宫；

周父皇时号曰先王国柱下吏；

武王时号曰卫成子；

成王时号曰成子，如故；

元康五年，老子化入妇女腹中，七十二年乃生，托母姓李，名聃，字伯阳，为柱下吏。七百年，还变楚国。而平王乔骞，不从谏，道德不流，则去楚而西度咸谷关，以五千文上下二篇授关长尹喜；

秦时号曰骞叔子；

大胡时号曰浮庆君；

汉时号曰王方平；

阳加元年（132）始见城都，为鹝爵鸣山；

建康元年（144）化于白禄山托葬涧；

大初元年（146）复出白禄庙中，治崔，号曰仲伊；

建和二年（148）于崩山卒，出城都左里城门，坏身形为真人。汉知之，改为照阳门。楚国知之，生司马照；

永寿元年（155），复还白禄山，号曰仆人，大贤问，闭口不言，变化卅年，建庙白鹿为天传。

老子曰："吾教以清，吾事以明，吾政以成，吾变易身形，托死更生，周流四海，时出黄庭。经历渡〔□〕，践履三皇，戴冒三台，被服无形，愚者不知，死复更生。傈至为身，僮儿为群，外为亡仆，内自为真，自屋俱漂，自有精神，昼夜念我，吾不忽云，味梦想吾，我自见信。吾发动官汉，令自易身，愚者踊跃，知者受训，天地事绝，吾自移运。

当世之时，简滓良民，不须自去，端质守身，吾自知之。翁养文鳞，欲知吾处，读五千文过万遍，首自知身，急来诣我，吾与精神。子当念父，父当念子，怡忽相忘，去之万里。所治解台，神不为使，疾来逐我，吾绝纲纪。青白为表，黄黑为里，赤为生我，从一而始。中有黄气可绝酒。教子为道，先当修已，帖泊静穿，检其满乎。无为无欲，不忧患，谷道来附，身可度矣。精思放我，神为走使。吾衡刚茅更胜负，生气在左，原气在右，中有黄气，元阳为上，通无极九宫，僮子精之思之，可以成已。一黾道成，教告诸子，吾六度大白横流疾来，逐我南岳，相求可以度厄，恐子稽留，立春癸巳，放纵罪囚，吾谷惊起，民人有忧，疾病欲至，饿者纵横，吾转运冲托汉事，吾民闻之，自有志乞鄙。自冻无姓字，因汉自职，万民见。端直实心，乃知吾事。今知圣者，习吾意耶？心艮岩，谓我何人？吾以度数出，有时节而化。知吾者少，非吾者多。"

《老子变化经》

大业八年八月十四日经生王俦写

用纸四张

玄都玄坛道士覆校

装潢人

秘书省写

参 考 文 献

说明：参考文献所有论著以作者姓名的汉语拼音为序。

专著

A

[1]安居香山,中村璋八辑.纬书集成[M].石家庄:河北人民出版社,1994.

B

[1]班固.白虎通疏证[M].陈立,疏证.北京:中华书局,1994.

[2]班固.汉书[M].北京:中华书局,1962.

C

[1]曹旭.诗品笺注[M].北京:人民文学出版社,2009.

[2]陈鼓应,白奚.老子评传[M].南京:南京大学出版社,2001.

[3]陈梦家.尚书通论[M].石家庄:河北教育出版社,2000.

[4]陈梦家.殷虚卜辞综述[M].北京:中华书局,1988.

[5]陈全林.周易参同契注译·悟真篇注译[M].北京:中国社会科学出版社,2004.

[6]陈寿.三国志[M].北京:中华书局,1959.

[7]陈寅恪.金明馆丛稿初编[M].上海:上海古籍出版社,1980.

497

[8]陈垣.道家金石略[M].北京:文物出版社,1988.

[9]陈钟凡.中国文学批评史[M].上海:中华书局,1940.

[10]常璩.华阳国志[M]//景印文渊阁四库全书.台北:台湾商务印书馆,1986.

[11]陈本礼.屈辞精义[M].上海:上海古籍出版社,2017

[12]陈骙.文则[M]//王水照.历代文话.上海:复旦大学出版社,2007.

[13]陈逢衡.竹书纪年集证[M]//续修四库全书.上海:上海古籍出版社,1997.

[14]陈介祺.簠斋藏镜[M].扬州:江苏广陵古籍刻印社,1997.

[15]陈景元.南华真经音义[M]//道藏.上海:上海书店,1994.

[16]陈槃.古谶纬研讨及其书录解题[M].上海:上海古籍出版社,2010.

[17]陈乔枞.诗纬集证[M]//续修四库全书.上海:上海古籍出版社,1997.

[18]陈元龙.御定历代赋汇[M]//景印文渊阁四库全书.台北:台湾商务印书馆,1986.

[19]陈振孙.直斋书录解题[M]//景印文渊阁四库全书.台北:台湾商务印书馆,1986.

[20]程俊英,蒋见元.诗经注析[M].北京:中华书局,1991.

[21]褚斌杰.中国古代文体概论[M].北京:北京大学出版社,1984.

[22]褚伯秀.南华真经义海纂微[M]//景印文渊阁四库全书.台北:台湾商务印书馆,1986.

D

[1]丁山.甲骨文所见氏族及其制度[M].北京:中华书局,1988.

［2］丁山.中国古代宗教与神话考［M］.上海:上海文艺出版社,1988.

［3］丁福保.历代诗话续编［M］.北京:中华书局,1983.

［4］戴震.戴震全集［M］.北京:清华大学出版社,1992.

［5］邓廷桢.双砚斋笔记［M］.北京:中华书局,1987.

［6］董仲舒.春秋繁露［M］.北京:中华书局,1975.

［7］董志翘.观世音应验记三种译注［M］.南京:江苏古籍出版社,2002.

［8］杜光庭.录异记［M］//续修四库全书.上海:上海古籍出版社,1997.

［9］杜维运.史学方法论［M］.北京:北京大学出版社,2006.

［10］杜预.春秋左传集解［M］.上海:上海人民出版社,1977.

［11］段玉裁.说文解字注［M］.上海:上海古籍出版社,1981.

E

［1］恩斯特·卡西尔.国家的神话［M］.张国忠,译.杭州:浙江人民出版社,1988.

［2］恩斯特·卡西尔.人论［M］.甘阳,译.上海:上海译文出版社,2003.

［3］恩斯特·卡西尔.神话思维［M］.黄龙保,周振,选译.北京:中国社会科学出版社,1992.

［4］二十五史刊行委员会.二十五史补编［M］.北京:中华书局,1955.

F

［1］范晔.后汉书［M］.北京:中华书局,1965.

[2] 范文澜. 文心雕龙注[M]. 北京:人民文学出版社,1958.

[3] 冯友兰. 中国哲学史史料学初稿[M]. 上海:上海人民出版社,1962.

[4] 傅修延. 先秦叙事研究:关于中国叙事传统的形成[M]. 北京:东方出版社,1999.

[5] 房玄龄. 晋书[M]. 北京:中华书局,1974.

[6] 方玉润. 诗经原始[M]. 北京:中华书局,1986.

G

[1] 干宝. 搜神记[M]. 汪绍楹,校注. 北京:中华书局,1979.

[2] 高亨. 周易古经今注[M]. 北京:中华书局,1984.

[3] 高亨. 周易杂论[M]. 济南:齐鲁书社,1979.

[4] [加拿大]高辛勇. 修辞学与文学阅读[M]. 北京:北京大学出版社,1997.

[5] 葛洪. 神仙传校释[M]. 胡守为,校释. 北京:中华书局,2010.

[6] 葛洪. 抱朴子内篇校释[M]. 王明,校. 北京:中华书局,1985.

[7] 葛兆光. 道教与中国文化[M]. 上海:上海人民出版社,1987.

[8] 葛兆光. 屈服史及其他:六朝隋唐道教的思想史研究[M]. 北京:生活·读书·新知三联书店,2003.

[9] 葛兆光. 中国思想史[M]. 上海:复旦大学出版社,2004.

[10] 葛兆光. 中国宗教与文学论集[M]. 北京:清华大学出版社,1998.

[11] 何休,徐彦疏. 春秋公羊传注疏[M]. 北京:北京大学出版社,2000.

[12] 顾炎武. 日知录集释[M]. 黄汝成,集释. 栾保群,等,校点. 上

海:上海古籍出版社,1985.

[13]归有光.震川先生集[M].上海:上海古籍出版社,1981.

[14]郭沫若.卜辞通纂[M]//郭沫若全集.北京:科学出版社,1982.

[15]郭绍虞.照隅室古典文学论集[M].上海:上海古籍出版社,2009.

[16]过常宝.楚辞与原始宗教[M].北京:东方出版社,1997.

[17]顾颉刚.古史辨[M].上海:上海古籍出版社,1982.

[18]郭茂倩.乐府诗集[M].北京:中华书局,1979.

[19]郭沫若.青铜时代[M].北京:科学出版社,1957.

[20]郭庆藩.庄子集释[M].北京:中华书局,1961.

[21]南华真经注疏[M].郭象注.成玄英,疏.北京:中华书局,1998.

H

[1]郝懿行.尔雅郭注义疏[M]//清疏四种合刊.上海:上海古籍出版社,1989.

[2]何宁.淮南子集释[M].北京:中华书局,1998.

[3]论语集解义疏[M].何晏集解.皇侃,义疏.//景印文渊阁四库全书.台北:台湾商务印书馆,1986.

[4]河北师范学院中文系古典文学教研组.三曹资料汇编[M].北京:中华书局,1980.

[5]洪迈.容斋随笔[M].上海:上海古籍出版社,1978.

[6]洪适.隶释[M].北京:中华书局,1985.

[7]洪兴祖.楚辞补注[M].北京:中华书局,1983.

[8]胡宝国.汉唐间史学的发展[M].北京:商务印书馆,2003.

[9]胡孚琛.魏晋神仙道教[M].北京:人民出版社,1989.

［10］胡应麟.少室山房笔丛［M］.上海:上海书店,2001.

［11］湖北荆州市周梁玉桥遗址博物馆.关沮秦汉墓简牍［M］.北京:
中华书局,2001.

［12］海登·怀特.后现代历史叙事学［M］.陈永国,译.北京:中国社
会科学出版社,2003.

［13］韩婴.韩诗外传［M］.北京:中华书局,1985.

［14］黑格尔.美学［M］.朱光潜,译.北京:商务印书馆,1979.

［15］贺复徵.文章辨体汇选［M］//景印文渊阁四库全书.台北:台湾
商务印书馆,1986.

［16］胡应麟.诗薮［M］.上海:上海古籍出版社,1958.

［17］侯外庐.中国思想通史［M］.北京:人民出版社,1957.

［18］桓宽.盐铁论校注［M］.王利器,校注.北京:中华书局,1992.

［19］黄晖.论衡校释［M］.北京:中华书局,1990.

［20］黄玉顺.易经古歌考释［M］.成都:巴蜀书社,1995.

［21］黄叔琳.文心雕龙辑注［M］.北京:中华书局,1957.

［22］黄震.黄氏日钞［M］//景印文渊阁四库全书.台北:台湾商务印
书馆,1986.

［23］黄佐.六艺流别［M］//四库全书存目丛书.济南:齐鲁书
社,1997.

［24］黄怀信.大戴礼记汇校集注［M］.西安:三秦出版社,2005.

J

［1］J.G.弗雷泽.金枝——巫术与宗教之研究［M］.汪培基,徐育新,
张译石,译.北京:商务印书馆,2012.

［2］季羡林.比较文学与民间文学［M］.北京:北京大学出版

社,1991.

[3]姜亮夫.楚辞学论文集[M].上海:上海古籍出版社,1984.

[4]姜生.汉魏两晋南北朝道教伦理论稿[M].成都:四川大学出版社,1995.

[5]贾善翔.犹龙传[M]//道藏.上海:上海书店,1988.

[6]蒋骥.山带阁注楚辞[M].上海:上海古籍出版社,1984.

[7]姜亮夫.姜亮夫全集[M].昆明:云南人民出版社,2002.

[8]江有诰.先秦韵读[M]//续修四库全书.上海:上海古籍出版社,1997.

K

[1]孔祥星,刘一曼.中国古代铜镜[M].北京:文物出版社,1984.

[2]孔鲋.孔丛子[M]//续修四库全书.上海:上海古籍出版社,1997.

L

[1]老子.老子校释[M].朱谦之,校释.北京:中华书局,1984.

[2]冷德熙.超越神话:纬书政治神话研究[M].北京:东方出版社,1996.

[3]黎国韬.古剧考原[M].广州:中山大学出版社,2011.

[4]黎翔凤.管子校注[M].北京:中华书局,2004.

[5]李德范辑.老子变化经[M]//敦煌道藏.北京:全国图书馆文献缩微复制中心,1999.

[6]李昉.太平御览[M].北京:中华书局,1960.

[7]李昉.文苑英华[M].北京:中华书局,1966.

［8］李剑国.唐前志怪小说史［M］.天津:南开大学出版社,1984.

［9］李镜池.周易通义［M］.北京:中华书局,1981.

［10］李零.中国方术考［M］.北京:东方出版社,2000.

［11］李养正.道教与诸子百家［M］.北京:燕山出版社,1993.

［12］刘昫.旧唐书［M］.北京:中华书局,1975.

［13］李贽.焚书·续焚书［M］.北京:中华书局,1975.

［14］李贽.李温陵集［M］//续修四库全书.上海:上海古籍出版社,1997.

［15］李中华.纬书与汉代文化［M］.北京:新华出版社,1993.

［16］李道纯.道德会元［M］//道藏.上海:上海书店,1994.

［17］李丰楙.神话的故乡——《山海经》［M］.台北:时报文化出版事业有限公司,1982.

［18］李吉甫.元和郡县志［M］//景印文渊阁四库全书.台北:台湾商务印书馆,1986.

［19］李冗.独异志［M］//续修四库全书.上海:上海古籍出版社,1997.

［20］李泽厚.说巫史传统［M］.上海:上海译文出版社,2012.

［21］郦道元.水经注校证［M］.陈桥驿,校证.北京:中华书局,2007.

［22］梁钊韬.中国古代巫术——宗教的起源和发展［M］.广州:中山大学出版社,1999.

［23］林庆彰.中国经学史论文选集［M］.台北:文史哲出版社,1992.

［24］林惠祥.文化人类学［M］.北京:东方出版社,2013.

［25］刘凤.道德指归论［M］//景印文渊阁四库全书.台北:台湾商务印书馆,1986.

［26］刘国梁.道教与周易［M］.北京:燕山出版社,1994.

[27]刘汝霖.汉晋学术编年[M].北京:中华书局,1987.

[28]刘生良.鹏翔无疆——《庄子》文学研究[M].北京:人民出版社,2004.

[29]刘熙.释名[M]//清疏四种合刊本.王先谦,疏.上海:上海古籍出版社,1989.

[30]刘湘兰.中古叙事文学研究[M].北京:北京大学出版社,2011.

[31]刘屹.敦煌道经与中古道教[M].兰州:甘肃教育出版社,2013.

[32]刘屹.神格与地域:汉唐间道教信仰世界研究[M].上海:上海人民出版社,2011.

[33]刘乐贤.马王堆天文书考释[M].广州:中山大学出版社,2004.

[34]刘师培.仪征刘申叔遗书[M].扬州:广陵书社,2014.

[35]刘师培.刘师培全集[M].北京:中央党校出版社,1997.

[36]刘熙载.刘熙载文集[M].南京:江苏古籍出版社,2001.

[37]刘源.商周祭祖礼研究[M].北京:商务印书馆,2004.

[38]刘永济.文心雕龙校释[M].北京:中华书局,2007.

[39]刘永明.汉唐纪年镜图录[M].南京:江苏古籍出版社,1999.

[40]鲁迅.中国小说史略[M].上海:上海古籍出版社,2006.

[41]鲁迅.汉文学史纲要[M].北京:人民文学出版社,1976.

[42]鲁迅.中国小说的历史变迁[M].香港:今代图书公司,1965.

[43]陆侃如.中古文学系年[M].北京:人民文学出版社,1985.

[44]陆侃如,冯沅君.中国诗史[M].济南:山东大学出版社,1996.

[45]陆思贤.神话考古[M].北京:文物出版社,1995.

[46]陆耀遹.金石续编[M]//续修四库全书.上海:上海古籍出版社,1997.

[47]逯钦立.先秦汉魏晋南北朝诗[M].北京:中华书局,1983.

[48]梁启超.中国之美文及其历史[M].北京:东方出版社,1996.

[49]梁启超.中国近三百年学术史[M].天津:天津古籍出版社,2003.

[50]林庆彰.诗经研究论集[M].台北:台湾学生书局,1983.

[51]列维·斯特劳斯.图腾制度[M].渠敬东,译.北京:商务印书馆,2012.

[52]罗愿.尔雅翼[M]//景印文渊阁四库全书.台北:台湾商务印书馆,1986.

[53]林云铭.楚辞灯[M].济南:齐鲁书社,1997.

[54]楼宇烈.王弼集校释[M].北京:中华书局,1980.

M

[1]马端临.文献通考[M].北京:中华书局,1986.

[2]马积高,黄钧.中国古代文学史[M].长沙:湖南文艺出版社,1992.

[3]马宗霍.中国经学史[M].北京:商务印书馆,1998.

[4]孟乃昌.周易参同契考辩[M].上海:上海古籍出版社,1993.

[5]米克·巴尔.叙述学:叙事理论导论[M].谭君强,译.北京:中国社会科学出版社,2003.

[6]梅维恒.哥伦比亚中国文学史[M].马小悟,等,译.北京:新星出版社,2016.

[7]马昌仪.中国神话学文论选萃[M].北京:中国广播电视出版社,1994.

[8]马端辰.毛诗传笺通释[M].北京:中华书局,1989.

[9]麦克斯·缪勒.宗教的起源与发展[M].金泽,译.上海:上海人

民出版社,2010.

[10]马林诺夫斯基.巫术科学宗教与神话[M].李安宅,译.北京:中国民间文艺出版社,1986.

[11]蒙文通.道书辑校十种[M].成都:巴蜀书社,2001.

[12]马骕.绎史[M]∥景印文渊阁四库全书.台北:台湾商务印书馆,1986.

N

[1]聂石樵.楚辞新注[M].上海:上海古籍出版社,1980.

O

[1]欧阳询.艺文类聚[M].汪绍楹,注.北京:中华书局,1965.

[2]欧阳修.新唐书[M].北京:中华书局,1975.

P

[1]潘万木.《左传》叙述模式[M].武汉:华中师范大学出版社,2004.

[2]彭晓.周易参同契通真义[M]∥景印文渊阁四库全书.台北:台湾商务印书馆,1986.

[3]彭定求,等.全唐诗[M].北京:中华书局,2013.

[4]浦起龙.史通通释[M].上海:上海古籍出版社,2009.

[5]蒲慕州.追寻一已之福:中国古代的信仰世界[M].上海:上海古籍出版社,2007.

Q

[1]钱穆.两汉经学今古文平议[M].台北:台湾东大图书公

司,1983.

[2]秦简整理小组.秦汉简牍论文集[M].兰州:甘肃人民出版
社,1989.

[3]青木正儿.中国小说概说[M].隋树森,译.重庆:重庆出版
社,1982.

[4]全祖望.全祖望集汇校集注[M].朱铸禹,集注.上海:上海古籍
出版社,2000.

[5]秦蕙田.五礼通考[M]//景印文渊阁四库全书.台北:台湾商务
印书馆,1986.

R

[1]饶宗颐.老子想尔注校证[M].上海:上海古籍出版社,1991.

[2]任继愈.中国道教史[M].北京:中国社会科学出版社,2001.

[3]任继愈.中国哲学发展史[M].北京:人民出版社,1985.

[4]十三经注疏[M].阮元校刻.北京:中华书局,1980.

[5]容庚,瞿润缗.殷契卜辞[M].北京:北京图书馆出版社,2008.

S

[1]上海古籍出版社.汉魏六朝笔记小说大观[M].五根林,黄益元,
曹光甫,校点.上海:上海古籍出版社,1999.

[2]上海师范人学古籍整理研究所.国语[M].上海:上海古籍出版
社,1998.

[3]沈志权.《周易》与中国文学的形成[M].杭州:浙江大学出版
社,2009.

[4]司马迁.史记[M].北京:中华书局,1959.

［5］宋镇豪,刘源.甲骨学殷商史研究［M］.福州:福建人民出版社,2006.

［6］孙昌武.道教与唐代文学［M］.北京:人民文学出版社,2001.

［7］孙楷第.傀儡戏考原［M］.上海:上杂出版社,1952.

［8］孙克强,耿纪平.庄子文学研究［M］.北京:中国文联出版社,2006.

［9］孙康宜,宇文所安.剑桥中国文学史［M］.刘倩,等,译.北京:生活·读书·新知三联书店,2013.

［10］释道宣.广弘明集［M］//大正新修大藏经.台北:佛陀教育基金会出版部,1990.

［11］释道宣.高僧传合集［M］.上海:上海古籍出版社,1991.

［12］孙毂.古微书［M］//丛书集成初编.北京:中华书局,1985.

［13］沈括.梦溪笔谈［M］//景印文渊阁四库全书.台北:台湾商务印书馆,1986.

［14］司马彪.后汉书志［M］.北京:中华书局,1973.

［15］宋祁.宋景文公笔记［M］//丛书集成初编.北京:中华书局,1985.

［16］沈士龙.题道德指归［M］//丛书集成初编.北京:中华书局,1985.

［17］孙希旦.礼记集解［M］.北京:中华书局,1989.

［18］苏舆.春秋繁露义证［M］.北京:中华书局,1992.

［19］沈约.宋书［M］.北京:中华书局,1997.

［20］孙诒让.墨子间诂［M］.北京:中华书局,2001.

［21］宋衷.世本八种［M］.秦嘉谟,等,辑.北京:中华书局,2008.

［22］孙作云.诗经与周代社会研究［M］.北京:中华书局,1966.

[23]孙作云.《诗经》研究[M].开封:河南大学出版社,2003.

T

[1]汤用彤.隋唐佛教史稿[M].北京:中华书局,1982.

[2]唐大潮.中国道教简史[M].北京:宗教文化出版社,2001.

[3]陶弘景撰.真诰校注[M].吉川忠夫,麦谷邦夫,编.朱越利译.北京:中国社会科学出版社,2006.

[4]陶磊.从巫术到数术:上古信仰的历史嬗变[M].济南:山东人民出版社,2008.

[5]田兆元.神话与中国社会[M].上海:上海人民出版社,1998.

[6]汤池.中国画像石全集[M].济南:山东美术出版社,2000.

[7][美]斯特伦.人与神:宗教生活的理解[M].金泽,何其敏,译.上海:上海人民出版社,1991.

W

[1]王步贵.谶纬文化新探[M].北京:中国社会科学出版社,1993.

[2]王德威.想象中国的方法:历史・小说・叙事[M].北京:生活・读书・新知三联出版社,1998.

[3]王夫之.楚辞通释[M].上海:上海人民出版社,1975.

[4]王符.潜夫论[M].上海:上海书店,1986.

[5]王国维.宋元戏曲考[M].上海:上海古籍出版社,1998.

[6]王利器.颜氏家训集解[M].北京:中华书局,1993.

[7]王利器.风俗通义校注[M].北京:中华书局,1981.

[8]王明.道家和道教思想研究[M].北京:中国社会科学出版社,1984.

[9]王明.太平经合校[M].北京:中华书局,1960.

[10]王明.王明集[M].北京:中国社会科学出版社,2007.

[11]王青.魏晋南北朝时期佛教信仰与神话[M].北京:中国社会科学出版社,2001.

[12]王铁.汉代学术史[M].上海:华东师范大学出版社,1995.

[13]王瑶.中古文学史论[M].北京:北京大学出版社,1998.

[14]王运熙,杨明.中国文学批评通史[M].上海:上海古籍出版社,1996.

[15]魏收.魏书[M].北京:中华书局,1974.

[16]魏徵.隋书[M].北京:中华书局,1973.

[17]吴澄.吴文正集[M]//景印文渊阁四库全书.台北:台湾商务印书馆,1986.

[18]吴光正.中国古代小说的原型与母题[M].北京:社会科学文献出版社,2002.

[19]吴光正.想象力的世界:二十世纪"道教与古代文学"论丛[M].哈尔滨:黑龙江人民出版社,2006.

[20]吴树平.东观汉记校注[M].北京:中华书局,2008.

[21]吴讷.文章辨体序说[M].于北山,校点.北京:人民文学出版社,1998.

[22]伍伟民,蒋见元.道教文学三十谈[M].上海:上海社会科学院出版社,1993.

[23]王冰.黄帝内经素问[M]//景印文渊阁四库全书.台北:台湾商务印书馆,1986.

[24]王国维.观堂集林[M].北京:中华书局,1959.

[25]王国维.王国维全集[M].杭州:浙江教育出版社,2010.

[26] 王纲怀. 中国纪年铜镜[M]. 上海:上海古籍出版社,2015.

[27] 汪继培. 尸子[M]//续修四库全书. 上海:上海古籍出版社,1997.

[28] 王卡. 老子道德经河上公章句[M]. 北京:中华书局,1993.

[29] 王利器. 晓传书斋集[M]. 上海:华东师范大学出版社,1997.

[30] 王念孙. 广雅疏证[M]. 北京:中华书局,1983.

[31] 汪荣宝. 法言义疏[M]. 北京:中华书局,1987.

[32] 王叔岷. 列仙传校笺[M]. 北京:中华书局,2007.

[33] 王树民.《廿二史札记》校证[M]. 北京:中华书局,1984.

[34] 王先谦. 诗三家义集疏[M]//续修四库全书. 上海:上海古籍出版社,1997.

[35] 王先谦. 汉书补注[M]. 北京:中华书局,1983.

[36] 王先谦. 荀子集解[M]. 北京:中华书局,1988.

[37] 王应麟. 汉艺文志考证[M]//景印文渊阁四库全书. 台北:台湾商务印书馆,1986.

[38] 王应麟. 玉海[M]. 上海:上海书店,1987.

[39] 王兆芳. 文体通释[M]. 北京:中华印刷局,1925.

[40] 威廉·詹姆斯. 宗教经验种种[M]. 尚新建,译. 北京:华夏出版社,2012.

[41] W·施密特. 原始宗教与神话[M]. 萧师毅,陈详春,译. 上海:上海文艺出版社,1987.

[42] 吴景旭. 历代诗话[M]. 北京:中华书局,1986.

[43] 吴树平. 东观汉记校注[M]. 北京:中华书局,2008.

[44] 闻一多. 闻一多全集[M]. 北京:生活·读书·新知三联书店,1982.

[45]闻一多.神话与诗[M].天津:天津古籍出版社,2008.

[46]王聘珍.大戴礼记解诂[M].北京:中华书局,1983.

X

[1]香港中文大学中国语言文学系.魏晋南北朝文学论集[M].台北:文史哲出版社,1994.

[2]萧兵.楚辞与神话[M].南京:江苏古籍出版社,1987.

[3]萧登福.谶纬与道教[M].台北:文津出版社,2000.

[4]萧涤非.汉魏六朝乐府文学史[M].北京:人民文学出版社,1984.

[5]萧统.文选[M].李善,注.上海:上海古籍出版社,1986.

[6]小南一郎.中国的神话传说与古小说[M].孙昌武,译.北京:中华书局,1993.

[7]谢明动.六朝小说本事考索[M].台北:里仁书局,2003.

[8]谢守灏.太上老君年谱要略[M]//道藏.上海:上海书店,1994.

[9]熊明.汉魏六朝杂传研究[M].沈阳:辽海出版社,2004.

[10]徐复观.两汉思想史[M].台北:台湾学生书局,1979.

[11]徐公持.魏晋文学史[M].北京:人民文学出版社,1999.

[12]徐坚.初学记[M].北京:中华书局,1962.

[13]徐陵.玉台新咏笺注[M].吴兆宜,注.穆克宏,点校.北京:中华书局,1986.

[14]徐渭.青藤书屋文集[M]//丛书集成初编.北京:中华书局,1985.

[15]徐兴无.谶纬文献与汉代文化构建[M].北京:中华书局,2003.

[16]许结.赋体文学的文化阐释[M].北京:中华书局,2005.

[17]许慎.说文解字[M].徐铉,校定.北京:中华书局,1963.

[18]夏曾佑.中国古代史[M].石家庄:河北教育出版社,2000.

[19]徐复观.中国人性论史[M].上海:三联书店,2001.

[20]许维遹.吕氏春秋集释[M].北京:中华书局,2009.

Y

[1]严可均.全上古三代秦汉三国六朝文[M].北京:中华书局,1958.

[2]严遵.老子指归[M].王德有,点校.北京:中华书局,1994.

[3]阎步克.品位与职位:秦汉魏晋南北朝官阶制度研究[M].北京:中华书局,2002.

[4]颜世安.庄子评传[M].南京:南京大学出版社,2011.

[5]扬雄.法言义疏[M].汪荣宝,疏.北京:中华书局,1987.

[6]杨建波.道教文学史稿[M].武汉:武汉大学出版社,2001.

[7]杨伯峻.列子集释[M].北京:中华书局,1979.

[8]永瑢,等.四库全书总目[M].北京:中华书局,1965.

[9]余嘉锡.四库提要辨证[M].昆明:云南人民出版社,2004.

[10]余嘉锡.余嘉锡文史论集[M].长沙:岳麓书社,1997年。

[11]俞琰.周易参同契发挥[M]//道藏.上海:上海书店,1994.

[12]俞琰.周易参同契发挥[M]//景印文渊阁四库全书.台北:台湾商务印书馆,1986.

[13]袁珂.山海经校注[M].成都:巴蜀书社,1996.

[14]袁珂.中国神话史[M].上海:上海文艺出版社,1988.

[15]袁珂.中国神话通论[M].成都:巴蜀书社,1993.

[16]袁梅.屈原赋译注[M].济南:齐鲁书社,1983.

[17]袁行霈.中国文学史[M].北京:高等教育出版社,2005.

[18]佚名.传授经戒仪注诀[M]//道藏.上海:上海书店,1994.

[19]佚名.太上老君开天经[M]//道藏.上海:上海书店,1994.

[20]佚名.太上老君中经[M]//道藏.上海:上海书店,1994.

[21]佚名.道德真经集注[M]//道藏.上海:上海书店,1994.

[22]杨守敬.日本访书志[M].沈阳:辽宁教育出版社,2003.

[23]姚际恒.诗经通论[M].新北:广文书局,2012.

[24]姚际恒.古今伪书考[M].顾颉刚,点校.北京:景山书社,1929.

[25]游国恩.游国恩楚辞论著集[M].北京:中华书局,2008.

[26]袁珂.袁珂神话论集[M].成都:四川大学出版社,1996.

Z

[1]张伯端.悟真篇浅解[M].王沐,解.北京:中华书局,1990.

[2]曾德雄.谶纬的思想与时代[M].香港:香港国际学术文化资讯出版公司,2006.

[3]詹石窗.道教文学史[M].上海:上海文艺出版社,1992.

[4]詹石窗.易学与道教符号揭秘[M].北京:中国书店,2001.

[5]张成权.道家、道教与中国文学[M].合肥:安徽大学出版社,2010.

[6]张岱年.中国哲学大纲[M].北京:社会科学出版社,1982.

[7]张君房.云笈七签[M].北京:中华书局,2003.

[8]张荣明.殷周政治与宗教关系研究[M].台北:五南图书出版公司,1997.

[9]张松辉.先秦两汉道家与文学[M].上海:东方出版社,2004.

[10]张振犁.中原古典神话流变论考[M].上海:上海文艺出版

社,1991.

[11]章学诚.文史通义校注[M].叶瑛,校注.北京:中华书局,1985.

[12]赵树功.气与中国文学理论体系构建[M].北京:人民出版社,2012.

[13]张树国.乐舞与仪式:中国上古祭歌形态研究[M].天津:天津古籍出版社,2003.

[14]郑明璋.汉赋文化学[M].济南:齐鲁书社,2009.

[15]钟肇朋.谶纬论略[M].沈阳:辽宁教育出版社,1991.

[16]朱骏声.六十四卦经解[M].北京:中华书局,1953.

[17]朱谦之.新辑本桓谭新论[M].北京:中华书局,2009.

[18]朱熹.楚辞集注[M].上海:上海古籍出版社,1979.

[19]詹锳.文心雕龙义证[M].上海:上海古籍出版社,1989.

[20]张光直.中国青铜时代[M].北京:生活·读书·新知三联书店,1983.

[21]张溥.汉魏六朝百三家集[M]//景印文渊阁四库全书.台北:台湾商务印书馆,1986年。

[22]赵白生.传记文学理论[M].北京:北京大学出版社,2003.

[23]赵明诚.金石录校证[M].金文明,校证.桂林:广西师范大学出版社,2005.

[24]赵沛霖.先秦神话思想史论[M].北京:学苑出版社,2002.

[25]赵晔.吴越春秋[M].徐天佑,注.上海:商务印书馆,1937.

[26]浙江省博物馆.古镜今照:中国铜镜研究会成员藏镜精粹[M].北京:文物出版社,2012.

[27]郑文.汉诗选笺[M].上海:上海古籍出版社,1986.

[28]郑振铎.郑振铎古典文学论集[M].上海:上海古籍出版

社,2009.

[29]周全彬,盛克琦.参同集注——万古丹经王〈周易参同契〉注解集成[M].北京:宗教文化出版社,2013.

[30]周世荣.中华历代铜镜鉴定[M].北京:紫禁城出版社,1993.

[31]周振甫.文心雕龙注释[M].北京:人民文学出版社,1981.

[32]周作人.儿童文学小论 中国新文学的源流[M].石家庄:河北教育出版社,2002.

[33]朱彬.礼记训纂[M].北京:中华书局,1996.

[34]朱芳圃.殷周文字释丛[M].北京:中华书局,1962.

[35]朱熹.朱子语类[M].北京:中华书局,1986.

[36]朱熹.周易参同契古注集成[M].上海:上海古籍出版社,1990.

[37]朱熹.诗集传[M].上海:上海古籍出版社,1980.

[38]朱云阳.周易参同契阐幽[M]∥藏外道书.成都:巴蜀书社,1992.

期(辑)刊

B

[1]柏英杰、孙逊.王子乔传说考辨[J].南通大学学报,2013(3).

C

[1]晁福林.论殷代神权[J].中国社会科学,1990(1).

[2]陈多,谢明.先秦古剧考略[J].戏剧艺术,1978(2).

[3]陈梦家.商代的巫术与神话[J].燕京学报,1936(20).

[4]陈鼓应.道家文化研究[M](第13辑).北京:生活·读书·新知

三联书店,1998.

[5]曹建国.回眸百年《诗经》宗教学研究[J].武汉大学学报(人文科学版),2010(3).

[6]陈颖飞.近二十年海外道教研究回顾[J].中国史研究动态,2003(1).

[7]陈显远.汉"仙人唐公房碑"考[J].文博,1996(2).

[8]陈洪.《列仙传》成书时代考[J].文献,2007(1).

[9]陈洪.论《楚辞》的神游与仙游[J].文学遗产,2007(6).

D

[1]大形徹.松乔考:关于赤松子和王子乔的传说[J].复旦学报,1996(4).

[2]党圣元.中国古代文论的范畴和体系[J].文学评论,1997(1).

[3]丁兰."颛顼死即复苏"神话考释[J].中南民族大学学报(人文社会科学版),2012(5).

F

[1]方春阳.《周易参同契》作者考[J].周易研究,1992(3).

G

[1]过常宝.《天问》作为一部巫史文献[J].中国文化研究,1997(春).

[2]过常宝.上下求索:一个祭祀的模式[J].文学遗产,1996(6).

[3]过常宝.《离骚》和巫术仪式[J].文学遗产,1992(3).

[4]过常宝.祭告制度与《春秋》的生成[J].文学遗产,2017(3).

［5］张树国.“口诵史诗”与“舞蹈史诗”——论周秦汉唐史诗形态及与郊庙祭仪之关系［J］.齐鲁学刊,2011(3).

［6］张树国.《楚辞·大招》:汉高祖丧礼中的招魂文本［J］.文学评论,2017(2).

［7］戈国龙.《周易参同契》与内丹学的形成［J］.宗教学研究,2004(2).

［8］顾颉刚.《山海经》中的昆仑区［J］.中国社会科学,1982(1).

H

［1］何双全.天水放马滩秦简综述［J］.文物,1989(2).

［2］河南省偃师县文物管理委员会.偃师县南蔡庄乡汉肥致墓发掘简报［J］.文物,1992(9).

［3］胡新立,王军.山东邹城铜镜选粹［J］.文物,1997(7).

J

［1］江林昌.《商颂》的作者、作期及其性质［J］.文献,2000(1).

L

［1］雷中庆.史前葬俗的特征与灵魂信仰的演变［J］.世界宗教研究,1982(3).

［2］李剑国.《神女传》《杜兰香传》《曹著传》考论［J］.明清小说研究,1998(4).

［3］李学勤.放马滩简中的志怪故事［J］.文物,1990(4).

［4］林河.《九歌》与沅湘的傩［J］.中华戏曲(第12辑),太原:山西人民出版社,1992.

[5]林牧.中国图腾略论[J].世界宗教研究,1989(4)

[6]刘式今.考古遗迹中原始宗教述评[J].世界宗教研究,1991(3).

[7]刘师培.谶纬论[J].国粹学报,1905(6).

[8]李养正.《太平经》与阴阳五行说、道家及谶纬之关系[J].道协会刊,1984(15).

P

[1]潘显一.《太平经》文艺美学思想探要[J].社会科学研究,1999(1).

[2]潘雨廷.《参同契》作者及成书年代考[J].中国道教,1987(3).

T

[1]田璞.从甲骨卜辞看殷商时代的神话传说[J].殷都学刊,1986(3).

[2]王建.《太平经》中的七言诗[J].贵州社会科学,1995(3).

[3]王青.宗教传播与中国小说观念的变化[J].世界宗教研究,2003(2).

[4]唐兰.卜辞时代的文学和卜辞文学[J].清华学报,1936(3).

W

[1]熊德基.《太平经》的作者和思想及其与黄巾和天师道的关系[J].历史研究,1962(4).

[2]吴真.近二十年日本道教文学研究综述[J].武汉大学学报(人文科学版),2012(6).

[3]王建.《太平经》中的七言诗[J].贵州社会科学,1995(3).

[4]王青.《列仙传》成书年代考[J].滨州学院学报,2005(1).

[5]王守亮.《列仙传》考论[J].滨州学院学报,2012(2).

[6]汪小洋.枣树:汉画像石中树图像的一个原形——读《肥致碑》的一个思考[J].齐鲁艺苑,2004(3).

[7]汪启明.《周易参同契》作者新证(一)[J].周易研究,2007(1).

[8]汪启明.《周易参同契》作者新证(二)[J].周易研究,2007(2).

[9]王育成.东汉肥致碑探索[J].中国历史博物馆馆刊,1996(2).

[10]王章焕,曾祥芹.甲骨卜辞:中国最早的文章形态[J].殷都学刊,1986(3).

X

[1]萧艾.中国最早的韵文[J].求索,1988(2).

Y

[1]杨丽珍.原始祭祀与神话史诗[J].世界宗教研究,1988(4).

[2]袁行霈.《山海经》初探[J].中华文史论丛,1979(3).

Z

[1]张光直.仰韶文化的巫觋资料[J].中央研究院历史语言研究所集刊史语所集刊,1993(3).

[2]章虹宇.原始巫神(鬼)与神话之神的比较研究[J].世界宗教研究,1988(4).

[3]朱越利.从《山海经》看道教神学的远源[J].世界宗教研究,1989(1).

[4]郑在书.《太平经》及其道教文学观[J].当代韩国,1994(4).

[5]曾德雄.《白虎通》中的谶纬思想[J].人文杂志,2009(1).

[6]赵超.东汉肥致碑与方士的骗术[J].中国典籍与文化,1999(1).

后　记

犹记得 2011 年盛夏一个阳光明媚的下午，我接到武汉大学吴光正教授的电话，他邀请我加入"中国宗教文学史"课题组，负责撰写"先秦两汉宗教文学史"。当时的我正身怀六甲，得到邀请时斗胆提了一个要求："至少给我四年时间！"光正教授爽快地应允了。事实证明，那时候的我们都还很年轻，不知前路是如此艰难。如今，一晃十二年过去了，稚子已是十二岁的阳光少年，这本《先秦两汉宗教文学史》终于面世了！

回望来路，很多事情变得模糊，很多事情又如发生在昨日。自从组建了"中国宗教文学史"课题组，光正教授以超乎常人的领导力、意志力及奉献精神带领着来自十几个高校的青年学者从事这项艰巨的工程。这十二年来，我们到黄梅四祖寺、高雄佛光山寺、高雄道德院、宜兴大觉寺进行宗教体验，进行过多次学术研讨，邀请前辈专家对我们进行批评指导。可以说，为了让这套大型的宗教文学史得以完成，光正教授不遗余力地带领大家前行。有时，我内心暗暗感叹，到底是什么力量支撑他并不那么强壮的身体，也并不那么强势的性格，带着这一大队人马义无反顾地前行呢？

尽管光正教授请了很多前辈名家给我们进行学术指导，也带着我们深入禅林，进行禅修。然而，由于我资质愚钝，生性懒散，在撰写过程中时时感觉力不从心，导致这一课题的推进极其缓慢。

如今这本小书得以面世，实是各路善缘大力扶持的结果。感谢父母帮助我养育小儿，使我能从容面对学术研究上的困难；感谢马将伟博士帮助搜集部分史料，并撰写本书中第三章、第六章的初稿；感谢我的博士后、博士生、硕士生多次为我校对书稿。十二年来，这本小书几易其稿，从最初的提纲到现在的成品，犹如养育小儿，婴儿期的他与如今英气渐露的少年，面目已完全不同。本书中的部分内容已在《文学评论》《文艺研究》《文学遗产》《宗教学研究》《武汉大学学报》《中山大学学报》《文史哲》《学术研究》《现代哲学》等刊物上发表，感谢编辑老师及外审专家提出宝贵的修改意见。如果说拙著有一些闪亮的地方，那都是因为前辈专家与编辑老师们的赐予！

2015 年，光正教授主持的"中国宗教文学史"课题获得国家社科重大项目立项，并于 2021 年以"优秀"的鉴定意见结项，我作为子课题负责人与有荣焉！

最后，感谢北方文艺出版社的领导与编辑，尤其是曲丹丹女士、张贺然先生为此书的出版所付出的辛勤劳动。

2023 年 2 月 12 日
记于康乐园